CUNEI
F●RM
铸刻文化

單讀 One-way Street

比山更高

自由攀登者的悲情与荣耀

宋明蔚 著

上海文艺出版社

图书在版编目（CIP）数据

比山更高：自由攀登者的悲情与荣耀 / 宋明蔚著. -- 上海：上海文艺出版社, 2024（2025.9 重印）
ISBN 978-7-5321-9003-4

Ⅰ. ①比… Ⅱ. ①宋… Ⅲ. ①纪实文学－中国－当代 Ⅳ. ①I25

中国国家版本馆 CIP 数据核字（2024）第 067971 号

发 行 人：毕　胜
责任编辑：肖海鸥
特约编辑：刘　会　罗丹妮
封面设计：李政坷
内文制作：李俊红

书　名：比山更高：自由攀登者的悲情与荣耀
作　者：宋明蔚
出　版：上海世纪出版集团　上海文艺出版社
地　址：上海市闵行区号景路 159 弄 A 座 2 楼　201101
发　行：上海文艺出版社发行中心
　　　　上海市闵行区号景路 159 弄 A 座 2 楼 206 室　201101　www.ewen.co
印　刷：山东临沂新华印刷物流集团有限责任公司
开　本：889 × 1194mm　1/32
印　张：21.625
插　页：32
字　数：469 千字
印　次：2024 年 6 月第 1 版　2025 年 9 月第 10 次印刷
ISBN：978-7-5321-9003-4/I.7090
定　价：98.00 元

告读者：如发现印装质量问题，影响阅读，请与出版社发行部门联系调换。

"但是我不想要安逸。
我想要神灵,我想要诗意,
我想要真正的危险,
我想要自由。"

阿道司·赫胥黎
《美丽新世界》

目录

前言 … 001

第一部 自由之魂 2008年~2012年 … 007

第二部 刃脊探险 2002年~2007年 … 179

第三部 白河十年 2004年~2014年 … 339

第四部 梦幻高山 2016年~2022年 … 423

尾声 … 621

注释 … 631

前言

我们常常把人生比作翻越高山，就好像攀登比人生更容易理解。事实上，大多数人对人生一知半解，对攀登一无所知。

过去二十年来，关于中国民间登山者的叙事大致有两类：

一类始于2000年初，在企业家与精英阶层间兴起的攀登珠峰热潮。各界名流一次性花费普通职工十多年的收入，报名参加珠峰商业登山队伍。他们沿着架设好的攀登路线，在向导的引领下，背着氧气瓶一步步迈向世界最高峰。这些成功人士勇攀高峰的故事常见于各类报道与出版物中，并伴随着房地产神话与互联网崛起，成了他们财富故事的一部分。但这不是这本书里要讲的故事。

另一类叙事几乎诞生在同一时期，却又发生在每一个时代。这是一群二三十岁的年轻攀登者奔向高山，在死亡的悬崖边寻找自由与自我的故事。从世俗的角度来看，他们中的大多数人都是失败者：有人大学肄业，甚至高中辍学；有人失去了高薪工作，甚至居无定所；还有人成长在一个并不幸福的家庭。正是这些失败者，书写了过去二十年来中国最壮丽、最隐秘的登山史诗。

这些人被称为"自由攀登者"。他们不想去爬那座世界最高峰。在川西的邛崃山、横断山，新疆的天山，西藏的念青唐古拉山，乃至喜马拉雅山、喀喇昆仑山，大量的未登峰等着他们去开辟。那些从未被人类登顶甚至从未有人涉足过的山峰，以及山峰上全新的攀登路线，充满了未知的冒险、无穷的挑战与前所未有的风光。

这两类民间登山者的叙事也代表着过去二十年来中国社会的两极价值取向。攀登世界最高峰的一类人象征着当今社会的整体基调：极度渴望成功，高度以功利为导向，关注宏大的叙事与不断攀升的数字。而这本书里的自由攀登者们则代表着另一类极少数群体。他们并不想完成一座比一座高的山峰，只是想在其中一座山峰上画下一笔优美的线条，并在攀登过程中获得足够多的快乐。或许你无法想象，在中国仍有一群人为了寻找快乐而不畏死亡，并从这份快乐中提炼出生命的存在感。这种宁愿为了快乐而冒险付出生命的慷慨，正是另一极的人们无法理解的。

过去二十年是自由攀登者——真正的中国登山者——不断涌现、交相辉映的年代。我粗浅地把这二十年分为四个时期：自由之魂、刃脊探险、白河十年、梦幻高山。正如书中的人物关系，这四个时期的故事既有时间顺序上的承接与倒置，也相互交织、彼此呼应。每一个时期的年轻人，都被各自所在的时代背景左右着：改革开放、个体经济的崛起、互联网的发展、民间登山热潮、非典疫情、珠峰高程测量、2008年奥运会、汶川地震、社交媒体的变革、新冠病毒疫情……有的人被历史的浪潮所吞噬，而幸存下来的人，选择继续用攀登来书写他们的故事。他们的每一次攀登，都是老人与海式的搏斗。只不过他们与之博弈的不是大海，也不是大山，而是真实的生活。当他们攀登到人生的顶峰时回望来路，不只有眼前的辉煌，还有深深的无奈与感慨。在大多数情况下，这种热血与唏嘘是并存的。自由攀登者的历史中，写满了悲情与荣耀。

自由攀登者只有寥寥几百人。他们也许还是中国死亡率最高的一类运动群体。遇难者平均年龄仅有31岁。我站在他们命运的尽头凝望，不禁好奇：他们在年少时如何一步步走进了山的世界？他们又为何变得如此坚定？他们通过登山获得了什么？失去了什么？他们如何看待物质与精神？中国传统的家庭观念在多大程度上影响着他们的每一次攀登？他们如何面对死亡、理解死亡？他们的死亡对幸存者有什么影响？还有那个古老的问题，他们为什么登山？我萌生了许多疑问，却找不到准确的答案。

中国自由攀登者的历史延续了整整二十年，却始终没有人完整、详实地描述过他们的生命处境，也没有人讲述过中国民间登山、中国阿式攀登、自由攀登文化的历史。关于那些逝去的年轻登山者的故事，他们人生中最光辉与最黯然的时刻，他们的成就与他们宿命般的一生，全部建立在一些感性的、碎片化的、充满纰缪的口头传说之中。这不仅造成了国际登山界了解中国登山历史时的巨大障碍，也造成了主流文化对这群登山者与登山文化的误解。随着这些逝者逐渐被淡忘，他们充满生命力的一生也即将在历史中消亡。

要想还原这段长达二十年的历史，时而回到那些决定性的瞬间与他们人生中的每一个十字路口，这并不是一件简单的事情。有些当事人已经不在人世，有些保存在幸存者脑海中的记忆已经变得混沌而模糊。诚然，我从学生时代的登山队到媒体从业期间，已有十多年的观察与记录，其中不乏某些重要的在场时刻，但这仍是一项极度挑战耐心、耗费精力、需要鼓起勇气的工程。在这期间，我被无数次问到付出如此代价来启动这个写作项目的驱动力。我往往无从回答。那是一种杂糅着好奇心与倾诉欲，时而悲悯、时而孤高的复杂情绪。我想起了故事中的那些自由攀登者们。到最后，我很想让他们知道，书写他们故事的作者如今已和他们一样贫穷、快乐，内心充盈而满足。

这也许不是一本单纯描写惊险情节的读物，最终让故事里的角色都以大团圆而告终——虽然这会让我更容易下笔，也帮我省去了许多繁杂的采写流程。这也不仅仅是一本旨在歌咏壮美河山、颂扬人类意志的文学作品。我只是在讲述一段真实的、完整的、不为人知的故事。最终，我沿着这条写满了悲情与荣耀的小径，来到了山的脚下，探索来时的路，寻找这一页历史的起点。有人说，这要回到20世纪80年代末期，中国第一家高校登山社团，北大山鹰社，这是中国民间登山的起源。有人说，也许是2000年初，曹峻、徐晓明、杨春风、陈骏池攀登新疆天山的博格达峰，这是中国历史上第一次有据可查的阿尔卑斯式攀登成就。有人说，一定是马一桦开创的刃脊探险，这是中国民间第一家真正意义上的登山探险公司。有人说，一定是CMDI，那可是自由攀登者的黄埔军校。这些历史事件总离不开自由的元素、民间的氛围，以及个人主义的色彩。但我认为，自由攀登者并非来自民间。自由攀登的精神也并非孕育于自由的个体，而是诞生在中国最宏大的登山事件与世界最雄伟的山峰上。

自由攀登的精神，诞生在2008年4月的一天晚上。

第一部
自由之魂

2008年

2012年

1

2008年8月，第29届奥运会在北京举办。早在2001年，中国在申奥成功时承诺："奥运永恒不息的奥运火焰将穿越喜马拉雅山脉，到达世界最高峰——珠穆朗玛峰。"为此，国家体育总局登山运动管理中心，从全国各地七所大学的高校登山队中招募了18名学生，参与到此次珠峰火炬传递中。执行火炬接力任务的队员由西藏登山学校的藏族队员，以及选拔出来的大学生队员共同组成。经过了2007年的奥运火炬珠峰测试和为期两年的艰苦训练，18名学生被淘汰掉了一半。9名大学生入选为火炬传递的正式队员。

2008年3月底，9名学生队员与57名西藏登山学校学员，在8辆汽车、10辆大卡车的护送下，连同40吨的后勤物资，被护送到了海拔5100米的珠峰大本营。他们在珠峰北坡的严寒与风雪中，上上下下地拉练，运输物资，修建营地。一个月后，他们共搭建了70顶帐篷，使用了200个气罐、280瓶氧气，修建了累计长达9公里的攀登路绳。

学生队员严冬冬与周鹏，已经在海拔6500米的营地里驻守好几天了。4月的一天晚上，两个人正窝在小帐篷里聊着天。他们俩都有些悲观，看起来自己没有什么冲顶珠峰的机会了。在这次珠峰火炬传递活动中，学生队员们每天反复拉练，被严格规定攀登路线，严格遵从向导和教练的要求，这和他们想象中的攀登不太一样。严冬冬还和周鹏聊到自己最近正在翻译的

《极限登山》(Extreme Alpinism)这本书。他们从攀登技术聊到攀登理念,最后一直聊到各自的攀登理想。他们俩越聊越热血澎湃。

严冬冬对周鹏说,我们自己搞几座山,试一下阿式那种攀登方式,不用向导。

他们盘点了当时国内七座有些技术性又没那么极限的热门山峰,口头拟定了"七峰连登"的计划。这两名热血沸腾的年轻人计划在火炬队解散之后,用一个月的时间,一路开车旅行,攀登那七座山峰。

严冬冬说,我们的登山组合就叫"自由之魂"吧。

周鹏心想,自由之魂是什么玩意,登山组合还弄个"魂"字在里面。严冬冬便用他那惯常的表达方式,阐述着他所理解的攀登与自由的关系。周鹏觉得,自由之魂就自由之魂吧,无所谓,听起来也还可以。

从这一刻开始,自由之魂的命运通过一根绳子紧紧绑定在了一起。这两名年轻人结为了生死搭档,并在几年后冲击着中国登山界的最高成就。

中国登山的历史跨越了半个世纪,而中国民间登山的历史却很短暂。在自由之魂组合成立的十年前,一提及登山,人们马上联想到的是那种大型的、官方的、喜马拉雅式的政治体育活动。五年前,马一桦创立了中国第一家民间登山公司刃脊探险,当时中国登山者还没听说过阿尔卑斯式攀登(阿式攀登)这个新名词。四年前,中国最著名的技术型山峰幺妹峰(海拔6250米)被马一桦等人攻克,中国登山者意识到这种险峻而陡峭的山峰，其技术难度远超于珠峰，也比登顶珠峰收获到更多的尊重与自由。一年前，刃脊探险公司解散，这标志着一个时代结束了。这两名穷学生即将成为民间登山界的领军人物，引领着下一个时代——但不是通过攀登珠峰这种方式。

在珠峰上海拔6500米的这顶小帐篷里，严冬冬和周鹏还没有意识到也不敢想象，中国自由攀登的历史即将被他们改写。他们只是想自由地攀登，自由地安排自己的时间，想爬哪座山就爬哪座山。对于中国民间登山者而言，"自由地攀登"是个高远而缥缈的目标。对于严冬冬和周鹏来说更是如此。他们还不具备自由攀登山峰的技术与经验，也没有维持攀登生活的固定收入来源，就连最基本的温饱都成问题。在中国登山界，没人听说过他们的名字。他们没有签约的赞助商，没有经验丰富的攀登导师，也没有华丽的攀登履历。他们什么都没有。就连唯一能拿得出手的清华大学学历，也被严冬冬放弃了。

2001年，就在中国申奥成功的那个夏天，严冬冬以678分的高考成绩，被清华大学生物科学与技术系录取。鞍山一中的同学和老师并不觉得惊讶。在他们眼中，这名从小学到高中一直就读实验班、尖子班的男孩，向来都是想考哪所学校就考哪所学校。他是父母的骄傲，同学心目中的神。严冬冬小时候的玩伴们还记得，爸爸妈妈以前时常念叨着，老严头家那孩子真是块材料。但老严头家的孩子也是个怪小孩：他是一个冬天穿着单薄的衣服，在操场上一圈一圈奔跑的孤独少年；一个遇到陌生人羞涩一笑，却又能随时用一句"那又怎样呢"的无所谓语气，把人噎个半死的乖僻男孩；一个爱用英语写日记，在放学路上高声诵读，用一篇洋洋洒洒的文章占了学校英文报一整版的英文学霸。对严冬冬来说，英语简单得都不该算高考的一门考试科目。鞍山一中的老师们还记得，他在填报高考志愿的时候，只填写了清华大学生物系，其他都空着。在高考第一天，他提前交卷，在烈日下迈着正步走出考场的大门，赚足了考场铁门外众位焦急等待的家长们的目光。严冬冬成了那一年辽宁省鞍山市的理科状元。

严冬冬顺利考入清华生物系，被分在了"生14班"。生14班是指2001年入学、生物系第4个班的意思。班里有个口号，爱你一生一世。这是"生一四"的谐音。入学半年后，严冬冬听说清华大学有个科学考察协会，平时玩玩特技训练，爬山爬楼，听起来很酷。这对他来说就像是另一个世界。就在他犹豫着要不要去试试的时候，已经错过了社团招新的时间。

到了大一下学期，严冬冬恰好碰见科考协会在清华第三教学楼的一间教室里开会。他走了进去。在会上，队员们播放了一段雪山攀登的视频。视频的配乐是清华大学学生科学考察协会的队歌，伍佰的《白鸽》。视频快结束的时候，屏幕上出现了一句话："每个年轻人心里，都有一座雪山。"在那样的年纪，少有人能抵挡住如此浪漫的诱惑。临散会时，严冬冬领到了一张卡，加入了这个社团。

严冬冬开始跟着社团集训。集训内容包括长跑、技术训练、户外拉练、负重爬楼。负重的重量从50斤逐渐增加到80斤。楼是20层高的清华1号楼。他要一口气爬6趟。第一次参加训练时，这名戴着眼镜、留着寸头、长着国字脸的微胖男孩差点就晕倒。

训练后，他跑到校园里的食堂狂喝可乐。在前几次社团拉练时，严冬冬觉得自己"几乎死掉"。

严冬冬一开始对户外运动还算不上热爱，对山野也没有太多概念。真正让他融入协会，并让"山野"成为他那段时间生活中不可或缺的一部分的，是从黄花城至慕田峪的四日穿越活动。这是他的第一次户外经历。他没有沉迷在京郊的荒野与自然中，而是被户外环境中队友彼此之间的亲切感打动了。仅仅大半年前，这名18岁的大男孩还生活在东北二线工业城市压抑、封闭的高考氛围里，有一点孤独，还有一些自卑。只有碰到熟悉的朋友，严冬冬才会变得健谈起来，并用他独有的语气——几乎没有东北口音的普通话——挑出对方话语中的逻辑漏洞。在这次穿越活动中，队友们调侃严冬冬的说话风格：总是爱引用各种理论和数据抬杠，对方言辞中稍有不准确之处，就立马纠正挑刺。严冬冬还因此得了个"学者"的外号。

那次活动回来后，严冬冬开始泡在清华大学BBS论坛，水木社区。科考协会在水木社区有个单独的版块，"Braveheart"（勇敢的心）。社团里的队员们都称它为"B版"。B版里不仅有基础的登山知识，中国登山的历史，往届登山队员们的逸事，还有学生们的吹水帖。严冬冬用高中时玩的一款电脑游戏里的角色"Victor Star"，在水木社区注册了个账户ID，"Vstarloss"。"Loss"是提醒自己不要输的意思。他每周参加三次训练，但几乎每天都要泡在论坛里。队员之间的感情就在训练的汗水和网络的吹水中不断滋养起来。他从未有过这般归属感，兴奋地写道："人生有此经历，老当无憾哉——当然，若能选去爬雪山，就更好了。"

加入社团一个月后，在严冬冬志忑地递交了登山申请表时，他甚至都念不齐人生中即将攀登的第一座雪山的名字，宁金抗沙。这座海拔7206米、远在西藏的雪山，离他还很遥远。在递交申请的那一天晚上，严冬冬还参加了老队员的攀登报告会。听到社团前辈讲述用冰镐滑坠制动的场景，他又做了一晚上的噩梦。梦里飞雪连天，他发生了滑坠，在用冰镐制动时，镐尖一不小心插进了自己的胸口，顿时鲜血喷涌……在这个梦里，雪山又离他近了些。

6月的一天，严冬冬来到了清华大学37号楼楼顶的社团活动教室。在这间屋子里，所有登山预备队员围成了一圈。这一届登山队的队长朱振欢，依次念出投票选拔的15名正式队员名单。严冬冬成为2002年宁金抗沙登山队的一员。他将要作为第二批前站队员，月底出发去西藏打前站。

清华大学登山队规定，队员在去攀登前，要先征得父母同意，在入队申请书上签字，才能获准参与登山活动。许多往届队员都卡在这一环节。严冬冬跑回家让父母签字。他是家里的独子。母亲是小学老师，不太了解什么是登山。她只是在儿子的言谈间得知这是一件光荣的事情，就同意了。父亲是鞍钢的技术领导，大概听说过爬山会有高原反应。严冬冬用了一句"清华登山队以前那么多届都过来了"，也拿到了父亲的签字。严冬冬开心极了。看到有队友卡在了这一环节，他还炫耀着："我幸福多了呀！"

这一年夏天，清华大学登山队进驻宁金抗沙大本营。攀登开始了。登山队在山里上上下下，反复操练，其间还经历过一次物资被雪崩掩埋。在队友眼中，严冬冬总是冲在前面，永远对登顶充满了渴望，但他的第一次高海拔攀登并不顺利。两周后，队长朱振欢判断冲顶路线有潜在雪崩风险，噙着泪水决定下撤。

登顶失败了，但几周的朝夕相处与几个月来的训练，令每名队员都产生了强烈的归属感和虔诚心。这些刚上大学的年轻人挣脱了高考的束缚，身体里的荷尔蒙高涨。他们急于寻找到一个出口，渴望献身给某个看似更高贵的东西，或是爱情和自由，或是一个集体。也许学生社团内部的凝聚力，不仅恰到好处地稳固了严冬冬高中毕业后内心的失重感，还改变了这名孤僻少年对人与人之间、人与集体之间关系的看法。

"它（社团的凝聚力）很虔诚，就是很多人为了梦想去无私付出的气氛，然后就让你在感动中去做这件事。这种感觉或许难以持久，但在那几年里会非常非常喜欢它。"严冬冬后来说。

在大二开学第一周的招新大会上，严冬冬从新生蜕变成了登过雪山的老队员。他和朱振欢在社团招新的摊位前拉拢往来的清华学子，还亲自撰写了招新的文案：特别适合那些"喜欢浪漫的同学，喜欢晚上躺在帐篷里数星星的同学"。还真有不少人被这句文案吸引过来，成为科考协会的新成员。

严冬冬几乎把大学四年期间的全部精力都投入社团协会中，甚至扔下了专业课，好像大山才是他真正的大学。儿时的好友有一次问他，为什么在清华不学习而去登山。严冬冬说，我在清华最好考过全系第四，我考不到第一了，但是我登山可以是第一。严冬冬到底考没考过全系第四不得而知，但据同班同学回忆，他的专业成绩并不算很好，甚至可以说非常一般。在"生14"的同班同学们看来，这名同学成绩普普通通，穿着却很另类。严冬冬总是穿着社团的西红柿色T恤，配上红蓝相间的紧身裤，暴露出肌肉紧绷的大腿。到了大学后期，他还总穿着一双军胶鞋。即便他每天都刮胡子，给人的感觉却也还是邋里邋遢的。

严冬冬的大学室友对此深有感触。在大学宿舍里，学生们都睡在床铺上，铺位上有床垫，床垫上有床褥、床单和被子。严冬冬的床板上只有一条睡袋，还是一条从来都不洗、散发着味道的睡袋。他的脏衣服就堆在地上。他的臭袜子更是在清华都出了名。他的铺位恰好就在宿舍进门右手边第一个。每当有其他寝室的同学进来串门，都能闻到一股浓烈而刺鼻的鸡屎味。

可一旦访客适应了这味道，仔细打量这宿舍，就会发现宿舍阳台上堆满了厚厚的英文书籍，其中以小说居多。在高中的时候，有一天，老师看到严冬冬英语这么好，问他，平时都做什么英文题，不如把他的习题册带到班上让同学们都学习学习。第二天，严冬冬拎着个大麻袋来了。老师和同学们惊讶地看到，麻袋里竟装满了各种英文小说与文学作品。到了清华，严冬冬也仍然热爱英语。他的英文水平在清华也算是佼佼者。在大一新生入学英语测试中，他考进了专门为英语特长生开设的英文辅修班。在班上，他的口语流利得令其他的清华英语天才都心生绝望，就连老师偶尔遇到难题也要请他来解答。在宿舍里，几乎每天晚上，严冬冬都戴上头灯，钻进睡袋，沉浸在《魔戒》《冰与火之歌》《龙与地下城》等英文奇幻小说的世界中。他从天黑一直看到天亮，一夜就能看完一本书。大学室友都以为，这哥们以后一定会吃英语这碗饭。

严冬冬也真的靠英语拿到了人生中的第一笔收入。他先是接了翻译电脑系统说明书的小活儿，熬了一个礼拜，赚了8000块钱。靠翻译赚钱这件事，原来比自己想象的容易得多。他后来又接了《滑雪板》(*Extreme Sports: Snowboard!*) 的校译。他认为译者翻译得太烂，从头到尾重新翻译了一遍，变成了第二译者。再后来是独立翻译《城市嬉普士实地观察指南》(*A Field Guide to Urban Hipster*)，可惜这本书没有出版，他也没拿到稿费。在大学四年里，英语一直是严冬冬的挚爱。

挚爱的英语若是严冬冬的第二语言，那么登山就是他的第三语言。四年大学时光里，社团真正能上高海拔攀登的机会相对有限，一年只有一次。队员们要是能在日常训练中接触到攀登器材或绳索操作，就算是比较宝贵的训练机会了。大二上学期，严冬冬参加了中国登山协会主办的技术培训课程。这次培训是由孙斌主讲。孙斌把刚从阿尔卑斯山带回来的最新技术和前沿理念，引入到了培训实践中。当天晚上，严冬冬就和队友研究起了绳结和救援系统。

上过几次培训课后，严冬冬大开眼界，兴奋地发现，原来登山是一件激情澎湃的事情，"不是一大堆人像虫子一样地爬，而是可以两三个人搭档去搞一些看起来很不靠谱的东西"。到了大学后期，严冬冬越来越排斥大学里的专业课，对攀登技术愈加痴迷。登山就像是一张网，捕获住他，一生都无法挣脱。

2

2004年11月的一天清晨，北京的初冬有些寒冷。队员们在清华东门外集合，计划从狼儿峪徒步穿越到阳台山。严冬冬是此次活动的队长。大一新生何浪第一次参加社团活动。何浪此前只看过活跃的"Vstarloss"发在B版上的帖子。他终于见到了传说中的严冬冬。

在昏黄的路灯下，这位社团前辈身材微微胖，谈不上精干，更不像是常年混迹山野的户外发烧友。严冬冬正穿着他那套标志性的红色冲锋衣。红色一直是严冬冬最爱的颜色。他说过，红色是热烈的颜色。他喜欢这种生命在燃烧、跃动的热烈感。在之后几年中，身边的朋友们陆续见到严冬冬穿着红色的T恤、红色的冲锋衣裤，戴着红色的头盔、红色边框的雪镜，裹着红色的羽绒服，背着红色的背包，头戴红色的头巾。在清华大学出版的攀登报告《一步之遥》一书中，严冬冬还被队友们形容为"眉似初春柳叶，脸如三月桃花"。队友们调侃严冬冬很"妩媚"。有时这妩媚是他的羞涩神情，有时这妩媚不过是他常常微低着头、眼神从镜框上方瞥过、一脸坏笑的样子。然而妩媚的严冬冬一张口，却不太招人喜欢。

"第一感觉就是他那种说话风格，有点剑走偏锋，又有点无厘头。"何浪说。这似乎是所有人对严冬冬的共同印象，"他的意见还特别多，特别特别喜欢评论别人。他觉得不爽的，就大加讽刺挖苦。他一直都这样"。

从大二开始，他养成了不吃猪肉的习惯。在山里，他还会精挑细选没有猪肉成分的火腿肠。这并非宗教的原因，也无关家庭。有人问他，为什么这么坚定地不吃猪肉。他在不同的时间点会给出不同的答案。最经典的一则回答是："因为猪是一种懒惰的动物。吃猪肉，人也会变懒。"他有时还会振振有词地给出论据：《本草纲目》有云，其形象至丑陋，一切动物莫劣于此，人若食之恐染其性。其实真正的原因要追溯到2003年。那一年，清华大学学生科考协会更名为"山野协会"。他作为山野协会的科考队员，前往西藏的桑丹康桑峰参与为期三周的科考。后来他在科考日记中记录道：回民餐馆吃过几次之后，就开始不习惯吃猪肉了。

加入社团的三年来，严冬冬已经有过2002年西藏宁金抗沙峰攀登、2003年西藏桑丹康桑峰科考、2004年青海各拉丹冬峰攀登等几次高海拔经验。没人知道他到底逃过多少节课。与在山野中的自由相比，他认为在教室上课"没有任何意义，宁可泡在岩壁下，也不愿意学习"。每个周末，严冬冬都会出现在京郊的山里，参加社团大大小小的活动。他成了山野协会的骨干与核心。

然而户外运动之于严冬冬，只能算是一件喜欢但并不擅长的事情。他的体能平平，身体条件一般。刚加入社团的时候，在5—8公里的长跑训练中，严冬冬只能跟在队伍后面。经过长期不懈的努力，他终于跑进了前几名。这给后来的协会新人与同班同学们营造出一种体能强悍的假象。他的肌肉力量也很弱，引体向上只能做几个，后来才有点进步。或许耐力、速度和力量可以通过后天的努力训练来提高，但严冬冬的先天身体条件，比如协调性与平衡感，却很难在短时间内改变。在下山的路上遇到陡坡，他只能半蹲下来，一点点往下蹭。他的攀岩水平非常普通，苦练数年，迟迟未见进步。沉迷户外的严冬冬体会到身体在山野中的不自由，这与他的热情强烈不对等。也许他一度感到过痛苦，就好像造物主与他开了个玩笑。但这完全不妨碍他对山野的痴狂。

在毕业前夕，清华登山队即将攀登西藏念青唐古拉中央峰（海拔7117米）。这是严冬冬在大学期间第三次，也是最后一次的登山活动了。尽管他对登山愈加狂热，但在每次攀登过程中，总是遇到各种各样的问题，导致最终冲顶失败。还有队友开玩笑说，冬冬与登山八字不合。一个月后，严冬冬即将大学毕业，他十分渴望在离开清华之前，能登顶一次雪山。

如今，他必须要在登山和学业之间做个选择。由于此前严冬冬学业落下太多，校方早在一年前就多次找过他，并下达了最后的警告：如果要拿到清华本科的毕业证，他在大四期间必须努力学习，至少要保证在实验室里做实验，做毕业设计，按时参加毕业答辩。但这些严冬冬都没有参加。为此，班长和辅导员帮他跟系里反复争取宽大处理，但这名沉迷登山的学生却表示，随便你们，清华大学的毕业证对我不重要。

严冬冬并非完全笃定要走登山这条路，他也感到过迷茫。一方面，他越来越痴迷于登山这件事。他多次说过，在过去二十年里，登山所带来的存在感是他从未感受过的。进入实验班、名列前茅无法让他感到生命的热烈。高考状元、清华学子的身份也无法让他感受到存在的价值。唯有登山能让他感受到自己活着。而另一方面,他"不愿放弃对安稳生活的追求或者至少是幻想"。大学四年期间,他陆陆续续在水木社区里接了一些翻译的小活儿。他暂时不想把翻译认作职业,只是告诉自己翻译不过是暂且糊口而已。他看不到前方的路。"在那个时候,国内没有任何人过着几乎有一点点像我当时想要过的那种生活。"严冬冬后来回忆道。

在父亲严树平看来,儿子的清华同班同学,要么是出国读名校,要么是去名企找工作,而他竟然在考虑去登山,简直是不务正业。父亲想要儿子过上按部就班的生活。严冬冬却想过上自由的生活,而且在这份自由里,登山必须是最重要的一部分。

在室友的印象中,到了大学后期,严冬冬与父亲就毕业出路的问题争吵得越来越严重。等到了毕业前夕,父子的争吵几近白热化。有一次,严冬冬对着电话里的父亲怒吼,再逼我,我就断绝父子关系!

毕业前的最后一次登山机会来了。严冬冬任队长,何浪是队员。这是严冬冬大学期间的最后一次攀登,也是最接近顶峰的一次。距念青唐古拉中央峰顶峰还有300米的地方,何浪在一处雪坡上高反严重到呕吐出来,必须要紧急下撤到下方的营地。登山队的队友们说,大家要么一起上,要么一起下。大家等待着队长的最终决定。严冬冬犹豫了一下,对着对讲机说,我们放弃,这个决定完全由我负责。

"如果只是我自己,我一个人,我会冲的,一定会的,"严冬冬后来在登山日记中写道,"我也知道,协会的登山不是一个人的登山,我们的队伍不能够承受这样的风险。"

何浪后来回忆道,这是严冬冬经历的第四座雪山,所有人都明白四次都没到顶是什么滋味,也是从那时候起,他开始敬重严冬冬。

从念青唐古拉山下来后,清华大学的毕业季也结束了。严冬冬拿到了清华大学的毕业证,却失去了本科学位证。按照清华大学的毕业程序,由于严冬冬没有参加毕业答辩,他的清华大学本科学位证,自动转成了专科。严冬冬觉得无所谓。他不准备从事跟生物专业相关的任何工作。这或许也刺激了严冬冬把登山作为人生志业的想法。他人生的最高理想很简单:自由地攀登——想去登山的时候,就可以自由地去登山。

在中国,对于大多数心怀理想的青年来说,自由都不是一件简单的事情。在实践自由意志的同时,他们还必须要摆脱外力的束缚:不用为了生计,或是基本的生存而忧愁烦恼;不被传统的家庭观念绑架;不被困在日常生活的琐事之中。此外,就攀登而言,登山者还必须要努力习得更高的攀登技艺,解除技术、地形带来的受限感,从而实现身体与心灵上的双重自由。

为了实现这看似简单、实则困难的自由,严冬冬必须专注在攀登事业上,努力成为一名半职业运动员。从念青唐古拉山回来后,他立下了为期五年的"独身主义计划":在未来五年内都不会谈恋爱。在高中时期,严冬冬也曾情窦初开过,还给女生写过情书。在大学期间,严冬冬也曾对山野协会里的女孩暗生情愫。现在,严冬冬认为这种情愫会严重影响他对登山的专注。他要活得像个僧侣一般,在登山的修行之路上忠诚不渝。

即便是僧侣也要吃饭的。严冬冬最后还是老老实实地找了一份工作，在山东泰安的一家户外店做店长。这份工作只坚持了一个半月。之后，他又回到北京，在一家英语报社实习，每周上三天班。这是严冬冬这辈子唯一一次坐班经历。在这12天里，他每天度日如年。"每周三天已经很受不了了，倒不是说它的精神内涵如何，是这种形式太可怕了，我不能接受这种形式。"严冬冬说。

严冬冬辞去了工作，没有了稳定的收入来源。他搬到了清华大学14号楼的东楼楼顶，准备长住在这间山野协会的活动室。这是一栋建于20世纪80年代的老旧学生公寓。从一层到六层，层层都有学生寝室、盥洗室和公共活动室。只有山野协会的队员才会顺着回字形走廊爬到神秘的第七层楼。顶楼只有一间屋子，里面摆放着各种装备。山野协会在这里定期开会。这是队员们的专属天地。严冬冬并没有独占这间活动室太久，很快就被赶出去了。

严冬冬又和队友在清华西门外，合租了一间小平房。许多毕业后无处可去的清华学生，会在这片农民自盖的平房里暂住下来。平房内没有暖气，他们只能自己在屋里烧煤取暖。在北京的寒冬，偶尔房间缝隙里吹来一丝漏风，都能入骨三分。好在严冬冬的食堂饭卡还能用。在食堂的经济窗口，打一个菜4毛，米饭5毛，这样一顿饭可以控制在1块钱以内。他把伙食不可思议地降低到了每个月30元的极限——这个数字在何浪看来，是绝不可能实现的。幸运的话，他在犄角旮旯里抠出遗落的硬币，就仿佛中了头奖似的，可以去买个煎饼吃了，这样还

第一部　自由之魂　　　　　　　　　　　　　　　023

能再挺个好几天。那是严冬冬最饥寒的一段时期。唯有在买装备的时候，他从来不手软，甚至豪气到购买几千元的冰爪和冰镐时，连价签都不看。

即便是在这样的饥寒条件下，毕业后的严冬冬还是会定期参加山野协会的训练。这名不定期出现的落魄学长，逐渐成为协会新生口中的传说。在他毕业后的这个冬天，严冬冬一整个月都泡在京郊的冰壁上训练攀冰。大学登山社团的技术训练大多比较基础。接触攀登四年来，这还是他头一次多段结组爬冰瀑，尝试更高级的攀冰技术操作。严冬冬和队友完攀了京郊的大冰壁天仙瀑。他初尝到了掌控攀登节奏的乐趣。那天下来以后，在吃饭的时候，严冬冬兴奋地对何浪等人说，这是我们第一次真正意义上的攀登，以往的都不算。

严冬冬毕业离校后，何浪成为山野协会的骨干和领袖。来年夏天，新一届的清华大学登山队即将攀登四川的雀儿山（海拔6168米），何浪被任命为登山队长。严冬冬以技术指导的身份归队，参与到这次雀儿山的攀登中。清华大学登山队历史上还从未有过这样的例子。

作为登山队的前站队员，严冬冬提前一个月去了四川。雀儿山前两年刚被刃脊探险公司开发成一座热门的商业山峰。每到夏秋季节，全国各地的商业登山公司会带领上百名登山爱好者攀登这座雪山。严冬冬却想尝试独自攀登雀儿山。等到了海拔5100米的冰川地带，他望着沟壑纵横的冰裂缝，幽深得透着一股寒气，如血盆大口般恣意张扬。他怂了。

严冬冬从雀儿山回到成都。为了省钱，他找了一家最便宜的旅馆住下。在成都的这段时间,他拜会了当时声名显赫的刃脊探险公司。严冬冬把自己私藏的一张雀儿山1∶5万比例尺地图,赠给了刃脊探险的创始人马一桦。马一桦十分珍惜这张图。几年后,在严冬冬最需要的时候,马一桦恰好用另一张地图帮助了他。

一个月后,何浪率领清华登山队与严冬冬在成都会合。大家看到这名学长寄居的小旅馆,破旧得连窗户都没有,都很心疼他是怎么熬过来的。严冬冬和大部队重返雀儿山。在雀儿山最美好的攀登季节,山路明显好走了很多。有了登山队的支持,这次严冬冬信心十足。他们在营地里唱着队歌《白鸽》,再蹚冰河,穿裂缝,过雪桥,爬冰壁。严冬冬依然冲在队伍的最前面。

在冲顶那一天,他望到前方雀儿山的顶峰拨云而出,万分激动。这种激动一直持续到他站在顶峰的那一刻。这是他第五次攀登,却是他第一次登顶。严冬冬曾经以为,只要真心热爱攀登这件事,登不登顶其实并不是那么重要。但当他站在雾蒙蒙的山顶的这一刻,一切都改变了。

严冬冬依旧穿着一整套红色的冲锋衣裤,说话时总时不时露出两排洁白的牙齿。他动情地说:"原先曾经有人这么说,登顶之后不过是一坨石头,一堆雪而已,觉得没什么。但我觉得有什么。"

经历过更完整的登山体验的洗礼,严冬冬的攀登欲望更强了。从雀儿山回来后,严冬冬继续蜗居在清华西门外的小平房里,过着穷困潦倒的日子。他时而跟着山野协会训练,时而接一些翻译的活儿。有些书没有出版，便没有稿费和收入。有些书即便出版了，出版社也不按期支付稿酬。严冬冬随着出版社打钱的周期，饥一阵饱一阵。

2006年下半年的一天，严冬冬得知，国家体育总局登山运动管理中心，正计划招募一批大学生参与奥运珠峰火炬接力的活动。负责招募的罗申教练从多所高校中选拔预备队员。据说，只要是拿到推荐信，并且有过高海拔攀登经验，入选火炬队的可能性就很大。

严冬冬得知这一消息之后，想方设法从清华校方争取推荐信。究其缘由，与其说他多渴望攀登珠峰，不如说在吃喝住不愁的集训队伍里，他暂时不用再担心自己的生计问题了。此外，他还有个小心思，如果有机会登顶珠峰，或许还能"指望靠这个活动的社会影响，为自己赚点资本"。严冬冬最终鬼使神差地弄到了清华校团委的推荐信，顺利入选火炬集训队。

2006年11月12日，从七所大学选拔出的18名大学生预备队员——未来的珠峰火炬手——来到北京怀柔国家登山训练基地报到。这18名学生中，有17名汉族队员，1名土家族队员。那名土家族队员将是严冬冬未来的黄金搭档，周鹏。

3

2004年秋天，周鹏刚走进中国农业大学的校园时，发现学校里竟然有个登山社团。社团平时组织学生去香山徒步，假期去爬雪山。周鹏心里纳闷，他们都已经千辛万苦考到农大了，为什么还要上山遭罪？

在周鹏的记忆中，登雪山的大学社团只有北大山鹰社。两年前，北大山鹰社在世界第14高峰希夏邦马峰的西峰遭遇雪崩，五名学生遇难。山难的新闻轰动全国，一度成为新闻联播等各大主流媒体的黑色头条。当时周鹏还在读高中。自那以后，只要对这则山难略有耳闻的人，都下意识地认为：登山，特别是登雪山，是一项会出人命的活动。

如果只是平时爬爬山，应该还挺有意思。周鹏从小在湖北恩施的小山村里长大，皮肤黝黑，肌肉饱满而有力，浑身散发着朴实与真诚。他的父亲是小学老师，母亲是农民。自高中住校以后，周鹏的生活一直比较独立。就连高考填志愿，父母也没怎么过问。当面临报名登山社团的艰难选择时，他难得地打电话咨询父亲，这个登山社团能不能加入。父亲说，你觉得想参加就参加。

周鹏加入了登山社团，同时还加入了农大的学生会。在刚刚过去的这个暑假，登山社团里的两名学生登顶了新疆的慕士塔格峰。校园的食堂边上拉着一个大条幅：热烈庆祝中国农业大学学生苏子霞、阿叁登顶7500米高峰。此时，农大的登山社团刚成立不到一年，还在初创期。周鹏在对登山一点都没概念的情况下，讲着浓重的湖北乡音，意外竟选上了外联部部长。

周鹏刚加入社团没多久，就参加了一场振奋人心的分享会。2004年11月，刃脊探险公司的马一桦、曾山（Jon Otto）与民间登山高手陈骏池、康华等人，登顶了四川四姑娘山主峰幺妹峰。这是国人第一次登顶这座高难度的技术型山峰，成为当年中国登山界的重磅事件。12月8日，北京极度体验户外俱乐部举办了一场幺妹峰分享会。马一桦、曾山、康华等人在现场讲述他们围攻幺妹峰的惊险故事，感染着每一位听众。"那个时候觉得讲得很精彩，这个线路很难、很牛逼，"周鹏回忆道，"现在回想起来，当时我只是以为自己听得懂，其实完全无法领会他们到底在讲什么。"

周鹏的第一次高海拔攀登很快到来，农大登山社团筹备起五一期间攀登四姑娘山二峰的活动。临行前，周鹏的体检结果显示，他的白细胞超出正常水平，被团委的指导老师踢出了队伍。两个月后，周鹏才登顶了人生中的第一座雪山，西藏的启孜峰（海拔6206米）。几次活动之后，周鹏逐渐成为社团里的活跃分子。他扔下了地理信息系的专业课，也退出了校学生会。

这一年，周鹏作为社团的外联部部长，应邀参加清华大学山野协会的念青唐古拉中央峰报告会。周鹏听说这届清华大学登山队队长叫严冬冬。但严冬冬真正给周鹏留下深刻印象的，反而是不久后农大启孜峰的报告会。这次轮到严冬冬代表清华山野协会参加农大的登山报告会。外联部部长周鹏派出一名队员去接待各校代表，带他们去吃麦当劳。这名队员回来后大为震撼,对周鹏说,来了个叫严冬冬的哥们,吃东西真可怕,也不看旁边的人,拿着汉堡咣咣咣就吃了。

那是严冬冬最饥寒的一段时期,虽然周鹏后来认为这跟严冬冬当时饿不饿没有关系。"他就是这个(狼吞虎咽的)风格,他根本不会管旁边的人是谁,坐了20人还是30人,"周鹏说,"他喜欢吃的东西,他喜欢做的事情,他就会第一时间去弄,不会在意别人是什么样,也不会考虑别人还需不需要吃。"

到了大二下学期的暑假,周鹏随农大登山社团尝试攀登世界第6高峰卓奥友峰(海拔8201米)。在2006年的这次攀登中,他只到达海拔7200米的高度。周鹏发现,自己的体能极限高度是海拔7000米。在7000米海拔以下,他的体能还不错,但到了7000米以上,他就像变了个人。尽管他没有登顶,但对于当时国内的在校大学生来说,能有机会攀登雪山,并且还是8000米级别的雪山,这种经历也极为罕见了。周鹏刚从卓奥友峰下山不到一个月,身体还未恢复,就参加了珠峰火炬接力的预备队员选拔。

对于周鹏来说,加入火炬队是一个重大的人生决定。这意味着在大三、大四期间,他都无法正常在校学习。这也意味着,他未来几年的身份可能不再是一名高等院校的优秀毕业生,而是较为专业的登山运动员。他慎重地做出了决定。经过了10公里长跑(女生8公里)、跳绳、攀岩、绳降等考核,再考量对社团的贡献与数次高海拔攀登经验,最终周鹏、黄春贵等四名农大学生入选18人火炬队的预备队伍。

18名大学生在北京怀柔登山基地报到后,开始了日复一日的单调训练。在怀柔，队员们每天训练五个小时：半小时的早操，两小时的上午训练，两个半小时的下午训练。冬天，队员们被拉到吉林的北大湖，在雪地练习负重行军。之后，他们又被拉到北京密云的桃源仙谷练习攀冰。就连除夕之夜，大家也在一起吃年夜饭。

随着训练量的骤然增加，队员们的饭量也猛增。训练了一周后，教练让队员们监测体重，队员们吃了一惊。来自清华大学的严冬冬，竟然在一周的时间里，体重暴增了11斤。坚持不吃猪肉、说话风格还有点奇怪的严冬冬，在队伍里更显得另类。这名清华学生总是怼教练，说话时还喜欢跟人抬杠。周鹏说，严冬冬最狠的就是，无论对方说什么，他总用一句话把你怼死。"他并不是跟你过意不去。他就是觉得这个事办得不对，你这个话有问题。他怼的是这个事实。所以你也不会觉得他针对你，"周鹏说，"但你有时就觉得他妈的挺讨厌的啊。"

话虽如此，唯有周鹏才能发现严冬冬其实为人淳良，而且还很勤奋。严冬冬明知自己身体条件远不如人，平时训练更加刻苦。周鹏渐渐观察到，在严冬冬"怼人"的坚硬外壳中，内心还藏着些许软弱。严冬冬与人针锋相对的时候，大都是基于一些知识性的问题。可一旦受人欺负，他甚至都不太还击。严冬冬的性格与其说是内向，更像是一种自卑：出版社拖欠稿费，严冬冬不敢催款；初逢生人，也不好意思跟人交流；但一旦混熟了之后，他的话又多得不得了。

在火炬队刚组建的头半年里，大学生火炬队的全体队员、西藏登山学校的藏族队员，以及奥运火炬珠峰项目组的所有工作人员，都在筹备着一个重大的项目：2007年5月的火炬接力珠峰传递测试。这次测试活动有三层目的：测试在珠峰顶峰的极限环境中，奥运火炬能否点燃；测试中央电视台的直播能否同步完成；进一步选拔2008年登顶珠峰的正式队员。

2007年3月，18名大学生队员与西藏登山学校的队员在拉萨集合，混编到一起，开始磨合适应。几周后，近百人的大队伍浩浩荡荡地从拉萨出发，开往珠峰北坡大本营。两天后，全体队伍抵达海拔5100米的珠峰大本营。队员们开始适应海拔，修建营地，运输物资。不上山的时候，队员们要学习操作奥运火炬与火种灯。火箭科学家参与设计了火种灯，要保证奥运火炬在极寒、缺氧、大风中也能点燃，并且在恶劣天气中奥运火炬的火焰还能被人们看到。

众人在大本营忙忙碌碌的时候，珠峰的山体静静地矗立在队员们的视线里。站在5000多米海拔的地方，眺望8844米的世界最高峰，顶峰看起来近在咫尺。近3800米的垂直高度，竟给人一种屏住一口气就能爬上去的错觉。只有真正向珠峰脚下的绒布冰川跋涉时，他们才会意识到在地球上最雄伟的山体面前，这种错觉有多荒谬。

在珠峰大本营的时候，严冬冬再次遇到了大学期间给他们做培训的孙斌教练。一年前，孙斌刚从中登协培训部调到北京奥组委珠峰传递组，负责策划与执行奥运火炬接力项目。孙斌把一本在登协时经常翻看的英文登山书籍也带到了珠峰大本营，又把这本书介绍给严冬冬。

严冬冬彻夜看完这本*Extreme Alpinism*后，异常兴奋。他被书中字里行间流露出的激情,甚至有些极端的态度深深吸引着。书中所提倡的大部分登山理论,在国内登山界几乎闻所未闻。于是,孙斌和严冬冬一拍即合,决定把这本书引进到国内。严冬冬先翻译完全书,孙斌再来做校译。他们把这本书命名为《极限登山》。

4

无论是作为中登协的教练、奥组委珠峰传递组的负责人，还是作为一名雄心勃勃的登山者，孙斌都渴望登顶珠峰。他已经随珠峰传递测试的队伍，适应到了8300米的海拔，离世界最高峰的顶峰只有500多米了。2007年5月9日，火炬接力珠峰传递测试任务成功。早上8点14分，由突击组和高山摄像组组成的17名队员，站在了世界最高峰的顶峰。

17名登顶队员中没有孙斌。他没有获得冲顶珠峰的批准。珠峰传递测试活动结束后，第二天，大部队开始陆陆续续撤出营地。孙斌的工作结束了，但他没有随队离开。与珠峰传递测试同期，另有一支商业登山队伍驻守在珠峰大本营。这支"中国珠峰业余登山队"是西藏圣山探险公司负责的商业登山活动。这支队伍还配备了七名圣山探险公司的高山向导，以及八名尼泊尔的夏尔巴协作，只为了保证七名中国登山客户成功登顶。

为了再伺机攀登珠峰，孙斌索性赖在了这支队伍里，"在那儿找了个帐篷住，每天蹭吃蹭喝"。这个策略并不管用。圣山探险的教练对孙斌蹭吃蹭喝的行为有些不满。西藏登山协会不敢擅自批准他随队攀登珠峰，他们还需要奥组委的上级批文。

从2006年开始，孙斌就投身于珠峰奥运火炬的项目。作为奥组委火炬接力中心珠峰传递组的组长，他不仅要负责策划珠峰顶峰的火炬传递方案，做中间的协调，对接赞助商，还要负责新闻宣传和媒体运行工作。孙斌本以为，既然他忙前忙后付出了一年多的时间，待工作结束后，趁此机会利用几天的时间间隙攀登一下珠峰，领导应该会批准。他跟领导解释说，他只需要七天的假期时间，就七天。孙斌还是被拒绝了。

"当时我的工作已经结束了，这个时候攀登珠峰实际上是我自己的个人愿望，"孙斌说，"我当时极其愤怒。"

这名29岁的年轻人，动用了自己的全部社会资源。他从奥组委火炬接力中心，一路找到奥组委副主席，再到奥组委主席的好友，他一次次被拒。眼看圣山探险的队伍就要出发去5800米的过渡营地了，孙斌心急如焚。在吃晚饭的时候，国家登山队队长王勇峰对孙斌说，明天有个车会拉你下山，你走吧。孙斌绝望了。

在孙斌看来，珠峰不仅是海拔8844米的世界最高峰，更代表着中国社会的普遍认可。回望2003年，那些第一批登顶过珠峰的民间登山者，如陈骏池和王石，有了登顶珠峰的光环之后，都成了家喻户晓的"登山家"，还在人民大会堂被授予了国家颁发的体育运动荣誉奖章。"在一个公众社会的评价体系中，你爬过什么呀，我跟人说我爬过好多次慕士塔格峰，九次玉珠峰，都没用，人都不知道这是什么东西，"孙斌说，"我希望得到大家的认可。"在2000年代的中国，攀登珠峰是极少数专业运动员与精英阶层的身份象征。登顶珠峰必然会带来社会意义上的资本与尊严。这资本既可以帮助孙斌实现阶层跃迁，也可以实现他多年以前的愿望。

孙斌小时候的愿望是成为化学家。他从小在浙江临安的小山村长大，父母都是农民。小时候，孙斌挑着重担，做农活、放牛、种地。种地的化肥是氮磷钾肥料。于是，孙斌就想拥有更多的氮、更多的化肥。他对化学产生了兴趣。他在化学方面下过苦功，拿到了省化学竞赛的第一名。在高中的实验班里，他的学习成绩也排在前面，最终考上了北京大学化学系。

1996年，孙斌从浙江的小山村来到北京，朝着他梦想中"充满智慧、充满理性的化学家"的目标而努力。然而，他不再是中学时期的天之骄子了。在班级里，他每天发奋学习只能冲到班上20名左右，而天天睡懒觉的同学比他学得更好。在宿舍里，五名室友都是奥林匹克化学竞赛的国家队队员，其中还有两名拿到了俄罗斯举办的世界奥林匹克化学竞赛金牌。巨大的落差和挫败感冲击着刚上大一的孙斌。他在一年内就对化学彻底失去了兴趣。他开始沉湎于游戏，同时也思考着更深刻的人生命题。

有一天，孙斌偶然路过北大校园里的三角地，看到北大山鹰社正在招新。他被一张照片吸引住了。孙斌后来回忆起那神圣的一刻："照片中裂缝密布，而在裂缝与裂缝之间站着一个登山者，与背后巨大而布满裂缝的冰川相比，人类渺小到如同沧海一粟，这样的对比似乎隐隐地诉说着一些由来已久的东西，潜意识中一个声音告诉我——这里，也许有我苦苦追寻的东西。"

孙斌加入山鹰社后，接触到了攀岩运动。攀岩和化学不同，他不用太多努力，就可以成为北大最好的攀岩者。他把所有的青春时光都用在了攀岩上。他每天早上8点在岩壁下与队员集合，一直爬到天黑，连续爬五天。周末，他还要参加山鹰社的户外拉练。一年后，他拿下了全国攀岩锦标赛的速度赛亚军，之后又拿到了全国攀冰比赛的冠军。他成了山鹰社的攀岩队队长，还跟随山鹰社一起攀登雪山。山鹰社成了他大学生活的全部。然而等到了毕业的时候，他发现曾经热爱过的化学专业课挂了三科，还挂了两科政治课。尽管一阵恶补后他拿到了毕业证，却失去了北大的学位。

此后，这名险些肄业的北大毕业生牢牢把握住了人生中的每一次机会。在2000年怀柔登山队基地的一次活动中，孙斌遇到了后来的恩师马欣祥。马欣祥是中登协的培训部部长。人们都叫他马博士（中国地质大学古生物学博士），与他熟悉的后辈们都叫他马哥。自20世纪80年代起，马博士就先后参与过多次国家级喜马拉雅式攀登活动。这名和蔼的中年大叔真正为人称道的并非攀登经验，而是其渊博的登山知识、理论与历史。因此，当人们称他为马博士的时候，多半是尊敬他在登山知识上的博学。恰逢中国登山协会正在吸纳新鲜的年轻力量，孙斌应邀加入了登协的培训部，住进了北京怀柔登山基地。他与刚从中国地质大学毕业的次落，成了马欣祥的得力干将。

孙斌在登协的主要工作是开展培训，并协助马欣祥编写登山培训教材。这是一项等同于填补空白的工作。2000年初，中国民间登山刚刚起步。大学登山社团与户外俱乐部的攀登技术非常有限，且结构失衡、理论粗糙。而国家官方体系的登山理论知识，也因历史原因大多承袭自苏联，陈旧而死板。孙斌回忆，当时一期攀冰培训课程，因为缺乏足够的内容填充，只能培训两天，到了后来，才逐渐扩充到12天。

加入登协两年后，孙斌获得了一个宝贵的机会：代表中国登山协会，前往现代登山运动的起源地阿尔卑斯山，接受了7个星期的培训。在近两个月里，孙斌头一次感受到了阿式攀登的风格与乐趣。与大规模作战、步步为营的喜马拉雅式攀登不同，阿式攀登的特点在于轻装快速。往往是两到三人组成的小团队，自主攀登一条颇有技术难度的登山路线。每个人在团队中的地位都是平等的。每个人都对自己负责。它更接近登山的原始形态，也更加自由。孙斌在阿尔卑斯山接受了阿式攀登的洗礼。他形容就像打开了一个新的世界，有种脱胎换骨的感觉。

后来看到马欣祥从美国带回来的 Extreme Alpinism，孙斌一口气读完，竟有种一见如故的感觉。他在霞慕尼培训时感受到的阿尔卑斯精神，在书中体现得淋漓尽致，"之前向往和追求的很多东西，都在书中用更直接、更明确、更极端的方式表达了出来"。孙斌总结那是他进步最快的阶段。

这一年，孙斌还前往美国参加了科罗拉多救援大会。在大会的开幕式上，主持人在回顾全美户外救援的历史时，提及一位美国救援事业上的重要开拓者。在场的200多人纷纷起立、鼓掌，一位白发老人颤颤巍巍地站了起来，所有人依次来到他的身前，献上一枝玫瑰。从那天起，孙斌就渴望像这名白发老人一样，做一家登山学校，受人尊重，一直到老。

回到怀柔登山基地之后，孙斌又回到了那种单调乏味的工作状态中。平时，他要么在编教材，要么就在做培训。他偶尔也进城给清华、北大的大学生社团做技术培训，把自己学到的登山技术与理念，系统地教授给他们。每年春节，孙斌都在距市中心70公里的怀柔度过。大年三十上午完成一次培训后，马欣祥往往会带着培训部的教练们，在怀柔找一家饭馆吃年夜饭，再回到基地看春晚，打打麻将，喝点小酒。初一休息。到了初二，又要开始准备新一年的培训了。如此周而复始，他在怀柔度过了五年。

到了2004年，孙斌必须面临一个选择：要么是继续跟随马欣祥博士，留在怀柔的培训部，要么是跟随王勇峰队长，加入高山探险部，回到北京市区办公。孙斌纠结了很久，他想留在老师身边，但又不想驻守在郊区，逐渐与这个社会脱节。马欣祥与孙斌、次落也深谈了一次。他说，从中国登山培训事业的发展角度讲，我希望你们留在怀柔，但从个人发展角度讲，我希望你们跟着王队长回北京市区。

孙斌和次落跟随了王队长。他们的办公室搬到了天坛东门附近的中国登山协会。在高山探险部，同事次落步步高升，而孙斌却遭遇了人生中的第一次登山事故。在西藏启孜峰带队攀登期间，孙斌的一名队员因突发严重的高反，在下撤途中意外猝死。当时孙斌脑子里一片空白。"怀着无法面对的自责和痛苦，开始处理善后的事情，要去面对家人，最后还要面对自己内心的质询，于是，接下来的一年于我是黑色的。"孙斌写道。他形容自己就像被打入冷宫一样。他坐在办公室里，开始给《山野》杂志撰稿，发表了大量的登山科普文章。

一年后，孙斌终于获得了一次他梦寐以求的做登山培训机构的机会：协助筹备组建中国登山高级人才培训班（CMDI：China Mountaineering Development Institute）。这是中登协和户外品牌奥索卡（OZARK GEAR）共同发起的合作项目，旨在培养中国的青年登山人才。孙斌已经做好了所有的案头工作,也与奥索卡开了几次会。直到有一天,孙斌突然被李致新主席叫到了办公室。孙斌被告知,他被借调到了奥组委。孙斌先是一脸茫然,然后开始抗拒这个委任。他更想回去做培训。李致新说,你先回去再想想吧。孙斌回去以后,冷静地想了想。朋友开导他,这是个更加宏大的事件,很多人一辈子能碰到这样的机会不多。孙斌听从了朋友的建议,参与了这个改变他一生的大型活动。

这名29岁的年轻人来到了奥组委,成为火炬接力项目的负责人之一。他还在工作组里遇到了未来的妻子。2007年在珠峰大本营,他碰见了培训过的大学生严冬冬。之后,孙斌回到了奥组委当中,而严冬冬则回到了大学生的队伍中。

珠峰火炬测试对于孙斌是工作,但对于大学生登山队来说,则是淘汰测试。那些到达营地速度过慢,或是未到达的队员都一一被记录下来。珠峰火炬测试之后,18名大学生登山队员淘汰至11人,队员们都开始感受到了紧张的气氛。

就在珠峰火炬测试的同一时期,西藏圣山探险公司的一部分队员协助这场国家级的政治活动,另一部分队员则作为向导参与"业余珠峰登山队"的商业登山队伍。在2000年代,有资本参加珠峰北坡商业登山活动的登山客户,大多是国内的企业家与商界精英。王秋杨就是这支商业登山队伍中的一名登山客。作为今典集团的执行总裁、苹果公益基金会的创始人,她同时也是一名登顶过欧、非最高峰,徒步过南北极点的狂热户外爱好者。几年前,王秋杨的今典集团号称投资近亿元,与中国登山协会共同创立了极度体验户外探险运动有限公司。

  当绝望中的孙斌,找到了中国登山协会最密切的合作伙伴王秋杨,也终于看见了登珠峰的曙光。王秋杨答应帮孙斌问一问。很快,孙斌就得到了批准:明天可以随队出发。2007年5月24日上午,孙斌登顶了世界最高峰。

5

在珠峰火炬测试活动期间,17名登顶的队员中不仅没有孙斌,也没有任何一名大学生队员。测试活动结束后,11名学生队员被遣散回家,要求回校继续学习。火炬队安排了人均2000元的机票预算,让学生们飞回到各自的所在地。但这些学生为了表达自己的态度,决定把机票退掉,换成300多元的硬座,一路从拉萨坐硬座火车回家。他们根本没打算再回来。

这11名学生心情复杂。他们原本以为,层层筛选过后,终将有机会参与这一宏大的社会事件,并登顶世界最高峰。登顶,或至少获得登顶的机会,是支撑他们参加这次活动的唯一动力。但如果用两年的青春与学业,换来的只是无望冲顶珠峰的空头支票,便是一件既委屈愤怒,又深感无力的事情。

严冬冬回到了清华大学14号楼楼顶的山野协会活动室,搭了个帐篷,蜗居在这里。这样就可以节省下房租了。这之后,严冬冬又参加了两次山野协会的攀登活动。他都没有登顶。在不登山的时候,他就专心翻译。他几乎把附近的一家嘉和一品快餐厅当成了自己的食堂。在店里吃碗6元的皮蛋瘦肉粥后,他就拿出笔记本做翻译。他的翻译稿酬是千字40元,并不算高,稿酬发得也不及时。好在他的翻译效率极高,翻译的收入也能勉强养活自己。

早在火炬队刚开始集训的时候,严冬冬就接了一本书的翻译,可惜还是没有出版。他又接了一本《猫头鹰的叫声》

（Hoot），这次终于出版了。这是严冬冬独立翻译并出版的第一本书。之后这一年，他又陆续翻译了《心宽一寸，病退一丈》《水是最好的药Ⅲ》《身体自愈的秘密》《这书能让你戒烟》等健康类书籍。有一天，他在嘉和一品连续工作24小时，一口气翻译2.8万字。这个效率对于专业译者来说，也是个惊人的数字。他后来一直追求这种亢奋投入的翻译状态。

这一年秋天，距正式珠峰火炬接力任务还有半年多的时间。让学生们颇感意外的是，中登协似乎没有计较几个月前的退机票抗议事件，不仅再次集结学生队员训练，每个月还发放1500元的补助。2007年9月22日，选拔后的9名大学生队员，与22名藏族队员在北京怀柔登山基地报到，组成了"北京奥运火炬接力珠峰传递登山队"。31人的队伍被分成三组。严冬冬是第一组的队员，周鹏任组长，中登协教练次落是这一组的执行教练。这一次，严冬冬和周鹏被分在了同一间标间宿舍。

火炬队集结完毕，准军事化的"超体能训练"开始了：10—12公里长跑，台阶跑，越野跑，短跑，俯卧撑，蹲起，仰卧起坐，跳绳，引体向上，双臂屈伸，悬垂举腿，卧推，以及足球、篮球等对抗性训练。每天晚上疲惫地回到宿舍后，严冬冬还要继续做翻译。他先是受人之托，把一本记录国人攀登七大洲最高峰的图书《危险的脚步》翻译成英文，之后他再把饱含激情的《极限登山》翻译成中文。严冬冬又进入了那种亢奋的翻译状态中。他还把室友周鹏一起拉进来。严冬冬每润色完一章节，就把译好的文字通过QQ发给周鹏。周鹏在电脑那头接收后立马查看，两个人一起阅读一起嗨。

《极限登山》中提到的"轻装快速"攀登理念，二人闻所未闻。每天晚上，他们都会短暂地进入到那种热血澎湃的状态：谈论各自的登山理想，探讨户外论坛上的登山帖子，交流攀登中的具体技术，畅想两个人未来能否也在雪山上实践书中的理念。

至于严冬冬的臭袜子，周鹏似乎并不太介意。但室友的邋遢还是让周鹏叹为观止。"我是属于平均水平的邋遢程度，他是属于超级邋遢的程度。"周鹏说。严冬冬总是把衣服、裤子、袜子、电脑全部乱摊在床上，被套和被单丢在房间的角落里。晚上睡觉的时候，严冬冬随手掀起能盖的被子（或被套）铺在身上。到了早上6点的早操时间，严冬冬又叫苦连天。虽然他平时训练异常刻苦，但由于晚上熬夜工作的模式，严冬冬认为"早操就是反人类"。

队员们从北京的秋天一直操练到寒冬。冬天，队员们被拉到云南昆明，在长虫山进行为期七周的负重、攀登、耐力专项训练。来年2月，火炬队被拉到西藏拉萨适应海拔：上午，他们在海拔3700米的西藏体工队田径场长跑10公里；下午，队员们轻装爬上拉萨城北一座海拔4000多米的小山。

在拉萨每天5小时训练之余，严冬冬正以每天2.2万字的速度翻译《黄金罗盘》。菲利普·普尔曼的"黑暗物质"三部曲中的《黄金罗盘》（*The Golden Compass*）是风靡全球的奇幻小说，也是严冬冬非常喜爱的一部书。他觉得这本书的中译本质量实在糟糕，索性在没有授权和邀约的情况下，纯粹为了兴趣而自发翻译。他把自己翻译的《黄金罗盘》译本视为付出心血最多也最得意的一部译作。

在3月的最后一天，奥运火炬接力珠峰传递登山队终于进驻了珠峰大本营，立即参与到艰苦的运输与操练当中。在同一时期，大学生登山队的最后一重选拔正式开始。队伍里一时人心惶惶。九名大学生登山队员中，只有三位才有机会冲顶。

其中要数严冬冬的表现最为亮眼。他第一次来到海拔6500米的前进营地，只休息了一天，就和周鹏各背负两顶沉重的高山帐，用三个半小时运到了7028米的一号营地——无论是负重量还是速度，都远超出其他队员，甚至不逊于藏族队员。他还在一天之内，背着三瓶氧气，与藏族队员一起从6500米一路运输到海拔7790米的二号营地，又在极端的狂风中，熬了一整夜。即便是在这样的高强度拉练中，他还利用一切时间翻译"黑暗物质"系列的第二本《精微匕首》（*The Subtle Knife*）。

火炬队反复操练了半个月后，学生队伍的攀登节奏缓慢下来。四月的一天，严冬冬和周鹏已经在前进营地驻守了十来天。在日复一日的单调拉练中，二人丝毫感觉不到攀登的激情，也隐隐感觉到自己未必会被选进冲顶的队伍中。严冬冬写道：集训只有单调的体能训练，几乎完全没有攀爬与技术训练；训练方法陈旧而不够科学；集训队里弥漫着功利性的竞争气氛；攀登中的关键决定完全要看领导的脸色……我觉得窒息，我想要的是真正的、自由的攀登，不是这些东西。

《极限登山》所倡导的阿式攀登理念是自由，是灵活应变，是每个人只对自己负责，这几乎与珠峰上的喜马拉雅式攀登风格背道而驰。在珠峰火炬传递的活动中，每名队员都要严格听从攀登队长、总队长、总指挥的命令。这无比接近于军事化的战斗。与阿式攀登相比，喜马拉雅式攀登体现的是另一重组织艺术：行军布阵的艺术，把握好天气窗口的艺术，人与人之间沟通的艺术，把一个个螺丝钉与螺母调试完备从而组装出一套强大系统的艺术。这跟登山有关，但又与登山的本质无关。

两名年轻攀登者所感受到的"窒息"反而让他们更渴望呼吸自由的空气。"他们不让你爬，限制你的攀登欲望，就会让你特别想爬，"严冬冬说，"原本我就很想爬，但被憋了一年半之后，就真的特别想爬。"

严冬冬和周鹏在小帐篷里约定好，等火炬队解散之后，他们俩要用书中倡导的理念，自由地攀登半脊峰、玄武峰、雪隆包、雪宝顶、雀儿山、田海子、博格达峰七座山峰。他们的登山组合就叫"自由之魂"。

什么是自由？什么是登山的自由？严冬冬后来在《登山的自由》一文中写道：

"有谁不渴望自由呢？登山的人尤其如此：远离尘嚣的羁绊，在广阔雄浑的山间让生命力恣意飞扬，这样的向往，应该说是驱使我们中许多人开始投身登山的动力源泉之一吧。自由是登山者能够追求的终极目标。自由就是随心所欲。在登山这方面，理想程度的自由，应该是随便任何一座山、任何一条路线，在任何时间以任何方式都可以攀爬……"

然而，在自由之魂刚刚成立的那一刻，任他们的心灵恣意飞扬，他们的身体却被桎梏在那顶不足两平方米的小帐篷里，渴望着被赐予冲顶珠峰的机会。

在严冬冬和周鹏畅想未来的时候，5月4日一早，奥运火炬被秘密运输到了海拔6500米的前进营地。出于安全考虑，一周前中登协就已对外宣布，奥运火炬早已被运上珠峰。这天晚上，中国国家登山队队长王勇峰、总教练罗申、西藏登山学校校长尼玛次仁，把所有队员召集起来。他们在奥运火炬旁，宣布了正式冲顶的队员名单。严冬冬、周鹏二人都没有在这份名单里。周鹏被安排在了7790米的二号营地，而严冬冬被安排在了接应组，留在8300米的突击营地。在那一刻，巨大的失落感压在严冬冬心头，"仿佛千斤重担一般，比背包上的包更压得我喘不过气来"。

火炬队冲顶珠峰前一天，严冬冬随接应组抵达了8300米的营地。第二天，世界瞩目的珠峰火炬接力活动就要上演了。这一天，除了在营地好好休息、等待接应冲顶队员之外，严冬冬再没有其他任务。下午，严冬冬在适应海拔的同时，溜达到了王勇峰队长的帐篷处，想着再碰碰运气。他刚走到帐篷门口，只见王队长正朝他招手。凑近以后，王勇峰对他说，你明天跟罗教练一起上吧。严冬冬怀疑自己听错了。王队长又补充道，一切顺利的话，你们可以一起登顶。

与此同时，次落、阿旺扎西、罗布占堆、小扎西次仁、严冬冬等五名冲顶珠峰的火炬手的名字，被写在了珠峰大本营帐篷外的石头上。严冬冬心中的石头也落了地。明日冲顶珠峰的安排已确凿无疑。在那一刻，站在世界之巅，成了严冬冬当下最大的愿望。

严冬冬即将冲顶珠峰的消息传回了母校。清华大学的官网发布了这一还未发生的喜讯。尽管清华大学没有给这名逃课大王授予本科学位，但这丝毫不妨碍严冬冬即将成为"清华登顶珠峰第一人"。整个清华大学都轰动了。严冬冬的同班同学们纷纷奔走相告，分享着这份骄傲。那些见证过严冬冬曾为了登山而穷困潦倒、靠翻译度日的朋友们也激动不已，以为他终于要熬出头了。

5月8日凌晨1点30分，8300米营地。严冬冬没有吃东西，只喝了一小杯水，戴上头灯，扣好氧气面罩，和罗申教练在满天繁星中出发了。他的背包里装着热水、相机，几乎有一辆自行车那么沉重的三瓶氧气。其中两瓶留给自己，一瓶留给教练备用。在黑暗中，头灯只能照亮眼前几米的路。他们沿着山脊走了五六个小时，直到头灯照亮了眼前的金属梯子。一架六七米长的梯子，自1975年中国登山队攀登珠峰时起就斜放在陡峭的岩壁上。他们来到了珠峰第二台阶处著名的"中国梯"。

通过冲顶路上的最大难点之后，他们继续跋涉。二人的速度并不快，时而会被后出发的队员们超过。严冬冬越走越疲劳，手脚冻得发麻。他们经过了第三台阶。远处的天际线被一丝光亮刺破，划开的口子逐渐照亮整片天空。繁星隐去，东方渐白，通往顶峰的最后100米雪坡就在脚下。坡度越来越缓。十步，五步，三步，两步，一步……珠峰火炬手严冬冬站在了世界之巅。他没有自己想象的那般兴奋，而是出奇地平静：哦，终于到了。

第一部　　自由之魂

6

2008年5月8日，从早上6点起，中央电视台综合频道、新闻频道等主流媒体全程直播珠峰冲顶的画面。全国有1.2亿观众坐在电视机前观看奥运火炬登顶珠峰。全世界共有133个国家、297家电视机构在同步转播。对于奥组委和中登协来说，登顶珠峰、全程直播、点燃火炬，三个目标缺一不可。他们刚刚完成了第一个。

早上9点10分，在距珠峰顶峰30米的位置，西藏登山学校的27岁藏族小伙子罗布占堆手持着点火棒。他顺利点燃了第一棒火炬手吉吉手中的奥运火炬。这名北京体育大学的藏族女学生，沿着路绳缓缓走了十几步之后，把火种传给第二棒火炬手王勇峰。中国国家登山队队长手持着火炬，走到第三棒火炬手尼玛次仁身边。西藏登山学校校长点燃了手中的火炬，用并不太标准的英语喊道"One World, One Dream"，之后便大步流星地走到第四棒火炬手黄春贵身旁。这名中国农业大学的学生、未来极度体验公司的掌门人，点燃了火炬，走向几步之外的次仁旺姆。第五棒火炬手、西藏登山学校的22岁姑娘次仁旺姆站在世界之巅，和身边14名穿着红色连体羽绒服的火炬手高呼着"扎西德勒"。

之后，奥运火炬在这14名队员的手中轮流传递着。每一名裹得严严实实的火炬手接到火炬后，都激动地发表一段感言。坐在电视机前的观众，即便是严冬冬的父母和好友，如果不仔细辨认,也许很难认出电视画面里站在最后一排左边第二位,戴着红框雪镜的火炬手就是严冬冬。严冬冬已经在寒风和雪雾中等候多时,脚趾都冻僵了。目睹着点燃的珠峰火炬离自己越来越近,意识到自己竟然参与了这么宏大的事件,本来毫无波澜的心情也开始激动起来。

"我的心里是那种想放声欢呼、想挥泪如雨的激动,"他后来写道,"当然我不能放声欢呼,因为还戴着氧气面罩。我也不能挥泪如雨,在那样的低温低压和大风中,泪水会马上把脸颊冻成冰坨。"

仪式结束后,火炬队员陆续下撤。严冬冬的体力有些透支,下撤的路显得格外漫长。他咬牙坚持回到了8300米的营地。在营地喝了将近一升的热果珍后,他的体力基本恢复了。他摘掉了氧气面罩,继续下撤到7790米的二号营地,然后是7028米的一号营地。他在这里遇到了来接应的周鹏。周鹏抢着把严冬冬的羽绒服、冰爪、空氧气瓶拿过去,塞进自己的背包里。严冬冬浑身轻松。晚上8点,太阳已经落山了。他们在黑夜里继续下撤。从雪地到冰川,再到碎石路,每下降一些海拔,呼吸就顺畅了一些,也更温暖了一点。晚上10点半,他们终于回到了熟悉的6500米前进营地。跋涉了21个小时后,严冬冬终于坐在了温暖的帐篷里,早上冲顶的经历恍如隔世。

严冬冬登顶珠峰的消息传遍了清华校园。清华听涛园食堂门口,五名男生拉着一条红色的横幅:热烈庆祝清华登山队严冬冬执火炬成功登顶珠峰。巨大的横幅吸引了路过的清华学生纷纷侧目驻足,并在上面签下自己的名字。消息也传到了严冬冬的家乡辽宁鞍山。鞍山当地的《千山晚报》采访遍了严冬冬的高中老师、小学同学、家里的亲戚，还有父亲严树平。

在过去几年里，爷俩吵了很多次，现在依然闹得很僵。父亲依旧非常不理解，清华毕业的儿子为什么就不能找一份安稳的工作。春节回家时，严冬冬跟父亲提起过参加珠峰火炬接力的事情，并没有透露更多的细节。火炬队正式冲顶时，严树平每天给儿子拨打几通电话，每次都显示对方已关机。他只好上网查询、跟踪火炬队的进度。如今，当严树平看到儿子作为火炬手登顶珠峰，也感受到了这种荣耀。他骄傲地对《千山晚报》的记者说起儿子的翻译事业。至于严冬冬现在的工作，这篇对严父的专访中写道："他开始找了一份在山东某生物科技公司研发的工作，一年后回到北京公司总部，每个月6000多元的工资除了必要的花销外，全都花在登山上。"

火炬队解散后，自由之魂的"七峰连登"计划暂时搁浅。周鹏回到农大继续完成学业。严冬冬回到鞍山，如衣锦还乡般受到母校和媒体的接待。念高中时，他一度被老师和同学们奉为神，私下里却被当作神经病。如今，他在鞍山一中做演讲，手捧一束又一束的鲜花，登上报纸头条。他的童年趣事演变成传奇，再次成为整座城市的骄傲。回到北京后，严冬冬和登顶珠峰的火炬队队员们，在人民大会堂接受了国家颁发的体育运动荣誉奖章。在接受媒体采访时，严冬冬谈到自己的登山目标，他说要完成地球上全部14座8000米以上的山峰的登顶。珠峰只是一个开始。

到了夏天，珠峰的光环渐渐褪去。严冬冬又回到了原来的生活当中。他和大学室友马伟伟在北京上地地铁站附近的小平房合租。30平方米的单间，月租金400元。严冬冬似乎很容易地接受了这种落差，没有太多抱怨。他立即恢复了往日的工作状态。

他接了《三杯茶》的校译，并着手实践他独创的"24×7÷6"工作理论。他彻底打乱、重组了人类自古以来的昼夜习惯。为了将工作效率最大化，严冬冬把一周7天、每天24小时的总时长，平分成6天，把一天的时间"延长"到了28小时。在他看来，这样他每天就可以多工作4个小时了。那段时间，严冬冬每天傍晚6点，准时去清华大学南门的避风塘快餐厅，翻译一通宵之后，早上回到合租房里睡几个小时，中午再起床开始新的一天。

严冬冬的翻译资源越来越广。他的稿酬很快就涨到了千字55元。那一年，他一共翻译了七本书，将近100万字。他还额外拿到了登顶珠峰的三万元奖励。这是一笔巨款。他熬过了人生中最饥寒的那段时光。

严冬冬终于迎来了人生中的第一次自由攀登。只不过他的搭档不是周鹏，而是两位熟识的山友。准确地说，这也不算是一次严肃的攀登，而是去青海岗什卡雪峰登山滑雪：攀登上这座馒头形的山峰，再滑雪下来。严冬冬不会滑雪，只能跟在两个老朋友后面，看着他们滑雪下山，十分羡慕。他还一个人去爬了四川贡嘎山域的田海子山（海拔6070米）。这是他第二次尝试独攀一座山峰。在山脚下，村民对他说，山上有狼。严冬冬胆子很小，一路担惊受怕，最后止步于海拔5200米的地方。

多年以后当严冬冬回顾这两次独攀时，认为没登顶是再正常不过的事情。他当时的登山技术与理念都不算成熟。但是他很享受独自在山里的时光。他喜欢那种孤独感。孤独会放大登山的生命体验，而这种深刻的体验，让严冬冬深深地为之着迷。

"我追求的是什么？是你在跟暴露感、恐惧感、孤独感这些东西打交道的过程中得到的，在其他形式上不那么容易得到的体验，"严冬冬说，"那种暴露感还是很爽的。包括有时候去solo一些冰也是。那个时候会感觉自己活着。就是很真切的生命力的那种感觉。"

在周鹏缺席的几个月里，何浪是严冬冬的最佳搭档。何浪从清华毕业后，又去北大读了研究生。何浪和严冬冬两个人一起徒步穿越了小五台，一起去香山骑山地车。他们还一起报名了北京越野三项赛。严冬冬骑车，何浪跑步，最后两个人再一起漂流。严冬冬告诉何浪，他和周鹏组成了自由之魂的登山组合。严冬冬和何浪的双人组就也沿用了"The Free Spirits"的名字参赛。两个人漂流完浑身湿透，在秋高气爽的季节里，手拉手跑过比赛最后的100米。

周鹏从农大毕业后，终于也加入进来。周鹏、严冬冬和马伟伟三人在上地东里租了一套两室带阁楼的房子，66平方米，月租金2500元。要不是三个人平摊房租，他们谁都租不起这么贵的房子。马伟伟和周鹏各睡一间房，楼顶上的阁楼归严冬冬。有幸参观过这间阁楼的朋友都很吃惊：要踩在凳子上，才能翻上阁楼；阁楼里，人都站不起来，只能猫着腰，就好像是火车的中层卧铺；在狭小的空间里，各种杂物散落一地；房间里依旧没有床上用品，一条睡袋就解决了严冬冬的全套起居。

自由之魂组合已经成立半年了，然而严冬冬和周鹏还没有尝试过一起搭档攀登。到了年底，严冬冬和周鹏终于按捺不住攀登的欲望，带上登山装备，坐着硬座火车去了成都。他们住在了武侯祠对面的梦之旅青年旅舍。他们还跑去了四川省登山协会，打听四川都有哪些有点技术难度的山峰可以爬一爬。川登协工作人员在地图上指了指四姑娘山山域内一座海拔5592米的未登峰。四姑娘山是国内登山氛围最浓厚的山域。四姑娘山主峰幺妹峰更是国内殿堂级的技术型山峰，目前仅有一次国人登顶纪录。此前，严冬冬从来只闻四姑娘山的大名，却没去过这一带。周鹏也只是在大学期间来过一次。如果这两名小伙子当时真去爬了这座5592米的未登峰——野人峰，又名色尔登普峰——也只能铩羽而归，更不会再有之后的命运际会了。

12月7日那天，严冬冬和周鹏正在武侯祠大街上闲逛，还去了青年旅舍隔壁的中山户外店买气罐。中山户外店老板唐超问二人，你们来四川爬哪座山？

严冬冬脱口而出，我们想爬幺妹峰。

周鹏在一旁愣住了，心想，冬冬你个大嘴巴，我们他妈哪有这个能力，根本就没计划爬幺妹啊，我们不是计划爬个半脊峰，再去那个未登峰看看的。

老板唐超接过话说，爬幺妹峰，我给你们介绍个人，他正好也要爬幺妹峰。

巧的是，唐超说的这位也住在隔壁的青年旅舍。更巧的是，几分钟之后，这名登山者也推门走了进来。就这样，严冬冬和周鹏碰见了李红学。来自两个时代的自由攀登者在这里相遇了。

7

2008年7月22日清晨，在成都市洗面桥横街一栋建筑的屋顶上，一名成都理工大学的学生，面向西北方拍下了一张雪山与小白宫的合影。成都市的地标性建筑市人民检察院，因其外形酷似美国的白宫，亦被成都市民称为"小白宫"。在这张奇异的合影中，前景是小白宫的穹顶，中景是青黛色的群山，远景是一座白雪皑皑的山峰。

千万级人口的现代都市与青藏高原边缘地带的宏伟山峰形成鲜明的对比，冲击了人们的视觉与认知。这张照片迅速在网络流传开。成都市民议论纷纷，有人说这座孤傲的雪山是蜀山之王贡嘎山（海拔7556米）。有人说这是成都第一高峰、西岭雪山景区的主峰大雪塘（海拔5364米），还有人说是四姑娘山的主峰幺妹峰。成都市民联想起了唐代诗人杜甫的名篇。难道杜甫在草堂中所作的诗句"窗含西岭千秋雪，门泊东吴万里船"的奇景，并非源自文学想象，而是亲眼所见？既然大雪山距人们世代生活的都市如此之近，为什么过去几年来成都市的千万市民从未大规模观望过雪山？

过去十年来，气象专家和媒体从未明确过在成都能遥望雪山。面对成都天边时而出现的雪山群，专家辟谣并否定其真实性。理由有三：一、从距离上看，在成都肉眼望不到雪山；二、成都的空气能见度不满足观测雪山的条件；三、天边的雪山很有可能是海市蜃楼。而众多拍下雪山与市区建筑合影的摄影师们笃定，照片中的山脉并非虚幻。环境工程师赵华并不相信所谓"海市蜃楼"的说法。他加入了这场论战。

赵华仔细研究了这张照片中的细节。根据拍摄的方位角度，他把照片中的几处重要坐标连成线，再把这线段延长。这条直线指向了成都市的西北方，掠过了西岭雪山景区，直指四姑娘山。赵华又计算了照片拍摄的参数和观测山峰的角度，几组数据均与在成都市区遥望幺妹峰的数据相符。最后，他找来日本山峰学者大川健三拍摄的四姑娘山主峰幺妹峰的照片，对比幺妹峰东壁的轮廓突起特征，均与照片中的山峰完全吻合。赵华锁定了这张照片里的山峰，正是四姑娘山的主峰幺妹峰。只是，当时没有人相信他。

在中国自由攀登的历史中，幺妹峰的意义远远大于世界最高峰。许多故事从这里开始，在这里结束。起初，四姑娘山不叫四姑娘山，幺妹峰也不叫幺妹峰。如果不是过去四十年来登山者在这片山脉里留下的传奇故事，四姑娘山只不过是一座位于青藏高原与四川盆地交界处的无名山体。在千万年的造山运动中，这片后来被称为"邛崃山脉"的群峰迅速隆起。经过日复一日的风吹雨打与第四纪冰川的侵蚀，这些山体逐渐形成了陡峭的绝壁。80多座海拔5000米以上的高峰组成了这片连绵的山脉。群山之中，唯有一座6000多米的主峰傲然挺拔。从东南方的经典视角望去，主峰顶部呈现出钻石切割状的华丽与闪耀。在千万年的自然循环中，山脚下的县城、州府甚至蜀地文明都因它而活着。

四姑娘山——我们姑且先这么称呼它——孕育了35条现

代冰川。有些化作色彩奇异的高山海子，有些聚水成溪，汇溪成河。四姑娘山西侧的冰川流淌出冰冷的抚边河，再切割出数条沟壑纵横的峡谷，汇集于下游为沃日河。浊冽而奔腾的河水流过小金县日隆镇成为小金川，再与大金川汇合，融入浩浩荡荡的大渡河，成为长江的最大支流之一，滋养着下游的蜀文明。四姑娘山主峰东侧长达12公里的冰川，发源出了正河，汇入皮条河，顺着蜿蜒曲折的山谷一路流淌，经过大熊猫的栖息地卧龙，经过耿达的葱郁灵山，经过映秀成为岷江的重要源流，一路灌入成都重要的水源地，紫坪铺水库。21世纪的成都市民每取紫坪铺的一壶水，四姑娘山的冰川水就会流入他们的喉咙，融进他们的血液。

四姑娘山主峰上的积雪与冰川从未消融，那冰雪冷酷得叫人不敢亲近。在群峰之中，这座主峰坐拥山间，与以北的鹧鸪山、虹桥山，以南的巴朗山、夹金山，共同连成一排五六千米高的天堑，阻拦着两侧的季风与水汽，也阻隔着藏地与羌汉两地的文明。千百年来四姑娘山主峰多次错失了闻名于世的机会。

自有古蜀国文明以来，蚕丛及鱼凫的子民、成都平原的人们远眺却从未亲近过它。唐朝的杜甫只从草堂里的西窗匆匆一瞥，留下了千古名句中的谜题。清朝乾隆年间两次平定金川之乱的将士、行军路过这片山域，攻日隆关，埋万人坟，降伏十八土司，画下了川西高原每座山峰的舆图，却从未将这座大小金川第一高峰记录在册。英国的博物学家威尔逊自巴朗山古道过日隆关，却不知抬头一望。民国时期的藏学家任乃强与摄影师庄学本数次行过西康，记录下川边的山水风貌与奇异风俗，却只字未提它的存在。红军过草地、爬雪山,分几批通过四姑娘山南北两侧的夹金山和梦笔山,在山脚下顺利会师,爬过雪山的老兵们也只感叹极寒的冰雪和脚底的冻疮。300公里外的蜀山之王贡嘎山足以消磨约瑟夫·洛克半生的时光。彼时,整个世界更关注四姑娘山脚下的卧龙,大熊猫苏琳——大熊猫国际谱系册中的001号——从这里被带到了旧金山,从而牵出了往后一个世纪的熊猫政治。任山脚下发生过多少次人民起义、谍海斗争、蜀地袍哥的结拜与械斗、叛乱、革命再到解放,任山脚下的村落从冉駹变成古蜀、逋租国,变成穹、炎二州,变成土司官寨,再变成懋功厅、小金县、红旗公社和日隆,中华主流文化与西方世界始终对这座雪山视而不见。四姑娘山主峰似乎是一座缥缈而无形的山峰,但它又是那么的挺拔,挺拔得在方圆百公里内都无法忽视。

在20世纪80年代之前,四姑娘山主峰沉默地隐藏在川西群山之中。唯有在当地的原始宗教与苯教神话传说中,这座山峰才有些许存在的意义。在先民的原始崇拜中,雪域高原上的每一条河流、每一座山峰都被赋予神的崇拜与人的姓名。守护四姑娘山主峰的山神叫作"ཟི་ག"(藏语)。

"ཟི་ག"源自青藏高原上最古老、原始的宗教——苯教,其历史最早可追溯至公元2世纪。在当地嘉绒土语——一门与古藏语发音方式极为接近的语言——ཟི་ག读作si-gu-la,往往在汉语中被翻译成"斯古拉"。著名藏学家毛尔盖·桑木旦曾解读道,斯古拉并非特指某一座山峰的名字,而是生神的化身,掌管着人的生命与地方的土地。与现代旅游景区中的"四姑娘"

不同，苯教教义中的斯古拉不是柔美的女性角色，而是一名男性身份的战神。

到了近代，位于小金县日隆镇的这座斯古拉山，在秘典中有了更正式的称呼"斯古拉·旺秀占堆"（དབང་ཤུལ་ལྡན་འདུས）。它既是山神灵魂的寓所，也是原始苯教教义中斯古拉山神的神殿。

由于语言与文化隔阂，这段秘辛仅记载于古老的手抄本典籍当中，口口流传于当地嘉绒民族的土语之中。在20世纪六七十年代的青藏高原无图区大测绘任务中，或是为了方便传播，或是无意中被误读，"斯古拉"山成了"四姑娘"山。在测绘工作者看来，这个名字更形象地描述了那依次排开、越发陡峭的四座相邻山峰：四姑娘山大峰（海拔5025米）、四姑娘山二峰（海拔5276米）、四姑娘山三峰（海拔5355米）与四姑娘山主峰。"四姑娘"是家里那位最年轻却最高大的小妹，也有人用四川话亲切地称它为幺姑娘，或幺妹峰。

如今，幺妹峰因其峻美的山体，还坐拥"蜀山之后"的称呼，与"蜀山之王"贡嘎山成王后对应之势。但在当地文化中，斯古拉与四姑娘无关，只是一座守护地方村镇的小神山。在当地著名藏学学者赞拉·阿旺措成的记忆中，20世纪80年代以前——"四姑娘山"的名字还未广泛传播的时候——当地人一直认为，那紧邻的几座山峰并非四座，而是三座。

"现在该山不仅称作四姑娘山，还说什么四姑娘山的四座山峰，恰似四个身姿纤秀清丽的少女，并到处可见四座山峰的四姑娘山图画，不知这些作者是否亲自去观光游或查过该山没有，"这位90多岁的老人曾在《斯古拉神山溯源》一文中写道，

"笔者是斯古拉山脚下长坪沟口日隆大寨子的人，我们所见的斯古拉山是一个主峰，挨着两个小山峰，总共只有三座山峰。"只是，在后来的景区规划者、穿着冲锋衣的游客、初次体验高海拔的户外爱好者们看来，四姑娘山大峰——海拔5025米的一座小山包——有必要成为一座雪山，不然怎么能构成四位姑娘的意象呢？

到了20世纪80年代，日本、美国等多个国家的登山队首度造访这座斯古拉神山。川内媒体时有报道关注。当地人意识到了这片山脉的巨大意义。80年代末期，人们从旅游经济的角度，重新审视着斯古拉，并着手开发这片山脉的旅游资源。

在中国人的传统自然审美中，西部的雪山从来都不是我们引以为美的对象。在古人眼中，西部蛮荒之地的雪山是凶险的，因此雪山自古便游离于传统主流文化之外。中部与东部的五岳则成了古人们纷纷朝圣的名山。东部的名山不仅容易到达，周边葱郁的植被还衬托出山体的巨大高差。"对古人而言，一座山的美，山的相对高度最重要……山的坡度越大，山的体量越大，这样的山就越受推崇。"单之蔷在《古人不爱极高山》一文中指出。直到近代，绝对高度（海拔）的地理学概念才在国内被建立起来。因此，在古代诗人流传的名篇中，四川似乎只有峨眉与青城两座名山。就连浪漫主义诗人李白，也对家乡江油附近的雪宝顶（海拔5588米）视而不见。川西腹地的数百座从未有人探索过的雪山，更是远在古人的认知范围之外，只能沦为"西岭千秋雪"——这类用方位来指代的山脉统称。

从审美角度讲，海拔6250米、高差2000多米的斯古拉神山倒是个例外。它的峻美山形不仅满足了古人和今人对山峰的想象，在连通汶川与小金的桃关古道修通成303省道之后，藏在深山中的四姑娘山景区也有了旅游的价值。只是，在90年代，雪山的新奇概念还不足以供养一个热门景区。景区开发者们便穷极想象，把东部山水的传统文学性，强行附加到四姑娘山景区。时至今日，斯古拉已经成为约定俗成的"四姑娘"。当游客在四姑娘山景区的双桥沟游览时，仍能听到导游口中附会的生动传说"仙女四姑娘大战恶魔墨尔多"，还会欣赏到"阴阳谷""犀牛望月""大鹏展翅""红松逸彩""万仞孤城"等儒道文化的余脉。只要在景区旅游车里合上双眼，恍若置身于五岳。

在地理上，四姑娘山的冰川流水切割出几条壮观的大峡谷。其中双桥沟、海子沟、长坪沟与单放沟，共同组成了四姑娘山的"四沟"。四姑娘山脚下的日隆镇也从嘉绒语的"四沟"音译得来。四姑娘山景区规划时，三沟（双桥沟、长坪沟、海子沟）与一山成了旅游的主力。其中双桥沟是四姑娘山景区最先开发、景观最丰富的地方。在近40公里长的双桥沟河谷里，两侧随处可望见冰川、冰斗、刃脊、角峰与险峻的冰雪高山。沟里的村寨房屋沿着蜿蜒的河水、曲折的公路零零散散地分布着。寨子里的嘉绒藏族常年生活在这海拔约3000米的深谷之中，世代放牧，种植青稞。家家户户房屋上的四角供奉着白石。白石崇拜是嘉绒藏族的标志符号之一。有学者推测，白石象征着嘉绒藏民眼中神圣却不敢触及的白色雪山。至少在21世纪到来之前，村里的牧民徐老幺都不敢靠近那覆盖着冰雪的顶峰。

像祖辈一样，徐老幺从小就跟着父亲在双桥沟的山上打猎、放牛、采虫草。单调的生活日复一日。浑然不知，沟外的世界正在发生翻天覆地的变化。这变化之剧烈，不仅冲击着中国社会的方方面面，也蔓延到了这座斯古拉山，改变徐老幺世代生活的双桥沟。

8

自打儿时起，徐老幺就听大人们提到过佑护这片山谷的斯古拉神山。徐老幺家住在双桥沟的尖山子脚下，随时随地抬头一望，十来座5000多米的险峻山峰尽收眼底。只是双桥沟里的雪山虽多，却完全看不到斯古拉神山。只有在阳光明媚的清晨，他爬上四五千米高的山梁，待云开雾散后，才有幸望到斯古拉山的顶峰露出一点点山尖。每次望到斯古拉山，徐老幺都很开心。

徐老幺胆子很大。六岁时跟着父亲上山，白天放牧、采雪莲。他能轻快地攀上险峻的绝壁，在4000多米海拔的悬崖边跑来跑去。他从来没有想过万一脚底打滑、跌入深渊的后果。徐老幺放牧的高度往往止步于5000米的垭口。和千百年来双桥沟里的藏民们一样，他没想过要爬到那白雪覆盖的顶峰上看一看。

徐老幺胆子又很小。父亲偶尔去田地里收菜，把徐老幺一个人留在山上。夜幕降临后，徐老幺独自睡在山上的牧场牛棚里。半夜，自家的牦牛在棚子外呼哧呼哧地走来走去，徐老幺就害怕得用身体抵住牛棚的木门，一晚上不敢合眼。他最恐惧的还是高山上的海子（高山湖泊）。幽暗诡谲的湖面，总是透着深不可测。徐老幺感受到海子散发出的巨大压迫感。就像恐高的人畏惧悬崖一样，他遇到海子总是绕得远远的，担心自己随时会被吸进去。有时他又架不住好奇心的诱惑。遇到小一点的海子，徐老幺也会鼓起勇气，慢慢地凑近，摸一下湖水就赶紧跑开。

到了上学的年纪，徐老幺去双桥沟里的小学念了几天书。有一次，徐老幺放羊后赶到学校。教室里已经开课。他不敢进去，怕被老师骂，只好趴在门边，往里瞄了一眼，就吓得立马背起书包哒哒哒地溜出学校，跑回山上放羊了。从那以后，徐老幺再没有读过书，也不识字。

双桥沟两侧的山峰遮挡了村民的视野，也限制着村子的交通和经济。等到了徐老幺可以摸猎枪的年纪，他跟着大人们上山打猎为生。几年后，国家禁止打猎，没收了枪支，徐老幺也学着村里人摆摊贩卖小商品。景区里的游客越来越多。徐老幺买了辆自行车，骑到镇上批发银手镯、项链等工艺品，拿到景区里售卖。一枚银手镯进货价5元，他卖100；一串项链进货价10元，他卖200。"你要卖得越高，他就要的人越多。卖得便宜就不要。"徐老幺说。

1994年，四姑娘山景区成为国家级自然风景名胜区。那一年，20岁的徐老幺刚结婚。徐老幺还记得有一天，一帮游客想看点非常规的风景，要他带路去附近的山上看海子。游客们一路拍照，走走停停，等到下山的时候，天已经黑了。大家摸黑下山。徐老幺扒开草皮，抓几把干草，掏出打火机点燃，再用柏树皮做成一根根火把。大家打着火把，连成一条火龙走下山去。他这一趟带人上山总共赚20元，跟每天做农活的收入差不多，但是轻松多了。从那以后，带人上山耍也成了徐老幺的收入来源。后来双桥沟里还出现了不少外国登山者。徐老幺等村民常常被找去背行李。他时而带游客爬山、贩卖小商品，时而种青稞、放牦牛、挖虫草，不知不觉度过了十个春秋。

2005年冬天，两名中国登山者也找到徐老幺，请他做背夫，每天50元。他们要攀登双桥沟里一座险峻的山峰，阿妣峰（海拔5694米）。徐老幺穿着破破烂烂的衣服、踩着露大脚趾的军胶鞋，帮他们把行李背到大本营。第二天一早，这两名登山者带上绳子、岩钉和机械塞等技术装备，准备攀爬山壁。徐老幺不甘心只到大本营，也想去看看上面的风景。他独自从旁边找条路线切了上去。他越爬越高，总以为前方就是山顶，可等爬上去以后，后面还有更高的山头，就这样一路爬到了阿妣峰的垭口处。

徐老幺站在垭口，对着下方的两名登山者喊道，来啊，快点上来啊，快来啊。山下的人一愣，喊道，你怎么跑到我们上面去了。这两名登山者爬到了徐老幺的位置后，自讨个没趣，也就撤下山了。其中一位登山者王冰（爵士冰）是国内早期的民间登山者，在业内小有名气。可是徐老幺从来没听过这个名字。

王冰下山以后，在镇子上歇了几天，又回到双桥沟的人参果坪，敲开徐老幺家的门。他还想带徐老幺再"体验"双桥沟里一座纯攀岩类型的山峰，牛心山（海拔4942米）。徐老幺骑着刚买的摩托车，带着王冰开到牛心山脚下。

徐老幺望着这面岩壁说，这个岩壁看起来不算什么，我能轻轻松松地爬上去。王冰说，那不行，得做个保护。他给徐老幺系上安全带，打上八字结，挂上主锁，就让徐老幺试试爬上去。徐老幺浑然不怕，头也不回地往上爬。爬了好一阵，徐老幺抬头一看，上面还有好长的距离。他再低头一看，没想到已经爬得这么高了，顿时吓得够呛，腿脚发抖，上也上不去，下也下不来。最后在王冰的指导下，徐老幺一点一点倒着往下爬，慢慢地蹭了下来。等下到了地面，徐老幺的裤子都磨破了。

王冰在山脚下开始教徐老幺打保护，最后又额外挂上一把锁、一条扁带，并叮嘱徐老幺，这个绳结千万不要解开。王冰说完，就爬上岩壁了。徐老幺现学现用，二人交替保护，完成了这座小型岩石山峰的首登。

徐老幺的第一次攀岩就是先锋攀，同时也是他的第一次传统攀登和技术攀登。如今，一名登山新手要完成从初级攀岩体验到高海拔技术攀登的全过程，最快也要一年，而徐老幺只花了几十分钟时间。徐老幺一不小心成了整个四姑娘山地区，第一个学会攀登技术操作的本地人。

在之后的几年里，来找徐老幺登山的人越来越多。2000年初，民间登山爱好者来四姑娘山大多体验海子沟里的大峰、二峰等入门级山峰。而在隔壁的双桥沟里，只有徐老幺家附近的尖山子和阿妣峰——两座略有难度的技术性山峰——可供登山者提高进阶。"四姑娘山登山，来日隆镇找卢老三，来双桥沟找徐老幺"，成了当时民间登山者口口相传的找向导口诀。徐老幺算了下，总卖手镯有些良心不安，做农活每天只赚20元，带人登山每天能赚50元，有时还有小费……还是登山好。

徐老幺逐渐把带人登山当作主业。他从小在山里长大，本就熟悉山里的一草一木。学会登山技艺之后，那些草木、石头和山峰对他来说都有了不一样的意义。原来周围那些遮挡住村民视野的岩壁、冰川与角峰都是可以爬上去的。登山于他而言，变成了一件好玩又赚钱的事情。源于两百年前阿尔卑斯的现代登山精神，不断冲击着这名中国西南部大山里的牧民。徐老幺忙时采虫草，偶尔放牛劈柴，闲时就琢磨起登山的技术。徐老幺还主动尝试攀登附近一些未登峰，逐渐成长为四姑娘山当地最有名气的登山向导。

后来，徐老幺开了家客栈，早早就完成了从接待、住宿、餐饮到登山的"商业闭环"。客栈里的条件很简单，就是几块木板拼接成的大通铺。客栈的名字也很朴素，就叫"老幺一家"。但有时住宿比带人登山还赚钱。2006年2月的一天，刃脊探险公司的年轻登山向导李红学，带着几十人大队伍来到老幺一家。徐老幺一下子就赚了上千块。徐老幺和李红学从此熟络起来。

李红学比徐老幺小个五六岁。这名青年登山者刚从绵阳的西南科技大学毕业，正在国内著名的刃脊探险公司实习。刃脊探险是中国民间第一家，也是当时最有影响力的商业登山探险公司。公司创始人马一桦、曾山是国内声名显赫的登山者。这名眼镜里透着书生气的大学毕业生带着对攀登的渴望和热情加入刃脊探险。之后他每次带着刃脊的队伍来到双桥沟，都会住在徐老幺家里。在徐老幺的老婆幺嫂的记忆中，这名1米83的帅气小伙子还主动跑到猪圈里喂猪，帮忙劈柴，偶尔还会逗弄逗弄老幺10岁的儿子小幺。

在山峰资料并不丰富的年代，李红学时常给徐老幺指点双桥沟的群山，你看，这一排山，不是都叫尖山子，其中有海拔最高的主峰，也有卫峰。李红学还把自己掌握的登山技术全部讲给徐老幺。他成了徐老幺第二个启蒙老师。二人开始搭档攀登，在四姑娘山开辟了如玄武峰在内的数座未登峰。李红学往往先选好一座未登峰，徐老幺再来协作，冲在前面解决技术难点。

2008年，李红学成立了"终极探险"登山公司。他想通过带人登山赚钱，再用赚来的钱，供养他继续登山。这样"以贩养吸"的生活虽不稳定，但自由自在。这家公司只有李红学自己一个人。他想跟徐老幺签一份正式的合同，让老幺成为终极探险的专属协作。徐老幺总是犹犹豫豫，口头上敷衍着。他也想自由一点，不想绑定在一家公司。

5月的一天下午，又是一年挖虫草的好季节，徐老幺正在后山上挖虫草。他正纳闷今天怎么一株虫草都挖不到，突然听到山对面传来飞机的轰鸣声。这轰鸣声之大，把旁边的牦牛吓得哞哞直叫，四处乱跑。挖虫草的村民笑道，这些牦牛是不是疯了。飞机没有飞来，山里的轰鸣声倒是越来越大。徐老幺看到山上的石头在滚动，地皮在颤抖，成群结队的牦牛蹿来蹿去。徐老幺等人吓得"哇"的一声往山下跑。他跑到山脚下的公路边，好端端的马路被大地撕扯开几道沟壑纵横的裂痕。他跑到自家的房子门口，屋顶的瓦片散落一地，木头柱子支棱着，发出嘎吱嘎吱的恐怖声音。

2008年5月12日下午14时28分，阿坝州汶川县映秀镇发生了里氏8.0级的大地震，破坏地区面积达50万平方公里，近7万人遇难，18000人失踪，2000万人流离失所。四姑娘山离震中映秀镇不过100公里。从成都到都江堰、映秀、卧龙、巴朗山的公路被彻底摧毁。303省道从此开始了长达数年的灾后重建。时任苹果慈善基金会任秘书长的周行康（十一郎）闻讯后，召集了陈骏池、陈泽纲、黄鹤等国内众多户外登山爱好者。他们迅速募集到300多万捐款，带着6吨医疗物资，赶往他们深爱的四姑娘山救援。2008年，无数个公益基金会凝聚到一起拯救四川的灾民。这一年是中国公益基金元年。

地震发生时，在四姑娘山的长坪沟，恰好有游客在幺妹峰北壁一侧的木骡子营地游玩。只见幺妹峰的北壁轰隆一声，就好像王座上的巨人抖擞着肩膀，流雪顺着山肩的沟槽流淌，雪浪和浮尘在空中弥漫，飘扬至半空中，直到覆盖住整座山体。这雪浪如海啸般由远及近，摧枯拉朽地席卷着山脚下郁郁葱葱的松林。所到之处，山坡上的古树均被冲断。好在木骡子的营地足够宽敞，目睹这骇人瞬间的游客们勉强躲过一劫。

当地还流传着一则传说。在地震发生的那一刻，幺妹顶峰一块体积巨大的万年悬冰川被震落。不过，能证实此事的只有在震后亲自爬上过幺妹峰的登山者了。在过去的二十八年中，日本、美国、英国等国家的登山者先后从不同路线登顶了幺妹峰。2004年，刃脊探险公司的马一桦、曾山与陈骏池、曹峻、康华等当时最著名的民间登山者组成了"中国思念登山队"，用"喜马拉雅式"围攻登顶了这座高难度山峰。中国登山者第一次站在了幺妹峰的顶峰。或许是汶川地震把全国人的目光都聚焦在了川西，在中国人首次登顶幺妹峰的四年空白期之后，四姑娘山幺妹峰迎来了三支强劲的登山队。

其中一支是孙斌率领的队伍。孙斌登顶珠峰后，如愿得到了"公众社会的评价体系"的认可。他离开了中国登山协会，创办了自己的公司巅峰探游。这是他未来登山培训学校的起点。然而，作为登山行业的从业者，仅得到公众社会的认可还远远不够。孙斌还要得到真正登山群体的认可。

在国内一部分登山者看来，背着氧气瓶、沿着路绳登顶珠峰的方式，与其说是一种光荣，不如说是被调侃的素材。在当年的户外论坛上，还有网友发帖"那些自诩为英雄、在用路绳和氧气的围攻中登顶珠峰的人，要过多久才能登上幺妹峰？"，只有登上幺妹峰——中国名声最响亮的高难度山峰，孙斌才能证明自己多年来积累的技术与经验。更何况，攀登过程本身也是一件有成就感的事情。两年前，孙斌和搭档有过一次简单的尝试。2008年底，孙斌计划第二次向幺妹峰发起冲击。他决定与两名搭档用阿尔卑斯式的攀登风格，完成幺妹峰"南壁中央路线转西南山脊"的路线。

沙木尼探险的创始人彭晓龙，率领着另一支队伍剑指幺妹峰。彭晓龙之前在投资行业，工作之余喜欢登雪山。他四处拜名师，上遍了当时能找到的所有课程，从一名爱好者逐渐成长为一名专业登山者。彭晓龙后来辞去自己原来的工作，彻底投身于登山。他在成都成立了登山公司"沙木尼探险"。从那一年开始，每年冬天，彭晓龙都要在双桥沟泡一整个冰季，精进自己的攀冰技术。他以巨大的热情投入四川的山峰，陆陆续续开辟了川西众多未登峰，并数次获得国内攀登领域的奖项。

在不熟悉的人看来，这是一名看起来有些严肃的登山者，不怎么爱搭理人。他平时喜欢喝点小酒，约酒时总是说着"喝到死"，但酒量又不是很好。只有在极其感性的时刻，他才会袒露内心的情怀。有一次在雪山上，彭晓龙拎着酒瓶，面对着星汉灿烂的夜空，大声吟诵曹操的《短歌行》："对酒当歌，人生几何？譬如朝露，去日苦多。"颇有当年乔治·马洛里（George Mallory）在珠峰上的帐篷里高声诵读莎士比亚的风采。这名不苟言笑、潇洒俊逸的青年是当年名噪一时的登山者。

2008年底，彭晓龙召集了蔡瑜、郑朝辉（晕晕狼）等六名后来也小有名气的登山者。这支"蜀山登山队"将要沿着1981年日本同志社大学首登幺妹峰的路线，也是2004年思念登山队完成国人首登的路线，从幺妹峰南壁的右侧中央路线，再转到东南山脊上攀登。他们运输了大量物资，不惜耗费一个月的时间，决意围攻幺妹峰。

第三支队伍的名气相对来说就没有那么响亮。他们不走左边（孙斌队伍的路线），也不走右边（彭晓龙队伍的路线），而是爬幺妹峰的中间，从幺妹峰南壁的中央沟槽，直接往上爬。2008年底，李红学找到老搭档徐老幺、袁老二（袁永强），以及刃脊探险的前同事刘蕴峰、山友王霆等人，组成了剑指幺妹峰的第三支队伍。

得知三支队伍将要围战幺妹峰南壁的消息后，刃脊探险的创始人、国内民间登山的元老马一桦点评道："（李红学）选择的新路线有点难了，如果这条路线成功，比孙斌的切至南壁直上转西南山脊的路线还要有创造性，但这条路线我相信国内无人有成功的能力，哪怕只是上到西南山脊。"

12月7日这一天，李红学来到成都，住在武侯祠对面的梦之旅青年旅舍。中午，他来到隔壁中山户外店采购物资时，老板领来两位据说也想攀登幺妹峰的年轻人。李红学透过眼镜，瞥了一眼严冬冬和周鹏，就好像邀请他们参加一场周末徒步活动似的，爽快地说道，为什么不和我们一起去呢？

9

幺妹峰和珠峰把国内登山者大致分为两类人。一类人把珠峰当作目标，他们更在意山峰的高度与最后的结果，享受登顶带给他们的东西，至于攀登的方式与风格都不重要了。另一类人把幺妹峰当作目标，他们崇尚攀登技术，渴望通过攀登过程来获得自由。登顶只是其中一个顺其自然的环节。

严冬冬和周鹏一度属于前者。经历了珠峰火炬队之后，他们更渴望在山上自由地攀登。他们常常聊起幺妹峰。在得知孙斌和彭晓龙的攀登计划后，两个人试探性询问能否加入他们的队伍，最后都被婉拒了。自由之魂刚成立不到半年，没有人听说过这个组合。若论二人的攀登经验和技术能力，或许在大学生社团中还算佼佼者，但和那些多少次与死神擦肩而过的登山前辈相比，只能勉强算作初学者。至于前一年攀登珠峰的经历……专业登山者都知道是怎么回事。在这一年围战幺妹峰的三支队伍中，只有李红学这位胆子足够大，同时也想闯出一点名气的青年才敢收留他们。

严冬冬和周鹏从未听说过李红学。李红学也从未听说过他们。李红学后来回忆道：见面是两个书生气很浓的小伙子，一看就知道是大学登山队的队员。闲聊中得知他们这两年参加了珠峰火炬传递训练和实际攀登，其中一个顺利登顶。本对大学登山队的队员没有太多概念，以为他们不会对这么有难度的技术型山峰感兴趣。可当我提到要去尝试攀登幺妹峰，却一下子点燃了他们的热情。

晚上回到青年旅舍后,三个人长谈了两个小时。严冬冬和周鹏对李红学坦言,他们没有任何技术攀登的经验,这次幺妹峰攀登将是他们第一次尝试技术型山峰。李红学也很坦诚,说这次他也是慕名而来,想看看传说中的幺妹峰到底有多难,姑且走一步看一步。

"他邀请我们一起——似乎只是一时心血来潮——攀登那座山峰,仅仅提到这座山峰,每一名中国登山者都会联想到'陡峭''技术'和'挑战性'。幺妹峰会是什么样子?攀登会有多难?我们能坚持下去吗?"回忆起这次偶遇,严冬冬写道,"我们不知道。无论如何,这都是一个不容错过的好机会。"

几天后,这支队伍进驻了幺妹峰南壁的营地。等来到幺妹峰的脚下,严冬冬才意识到,在远处看起来近乎垂直的山壁,走到近前就变成了一面斜坡,似乎幺妹峰的山顶也并非那么遥不可及。此时,幺妹峰山脚下只剩下他们一支队伍了。由于搭档的伤病问题,孙斌的队伍放弃了攀登,一个礼拜前撤回了日隆镇。而彭晓龙的队伍已在幺妹峰驻扎了三个礼拜,上上下下运输了很多次,最终也在难点"珍珠项链"前放弃。

几乎没有人看好最后这支队伍。他们既没有孙斌队伍的轻装快速,也没有彭晓龙队伍的大量物资与持久战的决心。更重要的是,正如马一桦对这支终极探险队的判断,这支临时组建的七人小队内部也很不团结。在这支队伍里,李红学、徐老幺等五人与严冬冬、周鹏二人,两拨小团队之间暗暗较着劲。

从背负物资时起,竞争就开始了。"你怎么证明你行,证明你可以，大家一块较劲。比如背东西吧，我们两个背的不比谁差。"周鹏说。在这支队伍里，李红学的高山岩石经验丰富，但冰雪地形却是周鹏的强项。等队伍上到了冰川为主的路线上，队长李红学让周鹏一路领攀。没想到周鹏早上不吃东西，也不喝水，一爬上冰壁，攀登速度飞快，高效地领攀了很长的距离，直到打秃了几根新买的冰锥。

"周鹏技术好，袁老二和李红学有一点不喜欢周鹏，就让他多背一点东西，"徐老幺后来说，"周鹏什么都背了，背到二号营地上面就垮了。那天让周鹏修路，修上去下来，当天晚上就高反。"晚上，周鹏听见自己呼吸时，肺部还有水泡的声音，心知不妙。

早上起来后，严冬冬来到李红学的帐篷，告知周鹏得了急性肺水肿。高山肺水肿不可小觑，如果未及时治疗，短时间内就会丧命。李红学拿了地塞米松给周鹏服用，并带着严冬冬与袁老二，护送周鹏尽快下撤，同时其他人留在山上收拾装备。李红学等人半夜2点下撤到了日隆镇。

回到海拔3000米的镇上后，周鹏感觉好多了。几个人还吃了顿火锅。大家吃着喝着聊着，彼此熟悉起来。严冬冬和周鹏这时才分辨出，徐老幺和袁老二都是当地的协作，其他人是客户，李红学是向导，他在带人登山赚钱的同时，也在川西各地攀登未登峰。

"李红学当时过的生活，有点像是我理想中那样的。虽然还不太一样。"严冬冬后来说。经历了这次攀登，严冬冬意识到，原来传说中的幺妹峰"也就是这么回事，不是不能搞定"。幺妹峰的南壁中央路线成了严冬冬和周鹏的攀登目标。

等这支队伍从山上撤回镇子上，已是12月中旬了。四姑娘山的冰季就要来了。早在2001年冬天，美国登山者克雷格·鲁本（Craig Luebben）和中国登山者赵凯，开发了四姑娘山双桥沟的攀冰资源。此后，冬天就成了双桥沟一年四季中最热闹的时节。每年春节前后的几个礼拜，中国最顶尖的登山者都云集沟里。他们在白天攀冰、教徒授课，精进自己的攀爬技术，晚上围在一起喝酒、吃肉、吹牛。距这一年的冰季还有一个月时间，攀冰大军还没有进驻双桥沟，严冬冬和周鹏就先住在"老幺一家"。徐老幺和这两名大学生熟悉起来。在徐老幺的印象中，严冬冬不太爱说话，一张口就讲一些书中的技术理论。而在幺嫂的印象中，严冬冬不仅十分内向，还总是一个人叽里呱啦念叨着她听不太懂的话。有一次，幺嫂悄悄地问周鹏，严冬冬是不是信基督教？周鹏说，你别管他，他正在念英语。

每天清晨，徐老幺载上严冬冬和周鹏，骑着摩托在空旷的山谷里飞驰，开往双桥沟里的各处冰瀑。这还是严冬冬和周鹏第一次在双桥沟攀冰。严冬冬已是冰场老手。周鹏在大学期间攀冰的机会屈指可数。可一到冰上，周鹏就展现出了他那所向披靡的攀冰天赋。两个人的攀爬能力高下立判。李红学是徐老幺心目中的攀冰好手，也是他用来衡量其他登山者水平的一把尺子。徐老幺总想把周鹏与李红学做比较。他半挑衅地对周鹏说，李红学把"牙签"那个冰瀑爬上去了，我也能上去，你是不是也可以。周鹏爬完下来说，这不是很难啊。徐老幺又带他们去了更高难度的冰瀑，周鹏二话不说也完成了。这下徐老幺彻底服了,由衷感叹道,真厉害,李红学就没上去。

这期间,徐老幺跟着严冬冬和周鹏也学到了不少技术。到了攀冰的最后一天,周鹏甚至完成了双桥沟里最难的冰壁"龙之涎"。严冬冬羡慕极了。

"我们俩这个组合就很奇怪,他这个攀爬天赋基本是最强的那一类,我是最烂的那一类,"严冬冬说,"在这方面,他和我完全是两个极端。"

在沟里爬了一阵子之后,圣诞节那天,严冬冬和周鹏来到附近理县毕棚沟的半脊峰。这是他们当年"七峰连登"计划中的一座山峰。两个人从公路边出发,没有建立任何营地,直接冲向顶峰,登顶后再回到起点。这次一气呵成的攀登仅用了13小时39分钟。这是自由之魂第一次尝试搭档攀登,虽然只是一座技术难度不高的山峰。这对新成立的登山组合终于真正体验到了两个人搭档自由攀登的滋味——原来比之前想象的还要爽。严冬冬从未有过像周鹏这样一位合拍的搭档。这让他对自由之魂的组合充满了憧憬,这憧憬中也带着少许的不自信,"或许自由之魂注定大放光芒,又或许命运多舛,这就不是我目前所能预料的了"。

距上次攀登幺妹峰不过才两个月的时间,严冬冬和周鹏重返幺妹峰,再度尝试南壁中央路线。此时二人已爬遍了京郊的冰瀑,彼此之间有了默契,经验和自信都已经大涨,"就仿佛孕育已久的花蕾终于有机会绽放开来一般"。这次依然由攀爬能力最强的周鹏领攀。他们远超上次的高度,逐渐逼近顶峰。在海拔5950米的地方,周鹏正在攀爬的冰挂突然断裂,连人带冰砸在下方的平台上。一大块冰砸在严冬冬的头盔上。严冬冬一声惨叫。好在两个人最后都没有大碍。他们抬头一看，周鹏的一支冰镐还留在上方的冰挂上。惊魂甫定之后，他们在距幺妹峰顶仅有300多米的地方下撤。他们的攀登季结束了。

回到北京之后，周鹏入职中国登山协会，跟着马欣祥博士在培训部工作。严冬冬则窝在平房里继续做翻译。

在过去的这个冰季，李红学的技术精进了不少，也随即完成了高难度的"龙之涎"冰壁。他还计划在夏季去法国霞穆尼小镇，感受纯正的阿尔卑斯式攀登风格。在许多人眼中，李红学是一名疯狂的登山者。他总是在勇敢与鲁莽的边缘试探，尝试在别人看来绝无可能的路线，并且对山峰充满了永无止境的渴望，就好像他创立终极探险的宗旨："永无止境地探索大自然未知地域，并始终走在探险领域的前沿阵地。'终极'是指永远达不到终点的极限点。"

李红学和徐老幺又带人爬了一次双桥沟的玄武峰。玄武峰是前不久二人共同完成的一次首登。徐老幺还记得有次下山后，李红学望着对面的这座未登峰，想给它起个名字。李红学看着形似乌龟背的山体，问老幺，是叫神龟峰，还是玄武峰？徐老幺不解道，神龟？哪里有龟的？李红学遂把这座山峰命名为玄武峰。玄武峰后来成了川西地区最经典的技术型山峰之一。

2009年5月，二人再次带客户从玄武峰下来后，李红学对徐老幺说，他过两天要和一名上海来的客户一起去爬四姑娘山里一座高难度的岩石型山峰，婆缪峰。徐老幺正忙着回去装修他的客栈，这次没有答应跟李红学一起上山。徐老幺还想着，等李红学下山以后，要告诉他一个好消息：他决定好了，答应加入终极探险，签了那份李红学一直想让他签的协议，成为终极探险的专属协作。

6月的一天晚上，徐老幺正翻来覆去睡不着觉，"头发麻，很冰凉冰凉（的感觉）"。突然，他的手机响了，是成都的朋友打来的。电话一接通，就听对方说，李红学出事了。

10

徐老幺跟着搜救队一起来到长坪沟的婆缪峰大本营。三十多人的搜救队，匆促地在山脚下扎下五六顶帐篷。徐老幺详细询问了和李红学一起爬婆缪峰的张彧，山上到底出了什么事情。

张彧告诉徐老幺，6月27日这天，他和李红学一直爬到傍晚5点多，眼看离顶峰还很远，两个人决定下撤。晚上七八点钟，天黑了，他们找不到来时的路线。李红学在岩壁上打了颗岩钉，打了三分之二，好像就打不进去了。

"他们就有点冒险，"徐老幺清晰地记得张彧的描述，"李红学就绑在岩钉上面。他测试了一下，没事。他先下去。他（张彧）这样子说的。下了七八米，岩钉就飞了。只听到呜呜叫了一下的声音，然后等到七八秒后，就听到下面'噔'的声音。"张彧一动都不敢动，一直等到第二天一早。他从山上下来，遇到一名马夫，二人立即上报给了四姑娘山管理局。

稍有点登山经验的人都明白，这样的"失踪"可能意味着什么。徐老幺心情很差。他坐在婆缪峰下，闷了一口白酒，马上又呕出来了。幺嫂得知李红学失踪的噩耗后，号啕大哭。邻居问她，出事的是外头登山的，又不是你的老公，你为啥子这么哭。幺嫂说，你们就根本不晓得，李红学和我们这个感情是咋的。

李红学的女友把终极探险公司里能用得上的技术装备都带到了婆缪峰下。这些都是李红学用过的器材，如今被大家用来

第一部　自由之魂　　　　　　　　　　　079

搜救李红学。她在山脚下铺了张毯子，每天跪在那里祷告，向她信仰的神灵祈求，保佑李红学平安归来。几批搜救的队伍在山上搜寻了三天三夜，没有找到李红学的踪迹。到了第四天，山里起了大雾，又下起雨。为保证搜救队自身的安全，众人决定放弃搜救。大家就地找些石头，把李红学曾经用过的头盔、冰镐、登山杖等遗物堆在一起，垒成一个衣冠冢。在这之后的十多年里，每一名路过婆缪峰山脚下的登山者，都能看见这处坟冢。

李红学的追思会在成都华西国际大厦的终极探险办公室举办。追思会由李红学的父亲和哥哥操办。几乎所有跟李红学打过交道的成都本地登山者都来了。在追思会现场，墙上挂满了李红学的登山照片，最上方挂着"深深追思优秀的登山探险者李红学"的横幅。大家献上鲜花，点上蜡烛，垂头默哀。众人回忆着与李红学有关的往事，一阵唏嘘感慨。第二天，另一场追思会在李红学的母校——绵阳的西南科技大学举办。许多四川的山友都赶来了，就好像赶来见李红学的最后一面。

追思会一结束，李红学的父亲孙龙华、母亲李玉又回到了四姑娘山日隆镇。对于这两位老人来说，两场追思会虽然结束了，长达十余年的追思才刚刚开始。他们始终坚信：小儿子李红学根本没有遇难，他只是在山里迷路了而已。

李红学出事后，两位老人接到大儿子李宏宇打来的电话。他们当时正在老家江苏宿迁。只听大儿子在电话里说，李红学在婆缪峰登山的时候失踪了。两位老人不知道婆缪峰在哪里。他们以为，所谓的失踪，也只不过是儿子腿脚受了一点伤，遇到些困难。他们立即乘车到南京，再赶飞机到成都，和搜救队众人会合。李红学的女友给两位老人打来电话，担心他们有高原反应，不让他们进山。两位老人执意来到了日隆镇，也随队走进深山。几天后，当搜救队宣布搜救结束时，孙龙华和李玉决定自己继续寻找李红学。

他们在白纸上写道——

红学：

爸妈来婆缪峰找你，塑料袋里放吃的和打火机。我们有人在山上找你，如你看见人或听到人声，就把纸一张一张烧掉，或滚动石头。我们千方百计救你。

这样的白纸从婆缪峰山脚下，零落地散布在回日隆镇的几十公里路上。婆缪峰脚下的石头上涂满了这类内容的红字。李父和李母千方百计地寻觅儿子的一切下落。两位老人先在日隆镇三嫂客栈——当年户外爱好者的聚集地——住了几个月。三嫂客栈的墙壁上，也写满了寻找李红学下落的字迹。后来，他们干脆在日隆镇上租了房子，一住就是三年。两位老人也没有把李红学在华西国际大厦的办公室退掉。这间办公室又续租了三年。三年对他们来说有着特殊的意义。"都说父母去世，儿子要回家守孝三年，"李红学的父亲说，"最起码我们先等他三年。"

每天清晨，李父和李母从日隆镇的住处出发，沿着街道一直走到长坪沟，再徒步进长坪沟的深处，沿路挨家挨户打听。

每当听闻村民提及一丝不同寻常的线索，母亲都把它当作儿子还活着的证据，"他们（村民）讲话，好奇怪，怎么没看到成群的老鹰。按道理说，一个人万一……肯定有老鹰在他上面盘旋"。每当捕捉到四姑娘山地区荒野生存的传说，母亲都坚信儿子也会如此生存下来，"徐老幺女人的爸爸在山里失踪了好久，冬天就在那里面，打野兽吃。大雪封山。春天人家上山，又发现他，把他带出来，过一个冬天没死"。

梦到李红学，母亲相信那是儿子在托梦。算卦有蹊跷，母亲相信定会有一线生机。一切不合理的解释都会变得合理，一切合理的解释都印证了之前的揣测。

"达维有一个男孩子也经常在婆缪峰的附近，后来就出事了，他家年年烧纸，到处烧香拜佛，结果几年以后带个女娃儿、带个女朋友回来了。问他去哪里了，他说就在宝兴县那里打工、结婚了。"李红学的母亲说，"我和他爸爸心里面就没有觉得红学出问题，他还是在哪里结了婚、有了孩子，过自己的日子。想起我们一忙起来就算了"。

没有儿子的确切下落，李红学的一生就没有真正意义上的终结。两位老人每一次得到的似是而非的消息，都是一次短暂的慰藉，也是长久的折磨。失踪比死亡更可怕。死亡的痛苦可以被消解，可以被发泄。失踪却同时剥夺了人们尽情快乐的能力与尽情悲伤的权利。李红学的失踪，消耗着两位老人余生中所有的信念、希望和喜乐。他们每次参加朋友家的婚礼宴会，看到其他幸福的家庭，心里都很痛苦，在热闹的婚礼和寿宴上忍住不哭。"我们是很痛苦的，眼泪搁肚子里了，还不能流到外边去,"李红学的父亲说,"人家会笑你对不对?"

两位老人在日隆镇住了三年,前前后后共发动了四次大规模的搜救。前几次没有任何进展。第四次搜救时,在张彧描述的出事地点下方129米处,徐老幺与郑朝辉组成的二人搜救小队发现了李红学的遗物:蓝色水壶、上升器、国旗、海拔手表、主锁、一包岩钉、岩锤,以及一只右脚的攀岩鞋。"这时老幺感觉很快就要找到人了,"郑朝辉在搜救报告中说,"他害怕突然发现凄惨的场面不敢领攀,换我向上攀登并仔细搜索每个岩缝和岩洞,只要能藏住人的基本都要看一遍。"

徐老幺看到了李红学的攀岩鞋,心里渗出一丝恐惧。他不敢再往上爬了。他对搭档说,鞋子在这儿,人可能就在台阶上面,你先上。搭档比徐老幺还害怕。两名登山者畏畏缩缩地爬一段、找一段,担惊受怕地搜到一处光滑的岩壁下,却没有更多的发现。再往上,海拔高度就超过了出事地点。他们结束了最后一次搜救。

郑朝辉在报告中分析,从遗物散落的事故现场来看,当时山难发生肯定比较惨烈,至于为何找不到人,大家猜测有几种可能:一是李红学出事后当场没死,挣扎着爬到某个缝隙里藏身,这次搜索遗漏了某个地方。二是翻滚起来滑出岩槽尽头的悬崖,掉在下方4750米海拔某处台阶的缝隙里(距发现水壶垂直高度约400米),上不着天下不着地……

李红学的父母在日隆镇住了三年之后,又继续住了两年,最终回到了绵阳的家。他们住在西南科技大学青义校区的隔壁,一栋六层小楼的二楼。自从当年大儿子考到了这所学校后,全家也从江苏搬到了绵阳。后来小儿子李红学也考到了这里。在李红学登山最狂热的时期,他想让父亲在五六十平米的楼顶打造一处小岩壁,再浇筑一小片冰壁。夏天攀岩,冬天攀冰。东边设计一排水景,面朝老家江苏的大海。西边放置几座假山,面对川西的群山。施工还未真正开始,李红学就出事了。如今李父想把整栋楼改造成李红学纪念馆,就叫红学馆。

李父和李母保存下了儿子所有的物品。他们还翻出了一张李红学生前和女友的合照。照片中,二人怀抱着一个小婴儿,但老人无法再跟李红学的女友确认小婴儿是谁。追思会后的某一天,李红学的女友突然消失了。或许她想重新开始自己的生活。

李父和李母还保存下了儿子从小到大所有的课本。在李红学的作文本中,有篇叫《人生》的小学作文,他曾用稚嫩的字迹写道:"只要有理想、有毅力,我们就不怕生活道路的艰难坎坷,在长途跋涉中,绝不会落伍。让别人去做生活娇子(骄子)吧,我们的使命却永远是开拓。"

11

严冬冬得知李红学的事故后,感慨不已,"去年幺峰的事情,我跟周鹏是的的确确欠他很多的;我们之间有小的摩擦,本希望能找个机会冰释的。现在……"半年前,他们还在一起攀登。现如今,终极探险未完的幺妹峰南壁中央路线,已成为自由之魂的新目标。

最近这一阵,死亡的阴影一直在严冬冬的世界里挥之不去。在李红学出事之前,严冬冬和周鹏还参与了一次声势浩大的搜救行动。两名美国登山者迈卡(Micah Dash)、乔尼(Jonny Copp)与摄影师韦德(Wade Johnson)在贡嘎山域的爱德嘉峰失踪一个月了。四川当地派出了800余名官方与民间搜救人员,出动了130多辆车次。中登协动员了李宗利、次落、严冬冬、周鹏等实力强劲的登山者前去搜救,"登山双子星"李致新主席与王勇峰队长亲自坐镇。最终,搜救队在雪中挖出了乔尼与韦德的遗体,而迈卡却永远地留在了爱德嘉峰。

这次事故给几名参与搜救的青年登山者——李宗利、严冬冬、周鹏——带来巨大的冲击。他们深度参与了一场山难搜救,亲自把遇难者的遗体抬下山。更重要的是,他们意识到,迈卡和乔尼已经是身经百战的高水平阿式攀登者了,如果他们都能遭遇不幸,那么很少有人能逃得过大山的审判。"再牛的登山高手也会死。"周鹏说。

爱德嘉峰搜救行动仅仅过了几周之后,李红学又在婆缪峰出事了。事故接连发生。严冬冬思考起登山与死亡的关系。他想起了曾翻译过的一段文字：攀登运动是一项本质上具有危险性的活动，可能导致严重受伤或死亡，参与攀登的人，必须清楚认识到这一点。严冬冬并不惧怕死亡。他承认登山运动会带来死亡的可能性，但并不会就此被动地接受，而是尽其所能去阻止事故的发生。一个月后，在得知国内高山向导多吉、美国攀岩高手约翰·巴卡尔（John Bachar）接连遇难之后，他再次鼓舞自己，要想面对攀登中的死亡，只有用攀登本身来回应。"我只知道攀登不息，与恐惧的斗争就不会停止，攀登者可以控制恐惧，但是不可能消灭它。"他写道。

严冬冬或许可以抑制身体流露出的恐惧，但无法控制内心深处的梦魇。他开始做噩梦。早在火炬队的时候，周鹏就发现室友经常做噩梦。噩梦的主题还不太一样。如果严冬冬白天看了奇幻小说，晚上就会梦到书中的惊险情节。如果那一阵在山里，他在噩梦中就会遭遇落石、冲坠与雪崩。他经常睡着睡着，"啊"的大喊一声，随即又沉睡过去。周鹏印象中最深的一次，也是严冬冬有史以来最震撼的一次噩梦经历，是在2009年5月。当时他们二人在帮极度体验公司带队攀登雪宝顶。这天晚上，队员们都在村里休息，第二天准备进山。大家并排睡在木板床上。严冬冬睡在最里面的角落中，紧挨着周鹏。半夜，严冬冬又做噩梦了，突然一声尖叫"啊啊啊啊啊啊——"持续了很久。房间里二十来人全都被惊醒。院里的鸡鸭狗牛叫唤个不停。原本寂静的山村顿时热闹起来。几十名队员都很震惊，只有周鹏早已习惯。

"他的胆子就是很小,"周鹏说,"所以他要一个人去solo,一个人去山里。他要抗拒的、克服的就是这个。"严冬冬还跟周鹏说过,在清华登山队的时候,他为了训练自己的胆量,主动要求压队,心惊胆战地走在队伍最后面,故意把自己置于这种恐惧的环境中。

周鹏是严冬冬身边为数不多能与之倾诉内心的朋友。他们时常畅谈硬核的登山技术,也会把自己内心中最隐秘、最烦恼的事情讲给彼此。有一次,严冬冬对周鹏说,身边所有人都把自己当作天才和神童,他自己根本不这么想。他之所以能成为高考状元和英语学霸,完全是自己努力与刻苦的结果。比如,大家只看到了他的英语成绩与词汇量,却从未注意到他彻夜不眠地学习,在高中时期就背下了电子词典里所有的英文单词。每每此时,周鹏只能用自己童年下河游泳捉鱼的故事做交换。严冬冬听到这些,总会流露出羡慕的神情。他的童年是在北方的重工业城市里度过的,只知一味地学习,没有太多自然而童趣的时光。

少年时期苦学的英语也造就了现在的严冬冬。二度尝试幺妹峰失败后,他回到北京,又接了本《登山手册》的翻译。他还开通了搜狐博客。第一篇博文就整理出了自2004年以来翻译的十多本译作——虽然其中一小半因种种原因未能出版。他的翻译稿酬,以及给《户外》《山野》《户外探险》等杂志撰稿得来的稿费,加起来已经能勉强养活自己。期待许久的《极限登山》也马上就要出版。他意识到自己在出版界积累了足够多的人脉资源。翻译于他来说不再是赚个零花钱的手段。他转念一想，翻译是一件我喜欢做而又擅长做的事情，收入还算可以，时间和方式又自由，为什么不把它干脆认作我的职业呢？

相对来说，周鹏的职业道路就稳定多了。周鹏加入了中登协培训部，跟着马欣祥博士设计登山培训的课程与框架。他的登山理论多了，登山实践却少了。周鹏搬到天坛南门附近。严冬冬从狭窄的阁楼搬到了周鹏原来的房间。他终于睡在了舒服的床上。只不过，床上还是没有床单被褥，只有他那条有点发臭的睡袋。

周鹏入职登协后，自由之魂的进阶之路暂时停滞了。对于严冬冬来说，这段时间恰好是弥补二人攀爬能力和身体条件巨大差距的好机会。无论是在幺妹峰还是半脊峰，始终都是周鹏在前面攻克难点。也许这种实力不平衡的搭档关系，让严冬冬在每次攀登中都少了些自主的乐趣与自由的快感。"我跟攀的比较多，我们两个人明显在精神上是不平等的，"严冬冬说，"所以我需要破除这种感觉。"

2009年的下半年，严冬冬给自己安排了很多次弥补差距的机会。7月，他与何浪尝试攀登四姑娘山双桥沟的阿妣峰。这是严冬冬第一次完全主导的登山经历：他来选择攀登路线，他来领攀，他来决定行进的节奏。两个人爬得很狼狈，但经历了这次攀登后，严冬冬信心大增。9月，他报名参加了希夏邦马峰的商业登山活动。临行前，他在博客里兴奋地公布了圣山探险公司安排的登山日程。这将是他第一次作为客户参加商业登山活动，也是他的最后一次。

希夏邦马峰是最后一座被人类登顶且唯一一座完全坐落于

中国境内的8000米山峰。1986年，被誉为"登山皇帝"的意大利登山家莱因霍尔德·梅斯纳尔（Reinhold Messner）耗时11年，首度完攀了地球上所有14座8000米级山峰，也掀起了此后数十年来登山者们争相竞逐14座的热潮。这是一项极其艰难的挑战。在严冬冬报名参加希夏邦马峰商业登山队这一年，全球完成14座并且活下来的登山者，只有不到20人，而葬身于14座的登山者已多达400人。然而，超高的死亡率只会让绝大多数登山者更加垂涎14座的成就。

值得注意的是，早期完成14座的登山家大多依靠自身的能力，通过无氧、开辟新路线、独攀、阿式攀登、冬季攀登等颇有开创性的风格完成了一座座8000米山峰。而后来加入"14座俱乐部"的现代登山者大多通过报名商业登山队伍，背着氧气瓶，沿着提前修通好的传统路线，在夏尔巴或藏族向导协作下，推着上升器，一步步迈向顶峰。虽然14座8000米山峰的高度基本没有变化，但人们攀登它们的方式、难度与初衷却迥然不同了。尽管如此，字面意义上的"14座"还是吸引了众多登山者。严冬冬作为火炬手登顶珠峰后，也想成为14座俱乐部中的一员。希夏邦马峰则是这场征途的第二步。

严冬冬刚摆脱了穷学生的身份，但高昂的报名费用还是成为他加入这支队伍的最大阻力。圣山探险公司给出的4万元报价已经是谈判后的最底价。严冬冬根本负担不起。他只能想办法各处借钱、拉赞助，最后才勉强把钱凑齐，加入了这支六名客户组成的队伍。同在这一支希夏邦马队伍里的，还有北大山鹰社的前队员孙斌和李兰。

李兰是国内少有的女性硬核登山者，也许还是当时唯一的一位。寸头短发令她的外表看起来就像个假小子。这与她细声细语的嗓音、柔软敏感的心思完全不相符。像严冬冬、孙斌、周鹏等大部分从社团走出来的骨干分子，每每回忆大学登山社团的时光，总是美好而富有青春活力的，而李兰在北大山鹰社的时光却是复杂伤感的。1999年，山鹰社组织了一次全女子登山队，攀登四川的雪宝顶。队员周慧霞在冲顶过程中不幸滑坠遇难。刚上大二的队员李兰见证了这起山难。2002年，北大山鹰社在希夏邦马西峰遭遇雪崩，五名队员遇难。李兰又是队里的幸存者。这场震惊世界的山难，令全国所有的父母从此谈"登山"色变，也给这位姑娘的心里蒙上了一层阴影。毕业以后，李兰继续登山、攀岩，参加登山培训，做攀岩比赛裁判，给户外杂志撰稿。在同班同学都已朝九晚五工作、结婚生子的时候，她的一生却与登山这件事难解难分。如果不是孙斌打来的那通电话，她或许再也不会重返希夏邦马峰。

　　如今，孙斌成了北面（The North Face）签约运动员。他的创业公司"巅峰探游"逐步走上正轨，并多次带客户攀登七大洲最高峰，徒步南北极点，即"7+2"。"7+2"的产品客单价极高，却丝毫不妨碍它成为企业家们最钟爱的户外旅游项目。孙斌也从登山者转型成为管理者。他不再频繁在雪山上死磕攀登的线路，而是坐在位于尼奥户外广场的办公室里筹谋商业上的思路。

　　这次希夏邦马峰登山活动，就是孙斌公司策划的重要项目。他们要拍一部关于希夏邦马峰山难的登山纪录片。电影内容正如简介中写到的那样：在2009年，李兰和朋友们以纪念的方式登顶希夏邦马峰，彻底走出了心灵的困境。李兰是电影的主角，李兰的心灵变化是电影的主线。李兰必不可少。孙斌给昔日的老队友打去电话，李兰没有理由拒绝。

在希夏邦马峰脚下，严冬冬与孙斌再次碰面。二人聊起了两年来各自生活的改变，谈起如何在恶劣的社会大环境中，坚持自己的理想。"他那种极致的甚至有些偏执的执着让我非常受震动，"孙斌回忆，"同时也有些担心，毕竟如此纯粹地生活在自己的世界里无疑需要付出巨大的代价，道路将会充满坎坷。"

最终，在中国最强大的喜马拉雅式登山团队的辅助下，孙斌、李兰、严冬冬在晨光熹微中顺利登顶了希夏邦马峰。在影片中，孙斌的公司完成了一次了不起的策划项目，严冬冬向着14座的目标又迈进了一步，李兰站在顶峰流下了泪水，与过往的伤痛记忆和解。可现实并没有电影这般美好。一年后，孙斌的公司资金链断裂，岌岌可危。严冬冬从此断绝了14座的念头。至于李兰，在希夏邦马峰与严冬冬相识后，只是她另一次伤痛的开始。

在《巅峰记忆》的登顶气氛中，李兰在影片中念了一段精彩的独白："我们走进了山的内心，触摸了顶峰之上的天空，这空不是虚无，而是无边无际的自由，是所有攀登过的人们，都会向往的、可能付出生命代价的——自由。"严冬冬在攀登希夏邦马峰的时候，却感受不到这种自由。"他在攀登过程中，觉得自由是被限制的。"孙斌说。

严冬冬原本期待，作为交钱的登山客户，对登山日程和攀登路线多少总会有一点发言权。没想到，诞生于西藏登协体制内的"圣山探险公司"，在攀登日程、行进安排和攀登路线规划上十分死板。他们只想完成一次成功的登顶。若果真是如此，倒也还好。这支队伍登顶了希夏邦马中央峰（海拔8012米）之后，圣山公司就地宣布成功登顶，距真顶（希夏邦马东峰，海拔8027米）剩下那十几米的高差没有修路绳，不登也无所谓。然而，十几米的高差对严冬冬、对国际登山惯例与登山精神来说很重要。严冬冬坚持认为，既然8012米的"中央峰"离真正的顶峰还有如此之长的距离，那么这样的结果肯定不能算是真正的"登顶"。

严冬冬站在假顶上，望着那看似近在咫尺的希夏邦马峰真顶，离顶峰还有一段距离的山脊，却必须听命于登山公司的决定。在那一刻，他深感无力与无奈。

严冬冬在本就拮据的生活中，东拼西凑出了巨额报名费，最后却遗憾地止步于此。这一度令他愤愤不平。他毒辣地讽刺道，希夏邦马之行浪费了他大量的钱和时间，换来的则是对商业登山的深刻认知，姑且还算够本儿吧。严冬冬决定从此不再参加任何形式的商业登山活动。他认为商业登山不是登山，而是登山旅游。两年前定下的"14座"目标，陡然间也变得索然无味。

"至于之前所想的靠传统路线、路绳和别人的脚印去搞14座，在真正弄懂了自己想要的登山是什么样子之后，就变得非常没有意义，"严冬冬写道，"过去对自己说的'14座'更多只是一个空虚时聊以寄托的口号而已。"

对于严冬冬而言，只有用阿式攀登风格完成一座未登峰，或是开辟一条新路线，才能享受到登山过程中酣畅的自由感。从希夏邦马下山后，他马不停蹄地赶往西藏的羊八井地区，继续攀登下一座山峰。在孙斌以往的经验中，通常登山者登个8000米下来，肯定要吃点好的，腐败一下，没想到严冬冬刚回到拉萨，第二天就进山了。"当时我还是蛮震惊的，这个人好厉害，内心比我强大。"孙斌感叹道。

严冬冬匆匆奔赴一场期待已久的邀约。他与一名世界顶级登山家约好了一起探索念青唐古拉山。这注定是一次醍醐灌顶、脱胎换骨的经历。他所学到的一切规则都将被打破。也正是日后成就他的这些理念，又把他推向了更深的深渊。

12

2010年代初的那几年，在中国人民大学读物理系的研究生，大多会在校园理工楼里碰见这样一位奇怪的外国教授。无论是在庄重的典礼上，还是在台上讲课，他总是穿着一件朴素的白衬衫，衬衫的下摆掖进卡其色的西裤里。他那似笑非笑的脸颊上，时而会染上些高原红。红色的肌肤里透着些许的神秘与罕见的刚毅。任何一名学生，多少会期待这位剑桥本科毕业、拿了麻省理工博士学位的英国研究生导师，口吐正宗的伦敦音，然而这名享誉世界的科学家一开口就是山东方言般的苏格兰腔英语。

从任何一方面来看，布鲁斯·诺曼德（Bruce Normand）都像极了电影中常见的天才科学家：有着极其傲人的履历——被哈佛大学、霍普金斯大学、加州大学伯克利分校、斯坦福大学、东京大学等世界一流大学聘为客座教授；在量子物理、超导理论、凝聚态物理等高深莫测的学科上，引领着国际学术界的前沿；他的思考方式冷静、理性得堪称严酷；他有一点点固执，固执中还有一点点可爱。只是布鲁斯的生活并不像那些科学家那样单调。在大学授课之余的两三个月空闲时间里，布鲁斯褪下他的学者身份，优雅地对科学家同行道声再见，便换上冲锋衣，戴上头盔，手持冰镐，走入中国西部的无人之境。他追求的并不仅仅是学术意义上的高峰，还有真实世界里险峻而壮美的高峰。

20世纪80年代末，布鲁斯在大学期间就已开始攀岩、攀冰，攀爬北美的一些经典山峰。毕业后，他辗转日本东京大学、瑞士巴塞尔大学等地任教。在象牙塔里搞科研的同时，他也开始了远征生涯：北美的阿拉斯加山域，南美的科迪勒拉山系，尼泊尔的喜马拉雅山脉，巴基斯坦的喀喇昆仑山脉，中国的西藏与新疆……地球各大版块里都有他攀登过的高山。

布鲁斯是名副其实的阿式攀登者。他很少采用守旧的喜马拉雅风格围攻山峰，也不会在山体上留下岩锥或路绳。绝大多数情况下，他和一两名固定搭档（凯尔·登普斯特［Kyle Dempster］、杰德·布朗［Jed Brown］或盖伊·麦肯农［Guy Mckinnon］）组成小规模团队，走入地球上最雄壮的山脉深处，迈向人类从未涉足的荒蛮之地。他们或是轻装快速爬上未登峰的山顶，睥睨四周的广袤群山，或是在山峰上开辟一条新的线路，把人类在严酷环境中的生存意志推向极致。布鲁斯也尝试过攀登8000米极高峰。他曾无氧登顶了世界第二高峰、14座中最难的乔戈里峰。但他更渴望探索的还是海拔六七千米的未登峰。那是在高度信息化、全球化的时代，地图上尚未明晰的空白之地。

2008年12月，布鲁斯来到了中国，在中国科学院物理研究所做访问学者。他的攀登活动也转移到了中国的西部。饶是他熟练掌握了英语、德语、法语、西班牙语、日语等语言，但实在搞不懂中文，也搞不清似是而非的中国地方政策。幸好他身边还有孟春。孟春是一名儒雅的商人，也是一名狂热的户外爱好者。他还是一家西班牙户外鞋靴品牌的中国代理商，而布鲁斯则是这家品牌的签约运动员。布鲁斯每次去登山之前,大多会到孟春的办公室里领装备。用布鲁斯的话说,"孟春是我在国内最大的supporter"。

孟春还记得,布鲁斯刚来北京工作时,执意要买件白衬衫,一点花纹都没有的那种。布鲁斯说,我都已经做好功课了,白衬衫在中国只要40元。孟春心想,白衬衫都是我们小时候系红领巾的那个年代才穿的,现在去哪儿才能买到那种白衬衫,还是一点图案或暗纹都没有的那种。孟春和老婆开车带着布鲁斯,转了整整一下午,寻遍了北京动物园门口的街边摊位,终于找到了一家店还在卖这种土里土气的白衬衫。布鲁斯最后不情不愿地买下了,只因为衬衫上还是有一点图案,而且比预算多了10块钱。

孟春很快发现,布鲁斯的自尊心很强,与他相处时要小心翼翼,偶尔要顾及他的面子。孟春还给布鲁斯起了个中文的外号,叫老布。渐渐地,老布的外号和传奇故事在北京登山圈都传开了。有一天,布鲁斯严肃地跟孟春说,我听说你给我起了个外号,叫Old Bruce。

孟春赶紧跟他解释,"老"在中文语境中没有任何贬义,而是一种亲切的表达。

布鲁斯说,不用解释,我都已经研究过了,"老"就是Old Brother的意思,那从现在开始就叫我老布,还是布鲁斯?

孟春说,老布。

老布说,OK。

这一年,老布和搭档从新疆乌鲁木齐驾车开了1000公里,来到伊犁的昭苏县，沿着夏特古道，徒步翻越垭口，深入新疆的天山。天山是中亚地区最广袤的一条山脉。它西起哈萨克斯坦，横跨2000多公里直至中国新疆的哈密。老布惊奇地发现，"这里简直是登山探险者梦寐以求的天堂。整片广阔的山区从未有攀登者涉足，到处都是未登峰与无人探索过的冰川"。在这片群山最中央，雪莲西峰、北峰、东北峰、东峰、南峰等五座宏伟的卫峰如花瓣状拥护着雪莲主峰。在小一个月的侦查与攀登中，他们登顶了这片山域以东的雅纳麦克斯峰（海拔6332米）与苏力马峰（海拔5380米）。

一年后，老布和搭档重返这片被誉为"天山之心"的雪莲山域。在一个月里，老布等人先登顶了雪莲北峰、雅纳麦克斯二峰等两座未登峰。热身之后，他们把最终目标锁定在整片山域最宏伟的、高差达2700米的雪莲西峰北壁。先后经历了冻伤、暴雪、冰雹、雷暴、狂风之后，老布等人终于站在了海拔6422米的雪莲西峰（白玉峰）上。登顶后，他们一路下撤，连夜出山，70个小时后，火速赶回了乌鲁木齐。"就算我们刚刚抢了一家银行，也不太可能撤得比这还快了。"老布在攀登报告中写道。他们其实还能更快，如果他们没有把大本营附近堆积成山的垃圾运走的话——那些都是号称热爱户外的徒步者们丢弃在那里的。老布等人把这次史诗级的攀登路线命名为"The Great White Jade Heist"。字面意思是"白玉峰大劫案"。严冬冬在翻译这篇攀登报告时，把它翻译成一个更朴素的名字"白玉之路"。

老布与搭档的这次惊世骇俗的攀登，获得了2010年金冰镐奖的最佳技术攀登奖。金冰镐奖是登山界含金量最高的奖项。很多人用"登山界的奥斯卡"来形容金冰镐，但对于许多致力于阿式攀登风格的登山者来说，不如用金冰镐来形容奥斯卡更为贴切，更接近一门艺术的终极表达形式。任何一名阿式攀登者一生只要获得过一次金冰镐奖，便是对其攀登生涯的终极肯定。金冰镐是阿式攀登者们心中的圣杯，登山名人堂的入场券，万众瞩目的登山竞技场的正中央。在金冰镐领奖台的中央，老布依旧穿着那套白衬衫、卡其色西裤，与几名搭档兴奋地捧起金冰镐的奖杯——一支木柄、镀金镐头的复古冰镐。

在中国大地上，虽然国际顶级登山家们上演了十余次金冰镐奖级别的攀登，却还没有中国登山者获得过这项殊荣。中国官方通过喜马拉雅式的登山活动，来获得更多的政治影响力，而中国民间的登山爱好者，则通过商业登山来获得高海拔攀登的体验。这些都不符合金冰镐奖的要素，甚至都不算真正意义上的攀登。

在编译这篇名为《白玉之路》的攀登报告时，严冬冬在文章结尾处写道："我要再度回顾开篇对'伟大'攀登的定义，高难度、长距离新路线、对未知地区的探索，以及最纯粹的阿尔卑斯风格。这也符合金冰镐奖评选纲领，后者着重考虑的主要是攀登风格，路线的挑战性、开创性，对山区及其周围环境的尊重等几个方面。"在打消了"14座"的念头之后，完成一次"金冰镐"式的伟大攀登成了严冬冬新的登山目标。

严冬冬慕名老布许久。老布从新疆雪莲峰回来后，在孟春的介绍下，两个人终于才见上一面。孟春把老布和严冬冬约在一家饭馆。两名学霸型人格的登山者相见后,开始用英语攀谈起来。严冬冬似乎很习惯这种苏格兰口音的英语,而孟春英语再好,也插不进两人的谈话。

在老布的初印象中,严冬冬是一名热情洋溢、英语流利、深谙西方文化的年轻人。每当遇到这样对登山充满热情的后辈,老布都觉得有责任把自己领悟到的登山精神传承下去。

"当他们充满热情、变得强大、获得这些技能时,终有一天会取代你,"老布说,"我不想发现,那个想取代我的人,还不如我一半厉害。我希望取代我的人,比我强一倍……对我来说,严冬冬只是另一个充满热情、想要学习的人,他理应变得更出色。"

两个人很快就约好了第一次搭档攀登。初次搭档,老布并不了解严冬冬的真实攀登水平,不确定要带他爬什么难度的路线。他们最后选择了西藏念青唐古拉山的几座未登峰。老布心里清楚,西念青唐古拉山相对干燥,雪线高达海拔5500米,冰川相对平缓,这里几乎是中国最简单的空白山域。这是带"初学者"提高的好地方。

严冬冬从希夏邦马峰下来后,和老布、老布的老搭档盖伊·麦肯农在拉萨会合,直奔念青唐古拉山。三个人在这片山域的最深处建立了大本营。在大本营闲聊时,老布和盖伊讲他们在雪莲峰的攀登,严冬冬聊他在珠峰火炬队的经历,以及在希夏邦马峰攀登时的不自由感。严冬冬把老布当作登山界传说中的人物。然而在老布看来,即便他的这名崇拜者登顶过珠峰和希夏邦马峰的假顶,还有几次不成功的技术型山峰,以及没有技术难度的半脊峰，这样的攀登经历也基本上等同于零。"如果能爬50度的雪坡，对我来说就够了，"老布说，"这家伙至少爬过希夏邦马峰和珠峰，在我看来，他至少知道自己该在雪坡上做什么。"

在攀登过程中，严冬冬的攀爬能力果然没有让老布"失望"。老布在某一瞬间可能都有点同情周鹏。即便是在最简单的技术地形上，严冬冬暴露出的极差的协调性与平衡感，也让老布大跌眼镜。"他可以刻苦训练，也可以练得更加强壮，但他的技术真的很差。"老布说。但老布也很顾及这名年轻人的面子，并没有明确指出这些问题。他认为搭档周鹏更有资格指出这一点，而严冬冬自己也应该有自知之明。他们在念青西驻扎了12天，攀登了5座未登峰（老布不知严冬冬是否知道，其中几座早在十年前就已被其他国家的登山者登顶了）。在老布看来，前四座山峰走着走着就可以上去，只有最后一座山峰还有一点乐趣。

对于严冬冬来说，这12天的精彩攀登简直大开眼界。他终于见识到了世界级的登山者在山上是什么样子，见识到了原来登山探险可以是在一片山区中间扎下大本营，把周围的山头扫荡一遍；可以从高难度的壁面路线登顶，再从相对平缓的山脊下山；可以下午2点去冲顶，傍晚7点多登顶，深夜1点多回到营地，完全不考虑所谓的关门时间。

日后，严冬冬时常与朋友兴奋地聊起这次攀登。他也总是不吝于文字，在博客文章中回顾这段难忘的成长经历："Bruce在攀登方面的认识和境界极大地影响了我，尽管要达到甚或超过这样的境界尚需时日，但至少让我有了一段时间内努力的方向，或者说模仿的榜样。"

2009年下半年以来，经历了阿妣峰、希夏邦马峰和念青唐古拉山的几次攀登之后，严冬冬信心暴增。他相信即便攀爬能力上仍不如周鹏，"但至少在主动性上，我们终于可以对等了"。在山里的最后几天，严冬冬对老布说，他和周鹏以后就要用这种方式，探索更多的山峰。严冬冬出山后，直接从拉萨赶去四川，周鹏也跟中登协请好了假。这对搭档约好在成都碰头。自由之魂将第三次挑战幺妹峰。

13

在中登协这段时间，周鹏也精进不少。在马博士的理论框架下，周鹏以往那些零零散散的登山知识被归纳重组，变得更加系统，更加有的放矢。这对搭档无意间弥补了彼此的短板。严冬冬羡慕周鹏强大的攀爬能力和心理素质，而周鹏欣赏严冬冬在线路下的推动作用。在一次杂志采访中，周鹏如此评价二人的组合：

"冬冬在思想上永远都走在我前面，我会去跟他的思想节拍；技术上我比他稍好；体能上他比我能耗；我的爆发力比他强；山下他的冲劲大，山上我的冲劲大；山下他的执着比我强，路线上我的忍耐比他强；城里他的方向感比我强，山里我比他强……"

然而登山终究是一门实践的艺术。周鹏每次想出去登山，都要经过登协烦琐的审批程序。幸好有马哥在上面兜着，否则他只能永远坐在办公室里搞研究。当年马欣祥邀请周鹏加入中登协时，也一并邀请了他的搭档。马欣祥想让严冬冬在登协浩大的资料库里整理史料。周鹏觉得都没必要问搭档。当这个问题问出口的一刹那，严冬冬的回应全部都写在了脸上。他宁愿过上一段饥寒交迫、朝不保夕的日子，也抗拒进入登协和体制内工作，究其缘由，与其说是少了出去登山的机会，不如说是生活方式的改变与妥协。

"我刚毕业的时候，首先下定决心是绝对不去中登协的。虽然是后来进入火炬队之后，才意识到这个决定有多么正确，"严冬冬说，"如果我刚毕业就去了马哥那里，我形成了一种习惯的生活套路，那么（从中）挣脱出来需要的能力，是我当时所不具备的。"

这次自由之魂准备三度冲击幺妹峰，周鹏为了去登山也煞费苦心。马欣祥再三向上级保证，万一出事，愿意为此承担全部责任，这才罩住了周鹏，放他去了四川。

2009年11月，严冬冬和周鹏第三次来到四姑娘山，带着空前的自信与决心。除了他们自己，国内没有人相信这两位无名的小辈能登顶幺妹峰。单单是尝试攀登幺妹峰的想法，就足以冒犯到网络论坛上的"键盘登山家"。

在中国最大的户外论坛8264上，《山野》杂志的一篇严冬冬人物专访《登山80后》，正被网友们讨论得沸沸扬扬。文章中的一句话——"下半年如果条件成熟，我就和周鹏把幺妹给办了……上次的攀登给我们留下了很好的经验，幺妹没有传说中的那么难，要登顶不是难事。"——虽然后来被严冬冬否认是其原话，但还是招来了网友们的嘲讽。有网友恶毒地说："看看是你把山办了，还是山把你办了。""人家说了，幺妹峰没有传说的那么难。看来老马和曾山是在故弄玄虚？"还有人挖苦道："如果真像文中所说那样，前人的都不行，要自己搞，那什么，估计幺妹峰就是归宿呢。"或是说："真像文中所言，前人走的路都没技术含量，那你再上幺妹时，切记开辟一条新路哦……"

这一年秋天，曾经围战四姑娘山的三支队伍变成了四支。这是幺妹峰攀登历史上从未有过的盛况。彭晓龙正当壮年，锐气十足。前不久他刚把"沙木尼户外"更名为"蜀山探险",坚持探索未登峰、推崇阿式攀登,在川内的影响力仅次于上一个时代的刃脊探险。这一次,他决定独攀幺妹峰。这在其他登山者看来,与其说是自信,不如说是自负。彭晓龙去年(2008年)的队员郑朝辉另组建了一支队伍。孙斌再度尝试幺妹峰,并与刚从CMDI毕业的学员罗彪、迪力夏提、李宗利等人搭档。去年李红学队伍中的两名青涩小伙子,已经成长为野心勃勃的后起之秀,他们要继续完成终极探险的遗志——幺妹峰的南壁中央路线。

严冬冬与孙斌在山下再次相遇了。二人每次见面,严冬冬都进步一点点。如今,他已形成一套相对自洽的攀登理念。孙斌还记得,严冬冬从念青唐古拉山攀登回来后,他们曾就一个技术问题争执不下。比如,严冬冬坚持认为,雪山上的冰川地形是可以独自通过的。孙斌强调,在冰川上的裂缝区不能独自通过,如果掉进去暗裂缝,求生的机会渺茫。

"我们实际上是有一些意见不统一的,"孙斌说,"我那时候算是他前辈、老师,对吧,我觉得他的一些观点有点激进。"

这其实是个技术问题,没有绝对的标准答案。在高海拔攀登中,登山者为防止发生滑坠或掉进裂缝,几名队员在危险地形上往往会用绳索结组在一起行进。当一名队员发生意外时,其余的队员会用滑坠制动、滑轮救援等技术,救出身陷险境的队员。在这次幺妹峰攀登之前,严冬冬和周鹏讨论过,以后在裂缝明显的冰川地形,为了加快行进效率,二人能不结组就不结组行进。只有观察到有暗裂缝出现后,二人才会选择结组。

在轻装快速的阿式攀登中，速度与安全始终是一对此消彼长的矛盾，正如严冬冬后来在《安全与速度》一文中写道："如果某种做法需要牺牲安全性换取速度，或是牺牲速度换取安全性，究竟是不是应该采用这种做法，就需要你的判断和权衡了。"

幺妹峰脚下的四支队伍都有各自的攀登风格、攀登周期和攀登路线。郑朝辉的队伍最先败退，他们止步于海拔5600米。彭晓龙孤身一人，沿着幺妹峰有史以来唯一一次独攀登顶纪录的路线——1994年，美国登山家查利·福勒（Charlie Fowler）从南壁直上转东南山脊，独攀登顶幺妹峰——攀登至海拔5800米。遗憾的是，彭晓龙在攀登过程中不幸被落石击中，受伤下撤。幺妹峰南壁脚下的山谷里，最后只剩了下孙斌等人和自由之魂两支队伍。

严冬冬和周鹏刚从营地出发一个多小时，就发现了孙斌队伍留下的白色绳子。严冬冬二人抬头仰望，果然瞧见了左上方人影晃动，还依稀听见了孙斌等人说话的声音。两支队伍同步向上攀登，等自由之魂攀登到了海拔5500米冰岩混合的难点处，上方的队伍已消失在视线中。

在攀登过程中，技术强悍的周鹏依然在前方攻克难点，偶尔在行进间保护时，严冬冬才会在前面领攀。当天晚上，二人露宿在海拔5700米的营地，打了四枚机械塞和一根冰锥，把自己的身体与幺妹峰的山体固定在一起。第二天早上6点出发后，他们很快来到了上次5900多米周鹏冲坠的地方。他们不敢靠近这里，绕过了这一处危险地带。绕过这里之后，雪坡反而更好攀爬。周鹏在上方攀登，越爬越兴奋。顶峰近在咫尺。

他们来到顶峰下方，换成严冬冬领攀。严冬冬看着头顶上方的悬冰川，突然想起《极限登山》里往雪檐里钻的描述，于是也学着钻进冰柱与冰川之间的空洞，开始朝上方刨雪，想要从雪檐中间钻上去。以周鹏的下方角度观察，这条路线明显行不通，甚至还很危险。他尝试说服严冬冬，但他的搭档根本不理会。周鹏咆哮着把严冬冬从冰洞里叫出来。巨大的冰川高悬在二人上方，周鹏看出来搭档在这种暴露地形中的恐惧，于是换成周鹏在前面开路。二人爬上靠近顶峰的西南山脊，视野忽然开阔，一股猛烈的狂风骤然来袭。严冬冬和周鹏望到远处的孙斌等人，他们也在下方的营地里观察着严冬冬和周鹏。

　　孙斌的队伍在距顶峰200多米的地方遭遇猛烈的狂风，被迫放弃冲顶。孙斌认为，当时他们的策略有些问题，以至于爬到上面的时候"人都已经被吹绿了"。周鹏和严冬冬继续向上攀登。此时已是傍晚6点。严冬冬刚从老布那里学来的"无视关门时间"的理念，此刻终于发挥了作用。这对搭档信心十足。眼看着头顶上的天空从蔚蓝变成靛蓝，再变成淡淡的粉色。周鹏翻上一处冰壁，顶峰就在上方。他猛然间一抬头，心凉了一大截。前方出现了三座顶峰。

　　从幺妹峰最经典的东南视角观察，四姑娘山主峰的山顶状如钻石晶体般尖锐。只有爬到快接近顶峰的位置，才能近距离观察到，东南视角望到的幺妹峰南尖顶背后，还隐藏着差不多高的中央顶和北尖顶。周鹏和严冬冬爬到了海拔6200米，距顶峰只有50米的高度，无法立即分辨出最高的顶峰是哪一座。他们所在的那座顶峰和中间的顶峰连成一个巨大的V字形。事已至此，这两名年轻的阿式攀登者没有其他选择，只能在黄昏中爬向最近的顶峰。

11月26日傍晚6点10分，严冬冬和周鹏登顶了幺妹峰的南尖顶。周鹏掏出手机，GPS显示这处顶峰的海拔高度是6247米。他把手机放回冲锋裤里时，手机却不小心掉向了幺妹峰的北壁。二人兴奋得毫不关心手机的去向，继续拿出赞助商的旗子拍照。

这时，他们才抽出一点点精力欣赏周围的风景。严冬冬后来回忆这划时代的一刻："周遭的景色令人目不暇接。俯瞰四周的群山，突然间，它们显得那么低矮，那么遥远，犹如远方的海浪。我们才发现，我们一直都无暇顾及它们的存在。自从早上离开营地后，我们就完全沉浸在攀登的过程中。这是我们首次开辟的新路线，就以我们登山组合的名字，命名它为'自由之魂'（The Free Spirits）。"

这两名25岁的年轻人不仅在幺妹峰南壁开辟了一条新路线，还开创了中国阿式攀登的新时代。

下撤之路有惊无险。周鹏在狂风中试着倒攀，严冬冬在一旁光看着都觉得心惊胆战。周鹏一路往下爬，嘴里一边叫骂着"Fuck"。二人从顶峰撤到山脊，再翻回南壁，从北方吹来的风被幺妹峰山体阻挡住，风力骤减。世界安静了下来。

他们看了下手表，晚上8点多了。二人轮流在黑夜中挖出一个雪洞，烧雪，化水，冲点热汤，吃点干果。两个人钻进雪洞里，不停地颤抖，怎么都暖和不过来。尤其是膝盖和双脚。他们没有睡袋，只能依靠在一起互相取暖。他们并排躺下，在半睡半醒之间，不停地寻找舒服的睡姿，又总是睡不踏实。他们无数次睁开眼睛，无数次看到外面依旧是黑夜，便安慰自己，离日出的时间又近了一点。他们在寒冷中熬了一夜，直到雪洞外面的冰柱被太阳照亮。严冬冬和周鹏在雪洞中醒来，收拾好装备，爬下山去。

14

"自由之魂"在中国登山界炸开了锅。这是幺妹峰登山史上，第一次有中国队伍完全依靠自己的能力，站在了幺妹峰的山顶上。一年前，马一桦曾断言，中国登山者目前还没有能力完成幺妹峰南壁的中央路线，更没有能力用阿式风格登顶幺妹峰。一年后，这两位寂寂无闻的青年，就用行动回应了前辈的论调，一夜之间成了登山界的新星。

曾在户外论坛上讥讽过严冬冬和周鹏的人们，如今成了他们最忠实的拥趸。这些寄居在网络世界的登山者们万万不会想到，在众多登山高手纷纷失利的时候，严冬冬和周鹏竟然突出重围，登顶幺妹峰。在网络上沉寂多年的马一桦也在论坛上遥相祝贺，并打消了严冬冬和周鹏心中的犹疑。"恭喜冬冬，"马一桦写道，"从你的照片看与我们当年攀登的是同一个顶。"唯有这名在民间登山界影响力非凡的老前辈、第一位站在幺妹峰顶的中国登山者，才能证实"自由之魂"登顶了幺妹峰的真顶。

严冬冬后来把几次幺妹峰攀登的经历，整合成一篇精彩的文章，发在世界影响力最大的登山杂志 Alpinist 上。他在文中饱含深情地写道："我们非常难过。我们无法亲自感谢李红学，感谢他一年之前，那次令我们大开眼界的探险。那年6月，他在附近的婆缪峰下降时，打的一枚挂片被拉爆了。他坠落了数百米，跌到布满裂缝的冰川上。他的遗体至今下落不明，但许许多多像我一样的人永远不会忘记,每当他提出一些意想不到,甚至胆大包天的计划时,他脸上浮现出的那种近乎孩子般的严肃表情。"

登山故事可以饱含深情,但攀登报告必须理性克制。严冬冬用中英文写了两版攀登报告,分别发在中国的《山野》杂志,以及世界最权威的登山刊物《美国高山年鉴》(*American Alpine Journal*)上。国际登山界惊喜地发现,中国登山者也有能力用阿尔卑斯式的攀登风格,在高山上完成大型的技术路线。自由之魂是中国有史以来最高的登山成就之一。之后,他又趁着势头,在这本权威刊物上发表了《自由登山》("Free Mountaineering")一文,向国际登山界介绍中国阿式攀登短暂且伤感的发展。

严冬冬不仅用攀登重新书写了中国登山的历史,还讲述了中国官方登山背后鲜有人关注的民间登山历史,并向世界输出中国阿式攀登者的声音。或许,我们应该调整下措辞。严冬冬认为,像他这样的中国登山者,更应该叫"自由登山者/自由攀登者"。他在《自由登山》一文中如此阐述这一新名词的含义——

"我先来定义下本文中使用的'自由登山'一词。它所指代的登山,既没有任何官僚与机构,也不存在登山向导和客户,只有那些真正想去登山的人。他们在团队的地位中是平等的,每个人都对自己负责。我曾考虑过使用'阿式攀登'这个术语,但这并不是关于登山风格的讨论,而是关于登山者的精神。一名自由的登山者,不会为国家荣誉或其他崇高的目标,也不会为个人利益而登山。他是一名准备依靠自身的能力,去应对登山中的压力与危险，并准备好直面其后果的人（因此我将商业登山客户排除在此定义之外）。我认为这是一个专门针对中国语境下的术语，因为再没有其他国家的登山界有必要做此阐明。"

严冬冬自称的"自由登山者"（Free Mountaineer），几乎等同于当时国内登山界流传更广的"自由攀登者"（Free Climber）概念。狭义上的"自由攀登"（Free Climb），指在攀登过程中，不借助任何器械之力，单纯依靠登山者自身的能力完成一条攀登路线。在这种情况下，安全带、绳索等技术器材只能被用作保护攀登者，却不能当作借力攀爬的工具。但广义上的自由攀登精神，更接近一种哲学、一种生活的态度。

在世界范围内，不同国家的历史与国情造就了许多独具时代印记的攀登群体。在20世纪50年代的美国，从"垮掉的一代"中走出的美国岩棍（Dirtbag）崇尚自由，摒弃物质享受，在路上流浪攀登。在60年代之前，活跃在喜马拉雅山南麓的夏尔巴族群中的佼佼者，被称为"雪山之虎"。70年代的美国嬉皮士留在了优胜美地，成了常驻在四号营地的"岩石大师"（Stone Master）。在同一时期的苏联，有完成境内五座7000米级高峰，即可获得雪豹奖章的"雪豹"登山者。在80年代的波兰，有专攻8000米冬季攀登的"冰峰战士"（Ice Warriors）。到了90年代，日本登山者也开始了海外山峰的远征。而在中国，在阿式攀登刚萌芽的2000年代，最早用阿式风格攀登技术性山峰的民间登山高手，被人们称为"自由攀登者"。作为在改革开放后成长的一代人，他们自由的攀登方式与自由的生活方式密不可分。在这种语境里，自由攀登被扩展成更广泛而深刻的概念："自由"成了描述攀登者生活状态的定语。自由攀登者，即自由的攀登者。

请不要尝试向西方国家的登山者解读这个概念。他们只会纠缠在细枝末节的攀登技术与中文语法上的偏正结构。更何况，在他们的概念里，登山者本来就该是自由自在的。也许正是为了避免令西方登山者迷惑不解，严冬冬才在文章中，提出了替换自由攀登的另一个名词：自由登山。事实上，只有严冬冬与他的朋友们才会自称为"自由登山者"。无论在登山爱好者口口相传的故事里，还是在中国户外界三大媒体《山野》《户外》《户外探险》杂志的文章里，人们仍旧普遍使用"自由攀登者"的称呼。

纵览自由攀登（自由登山）文化发展的历史，这个概念往往包含了三个约定俗成的元素：非官方——不受集体主义的生活方式与思考方式的约束；非商业——不受向导与客户关系的约束；阿式攀登风格——不受传统登山队建制的束缚。当一名民间登山者热烈地拥抱阿式攀登技术，那么他就已经走在成为自由攀登者的道路上了。真正的蜕变与觉醒，发生在他决定要尝试攀登一座未登峰或开辟一条新路线（并且还要有点技术含量）的时刻。

自由攀登者的身份界定，与他们的攀登成就一样，源自登山社区的普遍认可。没有任何攀登作为的登山者，硬把自己当作是一名自由攀登者，只会显得矫情而做作。这在英雄叙事流行与大男子主义当道的中国登山界，只会成为大本营里的笑料和谈资。而当一名青涩的登山者极度渴望被众人认可，走上了追逐身份认同的道路，又很难享受到攀登带来的真正快乐。有时，这还会是一件危险的事情。

自由攀登者的精神世界更接近道家哲学。当你刻意追求它时，它离你越来越远。当你淡然处之时，意想不到的奖赏终究会来。从幺妹峰下山后，那年冬天，周鹏正在京郊的桃源仙谷攀冰，《户外探险》杂志的资深编辑马德民兴冲冲跑来告诉周鹏，他们被金冰镐奖提名了。周鹏反而一头雾水地问道，什么是金冰镐？马德民跟周鹏解释了金冰镐的历史与分量。"大家都是有虚荣心的，操，我刚刚开始登山，能得到这些人的认可，那肯定是很开心的。"周鹏后来说。

"自由之魂"入围了2010年度金冰镐奖的最佳技术攀登奖提名，最终没有获奖。纵然幺妹峰在国内被誉为技术攀登的殿堂，但在国际上很少有人听说过这座山峰。老布说，从国际角度讲，幺妹峰简直微不足道，在世界范围内有上千座这样的山峰。老布的"白玉之路"获得了2010年的金冰镐奖。严冬冬和周鹏心里自然清楚，"自由之魂"与"白玉之路"无法相提并论，但幺妹峰并不是他们的终点，而是起点。在幺妹峰之后，他们有了更强烈的信心与更多的自由，敢于放眼眺望西部地区更险峻的山峰与更荒蛮的山域。

严冬冬和周鹏平时也畅想过自由之魂的终极攀登目标。他们的眼界越来越开阔，他们对登山的认知越来越深刻。他们在不同时期践行不同的攀登理念，因而他们的终极目标总是在变化。在幺妹峰之前，他们规划了"幺妹—贡嘎—梅里"步步进阶的攀登计划。他们还一度畅想过攀登珠峰南壁的中央沟槽路线。登顶幺妹峰后，严冬冬又认为，贡嘎主峰新路线（西南壁）将成为他们耗费多年光阴的大型计划。在翻译了老布"白玉之路"的攀登报告之后，金冰镐的风格——高难度、大型路线、探索未知地区、纯粹的阿式攀登——又在严冬冬的心里埋下一颗种子。

"金冰镐"来得比他们预料得还要早。一年后的秋天，在上海世博会现场，法国罗阿大区（法国阿尔卑斯山所在的地区）副主席与金冰镐评委克里斯蒂安，共同把两支木柄、镀金镐头的金冰镐颁给了严冬冬和周鹏。穿着白T恤、卡其色西裤的老布也在现场见证着这一刻。"他们给严冬冬和周鹏现场颁发了'金冰镐象征奖'，这个奖项更具象征意义，以纪念中国历史上首个阿式攀登。"老布说。事实上，"自由之魂"并不是中国登山历史上的首次阿式攀登，却是第一次走进金冰镐奖视野、有国际影响力的阿式攀登成就。"自由之魂"更是成为一个象征、一个宣言：中国西部那些宏伟的山峰，越是人迹罕至，越蕴藏着世界级攀登路线的潜力，以及任何人都可以成为这些高难度路线的挑战者。

世界最大的户外品牌北面找到这两位登山界的新星，把他们签了下来。国际著名攀登品牌黑钻（Black Diamond），以及孟春代理的西班牙品牌佰仕徒（Bestard）也成了这对组合的赞助商。从此，严冬冬每个月能拿到北面提供的现金补贴。周鹏后来从中登协出来，也成了北面的签约运动员。二人在登山期间的费用均可报销，所有的新款登山装备都可以免费拿到。

尽管如此，由于希夏邦马这笔四万元的"浪费"，严冬冬这一年的经济状况还不如上一年。好在，他一开始就做好准备，不贪求物质享受。"我认为自己已经可以淡然接受'别人坐飞机的时候我要坐火车硬座，别人住宾馆的时候我要住青旅，别人包车的时候我要赶大巴'这样的状态，因为这是自由代价的一部分。"严冬冬在2009年的年度总结中写道。

从2009年开始，严冬冬养成了个习惯，总会在新年的头几天，写一篇年度总结。他往往从攀登、训练、金钱/赞助、翻译、总结与展望等几个方面，回顾过去一年的成长。在总结2009年这一年的时候，严冬冬写道，自毕业后的四年来，他渴望的那种自由的生活已经初露端倪。尽管还有很长的路要走，但他想要的那种生活方式是可以实现的，这条路他现在已经能够看清，并且相信自己能够走下去。

这名26岁的自由登山者，口中常言及浪漫与自由、特立独行的年轻人，一心要改变自己的命运。他带着勇气与决心，击碎了外界的质疑与传统的规范，开辟了自己的人生道路，同时也鼓舞着更多年轻人，寻找他们人生中的自由。在之后的十多年里，"严冬冬"的名字宛如砸进池塘里的石头，泛起了层层涟漪，撩拨着许多少年的心，久久不能平静。

15

一个春日的午后,赵兴政正在清华大学东操场的小岩壁下练习攀岩。这条攀岩路线他已经死磕了快一个月,可就是过不去。这一天下来,他的小腿肚子爬得又酸又胀。

严冬冬站在水泥台阶下,观察着这位山野协会的大二学弟。他上前拍了拍赵兴政的小腿说,小的肌肉群是可以一夜之间恢复的,你今天使劲磕一磕,我觉得你明天就能过去。

赵兴政知道,面前这位穿着红色T恤、戴着扁圆眼镜的学长就是严冬冬,但怎么看也不像是一名传说中"登山很牛的人",然而他舒缓平和的声音又坚定得不容置疑。

赵兴政和这位传奇学长一样:协调性不行,平衡感不好,柔韧性很差,只有体能、耐力还勉强说得过去。自从2007年考入清华、加入山野协会,经历了一次次暑期登山之后,他对社团越发投入。他热烈地参与协会的各种活动,甚至为此抛下了清华工程学院几乎所有的课程。在协会里,何浪还给赵兴政起了个外号"赵哥"。赵哥的外号传开后,就连严冬冬见面也要调侃一声赵哥。

有一天,赵哥看到著名的"Vstarloss"在B版上出高山靴和冰爪,正想淘来为接下来的双桥沟攀冰训练做准备。当时赵兴政和严冬冬还不熟,只是在集训中见过几面,有过简单的交流。他联系上学长,来到严冬冬在上地东里的房间拿装备。学长翻上阁楼,猫着腰在里面翻来翻去,最后塞给学弟一双靴子和冰爪，另外又免费送了他一双价值不菲的高山靴和一顶帐篷。

等赵兴政再次见到严冬冬的时候，这名刚登顶幺妹峰的学长已经是登山界势不可挡的新星了。在清华大学的桃李园餐厅，赵兴政看到严冬冬与山鹰社的前辈李兰一块，正在跟北面聊赞助。严冬冬刚从幺妹峰下来没多久，脸颊上还留着高山上风吹日晒的痕迹。

几个人开完会后，严冬冬和李兰想找个电脑继续研究登山路线，赵兴政把他们带到自己的宿舍。严冬冬把储存卡插到赵兴政的电脑里，打开四姑娘山迟步峰的照片，再放大细节，和李兰研究起攀登路线。在那段时期，李兰成了严冬冬新的搭档。

登顶幺妹峰后，周鹏深陷在中登协的工作中，几乎没有时间出去自由地登山。严冬冬没有因搭档的工作状态而停止攀登。但他还需要一个搭档。他想起了希夏邦马峰登山队里的另一名硬核登山者，李兰。

2010年初，严冬冬和李兰第一次搭档，攀登迟布峰。他们遇到无法攻克的难点，放弃冲顶。在下山的过程中，两个人还走散了。这次挑战并不算顺利。但在周鹏缺席的这一年多时间，这次攀登把严冬冬和李兰绑定到一起。

迟布峰攀登几周之后，二人再次搭档，开辟了四姑娘山五色山南壁的新路线"另一天"。这一年，他们一起在广西阳朔训练攀岩，一起在西藏和新疆开辟新线路、挑战未登峰。在周围许多朋友眼中，这名年长严冬冬6岁的女性自由攀登者是他比较合得来的登山搭档，也许这种搭档关系还会一直保持下去。

在2010年初的这个冬天，严冬冬还遇到了一名令他久久难以忘怀的女性,陈家慧(Chris Chan)。陈家慧虽是黄皮肤、黑眼睛,却不会讲中文。她出生在美国亚特兰大,成长在典型的美国华裔家庭。陈家慧继承了中国人骨子里的谦逊与勤奋,成了一个不折不扣的学霸。她在哈佛大学、加州大学伯克利分校、斯坦福大学分别拿到了一个学士学位和两个硕士学位。2009年,陈家慧继续攻读斯坦福大学的政治学博士。她的研究课题是"中国的环境政策与中国企业"。为了把这个课题研究得更透彻——或许也是为了追溯家庭背后的文化渊源——下半年,陈家慧来到北大交流,学习中文。然而高学历只是陈家慧的一个侧面。

如果你在2008年至2010年这段时间到访过世界攀岩胜地,美国优胜美地国家公园(Yosemite National Park),你也许会发现陈家慧的另一面:传统攀岩高手。陈家慧曾担任过两届斯坦福大学登山社团(Stanford Alpine Club)的主席,她的全部课余时间都献给了美国的岩壁与山峰。她完成了许多著名的大岩壁与经典的路线,偶尔还会在大岩壁上独攀。在攀登酋长岩的一条大岩壁路线时,她独自带着100公斤的拖包,在岩壁上吊挂了九天。她的许多攀岩搭档们认为,陈家慧的攀登频率之高,已超出了许多常年在优胜美地攀爬的老炮。"她在Yosemite到处是朋友……看得出来她在这个地方待的时间很久,看得出来大家都很喜欢她,"孙斌回忆道,他曾到访过优胜美地,还和陈家慧一起搭档攀岩,"也看得出来她热爱这个地方。"孙斌格外记得陈家慧粗糙的双手。这是攀岩老炮磨砺数年后的标志。

和那些被称作"Dirtbag"的流浪攀登者们一样,陈家慧要么住在山里，要么就在路上。他们过得很贫穷，平时打扮得脏兮兮的，但他们的生活纯粹而快乐。陈家慧也继承了流浪攀登者的人生观。有一次，陈家慧与男友小托（Torsten Neufeld）聊到死亡，小托说，我认为在去办公室的路上死去是最悲惨的死法之一。陈家慧说，最惨的死法是坐在电脑前工作时猝死。

陈家慧用微笑和善意对待她遇到的每一个人。她曾说过，如果自己突然有了100万，她会用这笔钱成立一个基金去帮助世界上的穷人，让他们的生活更幸福。同时，陈家慧也清醒地面对这个复杂的世界。有一次，陈家慧参加了大学的校友会，回来后对孟春表达出她的真实想法："许多人在那里假装帮助学生，但是他们真实目的是编织他们的关系网，最终还是为了他们的个人利益。他们努力控制别人去提高自己的地位。我永远不想那样。""在优胜美地没人会在乎我的社会地位。在那儿每个人只是一个攀登者。"

陈家慧来到北京上学后，急于寻找一处能替代她心目中优胜美地的岩区。京郊的白河峡谷几乎成了她唯一的选择。这里有大量她热爱的传统攀路线。那一阵，陈家慧常常混迹于白河一带。她的中文并不流利，但她还是成为白河攀岩社区中最特别的女孩。任何一名与陈家慧接触过的国内外攀岩者，都会为她灿烂的笑容而着迷。陈家慧自然流露出的微笑，成了她在众人眼中的标志。孟春说，陈家慧从来没有那种很强势的语言，但是你能感觉到一种力量，特别坚定的一种力量。孟春还记得，有一次他开车捎上陈家慧去白河攀岩，陈家慧一脸倦容，在车上抱怨在学校学习中文的艰难。等车开到了白河，看到岩壁，她突然褪下方才自怨自艾的神情，变成了一名阳光开朗的女孩，感染着身边的每一名攀岩者。

陈家慧是岩壁上的高手，却是冰雪地形上的新手。她从未攀过冰，只有过一次雪山体验。她对攀岩以外的攀冰和登山世界充满好奇心。那年冬天，赵兴政从学长那里淘来一堆装备后，和队友去京郊的桃源仙谷攀冰训练。严冬冬早早嘱咐过赵兴政，让他带上高山靴和冰爪，借给同在桃源仙谷初次体验攀冰的陈家慧。严冬冬还让赵兴政带好岩塞和机械塞等攀岩装备，到时候好让这名优胜美地的传统攀高手，教教他如何使用这些技术装备。在那个寒冷的下午，在冰壁对面的几处岩缝上，陈家慧便用她并不算熟练的汉语，教授小队员们如何使用岩塞。"印象里Chris的笑容特别迷人。"赵兴政说。

在桃源仙谷初试攀冰之后一个月，陈家慧来到了中国的攀冰胜地双桥沟。在沟里，严冬冬终于见到了这名笑容灿烂的女孩。此前严冬冬和陈家慧只是远程联络，从未见过面。孟春说，他从未见到过严冬冬提起一个女孩时是如此兴奋。在周围的朋友眼中，如果不是陈家慧已经有男友，如果不是严冬冬过去五年来一直恪守着"五年独身主义"，他一定压抑不住自己内心的倾慕。

"冬冬是个直男癌，不但不会谈恋爱，还把女人视为麻烦，"严冬冬的朋友陈春石也敏锐地观察到，"他说过'山上无女人'，意思是即便是女性登山者，在山上也要像男人一样理性思考，压抑情感，面对一样的自然挑战，自然环境不会因为人的性别差异给予区别对待。而陈家慧却恰恰符合了严冬冬心目中'山上的女人'应有的一切特质……我觉察到冬冬对她是有感觉的，就是一个人提到另一个人的时候，那种两眼放光的兴奋感。"

就连老布这名严肃而冷酷的登山家，一聊到Chris Chan，脸上也会荡漾着温暖的笑容。在双桥沟里，孟春问陈家慧，听说布鲁斯要去带你登山，去爬勒多曼因峰？陈家慧说，是呀是呀，我很兴奋，也很紧张，我从来没有爬过大山，但我很向往这座山，可是他为什么会带我去？孟春说，布鲁斯很少带人登山，他从来不带新手，他可能是在教你登山。

老布要带陈家慧去攀登贡嘎山域的勒多曼因峰。后来国内的自由攀登者们，在这座山峰上多次开辟了获奖级的新路线，但在老布看来，这座山"有点像西念青唐古拉山，并不难，就是雪坡"。此时严冬冬刚与何浪、赵兴政等人登顶了双桥沟的玄武峰。得知老布与陈家慧的攀登计划后，他又立即从四姑娘山赶到了贡嘎山域。三人组成了一支小队伍。

冬末春初的贡嘎山域，还飘着湿润的大雪。老布在山上一路领攀。在这位经验丰富的长者面前，中国登山新秀和美国传统攀高手也只能老老实实地跟在后面。三个人在攀登过程中遇到了强降雪，流雪如瀑布般冲刷着几个人的身体。后来严冬冬跟周鹏形容，当时有一种还不如死掉的感觉，流雪不断冲刷，几乎无法呼吸。他们在黑夜、暴雪与寒风中强行下撤。其间，陈家慧连着结组在一起的老布在雪坡上滑坠。两个人的绳子绕成一团。等他们最后找到营地时，陈家慧濒临崩溃。她和严冬冬都吐了，蜷在帐篷里颤抖着，几近失温。陈家慧的第二次高海拔登山十分狼狈。勒多曼因峰从此成了严冬冬心中的羁绊。

回到北京后，春天来了。陈家慧又继续泡在温暖的白河，沉浸在她熟悉的岩石国度。陈家慧还去了趟老布的办公室，找他倾诉过这次登山的体验。老布回忆道，Chris喜欢极限和挑战，但在那次攀登中，她对自己很失望，因为她不够强大。

陈家慧在北京的学习时光就要结束，她要回到美国继续完成博士学位和研究课题。陈家慧在中国的学习并不顺利。她不习惯学校的节奏，更不喜欢总是拖着疲惫的身躯，无暇应对生活中让她感到好奇，却无法参与的瞬间。孟春问她，夏天回到美国后要去做什么。陈家慧又露出她那标志性的微笑。她说会参加一场朋友的婚礼，之后尽可能多地攀登。

陈家慧只在中国待了短短半年多时间，却在严冬冬、周鹏、老布、赵兴政、孟春以及北京众多攀登者心中留下了深刻的记忆。她就像来自另一个世界的匆匆过客，短暂地停留，之后又回到她熟悉的世界。

严冬冬也继续走在他的自由之路上，与李兰一起搭档，四处登山。李兰同样没有固定的工作。她可以无所顾忌地与严冬冬一起尝试他们能力范围内的山峰。到了夏天，严冬冬照例参加着清华大学一年一度的登山活动。

这一年夏天，清华大学与台湾清华大学，共同组建了两岸清华大学攀登青海各拉丹东峰的活动。严冬冬担任队里的技术指导，赵兴政任攀登队长。严冬冬把他最熟悉的协作徐老幺，从四川的小山沟一路调到青海的长江源头。严冬冬很放心徐老幺的能力，但在对路线的选择与技术操作等方面，他更相信自己的判断。

在冰川地形行进时，徐老幺建议大家连在一起结组行进。严冬冬不同意。他认为在结组过程中，如果两个人绑在一起，一旦有一个人掉在冰裂缝里，更容易拖累彼此。徐老幺拗不过严冬冬，又不敢不结组，便找个借口溜到队伍后面了。

这支登山队最终成功登顶。活动结束后，严冬冬跟随队伍回到了格尔木市里休整。他一打开电脑，就收到了老布发来的邮件。严冬冬这才知道陈家慧已经死了。

16

陈家慧回到美国后,又回归了她熟悉的优胜美地,继续探索北美的大岩壁。7月9日这一天,陈家慧和搭档攀登了优胜美地的大教堂峰,沿着扶壁攀向艾科恩峰顶(Eichorn Pinnacle)。这对经验丰富的攀岩者登顶后,一边聊着天,一边往山下走。陈家慧走在搭档身后,突然从悬崖上跌落了100多米。事故发生得如此突然。"我看着她掉下去了,震惊又无助,"她的搭档说,"这是我一生中最可怕的时刻。我不知道她掉在哪里,我根本望不到。"搭档朝附近的攀岩者呼喊,寻求救援。直升机在山下发现了陈家慧的遗体。

一周后,陈家慧的葬礼在斯坦福的纪念教堂举行。在网络上,人们为她建立了脸书纪念页面。近700名友人在这里缅怀,回忆着与陈家慧的点点滴滴。噩耗传到了中国,传到了北京。北京的攀岩者们想起了陈家慧灿烂的笑容,忍不住扼腕叹息。她的男友小托在白河举行了一场追思会。生前与陈家慧打过交道的岩友们都来了。他还把白河岩友的纪念签名,带到了陈家慧遇难的山顶。在优胜美地的艾科恩峰顶,至今存放着一个铁皮盒子。盒子里装着一块黑色的金属牌子。牌子上印着一张陈家慧微笑的照片,以及她的生辰1979—2010。每一名爬到艾科恩峰顶的攀岩者,都会用攀登的方式,纪念陈家慧。

严冬冬出山后,才得知陈家慧两周前遇难的噩耗。严冬冬也把这个噩耗告诉了赵兴政。这次攀登过各拉丹东峰后,这两名攀爬能力平平，但对登山怀揣极度热情的年轻人熟悉起来。在觥筹交错的庆功晚宴上，大家都在欢庆登顶成功，只有严冬冬和赵兴政在喝闷酒。这还是赵兴政第一次见到严冬冬喝酒。一瓶白酒下肚，两个人搂在一起。在烂醉之中，严冬冬搂住赵兴政说，be my partner（做我的登山搭档吧）。

"我记得那天晚上，他跟我说了很多很多，"赵兴政说，"他说死亡这件事情是登山者应该接受的，就应该把它放在你的考虑范围之内，或许某一天他也是在爬山的时候死去。"

陈家慧的死，再次让严冬冬重新思考"登山中的死亡"这一深刻的命题。这几年，先是李红学，然后是陈家慧，那些在他生命中留下过印记的登山者接连离开。

"她一定早就考虑清楚了 climbing is inherently dangerous（攀登有内在的危险性）这句话的意义，早就以她的方式接受了这样的事情有一天会发生的这种可能性。"在《纪念Christina Chan》一文中，严冬冬写道。即便最后死亡的场景并不一定如自己想象得那般壮烈，甚至可能就是一次简单的失误，"类比于登山的话——类似于走在积雪覆盖的冰川上，因为掉进暗裂缝这样简单甚至是初级的原因而挂掉"。

这名自由登山者胆子并不算大。他在下坡时会害怕，在悬崖高处会恐惧，半夜还会从噩梦中惊醒，但他从不惧怕死亡。他甚至还会和搭档反复探讨死亡的可能性，死亡发生的场景。"我承认它，承认我可能会死掉，"严冬冬说，"但是这个可能性接受了，并不代表我不去以任何我可能做到的事情来阻止它发生。"他无法预测不可知的未来，更不想犹疑不定地止步当下。

他唯一能做的就是在那个结局到来之前,尽可能多地攀登。

严冬冬决心要完成失败的勒多曼因峰北壁。在得知陈家慧遇难之后,攀登这条路线的意义还多了一层别样的纪念性与信念感。也许他对陈家慧的情感——即便他们仅仅相逢过一两次——还超越了普通意义上的登山搭档。他从未如此动情地写道:"我要记住她,拼命攥住这份记忆,就像有些时候需要紧紧地攥住冰镐柄或者岩点那样。我没有来得及知道该好好记住她,这一次我要记住她。"

严冬冬在酒醉中对赵兴政说的承诺,并没有随着宿醉后的清醒而消散。在各拉丹东登山活动结束之后,严冬冬与李兰一起在新疆博格达峰经历了一次狼狈的攀登,之后又回到他熟悉的四姑娘山,尝试开辟阿妣峰新路线。在去成都的火车上,严冬冬想起了赵兴政。这位小兄弟对登山充满热情,对自由登山、阿式攀登一直充满向往。他给赵兴政打了个电话。

赵兴政刚徒步完墨脱,正在回拉萨的大巴车上昏睡。他睡眼惺忪地从速干裤里掏出手机,看到一小时前的未接来电。赵兴政把电话拨过去,只听电话那头传来严冬冬热情洋溢的声音:"赵哥,你来不来成都啊?"

"啊?"

"我们去搞阿妣!"

"这⋯⋯"

"嗯?"

"我要回去实习⋯⋯这样吧⋯⋯我知道我不大可能去,但是我真的非常想去,今晚给你答复。"

"好嘞！"电话挂断。

赵兴政当然知道阿妣峰。去年（2009年）7月，严冬冬与何浪，两位山野协会的前辈在阿妣峰西壁搞得十分狼狈。如今，何浪在毕业后早已远赴挪威工作，但他当年在B版上发布的攀登报告《阿妣碎忆》，让赵兴政第一次模模糊糊地感受到阿式攀登的自由和畅快。在大巴车上那摇摆不定的几个小时里，赵兴政纠结着：要么是按时去实习，从清华毕业后找份好工作，要么是跟严冬冬自由登山，开辟阿妣峰的新路线。这两个看似短期的决定，将会影响他长远的人生。前者是大部分清华毕业生成功的人生轨迹，后者是除了自由快乐便一无所有的自由登山世界。严冬冬曾对他说过，要想一直自由登山，就要做好一辈子只能坐绿皮火车的准备。对于赵哥来说，不去的理由有千千万，但去的理由只要有一个就够了，"我记得当时我告诉自己，如果不去，我会后悔"。

赵兴政没有后悔，至少在迷雾中登顶阿妣峰的那一刻，他知道这趟来值了。真正让赵哥后悔的是登顶后的下撤过程。严冬冬、李兰、赵兴政下撤了几段绳距后，天色已晚，他们只能准备好在山上挖雪洞露宿。三个人轮流挖了几个小时的雪洞，一直挖到浑身湿透，高山靴里也积满了水，在寒风中冻得不住地发抖。赵哥不停地央求严冬冬，挖得差不多就行了。最后他们只挖好了一处双脚暴露在外面的雪洞口。三人勉强钻进雪洞。严冬冬说，不挤在一起我们都会挂的。两名小伙子坐在两边，中间夹着李兰。他们没有睡袋，只有一件羽绒服。后半夜严冬冬呕吐了两次，把苦腥的胃酸吐在了这件羽绒服上。凌晨3点后,三名登山者在疲惫和寒战中睡去了。下山后,他们把这条阿妣峰的新路线命名为"颤抖"。

"颤抖"是赵兴政用阿式攀登风格完成的第一条新路线。虽然经历了种种痛苦,但他还是觉得,"我操,自由攀登太爽了"。在以往的大学生登山活动中,作为攀登队长,他必须兼顾到15人团队中的无数个细节。在自由攀登的过程中,每个人都只为自己负责,他能尽情享受着攀登的过程。

下山后,赵兴政回清华继续他的大四生活。他迷茫起来,不知毕业后到底要做什么。在他看来,登山和工作最好的结合方式就是做一名登山向导,这样他就可以经常登山了。每每此时,严冬冬就劝阻道,千万不要这么搞,一定要把兴趣和谋生的手段分开,做协作或向导会极大地消磨你自由攀登的热情。严冬冬还在不同场合多次表达过对登山俱乐部从业者——而非针对某个人——的不屑与轻视。他说,登山不是他生存的方式,他也永远不会让它沦落成生存的手段。这是严冬冬的底线。

但偶尔兼职带个队还是可以的。"十一"期间,严冬冬作为北面签约运动员,参加了品牌组织的哈巴雪山登山节的活动。哈巴雪山是国内入门级的雪山之一。正因为"入门",许多初次体验高海拔攀登的登山爱好者都太过轻视它。同一时期,另一支网上自发组织的队伍中的女队员在山上滑坠,从雪坡一路滑到了碎石坡,脑袋撞到了冰川附近的石头上,最终遇难了。还有一名男队员滑坠到了冰川末端,身受重伤。由于医疗队无法及时赶到,三个小时后,这名男队员也离世了。

北面运动员严冬冬和孙斌接到通知后,立即赶到事故现场,收敛遇难者的遗体。整个过程触目惊心。"当时脚放进去之后，脑袋在外头，实际上是很吓人的，然后抬起来的时候脑袋就不停地掉下来，因为是软的，"孙斌说，"严冬冬后来把衣服脱了，给它包起来、绑起来。还是不方便，因为老甩来甩去脑袋。"他们包裹好遗体后，再和当地村民一同把遗体搬下山去。

后来一位朋友问严冬冬，当时你害怕吗？严冬冬淡然一笑，说，有一天可能你听到山难消息，走过去扒开人群，看到那个人就是我。

继前一年爱德嘉峰搜救之后，这已经是严冬冬第二次直面登山遇难者的遗体了。很难想象，在面对惨烈的事故现场时，生性胆小的严冬冬内心经历了何等惊涛骇浪。如果说李红学、陈家慧的悲剧，让他深刻感受到极限登山内在的危险性，那么这两次与死亡近距离的接触，则让他更加直观地看到，死亡并不是抽象的哲学命题与电话中的冰冷噩耗，而是一具近在眼前的尸体。

哈巴雪山活动之后，严冬冬留在了云南，并和李兰、赵兴政尝试攀登附近的玉龙雪山。玉龙雪山位于热门的旅游景区，但主峰扇子陡却是一座技术型山峰，山体破碎，难度极高。主峰目前只有两次无法证实的登顶纪录。三个人出发攀登时，又赶上坏天气。山里大雾弥漫，岩壁到处都在淌水，脚踩不稳，鞋底总是打滑。严冬冬从老布那里继承下来的"死磕精神"发挥余热，三个人在恶劣天气中继续坚持着。

严冬冬在一次下降操作中，连接在岩壁上的岩塞——一种嵌在岩缝中以防攀登者坠落的保护装置——突然崩了出来。他瞬间失去了重心,坠在半空。他使劲把身体压在岩壁上,但潮湿的岩壁根本没有任何摩擦力。第一枚塞子失效后,巨大的冲击力也把第二枚塞子拔出来。严冬冬滚落悬崖,连在上面的赵兴政、李兰也陆续被拽下去。灰白的岩石在他眼前掠过。眼中尽是一片模糊的景象,直到头脑空白。

世界突然静止下来。严冬冬率先坠地。赵兴政和李兰又依次砸在他身上,就像叠积木一样。严冬冬躺在地上,渐渐感到手肘、膝盖、小腿传来的钝痛。过了一会儿,严冬冬问,都活着吧。赵兴政应了一声。严冬冬哆哆嗦嗦地扶着岩壁站起来。他的膝盖淤肿,手臂无法弯曲。好在他们都幸运地掉在一处平台上,没有继续坠落。落在严冬冬身上的赵兴政和李兰,几乎安然无恙。

三个人狼狈地撤到山下,再一路撤回到丽江。他们在青旅浑浑噩噩地窝了三天,吃了睡,睡了吃,彼此之间没有任何交流。与身体上的伤痛相比,严冬冬心理上的冲击更为剧烈。"回到丽江后还带着这种shaken,尽管当时自己不愿意承认这种心情,"严冬冬后来说,"这一年里其实我自己一直在培养这种坚持下去、无论怎么样都要往上冲的心态,但就是有点过了头……对危险的攀登机制被自己给,怎么说呢,给关掉了。"

严冬冬后来对周鹏说起这段经历时,还给出了他另一个反思:不要相信别人放的塞子。在这次攀登事故中,那枚塞子是李兰放的。

玉龙雪山冲坠的阴影伴随着严冬冬这一年余下的几次攀登。一个月后,严冬冬随老布等人在贡嘎山域探索。四川登协派出李宗利做随队联络官。老布和搭档凯尔·登普斯特接连开辟了日乌且峰、爱德嘉峰东壁的新路线。老布将爱德嘉峰的这条新路线命名为"无人之地的玫瑰"。这是一条世界级的路线,也是老布在中国最有成就感的一次攀登经历。老布描述这次攀登"野蛮而震撼,绝美又致命"。然而,严冬冬和搭档古古(古奇志)在爱德嘉峰北壁和白海子峰纷纷失利。严冬冬后来坦言,在攀登时,玉龙雪山留下的心理创伤依然明显。

年底,严冬冬和李兰去了西藏的宁金抗沙峰。这是严冬冬大学期间第一次攀登、却没有登顶的雪山。在李兰的陪伴下,此行几乎是为了解开他的心结。二人轻松松地登顶,完成了宁金抗沙的首个冬季攀登。

2011年的第一天,严冬冬在总结过去一年的成长时写道:"这一年基本是跟李兰搭档,一年下来彼此的了解都深了很多,我还是愿意纵容自己的少年之心想飞多久就飞多久。"严冬冬在文章中经常提到的"少年之心",指的是不考量现实的生活,尽情追求纯粹的登山理想。这一年,严冬冬和李兰总是混迹在一起:攀登,训练,旅行。二人在搭档攀登中,没有任何一人占绝对的主导,彼此相对平等。李兰本应该也是个不错的登山搭档。只是后来,他们又不仅仅是搭档关系。

在2010年底、2011年初的某段时期——严冬冬当年立下的"五年独身主义"计划刚过五年——严冬冬和李兰的关系开始变得复杂起来,甚至微妙得没有任何朋友能说得清。

"之前他们是攀登搭档,包括五色山,包括博格达,那是一个纯攀登搭档的状态,"赵兴政说,"冬冬找李兰就是一个攀登搭档，包括他们最开始找宿舍看电脑研究路线，都应该是攀登搭档。后来李兰应该是单方面有一些想法。"

"实际上我还是对这个事情觉得比较质疑，"严冬冬的室友马伟伟说，"因为一起合租，你总归是要有一些时间去陪女朋友的，女朋友不会晾在那里的。在登山的时候，我也不知道具体是怎么样。"过去两年来，马伟伟一直是严冬冬的室友，虽然2010年严冬冬逗留在北京的时间，加起来还不到三个月。

"刚开始看到他们，（严冬冬）根本不可能跟李兰在一起。我觉得根本就不可能，"周鹏说，"但是他们确实在一起攀登的时间还挺长，他们去爬了五色山，又去爬了玉龙，还有宁金抗沙。所以两个人在一起的时间长了之后会是什么样的，这个事情我也不知道。也是有可能的。李兰说是有，但冬冬从来没有承认过。"

周鹏这一年几乎没有参与严冬冬的登山计划。他困在登协太久了。2011年初，周鹏终于下定决心，给马哥写了封万字的长邮件。在邮件中，周鹏条理清晰地"一、二、三"分段阐述，剖析他对登协的看法，并提出辞去中登协培训部的全职工作。他不想只窝在办公室里，每天只与培训理论、世界登山史、攀岩发展史打交道。没有登山实践，了解再多的历史和理论都没有意义。

在这封邮件的结尾，周鹏解释道，他本想调整下激烈的措辞，但既然全文一气呵成，索性就保持原样。马欣祥知道拦不住周鹏，也回了封长邮件，并在邮件的结尾处写道：批准了。

周鹏自由了。他回归到与严冬冬的自由之魂组合。自由之魂终于要放手一搏，尝试更宏伟的山峰、更具金冰镐风格的路线，而严冬冬的搭档也不再是李兰。

17

　　登山搭档的关系犹如一对情侣。二人之间既要有心灵上的默契，还要容忍彼此的缺点。在山上，他们通过一根绳索联结，把自己的性命安危交给对方。在山下，二人的生活交织在一起：一起训练，一起吃饭，时时刻刻保持联络，还时不时地憧憬下两个人未来的计划。

　　2011年初，周鹏从登协出来后，回到了严冬冬和马伟伟在上地东里合租的二居室。过去一年多，周鹏时不时地见到严冬冬。在2009年底到2010年的这段时间，严冬冬仿佛得了暴食症，总是狂吃各种零食。他平时在电脑前翻译打字，手边总是放着泡椒凤爪、薯片等各种垃圾食品。在身边的朋友们看来，严冬冬的体重几乎一周长一斤。但周鹏并不这么认为，他觉得严冬冬一天就能长一斤。

　　有一次，在京郊桃源仙谷攀冰时，周鹏遇到了严冬冬。搭档已经胖成了个球。周鹏问他，你怎么最近又胖了？

　　严冬冬说，我现在走路都喘。

　　周鹏说，你跟我们小时候家里养的猪差不多。小时候看电视，四川台里天天都是猪饲料广告，"吃一斤，长一斤"。猪一天都长不了一斤。

　　这对搭档完成了四姑娘山幺妹峰的自由之魂路线后，如今要走向更雄伟的贡嘎山域。海拔7556米的"蜀山之王"贡嘎山，矗立在大雪山深处。不同于低调的幺妹峰，木雅贡嘎自古以来都是川西群山中的王者。但二人暂时还不具备挑战7000米级山峰技术路线的经验与胆魄。他们准备先尝试下贡嘎山域的其他山峰。

一年前尝试贡嘎山域勒多曼因北壁的时候，严冬冬还和老布一起考察了嘉子峰的路线。自那之后，嘉子峰就成了严冬冬理想的"大路线"代表。而失败的勒多曼因攀登、陈家慧的遇难，也成了严冬冬久久不能忘却的回忆。嘉子峰与勒多曼因两座山峰顺理成章地成为自由之魂的下一个目标。周鹏从登协出来后，和严冬冬在贡嘎山域里驻守了七天，尝试攀登这两座山峰。这并不是个合适的季节，二人几乎没怎么爬就撤退了。他们把攀登计划推迟到了这一年秋季。

2011年春天，二人来到了温暖的攀岩胜地阳朔。严冬冬两天攀岩一天休息，努力精进攀岩技术。半个多月下来，他终于突破了5.10a。对于拥有近十年攀岩经验并决心成为专业攀登者的严冬冬来说，这水平依旧有些平庸，但应付大部分雪山的技术路段，也够用了。

在阳朔，严冬冬把攀岩之外的精力都献给皮划艇，即便他对皮划艇运动的了解还远不如周鹏。周鹏在中登协做培训的时候，至少接触过皮划艇运动的基本动作。严冬冬买了一款便宜的皮划艇，计划在阳朔的漓江直接下水。周鹏深知严冬冬的协调性，劝阻道，你别搞翻了，你连那个艇都没上去就翻过来了。严冬冬听了劝，先在县城的小池塘里熟悉下皮划艇的感觉。周鹏简单教他如何上艇、下艇、划桨，最后严冬冬才敢在漓江下水。后来，严冬冬把这款便宜的艇卖给了周鹏，他自己又花了五六千元买了款更高级的皮划艇。

一天清晨，周鹏和严冬冬从桂林出发，划到晚上七点多，一路划到了阳朔。掌握一项新运动后，严冬冬兴奋极了，想着把皮划艇加在攀登和训练的计划中。

这对搭档不仅在贡嘎山域初体验"大路线"，还来到西部最偏远的地区，尝试海拔更高的"大山"。严冬冬、周鹏、李兰来到藏北阿里地区，驻扎在与冈仁波齐峰遥相呼应的纳木那尼峰山域。三个人在这里侦察了半个多月。几轮尝试之后，严冬冬和周鹏登顶了这片山域中的古纳峰（海拔6920米）。这对搭档登顶40分钟后，李兰姗姗在后，也站在了顶峰上。

严冬冬和周鹏回到北京后，决定从西北五环外的上地东里，搬到近100公里外的密云县（现为密云区）。他们常年登山在外，对繁华的商业中心与物质生活没有太多需求。在郊外的密云，他们的基本消费更低。他们还能用更少的房租——1000元，租到更大的房子——188平米的复式五居室。况且，这里距白河峡谷里的自然岩壁，只有半小时不到的车程。在搬家那一天，二人把大包小裹的登山装备一一运到密云。他们的登山装备太多了，多到邻居们死活都不相信这是他们自己的东西，还挡着不敢让他们搬进去。住进大房子后，每个人终于可以独享一个大房间了。他们住在一楼的两间卧室。二楼的客厅、洗手间与多间卧室奢侈地空闲下来，很适合他们那些居无定所的朋友来蹭住。

严冬冬和周鹏的生活完全捆绑到一起。在他们的生活外沿，还有赵兴政和李兰。四个人的登山理念和生活方式完全相符。到了夏天，严冬冬终于朝着被老布誉为"登山探险者梦寐以求的天堂"的天山，迈进了一大步。他们跟北面申请了一顶重达17公斤的球形大帐篷。光是严冬冬自己的行李，就打包出了两个大驮包、两个大背包、两个编织袋。他们四个人要去荒蛮的新疆西天山山域，攀登一整个月。

在中国境内，天山山脉的宏伟山峰大多集中在西段，如天山主峰托木尔峰（海拔7443米）、汗腾格里峰（海拔6995米）、雪莲峰（海拔6627米）、却勒博斯峰（海拔6731米）。各国探险队已造访过前三座山峰。老布对严冬冬说过，唯有偏远的却勒博斯峰及其四座6000多米高的卫峰，还从未有人类探索过。这就是他们的目标：真正的大山和大路线。正如严冬冬在编译老布"白玉之路"攀登报告中提到的，这里的山峰完全符合金冰镐审美标准：高难度、大型新路线，对未知地区的探索，以及最纯粹的阿式攀登风格。

"我觉得他（严冬冬）对金冰镐有执念，他很想拿到这个奖，"周鹏说，"他没有对任何人承认过这事，但是我觉得他的心里面是非常想拿这个奖。"

严冬冬生怕别人知道他们的计划。他在博客里写道，请了解具体攀登目标的朋友们不要公开泄露相关细节，多谢。他又怕别人不知道他们的计划，忍不住透露道，今年（2011年）到现在为止，令人激动的攀登真不算少，至于我们是不是已经有资格跻身于"那些人"的行列，此行将会是今年的两次检验机会之一。无论如何，这都肯定会是一场激动人心之旅。

严冬冬的担心似乎有些多余。放眼当今的国内登山界，在20多岁的年纪便能拥有如此的攀登技术、如此多的时间精力、如此高涨的热情，也就只有这几名年轻的自由攀登者了。

四个人并没有一起出发进山。临出发前，周鹏接到朋友打来的电话，急需他帮忙带队攀登慕士塔格峰。李兰远在法国参加登山培训。只有赵兴政，在即将毕业的这段时间，几乎舍弃了学业，跟着严冬冬先行进山。二人先坐车到新疆伊宁，再包车到国境线附近的农四师七十四团场，之后随马帮徒步40公里，花了两天时间进山，才建立好了大本营。第二天，李兰也突然赶到大本营。他们在大本营休整了几天后，先尝试了一轮攀登。严冬冬和赵兴政搭档完成了一座海拔4944米的未登峰。远远望去，九座山头依次排开。二人戏称它们为"九连珠峰"。在这期间，李兰独自留在帐篷里。

之后几天，山里接连下雪。没有了周鹏，攀登似乎也没有了实质性的进展。三个人只好先暂时出山与周鹏会合。周鹏带的慕士塔格商业登山活动很成功，队员全部登顶。他在海拔7000多米的山峰上也适应得不错。四个人休息几天后，再次骑马进山来到大本营。

在大本营的两天里，几个人坐在帐篷里闲聊，大家聊起赵兴政的学业问题。这次西天山攀登前夕，赵兴政的同班同学都已经毕业了，而他还是肄业状态。在清华念本科的最后两年，赵兴政几近狂热地攀登，和严冬冬的登山生活重叠在一起。如今他也有了自己的搭档：攀爬天赋出众、山鹰社的前攀登队长李赞。赵兴政和李赞，清华与北大攀登队长的组合，就像个小自由之魂。他们更年轻，也更渴望自由地攀登。这自由的代价是，在赵兴政快毕业时，一小半专业课程都挂掉了。他根本补不过来，也无心去补。和帐篷里的那位清华学长如出一辙，学校多次通知他参加毕业答辩，他都无视了。他的清华本科毕业证后来自动转成了专科。

在大本营的帐篷里，严冬冬坐在一旁，没有对此发表太多意见。周鹏则严肃地对赵兴政说，你应该回去想办法把毕业证拿到，你还是要继续上学，继续读个研究生，以后你的时间反而会更自由。"他（严冬冬）好像个人性格使然，他会给你提建议，但他不会非常强势地去干涉你什么，"赵兴政总结道，"但是周鹏不一样，他有的时候会指导，说话的语气跟角度更像一个教练。"在赵兴政看来，严冬冬就像是个无话不谈的朋友，而周鹏像是指导他人生规划的大哥。周鹏为赵兴政制订的人生规划有些迟了，眼前这位小兄弟早已深陷在攀登的世界中，无法自拔。

在大本营适应几天后，严冬冬和周鹏二人出发尝试他们此行的终极目标，却勒博斯峰。却勒博斯峰因形似卧虎，守护着祖国的西大门，又被称为虎峰。严冬冬和周鹏从大本营出发，来到了却勒博斯主峰北壁下。面对陡峭的雪脊和雪崩频发的冰壁，他们无奈放弃原计划。就在他们认定此行失败的时候，他们环望这片攀登历史还属空白的山域，每一座山峰都是未登峰。他们又临时锁定了新的攀登目标，决定赌一把。

在离开大本营的第七天早上，他们冒着雪崩风险，快速通过刚下过新雪的雪檐地形，并在中午站在了却勒博斯西北卫峰（海拔5863米）的顶峰。自古以来，从未有人站在这片山域的顶峰上。他们站在绝顶四处环望，欣赏着罕见的风光：北边是辽阔的昭苏平原，平原上盛开着成片灿灿金黄的油菜花田；东边远处是形如花冠的雪莲峰，近处是他们神往的却勒博斯峰，由于山脊遮挡，他们看不见主峰；南边是自西向东延展的土盖别里齐冰川，就好像一条在山谷中匍匐前行的冰龙，这是完全位于中国境内的第二大山谷冰川；西边是中国与哈萨克斯坦边境的界山，他们当时并不知道已经来到了距国境线只有7公里的地方；西南方向是天山山脉的主峰，巍峨的托木尔峰。

这次攀登非常极限，极限到在回大本营的路上，他们随身携带的食物，全部加起来只有七块话梅糖。在过去的九天里，他们从大本营出发，连续攀登了89个小时，累计徒步距离将近120公里。这相当于他们从北京市区负重走到密云的家，到了以后再调头走回市中心。这还不包括他们徒步进山的100公里。他们把这条漫长而艰苦的攀登路线命名为"长征"。

在滂沱的大雨中，这支长征队伍冲回大本营的帐篷里。大本营里只剩下李兰。就在严冬冬和周鹏出发的那一天，赵兴政和李兰这一组也准备尝试另一座山峰。出发的第一天，李兰对赵兴政说，赵哥我今天状态不太好，能不能明天再出发。李兰窝在营地里，看了一天《百年孤独》。第二天，李兰依然"状态不好"。第三天也是。到了第四天，赵兴政也看完了这本《百年孤独》。他等不到想要的攀登，只好先行出山。

"西天山那时候，我意识到他们之间可能会有一些问题，"赵兴政说，"但我当时可能更多的关注点在攀登方面，我对于这些方面可能没那么敏感。"

在周鹏看来，李兰的行为也有些古怪，总是跟他们仨保持较远的距离，好像在用行动来抗争。严冬冬对周鹏说，我走得快的时候,她离我那么远,我走得慢的时候,她也离我那么远,根本不是我走得快和慢的问题。她要告诉你我,她想要得到关心。在周鹏的观察中,严冬冬和李兰的关系,也从那一次开始恶化,"再后来就是10月份那次,他跟李兰彻底撕破"。

与复杂的人际关系相比,严冬冬想把更多的精力放在登山上。在严冬冬看来,这次攀登略有遗憾,他们离真正意义上的世界级攀登只有一步之遥。比遗憾更多的是前所未有的成就感,是欣慰于自己在极限环境中的投入度与意志力。

"我们的确有好几次足以称为'刻骨铭心'的体验——两度失败放弃的沮丧,两度重振希望的兴奋,雪檐威胁下的专注,支脊上风雪中的迷茫与坚持……正是像这样深刻而投入的体验,才是探索攀登无与伦比的魅力所在。"严冬冬写道。自由之魂决定来年再探索西天山。

这次远征式的攀登成就是超前的。同辈的自由攀登者,大多还局限在川西群山里,渴望开辟一条未知的新路线。大部分国内登山爱好者更是无法理解,他们为什么会用九天时间徒步200公里,只为了爬一座无名的山峰。

对于李兰来说,或许这次远征未必都是美好的。在这一个月里,四个人当中唯有李兰,没有完成任何登山目标。更重要的是,她失去了严冬冬。在年底回顾这次远征时,严冬冬欣然看到自己的成长:"西天山长征,第一次自己主导的expedition,虽然未达到最初的攀登目标,但是探索全新区域的感觉和离开营地连续九天的尝试都是第一次。"之后,他笔锋一转,写道,"也是这期间终于下决心不再跟李兰搭档攀登"。

18

周鹏下山后,留在了新疆,帮中登协带一期博格达高山技能培训班。他还特意把赵兴政安插进这个班里,让这位小兄弟免费蹭课,以便帮他系统地梳理登山技术。周鹏总觉得赵兴政和严冬冬很相似,他们俩的身体条件平平,却偏对最极限的那种登山风格充满了热情。

这期培训结束后,周鹏、赵兴政与严冬冬在丽江会合,帮孙斌在哈巴雪山带队。去年(2010年)的哈巴雪山山难记忆犹新。孙斌认识到,每年成百上千的登山爱好者来到这座入门级雪山攀登,然而当地向导并不具备相应的经验和技能。他在哈巴雪山组织了这场针对原住民向导的技术培训,希望这样的惨剧不再发生。

这一年夏天,孙斌喜忧参半。喜的是,他生了个儿子。忧的是,他的公司陷入运营困境,此时公司账面上只剩2000元,连员工的工资都发不了。作为国内民间赫赫有名的登山者,他的后辈在登顶幺妹峰后迅速成长,而他前三次尝试幺妹峰都失败了。这一年,这名33岁的青年决定第四次向幺妹峰发起冲击。

哈巴雪山培训之后,赵兴政跟着严冬冬和周鹏回到了北京密云的家。肄业后的赵兴政一直居无定所,最终顺理成章地免费住进了密云五居室的二楼空房间。他没有固定工作,也没有什么家当,只背着个大背包就搬了进来。他也领略到了严冬冬的房间风格。虽然房间面积变大了,但那些装备、书本、脏袜子,依然铺满了整个地板,叫人无处下脚。

三个年轻人在密云的生活平淡而充实。他们平时最大的花销就是修车和加油。周鹏时常开着一辆老破两厢夏利,载上严冬冬和赵兴政开到不远处的白河峡谷攀岩。这辆车是周鹏从马哥那里借来的。要打开这辆光屁股夏利车的后座,只能先让司机把车窗摇下来,再从外面把手伸进车窗,内外合力打开车门。赵兴政记得,他们难得有一次进城,去参加在三里屯的班夫山地户外电影节活动。三个人坐着这辆寒酸的夏利,开进高档电影院的停车场,而隔壁停车位里都是劳斯莱斯和法拉利。

周鹏在慕士塔格带队过程中认识的女队员李爽,时而也参与他们在白河的攀岩活动。这名热爱户外的女设计师曾参加过几次商业登山活动。认识周鹏和严冬冬后,她很好奇这帮大男孩热情而纯粹的登山生活,很想拍一部关于他们的片子。

几乎就在李爽走进他们生活的同一时期,李兰离开了这个团队。自西天山之后,严冬冬和李兰的关系越来越紧张。赵兴政还记得,严冬冬偶尔会接到李兰打来的电话。他不知道李兰在电话里说了什么,但严冬冬极其罕见地对着电话呵斥:"不要再找我了!""不要再给我打电话!"

在密云休整期间,自由之魂组合正在酝酿着这一年另一项"大山、大路线"的攀登计划:继续2月份未完的目标,攀登贡嘎山域的勒多曼因北壁与嘉子峰西壁。他们决定效仿老布探索西念青唐古拉山时的建营方式,也要在山里建立一处惬意的大本营,并以此为据点扫荡周边的山峰。

2011年秋天,在贡嘎山域的深处,这处群山环绕的大本营热闹非凡。众多圈内的好友也赶来凑这个热闹。严冬冬和周鹏的自由之魂组合，尝试他们既定的攀登目标，李爽跟随拍摄；赵兴政与李赞为另一组，尝试贡嘎山域的未登峰；临行前，赵哥答应李兰加入他们的小队；同时还有圈内好友赵凯、潘笑冰等一大帮人。这次的大本营依然沿用前不久西天山的超大型球帐，他们另外搭了五顶小帐篷。每组小队出发攀登前，都把他们要爬的目标山峰写在一个小学数学本上，再挂到大本营的球帐上。一帮人在营地其乐融融，在雪山下畅谈登山理想与自己的生活，就好像他们在深山中租了一栋小公寓，开起了登山派对。

等适应好了海拔之后，严冬冬和周鹏准备出发了。从感性和理性的双重角度考量，勒多曼因都是自由之魂此行要完成的第一个目标。"勒多曼因北壁的预定路线，即使只为了纪念Chris，这条路线也至少值得再去尝试，更何况勒多曼因是这片区域较高山峰中难度最低的，本来就是前中期适应性攀登的不二选择。"严冬冬写道。在攀登过程中，严冬冬也许还回忆起了去年（2010年）2月与老布、陈家慧一起攀登时的点滴，那狂风中无情的流雪冲刷，那寒夜里瑟瑟发抖的身体，还有陈家慧温润而美好的笑容……10月7日，他们迎来了好天气窗口，从大本营出发。第二天下午，严冬冬和周鹏从北壁顺利登顶了勒多曼因。第三天清晨，他们安全回到了大本营。他们决定把这条路线命名为"纪念陈家慧"（Remember Chris）。为了纪念她，也为了纪念这次源起于她的攀登。

下山后，严冬冬和周鹏在大本营休整了一个礼拜。每个人都窝在自己的小帐篷里休息，闲着无聊就来到大球帐里聊天。

李兰总是想去严冬冬的帐篷，又屡次被赶了出来。几次之后，严冬冬终于忍不住了。这名温和的大男孩当着所有人的面，对李兰破口大骂。这可能是严冬冬有生以来唯一一次当众失态。

"他那个人是很难说脏话的，不太说粗话。我就经常爆粗口。他基本没有，有的时候就会说'我擦'这样的，"周鹏说，"但那天晚上真的他是破口大骂，绝对的破口大骂，跟泼妇一样的破口大骂。骂了很久。骂了至少好几分钟。我们所有人都觉得很惊讶。这完全不是他表现出来的性格。"

面对指着自己大骂的严冬冬，李兰哭了。那几天，她没有再找过严冬冬。之后一年也几乎没有。这个插曲似乎并没有影响到严冬冬登山时的心态。他只关心登山。

几天后，自由之魂上演了他们在贡嘎山域最辉煌的一次攀登，嘉子峰西壁中央路线。从嘉子峰西壁望去，这面山壁如蛛网般编织出复杂细密的白色纹理。那纹理既是流雪冲刷出的沟槽，有时也是登山者成功完攀的可能性所在。严冬冬和周鹏从大本营出发。他们脚踩着冰爪，冰爪的利齿在雪坡上留下脚印，在冰壁上留下浅浅的小坑，在岩石上摩擦出令人汗毛耸立的咯吱声。伴随着浓重的喘息与加速的心跳，他们视野中遍地是冰雪，耳边尽是呼啸的风。他们手持着冰镐，在空气稀薄的国度里开辟属于自己的新世界。他们呼吸着凛冽的空气，坐在半山腰的岩窝里，双腿荡在悬崖边缘露宿一晚又一晚。他们枕靠在山壁上，心怀着忐忑与兴奋，夜不能寐。就好像他们用了半生去苦苦追寻，只为了寻找这三天两夜的痛苦与无眠。待太阳刚刚爬上山脊，他们浸浴在了温暖的阳光中，决意一鼓作气爬向那耀眼的顶峰。他们在绝壁上，在死亡的门槛上，跳起世界上最华丽而危险的舞蹈。一气呵成。曲终那一刻，他们站在了嘉子峰的山顶。山顶的风很大。严冬冬站在山顶对着周鹏喊道，这条路线我们叫"自由之舞"好不好？周鹏没听清。严冬冬又大喊了一遍，"自由之舞！"

"自由之舞"是当时中国登山界的最高成就。它的意义是划时代的。此前，从没有中国登山者攀登过这座超高难度的山峰，而在这之后的十年当中，也没有中国登山者再次尝试攀登它。严冬冬和周鹏头盔上的Gopro运动相机，用第一视角记录了他们攀登的过程。李爽在大本营，用长焦镜头记录下宏伟山体上两颗芝麻粒般的小黑点儿。

几天后，严冬冬和周鹏临时兴起，决定带上李爽继续尝试第三座技术型山峰"小贡嘎"，又把这次贡嘎山域的探险推向了更高潮。李爽之前只跟着商业登山队爬过唐拉昂曲峰和慕士塔格峰，从没有过技术攀登的经验。在10月的最后几天，三个人出发了。小贡嘎的难度有些出乎意料。严冬冬回忆，单论难度连续性的话，这条路线甚至还超越了几天前的"自由之舞"。李爽每爬到一处保护站，就用摄像机拍一小段素材。待天色渐晚时，他们又在山上露宿。在10月的最后一天，严冬冬、周鹏、李爽成功登顶了小贡嘎，三个人在山顶开心地合影。

这一天晚上，赶在11月到来之前的最后几十分钟，他们安全下撤回了营地。小贡嘎的成功攀登，让这收获的10月更加完美。严冬冬和周鹏爬得十分爽，也是为了纪念李爽的第一次技术攀登，他们把这条新路线命名为"爽"（Thrill）。

自由之魂在贡嘎山域接连上演的三次精彩攀登，勒多曼因、嘉子峰、小贡嘎，再度轰动了中国登山界。两年前，严冬冬和周鹏开辟了四姑娘山幺妹峰新路线，成了登山界的新星。两年之后，他们在贡嘎山域连续开辟了三条新路线，又从新星一跃成为偶像。在纸媒最后的黄金时期，关于自由之魂的报道霸占了《山野》《户外》与《户外探险》三本杂志。在网络上，论坛式微、博客兴盛、社交媒体崛起的2011年，自由之魂成了登山者们不断讨论、标榜的青年偶像。自刃脊探险时代落幕以来，小众的民间登山领域一直期待新的登山英雄出现。自由之魂恰到好处地成了这英雄叙事中的主角（虽然他们只是普通人）。特别是严冬冬，他那奇异的思维模式、一长串的翻译作品、纯粹的生活方式，都成了他独有的特质。在这次贡嘎山域三连登之后，李爽成了自由之魂组合的记录者，并用她的镜头视角观察着这对年轻人。她根据这次攀登的视频素材制作了一部纪录片《自由之舞》，让人们直观地领略到了中国最极限的一帮登山者在山上的风采。

到了年底，严冬冬、周鹏的"自由之舞"路线，再度被中国户外金犀牛奖提名。过去几年，严冬冬已经连续两届毫无争议地获得了金犀牛奖的最佳攀登成就：2009年严冬冬与周鹏的幺妹峰"自由之魂"路线获第四届最佳攀登成就奖，2010年严冬冬和李兰的五色山"另一天"路线获第五届最佳攀登成就奖。"中国户外金犀牛奖"是国内最有影响力的户外类综合奖项。其中"最佳攀登成就"的颁奖作为金犀牛奖的重磅环节，往往出现在颁奖典礼的最后时刻。它倡导干净的阿式攀登风格，评选也相对公正。虽然历年来评审出来的结果时而引起争议，好在编辑部每年遴选出的三个最佳攀登成就提名奖，即便有时不分伯仲，但足以勾勒出历年来值得一提的自由攀登成就。因此，有时提名者的重量级也不亚于获奖者。回望每一届的最佳攀登成就奖提名，就仿佛速览一部中国阿式攀登的编年简史。

这一年，同被第六届金犀牛奖提名的，还有曾山团队的央莫龙峰首登与孙斌团队的幺妹峰新路线。就在严冬冬和周鹏的贡嘎山域三峰连登不久后，孙斌和搭档李宗利在狂风和极寒中冲向了四姑娘山幺妹峰的顶峰。他们终于登顶了幺妹峰，并在南壁开辟了一条经典的新路线。站在峰顶的那一刻，李宗利的胡子上已结满了冰霜。这名前摔跤运动员、性格凌厉的巴蜀男儿，也有幸成为第三队登顶幺妹峰的中国登山者。孙斌这才认为自己成了一名真正的自由攀登者。自从2006年第一次尝试幺妹峰之后，这已经是他第四次攀登这座山峰了。孙斌觉得，幺妹峰并不是神话，而破除对幺妹峰的恐惧，需要先解放自己的思想，敢于挑战它。他还记得《极限登山》中的那句话："思想是攀登运动的未来所在。装备和训练水平的进步，只能对登山运动的发展起到缓慢的推动作用，而思想的解放则会给登山运动带来飞跃。"孙斌将这条新路线命名为"解放之路"。

孙斌对李宗利说，不要给这次攀登赋予太多的意义，这只是一次攀登，我们以后还要攀登更多更难的山峰。然而，幺妹峰的成功登顶着实改变了这对搭档的命运。几个月后，孙斌拿到了户外品牌的大笔投资，他的创业公司巅峰探游活了下来。他还实现了过去几年来的目标，"做一家登山学校，受人尊重"。

他在北京成立了公益性质的巅峰户外运动学校。孙斌成了孙校长。赵兴政也入职了孙斌的公司,成了巅峰学校的教练。

就在同一时期,李宗利从四川登协离职,在成都创立了自己的登山公司"自由之巅"。在之后的十年里,李宗利带领自由之巅团队完成了许多高难度的攀登成就,并培养了许多像他当年一样的年轻自由攀登者。

2011年是中国自由攀登十年来最辉煌的一年。层出不穷的首登成就与纷纷涌现的自由攀登者交相辉映。对于严冬冬和周鹏来说,2011年也是充实而美好的一年。年底,他们作为中国北面运动员,远赴墨西哥参加了北面峰会。严冬冬第一次出国,他见到了许多传说中的大神级人物:北面运动员队伍的队长康拉德·安克(Conrad Anker),以徒手攀岩而崭露头角的亚历克斯·汉诺尔德(Alex Honnold),著名极限户外摄影师金国威(Jimmy Chin)。只是,这些世界级攀登者并不认识他们。

回到北京后,严冬冬还去了趟南山滑雪场尝试学习滑雪。他上一次练习滑雪,还是2008年奥运火炬队集训期间,在吉林北大湖训练。严冬冬的平衡感极差,滑雪于他而言是一件需要鼓起勇气的事情。在南山滑雪场,他笨拙地滑下入门雪道,脖子紧张地歪向一边,最后还一不小心把脖子拉伤了。但他还是决定要学好滑雪,研究起滑雪装备,这样他就可以同时掌握滑雪和登山滑雪两门运动了。

2012年2月下旬,第六届金犀牛奖颁奖典礼在国家会议中心举行。《户外探险》杂志执行主编何亦红和老布共同揭晓最后的重磅奖项。老布还是穿着那件白衬衫、卡其色裤子。他站在台上念出了严冬冬和周鹏的名字。自由之魂组合走上台领奖。严冬冬连续第三年荣获最佳攀登成就奖。这足以证明他是当今国内最活跃的登山者。不久后，严冬冬和周鹏又得知，他们再度被亚洲金冰镐奖的组委会提名了。上一次，他们就凭着幺妹峰"自由之魂"路线获得了亚洲金冰镐奖的提名，最终却没有获奖。目前为止，还没有中国登山者获得过这个亚洲最重磅的攀登奖项。

直到这一刻，严冬冬才突然意识到，他终于拥有了一度渴望的自由生活。"尽管收入不多，但我可以自由地安排自己的时间和生活，什么时候工作，什么时候训练，什么时候登山。更重要的是，我可以自由地去登山——不仅有时间，有赞助支持，而且也开始有能力用我想要的方式完成那些我想要的攀登。"严冬冬在《自由之路》一文中写道。在这篇发表于《户外探险》杂志的文章中，严冬冬回首了自己从清华大学一路走来，追逐自由的心路历程。

自由，人类所追逐、向往的自由，本是看不见、摸不着的抽象观念。只有碰撞到坚硬的现实，自由才会更凸显出其意义和价值。严冬冬所谓的自由很简单：自由自在地安排生活，自由自在地去登山。他只用了短短几年的时间，并没有走太多弯路，也没有被这时代抛光打磨，就实现了这个当初在父母和同学看来完全不切实际的目标。他深知这自由的来之不易。

"自由，它是如此宝贵，如此令人向往，要得到它需付出的代价，通常也无比高昂，"在这篇文章的结尾，严冬冬写道，"我会珍惜这份自由，而最好的珍惜方式就是善用它。"

19

只有在山上,严冬冬才能感觉到自己还活着。"在一个空旷的、不适合生命生存的环境里,你自己散发的生命力,自己是可以敏锐地察觉到的,"严冬冬说,"你觉得自己心脏在跳。我知道自己的心脏会比很多人每次泵出来的血要多。这种感觉是很实在的,一种自己的存在感。"

在山上,每一次迈出脚步,每一下挥动冰镐,心脏就会"咚咚"地狂跳。这心跳的声音就好像他的名字。他挥起冰镐,咚咚;他砸向冰壁,咚咚;他迈上脚步,咚咚。严冬冬突然从20米高的冰壁上坠落,先是砸在冰壁中段,之后顺着10米高的冰坡一路滚落在地。他的左侧额头最先承受着身体与坚冰碰撞所产生的冲击。头盔里的缓冲泡沫震出裂纹,眼镜碎裂,眼睑刺破。严冬冬坠地后,脸颊紧贴着一地碎冰,左额迸流出的一小摊鲜血,把透明的冰块染成比冲锋衣还深的红色。周鹏迅速降下冰壁,趴在地上查看搭档的伤势。严冬冬趴在地上痛苦地呻吟着,几分钟后才开始断断续续地说出话。

2012年元旦,在石家庄的这次攀冰冲坠事故,几乎要了严冬冬的命。他的左侧颅骨被撞成凹陷状,就像个瘪气的足球。剧烈的撞击造成轻度脑损伤。他完全不记得医生缝合伤口之前发生的事情。他很倒霉——冰爪脱落、保护点失效;也很幸运——没有从20米的高空直接拍到地面上。他还活着。在玉龙雪山冲坠之后,死亡来得更近了。

这一次死亡贴面而来。严冬冬依旧不恐惧死亡。他还会刻意训练自己，在陡峭的地形上练习危险的倒攀。"我还是会继续攀登，还是会继续很投入地做这种'具有内在危险性、真正可能导致严重受伤或死亡'的事情，这没什么，"在事故两周后，严冬冬在博客里写道，"因为喜欢所以选择去做，因为足够喜欢所以愿意承担一直做下去可能会造成的后果。"

不恐惧死亡不等于想去死。他或许真的能做到无畏地直面死亡，但冲坠事故的阴影本能地根植在他内心深处，久久未能消散。在之后的一个月里，严冬冬在冰壁上畏首畏尾。他的搭档观察到，严冬冬的肩膀根本不敢离开冰壁，他并不是身体上做不到，而是心理上就恐惧。

严冬冬第三次深刻地思考死亡的另一重本质：责任。短短三年之内，严冬冬就经历了爱德嘉峰山难、李红学婆缪峰失踪、陈家慧遇难、哈巴雪山山难的冲击，以及数次命悬一刻的瞬间。他在山里亲眼见过数具遇难者的尸体，也目睹了一场山难、一个年轻生命的消失，会给他的搭档和家人造成多大的影响。

绝大多数自由攀登者，从不忌讳谈及死亡。他们都清楚地知晓每个人都要为自己的选择而负责。然而，死亡并不是一件只关乎自己的事情。事故发生后，死亡的阴影还继续笼罩着那些幸存者。对于登山者来说，死亡来临的时候，搭档可能是在最后一刻留在自己身边的人。这时死亡就变成了一件很现实的事情。

严冬冬、周鹏和李爽时常讨论万一在山上死掉的后果：搭档的遗体怎么处理，家里的老人怎么赡养，房子如何分配，遗产如何交代。"客观来讲，我们都有可能会发生这样的事情，所以我们总要去面对，"周鹏说，"但谁都不会想到这是自己，谁都不会想到是我们其中的一个人。"

4月28日，严冬冬在博客发布了著名的《免责宣言》，并解读撰写这篇宣言的初衷："很简单，只是希望如果有一天我在登山时挂掉，不会有人因此而给我的搭档施加压力。作为成年人，如果我自愿决定参与某一次登山活动，那么应当为这一决定负责的只有我自己。"

这篇免责宣言并不具备任何法律效力，但对于十年后的自由攀登者们来说，远胜任何律例——

我，严冬冬，现在清醒地宣布：

我理解登山是一项本质上具有危险性的活动，可能导致严重受伤或死亡。我认为，选择参与（包括发起）登山活动，意味着选择接受危险发生在自己身上的可能性。在做出所有跟登山有关的决定时，我都会把这种危险性考虑在内，这样的决定包括选择什么人作为同伴一起登山，以什么形式攀登什么样的山峰和路线，等等。

我清楚，在我与我选择的同伴一起登山时，我的生命安全许多时候取决于同伴能否在有风险的情况下做出恰当的反应和举动。我也清楚，登山是一件具有挑战性的事情，登山者（包括我自己和我选择的同伴）在面临这种挑战的时候无法保证总能做出恰当的反应和举动。

我认为，如果在我自愿选择参与的登山活动过程中，我因为任何并非我自己或同伴故意制造的原因（包括但不限于我自己不恰当的反应和举动，同伴不恰当的反应和举动，意料之外和意料之中的山区环境客观风险等）而发生严重受伤或死亡的情况，那么我的同伴不应当为此承担任何责任（包括但不限于解释和赔偿的责任）。

2012年4月28日

周鹏说，早在几个月前，他们仨都约好了各自要写一份免责声明，最后只有严冬冬起草好了这篇宣言，等到了4月底才发。

2012年初春，自由之魂又来到广西阳朔，精进自己的攀岩水平。在休息时，严冬冬还会在漓江畅快地玩皮划艇。前一年，他和周鹏从桂林一路划了88公里到阳朔。这一年，严冬冬研究了河道走向，计划顺着漓江，从广西阳朔一直划到广东深圳。他兴奋地跟周鹏和李爽提起这个计划。眼看着自由之魂就要变成自由之艇，周鹏却说，他对这个计划不太感兴趣，他更喜欢湍急的白水漂流。

有一天，严冬冬的左手手指在攀岩时划了道口子，短期内他没法再爬上岩壁了。他决定独自践行那个酝酿已久的漂流计划。一天清晨，严冬冬带着装备从阳朔码头下水，开始了漫长而孤独的漂流之旅。他从漓江划到桂江，再到珠江入海口，他的皮肤晒得通红，再晒到黝黑。历经12天的暴晒、漂流了614公里后，在一个滂沱大雨的午后，严冬冬把皮划艇拉上深圳小铲岛，踏在了坚实的土地上。后来周鹏问他，你一个人划艇，怎么还带这么大的帐篷。严冬冬说,我以为你们俩也去,这是给你们准备的。

只有登山才能把自由之魂凝聚到一起。严冬冬、周鹏和李爽终于去了阿尔卑斯登山小镇,法国的霞穆尼。这里是现代登山运动的起源。阿尔卑斯山的海拔高度远低于川西的群山,但这里有上千条技术线路、险峻的山峰和传说中的三大北壁。这次阿尔卑斯之旅更像是朝圣。他们在阿尔卑斯待了小半个月,尝试爬了几条线路。由于天气不理想,在回国之前他们始终没找到机会尝试计划中的那几座经典山峰,最后带着些许的遗憾回到北京。但他们终于见识到了世界级的攀登线路。严冬冬相信世界顶级登山线路并不遥远,就像当年自由之魂懵懂地初到幺妹峰山下,随后不到一年就打破了幺妹峰神话一样。"那些原先以为神乎其神的经典线路其实也就这么回事儿,远没'他们'说的那么夸张。"严冬冬在微博上写道。

早在两年前,严冬冬就开通了新浪微博。从上一年开始,严冬冬发微博的频率越来越高,分享着他生活中事无巨细的小事儿。严冬冬的微博名叫"自由登山"。微博简介是"自由登山者,自由职业翻译"。登山和翻译,始终是他生命中最热爱的两件事。一个是他的生活方式,另一个是他的生存手段,而自由是他的生活态度。当他在微博上看到一张2008年珠峰火炬接力期间他和周鹏的合影时,严冬冬想起了四年前的那一天。他在微博上转发并写道,很难相信居然只过了四年,这四年里真是经历了很多事情,发生了很多变化……如果当初知道未来会是这样,估计会高兴得跳起来。

如今，自由之魂信心满满。他们与世界级登山家的距离越来越近。他们申请到了赞助高水平阿式攀登计划的美国Mugs Stump奖金。他们将赞助严冬冬和周鹏继续探索贡嘎山域的三连峰。未来，他们还有好多登山计划：四川的贡嘎主峰、中山峰，新疆的天山山脉，云南的梅里雪山，西藏的南迦巴瓦峰，阿尔卑斯的三大北壁，希夏邦马峰的南壁，珠峰南壁的中央沟槽路线……可是时间不等人。从阿尔卑斯回到北京后，夏天来了。他们将再度尝试新疆西天山的却勒博斯峰。

2012年6月10日，严冬冬坐上从北京西开往兰州，之后再转到乌鲁木齐的T151次绿皮火车。在踏上列车前的那一刻，他突然发现，或许是巧合，也或许是命运的安排，"想想我十年前第一次登山就是坐这T151……"

十年前，2002年的那个夏天，在清华大学37号楼顶的活动室，清华大学的登山队员们围成一圈。队长朱振欢念出了严冬冬的名字。严冬冬成为宁金抗沙登山队15名队员中的一员，尝试攀登他人生中的第一座雪山。6月初，严冬冬作为前站队员，乘上了这趟T151次火车——他的生命倒计时列车。白天他坐在车窗边发呆，晚上就睡在车座下面，头枕着车厢的地板，倾听着铁轨的咣当声，火车轰隆隆开向他心驰神往的雪山。

自他第一次雪山攀登之后，这名孤独而内向的少年，成长为一名志存高远的自由登山者，坚定地走在追求自由与自我的道路上。全心全意，永不停息。直到2012年的那个夏天，一切都戛然而止。

20

周鹏打来卫星电话时，马欣祥正在怀柔登山基地的后院里做培训。电话挂断后，马欣祥沉吟着，在院子里来回踱步，转了一圈又一圈。考虑良久之后，他还是决定公布这个坏消息。

2012年7月11日下午3点23分，马欣祥发了一条微博："刚接到山上消息，严冬冬在下山途中，不幸遇难。悲痛！！！周鹏和李爽仍在下山的路上，情绪极其低落。"

这条微博寥寥数字，却引起了巨大的雪崩。这雪浪席卷到中国的每一处角落。严冬冬的老队友们看到这条微博后，纷纷打电话联络，彼此确认消息的真实性。几个小时后，马欣祥发布了另一条微博，更新了更多细节，击碎了众人最后的幻想，"接到周鹏山上的电话，他和李爽已回到大本营。冬冬遇难情况大致如下：9号下午6点多，4400米左右高度的冰川上，冬冬掉入很深的暗裂缝被卡住，周鹏他们经过多次努力，救援未果。冬冬父亲已获知噩耗，善后事宜各方正在安排"。

清华大学新一届登山队刚在甘肃登顶了一座雪山，回到大本营后才得知噩耗。晚上，小队员们在营地大哭成一片。

老布得知严冬冬在西天山攀登途中出事了，极其愤怒："Somebody made a big fuck up！"（一定是有人他妈做错了什么）。老布马上打开电脑，调出西天山的地形图，分析严冬冬和周鹏的攀登路线与遇难地点。

何浪正在挪威的海上平台工作。听说西天山出事的消息，他不敢相信严冬冬真的遇难了。何浪立即跟清华登山队的老队员确认消息。过了一会儿，他再打给赵兴政继续确认。再后来，这位严冬冬的老搭档还是慢慢接受了这个事实。这名素来沉静的男人回到自己的房间，流下了眼泪。

赵兴政正在清华大学的小岩壁训练。他的搭档李赞打来电话，告诉他，冬冬没了。赵兴政蒙了。他立即赶回公司，再和孟春、李兰等人赶往怀柔登山基地。大家碰头后，一致决定，由孟春负责统筹善后事宜，两天后大家一起飞去新疆。马欣祥本人不便以中登协的身份亲赴现场，他调动了新疆登协的人马赶去西天山支援，并单独嘱咐孟春，让他以半官方的名义去处理后续的事情。从怀柔回市区的路上，已经是深夜了，赵兴政的脑子还是蒙的。当天晚上，赵兴政和李兰在清华小岩壁下的垫子上露宿。第二天，赵兴政和孟春一起去北京火车站接严冬冬的父亲。

鞍山当地的《千山晚报》最先把严冬冬遇难的消息告诉了严树平。严树平听到噩耗后，没敢告诉严冬冬体弱多病的母亲。第二天，在亲戚与记者的陪同下，严树平等三人来到了北京。赵兴政第一次见到严冬冬的父亲。他戴着和儿子几乎一样的扁圆眼镜。让赵兴政有些意外的是，这位和自己父亲年龄相仿的老人，竟然出奇地镇静。孟春把严树平一行人接到他公司楼下，与清华大学的校方领导吃了顿便饭。隔天，孟春、赵兴政、李兰、朱振欢、严树平、记者洪恩猛等人一起飞去乌鲁木齐。

在飞往新疆的飞机上，严树平问赵兴政，冬冬还有没有可能……

赵兴政说，我真的不知道，您看我把所有的技术装备都带上了，我比任何人都想进山去把冬冬找出来。

严树平坐在座位上，呜呜痛哭。

到了乌鲁木齐，一行人在机场转机去阿克苏。这时，远处走来一位小伙子，背着背包，扛着滑雪板，俨然是刚滑完雪的样子。他走过来与严冬冬的父亲握了握手，对严树平说，我是冬冬的学长，我没有带过他，我是他之前两届登山队的，我来就是想跟您握个手。说完，这名小伙子扛着滑雪板，扭头就走了。

一行人飞到了阿克苏机场。机场很小，小到刚从飞机上下来，就能远远地看见周鹏和李爽在出口的栏杆处等待着。孟春走到二人近前。周鹏和李爽十分憔悴。历经半个月的高海拔紫外线照射，他们脸颊两侧的颧骨处遗留下日晒后的乌黑痕迹。也许他们的脸都是咸的。

"我平时从来没见周鹏哭过。他是能控制住内心情绪、很坚强的一个人，"孟春说，"他看见我从里面走过来，就开始低头抹眼泪。"李爽一把抱住孟春。她后来对孟春说，孟哥我看见你从飞机上下来，往我们这边走的时候，我就觉得家里来人了。

赵兴政走下飞机，来到周鹏面前。一向坚毅、洒脱的周鹏大哥，现在"整个人瘦得，不知道是脱水还是缺营养，晒得各种……很瘦，很瘦"。

赵兴政对周鹏说，冬冬爸爸还在后面。周鹏已经做好了心理准备。"比如说他爸非常生气，可能对我破口大骂、扇一巴掌什么的，这些我都想好了。我觉得都可以接受，"周鹏说，"他爸最后其实非常克制。"这只会让周鹏更加难受。

众人回到了阿克苏的酒店。赵兴政和李兰收拾好了装备,要一口气冲上山去把严冬冬的遗体运回来。但山上的冰川太过凶险,他们被众人制止了。

下午,严树平、周鹏、李爽、孟春四个人坐在酒店的房间里。周鹏对严树平说,我跟您说说事情的经过吧。周鹏从三个人进山开始讲起,一直讲到事故发生、严冬冬遇难。周鹏哭了,无法再说下去。

严冬冬的父亲流着眼泪,拍了拍周鹏的肩膀,不说了,孩子,不说了。严树平抽了张纸巾递给周鹏,说,带我去看看他吧。能走多远?咱们能走到那里吗?

21

　　自由攀登者的一生是可以用登山事件来标刻的。他也许记不起某一年的经历，但只要稍加提示——那一年，你爬了这座山——过往的回忆便瞬间涌上心头。从幺妹峰开始，自由之魂的生命刻度上写满了一座座山峰的名字。只要一进山，严冬冬和周鹏的组合总能在山上创造出奇迹。

　　久而久之，自由之魂的攀登形成了一套恒定的模式：进山，攀登，出山，再引爆登山界。如果没有完成什么了不起的成就，才叫人感到意外。这次的西天山攀登也是如此。他们精心准备，信心十足，就像去欢度一个终将到来的节日。

　　在阿克苏休整几天后，严冬冬、周鹏和李爽来到小台兰煤矿，几天后到达却勒博斯峰的大本营。白天，他们往海拔2800米的前进营地运输了一趟物资，晚上回到了海拔2500米的大本营。7月2日，攀登正式开始。

　　严冬冬、周鹏和李爽从大本营出发，沿着漫长的土盖别里齐冰川行进，当天到达海拔3000米的一号营地。3日，他们攀登至海拔3700米的二号营地。4日，海拔4300米的三号营地。5日，海拔4700米的四号营地。这又是一次堪比"长征"的远征式攀登。自由之魂在破碎迷乱、裂缝丛生的冰川里行进。"那个冰川超级恐怖。"周鹏后来说。他们没有结组。每个人手里只拿着一根冰镐，一直往前爬，直到前方的路看似不可能通过。严冬冬对周鹏说，这条路线能走通。周鹏说，这条路线走不通。二人

第一部　自由之魂　　　　　　　　　　　　　　　　　161

相持不下，决定各走各的路。

这种矛盾并不是头一次发生，已经有一阵子了。由于周鹏的攀爬能力高出严冬冬一大截，在过去几年的攀登中，往往都是周鹏在前面领攀，掌控攀登的节奏。偶尔遇到路线选择的难题，周鹏才会停下来和搭档一同商量。也许严冬冬认为，自己在后面跟攀，更像是个跟班。在他多年前翻译的那本没有出版的 *Ice & Mixed Climbing* 里，有句话一次又一次地提醒着自己：攀登，即领攀。也就是说，只有那名在前方攻克路线上的难点、掌控攀登的行进节奏、引领队伍前进方向的领攀者，才是攀登的实际主导者。纵然严冬冬和周鹏是一对总能创造出奇迹的黄金搭档，但在攀爬过程中，这对搭档关系并不对等。也许严冬冬曾在某一瞬间还想过，无论是幺妹峰的自由之魂，还是嘉子峰的自由之舞，这些都是周鹏的攀登，而不是他自己的成就。这名渴望独立的自由登山者并不甘心跟在后面。

从一年前开始，周鹏发现他的搭档变得激进，渴望去掌控攀登。到了最近半年，严冬冬"已经进入到一个他不听你意见（的状态中），并不是我们来商量这个意见，而是他坚持了意见之后，他就要按照这个意见执行……他就要去验证他的想法，不管花多大力气，他愿意去验证这个事情。我觉得这件事情很恐怖"。周鹏说，"如果我要再去跟他登山的话，我们两个都会挂掉"。

那两天在西天山的时候，周鹏明确地跟李爽说过，这一次登完这个山，回去之后，我绝对不会跟严冬冬再搭档了。

这一天，严冬冬和周鹏一直爬到了冰川的最边缘，遇到许多难以观察到的暗裂缝。这几乎是他们经历过的最凶险的地形。他们都很庆幸能从这里活着回到营地。经过了这一轮侦查、尝试攀登后，他们再次放弃了原定攀登却勒博斯峰的计划。就像去年（2011年）一样，在海拔4700米的四号营地，他们临时改变原计划，改为攀登另一座海拔5861米的未登峰。

再次穿越两条冰川、跋涉三天过后，7月9日上午三名登山者顺利登顶了这座未登峰。他们来到这处从未有人类触及过的山顶，在他们脚下还有上百座连绵不绝的险峰。在群山的最远处，天际线呈现出浅浅的蓝。这蓝色由远及近，从大地之上的浅蓝均匀地过渡至苍穹之上的深蓝。这里是天上之山。头顶上的晴空如他们纯粹的心灵般澄澈。周鹏兴奋地举起右手，挥动胜利的冰镐。严冬冬站在一旁，岔开双腿，把一支冰镐倚在大腿上。李爽拍下了自由之魂组合的最后一张合影。

傍晚5点30分，严冬冬、周鹏、李爽下撤到海拔4400米的营地。在下撤过程中，严冬冬的登山杖还弄断了。傍晚6点，天还亮着，他们从营地出发，继续下撤。天空飘起了雪花。

路上的积雪没过了膝盖，有时甚至陷到大腿。周鹏走在前面探路，李爽走在中间。严冬冬沿着他们的脚印，跟在最后面。与前几天遇到的凶险冰川相比，眼下这条路好走得多，看起来十分安全，更何况还有周鹏在前面探路。只要李爽和严冬冬老老实实地跟在周鹏的后面走，就不会有问题。为了提高行进效率，三个人没有结组。严冬冬和周鹏多次探讨过，为了加快行进效率，在裂缝明显的冰川地形中能不结组就不结组。只有观察到有暗裂缝出现后，他们才会连在一起结组。严冬冬和周鹏解开了那条紧紧绑在一起的绳子。

刚出发不久,李爽突然对周鹏说,冬冬掉下去了。

周鹏说,什么。

李爽吓坏了,她又重复了一遍,冬冬掉下去了。

周鹏回头一看,他的搭档不见了。李爽身后的雪地上出现了一个雪洞。周鹏赶紧跑过去,趴在狭长的裂缝洞口往下看。严冬冬正卡在一处将近20米深的冰裂缝里,完全动不了。

暴雪骤至。周鹏在风雪中下降到冰裂缝中。严冬冬惊慌地对周鹏说,你要救我出去。周鹏说,我肯定会救你出去的。周鹏以为只要做个滑轮救援系统,就可以把搭档拉出来。他在登协培训课上教过学员们,也熟练操作过很多次。

周鹏降到严冬冬下方顶住他。他割断严冬冬的背包带,又从搭档的背包里取出安全带,给他穿上。刚连接好绳子,严冬冬又往下坠落了几米,掉进一摊冰水。冰裂缝里彻底黑下来了。裂缝里,冰水四处流淌,打湿了严冬冬的衣服。周鹏怕搭档失温,掏出严冬冬的羽绒服,给他套上。冰水浸入两个人的衣服里,严冬冬浑身湿透。先是坠落时的撞击,又是严重失温,他逐渐陷入半无意识状态。

周鹏给搭档系好安全带后,爬出裂缝,翻上地面。天色已暗。暴雪越来越猛烈。

周鹏在大雪中迅速组建好滑轮系统,想把严冬冬拉上来。他拉动了。严冬冬哼叫着。周鹏只拉动了一会儿,严冬冬就被裂缝中凹凸不平的冰壁卡住了。裂缝张开大嘴,咬住了他。他们在绳子两端,和裂缝展开了一场拉锯战,直到周鹏和李爽败下阵来。周鹏哭着说,你怎么就不能动一下啊。严冬冬的声音却越来越小。

周鹏认为也许是救援系统出了问题,赶紧调整。晚上11点半,他再次尝试,使劲一拉,绳皮磨破了。绳子就要被拉断,身边却没有可用的绳子了。周鹏后来在事故报告中写道:"因为主绳已无法使用,我们没有任何装备可以支撑重新下降至冰裂缝底部观察严冬冬的生命状态。"救援被迫中止。

雪渐渐小了。等过了零点的时候,严冬冬也渐渐地没有了声音。周鹏和李爽体能彻底透支。他们内心煎熬着,在幽深的裂缝洞口边扎营。零星的雪花,落在世界的尽头。往后每一夜,都将是漫漫长夜。

22

由于遇难现场的冰川地形太过凶险，众人和严父商量过后，决定放弃进山搜寻遗体。大家计划在前往大本营的途中，在山里就地找一块大石头，当作严冬冬的墓碑。

当天晚上吃饭的时候，严树平说，碑文就刻上"1984年11月16日至2012年7月9日，自由登山者严冬冬与天山共存"吧。大家从阿克苏当地请来一位刻字的师傅，第二天一同进山。

7月14日上午，阳光正好。一行人走进小台兰河谷。他们在河床边，选了一块长7米、宽5米的巨石。巨石光滑平整，一半嵌在大地里，一半面朝着群山。刻字师傅忙着在石头上雕刻的时候，严树平说，他想爬爬附近一座小山。他登上了河谷边一座500米高的小山。他站在山顶，俯瞰着山脚下的河谷，觉得很有成就感。

下午3点半，碑文刻好了。大家在碑刻的笔画里，涂上热烈的红漆。严树平最后涂上"严冬冬"三个字。碑上的遗照是前不久严冬冬在阿尔卑斯山拍的。祭品是一把香，两支红烛，三束鲜花，四样水果。众人默哀一分钟，再深深地鞠躬。

周鹏、李爽和赵兴政随后进山把遗留在大本营的装备取出来。赵兴政坐在营地的大球帐里，清唱着清华大学登山队的队歌《白鸽》。这是一曲献给一个年轻的生命与一群意外离世的人们的歌，如今也是一首赞颂自由的歌。歌曲的旋律在寂静的山谷里飘荡着："那是种骄傲，阳光的洒脱。白云从我脚下掠过。

干枯的身影，憔悴的面容。挥着翅膀，不再回头。纵然带着永远的伤口，至少我还拥有自由。纵然带着永远的伤口，至少我还拥有自由……"

赵兴政出山后，马不停蹄地赶往四川雀儿山带队攀登。如今，他已经是一名成熟的高山向导。他从乌鲁木齐绕道北京中转，只为了在首都机场和《人物》杂志的记者许晓碰面。他聊了几个小时严冬冬的往事，接着又赶飞机去了成都。他在成都街头找了家文身店，在胳膊上文了一行"Remember Yandongdong The Free Spirits"（纪念严冬冬，自由之魂）。这行字就在他左手小臂朝里的位置，他每次一抬手就能看得到。

严冬冬遇难的消息不仅早就传遍了登山界，也轰动了全社会，引起了媒体的大范围关注。周鹏等人认为，后来《人物》杂志的这篇《最自由的人逝于高山》，是众多报道严冬冬的文章中最真实动人的一篇。此外，《三联生活周刊》发布了《自由登山者严冬冬》，《中国青年报》刊发了《严冬冬：为理想而逝的职业登山家》，中央网络电视台发布新闻《自由登山者严冬冬不幸遇难》，新华社讨论这种现象"严冬冬登山遇难留争议，生命换梦想值不值"。"严冬冬"成了全社会议论的话题。人们的讨论停留在珠峰、火炬手、清华、状元、天才、翻译家等关键词，似乎这就足以概括他不到28岁的短暂一生。

《山野》《户外》《户外探险》三本中国户外刊物，也大篇幅报道了严冬冬的故事。"严冬冬"的名字与"自由"永远地绑定在了一起：自由登山，自由之舞，自由之魂。在国际登山界，两名常年活跃在中国的登山家通报了这起登山事故。曾山在

Alpinist杂志发布了这则噩耗，老布则在国际权威登山媒体《美国高山年鉴》上撰写了严冬冬遇难的经过，并总结了严冬冬一生的成就。他在文中写道："冬冬最大的登山成就包括攀登四姑娘山（2009年）、勒多曼因峰和嘉子峰（2011年）。这些都是和他的固定搭档周鹏一起完成的。此外，冬冬首登了五色山（2010年）、首次冬攀了宁金抗沙峰，这些都是和中国一流的女性阿式攀登者李兰一起完成的。他还在四川、新疆和西藏的其他地区开辟了一些新路线。严冬冬和周鹏因四姑娘山的攀登成就，被授予了金冰镐象征奖。这不仅是对他们登山成就的肯定，也是对中国登山者能以阿式攀登完成这条路线的重要意义的肯定。

"作为北面中国运动员队伍中的一分子，严冬冬和周鹏还有另一项突破：成为中国第一批成功的签约登山运动员。凭借出色的英语能力，严冬冬还翻译了众多登山题材与现代高山攀登类的书籍，并与外国登山者广泛交流。他还在博客、户外杂志和期刊上，多次撰写了自己的探险经历。因此，严冬冬对山峰的热爱，激励了许多人。"

在冷静的文字之外，私下里提起这起事故，老布还是抑制不住他的愤怒。"不仅仅是因为严冬冬死了，他还死于自己犯下的错误，这简直双倍的糟糕！"老布说，"就好像你在看NBA篮球赛，第二天早上醒来，突然发现斯蒂芬·库里或杜兰特死了。""在那么多我不想看到的遇难者中，严冬冬绝对排在第一位。""即使我不知道严冬冬，即使我是一位旁观者，其他人死也会比他死要好。我认为这会让中国的阿式攀登倒退一步。"

周鹏将严冬冬遇难前登顶的这座山峰，非官方地命名为

"严冬冬峰"。他始终不理解，严冬冬当时为什么没有紧跟着他和李爽的脚印，走在他们已经探好的路上。从新疆回到北京后，周鹏又回到了北京密云的房子里。如今五居室的房间里只剩他自己，更显得冷清空旷。那一晚，他做了个梦。梦中，他又回到了西天山的冰川。严冬冬浑身冰冷，想要和他说些什么。李爽后来跟周鹏说，她做了一模一样的梦。

按照登山界的惯例，周鹏还要撰写一份更详细的事故报告。许多登山爱好者与关心严冬冬的人们，迫切想知道山上到底发生了什么。周鹏也写了，却迟迟没有发布。他还记得那一晚严冬冬的父亲对他说的话。严树平不希望再有人知道儿子遇难的细节。"他说攀登报告就不用写了。他说我知道这个事情是什么样就可以了，"周鹏说，"他说，我也不想让我身边的那些同事、亲人知道这样的事情。他们不需要知道细节是什么。"

事故报告的作用不仅仅是让读者回到事故现场、了解事故的真相，后来的登山者还会吸取其中的错误，避免类似的悲剧再次发生。人们对事故报告的呼声越来越高。周鹏写好了事故报告，但始终没有发布。与失去搭档的痛苦相比，他人的指责与谩骂显得不足为道，"我根本就不会觉得这件事有什么冤枉。没关系。但是，他爸觉得这件事情不这么做更好，那就是不这么做更好"。

作为一名专业的登山者与登山教练，周鹏比任何人都明白反思事故的意义，也比任何人都希望这样的悲剧不要再发生。他只是没有选择用公开发布事故报告的形式而已。在孟春的办公室，周鹏召集了孙斌、康华、何川等十来名有影响力的中国登山者。周鹏还做好了PPT。他对大家说，不要拍照，我给你们展示的是一个最真实的故事。你们不用担心我现在的状态怎么样。你们觉得我什么地方做得好，什么地方做得不好，现在就可以提出来。

在这个内部技术会议上，周鹏把攀登的过程、当时的情况、事故的细节一五一十地讲述出来。孙斌就技术环节提了个小问题，其他人都没有异议。毕竟，在登山救援技术方面，周鹏已经是国内最出色的实践者与培训者了。

"他试了所有方法，但都不起作用，"老布说，"要救援一个人，至少需要动用六个人一起配合。太他妈难了。"

回到北京不久后，周鹏、李爽单独约了老布。三个人在咖啡馆聊了一下午。周鹏把事故的经过和内心的痛苦对老布和盘托出。老布理解那种搭档死在面前的煎熬与痛苦，"因为你是唯一能拯救你朋友生命的人。当冬冬掉在裂缝里受伤的那一刻，周鹏意识到，他们曾经的争吵，以及导致他们没有结组的任何原因，都是一堆不相干的bullshit，这些都不重要了"。

严冬冬一生共翻译了35本书。其中25本都在他生前出版了。这些书摞起来足有半米高。西天山山难一个月后，严冬冬生前翻译完的最后一本书《天生就会跑》（*Born To Run*）上市了。许多读者通过购买、阅读这本书的方式来缅怀他。这部畅销书后来间接推动了中国越野跑运动的发展。

周鹏还跟马伟伟要到了严冬冬笔记本电脑的密码——在一次闲聊时，严冬冬无意中对马伟伟透露了这串密码。周鹏后来在严冬冬的电脑里找到了他最后一部遗作的书稿，《登山进阶》

(Alpine Climbing)。清华大学登山队的老队长庄红权在B版征集这本书的译者,何浪当仁不让地接过了这本书的翻译。

严冬冬早期的翻译活儿,大都来自在清华大学出版社工作的庄红权。严冬冬遇难后,庄红权把严冬冬生前因个人兴趣而翻译的《黄金罗盘》印成一套书。这是严冬冬自视"付出心血最多、也最得意的一部译作"。庄红权把严冬冬译本做成两版不同的封面,还在封底和书签上印上了严冬冬写过的文字、说过的话。这套严冬冬译本的《黄金罗盘》免费赠出了1000套。

清华大学东操场西北角的小岩壁,一直是山野协会独享的一方小天地。这里曾是严冬冬在清华校园里最常出现的地方。小岩壁下有两级半米高的水泥台阶。如今,在最上面那层水泥台阶上的角落里,镶嵌着一块汉白玉纪念碑。每到了秋日的季节,碑上往往覆盖着些许落叶。如果你把这落叶掸去,会发现碑的左侧雕刻着严冬冬脸庞的轮廓。碑的右侧,刻着严冬冬当年纪念陈家慧的话。这句话也被放在了严冬冬纪念网站(vstarloss.org)的首页:"要跟他(她)保持连接的方法很简单,就是记住。Remember,就这样简单。不需要做任何形式的东西,或者至少不需要刻意去做。但是你心里记住这个人,他(她)的影响就不会那么容易散掉。"

陈家慧和严冬冬在同一天离开了这个世界。每年的7月9日,都有人来到清华校园里的这处角落,在这块纪念碑上献上几束鲜花。每年夏天,清华登山队出征的时候,都会来这里悼念他们的学长。

严冬冬的遗作《登山进阶》在山难一周年后出版。严冬冬

第一部　自由之魂　　　　　　　　　　　　　　　　　　　171

和何浪共同署名为译者,周鹏做校对。严冬冬的一些习惯曾深深地影响着何浪,也进一步塑造了现在的他。在得知噩耗的那天晚上,何浪一边流着眼泪,一边写下他和严冬冬的故事:

"我现在也喜欢红色的冲锋衣,喜欢跟你听一样的歌,跟你用同一款背包,我的攀登理念,也大部分源于你。这辈子,对我影响最大的事是登山,所有登山者中,对我影响最大的是你。其他所有人加起来,恐怕也赶不上你对我影响的一半……你是我的冬冬,我的队长,我的老师,我的搭档,我的兄弟。我知道,将你铭记,唯有继续攀登。"

23

山难发生后,周鹏先去珠海静养了一段时间,又去了阳朔疗愈。"严冬冬"一度成了他心中的禁地。那一晚的画面不断浮现在眼前,周鹏的心"就像在用刀割一样"。周鹏常常遇到和人正聊着天、对方的话题刻意转到严冬冬的情况。每每此时,周鹏骤然生出一种反感,甚至有点想吐的感觉。老布曾建议周鹏,不要害怕面对这段伤痛的往事,也不要把谈及搭档的遇难当作一种禁忌,而是要把这段经历大胆地讲出去,"越去多说,自己就会从这里面更加接受这个事情,更能够平复自己的心情"。

或许是共同经历了这一段痛苦的遭遇,也或许是因情感的慰藉,李爽和周鹏在一起了。赵兴政又是后知后觉地发现这件事。

西天山山难三个月后,孙斌率领巅峰户外运动学校的教练团队,在云南白马雪山山域开辟了五条短小精悍的新路线。赵兴政和李赞将他们开辟的一条路线命名为"Regards For Freedom"(致敬自由),他们获得了那一年的金犀牛奖。

2012年11月,周鹏和李爽来到韩国首尔的亚洲金冰镐奖颁奖现场。自由之魂组合一年前在贡嘎山域的探索最终获得了亚洲金冰镐奖。颁奖辞写道:"我们坚信,该奖项标志着我们对严冬冬的认可,他是中国新一代阿式攀登者中的领军人物之一,值得被铭记。"这是中国登山者首度获得这个亚洲最重磅的攀登类奖项。可是,严冬冬已经无法知道了。

严冬冬走后,他身边的这些朋友变得更加紧密。这些自由登山者并没有因西天山的悲剧而停止攀登。西天山山难的第二年,周鹏和李爽深入西藏东部的群山深处,收集了上百座山峰的资料。他们攀登了六座雪山,完成了四座未登峰的首登。这一年10月,周鹏、李爽和赵兴政尝试攀登西藏的拉轨岗日峰(海拔6457米)。在这支三人团队中,周鹏是经验最丰富、攀爬能力最强的领袖。再没有人与他争执不下,也没有人敢质疑他的决策。

在攀登过程中,赵兴政望着雪坡,嘀咕了一句,我觉得这雪况有可能要崩啊。

周鹏不以为意地说,不会。

"周鹏那水平,比我高得多。他说不会崩,当然我深信不疑,"赵兴政后来说,"之后,就崩了。"

周鹏、李爽、赵兴政引发了足球场大小的板块状雪崩。他们被雪浪冲飞在半空中,再摔落在山下100多米的地方。雪崩过后,几个人还互相调侃,雪崩后的死里逃生是一次新奇的体验。周鹏却越想越后怕。如果三个人都死在雪崩里呢?如果当时赵兴政坚持了自己的看法呢?

"很多人都把我当成老大哥看,或者把我当成老师,这样就会非常影响攀登,"周鹏说,"每个人都会犯错。我也会犯错。这是人不可避免的问题。"周鹏心中的思虑越多,他对搭档关系的信念也就越不牢固。再没有一个像严冬冬一样的搭档了。没有合适的搭档,他宁可等。

从此,那个开辟幺妹峰"自由之魂"路线、在中国自由攀登史上留下浓墨重彩一笔的周鹏，那个在贡嘎山域接连开辟三条新路线、拿到亚洲金冰镐奖的周鹏，那个在中国西部探索最隐秘的未登峰的周鹏，那个在中国阿式攀登舞台中央演绎自由之舞的周鹏，消失了。

在之后的数年里，"严冬冬"逐渐化作一个符号。有人无比怀念这个自由的灵魂，也有人利用它。2014年，网上有人打着搜寻严冬冬遗体的名义，发起了"春暖行动"，变换不同账号募集捐款，还多次骚扰严冬冬的亲友。周鹏等人调查清楚了此人的背景。他竟然还有诈骗的前科，受害人曾多次报案未果。这件事触碰到了周鹏和赵兴政等人的底线，一直想找机会"教育"一下他。有一天，春暖行动骗到了孙斌的公司，来巅峰户外运动学校做客。赵兴政早上来到公司上班，惊喜地发现骗子自己送上门来了。他让同事关好门，赶紧通知周鹏。周鹏对赵兴政说，你们等我到了再动手。不知怎的，后来赵哥还是没忍住。他和对方几句不和，一拳抡到对方脑袋上，手立马就肿了，在战斗中还落个下风。好在周鹏及时赶到，众人这才联合起来一番"说服教育"。对方被教育得够呛，在派出所报了案。周鹏和赵兴政最后交了5000元的罚款。他们觉得值。

赵兴政在孙斌的巅峰户外运动学校工作几年之后，于2016年创立了自己的公司"慕嵘探险"。他每年带队攀登七大洲最高峰，徒步南北极点。徒步，探险，旅行。再后来，公司黄了。他盘下北京二环边上的一家咖啡馆，再把它改成小酒馆。他蓄起胡子，研究起哲学与超验心理学，每天慵懒地睡到中午，再迷醉到深夜。只有当《白鸽》的音乐响起时，他才会短暂地回到过去。那是他前半生里最骄傲的一段时光。

《白鸽》有种神奇的魔力，它能让每一届清华登山队的小队员们瞬间热泪盈眶。但《白鸽》对北大山鹰社的队员李兰不起作用。李兰没有彻底走出悲伤。她变得更加坚强，也更加脆弱。周鹏搬出密云的房子后，李兰又在这间房子里续租了一年。之后，她过着流浪的生活。一边流浪，一边攀登。几乎每一年，她都会独自来到西天山的小台兰河畔，对着那块大石头诉说心事。

老布在2016年离开了中国。他在国际尖端的瑞士保罗·谢勒研究所（Paul Scherrer Institute，简称PSI），冲击着物理领域的高峰。工作之余，他不断走入世界地图中的空白区域，完成了数次世界级的精彩攀登。

Vstarloss纪念网站上有关于严冬冬的一切：他写过的文字、说过的话、有他的照片和视频、纪念他的文章与报道。当年，严冬冬给vstar加了个loss的后缀，是想勉励自己不要输。未曾想，其实loss也有死亡的含义。Vstarloss似乎一开始就预言了他的命运。不过，"那又怎样呢？"

如今，纪念网站上的留言版块成了人们倾诉的树洞。每年的7月9日，年轻的自由攀登者们都来到这里留言，与其说是纪念严冬冬，更像是对着一个自由的符号，讲述自己内心的冲动与渴望。可严冬冬一定不想成为冷冰冰的符号，符号怎么会有那种"心跳的感觉"呢。但他也许想被人们记住——"当你在心里记住这个人，他的影响就不会那么容易散掉。"

2016年夏天，周鹏和李爽在北京密云的白河峡谷，租了一套小院。他们把小院改装成家,定居在这里。周鹏又做回了周教练。他在白河开办了个培训班。这一次,他终于可以自由地设计自己的教学课程,自由地表达自己的攀登理念了。周鹏把自己所学的攀岩、攀冰、高海拔攀登、绳索救援技术,统统教给那些渴望成长的新生代自由攀登者们。

你也许会在北京市区里的某一家攀岩馆里,偶遇到周鹏。经历过伤痛的周鹏,更加成熟,也更加沧桑。每当追忆起往事,回想起那些心碎的画面,周鹏"感觉就像这几秒,心跳停止了一样"。每年在雪山上的冰裂缝边教学时,他的思绪总时不时地飘到多年前那个暴雪连天的夜晚,再恍然飘回到当下。最开始,他的一些学生还听说过这些往事。到了后来,新的学生们只想书写自己的历史。十年就这么过去了。"自由之魂"的名字沉寂下来,逐渐被新一代的登山英雄和攀登传奇取代。它似乎成为周鹏心中一个遥远而陌生的词。只有当某个学生来到他的白河小院,不经意间问他这里的wifi密码时,周鹏才会微笑着重提起那个熟悉的名字:the free spirits。

第二部

刃脊探险

2002年

2007年

1

现代登山运动诞生于18世纪欧洲的阿尔卑斯山脉。在此之前，人类曾幻想着登上高山，探索那些顶峰覆盖着皑皑白雪的山峰。人们在文艺作品里崇尚高山，却从未攀上过真正的山巅。1760年，瑞士科学家德·索修尔来到阿尔卑斯小镇，法国的霞穆尼。他提供一笔奖金，征召第一个登顶阿尔卑斯山最高峰勃朗峰（海拔4810米）的勇士。当地的两名年轻人帕卡尔与巴尔马应征。直到1786年，这对霞穆尼当地的医生和猎人，才艰难地登顶了勃朗峰，由此拉开了现代登山运动的序幕。

阿尔卑斯的登山者开始挑战这片山脉里一座又一座的山峰。在1854年到1865年的十一年当中，这一地区几乎所有的重要山峰——包括36座海拔4000米以上的阿尔卑斯高山——均已被人类首次登顶，史称阿尔卑斯的"黄金时代"。随着冰爪等技术装备的发展，人们不再以登顶山峰为目的，而是想开辟出山峰上最有挑战性的攀登路线。现代登山运动进入到阿尔卑斯的"白银时代"。最终，在1938年，阿尔卑斯群山中最艰险的三大北壁——马特洪峰北壁、大乔拉斯峰北壁、艾格峰北壁——依次被登山者完攀。现代登山运动的"铁器时代"也落幕了。

阿尔卑斯登山者发现，这片山脉中最高的山峰、最险的路线都已经被人类攻克。他们望向世界上最雄壮的山脉，喜马拉雅山。1950年6月3日，法国登山者埃尔佐格和拉什纳尔，成功登顶了世界第十高峰，安纳布尔纳峰（海拔8091米）。从此，各国登山队开始以国家为单位,不惜耗费一切资源,攀登地球上14座8000米以上的高峰。攻克14座俨然成了一场彰显国格的竞争。小团队、轻装快速的阿尔卑斯攀登风格,不适用于喜马拉雅的巨峰。现代登山运动迎来了"喜马拉雅的黄金时代"。

1953年5月29日,新西兰人埃德蒙·希拉里与尼泊尔夏尔巴人丹增·诺尔盖,从尼泊尔一侧登顶了世界最高峰珠穆朗玛峰。到了1958年,喜马拉雅山脉与喀喇昆仑山脉的11座8000米高峰,均已被人类登顶。全世界登山者只剩下了最后四个里程碑式的登山目标:喜马拉雅山脉的道拉吉里峰首登(世界第7高峰),喀喇昆仑山脉的迦舒布鲁姆I峰首登(世界第11高峰),唯一一座完全坐落于中国境内的8000米山峰——希夏邦马峰(世界第14高峰)的首登,以及中国一侧的珠峰北坡首登。

1958年初,苏联登山运动协会致函中共中央和苏共中央,请求组织中苏联合探险队,并争取于次年3月至6月,从中国西藏一侧进入,实现珠峰北坡的人类首登。苏联登协主席阿巴拉科夫在函中写道:

> 目前14个高度在8000米以上的高峰中,已有11个高峰被各国爬山队员征服了……只有社会主义阵营各国的运动员尚未发表自己的贡献。目前在爬山记录方面剩下来的任务是攀登尚未征服的三个"8000米"高峰和从北面登上埃佛勒斯峰了。为解决这些任务作出自己的贡献是社会主义阵营爬山运动员,首先是苏中爬山运动员的光荣事业……并以此作为中华人民共和国十周年纪念的献礼。

中国是世界上登山资源最丰富的国家之一，然而此时中国的现代登山运动才刚刚起步，只有短短三年的历史。早在1955年4月，苏联全苏工会中央理事会下属的阿尔卑斯协会，曾向中华全国总工会（全总）发来公函。苏方邀请中国派出四名青年到苏联学习登山技术。一个月后，全总派出许竞、师秀、周正、杨德源，赴苏联高加索山脉参加登山训练营。这四名青年和苏联登山运动员共同组成了中苏帕米尔登山队，登顶了位于吉尔吉斯斯坦境内的十月峰（海拔6780米）和团结峰（海拔6673米）。在现代登山运动史上，这是中国登山者的首个登顶纪录。

1956年，四名登山者回国后，全总在北京西郊八大处，举办了中国第一个登山训练班。日后著名的登山者史占春、刘连满、王振华都是这个班级的学员。同年4月，训练班中的32名学员组成了一支登山队，登顶了秦岭主峰太白山（海拔3767米）。中华全国总工会登山队成为中国第一支登山队，史占春任队长。7月，中苏组建了联合登山队，登顶了新疆慕士塔格峰（海拔7546米）。半个月后，这支队伍又登顶了公格尔九别峰（海拔7530米）。然而，国际上纷纷传言，中国登山者仍然没有能力攀登7000米级别的山峰：在这两次攀登过程中，中国登山者都是"被苏联人拖上去的"。

中华全国总工会登山队决定完全依靠自己的能力，攀登一座7000米级的雪山。综合考虑高度、交通、气候、科研价值与文化地位等因素，登山队最终选定了四川西部的贡嘎山。当时中国登山者考量一座山峰攀登难度的指标，大多是海拔高度和气候稳定性。至于攀冰难度、雪坡坡度、岩石难度、冰岩混合路线等技术指标，还未成为考量一座山峰攀登难度的主要因素。中国第一支登山队在贡嘎山上付出了惨痛的代价。1957年5月28日，在攀登贡嘎山过程中，登山队员丁行友遭遇雪崩遇难。6月13日，在队长史占春的带领下，师秀、刘连满、刘大义、国德成、彭仲穆沿着1932年美国登山队的首登路线，登顶了贡嘎山。这是贡嘎山的第二次登顶纪录。在下撤途中，师秀、国德成、彭仲穆三名队员滑坠遇难。在这支29人的登山队中，共有四名队员遇难。这是新中国成立以来的第一起山难。

1958年初，中共中央收到苏联请求组建珠峰联合登山队的公函后，随即批准了这一计划。4月，新中国体育事业的奠基人贺龙，主持召开了登山运动座谈会。会议决定，中国要筹备成立全国性的登山运动组织。一个月后，隶属于国家体委的行政机构登山运动处与中国登山协会相继成立，栗树彬任主席，史占春为秘书长。7月，国家体委邀请苏联代表到北京会谈，双方商定组成中苏混合珠峰登山探险队，共同制订了联合考察珠峰的计划。

一个月后，史占春带领46名中国登山运动员，赴苏联参加集训。集训营的主教练是被誉为"苏联登山之父"的著名登山家维塔利·阿巴拉科夫。他发明了许多登山装备与登山技术，如现代登山者耳熟能详的阿巴拉科夫冰洞技术。他曾在1938年被当局逮捕入狱，罪名是宣扬西方登山技术。两年后，阿巴拉科夫出狱，不久后苏联的政治环境也发生了变化。他成了民族英雄，并获得了苏联最高荣誉"列宁勋章"。他呼吁苏联登山界向中国申请从北坡攀登珠峰。半年后，46名中国登山运动员来到了集训营。阿巴拉科夫把他的登山技术教授给了中国登山者，并带领集训营中的队员登顶了苏联第二高峰列宁峰（海拔7134米）。后来登顶珠峰的登山者王富洲、屈银华均在这46人之列。

在之后的一年里，经过了甘肃疏勒南山（海拔5808米）、西藏念青唐古拉山（海拔7162米）、新疆慕士塔格峰的历练，珠峰登山队终于在1960年来到了世界最高峰脚下。由于当时中苏关系恶化，苏联退出了原定的珠峰攀登计划。"中苏混合珠峰登山探险队"变成了"中国珠峰登山探险队"。没有了苏联登山者的支持，中国登山队依旧按照原计划攀登珠峰。在中国困难时期，中央特批70万美元，派队员到欧洲各国采购最先进的登山装备。3月中旬，214名登山运动员与百余吨物资装备，沿着一年前刚修好的长达381公里的公路，进驻珠峰北坡大本营。经过两个月的侦查与拉练，5月25日凌晨，北京地质勘探学院毕业的大学生王富洲、四川林场出身的伐木工人屈银华、西藏军区的解放军战士贡布从北坡登顶了珠穆朗玛峰。

三名登山者站在海拔8882米的世界之巅。贡布从背包中拿出毛主席的半身石膏像，再用五星红旗包裹好。王富洲颤颤巍巍地掏出体育日记本，几分钟才写好一句话："王富洲等三人征服了珠峰。1960年5月25日4时20分。"精疲力竭的王富洲与贡布两个人合力撕下这张薄薄的纸，再把纸片对折，塞进一只白色手套，连同石膏像一起塞进了顶峰附近的岩缝里。他们在顶峰停留了25分钟，经历了一番惊心动魄的下撤，在五天后安全返回了珠峰大本营。

这次登顶的代价也是惨重的。在这次攀登过程中，共有两名队员（汪矶与邵子庆）在拉练中遇难。200多人的大队伍中，其中半数人有不同程度的冻伤。下山后，王富洲的体重掉了60斤，切除了三根脚趾与四根指节。屈银华切除了十根脚趾与两个脚后跟。不过，与珠峰国人首登的宏大事件相比，失去了几根指节、冻掉了鼻子与耳朵似乎显得有些微不足道了。在之后的半个世纪中，当王富洲被记者反反复复地问及因这次攀登而致后半生身体残疾，后悔吗？他总是回答，不后悔，让我重来一遍我还会这样。

中国登山队登顶珠峰的民族情绪很快蔓延至全国上下。《我国登山队登上世界最高峰》与《毛主席接见蒙哥马利元帅》《周恩来总理抵达乌兰巴托》的新闻共同登上1960年5月28日《人民日报》的头版头条。一个月后，七万人聚集在一年前刚刚竣工的北京工人体育场，庆祝这次胜利。贺龙副总理在现场发表贺词。董必武副主席亲自为登山队员颁发奖杯。登山队随后在全国各地参加了180多场报告。

在1963年8月的北戴河中共中央工作会议上，贺龙对史占春等人说："中国这样大的国家，没有几十万人登山是不行的，新疆、西藏、（四川）甘孜、青海……"此时，随着珠峰北坡的完攀与13座8000米山峰陆续被人类登顶，全世界登山者只剩下最后一个目标：世界第14高峰希夏邦马峰的首登。由于中国的山峰还没有对外开放，且第14高峰完全坐落于中国境内，全世界登山者都在等待着中国的行动。

自现代登山运动进入中国近十年来，历经多次大型攀登活动，中国已深谙喜马拉雅式的攀登风格：希夏邦马登山队由206

名队员组成；为准备这次攀登，登山队从各地筹集了150吨装备、食品与物资；在正式攀登前三个月，当地政府还修通了长达80公里的简易公路，直达希夏邦马登山大本营。1964年5月2日，在队长许竞的率领下，中国登山队首登了世界第14高峰希夏邦马峰。这代表着人类登顶了地球上全部14座8000米级的山峰。

1975年，中国登山队再次从北坡登顶珠峰，并测得珠峰高程数据8848.13米。从此，"8848"成了一个家喻户晓的数字。

1979年，中国登山元老许竞与王振华，来到素有"喜马拉雅王国"之称的尼泊尔考察登山旅游资源。这释放出了一丝不同寻常的讯号。这一年9月，国务院宣布，将于1980年开展外国登山队自费来华登山和登山旅游的业务，同时对外开放中国境内的八座山峰：珠穆朗玛峰、希夏邦马峰、慕士塔格峰、公格尔峰、公格尔九别峰、贡嘎山、阿尼玛卿峰、博格达峰。过去二十五年来，这八座山峰均已被中国登山队探索过。1981年，中国又开放了第九座鲜为人知的山峰，四川的四姑娘山。

改革开放后，中国与日本、美国等国家的登山队合作，先后组织了西藏纳木那尼峰（1985年）、新疆木孜塔格峰（1985年）、西藏章子峰（1986年）、西藏拉布及康峰（1987年）、中日尼珠峰跨越（1988年）、中日梅里雪山攀登（1990年）、南迦巴瓦峰（1992年）等大型喜马拉雅式登山活动。这其中有站在顶峰摇旗呐喊的闪耀时刻，也有被雪崩摧毁、全军覆没的惨痛悲剧。到了上世纪80年代末期，那个为了登顶不惜耗费举国之力与生命代价的年代已经过去了。然而人们对高海拔攀登的印象，依旧

第二部　刃脊探险

停留在喜马拉雅式的大型国家级活动。在中国民间，一提及登雪山，老百姓还是会不由自主地想到官方组织、耗资巨大的大规模体育运动。相对来说，攀岩作为登山附属的运动，倒率先在中国民间普及开来。

1989年，在北京怀柔的国家登山培训基地里，一块钢筋水泥结构的攀岩墙建成。中国第一个人工攀岩场落成了。1993年，攀岩被国家体育总局列为正式体育项目。同年，长春地质学院用拱形石油钻井支架和玻璃钢，建成了中国第二个人工岩壁。那一年，中国首届"豪爽杯"全国攀岩锦标赛在这里举行。丁祥华夺得中国第一个全国攀岩冠军。1996年，中国第一家民营攀岩馆在北京宣武门内大街建成了。

这家场馆原来归中国木偶剧团所有，并由北京、南京、杭州、西安、开封、洛阳、安阳等七家群众艺术馆共同出资，联合建成了"七大古都文艺馆"。后因经营不善，"七大古都文艺馆"在1996年改建为"七大古都攀岩馆"。七大古都攀岩馆的场地并不大，只有130平方米，面积还不足标准篮球场的三分之一。钢架木板的人工岩壁上，分别有四条6米高和8米高的路线。攀岩馆每小时收费15元。每周一、周三和周五的晚上，还有两名专家定期来攀岩馆里指导教学。

所谓的专家大有来头。其中一名是参加过1956年中国第一期登山训练班、见证了中国登山运动历史的国家队教练王振华。在1975年中国登山队攀登珠峰期间，王振华曾任总教练，之后他还作为总指挥参与1984年中日联合攀登南迦巴瓦峰、1988年中日尼联合攀登珠峰、1990年中日联合攀登梅里雪山的活动。另一名专家是武汉地质学院（后更名为"中国地质大学"）的体育系教授朱发荣。与名头响亮的王振华相比，朱发荣的名字几乎隐匿在浩渺的登山历史中。

1958年，王富洲、屈银华等46名学员赴苏联学习登山技术。朱发荣就在这"等"字之中。在几届全国攀岩锦标赛上，运动员们风光夺冠，朱发荣正坐在教练席中指导。在90年代初，朱发荣编写的《实用登山技术》《登山运动》等教材，成为当时登山运动员们的必修书目，后来很快又被更现代的登山教材所取代。许多像朱发荣一样的登山前辈，在历史中极少留下痕迹，却在默默地影响着登山历史的进程。

七大古都攀岩馆开放后，这两位登山界的老前辈定期来到宣武门这里，指导初次接触攀岩的年轻人。在20世纪90年代，攀岩对于北京青年来说还是个新鲜而时髦的运动。当时中国社会上的攀岩爱好者不过二十来人。王振华只是偶尔在馆里出现，朱发荣倒是常常过来教学。他每次只教一个多小时，教授一些最基本的技巧。

1996年的一天，马一桦正要去宣武门的图片社，却无意间走进了街对面的七大古都攀岩馆。在他踏入这家攀岩馆的那一刻，中国阿式攀登与自由攀登的历史也就开始了。

2

马一桦是中国民间登山界的元老、国内阿式攀登领域的开创者。然而在1982年，马一桦离开湖北沙市（现为荆州市），初到北京工作的时候，他还只是一匹独行的野马。

18岁那年，马一桦在人民大会堂谋了一份差事，并来到北京定居。当时人民大会堂刚开放不久，每天都有上千名游客排队参观。人们挤进万人大礼堂的门口，又纷纷在九米宽的国画《江山如此多娇》前驻足合影。马一桦的工作就是给游客拍照。他拥有了自己的单反相机。第二年，马一桦拿着相机出发，成为改革开放后最早一批自助游旅行者。

在改革开放初期，中国曾一度提出"不提倡、不宣传、不反对"的国内旅游政策。自助旅游极其困难。在马一桦踏出家门、走出北京的时候，中国第一批风景名胜区刚刚宣布，中国第一个出境游旅游团要在几个月后出行，中国第一条高速公路将在一年半后开建，中国第一部旅游业法规和中国第一代身份证都要在两年后颁发。人在他乡，住旅社要出示介绍信，吃饭要靠粮票，远途出游只能乘坐绿皮火车。1983年，马一桦独自一人游遍了小半个中国。

马一桦这一路从北京玩到湖南张家界，准备再深入川西的九寨沟游玩。当年川九公路还未修通。他先坐车到了四川广元，徒步三天才走到荒无人烟的阿坝。九寨沟景区刚成立不久，还没有修建正式的大门。半张桌子大小的牌匾上写着"九寨沟"

三个大字，再用两根木棍固定住，插在土地里，这就是九寨沟大门了。马一桦第一次来到藏区。一路上，他见到了穿着黑油油的皮袄、手脚黢黑的藏族小男孩，还见到了追赶汽车的乌云暴雨、一望无垠的草原和清澈而辽阔的天空。旅途上形形色色的路人和风景，冲击着马一桦的心灵。自那以后，他每年都要抽一个多月的时间独自走在路上。在上世纪80年代，马一桦去遍了中国东部与中部所有能去的旅游景区。

等到了90年代，马一桦开始拓展他的西部旅行地图。他几度闯荡鲜有旅行者到达的珠峰大本营，探索甘肃杳无人烟的祁连山，自驾穿越还未修通的新疆独库公路，穿过帕米尔高原来到中国最西端红其拉甫口岸。他在中国西部找到了心灵的归属。"那种荒野才使我恢复了生气。"马一桦后来回忆道。偶尔遇上一两个谈得来的旅行者，他也会搭伴行走一段。在藏区的旅途中，他的同伴是在中央戏剧学院上学、同样肆意走在路上的张杨（这段旅途启发了张杨导演的创作灵感，二十年后拍摄了电影《冈仁波齐》）。报纸和杂志也注意到了这个特别的年轻人，多次报道马一桦的故事。有一次他还在火车上被人拿着报纸认出。马一桦游玩的地点越来越多，能去的景区越来越少。他开始在报纸上的豆腐块里，搜索全中国最犄角旮旯的小地方，再辅助一本列车时刻表，扫清旅行地图上最后的死角。

1993年，马一桦来到北京崇文区（2010年与东城区合并，现为东城区）国家体育总局的地下室，走进《山野》杂志编辑部，买下几捆全年杂志的合订本。他十分向往杂志里的险远之地，那是马一桦无法到达的地方。《山野》杂志在两年前创刊，隶属于中国登山协会。这本刊物里不仅有神秘的纪实探险故事，还有新奇的雪山攀登世界。马一桦在西藏冈仁波齐转山时，就想过要攀上那高高在上的雪山，但登雪山历来是官方的专属运动。马一桦只有一点户外经验，不会任何攀登技术，社会上也没有任何培训课程，直到他在1996年的一天无意间走进了七大古都攀岩馆。

七大古都攀岩馆对于北京的年轻人来说，是个猎奇而又新鲜的去处。在攀岩馆的小角落里，还有家雪鸟户外装备店。雪鸟老板周卫丁和王振华合伙经营着这家中国最早期的户外装备店。最开始，雪鸟只售卖一些仿造国际品牌的技术攀登装备。后来雪鸟拿到了几家国际品牌的代理权，也开始在七大古都里卖一些正规的技术装备了。

七大古都攀岩馆里来来往往的玩家大多只是浅尝辄止。只有那些真正留下的发烧友，在朱、王二老的指导下成了中国民间攀登的先行者。两位教练的背景不同，讲课风格也不太一样。朱发荣老师擅长教攀登理论。王振华老师喜欢聊天，聊过去苏联那套登山体系和攀登故事。在七大古都攀岩馆里，两位中国登山前辈把毕生的技术和精神，传给了中国第一拨民间攀登者。在众多攀登者之中，33岁的马一桦是年龄最大的学员。这名不知疲倦的青年把精力挥洒在人工岩壁上。

香港回归那一年，马一桦终于有机会尝试一次高海拔攀登了。他要跟着武汉地质学院一起去攀登希夏邦马峰。恰逢十五大重要会议，由于人民大会堂的工作在身，马一桦没请下来假。在人民大会堂工作了十五年后，他已被调到了美工部门。马一桦小时候学过美术、练过书法，颇有艺术功底，还拿过全国书法比赛的二等奖。马一桦来到美工部后，开始跟着老师傅干活，工资也涨了不少。他的月薪高达数千元，在北京也算是有钱人的行列了。

马一桦还认识了刚招进单位的计算机硕士谢红。自从一见面起，他就喜欢上了这个飒爽的姑娘。二人结婚后，40天蜜月之旅就是一次探险：在那个入藏之路坎坷不平的年代，他们背着帐篷和睡袋，从北京来到云南丽江，再从滇西北走滇藏线进入西藏，到了拉萨后再从川藏南线到成都。二人沿途考察了玉龙雪山、哈巴雪山、梅里雪山、贡嘎雪山。从那时起，马一桦和谢红两个人，往往成对出现在京郊的山野和岩壁上。

马一桦不仅是中国最早期的旅行者，在网络刚刚萌发的90年代，他还成了论坛江湖中的领袖。新浪论坛刚刚上线时，马一桦就接触了BBS这个新鲜的玩意儿。他本想在新浪论坛上注册个洋气点的ID叫"Lonely Horse"，不知哪个家伙已经把这个名字抢注了，他只好改叫"独行马"。独行马是各大门户网站旅游版块的霸主。在20世纪90年代，一篇西藏自助游的帖子，就已经算是论坛上的神帖了。而马一桦不仅深入藏地，遍览藏区的著名雪山，还贴出了单反相机拍摄的清晰照片。他迅速成为网友最羡慕的独行侠。中国早期最有影响力的户外论坛"新浪山野论坛"开设后，马一桦在这里受到了全国户外旅行爱好者们的追捧。很快，北京的"独行马"，北美的"MH"（黄茂海），广东的"Vega-x"，四川的"北西南东"，成了新浪山野论坛的四大版主。论坛初兴起时的"版主"掌握着网民的话语权，拥有极高的权威性。独行马也因论坛江湖上的威望而声名鹊起。

1998年，七大古都攀岩馆成立了户外俱乐部。作为众攀岩爱好者当中最年长、社会经验最丰富的"大哥"，马一桦成了七大古都户外俱乐部的秘书长。与这位大哥不熟悉的人会觉得他太严肃，甚至不苟言笑。与他熟悉的人又觉得他啰唆起来没完没了。每个周末，马一桦都带着岩友们开发北京周边的攀岩资源。朱发荣每一次都跟着队伍进山，指导这些小伙子尝试攀爬野外的自然岩壁。再后来，他们又开始涉足京郊的冰瀑，尝试攀冰运动。七大古都成为京城最早期、最专业的户外俱乐部。

冬天在结冰的瀑布上攀爬，看起来是一项危险而刺激的运动，也让许多人望而却步。攀岩本就是新鲜事物，每次去攀冰的户外爱好者更是岩友中的少数群体。而一对冰镐至少1400元、一副冰爪1000多元、一根冰锥250元的天价，更是让绝大多数玩家咋舌。购置好全套装备，可能要花掉几个月的工资。渐渐地，只有马一桦和朱发荣两个人结伴出发，一起开发京郊的冰壁。一个是黑脸的精干青年，一个是精神矍铄的老先生，二人就这样背着大背包在山野里寻找岩与冰。

与王振华相比，马一桦和朱发荣更聊得来。无论是在夏天的白河峡谷攀岩，还是在冬天的涞源十瀑峡攀冰，每天清晨，朱发荣都早早起来，在营地周边晨练。白天，朱发荣教授有点过时了的苏式攀冰攀岩技术，晚上，朱发荣讲点老掉牙的苏联故事。马一桦听得津津有味。这对师徒看起来更像是父子。

"他跟我父亲特别像。各个方面都特别像，"马一桦说，"属于那种比较传统的知识分子。他又是做体育老师的。比较老传统的那种。"马一桦的祖辈世代生活在云南建水。父母在湖北武汉读书相识后，留在了武汉工作，后来举家搬到了湖北沙市。马一桦家里还有一个哥哥和一个弟弟。自打在北京工作后，他和家里的联系就少了。朱发荣让他想起了家。

马一桦学会攀冰技术后，着手组织七大古都户外俱乐部参加正式的攀冰比赛。1999年，在中国首届攀冰锦标赛上，马一桦拿到了男子第五名，谢红拿到了女子第二名。在第二届全国攀冰锦标赛上，北大山鹰社的孙斌斩获男子冠军，谢红成为女子攀冰冠军。几次大赛之后，谢红成了国内响当当的初代女子攀冰冠军。两个人冬天攀冰，夏天攀岩，平时出去探险。这对夫妻没有要孩子。马一桦说，他还想再多玩几年。这样的生活方式在当时并不常见。在《旅游》杂志的人物专访中，马一桦夫妇的生活被当作90年代"另类夫妻的追求"。

在新千年到来之前，马一桦跟单位请了足足近一个月的假。他从北京自驾到内蒙古、宁夏、甘肃、青海再到西藏，从拉萨开到狮泉河、界山达坂，顺着新藏线开到新疆，再穿越塔克拉玛干沙漠，走独库公路到乌鲁木齐。他们的经历被媒体称为"20世纪最后一次国人驾国车穿越雪域大漠"。到了乌市后，马一桦的假期用完了。他又跟单位请了一个月的假。

他跟着乌鲁木齐登山探险协会继续探险。队伍里还有他的老朋友，刚登过四川雪宝顶和青海玉珠峰的陈骏池。这一次他们计划去攀登中、蒙、俄、哈四国交界处的友谊峰（海拔4374米）。这支队伍穿过喀纳斯河谷，探索毒蚊叮咬的原始森林，徒步

第二部　刃脊探险　　　　　　　　　　　　　　　　　　195

200公里，历经探险故事中的重重惊险，最终却并没有登顶。这座山峰的首登权早已让给了日本登山队。

队伍出山后，马一桦听陈骏池说，他还要赶去攀登慕士塔格峰。海拔7546米的"冰川之父"慕士塔格峰历来都是国家登山队才能攀登的山峰。90年代的民间登山者很少能获得攀登这座山峰的许可。马一桦见机会难得，便再次跟人民大会堂请了一个月的假，跟陈骏池开往中国最西部的县城喀什，追上早已开始攀登的登山队。

在这支慕士塔格登山队里，马一桦和陈骏池都被分在先锋组。陈骏池等其他队员成功登顶，马一桦在冲顶途中吃了一块麻辣牛肉干，胃部难受得吐了出来，最后无奈下撤。几天后，他再次尝试攀登。他和一名队员从最后一个营地出发冲顶。队友刚出发100米就放弃了。马一桦独自冲向顶峰。他又变成了独行马。

"幸好我已习惯独自长时间的跋涉，但在这危机四伏的高山上，孤独和恐惧的感觉仍侵袭着我的攀登热情和勇气，并极大地消耗着我的体力。"马一桦后来写道。

几日的连续攀登之后，马一桦的双脚已经严重冻伤。他穿着笨重的高山靴，疼痛难忍，一步一步地向前迈进。在7000多米的海拔，他累得跪在雪坡上，把手插在雪里休息。他的意志渐渐瓦解，内心在冲顶和下撤之间摇摆着。下午6点，马一桦登顶了人生中的第一座雪山。他独自站在足球场大小的顶峰上，并没有想象得那么激动。或许还有些过于平静了——他觉得这和登上京郊一座小山差不太多。

这名日后以"超强意志力"著称的登山者，一瘸一拐地撤回营地。看到朝夕相处的队友后，马一桦鼻子一酸，眼泪流了下来。几天后，他严重冻肿的双脚变得乌黑发紫，脚指甲一个月后全部掉光。但经历了这一个月的攀登之后，马一桦还是爱上了雪山，"在那圣洁的环境中生活的十几天里，心更趋于空灵"。这次为期近三个月的探险之旅，让马一桦更加渴望那种自由自在的生活。而三个月的假期，也让单位领导极为不满。他隐隐动了辞去人民大会堂工作的念头。

3

马一桦回京后依然狂热地攀岩和攀冰。他偶尔也能在比赛上拿到不错的成绩,但作为一名民间爱好者,水平依然远不如竞技场上的专业运动员。90年代统治中国攀岩界的四大金刚——丁祥华、赵雷、徐洪波、李文茂——常年在竞技赛事上称霸全国前三名。然而,比赛场上的人工岩壁只是攀岩运动的场景之一,许多攀岩发烧友志不在此。他们更痴迷于山野中的自然岩壁。

在北京地区,自然岩壁资源最丰富的地方莫过于密云的白河峡谷了。当年中国国家登山队为攀登珠峰而集训时,曾把白河当作攀岩训练的场地,但白河攀岩文化的真正源头还要从七大古都转型到自然岩壁的这群岩友算起。早期的白河攀岩者屈指可数,大多是康华、丁祥华、赵雷赵凯兄弟、徐晓东徐晓明兄弟、孙平、阿草、张忻、王茁、伍鹏、赵鲁,还有王滨。这些成长在改革开放后的攀岩者大多从七大古都攀岩馆入门,再转型到白河自然岩壁,日后再奔向遥远的西部雪山。王滨和大多数人不太一样,他最先接触了攀登中最残酷的死亡。

王滨的父母都是清华大学的教师。90年代初,王滨在上高中时,家里就订阅了刚创刊没多久的《山野》杂志。在杂志编辑的介绍下,王滨还认识了住在家附近的户外发烧友汪晓征。汪晓征留着一脸大胡子,显得威猛而潇洒。他经营着一家"天极商社"，这有可能是中国第一家户外装备店。所谓的装备店其实很简陋：在一间临时租住的小房间里，放着一张床和几个大背包。"当时我还是高中生，他从房间里拿出了一大串铁锁、上升器、冰镐之类的东西秀给我们看。"王滨说。这些装备几乎是官方专属的登山器材。王滨此前从未见过实物，顿时非常崇拜这名年长几岁的大胡子。

自那之后，这名高中生常往汪晓征那里跑。他还在那里认识了另一名热爱户外的大学生孙平。王滨高中毕业的那个夏天，汪晓征组织了一次青海阿尼玛卿二峰（海拔6254米）的登山活动。王滨已经和朋友约好了去海南玩 —— 他当时更向往穿梭于热带丛林的非洲式探险 —— 遗憾错过了这次活动。等王滨回到北京后，才听说汪晓征再没有回来。

这支阿尼玛卿登山队成功登顶后，在下撤途中遭遇了雪崩。登山队长汪晓征受重伤。同在一组的队员、北京定向越野赛的冠军王军标，下山寻找救援途中失踪。后据推测，王军标掉进了冰裂缝遇难。同在一组的最后一名队员孙平，留在山上守护汪晓征。救援始终没有来。孙平眼看着汪晓征因伤势过重离开人世。几天后，孙平苟延残喘地爬到山下。从攀登伊始到九死一生地返回大本营，孙平共在山上度过了八天八夜。他把这段惊心动魄的经历写了下来。《阿尼玛卿八昼夜》一文刊载在《山野》杂志上，轰动一时。

1994年8月的阿尼玛卿山难改变了幸存者的人生轨迹。劫后余生的队员们后来陆续经营起了户外装备店：雪鸟、旗云、桑温特、喀纳斯。这些中国第一批户外装备店，常年占据着《山野》杂志的广告位，通过做倒爷和仿制装备的方式推动着民间登山的发展。

后来许多登山者都曾表达过，他们之所以走进大山，多少受到了这个故事的影响。在登山的世界中，有许多渴望经历这种深刻体验的小男孩。他们幻想着等长大后，遭遇一次九死一生的冒险，以便能把这惊心动魄的经历当作是一枚亮闪闪的勋章，佩戴在身上最显眼的位置，并时不时地在人前擦拭一下。只有当他们亲身经历了生与死的刻骨铭心、身为幸存者的痛苦与无力，承担起沉甸甸的责任，苟活下来的小男孩才蓦然发现：原来攀登是一场他们输不起的真实游戏。于是，这些失去了同伴、直面过生死，却毅然大步朝前的男孩子终于迈过了这道坎：摘下了胸前的勋章，收起了脸上的顽皮，几乎在一夜之间成长为严肃的男人。然而在1994年的夏天之前，在中国民间，能让男孩迅速成长为男人的机会并不多。阿尼玛卿山难是登山运动在中国民间开展五年来的第一起登山事故。

中国民间登山起源于1989年。1989年3月的一天，曾随队攀登贡嘎山的冰川学家崔之久在北大校园里举办了一场讲座。在过去四十年里，他曾多次深入青藏高原的高山考察。他的右手手指全部截掉，讲课时只能用虎口夹着粉笔在黑板上写字。他正在讲台上分享着南极考察归来的经历。他在这场讲座中谈到雪山攀登的重大意义，并提出两个拷问："难道中国大学生就没有一点冒险精神？北大学子就不能挑起这个重担？"坐在台下的地质系1986级古生物专业学生李欣、刘劲松、陈卫华三人受到崔之久的激励与感召，决定在北大成立一家登山社团。

4月1日，北京大学创立了中国第一家民间登山社团，北大登山爱好者协会。这家登山社团的历史最早要追溯到三十年前，当时为配合国家登山活动而成立的北大登山队——虽有民间之名，却无民间之实。在1989年北大登山爱好者协会成立之前，登山在中国向来是官方组织的运动。户外运动与探险活动，在民间还是个遥远而陌生的概念。严冬冬在《自由登山》一文中，曾如此描述当时中国的户外氛围：

"在那个时代，休闲户外活动，是指在成熟景区的铺装路面上漫步。只有士兵、测绘员和少数游牧民族才会睡在帐篷里。当时没有户外培训课程，没有引进的户外教材，没有户外装备店，互联网还是个陌生的概念。学生们必须从中登协那里学习基本的攀岩技巧（大多源自苏联），并尽其所能地从中登协借用登山装备。早期，还没有专业登山绳索的时候，在郊区的山野中攀岩时，他们会把军用打包带绑在一起，拴在腰上来打保护。"

"北大登山爱好者协会"成立后，队员们只能自己摸索着训练，自己拉赞助，自己组织登山活动。一年后，这家社团更名为"北大山鹰社"。1990年，在中登协教练的指导下，山鹰社登山队长曹峻率领队员登顶了青海的玉珠峰。这是中国民间登山者的第一次登顶纪录。

随后，北京地区的几所一流高校也不甘人后，几乎在同一时间纷纷成立了自己的登山户外社团。北京理工大学于1993年成立了远方旅行会，清华大学于1994年成立了科学考察协会（后更名为山野协会），北京邮电大学成立了鸿雁社，北京林业大学成立了科学探险与野外生存协会。北京工业大学、中国地质大学、复旦大学等高校也在90年代相继成立了自己的户外社团。孙平就是北京理工大学的登山队员。1994年这支阿尼玛卿登山队里，大部分队员都是高校登山社团出身。

这次山难之后，阿尼玛卿遇难者的家属在学校里举办了追悼会。王滨陪着朋友处理汪晓征的后事。刚刚高中毕业的王滨有生以来头一次近距离接触死亡。

"之前你能经历的所有东西都是像故事一样，可有可无的。真弄坏了后果也不严重，真弄好了也没有多大奖励，"王滨说，"你的人生就像看个电影、吃顿大餐，或者是被隔壁孩子打了一顿。只有这么一件事会有那种沉重感。我当时那种胜负心被激起来了。真这么难？雪山怎么吓人了？真要命？我不信。"

那一年，王滨高中毕业，考入了武汉城市建筑学院（后更名为"华中科技大学"）的建筑设计专业。他无心念书，满脑子只想着登山。他到学校报到之后，直奔同在武汉的中国地质大学，加入了朱发荣的攀岩队。

这一年夏天，王滨与徐晓东等人登顶了四川的雪宝顶。继国家登山队首登雪宝顶后，这是这座山峰的第二个登顶纪录。一年后，王滨等人又尝试攀登了慕士塔格峰，但没有登顶。在几次登山训练过程中，王滨等人找到了京郊的一处世外桃源，白河峡谷。他们开始在白河夏练攀岩，冬练攀冰。

4

一天傍晚，23岁的王滨刚攀完岩，正背着大背包走在白河张家坟村的马路上，想找辆车拉他回密云县城。村民邓德来的媳妇正开车路过，问王滨，坐车吗？王滨说，坐。王滨先跟着德来媳妇来到她家的农家院，在院里转了一圈，说，这里不错，以后住你这儿。半个月后，王滨等一帮岩友就开始在德来家长住了。

一开始，邓德来还以为这帮年轻人白天去河边钓鱼。有一天，他跟到河边，"好家伙，人贴在岩壁上"。德来觉得有些奇怪，又觉得有些新鲜。这群人看起来和村里爬刺子差不多。"爬刺子"是当地人的说法，一些村民有时会拴上麻绳，爬上几十米高的岩壁采崖柏，再拿到市场上卖。但这帮年轻人的装备，又和爬刺子的人不太一样。

几年前，密云县石城镇张家坟村的村民做起了农家乐。村民邓德来把自己的四间正房、三间厢房收拾成农家院，开始接待游客。住一晚收两元，一个周末就能赚个几十块钱。后来，德来装了村里第一部电话，又买了村里第一辆面包车，在密云县城和白河两地往返拉客。自从王滨发现了德来的农家院后，"德来之家"逐渐成为白河攀岩者的聚集地。

90年代的白河攀岩生活很简单，也很纯粹。每到周末，十多名岩友不约而同地从北京市区来到白河的张家坟村。当时白河只有一个老岩场，岩壁上仅有若干条攀岩线路，却足够十多个朋友玩耍了。白天,岩友们进山攀岩,晚上就聚在德来家的院子里,搬个小马扎,喝着当地的云湖啤酒,在夏日河边的晚风里谈笑吹牛。他们从王朝秘史侃到科索沃战争,从中国历代政治得失一直聊到当今世界的经济格局。到了周日晚上,他们再回到钢筋水泥的大都市里,重返那朝九晚五的生活。

其中最狂热的攀岩者要属康华。他当时在建行做软件工程师。有一天,他误打误撞地走进了家楼下的七大古都攀岩馆,从此沉迷进攀登的世界。康华最早尝试攀爬自然岩壁就是在白河,后来他每周都要来白河攀岩。

有一年秋天,康华和朋友来到白河的四合堂村,尝试攀爬一条路线,但是他们的岩锥不够用了。在那个一切都刚刚开始的年代,中国屈指可数的几家户外装备店里,只卖一些户外服饰和帐篷睡袋,还没有技术装备。偶尔有朋友从国外淘来几件技术装备,都会被白河攀岩者们羡慕地围观。白河攀岩者们想过用各种办法炮制技术器材。朋友拿着康华的岩锥样品,在村里找了个铁匠,临时用土钢打了几枚岩锥,再涂上漆。看起来竟也像模像样。康华拿着这几枚土法自制的山寨岩锥,沿着裂缝爬上岩壁。这名戴着眼镜的精瘦青年刚爬到8米高,只觉得自己要往下掉。康华赶紧对下方打保护的朋友大喊:"要冲坠!小心保护!"话刚说出口,康华就掉下来了。只见一串岩锥被绳子拉扯着,依次从裂缝里崩了出来。保护装置彻底失效。康华坠地后昏了过去。这次冲坠事故导致他胸椎压缩性骨折。康华为早期民间攀岩的"探索"付出了代价。

王滨大学毕业后去了几家设计公司实习,又在户外品牌奥索卡工作了一段时间就辞职了。他给杂志写写稿，拍拍照片，没有任何存款，随时说走就走，过上了四处流浪的生活。徐晓东还给他送了个外号，叫"王大侉"，以取笑他这种混日子的状态。王滨却对这种生活方式颇为骄傲。他认为自己就像是个嬉皮士，不追求物质生活的享乐，排斥主流的传统价值观，只追求内心世界的平和与精神世界的美好。

王滨每周都要在白河住个三四天。后来他干脆托德来介绍了一处院子，签了十年的租期。他成了第一个在白河安家的攀岩者。身为建筑设计师，王滨想把北方农村的院落改造成更洋气的风格。他把墙体拆倒，安了一大面落地窗，还找当地人做了个吧台。村民不知道什么是吧台。王滨想了想说，那给我用砖砌一面墙，但是只砌一半，不要砌到顶。这处小院修好时，引来村民一阵围观与嘲讽，王滨只好在一旁苦笑。后来王滨的小院成了白河岩友们的据点，吧台充当了临时的小酒吧。徐晓东、徐晓明、孙平三名户外爱好者从雪鸟公司离职后，成立了旗云探险公司，也定居在了白河。旗云探险公司规模并不大，却是中国第一家自主生产技术攀登器材的公司。

康华伤好后，也成了白河攀岩的主力。程序员出身的康华，还和王滨一起建立了中国第一个硬核攀登的网站"岩与酒"(rockbeer)，致敬白河攀岩者的生活方式。网站上有攀登故事、技术资料与世界著名的山峰介绍。康华和王滨也成了有酒有岩的朋友。有一次，康华和王滨搭档攀岩，又是康华在上方领攀，王滨在下面赤膊打保护。康华爬着爬着，突然蹬落了一块大石头。石头砸向下方的王滨。王滨本能地弓起身子，缩近岩壁。

第二部　刃脊探险

绳子在手里的金属八字环保护器里迅速抽出、剧烈摩擦。王滨的身体紧贴在滚烫的八字环上。他躲过了大石头，手臂和胸前却被生生地烙出了个数字8。这个"疤"更像是个老炮的标志，与王滨共同见证了白河攀岩之后二十年里发生的故事。

2000年5月，全国首届攀岩节在白河举办。丁祥华负责组织这次攀岩节。一年前的春节，丁祥华、康华、徐晓明等白河攀岩者去广西阳朔朝圣。当时阳朔只有月亮山和大榕树两个岩场，但还是成了国内氛围最浓厚的攀岩胜地。宏伟的石灰岩路线，布满钟乳石的超大仰角，还有殿堂般华丽的岩石拱门欢迎着北京白河的攀岩者。"在那里，能看到世界级的线路，"康华说，"人家玩得比我们牛逼多了，线路多，石头长得比较漂亮。爬得比我们好。"

阳朔之行刺激了这帮北京爷们。他们决心要把只有五六条"国产"路线的白河，建设成像阳朔一样的攀岩胜地。为此，白河核心攀岩者丁祥华、康华、徐氏兄弟等人发起成立了白河攀岩基金。丁祥华被推为基金的首任管理者。康华后来写道，白河攀岩基金成立的初衷很简单，就是大家凑钱买装备，在白河地区开发以运动攀（sports climbing，已打好挂片的单段攀岩路线，风险较为可控）为主的攀岩路线，安全快乐地自己爬。攀岩在国内还是个极其小众的运动，丁祥华想把全国上下为数不多的攀岩者们全部召集起来。为了准备首届攀岩节，白河攀岩者又在老岩场开辟了十多条新路线。

到了攀岩节这天，八十多名来自全国各地的攀岩者齐聚到白河河畔。大家说笑，聊天，喝酒，逗贫，光着膀子跳水，再爬到岩壁上切磋技艺。这与其说是一场比赛，更像是一次欢聚。这其中有从云南来的三名愣头小伙子，哥仨显得有些不太合群。北京岩友跟他们开个玩笑，他们不乐。他们讲个笑话，自己一阵狂笑，北京爷们却愣在一旁听不懂。"你知道云南话那玩意，没听过。"王滨说。云南三兄弟还有一点和其他人不一样：他们的眼神直勾勾地盯在石头上。虽然他们的水平比不上一旁的攀岩界"四大金刚"，但论虎，他们是真虎。不管什么难度的路线、能不能爬上去，三兄弟只管往上冲。"当时我觉得，我操，这他妈才是攀岩的。"王滨就这么认识了云南三兄弟中的王志明。

昆明青年王志明从90年代开始就四处背包旅行了。他喜欢阅读欧美文学，还喜欢喝点酒。他在大理太白楼结识了西南地区的攀岩元老黄超，从此开始了攀登生涯。王志明与好友小虫（周琛粟）、小马（马致勇）三个人时常跟着黄超在昆明附近的石林"芝云洞"攀岩开线。三兄弟每天都穿着军胶鞋，在岩壁上上下下地玩耍。他们也许是当地仅有的几名攀岩者。杆儿瘦的王志明为人直爽，性格狂傲。在云南大理混日子的时候，他一度自称"天老大我老二"。朋友们索性根据王小波小说中的角色，称呼王志明为"王二"。哪曾想到了北京，"二"又成了浑不吝的意思，不过这也符合王二的个性。

王志明在白河攀岩节见到王滨后，"第一眼就觉得应该认识，特别契合的那种人"。二人彼此欣赏，性格脾气相投。有一次，王志明又来到白河攀岩，不小心把脚摔断了，无法独自出行。王滨每天都背着王志明上楼下楼。二人厮混在一起后，终日饮酒攀岩作乐，形同兄弟。岩友们从此称呼王滨为"王大"，王志明为"王二"。

那一阵，王二常年以阳朔为根据地，在西街的中国攀俱乐部做攀岩向导，赚点小钱混日子。2003年初，王二和几个阳朔的朋友还去了趟泰国攀岩。王二从泰国回来没多久，就兴冲冲地叫上北京的王大和好友刘喜男，一起去爬云南的白马雪山。三个嬉皮士齐聚昆明，在云南度过了人生中最精彩的一段时光。

5

90年代末,寂寂无闻的刘喜男突然横空出世,打破了国字号"四大金刚"常年垄断攀岩比赛领奖台的局面。和其他专业选手不同的是,刘喜男并不是职业运动员,而是长春工厂里一名普通的钳工。

刘喜男于1971年出生在长春,与爷爷、奶奶、父母、两位大哥,一家七口人挤在城里的两间平房里。家里有个院子,种满了各种蔬果。刘喜男蹒跚学步时,就淘气地爬上葡萄架摘葡萄。后来,全家搬到了长春一汽的宿舍楼,这名内向的少年常常爬上树梢,翻过墙头。上学后,刘喜男拿过全校的爬杆冠军,却也常常因翻墙而被老师批评。

有一天,他在电视里看到外国攀岩者在陡峭的岩壁上攀爬,"一下子被深深吸引,也就此成了我一个不敢去想的梦"。爷爷奶奶去世后,母亲疾病缠身。刘喜男高中时就出去打零工,朋友给他介绍了一份吉林工学院制造热处理自动化设备厂的工作。17岁时的刘喜男在厂里做起了钳工,"过着平淡没有奢求的生活"。几年后,母亲的过世深深地打击了刘喜男,他甚至因过度悲伤而生病。

在工厂干到第八年的时候,刘喜男听说长春有个攀岩基地。基地里的拱形石油钻井支架和玻璃钢曾搭出了国内第二个人工岩壁。他想起了小学六年级时在电视里看到的攀岩者,不免心生向往。也许在母亲离世后,刘喜男多年来的生活压力也减轻了。这一年春天，他终于鼓起勇气，骑着自行车来到了长春地质学院（后更名为长春科技大学），找到陈军老师，恳求教他攀岩。陈军是国内著名的攀岩教练，教出了百余名高水平攀岩运动员。正活跃在攀岩界的四大金刚之一李文茂，就是陈军的得意门生。可是陈军的攀岩课程从不对外。他为难地看着这位年轻人。刘喜男几次央求后，陈军终于决定破例收他为徒。刘喜男就在那面举办过首届全国攀岩比赛的岩壁上练习攀岩。刘喜男还说服了厂里的领导，准许他每天提前三小时下班，去地质学校练习攀岩。"虽不是梦想中的天然岩壁，但一样有一番乐趣在其中，在这里我终于可以释放压抑已久的心情了。"刘喜男后来回忆道。

或许刘喜男自己都未想到，他在工厂里做钳工的八年来，竟练就了过人的指力、腕力和臂力。在人工岩壁上，他的手指能抠在几毫米薄的岩点上，还能用单只手臂做引体向上，在众多初学者中脱颖而出。接触攀岩仅四个月后，他就参加了正式的攀岩比赛。在第四届全国攀岩锦标赛上，刘喜男在自然岩壁上拿到了第四名的成绩。又苦练了两年后，这名27岁的攀岩者在湖南浏阳大围山全国攀岩精英邀请赛上获得了亚军。面对突如其来的荣誉，刘喜男没有骄傲自满，依旧刻苦训练。不久后，他的攀岩之路却因生活中的琐事——单位集资分房——而停滞了，渐渐荒废了攀岩。直到湖南凌鹰俱乐部的张凌教练打来电话，希望刘喜男能代表俱乐部参加中国首届浙江湖州全国极限运动大赛时，他这才重新恢复攀岩的斗志。刘喜男临阵训练，只拿到了第七名。

刘喜男决心要在攀岩竞技场上拼出好成绩。他跟单位提出辞职，并把刚刚亲自装修好的两居室新房交回厂里。他变卖掉家里的老房子，从四万元房钱里支出一半妥善安置好母亲的墓地，便义无反顾地走在职业攀岩者的道路上，"开始了我并不知道前程的攀岩生涯"。从此，这名神情坚毅的青年在攀岩竞技场上大杀四方：在2000年第二届浙江湖州全国极限运动大赛拿到男子难度攀岩赛冠军，在第八届全国攀岩锦标赛斩获亚军。2001年，刘喜男被湖南凌鹰俱乐部聘为攀岩户外教练，并在1月初代表俱乐部参加哈尔滨的第三届全国攀冰锦标赛。

刘喜男从未攀过冰。他初到哈尔滨时，正是一年中温度最低的时候，温度低至零下27℃。比赛场地在哈尔滨冰雪大世界附近。冰壁就地取材。赛事方从松花江里切割出来两米高的巨大冰块，再堆砌成20米高的垂直冰壁。在中国最北方的极寒天气里，冰壁冻得坚硬无比。攀冰比赛的规则很简单，采用计时赛竞速的方式：用时最短、爬得最高的人获胜。刘喜男初次攀冰，在预选赛中排名靠后，却幸运地晋级了。到了决赛的时候，预选赛排名靠前的选手先爬，预选赛靠后的选手后爬。刘喜男在马一桦之后上场。

马一桦已经连续第三年参加全国攀冰大赛了。他是其中年龄最大的选手，体能处于劣势，胜在经验丰富。马一桦来之前，跟风雨雪户外公司的老板借了一对先进的技术型短冰镐。决赛前，马一桦把冰镐的镐尖"磨得锋利无比，钢片刀似的，当时基本上只有我这么做，包括把冰爪和冰镐都修一下"。上场后，马一桦把锋利的冰镐打进冰块之间的缝隙里，脚上的冰爪踢在横缝上。他利用这些小技巧,爬的高度超过了前面几名选手。刚爬到16米,眼看还有4米就要到顶,锋利的镐尖突然断裂。马一桦掉了下去。

刘喜男最后上场。他面前的冰壁已经被各路高手刨得满满都是坑。强大的臂力支撑着刘喜男用最快的速度,沿着前人刨好的冰坑,爬到了最高的高度18米。他拿到了男子冠军。马一桦拿到了季军。女子选手在决赛时攀爬的是另一面冰壁。当年称霸女子攀岩、攀冰界的张清,爬到了19米,拿到了冠军。谢红爬到了同样的高度,慢了几十秒,也拿到了亚军。在马一桦率领的山野户外俱乐部中,两名男子选手和两名女子选手都获得了亚军和季军。在这场比赛之后,他又带队在吉林的全国攀冰精英赛上,分别斩获了男子第四、第六名与女子第一、第二名。东北之行结束后,他带着捧着一堆奖杯的俱乐部,满载而归回到北京。这时的马一桦已经没有工作,是个自由人了。

两年前(1999年),马一桦从中国西部探险归来后,人民大会堂对他请三个月长假的行为十分不满意。马一桦遭到单位撤职。年底,七大古都攀岩馆因经营不善倒闭。几个月后,七大古都户外俱乐部也随之解散了。马一桦把俱乐部里的装备折旧卖了2000元,捐给刚成立的白河攀岩基金。这是白河攀岩基金的首笔经费,正好用于首届白河攀岩节当中。就在攀岩节举办的同一时间,青海玉珠峰发生了轰动社会的山难。

20世纪末,中国民间登山群体大多还是以大学生登山社团为主,以及极少数像1994年阿尼玛卿登山队这样组织较为松散的民间登山队。1999年,充分掌握登山资源的中国登山协会组织了中国第一个商业登山活动，攀登青海的玉珠峰（海拔6178米），人均收费8400元。玉珠峰曾是中国国家登山队用作训练的山峰，也是1990年北大山鹰社攀登的第一座山峰。这座山顶圆润、终年覆盖积雪的雪山位于格尔木市以南160公里处。乘坐青藏铁路去拉萨的旅客，刚从格尔木市出发两个多小时，就能看见玉珠峰的北坡出现在列车的左手边。玉珠峰南坡的传统路线技术难度并不高，如今已是很多登山爱好者首选的6000米入门级山峰路线。但在当时的民间，无所谓山峰的海拔高度或技术难度，只要能获得一次参加登山活动的资格，就已弥足珍贵了。中登协组织的这次1999年玉珠峰登山活动很成功。第二年春天，中登协又组织了位于珠峰北坡的章子峰商业攀登活动。几乎同一拨有能力缴纳报名费的登山客户再次参加。

就在中登协组织的章子峰登山活动同期，青海省登山协会也组织了第一届玉珠峰登山节，几支来自全国各地的商业队伍在玉珠峰脚下集结。在攀登过程中，队员们遭遇极端天气，其中两支队伍里的五名队员先后遇难。章子峰登山队的执行队长马欣祥，率领登山队员们从西藏迅速赶往出事地点救援。队员刘福勇后来在《哭泣的玉珠》一文中记录下惨烈的救援过程。马一桦当时闻讯后，十分焦急。妻子谢红就在其中的北京队伍当中。可是单位不再批准马一桦的假期了。等到他后来得知妻子无恙后，虽安下心来，却再次萌生了辞职的念头。

36岁的马一桦如今已是单位的团委宣传委员，前途锦绣。他在北京有车有房，有时月薪还能过万，过着令他人艳羡的生活。如果说公务员算是铁饭碗的话，那么这份在人民大会堂的工作就是金饭碗，多少人想挤破头钻进来，马一桦却不喜欢这种被束缚的不自由感。辞职的念头在心中盘桓许久。他犹豫着。最终在领导和朋友震惊的、不可理喻的目光中，他主动辞去了人民大会堂的工作。

此时，"独行马"的名头已在登山这片江湖里闯荡开。马一桦辞职后，一度过上了自由自在的生活。他先是率领山野户外俱乐部的队员们，从东北攀冰赛场带回了成堆的奖杯。之后，他又泡在阳朔攀岩，认识了当地著名的攀岩者黄超。二人结伴去攀登四川的雀儿山。他们赶到大本营时，原先的队伍已经离开，只剩下一地垃圾。亲身经历了几次民间登山活动后，马一桦发现这些所谓的户外俱乐部并不专业，通过网络结伴的队伍没有任何组织性，素质也并不高。他希望以后能做一家专业的登山探险公司，然而这在当时并没有任何先例。他还作为登协聘请的登山教练，参加中登协组织的第二届玉珠峰登山节。几个月后，马一桦重返玉珠峰。他在暴风雪中救下了一名队员，安全下撤到大本营。新闻连篇累牍地报道马一桦救人的事迹，他又在媒体曝光中出了名。

就这样游荡了一年多之后，马一桦才加入了风雨雪户外任副总经理。他的老板李映洙是朝鲜族。几年前，李映洙凭着韩国的资源与登协的人脉，在北京做了风雨雪外贸公司，代理销售Black Yak等韩国品牌的户外装备。马一桦在公司里不负责销售，只负责通过做登山探险活动，把风雨雪的招牌做起来。他的基本工资只有2000块，与原来相比是个零头，但这是他真正热爱的事业。

在加入这家公司之前，马一桦与李映洙交情一直不错，还帮助风雨雪组织了面向民间的登山技术讲座。加入风雨雪后，马一桦又组织了第二届"心中有数才出发"讲座。恰逢美国大片《垂直极限》（*Vertical Limit*）在中国首映。这部电影的登山技术顾问帕特（Pat Deavoll）来北京参加活动。在美国戈尔公司（Gore）的引荐下，马一桦和谢红给帕特做翻译。帕特是新西兰著名的女性登山家，也是新西兰登山向导学校的教练。马一桦还邀请这名新西兰登山家在"心中有数才出发"讲座上分享先进的攀登技术。

临回新西兰之前，帕特把一本技术手册交给了马一桦。这本小册子90年代就在新西兰出版了，里面浓缩了新西兰登山界技术与经验的精华。马一桦让谢红把它翻译成中文。《实用登山技术手册》成为中国最早一本阐述阿尔卑斯式攀登理念与技术的教材。网络上流传的这本小册子没有在国内正式出版，但对于中国早期民间登山者的影响，远大于同时期正式出版的《登山圣经》。马一桦也从中吸收了更先进的攀登技术和理念。他结合过往的攀登经历，似乎悟到了更多，登山水平也精进了一层。

登山者马一桦的人生俨然重新开始。他辞去了新浪山野论坛版主的职务，"目的是维护山野论坛的中立性，因当时本人所从事的俱乐部工作"。在这之后的一年里，马一桦率领风雨雪俱乐部的队员，在攀冰、攀岩比赛上接连夺冠。妻子谢红成为那个时代最厉害的女子攀冰选手之一。马一桦抓住一切机会去登山。他还成了国家级攀岩比赛的裁判长。

马一桦想起了在七大古都攀岩馆接受过的技术启蒙。他说服老板，按照国际标准在北京日坛公园里打造了一处攀岩场地。他在人工岩壁上设计了难度路线和速攀路线，旁边还有"国内第一条竞赛级抱石墙"。他在日坛公园里举办了中国民间首个抱石比赛。马一桦又想起了在七大古都俱乐部的经历：朱发荣教授他们夏天攀爬自然岩壁，冬天在自然冰瀑上攀冰。马一桦在密云的桃源仙谷建造了风雨雪登山基地，"依山而建，就地取石而搭，背山面水，林木环绕"。他还与一众爱好者在桃源仙谷人工浇灌了一面大冰壁，开创了民间人工浇筑冰壁的先河。到了北京的冬天，马一桦就在这里开办攀冰培训班。在之后二十年里，桃源仙谷成了北京地区最热门的攀冰训练场之一。而在当年，来自全国各地的登山爱好者，远赴北京只为了上这民间独一份的攀冰课程。

在马一桦的主持下，风雨雪俱乐部的岩场、冰壁和比赛搞得有声有色。十几年前，登山与攀岩在中国民间尚未普及，对于寻常百姓而言，高海拔攀登的技术更是空中楼阁。几年前，中登协几乎垄断了全国的比赛和培训。现在，马一桦和风雨雪俱乐部横插一脚，让登山技术不再高居庙堂，而在民间开枝散叶。马一桦发现，中登协高层因此对他极为不满，给风雨雪组织的比赛设置各种阻碍。"我们登山就是一个普通的爱好，对吧，属于自己的兴趣之类的。这些东西讲什么政治。"马一桦后来抱怨道。

没有了中登协的支持，马一桦自己也能干。他甩开官方的协助，开发了一套前所未有的登山培训体系：先在城市里，培养爱好者在人工岩壁上攀岩；再到野外，在白河峡谷的自然岩壁实践；冬天，在桃源仙谷的基地里攀冰训练；夏天，再去探索中国西部真正的雪山。这条登山者的成长路径既然曾适用于自己，那么未来也一定适用于其他爱好者。马一桦渴望在风雨雪公司干出一番事业。

那么，登什么雪山呢？国内只有寥寥几座被国家队反复探索过的山峰，而马一桦想开辟还没有人去过的山峰——未登峰。待他带队登顶了这些未登峰之后，再把它们用作风雨雪固定的培训地点，就像日坛公园的攀岩场、桃源仙谷的冰壁那样。在跟老板聊到这些规划时，他无意中瞥到了李映泺办公桌上的照片。这张照片是在青海西大滩拍摄的。土褐色的滩石上流淌着几条巨大的冰舌与冰川，冰川上雪峰林立。马一桦选定了其中一座山峰：玉珠峰北坡1号冰川东侧的一座未登峰。此前，民间登山者只攀登一些路线成熟的山峰，还从未有人想过要尝试充满不确定性的未登峰。

2002年6月，马一桦带领攀冰冬训班的五名学员，顺利登顶了这座海拔5685米的未登峰。后来马一桦将这座无名的山峰命名为玉女峰。这是中国民间登山者的第一个未登峰纪录。经历了几天的高海拔紫外线日晒，马一桦得了口腔溃疡、疲惫不堪，但这丝毫影响不了他首登一座未登峰的喜悦。他规划的最后一块登山培训版图终于拼上了。

6

马一桦的一生都在追寻自由。无论是开辟一座山峰,还是开创一份事业,马一桦只想自由地做点自己真正想做的事情。他的理想却一次次地被现实摧毁。

从青海玉女峰凯旋回京后,马一桦发现老板娘已全职来到风雨雪"指导"工作。李映洙的太太原来在日坛公园附近的赛特大厦上班,时不时地跑来指点公司的内务。一直以来,马一桦觉得她虽然是老板娘,毕竟不是公司领导,听或不听都不合适,但只要别捣乱就行。有一天,马一桦准备带队去白河野外攀岩。在检查装备时,发现箱子里的手套不见了。这些手套是为攀岩保护员准备的。如果没有手套,保护员的双手在高频次、高强度的绳索操作中可能会被灼伤,严重的话,还会导致安全事故。可马一桦记得头一天他明明都把手套打包好了的,而其他同事平时也不敢擅动他的装备。他生气地在公司里质问,这是怎么回事。李映洙的太太这才把手套掏出来,反问道,你们要这么多手套做什么用。马一桦非常愤怒。这既是职场上的问题,也涉及攀岩安全问题。他找到李映洙,严肃地对老板说,户外部是我负责的,你们不能轻易去动,否则我这会有安全事故的。

这一次,马一桦从玉女峰回来后,李映洙的太太成了他的领导,名正言顺地管理公司的运营。马一桦几次活动的奖金和出差的津贴也都被克扣掉,只剩下了2000元基本工资。"这种企业就有一点家天下了，因为他们是夫妻俩，"马一桦说，"我不想在公司里面做事情束手束脚的，尤其是外行管内行，尤其是登山行业。"他又想辞职了，但不知道还能去哪。这时他想起来，年初他参加攀冰锦标赛时的赞助商奥索卡。

奥索卡是中登协当年最大的赞助商。1996年，在各大国际户外品牌还未进驻中国之前，瑞士商人汉斯（Hans Shallenberger）创立了户外装备公司奥索卡。它看起来是个洋品牌，其实注册地在中国，还有着与生俱来的官方背景。在当时中国最有影响力的户外媒体、中登协下属的《山野》杂志上，奥索卡的户外装备时常占据着黄金广告位。中央电视台的外勤记者全部身穿奥索卡的冲锋衣。奥索卡的每一个商业决策也影响着中国官方的登山事件。自品牌成立的第一年开始，奥索卡斥巨资赞助了几十次官方组织的攀岩、攀冰、登山等大型活动。这家公司的高层还深谙中国市场的经营之道。他们从头部解决了其他户外品牌成长之路上的瓶颈，打点好与官方之间的关系。奥索卡赞助支持了"登山双子星"李致新和王勇峰的攀登活动。这两名国内最早完攀七大洲最高峰的体制内登山者，后来成为左右官方登山界的李主席与王队长。

在20世纪90年代末、2000年初，中国还没有形成真正意义上的户外市场，奥索卡索性先培育出中国的户外市场，培植国人的户外需求。1999年，奥索卡与中登协合作，成立了西藏登山学校。从登山学校毕业的学员成为中国第一批喜马拉雅式高山向导。从2000年开始，奥索卡连续三年赞助了中登协组织的"玉珠峰登山节"。马一桦连续四年参加的全国攀冰锦标赛，每一年赞助商都是奥索卡。在中国户外市场还未兴起之时，奥索卡已经抢占先机，成为国内最有影响力的户外品牌。

2002年初，第四届"奥索卡杯"全国攀冰锦标赛在北京密云云蒙峡举办。马一桦培养的队员获得男子冠军。谢红毫无悬念地夺得女子冠军。就连女子亚军也是风雨雪的队员、马一桦一手栽培的中国地质大学学生李云侠（后来成为国家攀岩队教练）。在比赛期间，马一桦恰好碰到奥索卡中国地区总经理。马一桦半开玩笑地问她，奥索卡能不能给他留个位置。对方当然求之不得。

如今，马一桦回想起了半年前的这件小事。他试探性询问奥索卡总经理，我和风雨雪公司的理念上有些差异，遇到些挫折，不知能否去你那里试试。总经理说，你能来，当然欢迎了。奥索卡正在中国户外市场开疆拓土，计划在中国山峰资源最丰富的四川省，建立一家登山培训基地。若有马一桦的技术和人脉相助，奥索卡将如虎添翼。恰逢品牌创始人汉斯也在北京，马一桦刚从玉女峰下山没多久，就和他当面谈妥，当即决定加入奥索卡。

两个月后，"独行马"雄心勃勃地从北京来到四川阿坝州的穷山黑水。他不仅要开发一家成规模的登山培训基地，还要着手组建一支以当地藏族人为主的协作队。同在阿坝州的四姑娘山地区，当地一些嘉绒藏族青年已经开始以向导身份带客人徒步穿越，爬简单的大峰二峰。马一桦对此不以为然。他要成立的向导协作队不仅要体能过硬，登山技术也要足够扎实。

马一桦独自一人来到阿坝州黑水县芦花镇的德石窝村。黑水县是深度贫困县。从黑水县城到德石窝村的公路还未修通。要想进村，必须先坐一段公交车，再徒步7公里。路况十分恶劣。马一桦进山的第一天，就看到一台拖拉机掉进山沟的野湖里，司机淹死了。在2000年初，川西一带尽是黑水县这般的穷乡僻壤。

从地球上空拍摄的卫星图看，到了夜里，中国东部沿海地区灯光璀璨，而在这块版图的中间地带，唯有成都与重庆两座都市孤独地闪耀着。成都以西，乃至整个青藏高原都是一片广阔无垠的黑暗。那是一种没有任何灯光、如宇宙黑洞般死寂的黑暗。这片广袤的黑暗代表着中国经济发展较为落后的地区。在青藏高原与四川盆地交界处、横亘在第一台阶与第二台阶之间的大雪山，不仅隔绝了中原汉地与西部地区的文化交融，也扼住了川西地区的经济命脉。然而等到太阳升起，阳光照耀在地平线上的每一处角落，高山海子泛着波光粼粼的波纹，雪山冰川映着日光闪闪发亮，藏民们开始了新一天的劳作，种植青稞，寻找虫草。整片川西高原与青藏高原，又焕发着生命力。这黑暗也标志着地球上一片原始而纯粹的净土。对于登山者与探险家来说，这黑暗还喻示着无尽的攀登资源与中国最后的秘境。

自90年代的进城务工大潮以来，每年有不计其数的农村青年渴望进城，从黑暗之地来到灯光照耀的地方。马一桦是少有的一位甘愿从灯光最璀璨的地方，逆着人潮来到黑黢黢的黑水县德石窝村的人。德石窝村位于三座雪山脚下。这三座山峰原本叫作峨太基、峨太美、峨太娜，海拔只有5000多米，是鲜有人问津的嘉绒秘境。奥索卡公司早早就选定了这片山域，并用奥索卡的"奥"字，将三峨雪山更名为"三奥雪山"，奥太基、奥太美、奥太娜。奥索卡明确交代了马一桦，这三座山峰不要登，首登的机会要留着给未来的登山客户。不过马一桦对这几座雪山也不感兴趣。"三奥的那几座山我也看不上。山沟里我都转过。搞一个普通的户外活动也行，你要是说我去登那些山，我肯定没什么兴趣。"马一桦说。

奥索卡还给马一桦配了两名当地的藏族小伙子，罗日格西（罗汉成）和尼玛尔甲，专门负责帮他背行李。公司每个月付给他们300元。白天，马一桦等人翻到山梁上，远眺三座巍峨而壮丽的雪山，在心中规划未来的登山基地蓝图。晚上，马一桦再辗转回黑水县城的宾馆，撰写当天的考察报告。

在县旅游局长的陪同下，马一桦又从德石窝村100户人家里，选拔出了15名藏族青年。他们平时大多在村里务农。泽郎头就是其中一名藏族小伙子。他还是罗日格西的表兄弟，从小就跟着长辈在山上放牧、挖虫草。听说村民口口相传在招人，他也去面试了。"进去什么都不懂，他（马一桦）问我喜欢什么。我说喜欢唱歌跳舞。其实一点都不喜欢。"泽郎头说。大多数当地藏族小伙子根本没听过登山。他们只知道不用再辛苦干农活，还能赚得更多，这就足以吸引他们踊跃报名了。马一桦从中筛选出五六名精干的青年，在县城的宾馆里给他们做培训。

这名北京来的登山者请人教他们说普通话，又教授基本的绳结技巧与登山装备的使用方法，并在宾馆的二楼操作演练绳降技术。他从县城里找来一名医生，培训藏族青年急救包扎，还弄来几张生猪皮练习缝针。这些藏族青年学得马马虎虎，但在马一桦的威严指导下，大家只好硬着头皮学习。他们大多只上过小学，只有几个念过中专。文化程度最高的要属泽郎头的表哥王平。王平在众多淳朴的农民中明显聪颖许多。这个机灵的小伙子很受马一桦的器重。

马一桦从炎炎夏日一直驻守到寒冬飞雪，他考察遍了三奥雪山里的每一条山沟、每一处垭口、每一个海子。他规划好了基地的吃住行，藏族协作队也初步组建成，但奥索卡总部迟迟没有动静。马一桦渐渐发觉有些不对劲。每个月，他的6000多块钱工资到账很及时，一分不少。他本可以在四川过得非常滋润，但他真正的志向是创办一家有影响力的登山基地。汉斯曾允诺马一桦，第一个月就要投资盖基地，还要给他配一部越野车代步。这些都没有兑现。更让马一桦愤愤不平的是，年底奥索卡开年会的时候，公司所有的管理层都去了，就连黑水县的县长也被邀请过去，唯独把马一桦一个人晾在大山里。到了冬天，马一桦发现自己闷头进山干三个月了，不能再这么干下去。他决定出山进城，回北京总部述职。马一桦出山后，才得知他的启蒙老师王振华患癌症去世，追悼会都已经结束了。马一桦悲伤地回到北京，来到奥索卡总部与汉斯对峙。奥索卡竟然还在犹犹豫豫。

2002年的中国户外市场仍处于萌芽阶段。奥索卡下大笔投资投给四川偏远的小山村，就像是一场豪赌，不仅要赌登山基地的成败，还要赌未来中国户外市场的兴衰。马一桦当即就跟汉斯提了辞职。马一桦也在赌。他赌的是一口气。奥索卡见状极力挽留,并许诺立即拨款、派车。可是已经晚了。马一桦离开前,郑重地对汉斯说,我再也不会去三奥雪山了。

汉斯对马一桦的突然离职极其不满。在他看来,马一桦又是一个利用公司资源为自己谋利的中国人。"汉斯就觉得中国人都是这样子的,拿着公家的钱,做完考察了以后就变成自己的,"马一桦说,"他对我非常不满,因为他是登协最大的赞助商……他就让人打压我、封杀我,我觉得起因是这个,之后我就一直被登协打压。"

马一桦很少对人提起在奥索卡这几个月的工作经历。三个月时间说长不长,却在他的心里留下了深深的印记。他曾带着大展拳脚的抱负来到黑水,却失望地离开这里。他回溯了过去几年所经历的种种不快之事:在人民大会堂请假时的唯唯诺诺,在风雨雪公司打工时的束手束脚,友谊峰的首登权被卖掉,雀儿山下的一地鸡毛,被登协打压,被奥索卡搪塞。此刻,马一桦只有一个念头,"把人生操控在自己手里"。马一桦决定成立一家只属于自己的登山探险公司,专门攀登那些带冰川的山峰。

马一桦准备把这家公司落脚在成都。成都是马一桦的不二选择。在中国西部各省当中,要属西藏、新疆的雪山资源最发达,但是这两省交通偏远。青海、甘肃的雪山较为单调,而且经济落后,城市人口密度低,客群不大。云南的雪山资源远不如其他几省。唯有四川:这里不仅有数百座人类尚未探索过的山峰,体量不亚于西藏与新疆,这里还有中国第四大人口的超级大都市,成都。

马一桦跟朋友借了三万元启动资金,再从旗云探险公司买了将近八万元装备。他把家里的行李一一打包好,从北京托运到成都。马一桦和谢红计划好了,他独自先来成都。等过了半年安定下来后,他就把谢红安排到成都的公司工作,夫妻二人定居在四川。

2003年初,马一桦来到成都工商局注册成立自己的公司。工作人员在办理手续时,不知道这家公司经营什么项目,也不知道该如何填写公司名称。中国历史上从来没有过登山探险性质的民营公司。马一桦说,就填"户外运动公司"吧,公司名叫"刃脊探险"。

7

刘喜男来到湖南后，加入了刚成立没多久的长沙凌鹰户外运动俱乐部。俱乐部开在长沙天心区贺龙体育中心的攀岩馆里。白天，刘喜男成为刘教练，教授学生攀岩。晚上，刘喜男就睡在攀岩馆里。他每个月的收入有三四百块。在湖南这段时期，刘喜男开始集中训练攀岩，成为国内竞技场上最耀眼的攀岩者。

2001年1月，在哈尔滨的攀冰锦标赛上，刘喜男拿到冠军之后，便马不停蹄地参加比赛，从未跌下攀岩比赛的领奖台：4月，参加浙江诸暨全国攀岩邀请赛，获亚军；5月，参加北京大学全国攀岩邀请赛，获冠军；8月，参加湖北九宫山国际攀岩邀请赛，获季军；9月，参加南京第九届全国攀岩锦标赛，获季军；10月，参加湖州第三届全国极限运动大赛，获亚军；11月，参加桂林全国攀岩精英邀请赛，获亚军。也就是在桂林的这场比赛之后，这名国家级攀岩运动健将、攀岩竞技场上的奖杯收割机，决定留在广西。他被阳朔的岩壁和攀岩氛围吸引住了。

即便拿掉阳朔的攀岩文化滤镜，这里还是中国最美丽的小镇，以及20元人民币的背景所在地。阳朔曾被视为中国山水风光的代表。镇子里有错落安静的小巷、白墙灰瓦的房屋，镇子外有在漓江泛舟的渔翁，日出时分耀眼夺目的万重峰林。自从20世纪八九十年代托德·斯金纳（Todd Skinner）等国际攀岩者在阳朔开辟了若干条国际级别的攀岩路线之后，这座位于中国西南角的壮族小镇就吸引了众多国际攀岩爱好者。越来越多的攀岩者留在阳朔，在阳朔的岩壁上开线，而日益增加的丰富路线又吸引着更多的攀岩者前往。正是阳朔的开放与包容，接纳了小众的攀岩群体，攀岩者也进而塑造了阳朔的气质。外国攀岩者白天在岩壁上攀爬，傍晚回到县城，在音乐、啤酒与聊天中开启夜生活。阳朔的西街也因此酒吧林立，显得洋气十足。

"阳朔是中国最早接触外国游客的地方之一。我们可以拍着胸脯说，正是因为文化交融，阳朔才多出了许多地方没有的奇观。"《阳朔攀岩路书》的作者安祖（Andrew Hedesh）在书中写道。

1998年，西街"红星特快"酒吧的老板黄超，开始跟着经常光顾酒吧的国际攀岩者们学习攀岩，并成为广西地区最先接触攀岩的第一人。黄超后来在广西、云南等著名的岩场里开辟多条路线，并影响了许多像王二这样年轻的攀岩者。丁祥华等北京白河攀岩者领略到了阳朔国际级别的路线之后，在《山野》杂志发表了他们阳朔攀岩之旅的故事。安祖观察到，丁祥华的这篇文章极大地影响了整个中国攀岩圈子接下来的五年，那是第一篇鼓励中国人出来旅游和户外攀岩的文章。

有了中国攀岩者的参与、外国攀岩者的传播，攀岩运动很快风靡阳朔。阳朔前街的餐厅老板吴小燕也常常带人攀岩，她经营的"喀斯特中西餐厅"成为阳朔——可能还是全中国——第一家攀岩向导俱乐部。后来清华大学登山队的元老吕铁鹏也在前街开了家"理查德攀岩酒吧"（Lizard Lounge），并开办了中国攀攀岩俱乐部，一时成为阳朔攀岩爱好者的据点。从此，以"带人攀岩"为盈利模式的攀岩向导俱乐部,开遍阳朔县:李树的北线攀岩俱乐部、何凌轩的西唐攀岩俱乐部、邱江的蜘蛛人攀岩俱乐部、张勇的阳朔攀岩学校……

就在攀岩俱乐部开遍阳朔的同一时期,这个小县城也因温暖的阳光、慵懒的氛围、低廉的生活成本,成为20世纪90年代末、21世纪初国内外嬉皮士云集的目的地。"音乐、酒吧,跟形形色色的人交流。在阳朔你会见到很多国际老炮,跟他们交流。晚上会有像party一样的感觉。"王大说。西街上常年飘散着麦芽糖的甜腻,时而伴随着奇异的化学烟雾,街上常常见到热带的人字拖、短裤和攀岩鞋,有暧昧而躁动的男男女女,还有终日回响的雷鬼音乐、红黄绿色的图腾和精神偶像鲍勃·马利。

在2000年初的阳朔,几乎无人不爱"雷鬼之父"鲍勃·马利,尤其是攀岩者。鲍勃·马利呼吁世界的和平与多元文化的包容,而雷鬼音乐内在的自由,也与攀岩运动的自由高度契合。

"没有什么比内心自我追求更重要,"王大说,"我们对外界一切的事情都可以是玩世不恭的,因为它们并不真实。你知道鲍勃·马利很多歌曲都带有很深的人生思考,甚至是政治色彩。它还代表了内心某种清醒或思考。所以喜欢雷鬼这类人,他们追求的一些东西,是物理上的自由,但更强调内心的自由,没有任何束缚。这在一定程度上跟攀岩文化是相通的。"

2001年11月,刘喜男来到阳朔后,就被这里的攀岩文化深深地吸引住了。这里还有他儿时向往的自然岩壁。常驻在阳朔的王二也再次见到披着长发的刘喜男。

自从在白河攀岩节认识刘喜男之后,王二又在2001年4月北大飘柔杯全国攀岩邀请赛上,目睹了传说中的刘喜男夺冠的风采。初接触时,这名健壮的男子性情温和,寡言少语,像是一个愿意倾听他人吐露内心情绪的邻家大哥,而他那一头披肩的摇滚长发又显得个性十足。如今,二人在阳朔重聚,变得更加亲近了。王二和刘喜男同吃同住,靠着做攀岩向导赚钱度日。刘喜男还在阳朔迷上了花棍。花棍本是中国传统游戏,当时正以另一种"魔棍"文化兴起于中国西南的嬉皮群体。刘喜男随身携带着两根细窄的小短棒,一有空就用短棒架起两头花球的粗棍挑来挑去,配合节奏移动着脚步。花棍成了他必备的贴身物品。

如果说刘喜男在竞技场上大杀四方,找到了自信,那么在自然岩壁上,刘喜男则找到了自我。刚到阳朔,他就开辟了两条攀岩路线。一个月后,刘喜男与美国著名攀登者克雷格·鲁本在银子岩、中指峰、月亮山陆续开辟了多条经典传统攀路线。他同时称霸了自然岩壁和攀岩竞技场,这在当时的中国攀岩界十分罕见。2002年,全国各大比赛纷纷邀请刘喜男做定线员。这一整年,刘喜男辗转于重庆、昆明、湖南、浙江、广东各地,游走在不同城市的岩馆与岩壁,忙于定线和开线。

等到了年底,刘喜男还与王二等一众混迹于阳朔的朋友,去了趟泰国攀岩胜地甲米(Krabi)。他们在甲米租了套房子,混了一个多月。等口袋里的钞票花得差不多了,他们又搬到了海边扎营。刘喜男彻底打开自我。他在泰国烫了头,一头长发变成一丛卷毛。他还爱上了阔腿吊裆风格的东南亚灯笼裤。他与王二等人在海边喝酒、攀岩、吹牛、走扁带,偶尔一个人玩花棍。

在许多非攀岩爱好者看来，攀岩是一项竞技性质的体育运动，直到王二在一篇名为《快乐至死》的文章里，把他们在泰国的攀岩生活淋漓尽致地呈现出来。许多人这才恍然发现，原来攀岩还可以是一种朴素的生活方式，一种无关竞技、只追求快乐的人生选择。

"为什么攀岩？为什么追求难度？为什么？"王二在这篇文章的结尾处发问道，"也许国内给攀岩者的空间本就狭小，这么做只不过想多吸一口空气而已？只有爬得好，人们才会说OK，这人很牛，攀岩者才有在社会中存在的价值？你才会获得其他攀岩者的尊重？这他妈是什么阿Q精神！唯一的源泉是快乐！快乐！！他妈的快乐！！！如果没有快乐，这些事就他妈的毫无意义。"

回到云南后，刘喜男依旧和王二混在一起。王二效仿刘喜男，在昆明也烫了头。他觉得这样的生活太美好了，必须叫上那个也爱喝酒、爱攀岩的兄弟一起加入。王大虽然已在白河置办了小院，但还是四处漂泊。接到王二的电话时，王大正在成都漂着。王二对王大说，你要来的话，你烫完了头再来。

王大以"烫头"纳投名状，顶着一头蓬松的头发来到昆明，与王二、刘喜男会合。攀岩为盟，蓬头为誓，三蓬在昆明结义。刘喜男在家里排行老三，王大王二调侃他为刘三。白河的岩友赵凯、赵雷兄弟也趁着假期，烫了头从北京赶过来会合。但在这些人当中，只有王大、王二和刘喜男三个人是全职"混子"。

混子这个词，是二十年后王大对当年生活状态的总结。一提起这个词，他就能想起那段不羁的青春时光，有点骄傲，还有点自豪。王二则将那段时期的自己形容为"鸟人"。他对鸟人的解读戏谑中更带有文化气息："常人,两肋生有异翅,各长数丈,善飞,成对而行;好雨前穿梭于云端,声如雷鸣,震人心魄。行踪飘忽,无人能知其终。"用白话说,就是漂泊的普通人:鸟一样地迁徙,鸟一样地飞舞,鸟一样地振翅,鸟一样地生活。甭管是混子还是鸟人,王大王二都见证了东北人刘三如何一步步搬到中国版图对角线的另一端,又如何被这种散漫享乐的生活方式所俘获。王二还拿刘喜男的名字开玩笑道:"刘喜南,那不就是留西南嘛。"

或许只有攀登才会让这三名玩世不恭的小伙子严肃起来。在爬白马雪山之前,王大和刘喜男还参与了王二的开线计划:在昆明市富民县开辟新的岩场。三名蓬头垢面的年轻人坐着驴车,一颠一颠地来到富民的红褐色岩壁。在烈日下,三个披散着头发的野人,几乎赤身裸体,系着安全带,腰间挂着一串丁零当啷的金属装备,手持着电钻,一边设计开发路线,一边在岩壁上打膨胀螺栓。

攀岩或攀登本是一件很自我的事情。只有一小部分攀岩者会试着把私密的享乐空间扩大到公共层面,努力打造出共同的福祉,攀岩者此时蜕变成了开线者。他们不仅会获得运动本身的快乐,还能收获分享与创造的快乐。当年黄超启蒙了王二攀岩,后来美国攀岩者鲍勃·莫斯利(Bob Moseley)教给王二开辟新路线的重要性。"我们之前并没有这个概念,是他告诉我们开线这事儿很有意义,"王大说,"如果你已经爬了很多,而且有自己的追求的时候,你肯定要用开线的方式把你的追求表达出来。"鲍勃的中文名叫木保山。他是美国大自然保护协会（TNC）中国西南地区的负责人，私下里还是一名攀岩高手。在昆明西山，鲍勃夫妇还给三蓬拍了张合照：三名头发炸开的年轻人站在红褐色的岩壁下，穿着不同颜色的棉质短袖T恤，嘴里叼着根烟，一脸不屑地对着镜头。那眼神就好像在说，万物皆可抛，攀岩最重要。

那段时期，三蓬就这么在云南浪荡着。他们饿了，就在路边摊吃碗便宜的小锅米线。刘喜男严格吃素。后来不同的朋友都问过他吃素的理由，刘喜男说，有一天突然就不想吃肉了，觉得肉不好吃了，吃了会恶心。他还对王二说，吃素是因为母亲过世后，便不再杀生。他们渴了，就喝几瓶啤酒，偶尔也会喝点洋酒。刘喜男一喝龙舌兰就会醉，还会出一点小洋相，显得憨态可掬。大部分时候，由于预算有限，他们只喝便宜的洋酒。那段时期，三蓬喝酒讲究的是酒精摄入量：单位价格里能买到酒精含量最多的酒。

无论去哪，刘喜男总是随身带着一副灰色的花棍，一有时间就亮出来玩耍，就好像一名随身携带鼓槌的鼓手，总想敲打点什么。即便是在车水马龙的昆明市区，刘喜男也穿着那套标志性的蓝色灯笼裤，红色粗麻衣服，光着脚丫，披头散发地练习花棍的平衡艺术。有一天，刘喜男又是早早起床，在昆明市区的北广场上光着脚丫练习花棍。刘喜男一身肌肉、一头摇滚长发、浑身破烂的形象，再加上炫目的花棍技艺，迅速引起了一旁小学生们的围观。一名小学生走过来，问刘喜男，叔叔，叔叔，你就是迪克牛仔吧？

2003年4月,终于到了约定好登山的日子了。三个人一路北上,来到滇西北的白马雪山。他们一边走在山路上,一边哼唱着他们自己改编许巍的歌曲《夏日的风》:午后一场雪,让这个山谷,更清爽/悠然白茫山,依稀在云里,缥缈/就在这山上,随便走走……

刘喜男第一次攀登高海拔雪山,高原反应特别严重,头痛得厉害。王大王二劝刘喜男撤下山。对于哥仨来说,只要混在一起,登什么山并不重要,甚至登山也不重要。他们上山时,外面的世界还是一片祥和美好的乐土,下山后,非典正在云南肆虐。

8

马一桦创立刃脊探险后,四处招兵买马。他招了几名黑水县的藏族青年,又把机灵的王平带了出来,和他们同吃同住。刃脊探险公司位于一家刚建好的小区里。办公室在楼下,马一桦等人住在楼上。过了一段时间后,他发现这些从黑水县出来的年轻人时常"连续一周见不到人,还让其他人打电话说谎"。马一桦十分看不惯这种散漫劲儿。他把黑水青年都遣散了,只留了王平在身边。

2003年初的那个冬天,刃脊探险在四姑娘山双桥沟做了几期培训。这打破了中登协的培训垄断,"当时只有刃脊和国字头两家做冬训"。好景不长,春节刚一过,非典型肺炎就在全国各地流行起来。报名参加刃脊探险活动的人越来越少。开春以来的三期登山技术培训班,报名人数远不如马一桦的预期。非典在四川大流行之后,几乎没有人报名登山活动。这一整年下来,报名登山的客户还不到50人。公司的账面流动资金不到两万元,马一桦一度靠吃清水挂面度日。就在公司岌岌可危的时候,曾山以合伙人身份加入了刃脊探险。

一年前,马一桦在北京的一次攀岩交流活动上,把开一家探险公司的想法告诉了曹峻。曹峻是北大山鹰社的第二任社长,也是2000年左右国内最有影响力的民间登山者之一。曾几何时,马一桦还有过一个设想:集结当年民间四大著名登山者,曹峻、陈骏池、徐晓明和他自己组一个"登山F4",沿着西部国道一路开车旅行,一路攀登路旁所有的山峰。这个不切实际的幻想,后来被各自的生活节奏所打破。曹峻更实际一点,他听了马一桦的想法后说,正好曾山也要搞一家登山公司,你们好好聊一聊,别你们都弄了两个人互相有影响。

曾山也是山鹰社的早期社员。他是一名棕色头发、蓝色眼睛、活力四射的美国青年,举手投足间总是透着自信与幽默。他在纽约上高中时,中文老师给他起了这个特别的名字:曾山。三十多年后,曾山发觉"山"这个名字就是他的"fate"(命运),预示了自己的一生。曾山在美国佛蒙特州读大学时,接触了攀岩和攀冰,也爱上了登山。1990年,他和二十多名美国学生一起来到北大交流,学习中文。有一天,曾山路过北大校园里的一栋红砖宿舍楼,看到山鹰社队员正在宿舍楼外墙的裂缝上,练习攀岩的胀手和胀脚动作。学生们穿着平底的解放鞋攀爬,脚背和双手被墙缝摩擦得伤痕累累,却还在义无反顾地继续练习。曾山当时心想,这太牛逼了。

曾山加入了刚成立没多久的山鹰社。在北大上学这段时期,他一边在课堂上学习书本里的中国,一边在山鹰社里了解更接地气的中国。他跟着登山队的队员们学习了最地道的汉语:男性队员有个习惯,那就是见面时用傻逼当问候语。我以为这是另一种问候方式,所以有一天,我跟老师打招呼说:"傻逼,早上好。"他们在北大附近的采石场训练攀岩——"那条绳子的外皮有两段已经被彻底磨损……那天的经历强化了我对攀岩绳强度的信仰"。他在山鹰社经历了许多第一次:第一次厚着脸皮去拉赞助,再被对方赶出公司;第一次跟着登山队坐四天三夜的绿皮火车，还在火车上学会了至今唯一一首会唱的中文歌曲《社会主义好》；火车开往新疆慕士塔格峰，这也是他第一次高反，第一次攀登高海拔山峰……山鹰社队员胡东岳（大胡）成了曾山最好的朋友。大胡同样是一名狂热的户外爱好者，他首创了"快挂"等攀岩技术装备的中文名词。两个人一起爬遍了京郊的岩壁。在大胡的帮助下，曾山还编撰了北京地区第一本攀岩路书*Climbing Beijing*。

临毕业前，这名充满活力的青年变得迷茫起来。他喜欢登山，也很喜欢物理，还申请了美国一所地方院校读研究生。他无法同时兼顾二者，只能选择其一，"完全投入做一件事情，这是我的性格"。他最终选择了登山。在20世纪90年代，曾山狂热地来中国登山。为了赚登山经费，他在美国做起刷墙临时工，时薪12到15美元，每天连续干10小时。等赚够了钱，他就来到中国继续登山。

1994年，曾山的母亲来到四川成都，帮助成都市政府建造活水公园。第二年，曾山来成都做母亲的助手。他的母亲贝齐（Betsy Damon）是美国著名的社会活动家、行为艺术家和环保主义者。"我妈一直追求她很想做的事情。她是艺术家，她把自己的生活变成一个事业与追求，inspire people。"曾山说。他的生活方式也深受母亲的影响。在建设成都活水公园的项目中，曾山遇见了未来的妻子张雪华。成都改变了曾山的一生。

曾山后来和著名登山家丹尼尔（Daniel Mazur）合伙经营了一家登山性质的旅行社Blue Sheep，专门组织欧美国家的登山者来华攀登。在遇到马一桦之前，曾山已组织过慕士塔格峰、迦舒布鲁姆II峰、卓奥友峰、念青唐古拉峰、宁金抗沙峰等大型攀登活动，成长为一名经验丰富的登山者和登山组织者。1998年的那个夏天，曾山在慕士塔格峰带队登山期间，张雪华跑来喀什找曾山。二人正吃着晚饭，曾山望着坐在他对面的女朋友，小声地说，你愿意娶给我吗？张雪华并不介意曾山把"嫁"念成"娶"，也不在意曾山跑遍喀什找人打造的一枚金属戒指。她答应了。

在中国这片神奇的土地上，曾山的中文愈加流利。他的平翘舌发音总是咬得过分精准。他依然流淌着早起必须喝一杯黑咖啡的血液，但也学会了在菜市场上砍价，在酒桌上给领导敬酒，吃动物内脏，使用中文输入法，既可以自豪地说"我老婆"，也能随时咒骂"我靠"和"他妈的"，彻底融入了中国的市井生活。

几乎就在同一时期，曾山把自己的理想——在中国开办一家真正的登山探险公司——告诉了昔日的登山队队长曹峻。曹峻跟他说了一模一样的话，正好马一桦也要做一家类似的机构，你应该跟马一桦谈谈。曾山与马一桦见面后，相谈甚欢，二人约定合作共赢。曾山带着10万元资金，以及他的技术和经验，加入了刃脊探险公司。曾山还为刃脊探险起了个英文名：Arête Alpine Instruction Center（AAIC），即刃脊登山培训中心。

2003年5月底，非典疫情逐渐平息。国家体育总局组织了"纪念珠峰首登50年"的登山活动。这是一次出于政治、经济与社会文化等多重因素而筹划的官方活动。在这次举国瞩目的大事件中，由民间登山者组成的"2003中国搜狐珠峰登山队"首次获得从北坡攀登珠峰的民间团队许可。当年珠峰北坡商业登山活动的报价约为20万元，通过各家赞助商的联合运作，每名队员最后只需象征性地缴纳5万元"超低价"报名费。中央电视台的5个频道，连续11天直播珠峰攀登过程。这也是人类首次全程直播冲顶珠峰的实况画面。媒体报道更是铺天盖地，引起全民热议。由中国企业家们掀起的史上第一拨珠峰民间登山热潮开始了。

5月21日下午，在千家万户的电视机里，A组的队员陈骏池率先站在了世界之巅，打响了活动成功的第一炮。央视名嘴王小丫在电视直播中激动地大喊："陈骏池，我们爱你！"这名英俊潇洒的登山者几乎成了全民偶像。第二天，B组的队员王石、刘建、罗申也登顶了珠峰。在后疫情时代，中国登山者登顶珠峰的消息振奋全国。登顶队员被媒体报道狂热地塑造为"登山英雄"。候补冲顶的队员张梁、刘福勇、李伟文"虽未登顶亦是英雄"。

在这个特殊的时期，象征着人类与大山、大自然对抗的英雄符号显得别有意味。登顶队员们后来在人民大会堂接受了国家颁发的体育荣誉奖章。陈骏池还被工作所在地的海南市政府，授予了"登顶功勋运动员"的称号。

看到昔日的老友荣誉加身，马一桦并没有过多羡慕，"我们不是登珠峰那种人"。事实上，世界各地的登山精英群体对珠峰还抱有一种偏见，这种偏见可以追溯至上世纪80年代：当珠峰被商业化、珠峰上的职业登山家逐渐被游客取代之后，世界最高峰就不再是彰显登山技艺的舞台，而是世界上海拔最高的名利场。与登顶世界最高峰相比,马一桦更在意刃脊探险的经营,"我当时公司刚起步,我有20万,我肯定得先去登四川的山,我可以登20座山,把它变成一座座半脊峰"。

马一桦经营刃脊探险的思路,沿袭了之前在风雨雪和奥索卡的经验。只是这次,他的野心更大,格局更开阔。在城里,他不再满足于一面人工岩壁,而是要打造一家攀岩馆。在野外,他要从荒野中开辟出一处全新的自然岩场。马一桦考察遍了成都的郊区,四处商谈,最终选择在成都大邑县打造一处完全属于刃脊探险的攀岩训练基地。在川西群山连绵的雪山世界,他也不再满足于开辟一处登山目的地,而是要在不同山区,打造几处大规模登山基地。他先去考察了成都最高峰大雪塘,认为这座山峰并不适合初学者。他又考察了四姑娘山三峰,觉得四姑娘山地区的竞争太激烈。马一桦转遍了贡嘎山为核心的大雪山山脉、四姑娘山为核心的邛崃山脉、雀儿山为核心的沙鲁里山脉。刃脊探险的办公室里常年挂着一张《青藏高原山峰图》,上面标满了中国西部险远的大山。在四川,还有数百座未登峰等着他去探索。

马一桦和曾山既是商业上的合作伙伴,也成了雪山上的攀登搭档。为了相互磨合,他们在2003年夏天攀登了雀儿山。二十年后,雀儿山已经是商业登山公司必争的热门山峰。每年夏季,雀儿山大本营都集结了二十多家公司的队员,扎满了大大小小的帐篷,人来人往。但是在2003年,雀儿山还是一座颇有难度、少有人探索的技术型山峰。上一次国人登顶纪录要追溯到15年前中日联合登山队共同登顶。在那之后,中国登山者已有近20次的失败尝试，再无人成功，直到2003年马一桦和曾山率队站在了雀儿山的顶峰上。

马一桦和曾山还通过这次雀儿山攀登，罕见地提倡阿尔卑斯式攀登风格。"阿尔卑斯式攀登"在当时还是个新鲜的名词，大部分中国登山者完全不理解、也不能接受这个概念。阿式攀登除了提倡小团队、轻装快速的风格之外，登山者还要有公平自主的精神。这对传统商业登山活动的最大冲击便是，向导与队员之间的关系更加扁平了。队员们要自己背包，自己穿冰爪，自己操作绳索技术。在登山过程中，有一名队员不习惯这种一切都要自己负责的风格，便质问道，我掏了全部的钱，我必须亲自做一切事情吗？然而，在这次攀登结束后，所有队员又都喜欢上了这种极有成就感的攀登方式。

"真正的阿尔卑斯式登山在中国几乎没有。由于历史的原因，中国的登山者对阿尔卑斯式攀登还有待进一步认识。大多数的人还更习惯于喜马拉雅式登山。"这次活动之后，曾山在《山野》杂志中的一篇文章中总结道，"我认为，未来中国的登山者，越来越多地将不再以山的高度决定是否攀登，而是取决于登顶这座山的难易程度，是否有迷人的冰川、暴露的刀状刃脊"。

刃脊探险公司的名字，也正是源自技术型山峰上的"刃脊"地形，并以此来象征公司所倡导的技术型阿式攀登。

马一桦和曾山深知，要想彻底打响刃脊探险公司在中国登山界的知名度，必须要用阿式攀登的风格，在一座伟大的山峰上完成一次了不起的攀登成就。在四川，再没有比幺妹峰更适合的山峰了。如果说珠峰是喜马拉雅式攀登的最佳体现,那么在中国,幺妹峰就是阿式攀登和技术攀登的完美典范。目前还没有中国登山者站在四姑娘山主峰的顶峰上,甚至都没有人敢挑战它。2003年8月,马一桦和曾山决定阿式攀登幺妹峰。

9

自新中国成立以来，20多个国家的登山机构纷纷致函，申请攀登中国境内的山峰。其中以美国和日本两国的攀登欲望格外强烈。在各国前后总计近100次致函申请中，仅日本就提出过40多次。1979年9月，中国向世界宣布，将于次年开放珠穆朗玛峰、希夏邦马峰、公格尔山、公格尔九别峰、慕士塔格峰、博格达峰、阿尼玛卿峰、贡嘎山。

几乎在同一时间，常驻在成都凤凰山机场的八一登山队成立了中国登山训练班。班级的成员由西藏、新疆、青海、四川等西部各地的二三十名部队军人与退役运动员组成。中国登山元老、1957年登顶贡嘎山的队员刘大义为班主任。中登协的资料室管理员、未来的中登协主席曾曙生担任教练组组长，未来的中登协副主席张江援担任教练员之一。这个带有半体育性质、半军事性质的班级由成都军区（2016年撤销）参谋部代管。登山训练班的目的之一是为各省培养、输送未来的中国登山人才，二是为了考察四川地区一座即将开放的神秘山峰，四姑娘山。

1980年6月，曾曙生、张江援与陈启金参谋踏上了这趟四姑娘山考察之旅。在出发之前，他们只知道关于四姑娘山的三个信息：这座山峰位于阿坝州小金县日隆乡，是除贡嘎山之外离成都较近的大雪山之一；这座山峰海拔6250米；这座山名叫四姑娘山。这里几乎是地图上的空白区域，只有苯教徒、嘉绒地区的原住民与成都军区某测绘大队对这片山脉略知一二。

与同时期各地开展的山峰考察相比，四姑娘山考察任务的辎重物资并不算多。三个人只带上了少量的登山装备与测绘装备，一把冲锋枪防身（据说山里有狗熊），还有一张70年代成都军区航测的1∶5万比例尺军用地图。司机小张驾驶一辆汽车，载上三人开往巴朗山脚下，再翻上那条村里人专门拉木材的林场土路——二百多年前乾隆平定金川时的巴朗山古道——来到了小金县的日隆乡。晚上，他们睡在镇上用木头板拼成的简易大通铺。白天，他们走进长坪沟深处，爬上海子沟的山梁考察登山资源。曾曙生与张江援回到成都后，根据这次考察内容，撰写了一份登山资源考察报告，递交给北京。

1980年12月27日，《人民日报》上刊载了一条简讯：位于四川省阿坝藏族自治州境内的四姑娘山，将于1981年起对外开放。曾曙生拍摄的一张四姑娘山照片也出现在这条简讯中。在有据可载的历史中，这是第一张四姑娘山照片。从此，"四姑娘山"的名字取代了"斯古拉·旺秀占堆"，正式出现在全国媒体上。四姑娘山成为中国对外开放的第九座山峰，但此时世界各地的登山者对这座山峰一无所知，还没有登山者想去攀登它。

相对来说，前八座山峰就热门多了。第一批山峰开放后，各个国家的登山团体接踵而来，珠峰的登山活动更是排队到了五年之后。1980年春天，日本著名登山者斋藤淳生和渡边兵力率领日本山岳会从北坡攀登珠峰。这是改革开放后第一支来华攀登珠峰的国际登山队。自80年代起，日本各大登山协会就开始向喜马拉雅山脉的8000米巨峰，以及世界各地的未登峰发起远征。同志社大学山岳会是日本另一支实力最强劲的登山机构，拥有华丽的海外登山纪录。早在1977年，同志社大学山岳会就通过京都日中友好协会，提出来华攀登的渴望。1980年秋天，日中友好协会的理事长访华后，给同志社大学山岳会带来了好消息：除了已经开放的八座山峰之外，中国还将开放这八座山峰的32座卫峰。同志社山岳会选中了32座卫峰中位于四川贡嘎山域、海拔7200米的未登峰嘉子峰。

1981年1月，京都日中友好协会理事长民内清道、同志社大学山岳部长玉村和彦与大学山岳部监事吹田佳晴三人来到北京，拜访中国登山协会，并提出三个月后攀登嘉子峰的想法。他们这次访问本是志在必得，没想到中登协的官员张俊岩和胡琳却告诉他们两个坏消息：嘉子峰的7200米数据有误，实则为6618米；嘉子峰的首登已经让给英国军队，而英军登山队不允许其他登山机构抢先首登。"这对我们的打击太大了。"玉村和彦写道。

第二天，三个人又与中登协的两名官员开始了艰苦的谈判。在休息期间，吹田佳晴提出，或许也可以考虑两个礼拜前中国刚刚开放的第九座山峰，邛崃山脉的主峰四姑娘山。考虑到同志社的紧张预算和未登峰的既定目标，四姑娘山不失为一个完美的备选方案，但他们也不想辱没来华的使命。三个人纠结着：是选择在英国之后、二次攀登低了600米的贡嘎山卫峰之一嘉子峰，还是选择刚刚开放、还属未登峰的邛崃山脉主峰？这时，中登协又释放了两个更有压力的消息：几个月前，兰斯·欧文斯率领的美国山岳俱乐部在攀登贡嘎山主峰失利后，已经在回程途中考察过了四姑娘山；另外一支美国登山队还将在三天后，来华申请攀登四姑娘山。玉村和彦写道，为了完成一次真正的首登，"我们被迫做出了决定"。

1981年4月，同志社大学山岳会远征四姑娘山。41岁的玉村和彦任总队长，拥有8000米攀登经验的和田丰司任登山队队长，吹田佳晴任攀登队长。四姑娘山脚下的日隆乡，临时为登山队建起了日隆旅社。登山队先后侦察了四姑娘山的南壁、北壁、东壁，最终决定从南壁攀登。队员们站在巴朗山古道，遥望四姑娘山主峰，并根据山壁的纹理和积雪分布，一边研究攀登路线，一边在纸上描摹出了"姑娘"的俏皮面孔。

同志社大学山岳会当然不知道面前这座斯古拉山已有两千年的古老历史。他们一开始得到的资料就是只有不到一年历史的"四姑娘山"。中登协主席史占春还对日本队员说过："中国有许多山峰，名字最动听的山，实际上也是困难的山，一个是梅里雪山，另一个就是四姑娘山。"

同志社大学的四姑娘山攀登并不顺利。大雪一直在下，他们在攀登期间还经历了雪崩。一个月后，眼看商定好的攀登日程就要过期，好天气窗口迟迟未来。山岳会决定撤退。他们向登协提出延长登山议定书上的期限，并申请部分队员滞留在日隆乡。在议定好的攀登日程结束之前，他们利用最后几天时间，登顶了四姑娘山的大峰和二峰。5月，登山队员们回到了日本关西。

回国后，攀登队长吹田佳晴"对四姑娘山的思念异常深刻"，他辞去了已工作多年的职务，毅然决然地参加第二次远征四姑娘山的队伍。他与总队长玉村和彦等人深刻反思了第一次攀登失利的问题，并做出三点改变：更换登山队队长，精确天气预报，明确攀登周期。第二次攀登四姑娘山的队长，换成了经验更丰富、年长了十岁的川田哲二。在多次沟通中，中日之间的友谊更让这名41岁的新队长动容："日中友好，过去完全是表面的、概念性的这句话，这次生动地融入了我们的内心……对于我们遇到的任何麻烦，他们都充满诚意、毫不吝惜地帮助，绝不是形式上的，而是像对待自己的事情一样，亲切地解决。"

两个月后，同志社山岳会重返四姑娘山，发起了第二次冲击。他们微调了攀登路线，决定沿着四姑娘山南壁的东南山脊，一路攀向那钻石般的顶峰。7月18日，攀登队长吹田佳晴第一个站在了四姑娘山的顶峰上，其余队员也在第二天、第三天分批次登顶了四姑娘山主峰。几天后，队员们顺利返回了大本营，并游览了四姑娘山的海子和高山草甸。他们陶醉于四姑娘山壮丽的风光，也沉浸在登顶的喜悦中。

在波澜壮阔的日本登山历史中，四姑娘山首登只是其中一次微不足道的远征。这段往事随后也被淹没在了大和民族远征巨峰的狂热浪潮中。1991年，震惊世界的中日联合攀登梅里雪山山难吞噬了中国登山界的名将，沉痛的悲剧也放缓了日本登山者远征的步伐。

1981年10月，日本人刚离开三个月，美国登山队便以阿式攀登的风格尝试了更艰难的四姑娘山北壁。两年后，特德（Ted Vaill）率美国登山队，首登了四姑娘山主峰附近的"天空之山"婆缪峰。在这片山域里，也许只有这直刺天空的尖峰，才能和四姑娘山主峰相提并论。外国登山者一次又一次地走进这片山域。这也一次又一次地敲打着四姑娘山当地的原住民，他们开始用全新的视角打量这片世代生活的山谷：靠山吃山的"吃"，不是打猎物、采松茸、挖药材、放牦牛，而是利用四姑娘山的旅游资源，建立四姑娘山景区。

1987年美国山岳俱乐部再度尝试四姑娘山西南壁和东壁，未登顶。1992年，日本广岛山岳会沿南壁转西南山脊登顶，这是四姑娘山主峰的第二次登顶纪录。1994年，美国著名登山家查利·福勒来到四姑娘山。他独自登顶了长坪沟里的骆驼西峰、骆驼东峰、双峰山等几座未登峰，用作热身训练。之后查利独自一人出发，从南壁独攀四姑娘山主峰，并在之前两次登顶路线之间，开辟了第三条新路线。三年后，他又重返这片美丽的山谷，登顶了骆驼峰附近的羊满台峰（海拔5666米）。查利是一名低调的登山家，他在川、滇、藏地区探索并首登了许多未登峰，却从未夸耀自己的成就。他多次流连于四姑娘山，并预言道："对于登山者来说，这片地区将会非常热门，在海拔较低的山峰上，这里的高山路线充满着无限可能性，而且从成都出发很容易到达。"当时国际登山界似乎并不了解查利所谓的四姑娘山，对于中国登山界可能意味着什么。

国际登山者多次造访后，四姑娘山逐渐成为国内的旅游胜地。在当地原住民的多次努力下，1994年，四姑娘山与三亚、青海湖、鸣沙山等共同成为第三批国家级风景名胜区。这座斯古拉山的两千年历史被新世纪的游客大潮冲淡。到了21世纪，在游人的口口相传与媒体的报道中，四姑娘山的主峰终于有了自己的新名字：幺妹峰。

2002年4月，英国著名登山家米克·福勒（Mick Fowler，与前文查利·福勒并无血缘关系）与搭档保罗·拉姆斯登（Paul Ramsden）久闻幺妹峰的盛名。他们来到四姑娘山幺妹峰脚下，连续六天高强度攀登，早上吃饼干，中午吃糖果，晚上吃方便面，夜里站在绝壁上睡觉。二人用阿式攀登的风格从北壁登顶了幺妹峰，并开创了震惊国际登山界的"The Inside Line"（梦幻之路）路线。等再回到山下，两个人的体重在几天之内掉了19公斤。这次史诗级的攀登成就荣获了2002年度的金冰镐奖。幺妹峰和四姑娘山第一次闪耀在国际登山界的舞台。世界登山者第一次发现，原来中国的高山也能孕育出金冰镐级的路线。

在四姑娘山闻名于世的时候，当地的原住民却浑然不知外界的变化。幺妹峰上演的几次精彩攀登，大多只流传在现代登山运动的领域。对于几千年来以打猎为生的当地藏民而言，那是另一个迥然不同的世界。当地的村民们绝不相信早已有人登顶了这座斯古拉神山。在他们心中，面前这座垂直高度达3000多米的傲然山峰，人类是无法攀登上去的，直到马一桦和曾山来到了这座山峰的脚下。

10

在正式攀登幺妹峰之前，马一桦和曾山各有过一次失败的四姑娘山攀登经历。早在五年前，曾山就和山鹰社的朋友大胡尝试过一次幺妹峰南壁，但两个人没怎么爬就撤下来了。马一桦的首次幺妹峰攀登经历有些离奇。他还在风雨雪户外俱乐部工作的时候，带了一队上海的登山者去爬四姑娘三峰。当时三峰鲜有国内攀登者问津，攀登历史几乎是一片空白。当地老乡认错了路，把他们领到了幺妹峰脚下。马一桦在所谓的"三峰"上领攀了200米，就败下阵来。

2002年，米克·福勒开辟幺妹峰北壁"The Inside Line"路线，轰动国际登山界。由于阿式攀登和技术攀登在国内刚刚起步，即便这次史诗级的攀登在中国本土上演，关注者也寥寥无几。时任《山野》杂志编辑的马德民，在新浪山野论坛上看到了幺妹峰北壁的登顶消息。他尽其所能地搜遍关于幺妹峰的攀登历史，然而"少得可怜的几段文字让我十分失望"。一年后，马德民在2003年4月刊的《山野》杂志上，策划了"梦幻四姑娘"专题报道。这篇专题从四姑娘山登山资源、探险历史、登山路线分析、"The Inside Line"攀登报告、三峰攀登指南等几个角度，全方位介绍四姑娘山的登山户外资源。四姑娘山正式走入了中国户外爱好者的视野。

在这篇专题的导语中，马德民如此写道："收集本专题的过程是艰辛的。希望把至今已经登顶的四条路线逐个地详细介绍，然而却并没有做到。国内登山运动的资讯矛盾在此刻显得非常紧迫,山友希望去某个地方,而他却找不到任何一点介绍,这就是信息不对称。而同时,大多数山友都把目光集中在那么几座山峰上,登山在此刻变得程序化,也失去其探索未知和创造性的特点。

"中国有许许多多的5000~6000米级别的未登山峰,如果能够多侦察几座适合目前国内攀登技术水平的未登山峰,我们的登山运动会显现更加旺盛的活力,我们也有可能实现从'山峰资源大国'向'登山运动大国'的转变。从这个意义上来说,《梦幻四姑娘》向你展示的并不是一个虚幻的国度,我们希望它为山友们打开的是一扇窗户。"

这年夏天,曾山和马一桦来到四姑娘山脚下侦察。在尝试攀登过程中,落石如瀑布般不停地冲刷下来,偶尔夹杂着冰箱大小的巨石滚落。"我靠,那落石,跟冰雹一样。"马一桦后来回忆道。他们临时更换了一条新路线,爬到了幺妹峰的山脊处。这对搭档在冰洞里露宿一晚。第二天,所有的装备都被打湿,他们只好放弃攀登。

马一桦一心想找一座技术型的山峰,并以此为招牌,把它开发成刃脊探险的登山基地。看来幺妹峰并不合适。在开辟出新的山峰之前,刃脊探险暂时把雀儿山当作他们的招牌山峰。马一桦和曾山陆续在北京、四川两地巡回宣讲阿式攀登文化。独行马的江湖名号和曾山的外国登山者身份,着实吸引了不少北京和四川的登山爱好者。

路过北京时,马一桦还去了怀柔登山基地看望了恩师朱发荣。在七大古都接受技术启蒙是他人生中最骄傲的一段经历。马一桦跟人自报家门时，必提及长长一串的师承：师从中国登山协会原技术部部长王振华教练和中国地质大学体育系教授朱发荣老师。王振华离世后，马一桦只有朱发荣这一位恩师了。几年前，朱发荣从中国地大离职，在王勇峰队长开的攀岩俱乐部任职，常住在怀柔登山基地里。曾几何时，马一桦和朱发荣像爷俩一样转遍了京郊的岩壁与冰瀑。年迈已高的朱老师给人的感觉总像是停留在五六十岁，精神矍铄。回到成都后，马一桦对朋友说，等干两年，公司有点起色，赚到钱了，就把朱老师接到成都享福。这也成了马一桦努力壮大刃脊探险的动力之一。

马一桦把刃脊探险当作人生中最重要的事业去经营，胜于一切。"十一"国庆期间，刃脊探险隆重组织了雀儿山的登山活动，并主打阿式攀登风格。创业以来，公司的效益都很一般，马一桦期盼着这次活动能回点本。距登山活动还有三天的时候，马一桦的得力干将王平突然提出离职。王平说，他要帮朋友去带三奥雪山的登山活动。

当年马一桦离开三奥雪山后，奥索卡并没有放弃黑水县登山基地的建设。奥索卡随后邀请中登协培训部的马欣祥、次落、孙斌等人，继续考察黑水县，但没有什么结果。最后，奥索卡找到四川登协，三度考察黑水，碰巧赶上非典，考察几乎无法开展。奥索卡后来干脆放弃了登山基地的建设。黑水县村民看到几拨人马来来回回地考察，索性自己在家门口组织登山活动。王平利用三奥雪山的这段空窗期，与六名当地小伙子组成了一支登山队，如今他已是三奥雪山协作队的队长——苏拉王平。王平心思活络，他预见到了2003年"十一"假期，将是三奥雪山有史以来第一拨登山高潮。

马一桦自然看穿了王平的小心思。"我这边的活动一直在招人，在做准备工作，28号跟我说要离开，这就有给我下套的意思了。"马一桦说。或许半年前的电脑城事件，也让王平心存不满。那一次，马一桦带着王平等几名黑水青年，去成都电脑城维修电脑。双方不知怎的吵了起来。卖电脑的并非善类，叫来一帮地痞围殴三人。马一桦一不留神，左脸被对方豁了个口子，"嘴巴相当于变大了"。在混乱中，王平被人暗中用改锥扎了一刀，倒在了血泊中。后来，对方赔付了一万多块钱。王平一直想要这笔赔款，然而这笔钱大部分都用在了他们的住院费和医疗费。那段时期，马一桦的脸上打了绷带。王平的身上却留下了伤疤，这伤疤或许也留在了王平的心里。

面对王平的突然离职，马一桦并没有马上点破，而是淡淡地说，你走吧，如果你心不在这的话，留下来也没意思。马一桦还格外叮嘱王平，以他现在的技术和经验，千万别碰雀儿山这样带冰川的山峰，否则容易出事。王平唯唯称是。

马一桦只好临时把妻子叫过来帮忙。谢红没有太多带队攀登的经验，但攀冰冠军的名头多少也有些分量。她从北京赶到成都，再坐车来到甘孜县城，安顿下来。在给家里报平安时，她才得知父亲刚刚检查出来了癌症。夫妻二人突闻噩耗，攀登的兴致全无，"当时的心情已经觉得完蛋了"。

先是王平突然离开，又是岳父查出癌症，马一桦犹豫着是否还要继续登山活动。最后,他还是决定要上山。刃脊探险的招牌就是他的命。在山上,谢红一边强颜欢笑,一边教客户操作技术。在雀儿山的最后一个营地,大队伍遭遇了暴雪,帐篷都被掩埋住。登山队冲顶失败。这也是马一桦在刃脊探险期间,唯一一次失败的商业登山活动。

下山以后,谢红立即赶回家看望父亲。马一桦放心不下刚创业的公司,没有跟着妻子一起回家。在之后的三个月里,谢红放弃了工作,试遍西医和中医,为父亲四处奔波,他都没有陪在妻子的身边。等他再见到谢红的时候,妻子已然变得十分憔悴了。半年后,谢红的父亲离世了。夫妻二人之间的感情也产生了一道微妙的裂痕。

王平离开刃脊探险后,认真经营着自己的团队。由于缺乏足够丰富的登山向导经验,他的这支队伍只能叫"协作队":只提供协作服务,带人爬一些难度不大的雪山。"由于是刚刚组织的队伍,很多山友对我们的能力表示怀疑,我们的客源非常少,每次做活动都会亏很多钱,"王平回忆道,"第一次组织活动时,心理压力非常大。要考虑所有队员的安全,还要担心刚刚培训出来的协作。"为了给这支协作队背书,王平在网上宣传时提到师从美国登山者曾山,却闭口不提另一位老师。马一桦看到后,便跟曾山说,如果万一出了什么事,还是撇清比较好。曾山严肃地发了声明,拒绝承认收过这个学生。

在2000年初,并不是所有登山爱好者都能像马一桦、曹峻、孙斌这样幸运地接触到登山技术的培训渠道。许多像王平这样早期的民间登山者渴望攀上高山,或是在攀登的世界中寻找生存手段。他们热情高涨，同时技术粗犷，装备奇缺。民间登山者阿尔曼（饶瑾）还记得，2003年他和搭档攀登雪宝顶时，遇到另一拨民间队伍。其中一名队员由于买不到防紫外线的高山镜，索性戴着一副游泳镜攀登，显得有些可笑又无奈。

对于民间登山者而言，他们的主要矛盾是强烈的攀登热情与落后的攀登条件。对于政策制定者而言，他们看到的是日益增长的登山群体与粗放的管理手段。由于一年前轰动全社会的北大山鹰社希夏邦马西峰山难，国家体育总局开始重视民间登山运动。2003年7月，国家体育总局颁布了《国内登山管理办法》，同时严格执行每支队伍"配备持有相应资格证书的登山教练员或高山向导，一名登山教练或高山向导最多带领四名队员"的政策。从此，学生登山社团的活动变得更加安全、保守，但也彻底失去了自主性与独立性。"这一规定标志着曾具备自由登山性质的大学登山队名存实亡。"严冬冬后来犀利地点评道。

同样在2003年，西藏登山学校的第一批高山向导应运而生，投入5月的珠峰"战场"上。他们专为中国的喜马拉雅式登山团队服务，帮助中国成为现代喜马拉雅式的登山大国。然而，一个良性的登山氛围与登山文化，还应该包容丰富而多元的攀登风格。

2003年10月，中登协在四川贡嘎山域的雅家梗地区，开办了中国第一期高山向导培训班。马欣祥任总指挥，法国高山向导克里斯托夫（Christophe Boloyan）为主教练，孙斌、次落做助教。培训班的报名费高达7000元，相当于当时四川人半年多的工资。与过去四十多年来中国官方举办的历届登山课程不同，这期培训班旨在培养纯正阿尔卑斯式风格的高山向导。这在中国历史上尚属首次。由于教学内容太过于超前，绝大多数学员的登山技术和向导经验都不够丰富。据马一桦回忆，当时一下子来了十多个人，其中有七八个都是他以前培训过的学员，或是跟他登过山的客户。

即便是马一桦，在这期培训班里也受益匪浅。朱发荣和王振华的登山技术体系沿自苏联，"他们当时（冰爪）前齿技术用得很少。在雪上面走的时候，因为那时候冰镐很长，在地上哗地砍个雪槽，脚踩进去这样子。所以技术还是有一些断代的东西"。简单来讲，就是没有太多技术性。马一桦只是从中朱、王二老那里获得了简单的技术启蒙，再加上后天的训练实践，以及与曾山的多次合作，逐渐摸索出了一套独特的攀爬风格。当然，他还从老一辈登山人那里继承了"极能抗造"的坚韧意志。马一桦在雪山上出没时，常被曾山、康华、曹峻、陈骏池等同辈登山者视为皮糙肉厚的"大黑熊"。在这期高山向导培训班里，马一桦学到了最先进的踢冰、打镐、结组等技术。后来马一桦在双桥沟开办攀冰培训班时，将学到的技术应用在培训中，在冰壁上一个人托着四名学员高效教学。

临近培训结束，包括马一桦在内的每一名学员，都非常渴望得到培训班顺利毕业的证明——国家体育总局颁发的高山向导证书。在马一桦看来，国字头的高山向导证书既是他个人实力的证明，也是为刃脊探险公司背书的法宝。"在这么一个政策下面，我能够拿一个高山向导证，证明我公司的实力，或者我要避免人家说我公司没有实力。我肯定还是需要拿的。"马一桦说。然而，他没有顺利通过最终的考核。

在助教孙斌看来，虽然马一桦经验老到，但由于年龄偏大，体能很不过关。"一个好的向导，首先最基础的是体能是OK的，你技术和经验再丰富，你人走不上去有什么用？"孙斌说，"所以当时马一桦很不满意，非常不爽，然后挑战。我们坚决没有给他发。"马一桦将此归结为中登协不爽他在班上拉帮结派，以及之前中登协打压的后果。他后来无不讥讽地点评道："11月参加登山向导从业人员培训，经验最丰富的学员未能获得相应资格。"由于当时中国的登山群体有限，高山向导的理念也有些超前，国字头的高山向导证书没有再颁发过，直到十五年后才恢复第二期高山向导培训班。当年马一桦嘴上表达着不满，但没能到手的高山向导证书成了他永远的遗憾。

马一桦和曾山不登山的时候，就出发寻找、探索川西的群山。他们一心想找几座适合培训的山峰。2004年的元旦，他们来到了阿坝州理县的毕棚沟。理县的毕棚沟与小金县四姑娘山的长坪沟只有一山之隔。徒步者只要走向长坪沟深处，先后经过幺妹峰、婆缪峰、骆驼峰，再翻过垭口，一路徒步到底，就从小金县来到了理县的毕棚沟。如果游客从成都出发，沿着317国道行驶三四个小时，就能来到毕棚沟景区的门口。

前不久，毕棚沟旅游公司刚把门口的公路修好，但路上都是山腰上砸下来的落石。马一桦和曾山开着车，走走停停。每遇到巨石堵在路中央，他们就停下车，把石头绑在绳子上，用车挪开。他们终于开到了毕棚沟。马一桦依稀观察到毕棚沟峡谷之上有冰川，冰川后有个隆起的雪包。他跟曾山商量着，难道上面还有座带冰川的山峰？两个人对着地图一点一点地分析，最后认定冰川上有一座海拔5400多米的山峰。这座秘境中的未登峰不仅符合刃脊探险的培训要求，有冰川、有雪坡、有风景，而且公路刚修好，交通极为方便。"哇，一下子高兴死了。"马一桦说。有了这座山峰，刃脊探险可能就要活过来了。

在这个冬季的最后几天，马一桦和曾山再度来到毕棚沟，准备与毕棚沟旅游公司谈合作。一路上大雪纷飞，他们的车子被雪埋在半路上。他们窝在车里，在结满冰霜的车内将就睡了一晚。第二天，太阳出来，冰雪融化，马一桦和曾山推着车往前走。他们再度来到毕棚沟旅游公司。这时毕棚沟已经作为景点开放，但没有任何知名度，冰天雪地里也没有游客。二人找到公司经理谈合作，经理看到狼狈的马一桦和曾山，以为他们是骗子，只想骗两张旅游门票。

马一桦哭笑不得地对经理说，我不会要你们免门票，我们只会给你们带来门票。马一桦说的没错。几年后，毕棚沟景区因这座山峰而远近闻名，这座山峰也因刃脊探险而声名鹊起。

11

　　王大、王二和刘喜男从白马雪山出来时,非典正肆虐中国西南地区。只有大理依旧像是个世外桃源,人们无忧无虑地在城里纵情狂欢。三蓬来到这座古城。"那是一次迷幻的旅行。"王大每每提起这个故事时,嘴角都荡漾起坏笑。

　　90年代末,世界各地的嬉皮士纷纷涌入云南的大理与丽江,发现种植大麻竟是云南少数民族数千年来的传统。他们又惊又喜,似乎发现了合法的宝藏。云南本土的汉麻(也称火麻)不同于毒品大麻,而是云南人日常生活的必需品。苍山脚下,到处都种满了麻叶。到了丰收的季节,大理的街头随处可见兜售大麻的小贩。嬉皮士们买来麻叶,用小锅烘干,卷起来吸食。2003年3月,云南省公安厅制定了《云南省工业用大麻管理暂行规定》,准许部分工业用大麻在合法的前提下生产。"由于云南人嗑食麻籽的习惯,遗落的种子,使得每年的野生大麻屡禁难绝,"《南方周末》的一则报道写道,"在昆明,有媒体报道,野生大麻甚至长到了郊区法庭旁的田边空地上,数量高达三四百株。"

　　在美国的优胜美地,大麻、流浪与性爱共同组成了美国攀岩文化中最迷幻的一部分。无论是优胜美地的流浪攀登者,还是在阳朔和大理享受飘飘然感觉的老岩棍们,他们都很享受攀岩与叶子的完美结合。

　　"当有些时候,你在逼近自己极限时,会进入一种心流的状态。你可能已经忘掉你的动作、你的高度。眼前只有你的手指和岩壁上一两个岩点。呼吸你都会忘掉。这个时候往往是你发挥最好的时候,也是最享受的时候,"王大总结道,"你知道叶子会有一定麻痹作用。它会让你的肌肉——你知道爬的时候,脚尖、手指有时会很痛的,特别是像胀手这样的动作——忽略掉这种疼痛的感觉。"

刘喜男等人十分克制地使用自然赐予他们的享乐工具,但他们也目睹过很多一起混的朋友,太过沉迷,"整个人就松弛了"。

大理不仅有叶子,有酒,还有朋友。三蓬赶到大理的时候,昆明的一帮朋友也陆续赶来。他们云集在大理酒吧街上的太白楼,给酒吧老板段王爷庆生。这帮精力充沛的小青年们都喝多了,在二楼胡闹起来。王二起着哄,聚会进入到互相抹蛋糕的环节。王大不喜欢这种吵闹的环境,一个人下楼独酌。不一会儿,二楼就冲下几个朋友,互相追打嬉戏,再跑到楼外。刘喜男最后一个冲下楼。他的长发上沾满了蛋糕和奶油,手持着两块大蛋糕追出去了。据王大后来回忆,刘喜男跑出门后,看到酒吧对面坐着两个姑娘,误以为是自己人,就拿着蛋糕抹到对方脸上。哪知这两个姑娘身边,还有几十名摩拳擦掌的高中小混混。

王大正喝着酒,就听外面吵吵嚷嚷。他走出太白楼,看到街对面二三十名小年轻正围堵刘喜男。刘喜男被打得头破血流。王大眼看兄弟要吃亏,借着酒劲"杀"了过去。王大一猛子撂翻好几个人,再一脚踹开对面酒吧的大门,把刘喜男拉进来。

两个人在酒吧里面把大门顶住。王大这时有点清醒了，赶紧对酒吧老板喊，快报警。大门瞬间被撞开。外面的人一下子涌进来，认准大蓬头就是一顿打。王大和刘喜男扔酒瓶子还击。双方战作一团，几乎把街边的酒吧全部砸毁。

王大和刘喜男终究是寡不敌众，被打得浑身是血。他们冲出重围。后面的人边追边打。王大和刘喜男跑了一整条街，终于遇到了王二等人。众人赶紧把刘喜男送往医院。其中一哥们老向（向立敬）眼见没参与战斗，略有些遗憾，便与王大又重新杀了回去。王大回到酒吧街，认准其中一人，揪住一通猛打。这时，警察也来了。王大和老向被关了一晚上才放出来。

"2003年大理那会儿和以前不一样了，那会儿当地小孩也出来混了，"王二回忆当年，依旧愤慨，"我靠，我们家门口你这么放肆，那能行？"

这段嬉皮时光中最精彩恣意的经历，在当下却深刻地影响着刘喜男。这次街战过后，刘喜男性格大变，严肃很多，性格也变得更忧郁了，很快就试图找工作。在朋友们的观察中，一直以来，刘喜男的内心都处于一种矛盾的状态。打开自我之后，他对这个世界充满了好奇心，不停地尝试新鲜的事物，努力融入"混子"和"鸟人"的生活，自由自在。同时，他也被现实拉扯住，没有像王大、王二一样无拘无束地飘来飘去。他一直在攒钱。或许他一直都有种危机感，避免成为真正的混子。"我实在不行了，我回我爸妈那蹭顿饭还是可以的，蹭个地儿、蹭个床肯定是没问题的，"王大说，"我感觉当时的状态下，还不是足够独立、没有后顾之忧的状态。王二也是有稳定的家庭。"

但刘喜男不一样。他少年丧母,平时也不怎么与家人联络。28岁时,他把长春的房子卖掉、离开家乡之后,便无路可退了。他品尝过了自由的美好,再也不想回到那种沉闷的生活状态中。

刘喜男开始严肃地制订起攀登目标。他计划和王大、王二,挑战长达320米的昆明西山大岩壁路线。大岩壁攀登涵盖了耐力、操作、体能、风险、装备、技术等综合因素,是许多攀岩者追求的终极攀登形式之一。攀岩初学者往往会从运动攀起步,或是在攀岩馆里的人工岩壁训练,或是在野外的自然岩壁实践。等到技术纯熟、经验丰富的时候,一部分攀岩者还会精益求精,尝试更有冒险风格的传统攀。传统攀岩者不在岩壁上打膨胀螺栓,而是运用机械塞、岩塞等技术装备做保护,利用岩壁的自然特征与个人的攀岩技巧,不留痕迹地攀爬。这种攀岩形式风险更高,但在一些人看来更接近攀岩的原始形态。

在中国,经验丰富的传统攀岩者,会继续挑战更具探险精神的高山岩石路线(Alpine Rock),如婆缪峰。登山与攀岩两种运动在这里相遇了。也有一些人选择在大岩壁上追逐攀岩的极致:连续数日在几百米高的垂直岩壁上攀爬,有时甚至重装拖拽数百公斤的补给物资。美国优胜美地国家公园就是全球著名的大岩壁胜地。在优胜美地的酋长岩和半穹顶上,已开辟了数十条经典的大岩壁攀登路线,让中国攀岩者心生向往。当中国第一代攀岩者成长为传统攀岩者不久之后,第一次大岩壁攀登也就应运而生了。

2003年5月28日,刘喜男、王大、王二计划用三天时间完成昆明西山大岩壁的攀登。三蓬平时虽是嘻嘻哈哈、没个正形的无业青年，但他们也是中国大岩壁攀登的先驱者。攀登开始后，这条路线的难度远超乎三人的想象。他们准备好了在山上煮面煮咖啡，没承想攀爬过程中，套锅掉下了悬崖。三兄弟只好吃着巧克力和面包充饥。他们一直爬，爬到日落西山。

第二天晚上8点多，在西山美人峰脚下，昆明武警第十黄金支队的家属抬头一望，只见绝壁中央有几个明晃晃的头灯在闪耀，于是赶紧报警。西山公安分局碧鸡派出所、消防特勤一中队立即出警，赶到山脚下。刘喜男等人根本没想到这次攀登，竟然惊动了山脚下众多人围观——尽管他们压根不需要任何人的帮助。这时，三个人已经爬到170米高的地方了。等他们实在没吃的了，决定趁着天黑前下撤。晚上8点45分，刘喜男、王大、王二安全撤回到地面，无奈地跟着民警回派出所登记。中国第一次大岩壁攀登尝试，就这样在一场乌龙救援中结束了。

到了夏天，刘喜男找到了份正经的工作，在大连圣亚极限登山攀岩攀冰俱乐部任攀岩教练。这家俱乐部年初刚刚成立，与著名的圣亚海洋公园，同为大连圣亚集团的子公司。"2003年中国搜狐珠峰登山队"的大连队员大刘（刘福勇）成为俱乐部的负责人。大刘刚组建好俱乐部，急需一名攀岩高手管理俱乐部的攀岩馆。他通过朋友介绍，认识了刘喜男，并邀请他来俱乐部的攀岩馆工作。刘喜男又从中国的西南角搬到了东北地区。

新开的攀岩馆着实吸引了不少新人体验。刘喜男平时就在岩馆里教初学者攀岩，给他们打一打保护，每个月工资3000元。他是攀岩馆里唯一的教练。"他这人脾气比较倔。其实我也倔。

我们俩有时候也吵架。我就特别喜欢这种人。"大刘说。虽然老板为人豪爽，请假时还会照顾他，但这种上班生活——白天要上班打卡，出去攀岩要请假，出差还要写假条——早就不适合这个嬉皮士了。有一天，刘喜男和大刘按照公司制度要求，都穿上西装上班。集团领导看到后，也觉得他们俩在攀岩馆里穿西服实在太别扭，批准他们成为圣亚集团里为数不多的不穿制服上班的两个人。

"十一"期间，红塔集团在哈巴雪山组织了规模盛大的登山大会。大刘的俱乐部分到两个登山大会的名额。刘喜男代表俱乐部参加。他竟在山上巧遇了那两个好兄弟，临时来山上做登山协作的王大和王二。哥仨才阔别几个月，又在山上相聚了。当天晚上，三个人在海拔4000多米的大本营喝得晕头转向，不知是高反还是醉态，最后一起登顶了哈巴雪山。这还是刘喜男第一次登顶一座雪山，虽然只是一座入门的雪山。

刘喜男在大连的日子大多是枯燥的。他很少有能聊得来的朋友，只是日复一日地重复着单调的工作。他在无聊的时候，就在路边耍一耍花棍。就连大刘也觉得，像他和刘喜男这种在公司里没有目标的生活状态，长时间被人养着，实在没有什么尊严。刘喜男需要一个目标，来支撑这种漫无目的的生活。

来到大连圣亚的第二年春天，刘喜男策划了华山西峰（莲花峰）的大岩壁攀登。他和阳朔的朋友一起搭档尝试这条600多米长的大岩壁路线。当时的中国攀岩者，还没有人爬过如此宏大的大岩壁攀登路线。陕西卫视的《勇者先行》节目组一路跟拍。二人从海拔2086米高的华山西峰顶，一段接一段地从悬崖上降下来，考察每一段线路的难点。晚上，二人就挂在悬崖上休息。到了夜里，"此起彼伏的风声，像是无数鬼魂哀号，令人毛骨悚然，恐怖的声音让他们联想到可能在晚上发生的重重危险"。他们在华山绝壁上熬过了两天一夜，决定这次还是先以考察为主。华山西峰的这条大岩壁路线，便成了刘喜男未来几年的夙愿。

回到大连后，刘喜男还是利用一切机会出去攀岩和开线。攀岩已经成为他生命的一部分。只是每次从外地回来后，他都要走一遍烦琐的报销程序。6月，刘喜男从广东英德开线归来，整理了不少麻烦的票据报销，而且这次费用又超过了公司的预算。工作的束缚感与往日的闲散生活形成强烈的反差。几个月后，刘喜男跟大刘提出辞职。他又过回了一路流浪、一路攀登的生活。

12

刃脊探险的队伍日渐壮大，在短短半年之内就吸纳了数名有热情的登山者：多次参加活动的四川电子科大研究生陈力，曾在黑水接受培训的藏族青年泽郎头，时常帮忙出力的北京户外爱好者姚振，操着一口浓重福建口音的厦门大学登山队队员阿苏（苏荣钦）。他们成了马一桦手下的得力干将。

马一桦极其严格地要求每一名员工的操作规范。他自认情商并不高。在给这些新成员做培训时，他的表情十分严肃。只要发现员工技术上犯错，他总会严厉呵斥。每个人都不敢还嘴。"有时候你会觉得他脾气不太好，在一些后果很严重的事情上，你绝对印象很深，"陈力说，"骂人还挺有技巧的。咋说呢，反正挺不舒服的。还有点刻薄。"

在制定公司的行为规范时，马一桦延续着在人民大会堂时的严谨态度。他要求员工把日常的工作事务写进自制的表格里，一项项地完成后，再一一打钩。他要努力打造一支全方位精良的登山向导团队。在刃脊探险之前，中国没有一家商业登山探险公司的经验可供他参考。就好像同一时期的中国创业者和企业家，马一桦只能大胆地摸索、试错。但在他心中，唯有一条万万不能逾越的红线：在登山探险领域，千万不能出安全事故。他想起之前在人民大会堂工作时，一名员工在中南海游泳时溺水身亡，家属来单位吵闹的可怕后果。这一切都让马一桦更加谨慎，甚至谈"事故"色变。

五一期间，刃脊探险组织了"毕棚沟5430米未登峰"的登山活动。马一桦本以为未登峰的新概念会吸引更多登山客户。早在一个月前，他就在《山野》杂志上打出了广告，并强调这将会是一次"首登"。在曾山和阿苏去考察攀登线路的同一时期，马一桦特意留守在成都，等着源源不断的客户打电话来咨询。没想到最后只有一个人报名，还是他的老朋友、旗云探险公司的合伙人孙平。

在当年，未登峰并不是一个足够吸引人的概念。参加商业登山活动的客户们不想要未知与冒险，一心只想着登顶。在这种环境下，刃脊探险的未登峰活动反倒自揭其短。"大家觉得我们搞未登峰，你们怎么有能力上得去。"马一桦说。只招来一名客户，他们也要爬。一行人临出发前，曾山还在四川大学门口捡了一名外国人。五名教练和两名客户来到这座未登峰脚下。马一桦先独自上了趟冰川。他在冰川上发现了多条冰川路线，这意味着这座未登峰上还能开发出多条不同难度的路线。马一桦从冰川上回到营地后，笑着对大家说，我们的明天将是很多"第一次"的开端。

最终，他们顺利完成了这座未登峰的首登。顶峰四周，群峰林立。放眼望去，几乎每一座山峰都是未登峰。东北方向是隐秘的大黄峰，再回头便是幺妹峰鲜为人知的东北壁，它从山谷中拔地而起，傲视群峰。曾山兴奋地说，只要随便指点，我们就有了十个攀登目标。

在下山的路上，马一桦根据顶峰的形态，给这座未登峰起了个名字，半脊峰。"起名半脊的另一个私心是与刃脊有关，希望人们在攀登它的时候，同时想到刃脊。"马一桦写道。他们还根据冰川路线的难度，开发出了从难到易的四条攀登路线。刃脊探险在夏天与"十一"期间又组织了两次半脊峰攀登活动，这座山峰逐渐成为中国商业登山客户争相尝试的热门山峰。

有了半脊峰之后，刃脊探险的其他业务也焕发出生机。2004年春天，刃脊探险终于在成都拥有了自己的岩馆。马一桦与四川冠军之夜健身房谈好合作，在四川省政协大楼里的健身房中，建造一家攀岩馆。5月底，攀岩馆建成，冠军之夜刃脊攀岩馆正式开放。马一桦把公司搬到了府南河河畔，河对岸就是攀岩馆。岩馆门口常年停泊着一艘7层楼高的"万里号"巨轮。这座白色的庞然大物早已荒废，化作了成都的一处地标。

马一桦最初设想的登山培训四部曲，如今室内攀岩的岩馆已经开放，双桥沟的攀冰培训愈加成熟，最新开发出来的半脊峰也成了刃脊专属的登山培训基地。四部曲的最后一环，野外自然岩壁也已落成了。马一桦刚来成都时，辗转郊区的龙泉驿、彭州、青城山等地，苦苦寻找一处类似于京郊白河的岩场。在朋友的介绍下，马一桦听说大邑县有一处地方号称"石林"。他多次开着越野车，在崎岖的山路上探寻。最终在大邑县鹤鸣山里，他选中了一片长100米、高30米、砾岩与石灰岩结合的岩壁。他在岩壁下的竹林中盖了一栋房子。马一桦与大邑县谈好合作后，县里又为这处未来的攀岩场修通了公路。刃脊探险团队清理好岩壁，着手开发岩场。在之后的几十年岁月里，鹤鸣山成为成都地区规模最大的野外攀岩场。

完成了岩馆、攀岩、攀冰、登山的最初规划后，刃脊探险的收入仍不算理想，但照比一年前已大为改观。马一桦和谢红终于有机会喘口气，去加拿大旅游。父亲离世后，谢红一直想移民到加拿大。马一桦却放心不下手头的事业。在加拿大游玩的时候，他还关注着当地的户外产业，考察了加拿大的登山小屋、营地、山峰和户外店。再联想到粗糙的中国户外产业，马一桦颇为感慨。受加拿大登山小屋的启发，他决心回去之后，要把大邑岩场改造成户外氛围浓厚的攀岩营地。一个月后，马一桦从加拿大飞回国。他刚落地成都，发现刃脊探险早已乱套了。

在马一桦出国这期间，阿苏带着攀岩爱好者们去鹤鸣山的岩壁攀岩。这名年轻爱玩的小伙子在攀岩时，不小心从岩壁上摔下来了，被送进了医院。听说岩场那边出了事故，马一桦吓坏了。

"我当时一回来，我操，我说攀岩馆那边开着，这边人到医院躺着。把我吓一跳，"马一桦说，"公司就怕出这种事，尤其是我们这种公司。"

公司亏损、登山失利、员工离职这些都难不倒马一桦。他唯独害怕在户外活动中员工出事故。事故会直接导致他前半生的这场豪赌满盘皆输。所幸阿苏只是骨折，这场小事故也就在公司内部消化掉了。

这年夏天，家喻户晓的登山者陈骏池路过成都，来到刃脊探险做客。在1999年的慕士塔格峰攀登之后，两位老友走上了完全不同的两条路。陈骏池成了资深的商业登山客户，而马一桦则成了民间登山的开拓者。如今，在某个交叉路口，这两条路又汇集到一起了。

两位老朋友在聊到"蜀山之后"幺妹峰时，不免心有戚戚。在陈骏池的过往登山经历中，大多是作为客户登顶的，他还想体验一次非商业性的技术型攀登。马一桦需要一次有影响力的登山活动，继续扩大刃脊探险的声誉。幺妹峰恰好可以同时满足他们的诉求。陈骏池说，我可以拉到赞助，钱不是问题，保险起见我们可以全程拉路线绳。两位老友一拍即合，决定联手挑战幺妹峰。

马一桦找来他熟悉的队员：曾经一起攀登过宁金抗沙峰的陈泽纲（阿纲），贾贵廷（小贾）。陈骏池找来了时任深圳登协副会长的曹峻。这支队伍的阵容越来越大。等到了秋天，马一桦建了个方便内部沟通的论坛。队员们传言道，听说还有一名西藏队员要赶来参加队伍。

所谓的"西藏队员"其实是北京人康华。两年前，康华辞掉了银行软件开发的工作，前往西藏登山学校任教，教授学员攀岩和汉语。在西藏的时候，康华在拉萨周边的自然岩壁上开辟了许多攀岩路线。作为登山学校的教练，康华还带着西藏学员攀登了西藏的念青唐古拉峰、章子峰、宁金抗沙峰、启孜峰、唐拉昂曲峰等雪山。然而这些都是国家登山队攀登过的传统山峰，康华也想尝试技术含量更高的幺妹峰。

曾山告诉马一桦，他的一位美国朋友、户外摄影师博天（Tim Boelter）还会作为随队摄影师参加。2003年马一桦和曾山初次尝试幺妹峰的时候，博天就作为摄影师全程参与。他想拍摄一部他们攀登幺妹峰的纪录片。

这八名来自天南海北的队员组成了一支颇有社会影响力的精英队伍,向这座当地人认为"无法攀登"的山峰发起了冲击。

13

"十一"的半脊峰活动结束后,马一桦和曾山便准备幺妹峰登山活动的后勤物资。陈骏池果然拉到了赞助。赞助商是"思念食品"。这十来名队员组成了"中国思念登山队"。陈骏池还带来了一个令马一桦分外矛盾的消息:思念食品想要一份新闻通稿,在这份通稿里,登山队的主办单位是刚成立半年的深圳登协,总队长是曹峻,攀登队长是陈骏池。

曾山知道后,极力反对。这原本是刃脊探险自己的活动,现在他们失去了主导权。最让曾山无法接受的是,他们原本畅想的是阿式攀登幺妹峰,转眼间变成了喜马拉雅风格的围攻。曾山拒绝接受这个安排,并坚持和马一桦两个人去阿式攀登幺妹峰。对他来说,攀登风格比登顶更重要。至于赞助商,不要也罢,阿式攀登本来也用不了多少钱。马一桦也有过这样的犹豫,但这名40多岁的中年人成长在中国传统的人情社会。直白地说,马一桦不好意思开那个口,"队员们已经开始相互联系了,我们突然退出,这些朋友以后也不好做了"。

在曾山的坚持下,马一桦还是给老朋友打了个电话,要求把刃脊探险作为承办单位一同写进新闻通稿,还要求刃脊探险的两位创始人,拥有和队长、攀登队长同等的话语权和指挥权。陈骏池同意了。同时,马一桦也劝说曾山退了一步:"我们要想扩大公司声誉,也需要有一次有影响的攀登行为,如果我们自己攀登有可能把家底掏空,而后期的好处并不能马上看到。这次攀登活动有赞助就是好事,对于我们来说是借鸡下蛋,我们需要利用这种借鸡下蛋才能完成我们更多的攀登山峰的梦想。"

双方队员终于合并成一路人,乘坐着满载物资与队员的小面包车,来到四姑娘山日隆镇。中国思念登山队正式攀登幺妹峰。保守起见,这支队伍决定沿用同志社大学山岳会1981年首登的路线,用大规模围攻的战术攀登幺妹峰。光是雇佣背夫和采购物资的费用就耗费了七万元,这相当于马一桦未来三年的工资。马一桦还找工厂定制了抗风性能超强的大帐篷用作大本营。休整期间,众人坐在大本营里打着扑克,谈笑风生。康华从西藏带来糌粑吃。小贾为人幽默,活跃着气氛,取笑马一桦的"刃脊"像是"刀背"公司。在朋友们看来,老马啰啰唆唆的说话风格倒也是个笑料。曾山偶尔搞个怪、开玩笑,仿佛之前的摩擦未曾发生过。

在这支临时组成的登山队里,队员们个个都是登山界赫赫有名的人物。技术最精湛、经验最丰富的当属曾山。曹峻登山的年头比马一桦要早,而马一桦一年要爬五六次山,论经验反倒更丰富。康华经过白河攀岩和西藏登山的双重历练后,经验和技术都增长不少。陈骏池和阿纲一直以来都是商业登山客户,但也积攒了几座8000米极高峰的攀登经验。小贾的高海拔经验相对较少,却是一名经验丰富的传统攀岩者。在这次自主攀登中,没有向导和客户之分,每个人在营地间上上下下,要么负责修路,要么负责运输。几日运输过后,队员终于把二号营地架在悬崖的边缘。营地的帐篷在狂风中摇摇欲坠。

再往上,就是幺妹峰的技术路线了。曾山率领先锋队在前方开路、铺设路绳。他们还遇到了二十多年前日本队留下的冰锥。其间，曾山等人经历了一次有惊无险的雪崩。等这支先锋队来到了当年日本登山队曾遇到的著名难点"珍珠项链"时，攀登也到了关键时刻。这时，他们突然发现，队伍采购的国产绳子完全不能用：绳皮是用透明胶粘连的，绳芯是用几股短绳打结连接的。一旦在攀登过程中发生冲坠，这种绳子完全起不到任何保护作用。

马一桦立即打电话给山下的朋友。或许是为了节省电量，马一桦只说了三个字："要绳子。"朋友接到电话后，立即从北京旗云探险订购了一条进口登山绳。据说，"要绳子"还惊动了联邦快递的高层。早上10点旗云探险一开门，有人立马把绳子运到首都机场，飞机马上起飞。这趟航班在成都落地后，有专人在机场接到绳子，赶紧开往四姑娘山。半夜2点，绳子运到日隆镇后，刃脊探险的员工姚振等人，马不停蹄地把物资押运到幺妹峰大本营。在物流行业并不发达的2004年，仅仅在48小时之内，这捆至关重要的绳子就从北京空降到了川西幺妹峰的山脊上，队员们将此戏称为"检验了中国的物流产业"。

有了绳子之后，曾山继续在前方攻克珍珠项链。珍珠项链是山脊上一排此起彼伏的链珠状雪檐。1981年同志社大学的登山队员借用"四姑娘"的意象，把这处地形美化为姑娘脖颈上的"珍珠项链"，实则异常凶险。有的雪檐是5米高的仰角；有的雪檐下是岩石；有的雪檐被狂风侵蚀，中间充满了空气，一旦踩裂，连人带雪会从千米高空坠落，以高速列车般的速度砸向大地。曾山以每天领攀200米的速度，小心翼翼地铺设好路绳，曹峻、陈骏池、康华三人轮流帮曾山打保护。珍珠项链终于打通了，一场暴风雪却伺机而来。队员们停止攀登，下到一号营地休息。队员小贾身体有恙，临时退出了。总队长曹峻接到妻子打来的一通电话。妻子对曹峻说，你的儿子曹山会笑了。曹峻想起三个月大的儿子，毅然决然地从四川赶回广州。

队员们在营地等了三天，打了三天牌，还把随队记者李兰带来的几本书都翻遍了。三天后，山上的风暴不见减弱。大家商议着是否要撤退。曾山艺高人胆大，而马一桦的意志力最强，也最能耗。只有他们俩不肯就此放弃。机不可失，况且他们已经把公司里最好的装备都留在了山上。马一桦和曾山在暴风和极寒中钻出帐篷。博天和阿纲跟在后面没多久就撤回去了。曾山疯了似的一路往上爬，很快就把马一桦甩在后面。就在曾山以为老马要掉队的时候，他的搭档又慢吞吞地跟上来了。马一桦的脚早就冻麻了，渐渐失去了知觉。曾山每次冲得飞快，把他甩到不知哪里去了的时候，他又慢悠悠地出现在曾山的视野中。几轮下来，连曾山都不得不敬佩，"老马是一只熊，如果换成其他人，肯定早就下撤了"。曾山到达二号营地后，等了四个小时，直到天都黑了，马一桦才缓缓爬上来。这一天苦熬下来，两个人的双脚都已冻伤。等曾山下山后，医生告诉他，他的双脚冻伤严重到需要植皮。

11月17日这天，连续多日的风暴骤然减弱。上午9点半，马一桦和曾山继续从二号营地出发，冲向幺妹顶峰。与此同时，美国摄影师博天也跟了上来。陈骏池、康华与陈泽纲也开始从山下爬向二号营地，准备在次日冲顶。曾山和马一桦交替领攀，爬到珍珠项链处，二人接连踩垮两处"珍珠"雪檐。幸好雪檐下面都是石头。马一桦一脚踩空后，直接跪在石头上。如果下面是空的，他或许就会直接掉下千米的悬崖。他有些害怕，萌生了退意。这就像是俄罗斯轮盘赌，谁知道下一步是生是死。换成曾山领攀。曾山刚爬了5米，又踩爆一处雪檐。马一桦对曾山说，太危险了，哪怕我们再往下一点，也不要再走在雪檐上了。两个人继续往上冲，又经过了两处仅不到半米宽的刃脊，两侧都是千米绝壁。山脊上的积雪堆得很厚，没过了他们的胸口，马一桦和曾山在软雪中游泳似的手脚并用往上爬。两人相隔60米远，保护绳也发挥不了任何作用。曾山不停地干咳——后来他在高海拔犯咳嗽的症状再也没好过。游着游着，曾山在上方举着冰镐喊道，我登顶了。

下午5点，曾山和马一桦站在了幺妹峰的顶峰上。马一桦成为第一位登顶幺妹峰的中国登山者。曾山兴奋地大喊，Good Job, Ma！马一桦的胡须上挂满了冰霜。他克制住内心的激动，寻找着顶峰的参照物，并抓紧时间环拍取证。安全带上的金属器材碰撞得叮当作响，就好像登临仙境的管弦祥乐。博天随后也登顶了，并记录下这珍贵的一刻。

此时近黄昏。他们站在了四姑娘山主峰的绝顶之上，环顾着四周。青黛色的山谷与雪白的山峰高低错落。冰川上游发源出的浑浊融水侵蚀着条条沟壑，世代生活在那深谷中的山民刚刚结束这一天的劳作。在遥远的天边，锯齿状的天际线把夕阳刺破，溢出了最后的余晖。川西的群峰都被镀上淡淡一层金色，那些凌厉的角峰与锋利的刃脊都变得温柔了许多。登山者的衣服被高空风吹得猎猎作响。他们脚下的雪峰被山脊线切割成了阴阳两面。阳面开始变得黯淡，而阴影正悄然爬上山顶。

  暮色四合，天空就要暗下来了，他们开始下撤。马一桦等人刚往下爬了一会儿，就被笼罩在黑暗中。连续几日的风暴过后，高空处已没有云雾。云朵聚集在脚下中高海拔的山区，形成云海。百余公里外的成都平原灯火辉煌。"有山峰从云层里凸出来，特别漂亮。在云海中间有一大片圆的，是成都市的光亮，给我的感觉像UFO。"曾山说。登山者走在云端之上，迈入云海之中，就好像在飞机巡航阶段走出了舱门。他们撤离了海拔6000米的冰雪世界，身后是孤高的幺妹峰，眼中是千万人口的大都市。城市里的灯光照耀着他们回家的路。

14

刘喜男从大连圣亚辞职后，来到北京投奔好兄弟王大。王大在北京南城开了个独立的小影像工作室。他平时接一些户外拍摄的活儿，工作与起居都在这里。哥俩同吃同住。白天，刘喜男去拜会中登协和极度体验公司，试图谋一份工作，晚上，回到王大的住处，二人喝着酒，聊着天。他在北京的谋生似乎并不顺利。刘喜男成了极度体验公司的代言人，但也只是代言人。

刘喜男和王大商量着，要不一起合伙做一点小生意赚钱吧。兄弟俩琢磨了很长时间。王大说，咱们干脆做花棍卖。刘喜男说，好主意。两个人凑了点本钱，跑去市场上买了几百副花棍的原材料，缠上橡胶，两头配重，最后在花棍两端安上装饰用的花球。两个花球蓬蓬松松的，就像这两位大号蓬头。

刘喜男和王大制作了几十对花棍，拿去卖给身边的朋友，又拿到网上去卖。一副花棍卖七八十，他们最后并没有卖出多少。这些微薄的利润完全负担不了刘喜男的日常生活。他带着部分花棍继续南下，回到熟悉的阳朔，投奔另一位好友邱江。

这名被朋友戏称为"秋香"的攀岩者留着一头顺滑的长发，却是一名身材精壮、肌肉紧实、常年蓄着胡须的男子。他还是一名狂热的攀岩者，嬉皮士中的嬉皮士，阳朔攀岩文化的代表性人物。邱江是广西贺州人。早在1999年时，邱江就辞职来到阳朔，常驻在这里攀岩了。最开始，他在攀岩向导俱乐部打工。

后来，邱江自己也开了家俱乐部。2002年的一天，邱江做了个梦。梦中他正在无保护攀登（free solo）阳朔的拇指峰。醒来后，这个"疯子"决定要让梦成真。后来朋友都劝说他放弃这个可怕的念头，然而无保护攀登的想法却不断地诱惑着他。

无保护攀登，即在攀登过程中没有任何保护措施——没有绳索，没有安全带——独自在岩壁上对抗着地心的引力与内心的恐惧。一旦跌落，攀岩者直接坠入悬崖，粉身碎骨。几个月前，白河攀岩者陈晖无保护攀登了50米高的白河纪念碑路线，创造了当时中国唯一的无保护攀岩纪录。邱江要无保护攀登拇指峰的"新年快乐"路线。这条线路高达125米，有40多层楼高。为此，他准备了近八个月，在这条路线上反复练习了40余次。

2003年6月的一天下午，邱江来到拇指峰，坐在山下，戴上耳机。周围的朋友和摄影师都不敢上前打扰。将近一个小时的沉心静气过后，邱江站起来，对着摄影师说，如果我掉下来，你继续拍。天空飘起了蒙蒙细雨，岩壁变得湿滑而危险。邱江没有改变计划，仍然决定去实现他的"梦"。他扒上了岩壁。在无保护的状态中，邱江感觉"就像摆脱了束缚，自由而舒畅"。邱江爬到50米的时候，通过对讲机对驻守在地面的朋友说，我的感觉太好了，从来没有那么轻松过。邱江的无保护攀登仅用了50多分钟，最终他站在了拇指峰上。

邱江再次成为攀岩小镇里的明星。当天晚上，邱江回到喀斯特餐厅，喝着酒，对朋友说："徒手攀岩纯属我的个人爱好。我不想成为别人的'榜样'……"他选择无保护攀登，是为了体验轻快而自由的感觉，而榜样的负担很沉重。自23岁起，邱江的人生就和阳朔牢牢绑定在一起。他见证了阳朔逐渐兴盛的起步过程，也见证了众多攀岩俱乐部从无到有、从辉煌到衰败的漫长时光。阳朔成了邱江的家。黄超调侃他为"邱县长"，这个名副其实的外号迅速传开。

刘喜男重返阳朔后，就住在了"邱县长"的家里。"县长"和朋友合租了间三居室。客房里还空着个上下铺的床位，刘喜男就住在下铺。刘喜男在阳朔没有任何固定收入。白天，他帮邱江的蜘蛛人俱乐部带带初体验攀岩的新人，晚上回到住处，炒几盘素菜吃。

"当时他（刘喜男）是低谷期，赞助都取消了，"阳朔攀岩学校的校长张勇在一次采访中回忆道，"他有五六双（以前公司赞助的）攀岩鞋，一双可以卖300多，他没说把鞋卖了维持生活，发现我鞋坏了，就送我一双，我没头盔，又送我一个头盔。"张勇还记得，那段时期刘喜男手把手教他开线。在没有电钻的条件下，这位大哥还亲自教他买钻头、缠胶布、敲线，直到把手都敲肿了。

在阳朔这段时期，刘喜男和邱江还在酝酿一个大计划。他们要在夏天攀登中国著名的岩石型山峰，四姑娘山婆缪峰。如果说幺妹峰是中国冰雪技术型山峰的殿堂，那么婆缪峰就是高山岩石攀登风格的旗帜。即便是完全不懂攀登的游客，在长坪沟里抬头仰望这座山体的尖峰，也能直观地感受到婆缪峰有多难。唯有兼具高水平攀岩技术与丰富野外攀岩经验的攀岩者，才有挑战它的资格。自1983年，美国登山队完成婆缪峰首登以来，从未有中国攀登者登顶过这座尖锐的花岗岩山峰。婆缪峰的唯一一次国内攀登纪录发生在2004年10月。当时白河攀岩者王大、王茁、伍鹏等人尝试过一次，但天气很糟糕，几个人只爬到一半就撤下来了。当邱江看到伍鹏拍摄的婆缪峰照片，一眼就被针尖般锋利的锥形山体吸引住了。邱江约刘喜男一起攀登婆缪峰，刘喜男欣然答应。

这两名攀岩高手从未尝试过高山岩石路线，也从未搭档攀登过长距离路线。为此，刘喜男与邱江、王大等人重返华山西峰，找一找搭档的感觉，顺便完成他一年前的华山西峰大岩壁目标。一年前，刘喜男与陕西卫视、华山风景区谈好了合作，拿到了攀登华山的许可。没想到，才不到一年，华山景区出于利益考量单方面撕毁了合同，阻挠刘喜男等人进山攀登，还沿途安插了不少耳目。几名年轻的小伙子计上心来，买来几顶小红帽和小红旗，一身旅游团游客打扮，混进了旅游景区。可还没等来到起攀的地点，他们就被路边的摊贩举报了。刘喜男深感不公，罕见地在景区办公室大吵一架。最后，他们在华山景区的边缘地带白羊峰，开辟了一条200米长的传统攀路线。至于华山西峰大岩壁路线的首登，刘喜男依旧渴望在未来的某一天完成它。

到了夏天，刘喜男和邱江从阳朔来到成都，准备挑战四姑娘山的婆缪峰。他们还在成都青年旅舍认识了三奥雪山协作队的队长王平。三个人说说笑笑，聊得很愉快。王平还帮他们联系了山里的马匹驮运行李。刘喜男和邱江在成都商场里采购物资的时候，站在上上下下的自动扶梯上，突然有了灵感。他们将婆缪峰的新路线命名为"自动扶梯"。

新路线还未诞生就先命名,多少有些为时过早。这两名攀岩高手为这次国人首登做了十足的功课,准备了大量的物资。单单是公用装备,就有4根加起来有200多米长的绳子、30枚塞子、30枚岩锥、20枚挂片、12把快挂、10根扁带……他们把大量的装备背上山,结果在攀登过程中,这些沉重的物资压垮了他们。他们的睡袋还一不小心掉下了悬崖。当晚,刘喜男穿着湿漉漉的冲锋衣钻进露营袋里,在雨中哆嗦了一整夜。这次攀登提前结束了。

刘喜男和邱江回到阳朔后发愤训练。邱江还把抽了十几年的烟戒掉了。一个月后,二人决定再次挑战婆缪峰。有了上一次的经验教训,这次他们明确路线,精简装备,信心十足。他们再度来到成都青年旅舍。客栈老板却告诉他们,王平已经先去爬婆缪峰了。刘喜男吃了一惊,有些不敢相信:二十几天前我们在这里认识了苏拉王平,这一次他就去了婆缪峰?

刘喜男和邱江来到日隆镇后,看到王平等人把行李寄存在同一家客栈,确定了消息属实。山里下起了小雨。二人犹豫着是否还要爬。邱江问搭档,如果他们在我们的线路上,我们爬还是不爬。两组队伍若在同一条路线上攀爬,下方的队伍很可能会被上方队伍踢下的落石或掉下的杂物击中,这在高难度的岩壁上是非常危险的。刘喜男想了一下说,到了之后看情况再说吧,如果真是这样也只能冒着风险爬了。无论他们登不登顶,我们只管爬自己的,尽量不要受到他们的影响。

到了婆缪峰山脚下,刘喜男和邱江遇到了王平队伍里的一名队员刘勇。刘勇说,苏拉他们太强了,和他的两个协作队员登顶了,他们下来后一直在发抖,差点冻死在上面。他们继续走向婆缪峰,终于在山脚下碰见了刚下山的王平等人。刘喜男仔细打量着他们。王平和队员穿着军胶鞋,瑟瑟发抖,面容憔悴。刘喜男既敬佩,又有些不甘。"大家都心照不宣,他们这明显是为了争夺国人首攀权的一次攀登。"他后来在攀登报告中写道。

没有了国人首登的诱惑,婆缪峰攀登对于刘喜男和邱江来说依旧是一次有趣的冒险。这次攀登反而变得更加纯粹而轻松了。刘喜男和邱江明显技高一筹。二人的攀爬能力完全超过了婆缪峰每一段路线的难度。尽管如此,在攀登过程中,他们还是遭遇了落石等惊险瞬间。8月30日,刘喜男在大雾弥漫中站在了婆缪峰的最高处。看到苏拉王平前两天压在石头下的红色旗子,他明白,这便是顶峰了。这时,云开雾散,刘喜男望到"左侧山脊方向的远处有一个山尖隐隐浮现在云雾中"。那处山尖似乎更高一些。原来那里才是婆缪真正的顶峰。由于方才的大雾,他们完全望不到真顶。这似乎是上天对他们的特别眷顾。

真顶看起来近在咫尺,等他们真正爬上去,竟用了两段绳距(约100多米)。刘喜男和邱江站在真正的顶峰上,脚下是缥缈的云雾,头顶是厚厚的云层,云层中偶尔露出一点蔚蓝色的晴空。他们拿出事先准备好的几面旗子拍照。旗子上印着阳朔的精神符号鲍勃·马利。刘喜男天天听邱江在屋里放着雷鬼音乐,讲述鲍勃·马利的事迹,也迷上了这个梳着脏辫的牙买加人。

等他们准备下撤的时候，大山却用一种奇异而迷幻的方式，迎接着初次与它会面的人类。太阳的光芒刺出云隙，就好像舞台上方突然射下的一道光束，照耀在这两名攀登者身上，再把他们的影子投射到脚下的云海幕布上。那云层上的人影正被一圈七色彩虹环绕着，形成了罕见的自然现象——佛光。刘喜男联想起前后两次攀登婆缪峰的过程，心中充满了敬畏，更笃定这一刻所预示的神圣的意义："并不是我们登顶了神山，而是神山选择了我们。"

在下撤过程中，刘喜男再次震撼于四姑娘山区的壮丽风景。山顶处有连绵的云海，山谷间有翻腾的雾海，远处的雪山层峦叠嶂，充满了诗情画意。这是一次流畅的攀登。这条新路线也成为婆缪峰攀登历史上最经典的路线。几年后，自由攀登者彭晓龙与古古搭档，重复攀登了这条路线，获得了当年的金犀牛最佳攀登成就奖。十几年后，比刘喜男年轻20岁的自由攀登者在这条路线上不断精进技艺，刷新着最快攀登纪录。刘喜男将这条新路线命名为"自由扶梯"。也许他仅仅是笔误，也许他想将之前的名字"自动扶梯"引申至更深刻的含义，也许他真的在这次攀登过程中寻找到了自由。

2004年幺妹峰的国人首登，标志着中国登山者有能力完成技术型冰雪山峰，2005年婆缪峰的国人首登，则彰显着当时中国攀岩者在高山岩石路线上的突破。苏拉王平等人下山后，率先宣布完成了婆缪峰国人首登，消息一时间传遍了登山界。几天后，刘喜男和邱江完成了"自由扶梯"，并在攀登报告中披露了真假顶的问题。婆缪峰的国人首登引起了争议。

"利用刘打的挂片等物攀登，除了最下面一段太难他们绕道走以外，一路上沿着挂片走就是了，却拆了（部分）刘留着第二次攀登用的锁和绳套，顶峰也是留有疑问的，刘喜男上的时候天气非常好，所以能够看到后面还有一个更高的顶，"马一桦替刘喜男打抱不平道，"这次攀登他们提到过刘喜男的路线吗？庆贺是一回事，如果他们是依靠自己的能力攀登的，上不上顶我都会为他们叫好，而现在这种情况是哪一家的纯粹，不要污辱登山精神好不好。"

刘喜男和邱江也愤愤不平。"名利谁不在乎呢！但总该取之有道吧！"刘喜男写道，"后来看到苏拉他们在网上发布的登顶照片中，发现后面的顶峰仍然清晰可见，我不知道是他们不屑攀登这最后的一段，有意还一个人情给我们，还是他们当时真的没有注意，也许是我多虑了！但他们下来后发现照片上的可疑点后，至少应该打个电话给我们确定一下后再发登顶的帖子不迟。"王平始终坚持自己是婆缪峰的国人首登者。但也有相当一部分登山者至今仍认为，"自由扶梯"路线才是婆缪峰的国人首登。

过了很久之后，邱江回忆起当年，也一度难咽下这口气，后来渐渐在心里放下了。与其纠结中国人的首登，刘喜男和邱江更想完成真正的首登。他们还要开辟千千万万条新路线。他们都是狂热的开线爱好者。在同辈攀岩者当中，刘喜男开辟的路线独具一格。"我们都很喜欢开线，而且他是非常有天赋、有艺术气息的。我就不能开出那种超级好的线。"邱江说。

如果把攀登比作一门艺术的话，那么攀登者就是艺术家。

如同文人写字，画家绘画，诗人吟诗，攀登者的艺术作品就是在山峰或岩壁上开辟的新路线。他们运用纯熟的技术和丰富的想象力，在山体上演绎着充满美感的路线，并在"创作"的过程中展现出惊人的勇气与意志力。他们开辟了一条条自己命名的新线路，从此便在浩瀚宇宙中有了一个属于自己的坐标。

刘喜男和邱江完成婆缪峰之后，回到了阳朔，一边攀岩，一边休养。有一天，邱江的朋友来阳朔攀岩游玩。同行的还有一名叫"刀刀"的小姑娘，她正在寻找住处。刘喜男的上铺正好空着，刀刀就和刘喜男住在同一个屋里。混迹在阳朔的攀岩者大多不拘小节。为了省点钱，男女混住在青年旅舍、同住一间房的情况稀松平常。可是这次又不太寻常。邱江说，住了几天，他俩就好上了。遇到这种天然的调侃素材，邱江当然少不了一顿取笑二人。

在刘喜男的朋友眼中，刀刀是一名小鸟依人的姑娘。她比男友小了十多岁。刀刀学画画出身，在房间里制作了很多画框，还买来画布，经常在上面涂抹。刘喜男和邱江从婆缪峰回来后，正在家里闲着无聊，跟着刀刀学起了画画。邱江的画有些"不堪入目"，但刘喜男仿佛就是天生的艺术家。"刘喜男也画，但贼他妈有天赋，画得特别好。"邱江说。邱江问刘喜男，你以前是不是学过画画。刘喜男说，我以前做过钳工，经常要画螺丝大小的金器，比例掌握得好。这也许解释得通他画中的精细技法，但解释不了他的画中为何流露出如此蓬勃的生命力。

刘喜男的第一幅画是鲍勃·马利的画像。他把这幅画送给了邱江。他又在一个月内，接连描摹了双手合十的藏女、一起抽烟的三蓬,还有他在婆缪峰上抱着一瓶黑方威士忌的样子。在离开阳朔之前,他只画了这四幅画,它们分别代表着自由、信仰、兄弟和攀登。这是刘喜男一生最珍重的几件事。

15

马一桦等人登顶幺妹峰后,第二天,康华、陈骏池、陈泽纲三人也站在了顶峰上。陈骏池登顶时还穿着登珠峰时的羽绒服,下来后感叹道,没想到幺峰比珠峰还难登。

2004年幺妹峰的国人首登成为当年民间登山界的重磅事件。三大户外论坛——8264户外资料网、深圳磨房网、北京绿野网——满是讨论幺妹峰的帖子。《山野》杂志为此次攀登事件做了系列专题。首登幺妹峰的同志社大学山岳会攀登队长吹田佳晴遥相祝贺。博天制作了一部近90分钟时长的纪录片 *High Ambition*。陈骏池在这部纪录片中的结尾时宣布:"在此之前中国登山者只关注更高的海拔,从此以后中国登山者开始关注技术型山峰。"

在幺妹峰的攀登历史上,这支思念登山队的攀登质量其实并不算高,但这次攀登的意义——带给民间登山者前所未有的自信——足以成为中国登山史上的里程碑。

马一桦意识到,既然这次攀登的修路和后勤都是刃脊团队在做,那么大家在谈论幺妹峰攀登的同时,其实就是在宣传刃脊探险。他乘势把舆论的热度推向最高潮。他制作了一份PPT,里面堆满了幺妹峰攀登过程中的惊险照片,以及刃脊探险的业务介绍与过往攀登。他还制作了刃脊探险业务的宣传单。传单上写着"授人以渔"。曾山不知道这个成语是什么意思,马一桦给他解读了"鱼"和"渔"的含义。"鱼"是登山,"渔"是教人登山。

曾山再次感叹中华文化的博大精深。

两周后,马一桦和曾山先在郑州开了场新闻发布会,又在北京的极度体验开了场分享会。北京各大高校户外社团的学生都来了。在之后的一两个月里,二人辗转成都、广州、湛江、重庆、贵阳等地宣讲幺妹峰的攀登,之后又在香港、深圳、广州、上海、南京、西安等地组织了第二拨分享会。思念登山队名义上的主办方是深圳登协,两轮宣讲过后,刃脊探险反客为主。马一桦、曾山连同刃脊探险的名字传遍了中国各大城市。

盛名之下,美国戈尔公司也找到马一桦。戈尔公司是国际著名的户外面料供应商。各大户外品牌的高端冲锋衣大多以使用戈尔发明的防水透气面料GORE-TEX®(简称GTX)为一大卖点。戈尔公司告诉马一桦,他们愿意提供资金与装备,赞助刃脊探险继续开辟"类似幺妹峰那种小型但又有代表性、有影响力的活动"。马一桦想起,2001年他曾率领风雨雪团队完成玉女峰的首登,五一期间他又率领刃脊探险的团队完成了半脊峰的首登,而在四川西部还有数百座五六千米的未登峰资源。马一桦向戈尔公司提出了"未登峰计划"。

对于马一桦来说,有了戈尔公司的资金支持,"未登峰计划"简直是一箭三雕:收集川西未登峰的山峰资料,推动国内技术登山的发展;发掘更多像半脊峰一样可以用作培训的山峰,之后再把它们开发成刃脊探险的登山基地;就攀登的本质而言,挑战未登峰的过程本身也是一件充满乐趣的事情。放眼国内登山界,刃脊探险是当今为数不多有能力完成未登峰或开辟新路线的团队。"(未登峰)通常是能够考验攀登者的攀登和路线攀登能力的。而当时国内除了官方与国外的合作攀登等大项目，根本没有自由攀登者去尝试新山峰。"马一桦写道。刃脊探险掀起了中国登山者挑战未登峰的潮流，也开创了一个时代。

2005年5月，时隔三十年，中国再次举办了规模宏大的珠峰高程测量活动。中国国家登山队、科考队、测绘队登顶了珠峰。几个月后，新的珠峰峰顶岩石面海拔高程数据公布了：8844.43米。就在举国关注国家登山队珠峰高程测量活动的同时，刃脊探险小规模的"未登峰计划"也开始了：马一桦率队挑战成都最高峰大雪塘。

三年前，四川著名户外记者刘建曾率领一支登山队，号称登顶了大雪塘主峰（苗基岭），并获得四川登山协会的首登认证。马一桦并不认可这次首登。他充分研究山峰资料，多次实地考察，最终认定2002年所谓的这次首登，登的是个假顶。马一桦准备在登顶之后，用事实证明"他们以前登的是错的"。他明白这可能会让川登协和所谓的首登者无地自容——那些登山者大多是他的朋友。这与其说是马一桦不给他们留一丝情面，不如说他更在意刃脊探险的招牌。对于刃脊探险而言，大雪塘还有一层更重要的意义。马一桦想把"成都最高峰"的概念打出来。"从此以后全国各地的人到成都，可以用一个周末来解决一趟登山之旅，"马一桦说，"仅仅是一个周末，就不再只局限于'五一''十一'。"

由于曾山突发阑尾炎住院，马一桦和阿苏搭档，率领泽郎头、刚加入公司的张俭、摄影师陈晨，一起攀登大雪塘。马一桦曾在两年前尝试过一次大雪塘，但没有登顶。这一次他有备而来,在攀登过程中观察、拍照、取证。他还在纸上描摹着山峰的轮廓与形态,绘制出逼真的素描图。灰黑色的铅笔线条,勾勒在白纸上,宛如一幅水墨画。这又是一次充满着意外、惊险和运气的攀登。刃脊登山队登顶大雪塘后,测得高度数据,心满意足地回到山下。马一桦随后在《山野》杂志上发表了《大雪塘主峰认证报告》。这篇报告里有图片、有数据、有分析,但还是引起一片争议。他又在杂志上发表了《大雪塘攀登报告》,彻底平息了舆论。

"戈尔刃脊登山队"没有停下脚步。几个月后,马一桦、曾山和摄影师陈晨三人继续尝试攀登著名的雅拉雪山。他们在山上坚挺了六天。这条路线的难度远超出预期。一场突如其来的地震,让他们立即决定下撤。这次艰苦的攀登虽未登顶,却获得了这一年的金犀牛最佳攀登成就奖。通过大雪塘和雅拉雪山这两次备受关注的攀登,戈尔公司决定和刃脊探险长期合作"未登峰计划"。

戈尔公司开出了更优渥的合作条件:刃脊探险只需要提前一个月提出类似的攀登计划,他们都可以提供赞助。有人说,戈尔的赞助让马一桦成了自由的攀登者。也有人说,有了赞助商,他们不再是自由的攀登者。与自己的身份相比,马一桦更在意的是公司的运营状况,"有了戈尔的赞助,我们的攀登和考察活动都不用太捉襟见肘了"。邓明冬(冬瓜)、尼玛尔甲等四川本土的登山者也加入了刃脊探险团队。刃脊探险的员工全部换上清一色GTX面料的冲锋衣。

刃脊探险终于熬出头了。马一桦却没能把恩师朱发荣接到成都享福。早在一年前,一名中登协副主席来到成都做客,在闲谈中,马一桦无意中对他提起自己的愿望,等把刃脊探险做起来之后,就接朱发荣老师过来。这名中登协副主席却告诉马一桦,朱发荣老师已经过世了。马一桦听闻噩耗,如万箭穿心。这成为他心中最深切的伤痛和遗憾。即便过了许多年以后,一回忆起如父亲般的恩师朱发荣,这名常常板着一副铁面的男人还是会抑制不住地啜泣。

有了赞助商的支持,马一桦和曾山终于放下预算的包袱,放眼于川西深处的辽阔群山。在组织半脊峰和雀儿山等招牌商业登山活动的同时,他们用阿式攀登的风格,先后攀登了弯月顶、玉兔二峰、双子峰、龙脊峰、雅姆峰等未登峰。每开辟一座未登峰,马一桦和曾山就在杂志上发表一篇攀登报告,再在全国各地来一圈巡回宣讲,刃脊探险的知名度和影响力也就多了一分。坊间有好事者,还盘点了当时中国登山界的各大"门派":如果说中登协是武林盟主,西藏登协是喜马拉雅派,那么在一众官方登山机构中,刃脊探险作为实力强劲的民间登山公司,便是独霸一方的峨眉派。

在刃脊探险的影响力逐渐攀向巅峰之时,也有很多慕名而来的登山者,路过成都时,到刃脊探险的办公室坐一坐。"所谓的拜码头,其实我们也不是本地地头蛇。我们也是外来的,"马一桦说,"当时好多人,好多俱乐部往往都会过来,交流一下,问问好什么的。当时严冬冬也过来。"

媒体争相报道马一桦和曾山的故事。刃脊探险的成功离不开这对山上的攀登搭档,商业上的合作伙伴。在旁人眼里,正是因为二人的彼此信任、互相欣赏，才有了现在的刃脊探险。"老马觉得Jon（曾山）技术不错，经验也很丰富，Jon也觉得老马技术很好，做事很严谨，"陈力说，"比如说Jon以前经常给我们说，老马放岩锥，基本上不会放第二次，一般放一次就能放成功，Jon说别看我从小就攀岩，我都做不到。"

渐渐地，马一桦和曾山也会有经营理念上的碰撞，甚至是争执。

"经常会有不一致，讨论半天或一个小时。有点像吵架。"曾山说。

"我觉得是一个观念上的、意识上的区别，谈不上矛盾。"马一桦说。

最开始都是些小事。刃脊探险搬到南桥花苑后，马一桦和曾山各占一间办公室，公司行政买来"总经理"和"副总经理"的名牌，挂在两人的办公室门上。曾山说，为什么一定要写一个总经理、一个副总经理？不能写两个总经理吗？"他就为这个事情意见很大。"马一桦后来说。

后来等大邑县鹤鸣山的岩场开发完毕，刃脊探险也与大邑县签完合同。曾山对马一桦说，他希望这处岩场未来将对公众免费开放，就像优胜美地、阳朔和白河一样，成为一个自然而纯粹的地方。马一桦说，这里的情况和美国不一样，如果这里完全开放，那么这个地方就会变得乱七八糟，就会变成一个垃圾场。二人再次相持不下。马一桦把他与曾山的理念不和归结为中美文化差异。曾山将马一桦的问题归结为"没有看到外边的世界，所以有点封闭"。

再后来，争执就成了分歧。自登顶幺妹峰之后，刃脊探险便在川西开疆拓土，名声大噪。在曾山看来，马一桦把刃脊探险当作一家专门开辟未登峰的公司。"有一年他好像登了六个未登峰。他工作的专注是放在这边。我觉得更多的专注应该是放在培训。"曾山说。他在加入刃脊之前，和马一桦聊得很清楚：刃脊探险是一家登山培训机构。其实刃脊探险公司的名字早就预示着二人未来在经营理念的分歧。马一桦最开始成立了"刃脊探险户外运动有限公司"。从名字上看，这是一家以"登山探险和户外运动"为主营业务的公司。后来，曾山给刃脊起了英文名"Arête Alpine Instruction Center"（刃脊登山培训中心），这诠释了曾山心目中刃脊探险的使命，登山与培训。马一桦和曾山都痴迷于登山，这是他们共同的兴趣。如今，这唯一的共同点已很难维持二人的合作。

曾山结婚后，太太有意让他减少攀登的频率。女儿出生后，曾山更是以此为契机，刻意淡出刃脊探险的业务。在公司开会时，曾山经常撂下一句"我要陪丈母娘吃饭"，然后就走了。一开始马一桦并没有当回事，经历了几次曾山突然离席之后，马一桦算是看明白了：每次他跟曾山约好了定点开会，一打电话，曾山就说他正在陪丈母娘，丈母娘生病了。

曾山说："我不知道他知不知道这个，我从来不说（原因）。我就说跟生小孩有关。"

马一桦当然知道："有的时候我们在一起，别人给他打电话，他也说我现在正陪丈母娘。这就漏了。"

曾山说，他用这个当作借口，暂时淡出刃脊探险的业务，但实际上他已经决定好了。"Ok，我们俩各方面，性格方面（不合）。放下刃脊。"曾山说。马一桦不理解搭档搪塞的原因，只是觉得曾山另有二心，私下里还在运营自己的户外旅行公司。"他不可能把全身心投入在一个公司里面。这个公司（刃脊探险）不是他的名字。法人不是他的名字。"马一桦说。当然，他到最后也没有把这层窗户纸戳破。

两个人的分歧并没有当着公司员工的面表现出来，但员工们还是觉察到了两位老板之间的暗流涌动。刃脊探险的老员工走了，年轻的新员工又加入进来。也许马一桦并不在意员工都有谁，也不在意搭档是不是曾山。他真正在意的是，刃脊探险能不能经营得更好。在曾山渐渐淡出业务的这段时期，马一桦急需一名搭档，一名像曾山一样技术精湛、经验丰富、颇有影响力的搭档，来接替曾山的合伙人位置。尤其是在熊猫城项目诞生之后。

马一桦谈了个新的攀岩馆项目。他将在成都市中心的熊猫城（现在的成都富力广场），建造中国第二大室内攀岩馆。此前，刃脊探险和冠军之夜健身房合作的攀岩馆一度红火，电视台争相报道。马一桦说，后来健身房只能在一旁卖饮料，心里不平衡，最后把门一关，把刃脊探险的攀岩馆赶走。如今，马一桦要打造一家规模更大的室内攀岩馆，来填补规划中的空缺。他想找一名有影响力的攀岩者加入刃脊探险，并负责公司的攀岩项目。

2005年底，马一桦在办公室里兴高采烈地宣布，我找来了两个人，一个是刘喜男，你们都听说过。还有一个现在爬得比刘喜男还要厉害，叫阿成。

16

刘喜男登顶婆缪峰后,这名曾经称霸攀岩竞技场、在高中低海拔开辟经典路线的全能攀岩者,在中国民间的影响力如日中天。户外江湖尊称刘喜男为"刘爷"。

2005年底,马一桦找到刘喜男,邀请他加入同在鼎盛时期的刃脊探险:"到我们这边来吧,我们共同打造中国'疯狂山峰'式的登山公司。"马一桦还在风雨雪俱乐部的时候,曾邀请过刘喜男来他的日坛公园攀岩场。刘喜男当时表示,等以后到了北京再说。如今,刘喜男完攀婆缪峰之后,正有意转向高海拔攀登——虽然他的高原反应症状不轻。再次收到马一桦的邀请后,刘喜男犹豫起来。

在阳朔的这段日子简单而纯粹。刘喜男曾如此动情地回忆道:"每天,我都在释放着自我,完全陶醉在攀岩的乐趣中,那段日子里我不但完成了许多天然岩壁的运动攀线路,还第一次体会亲手开创攀岩线路的乐趣与成就感,然而在我第一次尝试传统攀登后,才真正了解到攀岩的意义与价值,这种近乎疯狂的攀登方式把我拉向了恐惧的边缘,却也在攀登过后带给了我真正的平静。"

离开阳朔,意味着告别这平静而自由的生活。然而,声名显赫的刃脊探险也同样有吸引力。更何况,刘喜男去刃脊探险工作,还能拿到固定工资,从此过上较为稳定的生活。邱江劝说道,你这么喜欢攀登,这个机会肯定不能放过。刘喜男决定离开阳朔，并带上小兄弟阿成（谢卫成），一起加入刃脊探险。

阿成是中国有史以来最厉害的攀岩者之一，甚至超越了刘喜男。然而在和刘喜男相遇的那一年，他还是一名戴着近视眼镜的青涩小子。阿成曾是广东阳江的健身教练。他在健身房工作时，无意间接触到了攀岩，并迅速成为一名狂热的攀岩爱好者。2001年，阳朔的老铁邀请阿成到他的中国攀俱乐部打工。阿成和王二住在上下铺，彼此熟悉起来。年底，刘喜男也来到中国攀俱乐部。阿成此前就听说过刘喜男的大名。"他是相当于攀岩的老大哥那种，"阿成说，"我们都很尊敬他。"这名比自己大了快十岁的老大哥攀爬能力惊人。无论是在岩壁上还是在抱石墙上，刘喜男永远出手果决、耐力无穷，让一众兄弟惊叹不已。

刘喜男的攀岩水平常年维持在5.12d～5.13a之间——这几乎是那个年代中国最高的攀岩水平了——但他的小兄弟后来还要略胜一筹。一开始，阿成的攀岩经验和攀爬能力远不及刘喜男。奈何这名日后被誉为"攀岩机器人"的青年天赋更好、训练更刻苦，不断缩小着与刘喜男之间的差距。在阳朔期间，阿成曾连续10天，死磕下5.13c难度的"红龙"，成为当时中国最高水平的攀岩者。刘喜男去大连圣亚工作后，阿成很快也离开了阳朔，来到广州集训，并代表省队频繁参赛。阿成再次回到阳朔后，一口气完成了当时国内最高难度的路线"难度表5.13d"，成为最接近国际高手5.14水平的首位中国攀岩者。当刘喜男找到阿成，邀请他一起加入刃脊探险时，阿成也答应了。他也渴望向前迈进一大步，和老大哥共同尝试大岩壁和高山岩石风格的路线。

马一桦和刘喜男谈妥刃脊探险的工作：由刘喜男全权负责熊猫城攀岩馆和大邑县攀岩基地，并统管刃脊探险的攀岩部门。刘喜男的基本工资和马一桦、曾山一样，都是月薪2000元，外出活动还有每天300元的补贴。对比当年成都市民平均千元左右的月薪，刃脊探险的待遇还算不错。另外，马一桦还给予刘喜男充分的尊重与自主权。

"刘喜男成为刃脊的一份股东（赠股）兼负责攀岩部门，当时谈好的是我可以放手让他去做，给他尽可能多的支持，但收入多少要靠自己的能力获得，"马一桦写道，"他在社会上漂了四五年，也是个非常有个性的人，所以我在合作方式上充分保持他的独立性，成立攀岩部，一部分原来曾山管的事也交给了他，他的部门独立核算。""考虑到刘喜男当时和凯乐石（Kailas，户外品牌）的合作，协议甚至规定他一年有三个月可以不工作去登山或做其他什么事。"

2006年1月，刘喜男和阿成搬到了成都，正式加入刃脊探险公司。哥俩租住在华西医院家属楼七楼的一间三居室。马一桦住在八楼。马一桦和刘喜男时而上下楼走动串门，"（和刘喜男）虽然没有当年三蓬的那种换帖兄弟关系，但是在保持相互尊重的前提下也开始无话不谈"。后来刀刀也搬过来和男友住在一起。刘喜男的加入改变了刃脊探险办公室里一向严肃紧张的气氛。他经常和大家开开玩笑，把阳朔轻松而戏谑的风格也带了过来。等刘喜男和阿成与老员工熟悉以后，陈力等人还经常来刘喜男的家里串门。"刘喜男跟我们完全就当哥们。"陈力说。

刘喜男和阿成刚一加入刃脊探险，就锋芒毕露。2006年，中国户外品牌凯乐石也发布了"未登峰计划"。刘喜男成为凯乐石"未登峰计划"的第一名赞助运动员。他们计划"攀登包括西山大岩壁在内的国内八个左右的大岩壁"。有了凯乐石的赞助，以及阿成这名攀岩高手做搭档，刘喜男顺利完成了昆明西山的大岩壁攀登。刘喜男以终点处的地名"龙门"，把这条320米高的大岩壁路线命名为"鲤鱼跃龙门"。这是中国第一条大岩壁攀登路线。

之后，这对代表中国攀岩最高水平的搭档，继续向高海拔大岩壁发起冲击。5月，刘喜男和阿成挑战四姑娘山双桥沟里的布达拉峰北壁，他们遭遇了恶劣天气，攀登失败。9月，这对搭档再次挑战布达拉峰，他们遭遇落石，攀登再次失败。布达拉峰北壁是中国高海拔大岩壁攀登的王冠。在那个年代，即便挑战者是刘喜男和阿成，也有些过于超前了。这面大岩壁的中国登顶纪录要等到许多年后了。

回到城市里，刘喜男和阿成把所有精力都投入在熊猫城攀岩馆的建设。近50万平方米的熊猫城位于成都市中心的中心，紧邻天府广场与春熙路。按照规划，长达十年的熊猫城工程完工后，将成为成都市中心最大规模的商业地标，以及"西部最大规模的综合性跨区域型购物中心"。马一桦跟熊猫城洽谈好合作，将在地下一层、二层的运动休闲中心里，建成占地300平米、挑高12米的刃脊探险攀岩馆。但马一桦万万没有算到，与他们达成合作的成都未来商业地标，竟是成都市有史以来最大的烂尾楼之一。熊猫城中心的工程几度停工，迟迟未见完成。原定3月份动工的熊猫城攀岩馆也一拖再拖。到了夏天，熊猫城的工程不仅杳无音信，还把地下的运动休闲中心变成了露天的运动广场。刃脊探险——或者说刘喜男——的攀岩馆也变成了广场上的露天人工岩壁。

刘喜男亲自绘制工程图，并和阿成两个人去选购原材料。为了节省人力成本，两个人亲自安装岩壁上的脚手架，冒着酷暑施工。刘喜男身在成都，但精神还是阳朔的。岩壁的颜色选用代表阳朔精神的红黄绿：红的是直壁，黄的是斜壁，绿的是大仰角，就好像鲍勃·马利随时要在人工岩壁下开个演唱会。小岩壁开张后，着实引来成都不少来往行人的关注。这处场地一度十分红火，一部分爱好者抱着试一试的心态来体验，也有相当一部分攀岩爱好者慕名前来领略刘喜男和阿成的风采。

过了几个月，岩壁的热度冷却下来。刘喜男与阿成发现，由于露天的小岩壁受天气影响较大，客流量也很不稳定，收入完全养活不了攀岩部门的正常运营。马一桦说，露天岩壁的场地使用了四个月，挣的钱都不够他们部门三个月的生活费。到了年底，小岩壁关张了。刘喜男的攀岩部门彻底没有了收入。公司每个月还会给刘喜男和阿成打工资，但刘喜男暂时无法给公司带来收益。这名刚回归稳定生活的老嬉皮压力倍增。朋友们都感觉到了刘喜男的变化。"刘喜男有点像个大男孩，而且是挣脱了牢笼的大男孩。很开心，"王大说，"但后来确实变了，像任何一个孩子一样，他变成成年状态了。开始有忧愁了。"

刃脊探险的攀岩部门有多冷清，登山部门就有多红火。攀登再度将马一桦和曾山联结在一起。2006年5月，马一桦和曾山搭档，攀登四川理县大黄峰（海拔5922米）。大黄峰是阿坝州第二高峰，海拔高度仅次于幺妹峰。它还是一座神秘莫测的山峰。正如同斯古拉·旺秀占堆之于四姑娘山，大黄峰也有个本土的名字，罗格审柔达。这座山峰的气候变幻无常，人们极难窥见山体的全貌，甚至被誉为"隐藏之峰"。几次深度考察之后，马一桦和曾山终于找到了这座山峰。"以前大黄峰都是传说，我们进去才找到那座山。"马一桦说。

在大黄峰攀登期间，马一桦和曾山之间的分歧已经到了"晚期"，这座隐藏之峰却奇妙地将二人再绑定到一起。他们在白天攀登时还会简单地交流。晚上，二人钻进帐篷里，也许是累了，他们几乎不说话。"我觉得跟马一桦做朋友很难的。后来我们没有什么私人事情可以聊。都是工作或登山的。他也是非常封闭的，"曾山说，"但我们都痴迷于山峰，不必说太多，只知道爬上去，爬下来。"5月28日，马一桦和曾山历时九天，极其煎熬地登顶了这座神秘的山峰。在之后的十多年里，再没有登山者站在它的顶峰上。大黄峰是这对搭档组合完成过的最有分量的山峰，也是中国登山历史上最精彩、最被低估的一次阿式攀登成就。

刃脊探险的登山成就和影响力双双来到了巅峰时期。早已移民到加拿大的谢红曾多次让马一桦也尽快办理移民。马一桦总是迟疑着，终究割舍不下手头的刃脊探险。在他决定放弃移民的同时，也相当于放弃了自己的婚姻。在马一桦心中，刃脊探险胜于一切。刃脊探险刚被评为全国十大户外企业。李红学、刘蕴峰、李霖鹏等新锐的青年登山者加入进来。此时，中国登山产业正飞速发展，国产户外品牌纷纷涌现，全国各地小型户外俱乐部注册成立。高海拔商业登山成为中产阶级最时尚的运动。阿式攀登也不再是个陌生的名词,而是成了户外运动的金字塔顶端。2006年下半年,刃脊探险的盈利情况颇为好转。老员工们发现,一向不苟言笑的马哥,竟然会笑了。

马一桦再度雄心勃勃地在川西大展拳脚。当年登顶大雪塘后,他站在山顶远眺。十多座5000米级的雪山依次排开,宝蓝色的高山湖泊点缀其中。之后他多次来到山脚下的芦山县大川镇考察。他想开发出一条远胜于双桥沟与毕棚沟的峡谷景区。马一桦跟芦山县政府谈好了合作,计划要拉来2000万的投资,在这里建造一处世界级的高山户外景区。他还效仿北美户外小镇,规划了一处房车营地。他学习欧洲的阿尔卑斯山,规划了几栋自助式登山小屋。马一桦把登山之余的全部精力投入景区的开发建设,日思夜想山谷里的地理地貌。有一次,在成都市区打车回家时,司机问他往哪条巷子里开。马一桦满脑子正想着高山峡谷的地势,脱口而出道,这条沟开进去看看吧。

至于刃脊探险的攀岩部门,马一桦从未明说,但刘喜男却无法忽视部门的经营每况愈下。更何况,他做的账目向来非常清晰。"2006年过去了,他从公司支用了大约10万元,都是以借条的方式独立核算的。"马一桦将这一切看在眼中。"由于他(刘喜男)的收入是和部门投资、盈利挂钩的,刃脊总部对他部门提供的保障越多,对于他个人而言压力就越大。"刘喜男既要对兄弟阿成负责,对攀岩部门负责,还要对身边的姑娘负责。他和女友已经到了谈婚论嫁的地步。这名理想主义者不得不回归现实。他需要钱。

这一年年底，在刃脊登山队再次出征前夕，刘喜男跟老板谈了谈，希望马哥能带他一起去登山。马一桦并没有立即答应，而是让刘喜男好好想想，希望他坚持攀岩。马一桦举了他在2003年艰苦创立刃脊、后来又熬出头的例子，鼓励刘喜男。

等马一桦率领的登山队再度得胜而归，刘喜男又找老板谈了几次话。他还是想加入刃脊登山队。"由于熊猫城攀岩馆的希望越来越渺小，他这个部门不能总靠别的部门养着，我答应以后半脊峰他去领队，我去开发其他的山峰，但之前我会有一段时间带他的冰雪技术和经验。"马一桦写道。刘喜男就这样放弃了攀岩，转型成为一名登山者。

17

自母亲过世后,刘喜男与家里的关系并不好。他长期漂泊在外,许多年没有回过家了。马一桦曾劝过他,你现在安定下来,有正式工作了,不像以前到处漂了,该回家看望老父亲。

2007年元旦,刘喜男带着刀刀回长春看望父亲。他或许是听了马一桦的劝,或许是给许久未见的父亲祝寿,也或许是让父亲见一下未来的儿媳妇。马一桦后来才明白刘喜男为何回长春,"我不清楚他想结婚的意思,难怪他想挣钱的愿望非常强烈"。刘喜男之后也跟女友回了趟柳州见父母。

1月27日,第五届全国攀冰锦标赛在北京桃源仙谷举办。时隔五年,这一国家级赛事再次回归。遥想五年前,在第四届攀冰锦标赛上,马一桦还率领风雨雪俱乐部斩获了不少奖杯。这一次,中登协攀冰攀岩部的副主任、攀冰锦标赛裁判长丁祥华,早早就邀请马一桦来做比赛裁判。马一桦乐呵呵地答应,并带着刘喜男、阿成两名竞技场上南征北战的大将参加比赛。

马一桦等人从成都一路开到北京,找了处冰壁培训几天,便来到比赛现场报到。刘喜男还在比赛上遇到了好兄弟王二。等到了临近比赛期间,马一桦却被告知,赛事方临时决定,不需要他做裁判了。理由是此次比赛裁判不用外地人。马一桦气得哑口无言。不过,他也从丁祥华的语气中,读出了"很委屈、很被动的感觉"。再后来,马一桦从中登协的朋友那里得到内部消息,当年被封杀的事情还没完,听说有人把他的名字从裁判

第二部 刃脊探险 303

名单中删除了。

除名就除名，封杀就封杀。马一桦吃软不吃硬。他人脉虽广，但很少开口求人。刃脊探险在这次攀冰比赛上铩羽而归，刘喜男没有拿到成绩，只有阿成拿到了速攀组别中一个不大不小的名次。

回到成都后，刘喜男穿上了橙黄色的GTX冲锋衣，拎上冰镐，成为刃脊探险登山队的一员。马一桦认真培训刘喜男的冰雪技术，并带他参加了双桥沟攀冰培训。这是一期针对入门学员的攀冰培训。培训时，马一桦依旧严厉地对待每一位教练和学员。哪个教练操作稍有不规范，全都逃不过马一桦的眼睛，必将面临一顿臭骂。唯独刘喜男是个例外。陈力观察到，马一桦对其他员工说话再难听都毫不顾忌，但是跟刘喜男说话就很委婉。陈力还记得，大家都注意到刘喜男在操作时有几处不规范动作，但马一桦并没有严加苛责。

"说其他人肯定要说很久，或者说很难听了，比如说你不要命了，"马一桦自己也坦言不敢把话说得太重，"像别人我可能骂了骂了就骂起来了。对他呢，毕竟也得照顾他的面子。"

毕竟，户外江湖上的朋友最多喊马一桦一声"老马"或"马哥"，却尊称刘喜男为"刘爷"。马一桦和刘喜男之间，既是老板与员工之间的上下级关系，也有一种小心谨慎、敬而远之的隔阂。这种隔阂出于两人截然不同的性格，也基于成名攀登者之间的尊敬与客气。刘喜男在冬训中虽然也犯过一些小错误，但总体来说还算谨慎，训练更是非常刻苦。

培训期间恰逢春节，马一桦、刘喜男、陈力、张俭等教练和学员们留在双桥沟里过年。这一年刘喜男36岁了，正值本命年。他笑起来就像张老树皮一样，脸上都是褶子。对于一名登山者而言，这个年纪入门还来得及。也许经历过几次惊险的攀登之后，昔日的攀岩高手蜕变成一名更全能的攀登者指日可待。

2007年年初，刃脊探险在网站上公布了全年的攀登计划，一口气推出了12座全新的商业山峰——哪怕在十五年后看来，这也是个非常惊人的扩张速度——大有将登山业务发展到极致的势头。过去几年来，马一桦曾率队攀登过的高难度山峰，包括幺妹峰、大黄峰，都将成为他们的商业登山项目。其中幺妹峰报价高达12万元，堪比一次8000米商业登山活动的报名费，一名成都普通市民要不吃不喝攒下五六年的工资。半脊峰、雀儿山等经典山峰的登山活动将以更大规模举办。在这计划里，刃脊探险还将在五一期间举办盛大的半脊峰首登两周年登山大会，届时刘喜男还会是除马一桦之外唯一的攀登教练。马一桦果然要将成熟的半脊峰项目渐渐递交给刘喜男。

"说实话，在攀岩技术方面我丝毫不担心，只是担心他需要足够的攀登实战经验，"马一桦写道，"在刘喜男的一再要求下，我答应带他去试试，如果没有问题才能够让他正式加入戈尔刃脊登山队。"

为了让刘喜男积攒更多的高海拔攀登经验，马一桦决定在3月底的党结真拉攀登活动中，尝试和刘喜男搭档攀登一次。党结真拉峰（海拔5833米）位于川西腹地的巴塘县，地处川、滇、藏三省交界处。五年前，一支日本登山队完成了这座山峰的首登。它的传统路线难度并不算大。刃脊探险还计划在夏天,把党结真拉峰做成一期商业登山活动。

3月20日,马一桦率领刘喜男、张俭等四名员工,从成都开往川西。陈力留在成都做后方联系人,同时在网上同步报道攀登进度。马一桦等人来到达党结真拉峰脚下,建立大本营。马一桦安排两名资历尚浅的员工留守大本营,他亲自率领刘喜男和张俭向上攀登,并在海拔5275米建立了一号营地。第二天天气晴好,三人继续把营地推进到海拔5650米。这一天刘喜男情绪高涨,多次要求在前面开路。

3月29日这天,马一桦觉得张俭技术操作不太熟练,把他留在了二号营地。马一桦和刘喜男二人带着技术器材,轻装出发。他们计划沿着岩石山脊路线冲顶。他们攀登了九个小时,一直爬到傍晚,眼看还远不及山顶,甚至还未到冰川处。四周暴露感很强,狂风吹拂着。这是刘喜男第一次尝试冰雪类型的技术型山峰。马一桦明白,在这种情况下,刘喜男肯定还想执意冲顶。但他更想给刃脊探险未来独当一面的高山向导上一课,让刘喜男意识到有时登顶没那么重要,该撤就撤。马一桦决定放弃冲顶,下撤回到二号营地。

天快黑了,两个人都打开了头灯。刘喜男说,为什么我的头灯不亮。马一桦说,因为你还戴着墨镜。刘喜男先绳降下去,马一桦在上面一边下降,一边收技术器材。在下降过程中,刘喜男一度还忘记确保自己连接在保护点上。幸好马一桦及时发现,并指出了这个严重的问题。在复杂的地形上,攀登者脱离保护点、摘下安全带的无保护状态非常危险。二人继续绳降下破碎的碎石路。其间刘喜男想去小便。马一桦希望他到了下方的山脊平坦处再去方便。二人降到了海拔5700米的位置，终于只剩下最后一段绳距了，马上就要到营地了。刘喜男降下去后，在对讲机里对马一桦说，可以下降了，可以下降了。马一桦低头一看，望到刘喜男的头灯在下方的一处平台上闪动。

等马一桦下降到这处缓坡平台，他发现绳子末端离地一米高，绳尾结还在，却不见刘喜男的踪影。马一桦还以为他躲在什么地方上厕所，然而四周没有人，只有悬崖。马一桦呼喊着，刘喜男！刘喜男！山里没有任何回应。

马一桦心里一慌，觉得可能要出事。他四处寻找，但黑暗中没有看到刘喜男头灯的光芒，也没有找到任何技术器材。"没法知道当时具体发生什么事情那一瞬间，"马一桦后来说，"他肯定是被石头砸了。他叫了一声。我听到了一声。"

晚上9点半，天彻底黑了下来。马一桦努力镇定心神，通过对讲机告诉驻守在二号营地的张俭，刘喜男可能在下降过程中失踪了。

马一桦又仔细搜寻了一遍。在面朝山体的右侧，岩壁下方有一摊淡黄色的尿渍，尿渍旁的平台上有个半米宽的缺口。他分析，刘喜男很有可能从这处缺口坠落下悬崖。他立即绳降下去，降到下方五六米处的平台上。他在这里发现了刘喜男随身携带的一支短冰镐。他把冰镐挂在腰间的安全带上，继续下降了五六米，来到一处冰槽。"沿着冰槽看到一个竖向并不深的坑，坑的下方没有重物滑动形成的沟槽，但有一片横向的脚印大小的血迹在坑的下方约两三米处。"马一桦写道。

此时，张俭在二号营地望到岩壁上头灯晃动，观察到马一桦已下降了很长一段距离。所有的技术器材都在马一桦和刘喜男身上。一旦马一桦出事，张俭也无法独自撤回到大本营求救。他通过对讲机对马一桦说："马哥你回来吧。"

马一桦不知不觉中已经下降了很长一段距离。他在心中权衡着：现在下撤，回到大本营求救，在大本营驻守的两名队员也没有攀登经验，上来搜救反而有可能会造成进一步伤亡；如果继续下降寻找刘喜男，"以自己多年登山及理论研究的经验，相信刘喜男在第一次失足撞击中已经无法生还"。马一桦进一步分析着，即便强行搜寻，以自己当下的体能状态和天气状况，很有可能也在冰川上失温冻死，张俭最终也困死在二号营地。

马一桦决定先撤回二号营地。他在狂风中爬回上方的山脊处，再绕到二号营地。马一桦身心俱疲，但还是强打着精神做好每一步技术操作。他几乎用光了所有的辅绳，掉落了军刀，终于在半夜3点回到营地。找到帐篷的时候，马一桦快要虚脱了。他扔下背包，连冰爪都没摘，就一头钻进帐篷里。

马一桦醒来后，计划和张俭继续搜寻刘喜男。想到刘喜男可能已经不在了，马一桦在帐篷里翻出刘喜男的手机，找到刀刀的电话号码，用卫星电话打给她。刀刀听到刘喜男失踪的消息后，哽咽着说："你们再找一找啊，再找一找啊。"马一桦说："我们正在准备出去找。"马一桦又给在成都驻守的陈力打了电话。

陈力每天都在网上更新党结真拉攀登的进展，头一晚却没有等到消息，正在纳闷，准备给马哥打个电话问问。这时，马一桦打来了电话："我们这里有意外情况，已经通知了家属，你现在暂时先别问，我会跟你联系。"陈力马上猜到了，肯定不是小事。他甚至能猜出个大概，只是他完全没想到出事的会是刘喜男。

马一桦打完几个电话后，留下帐篷、食物和刘喜男的背包，只背上自己的睡袋、技术器材和刘喜男的物品，就和张俭出发搜寻了。二人顺着刘喜男有可能坠落的位置向下寻找。他们看到在出事的冰槽下方有个突起物。马一桦和张俭下降到可疑处，逐渐向那里靠近。他们发现了刘喜男的遗体。

马一桦和张俭来到刘喜男身旁。刘喜男的身躯被雪覆盖着。四周偶有落石。他们尽快拍照取证。张俭怕刘喜男的遗体再被落石砸到，把他挪到了更平缓的安全地带。在挪动过程中，刘喜男身上的积雪抖落，身躯完全露出。马一桦观察着刘喜男生前最后的姿态：他的脑袋上没有头盔；头部没有凹陷；他的脸上有血迹和擦伤；脖子上挂着手套；他的右手护住头部，左手放在腰部；腰间挂满了攀登器材。

马一桦和张俭把刘喜男的冰爪、冰镐取下，用睡袋把他包裹起来，再用两张防潮垫包住他冻得僵硬的右手。为了防止老鹰或乌鸦啄破刘喜男的遗体，马一桦、张俭二人在雪地里挖了一米深的雪坑，把遗体埋了进去。他们在雪坑的四个角落里做好标记。"我自己是登山的人，如果是我自己的话，我会认为这是最好的归属。"马一桦写道。

每一名登山者都希望死在山上。每一名登山者又都不希望死在山上。

做完最后的告别,已经是下午了。马一桦和张俭沿着原路下撤回大本营。此时,马一桦的精神再也绷不住,体力也严重透支。他又煎熬了10个小时,终于在半夜12点跌跌撞撞地回到大本营,喝了点水,就昏睡过去了。

18

回成都的路上,车里少了个人。马一桦戴着墨镜,坐在前排的副驾驶位。他极力在员工面前表现出坚强,却不觉脸颊处已满是泪痕。他最恐惧的登山事故,还是发生了。

4月1日晚上12点,马一桦等人连夜从巴塘赶到了成都。马一桦通宵准备第二天要向刘喜男家属和朋友通报的事故经过、商定搬运遗体的方案、安排遇难者亲友来成都的住宿交通。第二天,刘喜男的大哥二哥来了;刀刀和父母来了;前不久已经离职的阿苏、泽郎头、李红学、刘蕴峰来了;苏拉王平和罗日格西率领各自的队伍来了;刘喜男的好兄弟王大、王二、邱江、阿成等众多好友也从各地赶来了。

一天前,王二在昆明接到阳朔的哥们打来的电话。电话里,曾经嬉皮笑脸混日子的兄弟,声音变得颤抖且急促,喜男死了,在四川,和马一桦去爬山的时候,消息已经确认。王二心想,这是不是愚人节骗我呢。显然,兄弟们不会拿这种事开玩笑。王二又给王大打了电话。

王大正在北京工作,突然接到王二打来的电话。王二在电话里说得很直接,喜男挂了。王大不相信。"像这种失去亲人的时候,你第一反应是拒绝相信这件事儿。"王大后来说。王大和王二约好,立马赶到成都机场会合。

王大与王二在成都双流机场碰面后,泪水夺眶而出。二人一同赶往刃脊探险办公室。他们俩走进办公室时,里面已经挤满了人。王大和王二是最后一批赶来的亲友。马一桦正在召开情况说明会,在幻灯片上展示着党结真拉事故的照片。照片中,刘喜男趴在雪地上。

马一桦回放着现场拍摄的一张张照片,讲述事故发生的经过。他根据事故现场的环境与刘喜男受伤的情况,尽可能还原出了刘喜男遇难的瞬间——

"刘喜男双手没有戴手套,而手套完好挂在身上。出事时应该刚刚小便完,拉好拉链还没有来得及戴手套。由于躲避落石或其他原因,向面朝岩壁的右边迈步。恰巧踏在平台的缺口里,身体重心失衡翻了下去。头盔在落下时被撞击打碎,所以碎片包括头灯已不知去向。菊绳还挂在身上。由于绳尾没有多余的绳子,刘喜男为了让我下降以免耽误时间,解除了绳尾与自己下降器的连接,而当时刘喜男还没有设确保锚点。如果他当时已经挂在锚点上,即使落石正巧击中身体,也只是受伤而不会因坠落失去生命。"

王二心里琢磨着,事情基本上就这样了。王大还是不愿相信刘喜男真的走了。他质疑马一桦的叙述,质疑照片传达的信息量,质疑眼前的一切。马一桦与众人商定着如何在不造成二次伤害的前提下,先搬运遗体下山,再根据现场情况把遗体转运到最近的康定殡仪馆,或是在山上火化。当天晚上,刘喜男的一众好友在一家川菜馆吃饭,大家哽咽地咀嚼着饭菜。

在去党结真拉峰的路上,王大和王二回忆着三蓬的往事,一边喝着酒,一边听着歌,时而哭,时而笑。在他人眼里,两兄弟显得疯疯癫癫。王大总觉得还有一线希望,"甚至会有奇异浪漫的幻想，比如说往下下撤途中，最后被山民救了或者什么之类的。没准人还在"。四天后，20多人的队伍终于来到了党结真拉峰脚下的大本营。大本营在海拔4900米处。营地四周拉上经幡。五色风马旗在风中飘荡。营地旁边是亚莫措根湖。在这最残酷的季节里，尚未解冻的湖面上还覆盖着冰雪。

4月8日，大队人马分三组出发。苏拉王平的队伍有些害怕湖水，从湖边绕路行进。马一桦带领李红学和泽郎头走在前面。王大、王二和阿苏在后面收队。当王大走近党结真拉峰的山体后，他所有的幻想都随之破灭了。"你没有到那，你会想也许会有些奇怪的庇护所，或者某些路径，他也许可以逃生的路径，"王大说，"但是你到那地形就发现，环境相当恶劣。一个伤者基本不可能……"快接近冰川时，王大高原反应不适，自行下撤了。

当天晚上，王二和马一桦、李红学等人一同在山上扎营。在营地里，王二再次询问马一桦，到底怎么回事。马一桦把攀登过程与搜寻过程又讲了一遍。王二终于把心中的疑虑讲出，追问道，那么不能排除你下降过程中蹬落的浮石砸中刘喜男？

马一桦说，是，但是他没有做保护，要是做了，被砸中也不会出事。而且我怀疑他是撒尿时失去重心掉下去的。

王二说，你不该带他来这座山，他没有足够的冰雪经验。

马一桦说，是他自己要求的，再说本来商量五一的活动由他带，他也需要经验。

王二说，要爬这种山，你可以先带他去雀儿山，熟悉冰雪操作后再说嘛。他这次来实际就因为顶上是岩石地形。

马一桦说，唉，这种事就是赶上了。

几个人一夜无话。党结真拉当晚下起了大雪。

早上起来，风雪依旧。苏拉王平率领六名队员在前方开路。王二、阿苏和罗日格西走在队伍中间。马一桦、泽郎头和李红学收尾。中午12点前，众人就爬到了海拔5400米的高度，前方出现了一堵15米高的陡峭冰壁。苏拉王平说，看来今天可以直接（把遗体）拖到冰川末梢了。说罢，他继续与队员在前方蹚着深雪开路。眼看还有20米就到达冰壁脚下时，山上突然发生了雪崩。

雪崩规模并不大，但足以致命。苏拉王平的两名队员被雪崩冲落15米，被流雪掩埋住。苏拉王平立即冲上去刨雪，把队员挖出来。幸好二人并无大碍。这里距刘喜男遇难的位置仅有100米，翻过这处冰壁也许就能找到刘喜男的遗体了。但在这风雪交加的天气里，如果继续搜寻，搜救队伍也极容易遇到危险。众人商讨一阵过后，决定下撤。

王二打开对讲机，准备告知大本营等人放弃搜救的决定。他听见对讲机里传来刀刀的声音，怎么样啊，王二？

为了迎接刘喜男下山，刀刀一早上起来就整装等候。出乎所有人的意料，众人都没见上刘喜男的最后一面。王二听到刀刀的声音后，终于控制不住自己，放声大哭。刀刀也哭成个泪人。王大在大本营一旁得知搜救失败的消息后，叮嘱山上众人下撤时注意安全。王二随身带着小瓶的伏特加上山。那是三蓬在云南混日子时最常喝的酒，单位价格里能买到酒精含量最多的洋酒。他拧开瓶盖，洒向雪地，哭着向山上祭拜。

下山的途中，雪停了。党结真拉峰又恢复了高原上的平静。阳光照耀着大地。几只乌鸦嘎吱嘎吱地飞来飞去。

拆营回成都之前，大家搬起石块，在大本营旁边的小山丘上堆起一座玛尼堆。这就是刘喜男的衣冠冢了。王大把一瓶龙舌兰——一款时常让刘喜男出洋相的墨西哥烈酒——留在这处坟冢里。他还带来了一副花棍。这是刘喜男最喜欢的玩具，几乎从不离手。花棍两端的毛球就像个大蓬头。王大把这个大蓬头留在了党结真拉山下。刀刀独自对着坟冢做最后的告别。坟冢四周，经幡在风中飞扬。

刘喜男真的留在了西南。两年前，王大在新疆博格达峰发生了惊险的滑坠，之后几乎不怎么登山了。王二转型到了专业攀岩领域。唯有刘喜男，还在理想与现实之间左右徘徊，踌躇不定。刘喜男的离去让王大感到深深的悲哀。刘喜男死于自己的低级错误，死在了寻找自我的途中，也死在了一名理想主义者回归现实的那一刻。在那一刻，王大感到自己生命中的一部分也消亡了。

许多年以后，在一个温暖的下午，王大回忆着过去的时光。"你变成一个成年人，睁眼看着这个世界。你啥也不懂地往外走，选了一个你认为对的生活方式。这个生活方式让你感受到了快乐，也做了一些事情，认识了很多好朋友，留下美好的回忆。"他的叙述逐渐变成平静而缓和的独白："你一开始走得飞快。步伐轻快。慢慢地就开始难起来了。到后来开始有点举步维艰了。你不明白，错在哪儿了。你可能被迫停止了脚步，仍然一脸的迷惑。不明白为什么。在迷惑过程中，突然发现，你可能走得越来越慢。你身边有人还在走。他们还在走。有的走得还挺轻快的,但有的也慢下来了。他们多多少少都发生了跟你一样的困难,或者遇到什么问题,但是到底是什么谁也说不出来。这时候,继续在走的这个人突然死了。噢……我觉得不光他死了。是你的一部分过去,你的一部分过去也被判了死刑。"

回到成都后,马一桦关掉手机,窝在屋里撰写好了详细的事故报告,并在4月15日这天发布出来。这篇事故报告详细记录了攀登经过及搜救过程。"这几天我一直在想,如果是我,我死得其所。"马一桦在文章的结尾处写道,并感谢刘喜男的家属在后事处理上的通情达理。他甚至想等追悼会结束后,陪刘喜男的大哥和二哥一起回老家,以后还要时不时地去长春看望刘喜男的父亲。可他绝没有料到,"我的噩梦才刚刚开始"。

在事故报告发表后的第二天,刘喜男的家属和马一桦就赔偿问题,展开为期两周的拉锯战。刃脊探险的账面上原本还有10万元的流动资金,几乎都支出在这次搜救行动上。刃脊探险的全部活动——刘喜男带队的纪念半脊峰首登两周年的活动,与12座全新山峰的商业活动计划——也都取消了。刘喜男家属提出赔偿50万元。"他们看我的营业执照是50万的注册资金。他就提出50万的赔偿资金。就直接想让我关门对不对。"马一桦后来说。

最让马一桦心力交瘁的是,曾在论坛江湖德高望重的独行马,如今陷入了网络上的舆论风波。质疑和谩骂一股脑向他涌来。有人说,马一桦为了尽可能多地拿到戈尔的赞助,不惜提高攀登的频率，进而拖累、害死了刘喜男；有人说，马一桦错误的攀登策略导致了这次事故；有人说，马一桦和曾山是这次事故的罪魁祸首，还衍生出一种境外势力参与的阴谋论。马一桦在网上极力自证清白。"马一桦的问题是他一定要解释自己。他不停地解释，解释越多，有人找他的麻烦越多。结果，砰砰砰砰，"曾山说，"我们就劝他不要解释、不要回答这个人说的话。每一个人都怪他，他一定要回答。这个事情搞得越来越大。我估计这个压力真的（很大），因为他不是善于表达自己情感的人。"

与家属的纠纷、与网民的骂战、无尽的质疑、刃脊探险的瘫痪，逐渐把马一桦拉进无尽的深渊。他并不怕打官司，宁愿走法律程序，也要给中国登山界一个说法。他真正在意的是刃脊探险的存亡。如果整个登山界都质疑他在山上的决策能力，那么以后不会再有人参加刃脊探险的登山活动，刃脊探险也就走到了末路。马一桦在这场舆论风暴中大声呼唤："我作为一个朋友、登山同伴，一个在刘喜男漂着的时候，想拉他稳定下来的好心人，到底做错了什么？"

王二从技术与组织层面，总结了马一桦等人在这次攀登中的错误。王二认为，首先刘喜男犯了个常识性的技术性错误，这个错误又足够致命：在多段下降的过程中，没有确保连接在保护点就解除下降器。

王二还认为马一桦在组织上犯了三点错误：大本营留守的队员不具备突发事件的处理和救援能力；留守在二号营地的张俭身边，没有备足技术装备，"若马一桦出事后无力返回营地，或刘喜男尚有一线生机需人救援，张俭无疑都爱莫能助"。马一桦冰雪能力丰富，耐受力强，但在岩石地形上的操作能力不足，行进速度缓慢，而刘喜男的岩石操作能力虽强，但又缺乏冰雪经验，高山上适应能力较差。这种组合看起来互补，实则有一定的风险。尽管马一桦和刘喜男的搭档组合——攀登经验最丰富的登山者与攀岩者——几乎代表着当时中国民间的最高水平了。

在这篇文章的最后，王二动情地写道："主流文化永远需要像刘喜男这样的攀登者，但仅仅是在它需要的瞬间。主流文化永远是自私的，永远不会怜悯到某个个体。像刘喜男这样永不低头、执着向前的攀登者注定会成为主流文化的牺牲品。他的死会成为主流文化炫耀自己价值观的功勋奖章，成为主流文化灌输人们规则思想的教科书。但记住，就算刘喜男死去，在天国，在雪山的怀里，他依然会满脸皱纹，手揣酒瓶，嘴角抽动地说，'小子，玩阴的！'"

党结真拉山难在登山界一时引起了剧烈的反响。刘喜男是迄今为止逝去的最有影响力的民间攀登者。人们以各种形式缅怀着这位竞技场上的冠军、曾经的嬉皮士、中国大岩壁攀登的先驱者。各大报纸纷纷报道了这则登山事故。正如王二所料，"量力而行"成了主流报道中最普遍的论调。在大部分人看来，这似乎又是一则"驴友擅闯禁区"类的新闻。刘喜男的故事很快就淹没在了同一时期珠峰火炬测试的新闻洪流之中。

党结真拉事故之后，谢红已经好几天没有联系上马一桦了。她每次打给丈夫，电话都打不通。等两个人终于通上话，谢红劝说，还是到加拿大吧。过去几年里，谢红曾多次劝马一桦移民出国，马一桦早就下定决心，要留下来把刃脊探险做出一点名堂。此刻，马一桦依然不舍。曾山远在美国，无法在成都负责公司的日常运营。刃脊探险现在几近瘫痪，如果他自己再出国，就断绝了公司的最后一线生机。他不忍心看着一手创立的刃脊探险就这么垮掉。当然，即便他想出国，手上也没有钱，"这几年自己过着清贫的日子，一样没有存下什么钱，也凑不够真去加拿大海关要求的一年基本生活费"。

刃脊探险的一名股东飞燃（陈川）对马一桦说，他应该出去看看更大的世界，至于国外的基本生活费，股东们可以先借给他。此外，加拿大的一家赞助商还承诺马一桦，等他移民到了加拿大之后，也能在不影响移民政策的前提下，以公派的形式让他回国登山，但周期至少是两年。

马一桦盘算着，这一走至少要两年。但说不定两年后，中国的登山政策会更加开放，届时纷纷扰扰的舆论也已经冷却下来，"公司现在的阵痛未尝一定是坏事"。

2007年7月1日，在办理加拿大移民的截止日期最后几天，马一桦登上了飞往温哥华的飞机。

19

阿成从党结真拉回到成都后，回到了他和刘喜男合租的房间。他打包好行李，离开了刃脊探险，回到了熟悉的阳朔。半年前，阿成听说阳朔新开了一条5.14难度的路线，雷劈山的"闪电"（5.14a）。5.14难度是业余攀岩高手与职业攀岩高手之间的一道"天堑"，当时中国攀岩者还没有能力完成5.14难度的攀岩路线。阿成认为这条路线其实并没有想象得那么难，"我觉得应该有人去尝试突破一下"。

在成都这一年，是自阿成攀岩以来头一次落下训练进度。他第一天开始恢复的时候，连引体向上的动作都做不标准。他很失望。他给自己制订了严苛的训练计划，每天雷打不动做200个引体向上，风雨无阻地坚持跑步。两个月后，阿成完成了"闪电"路线，成为中国第一位5.14级别的攀岩者。从那时起，阿成就坚定地走在攀岩竞技的道路上，日复一日地训练，无休无止。在之后几年里，他又完成了惊雷（5.14a）、红点饭（5.14d）等多条高难度的路线，始终走在中国攀岩者的最前列。他还成了中国第一位洲际攀岩定线员。在40岁的时候，阿成担任攀岩国少队的主教练，常驻在广西南宁的攀岩小镇马山县，培养一批批像他当年一样勤奋的攀岩少年。数十年的攀岩训练下来，阿成手指上的指纹都磨光了。假如刘喜男还在的话，他的手指也差不多如此。那时刘喜男应该50多岁了。阿成相信，刘喜男到时候一定在经营着一家属于自己的攀岩馆。

同样在南宁马山县培养攀岩少年的，还有邱江。蜘蛛人俱乐部在2011年关张后，他又开了家餐厅，辗转多年后也来到了马山县。邱江还是那个与石头为伴的浪子。只要朋友们看到他的一抹坏笑，便知道在他的心里，阳朔精神从未死掉。他一直在开线，不停地开线。他成了名副其实的开线之王。他在全国各地总共开辟了1000多条攀岩路线，占当时中国攀岩路线总量的五分之一。但他再没有碰见像刘喜男一样能开出如此有艺术风格的攀岩路线。邱江十分确信，假如刘喜男还活着，"他肯定还在攀登。你不用说，他肯定会攀登到死的"。

刘喜男在阳朔、白河、昆明等地开辟的攀岩路线被写进了《阳朔攀岩路书》《北京攀岩指南》《昆明攀岩向导手册》当中。他成了中国攀岩历史的一部分。然而当年轻的攀岩者们在这些路书上看到"刘喜男"时，在这个陌生的名字上最多停留不过半秒，便急于寻找下一行数字：这条路线的长度、难度与分段信息。只有极少数爬了十五年以上的老炮还记得这名字背后的故事。

"（刘喜男）在人生最低谷的时候依然执着地追寻着理想，"阳朔攀岩学校的校长张勇写道，"你谦卑、低调、稳重、大气，你在阳朔的日子大家攀登热情高涨、四处开线，你离开的日子我们努力延续你的精神，那种执着攀岩的岩者精神。"

王大和王二又回到了各自的生活轨迹中：王大回归了白河攀岩文化的氛围里，王二从此走上了半职业攀岩者的道路，四处参赛、定线。这一年秋天，王二来到广州增城参加亚洲攀岩锦标赛。在赛场边，王二竟意外地遇见了刀刀。刀刀说，她是和一帮朋友来的，看见王二，过来和他打个招呼。

第二天，王二正在白云机场候机、准备飞离广州时，突然接到了刀刀打来的电话。刀刀在电话那头哭泣，王二手足无措地在电话里安慰她，要照顾好自己，便挂了电话。过了一会儿，刀刀又打来了，她要来机场送王二。一个半小时后，王二和刀刀坐在机场。两个人尴尬地坐在一起，都没有言语。王二不知道要说什么好。王二首先打破沉默："刀刀，想喝什么？"

王二去拿了罐雪碧后，两个人又沉默地坐在那里。王二再次打破这尴尬，问："刀刀，最近怎么样？"

"工作。在广州旁的一个小镇上。"

"干什么？"

"画插图。"

又是一阵沉默。王二刚想再说点什么。这次是刀刀先开口："其实王二，找你没别的，只是心里有个问题，憋了很长时间。问别人没有答案，只能问问你。"

"你说吧。"

"你有没有想过再回党结真拉？把喜男运下来。"刀刀哽咽着说。

王二想了想，说："当然有这个想法啊，前几天喜男大连的朋友还电话我呢，说是明年去，我说好好计划一下吧。"

"谢谢你这么说，我知道还有一线希望就很开心了，还以为你们已经忘了这件事了。"

"怎么会，只是再去就会是一件很复杂的事，不像上次那么简单了。"

"你不知道,听见有人说要去和知道还有人抱着这种希望,对自己来说有多重要。当你对一件事绝望的时候,自己会很自卑。"

王二欲言又止,最后鼓起勇气说:"刀刀,其实你别希望把喜男运下来,对你自己来说会是个解脱,或者一种解脱的暗示,或者一种自我救赎的机会。"王二继续说,"我想通了,就算再去,下来了我也会把他葬在咱们堆的玛尼堆下,然后过段时间去上一次"。

"我明白,只是觉得这是自己应该做的一件事。然后就是喜男遗物的整理。"

"好啊,关键是自己的选择就好,"王二说,"其实今天你来,只不过是因为有些问题,你连自己以为觉得亲近的人都诉说不了,其实我俩并不熟,一共见过两次,话没上百句的。有时候人和人就是这么奇怪。"

"你不知道,今天给你打电话,是鼓足了所有的勇气才打的。其实觉得很不应该。"

"没事。其实有事的时候,互通个电话很正常,"王二说,"你要锻炼身体,否则到时候给你电话要上山的时候,再练就来不及了。"

"知道,最近也有些攀岩。"

"照顾好自己吧,找个男朋友。"

"不行,"刀刀说,"也不是没有机会,只是接触以后,心里老想喜男还在上面,就没法和人家再继续下去了……"

刀刀最想说的话已经说完。也许她还想再聊聊,但王二就要上飞机了。王二离开了广州,也离开了刀刀的世界。

从此以后,朋友们很少再看见刀刀。刀刀也远离了攀登者们的世界。她在广西的一个小城里结婚生子,做一名插画老师,过上了平淡的日子。

刘喜男的遗体至今留在山上,融入雪中,冻进冰川,成为大山的一部分。

20

党结真拉事故一个月后,苏拉王平的队伍又招募了十几名以黑水县为主的嘉绒藏族青年,并培训他们成为当地的登山向导。三奥雪山协作队壮大成了"川藏高山向导队"。人们称呼他们为"川藏队"。苏拉王平并没有听从当年马一桦的叮嘱"不碰冰雪类型的山峰"。在刃脊探险之后,雀儿山成为这家公司的招牌山峰之一。川藏队只做成熟山峰的商业登山活动,几乎没有开辟过未登峰。"安全"始终是这支队伍最重要的信条。

川藏队还参与了数次著名的高山救援与搜救行动。十年之后,苏拉王平效仿当年马一桦在北京风雨雪开办的"心中有数才出发"讲座,也在全国范围内开办了"心中有数才出发"分享会。"心中有数才出发"这句话成了川藏队最知名的广告语。川藏队经历了上千次商业登山活动,是中国极为罕见的仍保持零事故的登山团队。他们的向导团队壮大到了55人,后来成为中国规模最大的商业登山公司之一。

李红学曾在2008年初短暂地加入过川藏队。他在这里工作了两个月就离开了,随后创立了自己的公司"终极探险"。在李红学的前同事们看来,这名小伙子向来胆大。"他总要去做一些超过自己能力的事情。"马一桦说。

早在绵阳读大学期间,李红学就爱上了户外。他先在绵阳的探路者户外装备店打工,之后和当地户外爱好者张伟,合伙开了家"终极户外店"。这名高大帅气的小伙子,大学期间就痴迷于登山。在上大二时，李红学就开始组织同学去爬四姑娘山、三奥雪山、雪宝顶、骆驼峰。在2006年加入刃脊探险之前，李红学就已经有过一些攀登经验，还参加了中登协的高山技能培训班。他带着些许经验投奔这家声名显赫的登山公司。这名大学毕业生在刃脊探险的半年里，只参与一次成功的"未登峰计划"，2006年11月的雅姆雪山。当时马一桦正在上方领攀，李红学在下方做先锋保护。在打保护过程中，李红学的一次失误，险些让马一桦掉下悬崖。再考虑到他平时的工作态度，马一桦愤然决定开除了他。

李红学从刃脊探险离开后，来到了北京，跟着另一位"马哥"马欣祥在中登协培训部工作过一段时间。马欣祥说，他也曾邀请过李红学加入中登协。当时他的这名学生犹豫过后，最终还是选择了自由攀登的生活。在之后的两年里，李红学参与了凯乐石的"未登峰计划"，还与搭档徐老幺、袁老二合作，开辟了许多川西的未登峰。

马一桦出走加拿大后，听说李红学在国内小有名气，"他后来公司的宗旨好像就是说，我走了，他要继承刃脊精神什么的"。李红学确实继承了马一桦的一部分特质。网络上至今仍流传着马一桦当年亲自撰写的户外经历，精确到每一年、每个月。他会在其中有意无意地赘述一些不必要的细节：写到慕士塔格登山时，他会格外提及"历时二十余天的瘦身故事"；写到错把幺妹峰当三峰的攀登经历时，他会补充一句"曾领攀一条200米岩壁难度在5.6的混合路线"；写到组织一次艰难的登山活动时，他还会格外说明"打破了五一左右雪季无法登顶的三峰纪录"。

李红学也恰到好处地掌握了这种风格的精髓。在网上发帖招募队员时，他会把在"云南丽江玉龙雪山协助剧组拍摄雪山广告片，到达海拔4600米冰川"等画蛇添足的细节，一并写进其中，伴随着每一次活动推广的文案。这份履历中还有那次著名的格聂神山搜救。

2006年底，曾独攀幺妹峰的美国登山家查利·福勒，与搭档克里斯蒂娜·博斯科夫（Christine Boskoff）在攀登格聂神山期间失踪。在之后的半年里，曾山两度率领刃脊探险的队伍，来到川西的格聂神山寻找失踪者。李红学参与了第二次搜救行动，并找到了克里斯蒂娜的遗体。面对惨不忍睹的尸体，李红学遭受了巨大的心理冲击，彻夜未眠。当然，他最后还是把搜救的经历写进自己的户外履历中，"与一名队友独立搜寻近20天，发现遇难者之一"。

在朋友们的观察中，李红学很少把自己的内心世界袒露于外人。他是一名温和而善良的青年。包括徐老幺、卢三嫂在内的四姑娘山当地人，都受过他的照顾与恩惠。李红学之所以急于求成，也许是想尽快成为像马一桦一样在业内有影响力的人物。毕竟，作为一名民间登山者，要想在中国自由地攀登太难了。只是李红学一时还没有意识到，马一桦之所以敢写，是因为他在把这些自我标榜的小事写进去的同时，也完成了一些了不起的成就，数次开创了登山历史上的先河。

也许李红学后来意识到了这一点，渴望完成同样了不起的成就。只不过他追求目标的方式在他人看来多少有些胆大妄为。在生命的最后一刻，他终于也开创了历史。他和徐老幺首登的四姑娘山玄武峰，日后成了一座经典的技术型山峰。李红学还首度提出了挑战四姑娘山幺妹峰中央南壁路线的计划。这是一条充满想象力与勇气的路线。他集结了当年一同入职刃脊探险的前同事李霖鹏，协作徐老幺、袁老二，组建了2008年终极探险幺妹峰登山队。2008年12月的一天，李红学在成都采购装备时，迈进了中山户外店的大门，点燃了严冬冬和周鹏——下一个时代的自由攀登者——的幺妹峰之梦。

21

马一桦出走加拿大的新闻在登山界引起了大地震。刃脊探险内部也经历着洗牌与重整。由于曾山仍在美国，公司的日常运营暂时交由陈力来打理。此时，刃脊探险的账面上只有几万块钱。

"是有点慌，"陈力说，"特别是每个月要花钱的地方，你说这些都是平时大家一块的兄弟，你怎么面对他们？"陈力是公司里资历最老的员工。他见证了公司是如何一步步壮大起来的。山难三个月后，他开始了振兴刃脊探险的第一步：和所有在刃脊工作过的兄弟们联系，希望他们能够重新返回到刃脊继续攀登。

在后刃脊时代，陈力努力着手组建一支实力不输当年的团队。他找来了早已分散各地的姚振、满昱、张俭，"嫁到"南京的泽郎头，李红学的老搭档张伟，乐山的刘鹰……曾山回到国内，又投了些钱进来，勉强支起来整个公司。曾山给大家上了两天的培训课，再拉着大队伍来到半脊峰上。大家刚要开始上山，曾山突然接到电话，他的女儿发烧了。曾山立即赶回成都。陈力成为代理教练。好在刃脊探险的每一名老队员个人实战能力过硬，这次活动算是顺利完成。"虽然没有在技术上的进步，但是让我们学会了如何在老马和Jon不在的情况下独立操作一次活动，也许这更重要。"陈力写道。

马一桦离开后，大邑县鹤鸣山的岩场开始免费对外开放。

对于刃脊探险来说，商业登山活动才是支撑公司活下去的命脉。这一年"十一"假期，刃脊探险恢复了商业登山活动。在党结真拉的事故之后，刃脊急需恢复往日的影响力。可惜，陈力、张俭、姚振、泽郎头带的这期活动并不理想。在他们最自信、最熟悉的半脊峰，竟然有客户没有登顶。但陈力等人并没有失去信心。他们强打起精神。每做一次活动，刃脊探险就恢复一点点影响力。遇到问题，陈力就给远在美国的曾山打电话汇报。

"我有个不到一岁的小孩，不停地处理这边的事情，都是在半夜处理。太累了，"曾山说，"快两年，我都一直坚持下来，根本没有办法解决。"当时阿苏已经离开了刃脊探险。曾山聘阿苏为他在成都的私人助理，帮他处理在成都的杂务。

2008年5月的一天，曾山正在跟阿苏打国际电话，两个人正聊着工作，阿苏突然喊，楼在动。曾山问，怎么了……电话断线了。曾山心想，难道是地震了？曾山又给阿苏打了个电话。不通。曾山急了。他立即给其他在四川的朋友打电话，全都打不通。曾山给上海的朋友打电话，问四川地震了没有。上海的朋友说没有。曾山又打给正在广州的曹峻，问四川地震了没有。曹峻说，好像有一点事情。曾山急疯了。他的妻子、丈母娘、朋友们全都在四川。他一晚上没有睡觉，在美国疯狂地打电话找人。

5月12日这天，陈力刚带完一期半脊峰登山活动，回到了成都，装备还没来得及整理。下午，他和同事正坐在刃脊探险的办公室里整理票据，突然整个大楼开始晃动。陈力和同事面面相觑，是不是楼下修地铁的又开始野蛮施工了？他们过了会儿才发觉，似乎有点不对劲。这施工的动静恐怕有点大。

汶川大地震发生后,川西一带哀鸿遍野。震后第二天,陈力接到了川登协打来的电话,有一支九人队伍在山里失联,希望他能进山援助。陈力抓上现成的装备,和五名队员组成一支具备攀岩、登山、徒步、急救技能的救援团队,立即开赴震中。他们开车前往震中映秀。那是他们每次去四姑娘山的必经之路。这一路满目疮痍。山上震落的巨石挡在路中央。路基被生扯开宽大的裂缝。多条隧道坍塌。曾经横亘在紫坪铺水库上的大桥被拦腰截断。

到了都江堰,他们的车再也开不进震中,只好徒步进映秀镇。一路上,他们遭遇余震、落石和滑坡。救援队连夜徒步到了映秀镇漩口中学,遇到了中学里的老师。老师说,他们已经打了几天的电话求援了,怎么也打不通。学生们正住在简易帐篷里。这里只有土豆、盐,还有从废墟里刨出来的零食,怕是坚持不了几天了。老师们希望救援队能带这20多名学生下山。《中国青年报》冰点周刊的记者林天宏,曾将震后的漩口中学形容为"末日景象"。在那篇著名的特稿《回家》中,他如此描述震后的漩口中学:"这座原本6层的教学楼,已经坍塌了一大半,程磊所处4层教室的那个位置,早已不存在了。整个镇子变成一片瓦砾场。幸存下来的人们,满脸惊恐的表情,四处奔走呼喊,救人的声音此起彼伏。连夜徒步几十里山路,刚刚赶到的搜救部队,都来不及喝一口水,就投入到了救援中。"

《回家》中的学生程磊"被压在一块巨大的水泥板的缝隙里""全身已经僵硬"。但这所学校里还有更多的学生和老师、更多的幸存者挣扎着渴望活下去。此刻,陈力的救援队是他们唯一的希望。陈力刚从半脊峰下来，正好包里还带着卫星电话。他们打电话请示过上级领导部门后，决定冒险带这20多名学生下山。

5月16日凌晨5点，陈力等人来到临时营地，准备带学生们离开这里。他们却傻眼了：眼前黑压压一片，这哪里是老师说的20多名学生。清点过后，师生共计235名。陈力与队员们简单讲解了基本求生知识后，就带着浩浩荡荡的队伍出发了。一路上，沿途的村民听说终于有救援队进来了，也跟到队伍后面。队伍越来越长。队员们护送着大队伍，躲过落石高发地带，闯过湍急的岷江河畔，最终安全抵达了目的地平滩码头。下午，大型冲锋舟来到码头，载着数百人，有惊无险地把他们运到了紫坪铺码头。陈力等人统计了总人数。他们拯救了约500名师生和村民。在2008年5月，像陈力这样成百上千名中国户外爱好者集结成队，组成了几十支救援队，利用丰富的户外经验，率先挺进了川西灾区参与救援。2008年不仅是中国民间公益的元年，也是中国民间救援队的元年。

汶川大地震摧毁了川西数万个家庭，改变了许多人的心灵与命运，也摧毁了刃脊探险全年的活动与收入。陈力等人救下了数百人，却没有救活刃脊。到了年底，公司濒临危机。"甘孜州的活动也全部停下来，2008年唯一一次能挣钱的活动还亏了本——整个2008年是非常惨淡的一年。"陈力写道。

在2009年新年来临之际，陈力决定，来年一定要让刃脊探险恢复新的气象。

22

2009年初,春节刚过,刃脊探险的办公室从南桥花苑搬到了文殊院附近。刃脊探险逐渐恢复了震前的忙碌,还与众多户外品牌建立了联系。然而在"十一"期间的雀儿山商业活动中,刃脊探险登山队冲顶失败。即便远在加拿大的马一桦早就决心不再插手公司的运营了,但还是气得够呛。马一桦在公司的时候,除了六年前王平突然离职那次,他带的商业登山活动从未失手过。

马一桦移民到加拿大后,这名曾经的户外论坛领袖销声匿迹了。他一度想把自己过去十年的登山经历写成一本书,后来想想也还是作罢了。马一桦定居在了温哥华。他从家开车半小时就是便宜实惠的滑雪场,开车一小时就是北美攀岩胜地斯阔米什(Squamish),开车两小时就到了冬奥会赛场惠斯勒(Whistler),开车10个小时就是世界著名登山目的地班夫国家公园(Banff National Park),但这些地方他都没有去。他要先解决自己的生存问题。

到了温哥华不久后,马一桦就与妻子谢红分开了。他变成了一个人。他先是像其他留学生一样干起了苦力,之后又找了份在大楼里做装修、贴瓷砖的工作,一天要连轴干12个小时。"活儿是又脏又累,我刚开始干的时候浑身酸痛,躺在床上就不想起来。"马一桦回忆道。在加拿大做小时工很累,但这份生活又很简单:时薪高,时间自由。工友们都有自己的故事,从没有人过问马一桦的经历。在过去，马一桦一张嘴，就像拧开了自来水龙头，滴滴答答说个没完。如今在温哥华，马一桦却无人说话。他很孤独。在餐厅里、在大楼里、在公路上，他又变成了一匹独行的马，一匹老骥伏枥的马。

两年过去了，中国登山界每一天都在发生剧变。当年来加拿大之前，赞助商说好的"将以公派形式派遣回国登山"的计划破产。赞助商的律师后来阻止了这一计划。马一桦永远地留在了加拿大，很少再关注中国登山界的动态。当心力交瘁的曾山给他打了那通解散公司的电话时，马一桦已是心如死灰。

经历了2008年汶川地震的重灾，2009年中国登山界焕发出了前所未有的盎然生机。在四川，彭晓龙的蜀山探险公司继承了开拓川西未登峰的"大纛"，苏拉王平把川藏队的商业登山活动做得有声有色。终极探险等小型登山公司纷纷崛起。四姑娘山的徐老幺、三奥雪山的罗日格西等当地原住民向导各据一方。一年前，三大高手率领的队伍围战幺妹峰。如今幺妹峰成了中国自由攀登者竞相追逐的目标。在2009年底这场围战中，年轻一代的登山者严冬冬和周鹏在众高手间突围，阿式攀登了幺妹峰，并开辟了"自由之魂"新路线。

国内登山界的进步让年近半百的马一桦措手不及。他从未料到，仅仅过了两年多，中国登山者，还是如此年轻的登山者，就已具备阿式攀登幺妹峰的实力。当马一桦在网上看到当年赠送自己雀儿山地图的严冬冬，正茫然于是否站在了幺妹峰真顶的时候，他还给了严冬冬一张珍贵的四姑娘山1：5万比例尺地图，并难得地在国内户外论坛上再度发声："从你的照片看与我们当年攀登的是同一个顶。"

在更广阔的中国大地上，奥索卡与中登协合作，成立了日后被誉为"中国阿式攀登的摇篮""自由攀登者的黄埔军校"的中国登山高级人才培训班（CMDI）。早在2006年，奥索卡的老板汉斯就与中登协培训部的马欣祥、孙斌等人，商议开办一个专门培养中国阿式攀登者的培训班。培训班的课程还特别结合了中国登山的发展情况。2006年9月，来自四川、新疆、西藏、青海等地体育系统内的八名青年，开始了长达两年的全脱产攀登培训。其中三名学员完全没接触过登山，比如四川的李宗利。他曾经是一名职业摔跤运动员。多年练习摔打厮斗，他的双耳软组织都变成了摔跤运动员特有的"饺子耳"。其他学员即便是登过山，也没比李宗利强多少。

拥有二十多年攀登经验的法国高山向导奥利维耶（Olivier Balma）任总教练。由于孙斌临时被借调到奥组委，马欣祥又从西藏登山学校召回了康华，担任翻译及助教。康华登顶幺妹峰后，转型成一名真正的技术攀登者和阿式攀登者，也积攒了多年的技术攀登经验。在为期两年的培训中，奥利维耶、康华与八名学员在白河和阳朔练攀岩，在桃源仙谷练攀冰，在青海年宝玉则峰、新疆博格达峰和西藏训练登山和救援，在贵州格凸攀岩开线，在岗什卡峰登山滑雪，再反复操练，反复打磨。最终在2008年9月，CMDI的首批学员毕业，走向了中国自由攀登的舞台。像四川的李宗利、青海的李卫东、新疆的罗彪和迪力夏提，以及北京的王云龙等首届学员，日后对中国登山界影响深远。从第二届开始，CMDI对民间开放，古古、彭晓龙、李兰、郑朝辉等著名的自由攀登者带艺投师，进一步淬炼成为个人能力超强的自由攀登者。

2009年11月，当曾山给马一桦打了那通解散刃脊探险的电话时，马一桦面临的正是这样的局面。他当然可以买一张机票，像曾山一样不时往返于北美与中国之间。但回来了又能如何呢？马一桦后来在《山野》杂志里一篇名为《刃脊之死》的专题中写道："现在我回国从刃脊直接转型的路已被堵死，那么回国也无异于重新开始。而现在以国内登山业的竞争态势，年轻一代发展迅速，再用五年刃脊也不一定能够重新回到以前的状态。登山经验重要，体力也是不可或缺的要素，除登山以外，我以前从事的行业自己也早已落后于时代，在国内我将无所适从。"

这一天下午，曾山刚从央莫龙峰攀登回来，就把陈力叫到家里，跟他宣布了解散刃脊探险的消息。陈力正准备去甘孜州出差，来年再接再厉壮大刃脊，没想到曾山突然宣布，公司解散了。从曾山的家里出来后，陈力的心里空荡荡的，漫无目的地游走在大街上。

"那天下午Jon告诉我他准备关闭刃脊，因为以后他夫人的工作在美国，他必须带孩子和照顾家，没有时间待在中国，没有精力管理公司。经刃脊所有股东（包括老马）商议决定关闭刃脊，"陈力写道，"因为我的身份，我没有更多的言语，今天本来准备谈的事情都不用谈了，我们过去所做的一切付诸东流了。"

刃脊探险的员工们伤心又无奈，但他们必须面对这个事实：

从今天起，他们就不再是刃脊探险的登山向导了。依照曾山的要求，员工们退回了身上穿的GTX冲锋衣、手里的技术装备。曾山还换掉了门锁。向导们再也无法回到刃脊探险的办公室了。

曾山变卖掉了大部分装备，拿来还刃脊的债务，只保留下一小部分物品作纪念。最后他带走了生锈的冰锥、主锁、冰镐、头盔、铝锅、护目镜，以及老马的几本旧书。他还特意保留下2004年登顶幺妹峰后在各大城市巡回宣讲时的传单。这张传单是马一桦制作的，上面写着"授人以渔"。当时曾山问老马，这是啥意思。马一桦告诉曾山，这是中国的成语，"鱼"是登山，"渔"是教人登山。曾山恍然大悟。他想再成立一家探险公司，这次就专门教人登山。

第三部
白河十年

2004年

2014年

1

　　登山者意外离世后,过去的生活习惯依然在亲友的余生中延续着:曾经喜欢喝的啤酒、经常逛的公园、约好碰头的公交车站……一切如常,只是少了个同伴。他们上一刻还沉浸在过去的美好回忆中,下一秒恍然于无可置辩的残酷现实。这种强烈的反差每时每刻都会带来无尽的怅然。

　　许多人都描述过那种突然失去亲人的感受,巨大的失落感如海啸般吞没了他们的余生。海啸过后,悲伤就像一波又一波潮水,不断冲击着他们脆弱的内心堤坝。终有一天,他们下定决心,要努力走出事故的阴霾,要与过去切割,要重新开始下一段生活,要在心里修筑起一扇更加高大而坚固的墙。他们做到了。他们终于重振了生活的信心。但总会有些不经意间的瞬间,一个似曾相识的场景、一场久久回味的梦,或者仅仅是一张照片——这是他们与逝者为数不多的联结——轻易地击溃他们的心理防线。他们明白,必须学会与这虚无和悲伤独处。他们别无选择。

　　每逢党结真拉山难的周年祭日,刘喜男的昔日好友都会用各自的形式缅怀这位逝去的伙伴。他们还会在"盗版岩与酒"论坛上,发篇周年纪念的帖子。2009年4月,众位兄弟来到党结真拉的大本营祭拜刘喜男。他们依旧是一帮嘻嘻哈哈、天不怕地不怕的混世青年,但在王大与王二等人的内心深处,刘喜男的离开,也象征着纵情享乐的嬉皮时光随之结束了。

王二开始严肃地死磕大岩壁攀登,成为一名半职业攀岩者。他再也没爬过带冰雪的山峰,并自嘲从此"见雪封喉"。这一年7月,王二与英国攀岩高手利奥·霍丁(Leo Houlding)、西班牙攀岩高手卡洛斯·苏亚雷斯(Carlos Suárez)三人来到华山西峰,在雨中攀爬了13个小时。第二天,他们又从凌晨4点继续爬到6点半,最终攻克了这面酷似优胜美地酋长岩的大岩壁。王二完成了刘喜男生前的夙愿:华山西峰大岩壁路线的首登。这是一次干净、漂亮的大岩壁攀登。全程没有打岩钉,也没有使用岩锥。唯独在最开始起步的时候,他们使用了刘喜男五年前曾打下的两颗岩钉。

　　登顶的这天早上,王二给王大打了个电话,我登顶了。王大听闻,当即表示祝贺。王二话锋一转,又问王大,你放下了吗?王大当然知道他指的是哪件事。王二说,我放下了。正如王二后来写道:"华山是喜男的梦想,我很高兴为他完成了这个梦想。而我得到的是心灵的解脱。"

　　王大却从未放下。他很少有如此充满仪式感的大型攀登目标。他只是一次次来到白河,享受这些岩壁带来的短暂快乐。不到十年的光景,白河已成为与阳朔齐名的国内攀岩胜地。初到白河峡谷的游人,一眼望去,两岸尽是高大的白褐色岩体,岩石上点缀着郁郁葱葱的植被。常年混迹于此的白河攀岩者欣赏到的却不只是秀丽的山水,还有山体上一条条成熟的攀岩路线。在白河攀岩基金与一代代攀岩者的推动下,白河两岸的峭壁上,已开辟出了200多条琳琅满目、形态各异的路线。白河攀岩基金的首任管理者、曾经的全国攀岩冠军丁祥华,如今已是中登协攀冰攀岩部的部长。早在2001年的时候,丁部长就把白河攀岩基金的管理权交给另一名硬核的白河攀岩者,王茁。

王茁是北京广电总局的工程师。他是黑龙江大庆人,说话时带着一点不明显的东北口音。大学期间,王茁通过绿野论坛接触了徒步、露营等户外运动。毕业后,他在七大古都攀岩馆接受了攀岩技术的启蒙。七大古都停业后,王茁等一帮年轻的攀岩爱好者从宣武门内大街,转向刚开业的西直门首都体育攀岩馆。这些人当中还有在北京电话局工作的赵鲁,以及终日穿着大文化衫、大短裤,趿拉着布鞋的伍鹏。

王茁、伍鹏、赵鲁三名70年代生的年轻人一同报名了首体攀岩馆里开设的初级、中级、高级攀岩培训班。班里不到10个人,学员之间混得很熟。每天爬到傍晚五六点岩馆关门后,这帮热爱攀岩的年轻人就约着去岩馆门口的小饭馆喝几口。近一点的,他们就在门口的海帆酒吧喝点小酒。远一点的,他们就走到新疆办事处餐厅,点盘毛豆、喝几瓶冰啤酒、吃几串羊肉串,谈笑风生地吃到半夜,回家倒头就睡。"当时就觉得攀岩跟喝酒是一件事儿。"赵鲁说。在这帮朋友中,就属王茁、伍鹏、赵鲁三个人步伐一致,"反正我们仨经常是在一起走,因为我们三个走得特别快"。哥仨走路节奏相近、年龄相仿、趣味相投,每隔几天,他们就要在攀岩馆碰一次面。

首体攀岩馆的高级培训班由丁祥华授课。丁祥华把学员们拉到白河,教授更高级的技术操作。王茁、伍鹏、赵鲁初到白河的时候,这里只有个老岩场,但白河还是成了他们的京郊乐园。久而久之,每到了周五下班后,三个人心照不宣地在东直门汽车站碰头,搭上980公交车,从始发站一直坐到终点站密云县城,再打电话给张家坟村的邓德来。德来开一辆面的,车上载满岩友,嘟嘟嘟开往白河峡谷。这种生活模式一直延续至现在的白河攀岩群体。

晚上到了德来家,三个人不停地喝酒聊天。到了深夜,王茁、伍鹏和赵鲁凑在一间屋子,睡在一张炕上。哥仨你一言、我一语地开起卧谈会,天马行空、山南海北地聊,彻夜不眠。第二天,岩友们睡到自然醒之后,就在院子里面晒装备。德来一家也与他们有了默契。早上,德来的媳妇给他们做好早饭,往往是半盆粥,再摊几个鸡蛋。大家吃得饱饱的,再带点干粮进山,一直爬到天黑。晚上,德来来到约好的地点,开着小面的接他们回村。

在王大等众多白河老岩友看来,哥仨当中,唯有戴着眼镜的王茁显得有点学究气,不太懂幽默,有时还过于较真。然而一旦聊起技术细节和攀登器材,王茁就显得格外精神。"我们当时觉得,come on,别这么严肃。"王大说。王茁时常针对一个小技术问题,在论坛上与黄茂海(mh)等见多识广的岩友吵得不可开交。在论坛时代,他的吵架风格也同样充满着学术气息。他经常以一句"你先把题干看清楚"为开头,再洋洋洒洒回复个几百字,黄茂海再有理有据、针锋相对地反驳。"你光看他们俩打架就能学到很多东西。"赵鲁说。

王茁不仅沉湎在攀登技术操作的知识海洋中,他也许还是北京岩友里第一个凑齐一整套机械塞的人。机械塞是传统攀中的技术装备,但对于当时白河的攀岩者来说可谓是天价,也没有渠道购买。王茁托人从国外一枚一枚地带过来，再攒成一整套。王大观察到，王茁每次拿到一个新装备，他就独自把玩，"像个大男孩一样"。大家也因此窥见了王茁率真的一面。在赵鲁眼中，王茁看起来爱极了这些宝贝，整天擦拭，"就跟士兵弄自己的枪似的，天天都能给你说出个所以然来什么的"。就连在单位的办公室里，王茁一淘到新的攀冰靴和冰镐也会在同事面前不停地挥舞比画、反复把玩，就像个孩子在炫耀新买的玩具。在其他朋友面前，王茁的这种炫耀多少有些显摆：他在夏天去攀岩的时候，还会带上冬天攀冰用的冰锥。有朋友在背后忍不住调侃道："如果哪天这大佬东西掉了，我们捡到，那就太美了。"

很快，王茁、伍鹏和赵鲁三兄弟就不满足于白河有限的几条攀岩路线了。他们在阳朔感受到震撼的国际级路线后，也想在白河开辟新路线。"他们当时说，谁开谁可以命名。就觉得这事儿应该挺好玩的。"赵鲁说。在国际攀登界有个规矩，登山者与攀岩者有资格为自己开辟的新路线命名。在世界各地，每一条攀岩或登山路线的名字背后，都有一个年代久远的故事。王茁、伍鹏和赵鲁琢磨起开线技术。他们自然也想在白河攀岩历史中留下自己的名字，更想把从白河汲取的快乐，不断传递下去——取之于白河、用之于白河，特别是王茁，作为白河攀岩基金的第二任管理者，他有义务把白河变得更好。

他们确实做到了。继白河最早期的老岩场之后，2001年王茁和黄茂海开辟了白河早期的多段传统攀路线"黄蜂之鸣"。半年后，王茁、伍鹏、赵鲁开辟了小柏树岩场，以及日后传统攀初学者来白河必爬的经典路线"Beginner"。王茁、伍鹏和王大还开辟了经典的"老怪"岩场。王茁终日在白河开线与攀爬,两年就穿坏了四双攀岩鞋。

北京地区的攀岩爱好者尽情享受着这处京郊的天然乐园,回到家后,虚拟世界中的户外论坛又成了他们的精神家园。在90年代末,新浪的山野论坛成为中国第一个也是早期的唯一一个有影响力的户外论坛。那个年代凡是能叫上号的登山、攀岩、攀冰爱好者,甚至是户外旅行者,无一不来自这里。山野论坛的四大版主更是"统治"了户外界的网络江湖。在网上AA结伴组队的热潮中,北京的绿野论坛与深圳的磨房论坛,随后也乘势而起,成为两地户外爱好者的网络聚集地。中国早期户外论坛上的帖子质量极高。在那个信息极为可贵的时代,每个人都把自己的经验和知识挥洒为一篇篇长文,既让全国各地的户外爱好者大开眼界,也成了颇有价值的信息源泉。论坛时代兴起的"驴友"称呼,与线下活动时直呼网络ID的习惯也流传至今。后来随着新浪山野论坛四大版主各奔东西,曾经最有影响力的新浪户外论坛也沉寂下来,并在不久后关闭了。"8264"(户外资料网)虽是后来者,却得力于丰富的内容策划与专业的后台技术,成为走得最长远的户外论坛。

王茁、伍鹏、康华等早期的白河攀岩者,大多是网络工程师出身。他们不仅长期在白河自然岩壁上大量实践,还自己搭建网络服务器,遨游在常人无法窥见的赛博空间,沉浸在国际攀登技术的英文世界里,特别是王茁。他对硬核技术孜孜以求,编译和撰写了大量的攀登技术、装备、知识、山峰资料,发表在绿野论坛上,一时被网友们奉为高人。在网友们的线下活动中,经常手持冰镐、拎着绳索的王茁,更显得专业范十足。王茁很快就成了绿野论坛"山版"的版主。他在绿野上的网名叫"Kristian"。人们都尊称他为"老K"。

2000年代初,康华在"乐趣园"上搭建了一个以硬核攀登为主题的小众网站。"以那时北京攀岩圈子里的朋友交流为主,也包括像云南王二、阳朔邱江这些岩友。当时北京的岩友,很多都是做与IT或者电脑相关的工作,所以上网沟通相对便捷。而且大多数岩友也爱喝几杯。"康华回忆道。岩与酒的slogan也完美地体现出白河攀岩者的精神——岩,我所欲;酒,亦我所欲。自不必说,王大、王茁、伍鹏等爱酒之人,都是这个网站的忠实用户。这些通晓英文的硬核攀登者,在"岩与酒"上整理出了国际攀登高手的攀登报告、国内攀登者的故事逸闻,还有国内外著名的技术型山峰资料。

"岩与酒"通过网络把天南海北的攀登者凝聚到一起。这一小撮民间攀登爱好者,也常常在网站上切磋、交流。国外登山者的攀登报告让他们艳羡,幺妹峰、婆缪峰等山峰让他们垂涎,而远在喀喇昆仑山脉的川口塔峰(Trango Tower),更是成为众人可望而不可即的梦。随着康华远赴西藏登山学校任教,王大也开始了一段"混子"时光。"岩与酒"疏于管理,一度冷清下来。当"乐趣园"的服务器开始收费的时候,伍鹏觉得,看这架势,万一"某天乐趣园关门了,就SB了"。

伍鹏是攀登圈的老江湖了。在中国科技大学就读期间,伍鹏就开始在全国各地徒步穿越。1999年的一个秋天,他在下班后无意间走进了七大古都攀岩馆。"第一次爬得很烂,但从此爱上了这项运动,并成了我一生的运动。"伍鹏在一次采访中说道。之后他又接触到了攀冰和登山,开始向那空气稀薄的顶峰发起冲击。伍鹏和马一桦尝试过攀登青海玉珠峰北坡,又和好友王磊尝试阿式攀登西藏启孜峰。与迷恋攀登技术操作的王茁不同,伍鹏格外向往地球上的未知之地与无人之境。他说,他喜欢爬到高处,看着大地与广袤的山脉一览无余地绵延开去,此时他会觉得之前的所有努力与付出都是值得的。不在雪山上的时候,开辟攀岩线路就成了伍鹏探索未知的最佳方式。在北京的白河与四渡、河南的郭亮村、深圳的过店、广东的英西、广西的阳朔,但凡中国有自然岩场的地方,就有伍鹏开发过的线路。

"如果说康华是个朋克,我是个嬉皮,那么伍鹏就是个雅痞。"王大说。伍鹏留着寸头,目光有神,言谈间宛如一名文雅的谦谦君子,内心里又对任何传统的、主流的事物不屑一顾。或许是深得优胜美地文化的精髓,也或许是个性使然,伍鹏精妙地掌握了身为一名攀登老炮的特质:严谨地攀登,却消解一切权威的存在;真诚对待每一名攀登圈的朋友,却利用一切机会拿老友开涮。伍鹏也泡过山野论坛和绿野论坛。他在绿野论坛上的网名叫"花科友",取自一句经典英文问候语的谐音。但他更著名的网络ID叫"Freewind"(自由的风)。在许多混迹于户外论坛的网友看来,这个名字和"老K"一样,代表着严谨、仔细、认真,讲究精湛的攀登技术和精良的攀登装备。

伍鹏见证过各大户外论坛的兴盛与消亡,也目睹了各个圈子里的团结与分崩。他深知在民间登山还未普及的时代,一个硬核的户外论坛对于小众的登山圈有多宝贵。身为网络工程师，伍鹏还想在"岩与酒"的基础上，做成一个非营利性质的、专为登山社区服务的网站。"我希望只为那些最纯粹的climbers构建一个交流的平台，我不需要人气，我需要质量。"伍鹏写道。2003年底，伍鹏搭建了"rockbeer"论坛，并把他独有的幽默、反叛、消解主流的精神点缀其中，将网站命名为"盗版岩与酒"。白河攀岩最辉煌的十年便由此开始了。

2

2003年6月的一天，小河第一次来白河峡谷，跟着王茁学习传统攀的技艺。王茁在上面领攀，小河跟在下面收塞子。一个月后，在王茁的指导下，小河完成了他的第一条传统攀路线。自那以后，每到了周末，小河和王茁两个人泡在白河，磕线、开线，爬遍了这里的传统攀路线。王茁成了小河的启蒙老师。

小河的本名叫何川。这名重庆小伙子大学考入了北京理工大学的光电学院，毕业后，他留在了北理工做讲师。小河身材精瘦，像是个马拉松运动员，平时喜欢骑行和徒步，经常参加绿野论坛上的活动。小河最初在首体攀岩馆尝试了这个新鲜的运动，没有立即喜欢上在人工岩壁上攀爬的感觉。他后来也去了几次岩馆，远远地瞥见王茁、伍鹏、赵鲁三个人玩得不亦乐乎、围坐在地谈笑风生，却没有走上前去，参与其中。

有一年冬天，小河报名参加了绿野论坛的攀冰活动。王茁作为北京地区经验最丰富、资历最老的攀登者，在队伍里充当教练的角色。在去河北涞源的火车上，王茁耐心地给这些攀冰新手讲解技术、介绍装备。在冰场上，小河第一次攀爬冰壁，王茁给他打保护。晚上，王茁给大家讲述他的攀登故事。在一群新手面前，王茁显得心境豁朗而又学识渊博。小河对王茁顿生好感，敬佩之中还带着点崇拜。

这次攀冰活动也一改小河对攀登的看法。小河开始频繁参加攀冰活动，也重新看待攀岩。他常常去首体攀岩馆和安贞抱石馆练习，还在京郊的百望山首次尝试攀爬自然岩壁。他爱上了攀登的感觉，一到了周末就期待进山攀爬。小河还听说有种比运动攀更自然、原始的攀岩形式，传统攀。"从我第一次知道Trad & Aid（传统攀和器械攀），到半年以后确立理想目标——自由地攀登——通俗地说：发现岩壁，爬上去，走人，就像是旅行。这必将成为我的攀岩方式。"24岁的小河写道。

在白河掌握了传统攀的技术后，小河也开始尝试中国其他地区的攀岩路线。2003年"十一"，小河与黄茂海、王大等白河岩友来到昆明的西山。几个月前，王大和刘喜男、王二刚尝试了西山大岩壁。王大有声有色地把他们仨的故事——"三百多米高的岩壁，他们爬了两天，晚上就在岩壁上猫着，最后直接爬到了山顶的亭子里，其间还有无数趣闻。"——讲给大家听。小河听了王大的讲述，对大岩壁攀登心生向往。也正是在昆明西山，小河经历了两次大冲坠。惊魂甫定之余，他也重新审视攀登的安全性。

回到北京后，几乎每一周，小河都跟着王茁一起攀岩。王茁为人直爽，待人真诚，他把自己学到的攀登技艺，毫无保留地传给小河。两个人单独在山里，一待就是一整天。小河说，王茁的生活态度对他产生了很大的影响：一个人竟可以把自己所有收入、时间和精力，投入攀登上面。

王茁的女友不必（鲜文敏）偶尔也会加入王茁与小河的攀岩活动。"不必"也是绿野的版主，在论坛江湖小有名气。在网络上，不必行事飒爽凌厉，与网友骂战从未占过下风。在城市里，不必是搜狐户外网站的编辑，是一名敢说敢做、敢怒敢言的职业女性。与攀岩相比,不必更喜欢去京郊徒步穿越。当初她和王茁通过绿野的线下活动相识,两个人很快就走到了一起。"我记得王茁说的,他这辈子最幸福的两件事,一个是攀岩,一个是和我待在一起,"不必在一次采访中说道,"不过他又补充说,还是挂在岩壁上的时候更爽一些。"2004年开春,王茁和不必花了9块钱买了几包瓜子,在临时租住的新房里沏了一壶花茶,请来几位要好的朋友,当众宣布:我们结婚了。

这一年秋天,小河已经青出于蓝,并学会通过开线来表达和创作。小河和王茁在白河开辟了三条新路线。小河从来没有叫过王茁"师父",但在小河心里,王茁既是他攀岩的领路人,也是一起钻研攀岩的搭档。小河也尝试过一次所谓的爬雪山,但在四姑娘山二峰经历严重的高反之后,他就把高山靴卖了,更专注于攀岩。

王茁热爱攀岩,更热爱登山。从2000年开始,王茁就先后攀登过四姑娘山大峰、雪宝顶、四姑娘山三峰,以及新疆博格达峰、四姑娘山的大仰天窝等技术型山峰。他是一名严肃的自由攀登者。只有在极其私密的时刻,这名理性的登山者才会暴露出他感性的一面。有一次,在得知好友在雪山上出事后,王茁回到家抱着妻子大哭。

"我不知道别人怎么看登山,反正我是把它当作一项消遣,但是是最严肃的消遣,"王茁说,"当我的日常生活中充满了太多的'无所谓'时,这种严肃可以使我的生命具有意义,可以使我的头脑保持敏锐。"

王茁和伍鹏一直以来都有个攀登目标,四姑娘山婆缪峰。

几年前,伍鹏的好友王磊从四姑娘山三峰攀登归来,做了场分享会。分享会的主题没有吸引住伍鹏,倒是其中一张照片揪住了他的心。伍鹏回忆道,这座金字塔形的山峰有着极为漂亮而完整的花岗岩岩壁,从巴朗山垭口望过去,它在群山之中显得如此突兀和卓尔不群。当时,中国的登山者还没有听说过婆缪峰的名字,一度将这座山谣传为"尖子山"。当年在《山野》杂志工作的户外编辑马德民,与资深户外撰稿人小毛驴(刘团玺)查阅了大量资料和攀登报告,才考证出来它在当地的汉语名字叫"婆缪峰"。婆缪峰还有个更加浪漫而形象的英文名:Celestial Peak(天空之山)。

也就是在这一年,伍鹏在白河的院子里,向身旁的两名好友介绍起这座山峰时,"王茁和王滨两个家伙眼中闪烁着兴奋的绿光,呼吸也粗重了,语速明显加快:这不奇怪,我们都梦想着攀登中高海拔的大岩壁"。婆缪峰成了几名白河攀岩者心中最渴望攀登的一座山峰。在岩与酒网站的山峰资料库中,它比远在南美巴塔哥尼亚山区的托雷峰(Cerro Torre)、喀喇昆仑地区的川口塔峰(Trango Tower)更加现实,也更加神秘。

伍鹏从北京跑去深圳上班后,平时忙忙碌碌,但他从没有忘记梦想中的婆缪峰。在深圳工作的三年里,他想方设法搜集关于婆缪峰的一切资料:从旅行者们拍摄的照片,到外国登山者们攀登四姑娘山一带山峰的报告。他发现,早在二十年前,美国优胜美地的攀岩者就完成了婆缪峰的首登,之后两名低调的登山高手基思·布朗(Keith Brown)和查利·福勒又先后独攀登顶了婆缪峰。目前还没有中国攀登者敢挑战它。

伍鹏创建了"盗版岩与酒"论坛后,在论坛上翻译了数百篇国外攀登报告,并整理出了关于婆缪峰的地理、气候、历史等全方位信息。攀登婆缪峰的计划随后也在论坛里被提上日程。面对这座被国际攀登高手形容为"毛骨悚然"的山峰,几名攀岩者自觉实力还不够,但伍鹏还是想去试试,哪怕只爬个一两百米也行。2004年春节,伍鹏、王茁、赵鲁和不必四人终于来到四姑娘山实地考察。四个人挤在一顶帐篷里,一路上考察了长坪沟里的婆缪峰和骆驼峰等山峰。

"当时还带什么望远镜在那跟战术侦查似的,反正王茁念念有词的。感觉口水都流下来了。看着那山就觉得漂亮,就要爬。"赵鲁说。

到了秋天,伍鹏决定正式攀登婆缪峰。王茁却很犹豫,他认为这座山峰的难度,远超过了他们几个人的能力。架不住伍鹏再三说服,王茁最终决定加入。这支队伍里还多了个新成员,广西南宁的攀岩者赵四(赵忠军)。

赵四是一名全能的户外爱好者。他不仅是攀岩高手,还是一名资深的探洞、飞伞爱好者。90年代末,西南地区的攀岩元老黄超,在南宁开辟了两条攀岩路线。赵四等南宁第一批攀岩者就通过这两条路线接触到了攀岩,并逐渐痴迷于这项运动。山上的赵四沉着冷静,山下的赵四……就连王大都差点折在他手上。

赵四从前在南宁开了家户外俱乐部。有一年,在新年到来前的最后一天,王大一路浪游到了广西南宁,投奔赵四。王大与赵四等朋友一起喝酒、吹牛、攀岩,晚上就睡在俱乐部的地板上。赵四问王大，你想知道我们过新年的方法吗？王大说，想。第二天一早，新年的第一天，宿醉中的王大就被赵四拉起来了，一起钻进车里。等王大下了车，他们已经来到郊外的一座山头上。赵四从包里掏出一副滑翔伞，趁着王大还没睡醒就给他套上。赵四说，冲着山下跑吧。王大蒙了，问赵四这滑翔伞怎么操作。赵四说，我都告诉你了啊，往前跑啊。王大不想在人前露怯，偷偷观察了其他人是如何起飞的，最后竟也有模有样地飞起来了。可是他不知如何降落。"我后来降落的地方是一片剑麻田，很尖、很硬的那种，"王大说，"降落的速度是很快的，我试图用奔跑的方式来适应速度，还蹦过了一两棵，后来就不行了。撞在剑麻田上了。"

王大深刻地领会到了赵四玩得有多狂野。然而一到了岩壁上，赵四又变得严谨小心。王大和赵四共同开发了南宁最早期的攀岩线路。算上刘喜男和王二、伍鹏，五个好友的名字甚至能排出个一二三四五。

2004年"十一"，这支由伍鹏、王茁、王大、赵四组成的精英小队，向婆缪峰发起冲击。这也是中国登山者首次挑战婆缪峰。伍鹏和王茁率先出发打前站。王茁准备充分，临行前跟赵鲁借了技术装备，但心里还是没有底。他甚至都写好了遗嘱。在9月的最后一天，王茁和伍鹏来到婆缪峰脚下，把一部分装备先运输到山上。伍鹏还穿着攀岩鞋尝试攀爬了一段，"谁知道爬到上面感觉很高，这要是一下失足滑下去，估计虽然不会摔死，但也体无完肤了，心里有一丝隐隐约约的恐惧"。傍晚，山里弥漫起大雾。王茁把自己最心爱的宝贝，机械塞、岩塞、快挂、扁带、钩子、手钻等装备塞进包里，再把包压在山脊的石头下，就和伍鹏在浓雾中摸索着回到营地。幸好他们下撤得早。一个小时后，漆黑的夜空中闪过几道红色的闪电，恐怖骇人。伍鹏和王茁都能感觉到，这闪电就霹在他们的营地周边。

第二天一早，王茁和伍鹏在营地醒来后，婆缪峰已被大雪覆盖。背夫来到营地，告诉他们王大等人已经到了山脚下。伍鹏很高兴，来到山下与众人会合。赵四还带来一名新队友。王大带来了他上山必备的伏特加。大家说说笑笑，晚上喝着酒，吃着烤肉。他们在营地饮酒作乐了一晚，天亮以后大家一起上到婆缪峰的营地。

王茁、伍鹏和王大三个人挤在一个帐篷里，一边开着玩笑，一边烧雪化水。大家看着天气好转，决定继续往上爬。王茁有些疲惫，留在营地继续烧水煮饭。连日大雪过后，花岗岩山体结了层冰壳，有些路段的积雪已经没过小腿。婆缪峰的高山岩石路线一夜之间变成了冰岩混合路线。登山队爬到半山腰处，望着远处的流水冲刷着山体，决定先下撤。

几天后，大雪还在下。眼看假期快用完了，大家决定放弃攀登。这时，伍鹏终于掏出来事先准备好的小铜牌，上面写着"婆缪峰登山队：王滨、王茁、伍鹏、赵忠军"。在伍鹏的计划里，待大家登顶后，他会把这个小铜牌放在山顶上。在美国优胜美地有个传统，许多大山的顶峰上会放着一个小盒子，盒子里放着本子，本子上记载这座山峰或路线首登者的信息。王大认为，伍鹏做这个小牌子有点想调侃这种做法。等伍鹏把这个小牌子掏出来的时候，大家都嘻嘻哈哈地开起玩笑。这就是伍鹏，为了调侃，临时做了一款道具，一路都带在身上。铜牌和伏特加最后都留在了半山腰处。

在山里的最后一天，伍鹏和王茁还是有点不甘心。几天之前他们俩把一部分技术装备藏在了山上的一块大石头下面。他们还想等天气好一点的时候，再爬上去把装备都取下来。特别是那些装备当中，还有一套王茁最心爱的机械塞。可是大雪还在下，两个人只好放弃这个念头，遗憾地出山了。回成都的路上，经过巴朗山垭口的时候，王茁和伍鹏还以婆缪峰等群山为背景拍了张合影。两个人计划好第二年再次挑战婆缪峰。

一个月后，中国思念登山队登顶幺妹峰，轰动了中国登山界。12月上旬，马一桦和曾山等人在北京接连做了几场幺妹峰攀登的分享。北京的攀登者们都在密切关注着这一盛事。或许王茁也曾关注过，但他应该更关注自己的新婚旅行。12月底，王茁和不必各自向公司请了婚假。二人计划回不必的老家操办一场正式的婚礼。王茁还没有见过不必的父母。在此之前，他们要先来一趟蜜月之旅，攀登四姑娘山的骆驼峰。

3

在四姑娘山长坪沟深处，三座相邻的山峰静静地把守在山谷的尽头。左边两座是骆驼西峰和骆驼东峰，山如其名，它们像驼峰般坐落在白色的冰川鞍部上。在骆驼东峰再往东的方向，另一座正三角形的山峰羊满台峰与骆驼东峰通过冰川连接在一起。美国登山高手查利·福勒曾在90年代完成了三座山峰的首登。中国登山者在2004年7月登顶了其中的骆驼峰，而羊满台的国人首登还要等到十七年后。在此期间，十余支队伍尝试过攀登这座三角形的山峰，但都失败了。

在2004年的最后一天，又一支挑战羊满台的队伍失败下撤了。这支队伍在经过骆驼东峰的山脚下时，发现了一只手从雪地中伸出，而其身体则被埋在雪中看不见。他们连夜赶回日隆镇，去卢三哥家里报信。卢三哥（卢忠荣）是2000年前后四姑娘山当地最著名的向导，登山经验丰富，为人豪爽热情。登山者来四姑娘山大多会找卢三哥做向导，并在三哥三嫂的家里住宿。三嫂家也逐渐成为登山者们在日隆镇的据点，墙上挂满了全国各地户外俱乐部的旗子。

在新年第一天的零点时分，三嫂正在家放烟花庆祝新年。她正在纳闷，三哥已经出去好几天了，怎么没有按照约定的时间回来。这时，连夜出沟的登山者赶到三嫂家里，通报了羊满台山脚下的情况。三嫂听后十分焦急，让六弟卢老六（卢忠贵）带一队人进山搜救。搜救队赶到骆驼峰脚下，找到了王茁和卢三哥的遗体。

王茁和卢三哥的颅骨均遭到重创，身上有多处外伤。王茁遇难时背着大背包。右侧背包带被扯断。包上挂着冰镐和帐篷，包里装着食品和相机。2厘米宽的铝制背包支架，被强大的外力扭成个8字形。搜救队没有找到不必。但从王茁和卢三哥冻僵的遗体来看，不必恐遭不测。

在2005年的第一天，噩耗已传遍四姑娘山。川内的记者和登山者闻讯，纷纷赶到日隆镇。由于这场山难没有幸存者，镇上的司机、酒店老板、导游都在揣测各种事故原因。消息传到北京时，小河等人正在京郊攀冰。这天晚上，黄茂海突然接到消息，告诉大家，王茁出事了。第二天，北京地区的攀登者们在安贞抱石馆会合，商量着对策。王大回忆道，当时大家都很震惊，不知道发生什么事了，彼此之间还有一些保密的感觉。大家都在怀疑这条消息的准确性。随着更多的细节传出，众人越来越绝望，很多人都哭了。

由于信息有限、交通不便，大家又都没有经历过山难，众多攀登高手聚在一起，空有技术，却束手无策。"不知道骆驼峰是什么样子的，对这些事情完全没有任何概念，"小河说，"以前没有见过。从来没见过这个事情。所以是很难去想象的。"

不必出事的消息也传到了她工作的搜狐公司。搜狐董事局主席张朝阳连夜致电中登协求助。中登协随后派出了王勇峰、次落等人赶赴现场。1月2日晚上，山里又传出来一则难以置信的消息：遇难女队员尚存呼吸，搜救队和急救车正赶往长坪沟。1月3日半夜2点，不必被救出后，立即送往小金县人民医院。不必虽是劫后余生，但浑身上下并无大碍，只是右手手指略有轻伤。简单恢复后，所有人都望向唯一的幸存者，山上到底发生了什么？

12月23日，王茁和不必来到四姑娘山日隆镇。每次来四姑娘山，王茁都会在日隆镇的卢三哥家住宿，和三哥三嫂非常熟悉了。这次也不例外。刚到他们家里时，王茁夫妇还邀请了三哥三嫂参加他们不久后即将举行的婚礼。24日清晨，王茁、不必和卢三哥早早进沟，当天晚上就到了骆驼峰大本营。这是不必第一次攀登技术型山峰。等爬到了一号营地后，不必的高反严重，呕吐出胆汁，他们又撤回了大本营。休息过后，王茁建议不必别登了。不必坚持。"当时王茁还夸我有坚持不懈的精神，每次都是我的坚持，让他可以做出正确的决定。"不必后来对采访的记者说。眼看食物不够了，卢三哥赶回镇上补了些食物，又立即赶了回来。等卢三哥、王茁、不必再次上到一号营地的时候，山上已经连续下了三天的雪。12月29日这天，三人在小雪中出发，向二号营地跋涉。

从营地出发前，王茁给不必穿上了安全带，又给她做了个绳结。他让不必背上大背包，又让她带些路粮。王茁向来要求她亲自背负所有的装备，以防发生意外。不必随手抓了一把水果糖和牛肉干。三个人出发了。这条路线卢三哥走过几次。他在前方开路，不必夹在中间，王茁在队伍末尾。几天降雪过后，积雪没过了膝盖，走起来很吃力。到了下午4点，已经过了原计划到达营地的时间。不必体能渐弱，越走越慢。王茁有些着急，超过不必，紧跟在卢三哥后面。不必与前面两个人的距离越拉越远。

"我们是从东侧的岩石路线上来,到了雪线上之后横切,然后再上升的。"不必对记者说。当卢三哥和王茁在雪坡上往左横切时,不必还在沿着松软的脚印往上爬。之后,事故报告还原了雪崩发生的那一刻:当卢忠荣和王茁接近最大坡度点时,雪面在最大坡度一线(约5150米处)断裂,断裂线呈向下的月牙状。就在这时,不必突然听到王茁大喊一声。她没听清他在喊什么——也许他是在警告她——只看到王茁和卢三哥被雪崩冲了下去。

事故发生得太快了。王茁和卢三哥在一瞬间就被雪崩卷走,从断崖坠落至海拔4800米的羊满台攀登路线上。坠落的后果是致命的。

王茁向来是一名以严谨著称的攀登者,而最严谨的攀登者却死于一次大意。事故报告的撰写者分析王茁当时的心理过程:"以王茁的谨慎和经验,应该估计到有雪崩危险存在,当时只有硬着头皮上和下撤放弃两种选择。如下考虑是很自然就能够发生的:走了很久再有几十米就到C2了,来一次不容易,卢忠荣不久前还走过这条路线也说没问题,看起来不是那么危险,快速通过……最终还是上了。他们运气不好,雪崩了。"

雪崩发生后,不必所在的地方望不到王茁和卢三哥。她呼喊了许多遍。雪崩后的山里往往格外静谧,就好像整个世界都失去了生机,自己成了地球上唯一的幸存者。她不敢继续横切,更不敢留在原地。她慢慢地从雪坡的东侧,向下爬到了西侧的岩石地带,躲在一处岩壁下。她把王茁给她做的抓结拴在石头上,把自己简单固定住。她上身穿了冲锋衣和棉服,下身穿了一条速干裤。她还有一条睡袋。她把包里所有能穿的装备都套在身上。她清点了下食物，一共有九颗水果糖、一块牛肉干。她给自己分配，每天吃三颗水果糖。"我当时给自己定的期限就是三天，我最多可以在那里待上三天。"不必后来说。她渴了就从岩缝里抠些雪吃，雪里还夹着沙子，"当时心里很乱，也想了很多，想过怎么处理这件事，想过今后该怎么办？"

第二天早上，不必尝试了一次下撤，但很快又躲回到岩壁下。她在这里熬过了三天。"白天就像傻子似的盯着石头。晚上总想，想着想着就睡着了，然后又醒了。"不必说。到了第四天，山上依旧下着雪。不必已经没有水果糖了。她知道，就算是元旦假期来登山的队伍也要出山了，短期内不会再有人来营救。再等下去也是死。

这一天早上10点多，不必"在无法辨识路线的条件下冒险向东南方向寻路下山"。她一边用冰镐制动，一边斜着滑下去，跌跌撞撞地滑到东侧。下午1点，不必依稀看到下方营地处有人，挥舞着衣服求救。她知道，终于得救了。

卢三哥的遗体被找到后，人们用白布把他包上，外面再裹了一层棉被，沿着长坪沟运送出山。遗体运到长坪沟口时，日隆镇上几乎所有的村民都来为三哥送行。这是日隆镇从来没有过的场面。王茁的遗体则被运往成都的殡仪馆。不必出院后，与王茁的妹妹一起来到成都的殡仪馆。她们见到了王茁最后一面，送走了他。

山难两周后的一天晚上，北京一家书吧里举行了王茁追思会。人们在现场追忆着关于"老K"的往事。"Kristian"成为绿野山版和"盗版岩与酒"上永远的版主。在绿野论坛上,关于山难的报道和不必的口述引起了不小的争议。矛头对准了幸存者。有人说,要不是不必想攀登骆驼峰,就不会发生这样的事情。"这个事情我觉得不构成因果关系。"小河说。还有人说,都怪不必的攀登技术和经验不够,不应该贸然去攀登骆驼峰。"没什么人可怪的。如果要怪可能就是怪王茁自己。运气太差,"王大说,"其实我觉得王茁对不起不必更多一点。一个基本上是初学者,带她登山是不应该的。她承受不了,也应付不了这些突发的事情。"

面对论坛上的纷纷扰扰,不必回复道,这件事可以随便骂我,我不会还口。不必是这场事故的受害者。她亲历了一场撕心裂肺的事故,如今还要承担这场事故的全部代价:"如果知道结果……如果时间能倒流……我不去想不可实现之事。我有过一个丈夫,现在在各种表格里,要在丧偶这栏中打钩,感受只有打钩的人才能了解。我承受我行为的后果。"

白河攀岩者们则用各自的方式纪念这名先行者。黄茂海把他和王茁在白河开辟的传统攀路线"黄蜂之鸣"更名为"纪念王茁"。这条路线上有一块铜牌,上面写着,"王茁(1973—2004),Dancing on the ceiling"。每一名爬过这条路线的攀岩者,都会用攀登的形式"纪念王茁"。伍鹏在"盗版岩与酒"论坛上,增设了一个"心中那份怀念"的版块。"老K王茁"成为这个版块里的第一位攀登者。

伍鹏整理出了王茁生前在山野论坛、岩与酒网站、盗版岩与酒论坛、绿野论坛等几个平台上写过的所有的文字。整理完这些文字，一切恍如昨日，伍鹏写道："当时，我们刚刚从婆缪下来，相约今年七八月份再去的……你还欠着与我的约定。有人的时候，我不哭。Boys don't cry. 永别了，我的兄弟。"

王茁遇难后，赵鲁感到"生活里形成特别大的一个空白"，渐渐退出了白河攀岩的生活。赵鲁还和朋友们去大庆看望了王茁的母亲。王茁的母亲行动不便，从前王茁每次回家，都会力所能及地做些家务。不必说，自王茁出事后，他的母亲平时深居简出，每周出门买一次菜，窝在家里能吃个七天，心里想来想去都是儿子。等赵鲁来到王茁母亲家里时，对老人说，以后你们有什么需要帮忙的地方尽管开口说。王茁的母亲说，还真有需要帮忙的事儿，麻烦帮我把屋里灯泡给拧下来。

小河沉寂了近一年时间。他的攀岩和开线活动一度陷入停滞。"那一年我都不知道该怎么弄……过去我们都是一起去攀岩，这种生活、这种习惯被一下子彻底改变了，"小河说，"现在我再去攀岩就没有人一起了。没有人可以替代他的位置。"过了很久之后，小河得知不必要变卖掉王茁的旧装备。他去了趟不必的家里，在众多装备中挑了一只破旧的腰包。这是一款墨绿色的Nikko腰包。曾几何时，王茁就戴着这款腰包，包里装满了各种开线用的工具，与小河两个人在白河到处开线。

不必流着眼泪，对小河讲起了骆驼峰的事故。她还给小河拿来了一份王茁曾经写过的遗嘱。这份遗嘱可能是王茁在那次攀登婆缪峰之前就写好的。在遗嘱中，王茁声明，如果自己有一天出事了，就把白河攀岩基金交给何川等人打理。

继丁祥华、王茁之后，何川成为白河攀岩基金的第三任管理者。在这之后的十几年里，何川戴着王茁的腰包，包里装满各种开线用的工具，在全国各地开辟了上百条路线，成为中国一流的自由攀登者。

4

王茁离开后,何川和伍鹏成了白河攀岩社区的中流砥柱。"06、07年的时候,来的人很多,开线、攀岩。我就相当于接棒过来。反而也让我有更多的时间投入这里来。"何川说。在络绎不绝的新人面前,在北理工教书的何川成了名副其实的"何老师"。何川几乎每周都往返于北理工与白河之间,"比如说(一年)50多个周末,我有40多个周末在这边。夏天就攀岩、开线。冬天攀冰"。

在今后的数年中,何川还去过世界各地攀岩。他发现国外那些攀岩胜地,在国内都能找到相对应的地方,只有白河是独一无二的。美国有花岗岩岩质的优胜美地,国内有华山;美国的科罗拉多州有裂缝砂岩,国内有老君山;泰国甲米有与植被相伴的石灰岩,国内有阳朔。好吧,白河的气候确实不如昆明宜人,这里的氛围也不如阳朔喧闹。然而综合地理景观与攀登资源,国内外很少有能与白河媲美的攀岩目的地:春天和夏天的白河清凉舒爽,秋天的白河绚烂多彩,到了冬天,冰天雪地的白河峡谷就成了攀冰胜地。在这里,可以同时训练运动攀、传统攀、抱石、攀冰、冰岩混合攀和干攀等多种形态的攀登。除了高海拔攀登,几乎所有的攀登场景都有了。

何川在白河的四合堂村租了个院子。院子边流水潺潺,四周群山环绕。他后来重新改造了这栋建于80年代的北方农村院落。他在院子里设计了一面人工攀岩墙,沉浸在垂直90度的世界中。他偶尔也会拿上冰镐，在院里的木桩上训练干攀。那些木桩倒挂在院子里，就好像悬空的梅花桩。他的卧室用石块垒成，平时生活起居都与石头为伴。他的攀登和生活都在白河。这座院子的租期长达二十年。白河成了他的家。

当年王茁把白河攀岩基金名义上交给何川，实际上是由伍鹏、何川和恰咪大姐（张雅萍）等活跃的白河攀岩者共同打理，并负责定期把基金的使用明细公布出来。伍鹏在2006年回到北京工作之后，也回归到白河攀岩社区中。何川与伍鹏之前没怎么在白河一起爬过，二人更多是在盗版岩与酒论坛上交流与探讨。伍鹏回到白河后，开始和何川一起开线、建设岩场。这时，何川才接触到更真实的伍鹏。相较于性格率真的王茁，伍鹏更显得细腻。"他经常会对很多东西，有他自己的判断和想法，敢去质疑这些东西，而不是像很多人都墨守成规不去质疑。"何川说。

伍鹏是中国各大著名岩场的建设者。如今已是国家级攀岩公园的河南万仙山郭亮岩洞，当年第一条运动攀路线与第一枚挂片，就是伍鹏和王茁打下的。在广西的阳朔，在北京房山区的十渡，到处都有伍鹏开发的路线。当然，伍鹏投入最多的地方还是白河。作为白河攀岩的主要建设者，伍鹏十分珍视这里的岩壁资源。在世界各地攀岩旅行之余，他把领略到的国际化攀岩路线的配置应用到白河岩壁上，并不断推动白河攀岩路线的进化——从电工锁到梅陇锁，再到现在的钢环与钢链。这些配置如今已成为北京各大野外攀岩场的标配。

身为一名传统攀岩者，伍鹏对肆意在岩壁上打岩钉的行为深恶痛绝。他希望攀岩者能尽量减少对自然的冲击，这些岩钉会永久性地改变岩石的地貌。上至中登协、国家景区的官方建设，下至他的好友们在白河、阳朔等地的开线项目，都在他的批评范围内。一旦被他揪到破坏岩壁路线的行为，伍鹏可谓是六亲不认。他曾公开表示过："（白河）传统路线绝对不允许打岩钉，包括保护站也绝对不允许打Bolts（膨胀螺栓）。攀登保护与保护站也只能使用岩塞、机械塞、绳结等传统攀登保护器材建立。如有违反，一经发现，人，立刻翻脸，钉，绝对拆除！"后来有朋友在白河做活动时，在这些路线上打了岩钉。伍鹏看到后，果真拍照留证，毫不留情面地挂到网上批评。他还写道，希望能记录下国内所有在自然岩壁人工凿点、安装人工支点、传统线路打岩钉的案例，并在未来合适的时间编成一本书曝光出来。

"我感觉他也是——说白了，在白河社区里面说臭话的那种，"王二说，他和伍鹏都属于那种直言不讳的人，"白河社区很多人'你好我好大家好'，但是伍鹏就会说'那挺操蛋的'。他属于那种守住底线的人。所以我也很尊重。"

伍鹏说过的一句话在国内攀登圈里流传甚广：Climber的故事应该被记录下来。事实上，这句话其实并非他的原创，但"这话说到了我的心坎里"。他通过盗版岩与酒上的一篇篇帖子，记录下中国自由攀登历史上的路线、山峰与人物。

2007年4月，刘喜男成为"盗版岩与酒"上"心中那份怀念"版块里的第二名自由攀登者。每年的3月底、4月初，王大、王二、邱江、阿成、赵四、伍鹏等朋友都会在这里缅怀刘喜男。

刘喜男遇难不过几年而已,听说过这个名字的攀登者已经不多了。唯有盗版岩与酒论坛上记录下这名老嬉皮活过的印记。刘喜男离开后,以阿成为代表的竞技型选手,不断突破中国运动攀的最高难度。以王二、何川、伍鹏为代表的探险风格的攀岩者,不断攻克更高难度的岩石型山峰。2010年,伍鹏、阿甘、王二、老向四名攀岩者,组成了一支精英小队,挑战四川巴塘县的一座花岗岩山峰扎金甲博(海拔5382米)。扎金甲博被誉为中国的巴塔哥尼亚,这里的中国攀登者寥寥,却上演过多次精彩的世界级攀登。这次攀登也许是刘喜男这个名字的最后回响。

"本次攀登的缘起是因为一个逝去的先行者——刘喜男。2007年3月底,刘喜男因滑坠在巴塘的党结真拉峰罹难,他长眠的山峰距离扎金甲博直线距离仅数十公里。"伍鹏在攀登报告中写道,"2009年王大、王二等刘喜男生前好友去祭奠他的时候,顺路访问了扎金甲博所在的措普沟,并进行了初步的考察,正是在这次考察中,王二有了攀登扎金甲博的意向"。

2010年夏天,几名攀岩者登顶后,站在顶峰的巨石上,兴奋地合影拍照。他们在扎金甲博上开辟了一条精彩的新路线。

过去几年来,何川同样进步飞快。他已成为中国攀岩、攀冰界首屈一指的高手:2007年,他完成了双桥沟内的高难度冰瀑"龙之涎";2009年,他在雪鸟极限先锋攀冰交流大会上拿到男子冠军;2010年,他在阳朔完成了5.13b难度的攀岩路线;2011年初,他在一个月里拿下了三场攀冰比赛的男子冠军。

从2010年开始,何川计划尝试更具探险风格的高海拔岩石山峰。他和伍鹏联手挑战了四姑娘山双桥沟内的鲨鱼峰。山如其名，这是一座形似鲨鱼鳍的岩石山峰。虽然何川等人没有登顶，这次流畅的攀登却让他们充满信心，"中高海拔大岩壁不再遥不可及"。

有了鲨鱼峰的经验，何川和伍鹏决定接下来要在四姑娘山集中开辟一系列新路线。然而，他们俩不确定在高海拔大岩壁上能挨过几晚寒夜。他们想先测试下身体的抗冻极限。于是在2010年的深秋，何川与伍鹏等人来到白河的天仙瀑下。他们上半身穿着羽绒服，下身套着半截睡袋，坐在地上煎熬了一整夜。他们在天亮时睁开双眼，发现这一晚几乎没怎么睡，但他们还能挺得住。

为了测试更加极端的严寒环境，他们准备在隆冬时节的白河再挨一晚。转过年来，等到了1月15日这天，刚好是在三九天与四九天之间——一年当中最寒冷的几天——白河峡谷里更是奇寒无比，气温比上一次低了不止10℃。天黑以后，何川等人围坐在暖和的客厅里，实在不情愿去室外测试了。伍鹏却走出门外，坐在地上，套上羽绒服，钻进半截睡袋，一个人在露天院子熬过这晚寒夜。何川早上起床后，发现伍鹏正依偎在屋檐下，蜷成一团，口中不住地感叹"太冷了、太冷了"，他呼出的哈气已在衣领处结满冰霜。何川心想，既然伍鹏都熬过来了，那么我也能熬过去，我还是不测了吧。

2012年夏天，当伍鹏得知何川将率先挑战婆缪峰的时候，他难免有些躁动。在2004年那次挑战失败后，伍鹏就对婆缪峰充满了执念。他密切关注着这座山峰的一切动向：2005年，苏拉王平和刘喜男两支队伍登顶了婆缪峰，后者开辟了经典的

"自由扶梯"路线；2007年，彭晓龙和古古再次攀登了"自由扶梯"路线，获得了那一年金犀牛最佳攀登成就奖；2009年，李红学在婆缪峰失踪，至今下落不明，又让这座山峰萦绕着迷雾和传奇。

每一条有关婆缪峰的新闻，都牵动着伍鹏的念想。这一次，伍鹏本应该和何川一起去爬婆缪峰的，但他早就做好了决定：留在家里陪伴妻子，以及刚刚出生的女儿伍川歌。

5

魏宇接触攀岩的经历纯属偶然。2004年的一天,她参加了绿野论坛组织的白河露营活动,在白河老岩场前面的空地上露营。一旁的攀岩爱好者和当地村民起了摩擦。眼看这帮攀岩者要吃亏,绿野的露营者也加入战斗。一来二去,魏宇后来和这帮攀岩者混熟了,一起吃喝玩乐,平时跟着他们去日坛攀岩场练习攀岩。风雨雪俱乐部在日坛公园里建造的露天攀岩墙,如今已是京城攀岩者的重要练习场地之一。众多攀岩高手常常在这里训练。魏宇还在这里听说北京有一帮攀岩老炮常年混迹于野外。

魏宇后来也常常去白河攀岩。她在这里体会到了把攀岩当作生活方式的乐趣。她还见识到了白河攀岩者洒脱而摇滚的精神世界。有一天,魏宇在德来的院子里见到了伍鹏。这个最常出现的名字却很低调。伍鹏一身典型的传统攀岩者装扮。"看到有一哥们儿直不愣登地就过来了。因为他爬裂缝,人脏了吧唧的。手上缠着破布。"魏宇说。哦,伍鹏是这样的。初次照面,伍鹏并没有给魏宇留下特别的印象。

魏宇后来有一次在饭局中再次碰见伍鹏。他对攀登的热情让她着迷。攀岩时的伍鹏一身老炮装束,有腔调、有性格,严谨又狂热。城市里的伍鹏文雅、幽默,目光炯炯有神,还有点贫嘴。之后她又碰见他许多次,直到这个北京大妞动了心,"当时就觉得,是吧,这边发展一下"。

有一天,这个落落大方的姑娘走到伍鹏面前,问得很直接,你觉得我怎么样？咱们要不要处处？

伍鹏的回应很含糊，可以先接触接触。

魏宇心想，这是啥意思，自个儿揣摩了很久，还找人一起参悟"接触接触"的深意。她后来才知道，伍鹏这个人心思简单，"他已经算是同意了"。

两个人确立关系后，平时打打电话，时常出来吃个饭。魏宇渐渐了解了伍鹏的家世。她知道，伍鹏爷爷的爷爷曾下南洋闯荡，爷爷是华侨。她知道，伍鹏的父母都是水利工程师，家里还有个大他十岁的哥哥。她还知道，伍鹏从小就喜欢编程，他后来的每一份工作都与编程相关。

魏宇家里也都是知识分子。和这群白河攀岩者混熟以后，她偶尔给《户外探险》杂志写写攀岩题材的稿子。正赶上《户外探险》在招编辑，她顺利通过面试，加入了这家几年前刚成立的杂志社。魏宇做的第一篇稿子是采访白河攀岩者陈晖，要放在2006年10月刊的杂志上。魏宇刚来编辑部，没有任何经验，也不熟悉流程和版式。编辑经验丰富的马德民一点一点教她操作。魏宇很快也成了杂志社里的资深编辑，常年关注着各类探险资讯与国内攀岩群体。

当时魏宇和伍鹏刚交往没多久，还在搞地下恋情，就连伍鹏身边的好友也很少知道他在谈恋爱。他们的恋情在一次事故中曝光。2007年，伍鹏在桃源仙谷攀冰，由于下降时忘记打防脱结，他从10米高的冰壁上坠落在地。20多人的大队伍浩浩荡荡地把伍鹏送到医院。伍鹏伤势严重，身上十来处骨折，左手腕打了一根钢钉，腰椎也受了伤。伍鹏在医院静养期间，女朋友一直在医院照顾他。伍鹏平时人缘极好。他受伤的消息惊动了大半个北京攀岩社区,许多攀登者纷纷前来探望。"我们去人民医院看他的时候,我发现有一陪床姑娘。哟,当初我就觉得有点那意思了。"赵鲁说。

伍鹏很少出事故,一出事就是大事。伍鹏上一次受伤还是五年前。那一天夜里,"自由的风"在白河喝完酒后,兴致大发,执意去爬一条15米高的路线。伍鹏摸黑攀岩,没放好塞子,从8米高的地方坠落。好在最后伤势并不严重。这条路线从此也更名为"风之坠",成为白河最经典的裂缝路线。这两次攀岩和攀冰事故,是伍鹏严谨的攀登生涯中,最不严谨的两次事故。

魏宇还记得伍鹏妈妈讲过的谶语,伍鹏出生的时候,脐带绕脖子三圈,当时就有人跟伍鹏妈妈说,他这一生会有三个劫难。伍鹏的父亲一直不支持他去攀登。伍鹏和魏宇结婚后,他把父母家里所有的装备偷偷转移到他们自己的家里。

在魏宇看来,伍鹏情商很低,不善言辞,有时完全不在意他人的情绪。他最常说的口头禅是"so what?"他觉得懂他的人自然会懂。魏宇说,不了解伍鹏的人,话不投机甚至能被他给怼死。然而在家里,伍鹏却是一个流着眼泪看《飞屋环游记》的男人。或许伍鹏把所有的刚强表露在外,把所有的温柔都献给了妻子。私下里,伍鹏从来不吝于表达自己的爱意,常常对魏宇直言"爱"。伍鹏长得比许多姑娘都白,魏宇叫他"小白",伍鹏叫她"小黑"。有一天,魏宇还找到了一个小本。伍鹏在本子上歪歪扭扭地写着,"小白最爱小黑了"。

如果要列举伍鹏最爱的几样事情,山峰必然位列其中。而在所有的山峰之中，伍鹏又对婆缪峰充满了执念。"他老觉得，狂妄地说，这座山是他的。"魏宇说。自从那一年婆缪峰回来后，伍鹏碰见王大时，总是半开玩笑地说，什么时候再搞一把？除了婆缪峰，伍鹏的终极攀登目标与何川等白河攀岩者一样，是远在喀喇昆仑山脉的川口塔峰。这座高难度的岩石高塔让世界各地的顶级攀岩者魂牵梦绕。

2012年6月，伍鹏和魏宇的女儿即将出生。魏宇把起名的重任交给伍鹏，说，你这辈子就这么一次给小孩起名的机会。伍鹏冥思苦想了几天。在一天早上，伍鹏说，女儿就叫Trango Tower吧，用Trango音译过来的名字，川歌。伍川歌。

有了川歌之后，这名痴迷攀岩的男人去白河的频率明显减少了。伍鹏的微博里少了些调侃与玩笑，多了些女儿稚嫩的小脸和柔情的细语。川歌成了左右伍鹏心情的宝贝：女儿发高烧了，"看着她憔悴的小脸我觉得好可怜好心疼"；白天工作心情不好的时候，回家看到女儿，"让我顿时觉得生活美好"。川歌一出生，就在北京攀岩老炮们的关注与呵护下成长。川歌也融入了伍鹏的攀岩生活。有一年，伍鹏在白河开发了"十万岩友"岩壁。他在这里开辟的一系列攀岩路线，全部都以川歌看的动画片元素命名：智慧树、竹兜、蓝考拉。

伍鹏有一次对朋友说："我其实对我现在的生活特别满意。你看我的工作是编程，这是我最喜欢的事，从十几岁的时候我就喜欢编程，这么多年了，我还在做着我喜欢的事。周末去白河跟好朋友们一起攀岩，休假时还可以去更远的地方爬爬山。每天晚上回到家，不管多累多烦，看见川歌的笑脸，听见她奶声奶气叫我爸爸，我所有的烦恼一下子都没有了。这就是我能想到的最完美的生活。"——如果能登顶婆缪峰就更好了。

2012年夏天，何川与搭档成功登顶了婆缪峰，并开辟了婆缪峰西壁的新路线"西部大片"。在下撤途中，一块保龄球大小的落石击中了何川的左腿。何川最终九死一生地安全下撤到地面。何川等人回到北京后，正赶上川歌满月。伍鹏邀请他们到家里吃饭。魏宇看在眼里："实际上他就是想了解一下人家是怎么爬的。那回他就真的特别想去。"

何川完成了婆缪峰后，还想挑战更远大的目标。他觉得不管怎么样，先迈出去这一步再说。何川计划与伍鹏、孙斌搭档，来年夏天一起挑战喀喇昆仑山脉川口塔峰中的"无名塔峰"（The Nameless Tower，海拔6241米）。这座如螺丝刀般挺拔的山峰并不是这片群峰中最高耸的，却是最有视觉冲击力的一座。对于伍鹏来说，"Trango Tower"这个终极目标先于婆缪峰到来，如今女儿的名字又赋予了这座山峰更特别的含义。三名攀登者连签证都准备好了，最终却没有去成巴基斯坦。2013年6月，在巴基斯坦北部的喀喇昆仑山脉，发生了震惊世界的南迦帕尔巴特峰惨案。

6

中国登山者从未停下追逐14座8000米级巨峰的脚步。过去半个世纪以来，历经数十次有社会影响力的官方登山事件之后，喜马拉雅风格的8000米登山活动已成为集中展现国家意志和国家力量的手段。1992年底，一支名为"中国西藏攀登世界14座海拔8000米以上高峰探险队"的官方登山队伍成立了。这支包含摄影师、队医、翻译在内的共12人队伍，大多都由藏族队员组成，因此它又被称为"藏队"。从第一座安纳布尔纳峰开始，藏队走上了长达14年的14座征途。

当年，全世界只有两名登山者——"登山皇帝"梅斯纳尔和波兰传奇登山家库库奇卡——分别在1986年、1987年完成了14座的宏伟目标。梅斯纳尔用无氧的方式完成全部14座。库库奇卡在珠峰使用过一次氧气，其他13座全部无氧，其中4座是在残酷极寒的冬季完成的，7座是用阿式攀登风格完成的，另外他还开辟了10条新路线。在那之后，瑞士、墨西哥、波兰、西班牙、意大利、韩国、美国等国家的登山者，也先后加入了"14座"俱乐部。2000年后的现代登山者"收集"14座的初衷，大多以登顶为唯一目的，鲜少再追求阿式、无氧、冬攀、独攀、开辟新路线等更具探险风格的攀登过程。尽管如此，以任何形式站在全部14座8000米的顶峰，依旧是个了不起的成就与宝贵的生命体验。

2007年7月，藏队以团队形式完成了14座中的最后一座迦舒布鲁姆I峰，并宣布队伍中的次仁多吉、边巴扎西、洛则三名队员完成了"14座"。这支队伍凯旋归国后，受到媒体的高度关注，上报纸，出画册，接受央视的采访。遗憾的是，藏队，或者说这三名藏族登山者的14座成就并没有被国际登山界认可。

六年前，藏队和巴基斯坦联合登山队分两批，登顶了海拔8047米的世界第12高峰布洛阿特峰。这本该是藏队完成的第11座8000米山峰。然而，随后登顶这座山峰的国际登山者发现，中国和巴基斯坦联合登山队的"国旗和脚印止步在了海拔8030米。在距布洛阿特峰真顶1小时的路程上，没有再看到国旗或脚印"。或许藏队从巴方登山队得到了错误的山峰信息，或许连巴方也不知道海拔8030米的小山尖，虽被称为前顶（fore summit），实则是个假顶。藏队对此含糊其词的回应没有获得国际登山界的公认。如果藏队完成"最后一座"山峰之后，再回到同在喀喇昆仑山脉的布洛阿特峰，站在真正的顶峰上，这将是一个无懈可击的14座纪录。可是国内的权威媒体报道早已宣布，藏队完成了14座。或许藏队也曾感到骑虎难下，也许他们早已决定置之不理。但在更权威的登山媒体上，三名藏族队员的14座8000米纪录却留下了许多争议。

"中国首位完成14座8000米的登山者"的头衔，宛如一尊屹立在死亡线上的王冠，依旧吸引着中国的登山者。

在很长一段时间内，最接近这一纪录的是民间登山者杨春风，一名沉默寡言的新疆人。就在藏队宣布"完成"14座的同一年，杨春风刚登顶了珠峰。这是他的第一座8000米。

杨春风个子不高，性情温和，平时戴着一副眼镜，烟抽得很凶。朋友们都叫他"老杨"。在30岁以前，老杨是一名医生，在乌鲁木齐经营着一家中医诊所。1998年，杨春风参加了新疆探险元老王铁男组织的天山车师古道徒步活动，从此走上了登山探险之路。"春风有着超人的毅力，有一种不达目的誓不罢休的精神。"王铁男写道。两年后，杨春风和曹峻、陈骏池、徐晓明四人，阿式攀登了天山的博格达峰。在有据可查的记录中，这是中国登山者首次用阿式风格完成一条技术路线，尽管杨春风只是这支队伍里的登山新手。在之后的几年里，杨春风十次登顶慕士塔格峰，四次登顶博格达峰，成长为一名经验丰富的登山者与组织者。

重复攀登同一座山峰十次甚至百次或许改变不了杨春风，真正改变他的是一次协作经历。2002年冬天，杨春风以协作身份参与了波兰传奇登山家维利斯基（Krzysztof Wielicki）组织的K2乔戈里峰冬攀队伍。他与这支世界著名的远征队在山里磨炼了100多天。其间杨春风没有随队正式攀登，却目睹了世界第二高峰的伟大与波兰冰峰战士的风采。王铁男观察到，杨春风从世界高手那里学到了很多东西，特别是全新的登山理念。这次经历成为杨春风攀登生涯的转折点。

登顶K2成了杨春风最大的心愿。后来他在乌鲁木齐开了家户外店，店名就叫"K2"。几年后，杨春风成立了乔戈里高山探险公司。他一面投入国内登山探险的热潮，并以"天山派"独占中国商业登山版图的西北角，一面却过着穷困潦倒的生活。为了登山，杨春风关掉了诊所，也与妻子离婚了。作家湘君在一篇文章中记录下那段时间的杨春风："老去的父母代养着幼子，他自己一度在办公室里打地铺住了两年。如此既慷慨又拮据，在当时乔戈里共事的回族姑娘麦子眼里，他真是压根没把自己当商人，没赚钱意识，完全是在享受攀登。享受登山的老杨，终于可以'以山为家'，但心里依然有漂泊感。一年年在慕士塔格带队，永远对山友挂着笑脸，却也和朋友说起，感觉自己是飘零的，不知未来会飘去何方。"

2007年，杨春风率领"新疆啤酒登山队"登顶了珠峰。杨春风成为首位登顶珠峰的新疆人，在西北地区名声大噪。一年后，杨春风率队登顶了世界第六高峰卓奥友峰。两次8000米山峰的成功经历，推动着杨春风坚定地挑战他觊觎许久的K2。

2009年是杨春风蜕变的一年。春天，杨春风再度率队登顶珠峰。夏天，他终于拉到了赞助，首次尝试攀登K2，却因恶劣天气冲顶失败。这一年，他搬到成都，成立了全新的"杨春风高山探险服务有限公司"。他在秋天赴尼泊尔，率领王石、王静、张梁等知名登山客登顶了世界第八高峰马纳斯卢峰。

这次8000米商业登山活动的攀登质量平平，却成了中国登山史上的里程碑。这是中国民间登山者首次挑战海外的8000米山峰。这不仅意味着，杨春风打破了垄断——西藏圣山探险公司不再是国内登山客户攀登8000米山峰的唯一选择，也意味着中国商业登山公司从此进军尼泊尔登山市场，开拓8000米商业登山活动。十多年后，中国成为尼泊尔商业登山客户中人数最多的国家之一，平均每五名珠峰登山客中，就有一名来自中国。当年杨春风应该想不到自己会是这局面的缔造者。

几次成功的8000米攀登，为杨春风在民间积累了极高的影响力：作为一名登山者，他成了冲击14座纪录的中国民间第一人；作为一名登山组织者，他首度开创了海外8000米登山的民间探险活动。2010年，杨春风马不停蹄地奔赴他的下一座8000米，世界第七高峰道拉吉里峰。张梁、饶剑锋等老队员追随老杨的队伍来到道拉吉里峰。在他的第四座8000米上，杨春风遭遇了任何一家登山探险公司都不想沾边的事件，山难。

杨春风与队员成功登顶道拉吉里峰后，在下撤途中找不到回营地的路线。傍晚，队员李斌因体能耗竭留在了山上。第二天凌晨，队员韩昕、赵亮接连发生滑坠遇难。幸存的队员也死里逃生。攀登队长张伟发生滑坠，饶剑锋意识模糊，张梁濒临失温。杨春风先是出现幻觉，之后发生滑坠。他被夏尔巴协作带回营地，一直昏迷到第二天。道拉吉里山难事件震动了登山界。一夜之间，杨春风成为千夫所指的对象。

"他的组队方式和登山管理受到了各种质疑和批评，遇难的队员有与他多次并肩登顶雪峰的伙伴，他也陷入了深深的痛苦和自责之中。在我们一次通话中，他再也无法忍受心中的压力，大声宣泄，像孩子一样号啕大哭。"王铁男写道。

山难的阴影或将伴随着杨春风的余生。很多人以为老杨从此要退出登山界了，他却在第二年重启了马纳斯卢峰的攀登。"第一个报名的，是云南登山者张京川。他在2005年攀登慕峰初识老杨，更在2007年攀登珠峰时加入老杨队伍，彼此结下过命之交。登顶珠峰后，张京川本没想过再登其他8000米。可眼看兄弟坠入低谷，一度动摇'这事做不下去了'。他忍不住相劝，并用实际行动支持：'别人不跟你，我跟。'"湘君写道。

之后几年的商业登山活动顺风顺水，而杨春风也接连登顶了干城章嘉峰、迦舒布鲁姆II峰、迦舒布鲁姆I峰、安纳布尔纳峰、洛子峰等多座8000米山峰。杨春风成为中国喜马拉雅式攀登的代表人物。2012年夏天，杨春风终于完成了十年前的心愿。他与老友饶剑锋、张京川登顶了K2。K2也把杨春风的声誉带向了顶峰。

光环之下的杨春风却越来越沉默。他身上背负着许多"首个"与"唯一"的头衔，但在大多数情况下，他攀登不是为了国家荣耀，只是为了他自己。在朋友眼中，他还是开着很少把人逗乐的冷笑话，但他抽烟斗的频率越来越多了。他的生活还是那么拮据，身背欠款，却坚持"每年都拿出1万元抚恤道拉吉里峰遇难山友的孩子"。王铁男回忆道："他（杨春风）曾计划完成了14座8000米山峰的攀登后，办一所登山学校，让更多的人投身到雪山攀登中去，让中国的民间登山走出国门走向世界。"

2013年6月，杨春风、饶剑锋、张京川三人来到巴基斯坦的喀喇昆仑山脉。这时杨春风已经完成了11座8000米山峰。饶剑锋次之，也登顶了10座8000米。按照原计划，杨春风在喀喇昆仑山脉完成第12座南迦帕尔巴特峰之后，接着攀登附近的布洛阿特峰，9月份将完成最后一座希夏邦马峰。不出几个月，杨春风就能成为中国真正意义上首位完成14座8000米的登山者。

6月22日这一天，老杨的队伍与十多名国际登山者，共同驻扎在世界第九高峰南迦帕尔巴特峰脚下海拔4400米的营地。队伍中还有一名美籍华人陈宏路。夜里，杨春风、饶剑锋与张京川刚在帐篷里躺下没多久,一群伪装成吉尔吉特安全部队的恐怖分子冲进了他们的营地。十多名穿着迷彩服的武装分子用枪刺破了帐篷。他们叫嚣着"Taliban！Al Quaeda！Surrender！"（塔利班！基地组织！投降！），把登山者们从帐篷里拖了出来。登山者被分成两排,跪倒在营地前的空地上。武装分子用枪指着他们。

张京川跪在杨春风的旁边。杨春风安慰他,这些人只是劫财。武装分子——事后声称对此事件负责的巴基斯坦塔利班逊尼派分支——把登山者的双手反绑在身后,并依次向他们索要钱财。搜刮完钱财后,他们彼此争吵了起来。原来他们的目标不只是钱,而是这群登山者当中唯一的美国人:美籍身份的登山者陈宏路。这帮武装分子要为"该组织的第二把手被美国无人机袭击致死而复仇"。陈宏路没有顺从武装分子的摆布。惊慌失措的武装分子开枪击毙了他。整个绑架计划失控了。

武装分子开始对着人群扫射。一名登山者恳求道,我不是美国人,我不是美国人。求饶声被枪声吞没,一场无差别大屠杀开始了。突突突突、突突突突、突突突突。枪声响了三次。

在枪声响起的那一刻,张京川下意识地缩了下身子。子弹从他的头皮擦过。几乎就在同时,杨春风"呜"地叫了一声,他的鲜血溅到了张京川的脸上。

张京川是武警出身。早在武装分子反绑他的手腕时,他的双手尽力往外张开,在绳结里留出了一点可活动的空间,并慢慢解开了绳子。他早就从双腿跪姿改成了单腿半跪,并在脑中模拟好了逃跑路线。

枪响后，张京川起身扬手，甩下了身后的恐怖分子，便头也不回、光着脚往前冲。身后的子弹击打在地上的砂石，再崩到他身上，张京川感觉像是中了好几弹。他一口气冲了30多米，跑到悬崖边，来不及想就直接跳下去。他不知道这山崖到底有多高，只是觉得在这里摔死总比被人打死要强。他顺着斜坡滑到下面的冰川上，藏在悬崖下。"我躲在冰裂缝中，隐约看到几个袭击者追到了山崖边，由于天太黑，他们没有继续向前追赶，看到他们返身回去的那一刻，我才有了感觉，可能脱险了。"张京川后来在采访中说。

张京川身上还穿着单衣单裤，不知过了多久，渐渐觉得有些冷了。他悄悄地匍匐回到营地。营地里还透着微弱的光。他心中仍抱有幻想。他爬到杨春风等队友的身边，摸了下脉搏。朋友们已经离世了。他钻进帐篷里，找到杨春风的卫星电话，打给国内寻求救援。上午11点，巴基斯坦军方乘直升机来到营地。全副武装的巴基斯坦军人下了飞机，迅速把张京川包围起来，确认他的身份。张京川获救了。

军方把三名乌克兰登山者、两名斯洛伐克登山者、一名立陶宛登山者、一名尼泊尔夏尔巴、一名巴基斯坦厨师、陈宏路、饶剑锋、杨春风的尸体，一一抬上直升机。

直升机升空后，张京川把杨春风抱在怀里。他望着堆满机舱的尸体，心里的痛苦无以言表，"感觉自己的魂魄已经丢在那里了"。

7

南迦帕尔巴特峰惨案是登山史上闻所未闻的恐怖袭击事件。"在长达两个多世纪的登山历史中,在任何情况下,超过两三个登山者被谋杀是完全没有先例的。"美国《户外》杂志写道。这次事件对巴基斯坦北部山区的旅游业造成重创。许多登山者都取消了原定的攀登计划。何川、孙斌与伍鹏原本打算在7月攀登同在喀喇昆仑山脉的川口塔峰,事件发生后,他们的计划也取消了。何川和孙斌转而寻找国内的技术型山峰爬一爬。"后来就找到布达拉峰北壁。"何川说。

布达拉峰位于四姑娘山双桥沟内。它的海拔不高,只有5240米——比入门级的四姑娘山二峰还矮了几十米——却是一座气势非凡的岩石型山峰。任何一名游客来到双桥沟,站在公路边的山脚下抬头仰望,便能觑见这座形似布达拉宫的山体,只不过这是一座放大了五倍的布达拉宫。这座山峰似乎也因它的名字,被赋予了宗教般的不可亲近之感。十年前,一对来自斯洛文尼亚的登山者完成了布达拉峰的首登,而布达拉峰历史上最著名的攀登还要在两年之后。2005年,日本登山家山野井泰史独攀了布达拉峰北壁的大岩壁路线。

山野井泰史是日本首屈一指的登山高手,擅长极具个人特色的独攀风格:他曾独攀登顶了世界第六高峰卓奥友峰,几年后仅用48小时无氧独攀登顶了K2。2002年,山野井泰史与同为登山高手的妻子妙子搭档,攀登极高难度的世界第15高峰格仲康峰。这是一次史诗级的攀登。夫妇二人登顶后,在下撤途中遭遇雪崩,九死一生地回到山下。山野井失去了四根手指和五根脚趾,妙子十根手指的前两段指节全部因冻伤截掉了。

山野井泰史出院后,一度失去了攀登的信念。他去了趟四川西部旅行。在川内著名探险向导张少宏的带领下,他遍览川西群峰。在回成都的路上,山野井无意间对张少宏提起那张照片。他曾在意大利户外品牌出版的一本摄影集中,看到一张山峰的照片。照片里的山峰绝壁看似直通云霄。上面只写了这座山峰位于中国的"某处"。山野井泰史对这座山峰念念不忘。这次来到中国,他也把这张照片带在身上。当山野井泰史把这张照片展示给张少宏时,他并不抱太大希望。毕竟,四川壁立千仞的角峰与岩壁太多了。哪知张少宏——他曾带领日本的中村保、美国的弗雷德·贝基等著名国际攀登者和探险家,走遍川西的每一处秘境——一看到照片,就告诉山野井,这是布达拉峰的北壁。张少宏还告诉山野井,只要绕点路,就可以在回程的路上,来到布达拉峰的脚下。

这名日本登山家走进了四姑娘山。他没有被伟大的幺妹峰吸引住,没有痴迷于尖锐的婆缪峰,而是站在布达拉峰脚下,感动于头顶上方肃穆宏伟的大岩壁。"仔细一看,岩壁上有裂缝。如果用这些裂缝连成路线,或许可以登顶吧。"山野井回忆道。他站在山脚下拍了好几张照片。回到日本后,他开始破解布达拉北壁中央路线的奥秘。山野井重新燃起了攀登的斗志。一年后,山野井第一次尝试布达拉峰失败。第二年,他再次回到这里,在雨中几夜无眠,历时七天独攀登顶,并开辟了一条全新的高海拔大岩壁路线，"加油"。这次攀登再次奠定了他世界一流登山家的地位。

在山野井泰史之后，刘喜男、阿成、李红学、邱江等国内高手都陆续尝试过攀登布达拉峰北壁，均以失败告终。国际登山家的辉煌成就与自由攀登者的纷纷败北，都为这座宏伟的山峰增添了神秘的庄严感。2012年，自由攀登者古古与搭档大卫（David Gliddon）沿着斯洛文尼亚人首登的路线，登顶了布达拉峰北壁。然而布达拉峰北壁中央直上的纯正大岩壁路线，却依然等待着中国登山者的挑战。

在中国，大岩壁是对攀岩者经验、耐力、技术、操作、装备等方面的综合考验。这是一项与恐惧、孤独相伴而生的运动，也是一场对抗地心引力的战斗。过去只有如刘喜男、阿成、王二这样的精英攀岩者才敢一试。而高海拔大岩壁，更是在"大岩壁"固有的难度基础上，多了些海拔高度、复杂天气等不可控的变量，大大提高了攀登的门槛，国内鲜有攀登者尝试。何川对高海拔大岩壁的向往，最早源自盗版岩与酒论坛。"伍鹏翻译的Trango Tower、他们那些攀登的故事，还包括一些图片，那时候是最开始埋下的种子。"何川说。

有了之前鲨鱼峰与婆缪峰等几次高海拔岩石攀登的经验之后，何川原本计划在2012年8月尝试布达拉峰北壁的大岩壁路线，即山野井泰史的"加油"路线。如果完成这条路线，这将是中国登山者真正意义上的第一个高海拔大岩壁攀登成就。与山野井不同的是，何川没有选择独攀——他的独攀风格还要在三年后才逐渐形成。要完成这条宏伟的路线，何川还需要一名搭档。他找到了孙斌。

早在几年前，何川就在《龙之涎》纪录片的拍摄过程中认识了孙斌。这两名年龄相仿的北京攀登者从未一起搭档攀登过。他们俩只是在多次拍摄中打了个照面，之后便走向各自的人生道路。何川深居在白河，在攀岩与攀冰上精益求精。孙斌创业后，一路意气风发。2012年，孙斌拉到了每年近百万的赞助，创立了"巅峰户外运动学校"。这所学校在全国各地举办了数十期大学生公益培训、原住民向导培训、户外指导员培训，惠及全国的户外爱好者。作为学校校长，孙斌讲课时条理清晰得叫人无法反驳。作为一名商人，孙斌的"巅峰探游"公司年销售额达800多万，风光无限。作为一名半职业登山者，孙斌常年带着窦骁、老狼等明星爬遍七大洲最高峰，在综艺节目中频频曝光。作为一名自由攀登者，孙斌率领赵兴政、李赞等员工，在云南白马雪山开辟了五条精彩的新路线，获得了当年的金犀牛最佳攀登成就奖。

当何川拿着布达拉峰的计划找到孙斌时，孙斌眼前一亮。"大岩壁这个方向，我觉得国内爬的人太少，"孙斌说，"我觉得它是一个容错率更低、更加极限、更加能够把这种攀登的状态推到极致的一种方式。它要比幺妹峰南壁更极限一点。"

2013年8月，何川和孙斌决定挑战布达拉峰北壁的"加油"路线。这对搭档的组合很有趣：一个是何老师，一个是孙校长；一个身材精瘦，一个粗壮有力；一位沉静内敛，一位意气风发；何川拥有丰富的攀岩、攀冰经验，而孙斌则拥有上百次高海拔经验和活动组织经验。他们的风格完全不同，但彼此之间也正好互补。然而在实际攀登过程中,他们爆发了激烈的冲突。

当何川、孙斌与攀岩摄影师裂缝(张允平)三人来到布达拉北壁下扎营时,这两名成熟的攀登者就营地位置的问题僵持不下:接近岩壁一点,容易有落石风险;远离岩壁一点,会影响攀登进程。在何川的攀登理念中,安全谨慎当然没有错。而在孙斌的实践经验中,平衡风险和效率才是他最擅长的部分。二人争论不休,没有任何退让。面对孙斌的暴怒,何川每次都面不改色地回应。这只会让孙斌更愤怒。

眼看天色已晚,何川最后做了个总结性发言,今天回去商量一下,到底要不要在那营地住,如果大家都同意在这住,那大家就住,我就搬到别的地方去住。

这对搭档好不容易解决好营地问题,到了晚上,二人就"是否要带冰爪"的技术问题再次对峙起来。何川认为保险起见,人手一副冰爪是必要的。他要把风险掌控在自己手中。孙斌坚持,为了提高攀登效率,共用一副冰爪问题不大。在黑夜里,他们戴着头灯争吵。激动的情绪引起心跳加速,孙斌大口喘息着。

何川依旧面不改色地对孙斌说,对于这次线路的判断,很明显你是过于乐观了。

孙斌说,OK没关系,我自己爬到平台,我就下撤。我觉得这次就值了,这是我的目标。我觉得也许跟你的目标不一样。

何川说,我不知道为什么你非得要我接受……

孙斌打断何川,现在已经不是讨论说明天上或不上,我现在这么一想的话,我觉得即使你明天要上,我也不上。

何川低头讪笑。

孙斌盯着何川说，我觉得万一如果再遇到什么事情，这种感觉我是不能接受的。我觉得我已经……我觉得是时候离开了。

孙斌的话比落石还有破坏力。在何川的攀登生涯中，从来没有遇到过这么强势的搭档。孙斌也从来没有遇到过这么"不听话"的攀登者：在公司里，孙斌是老板；在历次幺妹峰攀登中，孙斌是主导者；在带商业登山活动时，孙斌掌握着队伍里绝对的话语权。

"那一次吵架，我觉得他（孙斌）可能还是想要继续建立这样的角色、这样的威信，"何川后来说，"所以他想把当时这个事情给压下来。给我的感觉就是这样。实际上遇到了我这种顽强的抵抗。"

就在何川以为第二天要打道回府的时候，一夜过后，孙斌竟然接受了何川的策略。这一晚孙斌也反思了许多。孙斌后来坦言道，在布达拉之前，几乎所有的攀登活动，他都是主导者，从布达拉峰攀登开始，他试着转换自己的角色，全面地审视整个攀登活动。从孙斌想明白的那一刻开始，这两名攀登者的搭档关系才平等起来。攀登正式开始。

在攀登过程中，孙斌一边与何川聊着天，不时开怀大笑，一边给何川打保护。几个人说说笑笑地攀爬着。第二天晚上，何川还尝试了孙斌的独家高海拔美食，土豆泥。几天后，何川与孙斌一路爬到布达拉北壁路线的难点。距离顶峰还有300米。孙斌和何川轮流尝试，始终无法通过。布达拉峰上的难点让两名国内高手感到恐惧。当何川和孙斌愉快地决定放弃这次攀登时，二人的关系已经好得"如胶似漆"。

回京后，何川和孙斌一起完成《加油！布达拉》纪录片的后续拍摄，一起训练、一起吃饭、一起攀岩。"大家对彼此的认可越来越深。我觉得这种感受还是比较美好。"孙斌说。布达拉峰上的争执过后，二人成为攀登上的搭档、生活中的好友。在来年继续挑战布达拉峰之前，何川又继续苦练一年：他和自由攀登者刘洋飞赴挪威攀冰，与搭档在华山南峰开辟了一条600多米长的大岩壁新路线。等到二人重返布达拉峰的时候，何川早已脱胎换骨，而四姑娘山也今非昔比了。

2013年，四姑娘山脚下的日隆镇，正式更名为"四姑娘山镇"。长坪沟口处的客栈鳞次栉比，每天都有新酒店动工建设。参加"四姑娘山登山节"的徒步者、登山初体验者络绎不绝地走向海子沟深处。幺妹峰与婆缪峰，也不再是冠绝四姑娘山的技术型山峰。自由攀登者开辟了四姑娘山山域内更多的未登峰与新路线。这两年，严冬冬和杨春风的悲剧，并没有阻挡自由攀登者的步伐。事实上，自由攀登的精神反而更加朝气蓬勃。这一年，李宗利团队在双桥沟日月宝镜山开辟了新路线"训练日"。王二与邱江的团队在双桥沟鹰嘴岩上开辟了新路线"353年的梦想"。第二年，王二与这几名搭档继续挑战双桥沟内的色尔登普峰。

王二与王大依旧是"岩与酒"的好兄弟，但二人的攀登之路却渐行渐远。王二已经成为一名半职业化的攀登者。"他会热烈地拥抱新技术、攀登方式，再也不爬雪山了。爬大岩壁。他们那边会组织队伍，用那种最新的帐篷，最新的装备，准备大量的食物补给，做各种适应性的训练，更科学，"王大说，"但是我跟伍鹏那时候，仍然是更喜欢这种，怎么说，可能是我们当时自我感觉更纯粹、脱离外界的这种方式。"

2014年夏天的四姑娘山热闹非凡。这里同时聚集了三拨高水平自由攀登者组成的队伍：何川与孙斌继续死磕布达拉峰，王二团队在双桥沟探索色尔登普峰。王大和伍鹏也来凑了个热闹，十年之后重返婆缪峰。

最近半年来，伍鹏在盗版岩与酒上再次提出攀登那座令他魂牵梦绕的婆缪峰。王大积极响应。距上次攀登高海拔山峰已经过去八年多了，王大也渴望重返这座充满回忆的山峰。当他被拉入微信群时，建群的三名攀登者——伍鹏、赵四，以及新加入的广西岩友箩筐（罗柳生）——已经开始讨论攀登细节了。

"我跟他们俩（王茁、伍鹏）相处的更多时间是在白河。是在那种夏天的京郊农家院，喝着啤酒。我几乎就把这事慢慢淡忘掉了，"王大说，"十年啊。甚至可能十年以上，在那块石头底下，我知道他们放的东西。我们是去找这东西的。事实上，那是我那年婆缪峰的目标。那就是我想干的事了。"

2014年8月，四名攀登者来到四姑娘山镇，住在三嫂家里。对于王大来说，这将是一次老朋友之间的聚会，一次爬到哪算哪的轻松攀登。对于伍鹏来说，他离那座属于自己的山峰又近了一点。

8

这几年，伍鹏总时不时念叨着什么时候再一起去爬婆缪峰。年初，伍鹏、王大、赵四等人在群里商议着，十周年了，要不要再去一次。到了夏天，王大、伍鹏、赵四和箩筐就制订好了这趟婆缪峰的攀登策略、日程安排、装备物资、分工合作等等。这趟旅程至少需要一周的时间。碰巧伍鹏最近工作干得不太顺利，他跟公司提出了辞职，全力以赴地投入婆缪峰的攀登中。

在工作与自由之间，伍鹏总是毫不犹豫地选择后者。过去十多年来，他已经跳槽了七八次。每当他辞职的时候，领导和同事都十分不解地问他，这么好的机会为什么不干了？"也许是他们不懂，人生中能够有自由自在的日子，足矣。除了最美好的记忆，还有什么能陪你一辈子呢？金钱？房子？地位？都不行。最美好的记忆，在办公室里是等不来的。"伍鹏曾写道。况且，这一次伍鹏要全力以赴地完成这个积蓄十年之久的目标。

王大把这次攀登当作一次故地重游的怀旧之旅，伍鹏却非常渴望登顶，尽可能排除一切影响登顶的因素。就连他最好的朋友王磊——同是一名经验丰富的攀登者——提出想加入队伍时，伍鹏都没有同意。"他们关系挺好，伍鹏没同意。"魏宇说，"我觉得他没同意的理由，心里的想法，他们还是想争取完成。不是想把它当成一个假期。要不然你说要是度假，多俩人，都挺熟的，就更欢乐，是不是？"

眼看快到了在成都集合的日子，伍鹏为几位老友准备了一份特别的惊喜：米老鼠对讲机。这副对讲机是女儿的玩具。两岁的川歌经常拿着儿童对讲机在小区里玩。对讲机时不时还会发出米老鼠的声音：Oh, My God！伍鹏特意在网上又买了一对。四名人到中年的老爷们，在山上人手一台米老鼠儿童对讲机，想想都觉得有趣。伍鹏还带上了他最喜欢的一件并不防水的紫色软壳衣，还有一件都快穿破了的羽绒服，想着这次把这件衣服爬烂了就直接扔在山上。他没有捎带上爷爷的那顶深蓝色毛线帽，那顶帽子伴随着他每次平安归来。

8月10日一早，伍鹏送别妻子和女儿。这天魏宇也要带着川歌去烟台攀岩旅行。分别后，伍鹏则匆匆赶往机场了。此行诸事不顺。伍鹏提前两个半小时出门，等了许久早班地铁都没来。等他好不容易赶到机场，竟然还是误了航班，没坐上飞机。伍鹏郁闷地回到家，给自己打了一杯精酿啤酒，一边小酌着，一边重新买票。当天晚上，伍鹏终于和队友在成都聚齐，说说笑笑吃着火锅，就像十年前一样。

第二天，大家从成都开往四姑娘山。路过海拔4400米的巴朗山垭口，他们向天上撒下龙达，纪念王苗。印着经文的彩色小纸片漫天飞舞。伍鹏说，他有一次撒龙达，山上的风把它们全部带走，一片都没有落在原地。一行人到了四姑娘山镇，在三嫂家住下。这几天，四姑娘山的天气不太好，山里正下着雨。何川和孙斌已经从布达拉峰撤出来了，等到好天气再进山攀登。王二的队伍还在沟里密切监测着国外的气象数据。据说，过两天好天气窗口就会到来。伍鹏初到3000多米海拔的四姑娘山镇，有点高反。他已经三年没上高海拔了。面对着期盼已久的攀登，伍鹏仿佛给自己鼓劲似的，发了条微博："估计我可能还需要1～2天的适应，才能把身体调节到最好的状态。"晚上，王大借了辆自行车，骑车去长坪沟口的冰石酒吧。他从酒吧顺了瓶红牌的伏特加，准备再到婆缪峰上饮酒作乐，就像十年前一样。

雨还没停，他们在镇上又等了一天，决定还是按照原计划出发。在进山的路上，得知隔壁王二的队伍带了意大利面和成箱的洋酒，伍鹏还开玩笑说，下次我们搞一个不插电的复古攀登如何？连手表都得是机械的。四个人一路开着玩笑，一路走到婆缪峰脚下。伍鹏高反还挺严重，吐了两次，没怎么吃东西。他们在海拔4200米的营地搭起帐篷。天上又掉起了雨点。一样的帐篷，一样的营地，一样的伏特加，一样的风马旗，一样的风，一样的雨，就像十年前一样。

一觉醒来，伍鹏感觉好多了，只是还有点头疼。大家吃过早饭，背上绳索和食物，沿着熟悉的地形，向上方横切到一处碎石坡。他们顺利找到了十年前埋藏装备的地方。那块大石头下压着个小包，包里放着王苗的旧款机械塞、岩塞、快挂、扁带、钩子、手钻、安全带和一把木柄的锤子。王大早就做好了再次面对这些旧物时的心理准备，但当他把这些冰冷的器材握在手里的时候，他的心还是被击中了。他上次见到它们还是在十年前白河的小院里。当年只有王苗凑齐了一套昂贵且稀有的机械塞。在每一个周末傍晚，王苗都会在院里认真地把它们一个个码放整齐，得意地介绍最近又收集到了哪些新家伙，眼里满是憧憬的光。

"记忆中崭新的装备，现在已经变得过时而且锈迹斑斑，但那种熟悉的感觉却实实在在地透过手心传来。太多年轻的面孔和故事随着记忆汹涌而至，恍若隔世。"王大回忆道，"我得承认我有点老了，会在这时控制不住……"

王大、伍鹏和赵四流下眼泪。笋筐也沉浸在这种怀旧的情绪中，在大石头上打了一枚挂片。伍鹏把十年前的这些装备器材挂在挂片上。王大和伍鹏对着这块大石头、对着王茁的装备说，这是2014献给2004的时间胶囊，也许十年以后我们会再来。

伍鹏补充道，2024。

赵四说，2034。

伍鹏看着这些充满回忆的装备，说，这就是我们的青春，如果能完成这条路线，我打算叫它"十年"。三个人哭了哭，又笑了笑。

大家吃了些路餐，继续沿着婆缪峰的东南山脊攀爬。下午6点，他们爬到了海拔4800米的地方，就地扎营。大家躲在一条石缝里避雨。这一晚，他们都睡得不好。伍鹏醒来后，高原反应的症状还是没有消退。雨还在下。大家决定原地休整一天。到了半夜，天上掉起雪花，风越来越大。雨雪落在婆缪峰的石头上，变得润湿光滑，难度陡然增加。伍鹏率先提出，明天要是还是这个天气，就原路下撤吧。大家都没有反对。夜里风雪交加。狂风把雪吹进来，大家的睡袋都被打湿了。王大把冲锋衣盖在睡袋上防水，醒来后，他发现冲锋衣掉下了悬崖。

清晨，雨停了。厚厚的云层里露出一小块蔚蓝色的晴空。在阴晴不定的天气里，他们依稀还能望到对面的幺妹峰。莫非这就是王二之前监测到的好天气窗口？大家一致决定再往上看看。早上7点，四个人交替领攀往上爬，速度很慢。四名攀登老炮爬了100多米，竟然用了5个小时。中午12点，他们爬到了海拔4900米处，距顶峰还有500多米。王大望了望上面的山脊，路线越来越陡峭，顶峰附近在云层中忽隐忽现。王大没有了信心。他已经很久没上山了，爬到这里已经远超出他的目标。王大对众人说，我打算放弃攀登，留在这里等你们。

　　伍鹏愣了一下，面露惊讶。他和王大对视了很长时间，似乎在确认王大是不是在开玩笑。王大没有在玩笑。他说，我确实不行，还是不上了。伍鹏、赵四和箩筐继续攀登之前，在营地留下了一根绳子、一把岩塞、睡袋、防潮垫、露营袋、炉头套锅和几包山之厨快速米饭。他们计划轻装快速冲顶，当天夜里再回到这处营地。伍鹏还从怀里掏出了一串风马旗，递给王大，笑嘻嘻地说，你没事可以搞一下创作。王大可是以"最有艺术才华的攀岩者"闻名于圈内。大家在这里停留了不到半个小时，赵四继续向上领攀。

　　伍鹏临离开营地前，顿了一下，转回头兴奋地对王大说："I love this game！"

　　王大望着三个兄弟离开这里。他们的身影渐渐消失在浓雾中，只闻其声，不见其人。王大心想，他们没爬多远，速度还是太慢，后面的路线越来越难。王大所处的这个平台十分狭窄。他必须要把自己固定在岩壁上，否则一不小心就坠入深渊。王大开始"艺术创作",把风马旗挂在保护点上,又观察了下四周的地形,寻找水源。几个小时后,王大用对讲机呼叫伍鹏。米老鼠对讲机里传来伍鹏兴奋的声音:"现在三个人状态很好,进展神速。"王大安心了。这一晚再没有三个人的消息,只有淅淅沥沥的雨声。

一夜过后,太阳在云层中忽隐忽现。几缕阳光照耀在婆缪峰上,照在几名攀登者的身上。伍鹏等人在岩壁上露宿了一晚,早上8点多出发,一鼓作气攀向顶峰。爬了一会儿后,大家都觉得口干舌燥,随手抓点雪塞到嘴里。哪知这雪越吃越渴。顶峰不远了。这时,他们收到王大的呼叫。

王大一直在下方营地焦急地等待着。他的一次次呼叫都没有等到回复。上午11点,对讲机里终于有了伍鹏的声音。"我们现在很冷,也很疲倦。顶峰现在就在我们头顶上方不远处。还要爬两个pitch(绳距)。"王大替他们感到高兴,随即又有些不安。雨下大了。王大暗自祈祷晚上雨能停。

山腰处大雨滂沱,山顶上阳光明媚。伍鹏呼叫完王大,开始向上领攀。他把羽绒服、冲锋衣都脱下来,放在岩壁底下,对赵四说,穿太厚爬起来没感觉。伍鹏身穿那件紫色的软壳,轻装攀上岩壁,漂亮地完成一段难度不小的裂缝。他们又爬了两个小时,眼看顶峰近在咫尺。婆缪峰却不想让伍鹏登顶似的,天气突然变得恶劣,先是刮起雪粒,又下起大雨。赵四提出下撤。伍鹏坚定地否决。婆缪峰顶就在前方。伍鹏兴奋地说,哪怕是Aid(器械攀登)也要干上去。

大多数情况下,自由攀登者都倾向于用自由攀登(free climb)

的方式——攀登者仅依靠自身的攀爬能力去攀登,此时技术装备仅仅为攀登者提供保护作用,攀登者不能抓着岩塞、快挂把自己拖拽上去——完成一条技术路线。如果粗暴地利用器械去攀登,很多难点变得更简单,但也失去了克服难点的乐趣。此刻,伍鹏管不了这么多了。他不要乐趣,只想登顶。他正用器械攀登的方式,一步步往上攀爬。他的速度越来越慢。"我清楚记得那天下午的攀登真的很漫长,"赵四回忆道,"雨雪中,风(伍鹏)几乎是半米一个塞子向上Aid。"最后一段绳距,离顶峰只有几十米远。雪势渐大。雪花落在绳子上,再化作雨水渗透进绳芯,把绳子都泡粗了。赵四再次劝伍鹏,不要上了,到这我们已经算登顶了。

伍鹏说:"都到这里了,不登顶就白活了。"

魏宇后来在伍鹏的衣服兜里,翻到了他们一家三口的合照。这是一张拍立得照片,上面还印着川歌的小手印。伍鹏常常把这张照片夹在钱包里。他这次也带上了它,时刻惦记着。只是不知伍鹏在冲顶的那一刻、在风雪中攀向顶峰的时候在想些什么。"我不知道(冲顶时)带没带,反正我觉得那会儿可能也想不到我们是谁了。"魏宇说。

伍鹏攀向最后的顶峰,速度越来越慢。爬一会儿,停一会儿。在那一刻,登顶婆缪峰似乎成了伍鹏生命中最重要的事情。赵四和箩筐不知道伍鹏爬了多久,只是望着他,望着这名在前方领攀的兄弟冲向无尽的风雪。突然,他们听见伍鹏在上面大喊一声,好了,快上来拍个照。

赵四在下面大喊,我们不上去了,你快下来吧。

等伍鹏从海拔5413米的顶峰下来时，天已经黑了。他们没有时间沿着来路下降，而是放下绳子，垂降下岩壁。他们整个身子吊在悬崖上，两只手不断地喂绳。大雪横飞，吹在身上，粘在脸上，钻进脖子里。三个人在疲惫中陆续下降。四周一片漆黑。寒冷、饥渴、困乏、力竭、恐惧纷纷袭来，还有死亡。死亡就藏在黑夜中，藏在脚下的悬崖边，藏在任何一次简单的失误中。在岩壁上垂降，攀登者只要一次操作失误，就容易引发致命危险。三个人都太累了，总是忍不住合上双眼。为了让自己清醒一点，赵四掏出绳刀，在手指上划开一个口子。鲜血滴在白色的雪地上，又迅速被大雪掩盖掉。

王大有些焦躁，距上次通话已经过了八个小时，怎么也等不到队友的消息。他不敢过于频繁地呼叫伍鹏等人，只好每隔两个小时呼叫一次。然而每次回复王大的，只是米老鼠对讲机里的一句"Oh, My God!"。原本可爱有趣的卡通腔调，在这种环境下也变得怪异可憎。很快，就连这唯一可憎的声音也在严寒中消失了。王大有些孤独。他对着上空的黑夜大喊他们的名字。回应他的只有风雪的怒号。王大在营地翻找物资，看看有什么能用的装备。他在箩筐的行李里找到了电池。他赶紧把米老鼠拆开，换上新的电池，继续呼叫。

半夜12点，米老鼠里传来了箩筐的声音："我们现在准备宿营。"

"你们在什么位置？你们状态怎么样？"

"我们三个，可能只有我还可以了。四哥手受伤了。伍哥状态很不好。"

"他俩还能自己走吗？"王大又追问道，却没有等到回复。营地里下起了大片的雪花。王大打开头灯，一道光束照向雪雾笼罩的山脊。他多希望在这道光束的照耀下，出现三个人的影子。

不知不觉，王大睡着了。头顶挡雪的防潮垫突然塌了下来，一堆冰凉的散雪糊在脸上。王大猛然清醒，现在已经是8月18日凌晨了。

王大继续呼叫，还是没有回应。王大不敢多想。在这样的天气、这样的技术路段、这样的海拔高度，如果攀登者失去了行动能力，后果是致命的。仅凭手头的一根绳子和几枚岩塞，他完全无法爬上去营救。王大暗下决定，等到下午2点还没有回应，他必须想办法下山求救。他忍不住自嘲起来，嘿嘿，度假又变成玩命了，这次玩大了吧。

"这次玩得有点大。"赵四一边对伍鹏说着，一边在黑夜中绳降。伍鹏似乎没心思理会赵四的自嘲，而是不住地说冷，冷，冷。他浑身颤抖，神情和语调有点扭曲。他的手冻得无法把绳子塞进下降器里。箩筐帮伍鹏把下降器装好后，竟靠在石头上睡过去了。每次赵四都要大喊箩筐十多分钟，才能把他喊醒。三个人互相提醒着一定要打起精神，千万不能合眼，一定要活着撤下去。伍鹏的川歌、赵四的果果、箩筐的小C都在等着爸爸回家。

刚过子夜，他们降到了海拔5200米处，终于找到了一处勉强可以卧身的小平台。他们把泥泞的浮雪踢开，刨了一处2米见方的沙坑，毫不犹疑地躺了进去。三个人刚躺下，伍鹏突然快速冲向悬崖边。赵四和笤筐大惊,赶紧把伍鹏拉回来,问他干什么。伍鹏说要小便。赵四和笤筐把伍鹏从悬崖边拉开。就在他们双手拉住伍鹏的时候,才知道他穿着的紫色软壳衣彻底湿透。伍鹏已经失温很久了。

他们扒下伍鹏的外套和安全带,换上笤筐的羽绒背心和赵四的冲锋衣。伍鹏不停地说,好冷,好冷。伍鹏再没有力气回到方才几米外的沙坑里了,赵四和笤筐也没有力气把伍鹏拉回去。赵四就地又刨了个沙坑,和笤筐一左一右地把伍鹏夹在中间取暖。三个人就这么睡去了。伍鹏安静下来。入夜,雪停了,雨也停了。这天晚上,伍鹏翻了两次身,他说他尿在了裤子里。

早上6点多,云开见天,山与山之间残留着一缕缕轻薄的飘带。待那飘带褪去之后,对面的日月宝镜、双峰山、五色山等雄伟的山体在山谷间显露真容。这是他们进山以来的最好天气。三个人在沙坑里醒来。伍鹏起身坐在地上,穿上安全带,脑袋上罩着冲锋衣的帽兜,歪戴着头灯,紧攥着双拳,双眼微闭着。赵四发现伍鹏神情极度恍惚,无法连贯地说话,甚至辨认不出眼前的伙伴。他问伍鹏:"还记得你的搭档吗?"

"对,一个是……"伍鹏说。

"是谁?叫什么名字?"

"我得想、想一想这个问题。"

"是不是一个姓赵?"赵四问伍鹏。

"对,一个人是赵、赵、赵忠军。"

"还有一个呢?"

"还有一个是,是……"

"箩筐？"

"对，是箩筐。是箩筐！"伍鹏突然转过头，惊讶地望向赵四，似乎震惊于眼前这个陌生人怎么知道那么多。

伍鹏的情况比赵四想的还要严重。赵四和箩筐准备马上撤回王大所在的营地。可是一晚过后，绳子或许是冻住了，怎么也拽不动。伍鹏坐在雪地里望着这两个人。两个人一次次地跌倒在地，一次次地尝试。赵四和箩筐努力拽了半个小时。终于，嗖的一声，绳子弹下来了。赵四大喜，对伍鹏说，我们可以出发了，起来吧。

伍鹏颤颤巍巍地用手把身体撑起来。他没有站稳，一个趔趄，顺着泥沙和雪地往下滑了一点。赵四和箩筐同时喊道："伍鹏别动！"伍鹏一声不吭，努力用手撑地，想再次站起来，身体却又往下滑了几米。好在一块1米宽、2米长的大石板在下面接住了他。石板上覆盖着雪水和泥沙。这块向下倾斜的石板就像个簸箕，先把伍鹏完全兜住，再想方设法地把他扔进深渊。

伍鹏再次用手撑地，却又倒在了湿滑的大石板上，翻滚了一圈，滑下悬崖。伍鹏望着赵四和箩筐。赵四和箩筐也望着伍鹏的脸，望着伍鹏的身体不断坠落着、磕碰着，直到消失在婆缪峰的浓雾之中。

赵四拿起绳子就要绳降下去。箩筐哭着一把抓住赵四说，没了，没了，来不及了，咱们下去也回不来了。赵四慢慢冷静下来。他后来在事故报告中写道："我们知道风真的没了，他最后向下掉了100多米……我们是哭着离开那个保护了我们又带走了风的崩塌冲刷槽。"在离开这里前，赵四掏出相机，尽可能地拍摄下事发地点的样貌特征。他最后望了一眼昨晚露宿过的悬崖,"这个地方像极了墓地,而我们就是幸存者"。

王大手里的米老鼠对讲机响了。信号不好。他只能听见赵四断断续续的声音:"伍鹏,滑下去了。我叫他别动。就这样。都是雪和沙子。我叫他别动。掉下去了。伍鹏他。我想下去找他,下撤……"

王大没听明白——也可能听明白了,只是不愿意相信——便直截了当地问:"是不是出大事了?"

"出大事了。"

王大脑袋嗡的一下。如果向来遇事冷静的赵四说出大事了,那绝对是一次致命的事故。巨大的悲伤和千万个疑问一股脑涌向王大,他极力克制住自己,没有继续发问。

下午两点,对讲机里又传来赵四的声音:"伍鹏出事了,我跟箩筐在下撤。我们还有四到五个pitch到你那里,你那里还有没有吃的?"

"有,有吃的还有水,你们俩注意安全。"王大还是强忍着没有问。

两个小时后,王大听见上方岩壁传来说话的声音和金属器材碰撞的清脆响声。王大知道赵四和箩筐就要绳降下来了。他赶紧烧雪化水,泡好两袋山之厨,又把两袋食物塞到睡袋里保暖。他还煮好了一大杯果珍,想着他们一回来就能喝上。然而,直到睡袋里的米饭都凉了,也迟迟不见二人。王大等到天都快黑了,赵四和箩筐终于下来了。

赵四和箩筐已经完全累脱了相。他们浑身湿透,双手肿胀,被雨水泡得发白。王大让他们躲进岩缝里避风，给他们递水喝。笊篱已经饿过劲了，不想吃东西，只喝了点水，就靠在石头上一动不动。赵四蜷缩在王大旁边，身子不停地打战，捧着水杯的手不住地狂抖。赵四给王大讲述了早上10点零6分发生的事故。王大看着面前濒临崩溃的二人，别说现在爬上去搜救伍鹏，他们三个人若能下降300米，安全回到地面就已经极其困难了。让王大吃惊的是，赵四和笊篱刚回到这里没一会儿，就坚持要连夜撤下去。也许他们一刻都不想留在山上。三个人整理好装备，准备在黑夜中下撤。

晚上7点半，笊篱先降下去，赵四随后，王大在最上面收队。除了下降用的主绳之外，他们同时也设置了一根辅绳，用来传递装备。三个人近乎垂直地摸黑下降。这种操作相当于在岩壁上走捷径，下降效率很高，但容不得任何闪失。一旦有失误或卡绳，整个绳队都会陷入绝境。

降了四五段之后，王大的头灯快没电了，只有个小红灯勉强照明。对讲机的电量也已经耗光。他挂在绳子的最上方，等了很久也等不到下面笊篱和赵四的口号。原来赵四和笊篱太累了，降着降着就吊在绳子上昏睡过去了。王大扯着嗓子对着下面大喊。绳队中间的赵四被喊醒后，又继续喊下方10米的笊篱。笊篱却怎么也醒不过来。他正背着沉重的大背包，压在绳子的最底端。绳子被绷得紧紧的。三个人被死死地卡在绳子上，吊在婆缪峰的悬崖上，下不去也上不来。再这么熬下去，大家都得失温冻死。

王大在寒风中煎熬着。只见赵四用辅绳传上来一把绳刀。

赵四对王大喊道，割——绳——子。

王大在绳子上想了很久。赵四的意思肯定不是让他割受力的主绳。割绳舍命救人都是电影里的虚构桥段。可是，割断传装备的辅绳也没有意义啊。在王大的印象中，精通攀岩和探洞的赵四，在操作绳索方面是国内数一数二的好手，应该不会犯技术操作上的错误。赵四继续大喊着。王大明白了他的意思。他们已经在下面把自己固定在了岩壁上，即便割断了主绳，理论上他们也不会掉下去——理论上。理论上严谨的伍鹏不会执意冲顶。理论上度假之旅不会演变成绝命攀登。这一天有太多超出理论的事情发生。王大想了半天，没有相信赵四的理论。

王大思考出了另一套方案：他先冒险用辅绳下降，降到下方观察、解决好技术问题，再爬上来继续操作。"那一夜片段的记忆中尽是疯狂。还好王大自始至终没有失去冷静。"赵四后来写道。凌晨4点，三名攀登者终于降回到地面上，一头倒在乱石堆中昏睡过去，直到被上午的艳阳晒醒。

山里许久都没出现过这样的晴空了。三个人站起来，勉强打起精神，摇摇晃晃地继续下撤。中午12点，他们终于撤回到大本营，喝了点果珍，便又栽在帐篷里昏睡过去。他们醒来后，决定让王大赶紧下山寻找救援。王大在黄昏中走下山路，跌跌撞撞，无数次迷路，无数次力竭，无数次硬撑着往前赶路。天黑后，王大终于碰见了一个牛棚。他抱着期待敲开门，一对和蔼的藏族夫妇把他让进屋。王大跟他们借了电话，马上拨打给一山之隔的王二，电话没打通。王大又打给资深户外编辑马德民，电话终于接通了。

9

在色尔登普峰上经历了十天风、雨、雪、雾的轮番摧残，王二等六名队员最终还是从山上撤回了双桥沟。奇怪的是，队伍刚下山，天又放晴了。一行攀登老炮回到了双桥沟里，痛快大醉一场。特别是王二，喝完一场，又赴下一场酒席。连喝了两轮，吐了两次，一直喝到半夜10点多。就在这时，王二收到了马德民发来的微信，又马上接到这名老媒体人打来的电话。电话那头传来马德民低沉的声音，王大刚给我通完电话，出大事了。

王二酒醒了一半，今天我打了他两次电话，都是不在服务区。

马德民说，王大现在在长坪沟干海子，借的别人电话，我把号码微信你吧。

王二给王大打去电话。电话接通，传来了熟悉而颤抖的声音，出大事了，赵四、箩筐、伍鹏登顶了婆缪，下撤的时候，伍鹏掉下去了。

王二说，你现在在哪？安全吗？

王大说，我现在干海子，一个木屋里。

王二说，不用说了，你哪也别去。电话只接不打。节省电量。我马上带人来找你们。

王二把这个沉重的消息告诉诸位队友。热闹的气氛瞬间冷却下来。王二立即指挥大家出沟救援：只带必要的宿营装备，随身的保暖衣服，技术装备统一打包，明天会有马匹驮进去。

王二等人连夜出沟。

这一路王二没心思再想别的事情,只有偶尔在路边休息的时候,关于伍鹏的记忆才逐一浮现在他的脑海中:"伍鹏,自由的风,风,怎么可能呢?年初我们来还坐在泰国通塞(Tonsai)的海滩边,喝着Chang Beer,看着我们各自的小闺女健康活泼成长。"过往的记忆涌上心头,如潮水般蔓延开来,"扎金甲博的顶部平台,我们搂在一起欢乐地蹦跳;深圳的某个小菜馆,我们热烈地讨论着国内攀登进程;微博私信里,你还在解释着在白河岩壁上凿孔装点,以及人情给你带来的记录上的困扰;中甸猪天堂火锅,咱俩较真紧握的双手。你送过我一首歌,'Brothers in Arms',我靠它度过了太多的不能回望的时光。我……操!你居然敢掉下去!!!"

在出沟的路上,王二打给了正在布达拉峰上攀登的何川和孙斌。前两天,何川和孙斌又回到了布达拉峰。这是他们正式攀登的第一天,每个人都爬得筋疲力尽。他们刚钻进吊帐准备休息,孙斌突然接到了王二打来的求援电话。何川和孙斌第二天一早下撤,立即赶回镇上和众人会合。

王二等人从双桥沟出来,再立马进长坪沟接应还在山里的赵四和箩筐。他们连夜赶到婆缪峰大本营,一直走到天亮。王二远远地看到赵四和箩筐,眼眶湿润起来。赵四看到老友,流了眼泪,一把抱住王二大哭,我不想这样的,我不想这样的,他就这样在我们眼前掉下去了……我们太轻视它了……你知道吗,我们没有leader。箩筐在一旁沉默着。

王二拍了拍赵四,安慰着他。赵四又对王二讲述了一遍事发经过。"听完的一刻,以我有限的经验,我知道,我们已经永远地失去了他。他居然敢离我们而去!居然!敢!"王二后来回忆道,"我以为我会痛哭,但我没有。2007年的经历告诉我,山不相信眼泪。现在我只想安全地把赵四和笫筐送到日隆。我出乎意料地冷静,可,我的心里却是那么刺痛,这种刺痛已经被我锁在心底某处角落很长时间了。甚至我曾经以为不会再刺痛了"。

伍鹏的噩耗传到了北京,传到了白河攀岩社区。魏宇刚从烟台回来,就接到了朋友打来的电话,你别着急,伍鹏掉下去了,咱们现在赶紧过去就行。魏宇先把川歌送到了母亲那里,乘坐最近一趟航班飞往成都,与王磊夫妇、王大的妻子汪汪、恰咪大姐等人会合。

魏宇对登山事故并不陌生。过去七八年来,身为《户外探险》杂志的资深编辑,魏宇参与过六十多期杂志、上百篇选题的操作。她见证过国外攀登者的辉煌事迹,也整理过刘喜男、李红学、严冬冬等人的遇难报道。"你经历过那么多,你也看过那么多,身边的朋友也走了好多,但你就从来没想到这件事情发生在你自己身上。"魏宇说。

魏宇赶到了机场,等待大家过来一起会合。在机场里,她看到一个和川歌差不多大小的小孩。小孩与爸爸的亲昵场面让魏宇触景生情。她心想,川歌也两岁,为什么我和伍鹏真诚待人,从没有做过什么伤天害理的事,怎么我们的川歌就遇上这种事?

魏宇知道这次不是小事。可她宁愿相信伍鹏只是遭遇了一次严重的事故,并且也能像前两个劫难一样,劫后逢生。等魏宇碰到王大的妻子汪汪后，汪汪拉着她的手哭了。魏宇倒还有些奇怪，伍鹏不是还没怎么样么。

魏宇等人赶到了四姑娘山镇，看到了刚出山的王二。魏宇问，还有希望吗？

王二说，对其他人也许我可以委婉，对你，我不能。18号大早出的事，现在已经21号，而我们最快也得23号才能开始实际搜索。而且每天都在下雨，他没有吃的，没有水，没有御寒装备，在那个高度，你知道意味着什么，我很抱歉。

魏宇抽泣着。身为一名攀登者和户外杂志的编辑，魏宇知道王二所谓的"抱歉"是什么意思。但身为伍鹏的妻子，魏宇还是抱着幻想，希望还有奇迹。

晚上七点半，正在四姑娘山一带的自由攀登者们都聚齐了。孙斌，何川，Rocker（王振），阿飞（朱晓飞），Griff（郭惠新），王二，杨京，董晋云，叶明，古杰，张晓柳，黄超，王磊，邹蕾，恰咪大姐，魏宇，王大，赵四，笋筐，以及四姑娘山管理局派出的当地救援人员，都来到了三嫂客栈。在这凝重的气氛里，王大、赵四和笋筐分别讲述了一遍攀登过程和事发经过。在场的攀登者提出了自己的疑问，甚至是质问。三名幸存者一一作答。大家决定，第二天由山地经验最丰富的孙斌、攀爬能力最强的何川、王二、Griff四人组成搜索队，率先进山搜寻。

天亮以后，何川、孙斌、Griff与四姑娘山当地的四名救援人员一起上山搜救。王二因家人极力反对他再上山，就留在了镇上。七名搜救队员当天晚上赶到了山脚下。休息一晚后，大家上山正式搜索。前几日的大雪过后，山上已是白茫茫一片。

太阳出来后，积雪融化，对面的山坡上突然暴发响彻山谷的泥石流。几名攀登者发挥各自最擅长的领域。岩石路段由何川领攀，冰雪路段交给孙斌，Griff负责拍摄记录。

停下来休息的时候，何川脑海中时而浮现出各种可能性：如果伍鹏还在的话，会不会缩在某个角落里等我们？伍鹏见到我们会有多开心？伍鹏会不会还在更高的地方？要是我们找不到伍鹏怎么办？

在正式搜索的第二天，何川等人终于逼近了事发地下方100米的沟槽。这里是伍鹏最有可能坠落的地方。何川和孙斌翻上几个台阶，突然看到了伍鹏在不远处，蜷着身子，静静地趴在雪地上，一动不动。天空飘起了雪花。何川默念道，兄弟，我们来晚了，这就来接你回家。

何川冲在了最前面，慢慢走近伍鹏，端详着昔日的搭档。他的手和脚踝有些泛白，头部埋在雪里。从遗体的伤痕判断，伍鹏在坠地的那一刻，就已经离开了。他死于致命的撞击，似乎没有遭受太多痛苦。雪越下越大。雪花落在伍鹏的身上，急着把他埋葬。何川上山前，魏宇提前交代给他，如果找到伍鹏，帮她带句话。"放心吧，我会照顾好爷爷奶奶。"何川哽咽着说出这句话，心痛不已。何川把找到伍鹏的消息通报给魏宇。

这天早上，魏宇正在山下和大家一起绕白塔，为伍鹏祈福。突然，大家接到何川的消息，伍鹏的遗体找到了。她哭了。她后来说，当时她心里的一些东西轰然倒塌掉，"找着了就再也没有奇迹了"。

魏宇问何川，伍鹏的脸还全吗？何川说，脸还全，反正磕得鼻青脸肿的。本来她想再看一眼伍鹏最后的样子。后来想想,还是不看了。魏宇想起来当年她刚认识伍鹏的时候,在那顿饭局上,伍鹏说,他要是得了癌症晚期,他就去爬K2,留在山上。是啊,每一名登山者都不希望死在山上,可每一名登山者又都希望死在山上。

想到这里,魏宇对何川说,她希望把伍鹏留在山上,就别往下运了。"这种环境你也知道,运下来对于小河、孙斌也挺危险,没有必要遭这个危险。"魏宇后来说,"而且运下来又能怎么样呢?他既然喜欢在那,就干脆让他留着对吧。他又喜欢清净。那块一直都是他喜欢的。对。都留在那里……这山就是他的了"。

何川和孙斌要在山上为伍鹏选一片安静的墓地。趁着雪停了,他们把伍鹏的遗体装进露营袋,再费了很大力气,把露营袋塞到攀岩桶包里。何川又做了两套绳索系统,一根绳子把桶包降下去,另一根绳子把自己降下去。这一路他时刻保护着桶包,避免伍鹏遭受二次伤害。偶尔有些卡顿,何川都会冷静细心地处理好。孙斌在后面看到这一幕,深受感动,发自内心地敬佩他的搭档,"这个才是真的兄弟情感"。

孙斌在半山腰找到了一处靠近岩壁根部的小平地,背靠着婆缪峰南壁、东南山脊和西南山脊。下方是长坪沟的冰川河水。对面是连绵起伏的巍峨群山,这里视野开阔,不仅没有落石,也不会污染水源。何川等人挖好了土坑,再根据当地的风俗,放着鞭炮、烧些纸钱跟土地爷买地。他们整理好伍鹏的遗容,把他抬进土坑里。山上又下起了小雪。

何川给魏宇打了个电话。魏宇在电话里对着伍鹏告别。她在山下为伍鹏送行。山上，何川盖上沙土，摞好石块，拉起经幡，烧起香纸，撒下白酒。从此，婆缪峰的这个角落只属于伍鹏了。

10

从婆缪峰回来以后,有一天晚上,魏宇在梦里又见到了伍鹏。魏宇说,你可不能死我前头,不然我怎么办。伍鹏说,该怎么办就怎么办。魏宇从梦中惊醒。

那一阵,魏宇总感觉伍鹏还在身边似的,似乎只要等伍鹏晚上下班回家后,一家人就能团团圆圆。这种错觉越来越强烈。出事半个月后,她写道:"很多个像这样的傍晚,我们在操场上玩,伍鹏下班后从远处笑盈盈地走来找我们,而后一起回家喝一杯我们爱的英式精酿。今天那一刻有一种强烈的错觉,他仿如还会走来然后抱住小乖说,乖乖今天乖不乖?"每当这个时候,魏宇就"握握川歌的手,或是狠狠地抱抱她"。

这个家里充满了太多回忆。一场梦、一张床、一本相册……每一件物品都能召唤出往日的情景。伍鹏走后一个月,魏宇搬家了。

这一年的中秋节比以往来的都要早。中秋过后,寒意渐生。魏宇开始怕冷。伍鹏死在一个寒冷的夏天。寒冷会让她想起伍鹏临死前冻得蜷缩成一团。一到了阴郁的雨雪天气,魏宇就得躲在屋里,"不会在外头徘徊太久"。看见别人一家三口其乐融融,魏宇的思绪也会飘回到过去的美好回忆,再立即转移注意力,多想想别的事情。"我怎么聊都行,就不能静想。"魏宇说。

在去爬婆缪峰之前,伍鹏曾订购了2000枚挂片,专门用于白河岩壁的开发维护。伍鹏出事不久后，他订购的挂片终于到货了。这些挂片装在12个大麻袋里，被运到了白河峡谷。白河攀岩者用这些挂片开发了更多的运动攀路线。在许多攀登者的印象里，伍鹏就是这样一个无私地开线、维护岩壁，并把自己的热情奉献给白河社区的人。作为伍鹏的遗孀，魏宇替伍鹏完成了最后一件无私的事情。

在过往的事故案例中，相当一部分遇难者家属会把愤怒悲伤的情绪宣泄到幸存者身上。魏宇却表现出罕见的共情与同理心，从没有责怪赵四、箩筐和王大。她对三名幸存者提出的唯一要求是：希望他们能以各自的视角，写一份详细而清晰的事故报告，一五一十地讲述攀登过程中发生的每一处细节，以警示后来的攀登者，不要再犯类似的错误。

攀登报告是登山界由来已久的传统。有的报告是对考察山峰、开辟新路线的总结，也有的报告是对事故经过的客观描述与深刻反思。后人总能从前人的攀登中汲取有价值的信息。王大、赵四、箩筐撰写的事故报告，何川撰写的搜救报告，以及王二从第三方视角观察的分析报告，全部发布在了盗版岩与酒论坛上。这是中国有史以来视角最全面的登山事故报告。

在伍鹏无私而高尚的光环之外，事故报告呈现出了一个更真实、赤裸的伍鹏。伍鹏等人所犯的错误，以及在极端环境中所表现的狂热、无助与惊惶，全部在事故报告中暴露出来。

"完整的事故报告，对于我，起初感觉像裸奔，一想到那些根本不攀登的人，或自以为是的人对你指指点点就如浑身芒刺，"魏宇写道，"但，是你（伍鹏）给了我勇气，你一向不在意别人怎么说,你会撇撇嘴说so what。好吧,我们是在做一件你尊崇的事情,它是否有意义也只有多年后才知道,这就像你记录自然岩壁安装人工点、裂缝边打挂片。"

王二对这次事故做了深刻的总结,就像2007年那样。他将伍鹏遇难的原因归结为海拔适应不足、脱水、缺乏能量供给、失温,以及Bivy(露宿)点没有建立保护站。每一个错误都是错上加错,最终导致不可挽救的悲剧。伍鹏死于一次致命的坠落,也死于坠落前的体能耗竭与严重失温。在伍鹏不顾一切冲向顶峰的那一刻,悲剧似乎已然注定。许多攀登者还在事故报告中观察到,执意冲顶时的伍鹏,已经完全不是平日里那名严谨而理性的攀登者了。

"登顶狂热"(Summit Fever)发生在了最不可能失去理性的攀登者身上。自2000年对婆缪峰一见钟情、2004年首攀失败、王茁在骆驼峰遇难、接二连三的婆缪峰攀登纪录……十年来种种微妙的情感与往事叠加在一起,影响了这次攀登的节奏。在距离顶峰如此之近的地方,这次攀登终于失控了。"每个攀登者的登顶狂热都因性格不同而表现方式不同,"王二在文中总结道,"但共同点是越接近顶峰,越是执着盲目,越是把登顶看作是人生唯一的意义,忽略所有风险,忘却了所有的责任。"

两个月后,伍鹏的追思会在北京苹果社区举行。追思会上,魏宇准备了两个大本子。大家把想对川歌说的话,都写在了本子上。伍鹏离世后,魏宇委婉地告诉女儿,爸爸留在山上了。两岁的川歌当时并不知道这句话意味着什么,但总有一天会知道。

"当你看到这两个本子的时候,你已经懂事。这里是你爸的朋友送给你的话,以及为你捐款的叔叔阿姨的名字。"魏宇在本子的开篇写道,"你的爸爸,生命虽然短暂,却因他做人的真挚、纯粹、坚韧和对梦想的追寻,被相识或不相识的人尊敬、怀念。我和你的爸爸非常爱你,我们希望长大的你,是个真诚、有独立思想、热爱户外运动的人。你能一直做着自己喜欢的事情,快乐、健康地生活"。

川歌果然快乐、健康地成长起来。她还经常收到各种图书、衣服、玩具和压岁钱。这些都是伍鹏曾经的朋友、同学、同事、岩友陆续送来的。还有许多匿名的捐赠者。川歌长大后,时常对妈妈说,我虽然没有爸爸,但我还有妈妈,现在我最怕的就是失去你。魏宇和川歌聊起伍鹏时,从未刻意避讳"死"这个字。死亡在这个家里并不可怕。川歌有时还会主动跟妈妈讨论这类话题。有一次,川歌问,妈,你说爸爸是现在死好啊,还是在我小时候死好。"她的意思是,反正小的时候没有印象,她不觉得痛苦。如果要是大了的话再离开她,她有记忆了,会比较痛苦。"魏宇说。

在2014年8月之后,2015年、2016年、2017年……在新冠病毒疫情之前,每逢那个日子,魏宇都会和朋友们来到婆缪峰的脚下,烧几炷香,给伍鹏带几瓶他喜欢的精酿。

从伍鹏离开那一年起,一到周末,通往白河峡谷的公路上就开始堵车。相当一部分攀岩者被白河的攀岩文化与独特魅力吸引至此。日益火爆的北京岩馆也带动了白河的攀岩氛围,越来越多的攀岩者奔向自然岩壁。白河不仅成了初级攀岩者从岩馆爬到野外的出口，还成了都市白领的逃避之所。只要从北京市区驱车一个多小时，人们就能逃离2000万人口的逼仄感，一头扎进山清水秀的白河峡谷。与其说他们有多爱攀岩，不如说想以此来化解超级大都市生活中的压力和困惑。无论人们抱着什么样的目的匆匆而来，大部分人都会在下个工作日来临之前仓皇地回到都市。只有一小部分攀岩者成了白河的半永久居民，像王大、何川一样置办了小院，留下来建设他们的精神家园。半个世纪前，美国那帮"垮掉的一代"找到了优胜美地，驻守在花岗岩岩壁构建的乌托邦，用攀岩来表达自我。如今，白河也是如此。如果说优胜美地是美国攀岩者的乌托邦，那么白河就是北京攀岩者的理想国。

2015年，由白河攀岩基金支持的纸质版《北京攀岩指南》发布了。该指南收录了90年代以来北京地区所有的攀岩路线信息，共计456条攀岩路线，其中白河地区就占了多半。《北京攀岩指南》开篇第一页就是一句醒目的警告："攀岩是一项有危险的运动，可能导致严重伤害，甚至死亡！"但是在正规操作的前提下，在打好挂片的成熟岩场攀岩完全可以做到安全可控。回顾白河地区近二十年来的攀岩历史，仅出现过一次攀岩者意外身亡的案例。在白河，比攀岩更危险的是在河边戏水。

2017年4月，白河水边有游客溺亡。从此，官方在白河临水路线处禁止攀岩等活动，还在河边立了个标牌，上面写道：严禁赌博，严禁贩毒，严禁卖淫、嫖娼和攀岩。白河攀岩者们因此纷纷自嘲是"偷鸡摸狗之徒"。攀岩一度成为半地下运动。如今，在白河攀岩，学会辨认颜色很重要。绿衣服是水保大队，黄衣服是护林大队。如果攀岩者没能及时从青黄相间的树丛中辨认出他们，那么这次多半是爬不成了。

优胜美地国家公园也有过官方打击攀岩者的历史。在20世纪70年代中期，优胜美地的嬉皮士们行事高调，留着长发，吸食大麻，在四号营地里享用着公园有限的资源。优胜美地攀岩者和景区护林员的矛盾日渐激化。双方玩起了猫捉老鼠的游戏。许多行事乖张的攀岩者被捕。即便如此，优胜美地国家公园也从未出台过"禁止攀岩"这类一刀切的明文政策。

2018年，白河所在的石城镇政府以水保为名，正式禁止沿河地区的攀岩活动。在白河地区的287条攀岩路线中，就有115条无法继续使用。白河攀岩者当然明白镇政府更深层次的用意：担心攀岩出人命。如果对这项运动不甚了解，它看起来确实有些悚然。因此，在任何国家，攀登从来都不是一项主流运动。在中国更是如此。在中国的野山上、在地铁站里、在围栏旁、在高墙下，"严禁攀登"可能是中国最多的标志牌了。

新政策出台后，白河黑龙潭景区找到当地爬刺子的居民，以每天700元的价格，雇佣他们拆掉岩场里所有挂片和膨胀钉。他们每天在岩壁上作业六个小时，每天拆下来的挂片和铁环足有四五十斤重。一周后，他们毁掉了二十年来白河攀岩者开辟的数十条线路。白河攀岩来到了前所未有的危急时刻。

与激烈的优胜美地攀岩者相比，白河攀岩者的反对行动显得温和多了。他们只能逃避与投诉。有攀岩爱好者拨打过北京市政府的热线电话。官方给出的回复是："为加强水源保护，推进密云水库一级保护区及二级保护区实行网格化管理，石城镇安排专人看守，水库、河道沿线保水员进行巡查，并竖立警示牌，禁止漂流、盗采、宿营、游泳、两岸攀岩、烧烤等违法行为。"

白河攀岩者们并不认同这个回复的理由。"保护水源和防火规定攀岩者是认可并赞同的，同时攀岩活动和上述规定并不矛盾是每个攀岩者的切身认知。"何川说。在防火季，白河地区是关闭状态，攀岩者不会在此时攀岩。在水源保护方面，攀岩者恰恰也是最有环保意识的户外群体。"不留痕迹"（LNT）是户外精神的内核之一，不乱扔垃圾只是最基本的素质。白河攀岩者还多次发起了白河岩场的清洁行动。在《北京攀岩指南》开篇几页的攀岩准则里，赫然写明了安全、原住民、环境、低冲击、线路开发、自由快乐等原则。在白河攀岩者心中，保护环境、尊重当地与追求快乐同样重要。

作为白河攀岩基金的第三任管理者，何川始终参与着白河岩壁的开发与建设。同时，他依旧以白河为据点，攀向中国各地的大岩壁。2015年，何川历经八天八夜，成功独攀华山南峰大岩壁，轰动一时。媒体与赞助商蜂拥而至。孙斌的学校和公司越来越红火，应酬与工作越来越多，攀登反而越来越少。但每年的8月，何川与孙斌还是会相约去四姑娘山，死磕布达拉峰。他们又继续挑战了第三次，第四次，第五次……待20多岁的年轻攀登者们在川西的山峰上实践他们的自由攀登理想时，40多岁的何川与孙斌还在死磕这面大岩壁。

周鹏常驻在白河后，也成了白河第三代核心攀岩者之一。白天，他要么带班做培训，要么走入幽静的山谷中，寻找新的岩场和线路。有一天，在去攀登"纪念王茁"的路上，周鹏发现了一片近200米宽、30米高的岩壁。这片岩壁上有可能开辟出许多丰富的路线。周鹏暗自记下了这里。白河危机发生后，几十条攀岩路线被拆除，攀岩者们也纷纷转而寻找远离水源的岩区。2019年春天，周鹏下定决心，他要在五年内，在白河开发1000条路线——先从开发这片无名的岩壁开始。他带领培训班的学员和志愿者们不断地开发、试线和检查。何川也加入了这次开线活动。他们用了四天时间，开辟了三十多条线路。这片白河新岩场有一个颇有意味的名字：春天里。

伍鹏离开后，盗版岩与酒论坛疏于维护，逐渐冷清下来。曾经论坛上一天能有几十篇新帖子，如今平均一年也不到十篇。论坛里的三位版主老K（王茁）、自由的风（伍鹏）、Bince（王大），如今只剩下了最后一位。王大有时会纳闷，这是不是老天与他开的一个玩笑。

"这些年失去了太多重要的伙伴，有时候夜深人静，会突然觉得那些离去的人，好像都还在自己身边，每一个人的音容笑貌还是那么真实，甚至每一个细节都栩栩如生，生死相隔的界限十分模糊，"王大写道，"可再仔细回想之时，无比强烈的孤独就会随之而来，生活中缺少了那些人，使这个世界变得越来越寂寞。"

年轻的自由攀登者大多不记得甚至从未听过王茁、伍鹏、刘喜男的名字。他们的故事渐渐淡出了日新月异的登山界。唯有盗版岩与酒论坛留下了他们活过的印记。盗版岩与酒凝结了伍鹏一生中最爱的两件事：编程与攀登。这几乎构成了伍鹏的生命。光是他自己,就在那十年里,在论坛上发布了近6万篇帖子。从2004年到2014年,从王茁到伍鹏,你可以说那是白河最蒙昧、最怆痛的十年,但那也是白河最辉煌、最自由的十年。一切都充满了可能性。如今,在伍鹏当年设立的"心中那份怀念"版块里,又多了一个"纪念自由的风"。伍鹏说的没错,自由攀登者的故事被记录了下来。

第四部
梦幻高山

2016年

2022年

1

高考成绩出来了，不太理想。眼看着朋友们纷纷考上了大学，黄思源有些失落。他每天去河边钓鱼解闷，到了晚上才回家。他家在乐山五通桥区的金粟镇。家门口是213国道。国道边流淌着岷江江水。长大后，他顺着岷江，往北来到了10公里外的五通桥中学上学。他的世界中有太多无所谓的事情，学习只是其中之一。2007年夏天，这名落榜的小镇青年无所事事地晃荡到了冬天。他顺着岷江再往北，在乐山-菲尼克斯半导体工厂找了份工作，成为流水线上的工人。每天，按照值班表上的固定时间，他穿着静电服坐在工位上，把流水线上的芯片装进机器，反复检查，再传到下一条流水线。他的工资是固定的，他的生活是固定的，他的人生似乎也是固定的，就像是家乡、学校与工厂边上的岷江河流，日复一日而又一成不变。

要说他生活中的一点变数，便是从工厂出来，步行10分钟到市图书馆看书。他在书中窥见到了更辽阔的世界。他徜徉在《在路上》与《达摩流浪者》中的世界，跟着"垮掉的一代"经历了一段段公路旅行的时光。他在切·格瓦拉的传记中，游历了魔幻的拉美与壮美的安第斯山脉。他在瓦尔登湖边思考人生，在阿拉斯加的荒野中追寻生命的意义。这些流浪者的浪漫主义气质透过书本，传递到了小镇青年的精神世界中，不断积累、沉淀、发酵。直到有一天，"就觉得不行了，必须要付诸行动"。

黄思源买了一串酷似美国大兵的狗牌项链，再学着《荒野生存》书中主人公自封"超级背包客"的样子，在牌子上刻了"流浪大王"的字样。他从社保账户里取出2000元，在网上买了背包、帐篷、睡袋等装备，准备开启一段旅程。在装备寄来之前，他临时在一家软装公司找了份跑销售的工作，想再赚点路费。一个月后，黄思源没有赚到一分钱，却在这里赚到了一起出发的朋友。两个人一同离职，一起出发。他们计划沿着家门口的岷江与国道，一路向北，一直走到这条路的尽头兰州。

　　这与其说是旅行，更像是一场漫无目的的流浪。两个人在路上时聚时散，用QQ留言约定碰头地点。很快他就变成了一个人。在路上的日子很清苦。吃的是清水煮挂面，烧点水、放点盐就能填饱肚子。晚上他睡在帐篷里。偶尔也能享受到豪华单人间——蹭ATM机房。到了晚上还会有客房服务——"有的机房你不可能在里面一直睡觉，在里面待久了之后会报警，就有警察或保安来撵你。"钱花完了，这名穿着脏兮兮的衣服，蓬头垢面、眼睛亮亮的少年，就在沿途的村里找份临时工，摘枸杞，搬砖。他不求工钱，但求包吃包住。幸运的话，得到老板赏识，会给个200块钱，再继续上路。他随身带着一本地图册，沿着公路走过一处又一处小村镇。与之前单调乏味的生活相比，他反而更沉浸在这种颠沛流离的日子中。

　　一年后，黄思源和伙伴流浪到了内蒙古的五原县，两个人突发奇想，决定顺着黄河漂流。就像《荒野生存》的主人公在阿拉斯加荒野中意外发现了房车的残骸，他们也在黄河边幸运地找到了一个大号船胎，再把它改装成漂流艇，用铁铲和木板做成船桨。他们来到附近的巴彦淖尔市,在乌拉特前旗的河边把船胎放进水中。他们几乎是随波逐流,沿着黄河漂了300多公里。一个月后,他们来到了内蒙古、山西交界处的晋陕大峡谷。在湍急的水流中,这艘自制漂流艇翻船了。他们狼狈地爬上岸。

黄思源从水路切换成陆路,沿着黄河往东走,一直走到黄河的入海口。这名来自内陆城市的少年特别想看看大海。当他站在江苏连云港的大炮台上,眺望一望无际的大海时,他非常失望。这里没有幻想中的阳光和沙滩,只有浑浊而沉闷的海水。如果能出海看看真正的大海就好了。他在码头上四处打听,想方设法作为海员出海,可当地人告诉他当海员是要考证的。

终于有一天,他在一家面馆吃面时,碰巧从老板那里打听到,有艘渔船马上要出海,船上急缺人手。老板载着他直奔码头。在渔船离开港口前的最后一刻,黄思源成了这艘船的船员。

海上这一个月如同噩梦。他在船上不分昼夜地拉网、拣鱼、下网,每天只能睡两个小时。"船上有个喇叭,表示你要起床干活了。现在想起这个声音就很痛苦。"他说。船员的成分鱼龙混杂,还有人在上面吸毒,就像是随时要上演太平洋大逃杀的"鲁荣渔2682号"。渔船从连云港出发,在东海的近海捕鱼,一个月后在南通进港。黄思源带着昼夜煎熬换来的3000元工资下船了。这是他有史以来最高的收入,却为此付出了从此一吃海鲜就反胃的代价。

他拿着这笔巨款,继续北上。他还想去北京看看。一天晚上,他正走在山东省临沂市费县的村子里,一伙青年骑着摩托车来到他身边。他们问有没有捡到他们的钱。他说没有,并掏出钱包给他们看。这名长着娃娃脸的男孩证明了自己的清白，但卡片相机、MP3、帐篷、睡袋和存款都被抢走了。在派出所报案后，身无分文的黄思源跟朋友借了300元，坐上了回乐山的火车。

这趟为期近一年半的流浪之旅结束了，但他人生的流浪并没有停止。由于没有大学本科学历，他找不到体面的工作，只能做一些体力活儿。他跑到青海西宁做保安，在乐山的户外俱乐部做领队，在山西太原推车卖凉皮儿，在成都双流机场分拣快递，在武侯祠大街上卖户外服装。最后这份工作是朋友张宇介绍的。他在户外俱乐部做领队时认识了张宇。黄思源在这家户外俱乐部时还得了个外号，阿左。这个外号源自他小时候摔断三根手指韧带的左手。后来的朋友们都叫他阿左。

阿左在户外装备店里卖了一阵服装，又不想干了。"干了一圈，特别迷茫，也不知道自己在干什么。"阿左说。他跟张宇提起辞职的念头，他还想出去走一走。张宇劝住他，给阿左一个电话号码，并介绍了一份新工作，说，这回这个工作特别适合你。

阿左想了一整天，最终还是打了这通电话。接电话的是成都领攀登山培训学校的工作人员。阿左很快就得到了面试的机会。两天后，阿左在领攀学校的阳台上接受了曾山的面试。这名刚定居在成都的美国登山者看了看阿左的简历，知道他干过很多杂乱的工作，对阿左说，你如果在这上班，你就必须干满两年才能离职。两年看起来很漫长。但"干满两年"似乎是入职的唯一条件，不需要工作经验，也不需要本科学历。阿左想了想，答应了。他心里想的是干满两年就走。曾山却想把阿左培养成一名出色的登山者。

随着2007年马一桦出走加拿大，几年后刃脊探险公司分崩离析，一个时代落幕了。曾山的攀登生涯还在继续。曾山与阿苏等人还在攻克刃脊探险时代遗留下的山峰难题之一，央莫龙峰。当年川西仍有数座6000米级的未登峰。日本山峰学者中村保（Tamotsu Nakamura）认为，位于川西腹地的央莫龙峰可能是其中技术难度最高的未登峰。在这片山域里，除了那座耀眼的主峰，还有一座对于刃脊探险来说充满着宿命感的雪山，党结真拉峰。

曾山第一次尝试央莫龙峰时，国内户外品牌凯乐石的老板钟sir（钟承湛）就想赞助曾山这次攀登活动。曾山却并不想接受任何品牌的赞助。在以往与其他品牌的赞助合作中，品牌方希望曾山与马一桦付出很多回报：或是以登顶为条件，或是花大量时间参与品牌活动。曾山只想登山。他不想把时间浪费在登山与登山培训以外的事情上。他后来想明白了，阿式攀登本来就没多少钱，还不如自己花钱去登山。曾山没想到，当凯乐石找到他时，对方却说，不需要他的任何回报，他们只管给钱、给装备，曾山只管登山，回来给他们一些照片就行了。曾山不信，哪有品牌赞助不要回报的。但他架不住对方翻来覆去地说。最后曾山将信将疑地接受了。

第一年的央莫龙峰攀登失败，第二年的攀登也遇到了阻碍。"第三次还给我们支持，给我们钱，我有点不好意思拿。"曾山说。在第三年的尝试中，曾山、刘勇、阿苏与博天终于攻克了这座未登峰。曾山和阿苏站在央莫龙峰的山顶，冲着党结真拉峰的方向洒下龙达，纪念故去的友人。

央莫龙峰的成功轰动了中国登山界。这与当年孙斌、李宗利的幺妹峰新路线"解放之路"，周鹏、严冬冬的嘉子峰新路线"自由之舞"，共同入围了2011年度的金犀牛最佳攀登成就奖。

央莫龙峰的成功也为曾山毕生的事业做好了铺垫。钟sir对曾山说过，他想做一家中国最好的登山学校。这与曾山的想法不谋而合。刃脊探险时代落幕之后，他渴望实现那个未完的志向：授人以渔。钟sir说，他有两个人选，曾山只是其中之一。虽然他很喜欢曾山，但彼时曾山与妻子、女儿都在美国生活，偶尔才能回中国攀登。央莫龙峰的成功推动了双方联手合作。

2012年夏天，曾山一家搬到了成都。秋天，由凯乐石出资的成都领攀登山培训学校开业，曾山任校长。领攀学校与凯乐石成都分公司共用一家办公室。曾山把自己毕生积攒的技术、经验与影响力全部奉献给了这所学校。恰逢"十一"期间，凯乐石在四姑娘山举行了大型登山节活动。曾山带着印好的名片来到现场。每遇到一位登山爱好者，无论对方是经验丰富的老炮还是刚开始体验登山的新手，他都会微微颔首、弯下高大的身躯，谦卑地伸出双手献上名片。

曾山很快招来了负责公司行政与后勤的几名员工。新来的员工阿左负责打理领攀学校的地下仓库。对于阿左来说，这仅仅是一份工作，与以前干保安、卖凉皮儿、做领队、分拣快递的工作没太大区别。他刚来领攀时，办公室里静悄悄的，同事们都不说话，显得有些尴尬。阿左只好独自钻进地下室，在破乱的仓库里收拾东西。领攀的仓库里继承了不少刃脊探险时代留下的老古董：生锈的冰锥、主锁、冰镐、头盔、铝锅、护目镜，还有古早的奥索卡帐篷。有些锈迹斑斑，还有些已经无法使用。阿左完全不知道这些旧装备是用来做什么的。在收拾、修补这些装备的同时，阿左也开始上网搜索，一件一件搞清楚这些装备的款式、用途和历史——也就是刃脊探险和中国民间登山的早期历史。

阿左发现这份工作里承载了厚重的文化与浓烈的情感。"那个时候我才去了解刃脊，了解那些所有的攀登报告……像李红学、王大、刘喜男这些，看到他们的报告，才认识他们。"阿左说。

阿左顺着这些攀登报告，回溯了过去几年发生的事情：2009年激动人心的幺妹峰攀登与扑朔迷离的婆缪峰山难，令人感慨唏嘘的2007年党结真拉峰事故，备受瞩目的2004年国人首登幺妹峰，还有曾山和马一桦的故事。马一桦的名字常常出现在攀登报告中。当翻到马一桦当年的《大雪塘主峰认证报告》时，阿左震惊极了。在报告里，马一桦手绘的山峰素描，标注的攀登路线，严谨、冷峻而专业的逻辑分析，远超出同一时期其他攀登者的游记式报告。"我觉得这个人太有才华了，太有才华了，太有才华了，太有才华了。"阿左说。当他看到马一桦和曾山的照片——"拿着冰镐站在山上，低着头。"——阿左心想，这个人不仅很酷，一定还很自由。

有一天，阿左吃完午饭，又回到仓库里收拾装备。只见曾山领着一个人走进来。那人大大的肚子，黑着脸，不苟言笑，显得十分威严。阿左觉得这是个"好像离自己很远的人",但还是能辨认出,他就是攀登报告里的那个人。

曾山问阿左,你知道这个人是谁吗?

阿左说,我靠,马哥。

曾山向马一桦介绍说,这个是我们办公室新来的,在这做后勤的。

马一桦冲阿左笑了笑,指点着仓库里的装备说,这些以前都是刃脊的。

突然间,阿左读过的那些攀登报告都变得鲜活起来。刃脊探险和马一桦的名字似乎都是好几个时代之前的事情了。

2

从飞机刚落地的那一天起,马一桦就惦念着温哥华周边大大小小的雪山。初到加拿大时,他经历了一段艰难的时光,不久就适应了这里的生活。

马一桦结识了一些当地的华人户外爱好者,还和他们去了温哥华周边的经典户外路线徒步。然而就在这些华人户外爱好者只在国家公园里玩玩雪地健走、轻徒步穿越之时,马一桦却抬头琢磨起这里的山峰。他后来多次来到温哥华周边的山区考察攀登路线。"我想在一些俱乐部找到搭档,但非常困难,"马一桦写道,"找不到现成的合适的搭档,只好在户外爱好者中培养,看能不能有人希望去登大一些的雪山。"马一桦时不时地怂恿其中一些户外爱好者购买技术器材,试着培养他们对攀登的好奇心,可惜大多数人只是浅尝辄止,对阿式攀登毫无兴趣。

2009年7月,为了纪念来加拿大两周年的日子,马一桦约了一位平时经常参加活动的华人朋友,两个人搭档攀登了加里波第山(海拔2678米)。由于搭档经验有限,在攀登过程中,马一桦现场教学。冲顶这天,天气出奇地好,他们顺利爬到了顶峰上。马一桦站在顶峰眺望四周广阔的冰川,"与四川的雀儿山冰川相比一点不过分"。这种登顶的感受似乎久违了。

这次经历激活了马一桦对攀登的热爱。他开始有意识地重拾攀冰与攀岩。冬天滑雪,夏天玩皮划艇,平时游览美国与加拿大的国家公园。他还和几个当地朋友自驾到阿拉斯加和北冰洋旅行。马一桦的生意也有点起色。他从贴瓷砖开始做起,如今已经拥有了自己的团队,生活也富足起来。这里的国家公园自由出入,这里的山峰奇伟纯净,这里的朋友都不问及他的过去。这或许是他曾向往的生活,但马一桦还是念念不忘川西的一座山峰。那是他在刃脊探险未完的目标,格聂神山。

当年马一桦在川西苦苦寻觅一座拥有庞大冰川体积的6000米级山峰,再把它开发成刃脊探险的招牌。半脊峰的海拔高度不够,雀儿山人满为患,幺妹峰技术难度太大。他深入川西腹地,找到了格聂神山(海拔6204米)。格聂神山是四川著名的神山之一,它在四川的知名度仅次于贡嘎山、四姑娘山、亚丁三神山(仙乃日神山、央迈勇神山、夏诺多吉神山),但还没有中国登山者爬上这座神秘的山峰。1987年,日本登山队完成了格聂神山的首登。2006年5月,意大利登山队再次登顶了格聂神山。这次攀登引起了山脚下冷古寺喇嘛的强烈抗议。意大利人走了不到一个月,刚从大黄峰下山的马一桦和曾山,就率领刃脊探险的团队赶来考察格聂神山的攀登资源。山脚下的村民与喇嘛早已严阵以待。马一桦只好放弃攀登格聂神山的想法,转而考察附近另一座山峰,党结真拉。

半年后,曾独攀过幺妹峰与婆缪峰的世界一流登山家查利·福勒,与搭档克里斯蒂娜·博斯科夫——美国著名登山探险公司疯狂山峰的掌门人——在攀登格聂神山期间失联。12月4日,他们没有登上回国的飞机,这引起了查利所在的美国特柳赖德登山社区的注意。过了一周,特柳赖德登山社区与二人的好友组成了福勒与博斯科夫搜救小组。他们找到了常年活跃在中国的曾山，希望能协助搜救。几周后，曾山率领刃脊探险的员工，在山脚下找到了查利的遗体。半年后，曾山再度率领陈力、李红学、张伟等人来到格聂神山搜寻。他们又找到了博斯科夫的遗体。查利·福勒与克里斯蒂娜·博斯科夫疑似死于一场雪崩之中。事故现场极为惨烈。李红学挖掘出博斯科夫的遗体后，做了整晚的噩梦。曾山直到多年以后也不住地感到惋惜。从此，偏僻的地理位置、强烈的宗教信仰与惨烈的登山事故让国内登山者不约而同地避开了格聂神山。只有马一桦并不相信这些。

2011年秋天，马一桦回到四川，召集刃脊探险的旧部，深入格聂神山考察。马一桦摸清了10月的山区气候、攀登路线与营地位置。等回到加拿大后，身材早已发福的马一桦决心恢复体能。他攀登了北美地区的贝克山与雷尼尔山等经典山峰，重温冰雪操作，开始为格聂神山做准备。他联系好了国内的赞助商，亲自组建了攀登格聂神山的队伍：创业初期就加入刃脊探险的黑水青年尼玛尔甲，辉煌时期加入刃脊探险的邓明冬，另有三名后勤队员与一名司机。在这支队伍中，马一桦拥有绝对的话语权。

2012年10月，马一桦再次低调地来到川西腹地，决心攀登格聂神山。遥想他上次在国内攀登还是五年前。五年来，李红学、彭晓龙、严冬冬、周鹏、李兰、赵兴政、李宗利、罗彪、古古等后辈登山者各领风骚，用一座座未登峰与一条条新路线引爆中国登山界。只有户外圈子里的老炮与三家户外杂志的老媒体人们，还记得当年那个叱咤风云的独行马。

第四部　梦幻高山

马一桦等人向山顶发起冲击。他们穿越了恐怖的裂缝，熬过了恶劣的天气，一度差点放弃冲顶，最终还是凭着惊人的意志力站上了格聂神山的顶峰。强劲的高空风把云雾吹散，整片川西高原一览无余。马一桦环顾四周。贡嘎山、雅拉神山、亚丁三神山、梅里雪山、雀儿山、夏塞峰与党结真拉峰尽收眼底。"而格聂自己如火山般完全独立，并不与其他山峰有山脊之类的连接，"马一桦后来写道，"这种一览众山小的感觉也许才是我最想感受的。"尼玛尔甲与邓明冬随后也激动地站在了宽阔的顶峰上，这是他们开辟的第一条新路线。这也是中国登山者第一次登顶格聂神山。马一桦想起了二十五年前七大古都的王振华老师，还有如师亦如父的朱发荣老师。他们把中国登山队里老旧得有些过时的技术传承给了马一桦，马一桦再通过刃脊探险把这些技艺和精神发扬光大。马一桦将格聂神山的这条新路线命名为"传承之路"。

在新人辈出的2012年，"传承之路"就像忽然炸出的一声响雷，让人们在雷鸣声中短暂地回到了过去。登山界里的老人们惊喜地高呼，"那个为登山而生、技术强悍、做事严谨的独行马又回来了"。赞助商在北京、上海、成都等地组织了几场分享会，场场爆满。马一桦脸上还带着高海拔晒伤的痕迹，在现场侃侃而谈。但凡听说过马一桦的登山爱好者，都赶过来和这位传奇人物合影、索要签名。《户外》与《户外探险》两本户外杂志上都刊发了马一桦撰写的攀登报告。8264论坛专门为马一桦做了人物专访，回顾他一生中几次精彩的攀登。独行马重返户外论坛，在帖子下面与网友互动。马一桦甚至还开通了微博，分享了几段格聂神山攀登过程中的逸事。

一个月后,马一桦回到了加拿大。网络上的声音沉寂下来。独行马再次消失了。

马一桦在酝酿着更有野心的攀登计划。年过半百的老马,再次率领黑水县的藏族青年们来到四川,考察贡嘎山主峰的攀登路线。马一桦仔细研究了贡嘎山的不同山壁,也尝试申请了登山许可证。登山许可证似乎是一座比贡嘎山更庞大、复杂的大山。最后攀登贡嘎主峰的计划不了了之。马一桦转而考察西藏察隅县、然乌湖一带更宏伟瑰丽的藏东南未登峰,却在考察途中遭遇了暴雪。这是马一桦最后一次进山考察。

在回程的路上,马一桦联系了老朋友曾山,参观了领攀学校的新办公室。在这里,他见到了许多古老而熟悉的装备,也见到了一张新鲜而陌生的面孔。

马一桦回到了温哥华。几年后,他又搬到了1000多公里外的埃德蒙顿,继续做贴瓷砖的活儿。他平时读读网络小说打发时间。他觉得自己的人生比这些小说更玄幻。在马一桦60岁的时候,登山早已不再是他人生的刻度与重心。当年的人民大会堂交际舞王渐渐发胖,也慢慢遗忘。那些绳索操作、技术装备、山峰资源、户外品牌与登山者的名字都掩埋在了他的记忆深处,最后彻底消散掉。这次,独行马真的离开了。

3

阿左不在仓库里收拾装备的时候，就在山里跟着领攀学校的几位教练上课，帮着他们做后勤清单、准备装备器材，同时在一旁学习攀登技术。学校里的这些兼职教练——古古、野人（张清伟）、邱江、马科斯·科斯塔（Marcos Costa）、刘勇、包子（包一飞）——都是成名已久的自由攀登者。在公司文化的熏陶下，阿左试着练习攀岩。由于左手受过伤的缘故，他在人工岩壁上攀爬时总有些不自然，还有些害怕。可一到了山上，他的运动表现能力竟比在山下好很多。他对攀登这件事生出了些许好感。

阿左成为登山学校里唯一一名全职教练之后，时常和曾山去川西各地考察未登峰。自从刃脊探险解散后，半脊峰就成了各家登山公司争相占据的热门商业山峰。曾山还想开发更多像半脊峰这样适合训练的独家山峰。曾山开着车，带上阿左，师徒二人时常在川西的群山中转悠。阿左也在曾山的鼓励下，尝试攀爬一些短小的高海拔路线。每当遇到有些难度的地形，曾山总是鼓励阿左，你可以的，你爬嘛。看到阿左面露难色，曾山依旧鼓励他突破自己的极限，你可以的，你上！老师的话总是可以打破阿左心中的不自信。阿左竟然真的爬上去了。

几次攀登之后，阿左得到了曾山的肯定——"你学东西挺快的，好像有天赋一样。"——他感受到了前所未有的自信。他对攀登的兴趣越发浓烈。有一次，阿左正在山脊上先锋。在横切的时候，一块风化的巨石被阿左硬生生掰了下来。他瞬间失去重心，连人带石头坠落下去。好在，他只冲坠了三米。阿左跌在一处平台上，并无大碍。这次冲坠让阿左心有余悸，并提醒着他，在攀登过程中风险始终存在。在领攀的几年里，一次次有惊无险的小事故让阿左不断成长，而他成功完攀的路线又给予他无比的信心，"让我觉得好像有一个事情是我挺擅长的，我愿意去做"。

阿左不仅掌握了攀登的技艺，还学会了欣赏山峰的美。阿左曾问过老师，怎么去选择一座你想要攀登的山峰？

曾山说，当你第一眼见到它时，你立刻就被吸引住了，你发现它是美的，然后你找到了一条漂亮的路线。

曾山的山峰审美哲学深深地影响着阿左。他认识到，虽然有些线路很难，但正是因为美的存在，我们才能享受攀登。有一次，阿左跟着曾山走在毕棚沟的山谷中。曾山不停地拍摄对面的皇冠峰，那是一座拥有三个尖顶的未登峰。阿左跟在老师后面观望。曾山问，想去爬那座山吗？阿左笑了笑。他知道曾山在开玩笑，凭他现在的经验和技术，还无法胜任开辟一条真正的新路线、完成一座未登峰，更何况这还是一座高难度的未登峰。

阿左在领攀的第二年，学校里来了个比他还内向的新同事，刘兴。刘兴是广西柳州人，比阿左大两岁。不同于完全是一张白纸的阿左，刘兴已经有过一些高海拔攀登经验和商业带队经验。他慕名来到了领攀学校，也成了这里为数不多的全职教练。从那一年起，每到夏天，曾山都给阿左和刘兴"放假"，让他们去川西寻找适合领攀做培训的山峰。阿左和刘兴会打包好一个大驮袋,里面装满了技术装备。他们俩每人再背个背包,便钻进四川西部的群山中寻找新的山峰。夏季寻山往往会遇到倾盆大雨,但两个人在山里的时光自由自在,这和他们平时带队攀登的感觉完全不一样。

在贡嘎山山域与四姑娘山山域,刘兴和阿左一起寻找美的山峰,攀爬美的路线。他们成了搭档,也成了同吃同住的好友。等到了冬天,阿左和刘兴又成为曾山的得力弟子,和老师在双桥沟里做攀冰培训。参加过2014年与2015年年底领攀攀冰培训班的学员们,都还记得班级里的两个助教:一个是阳光帅气的阿左,一个是不怎么爱说话的刘兴。

阿左终于得到了攀登皇冠峰的机会。2014年3月,曾山、博天、包子、三文鱼(刘赟卿)、马科斯与阿左组成了一支精英小队。三文鱼是国内一流的女性攀岩者。英俊的巴西青年马科斯是队伍中攀爬能力最强的队员。和曾山搭档多年的博天自不必说,包子也是拥有十多年攀登经验的资深登山向导。在这支队伍中,刚入门登山才一年的阿左只有跟攀的份儿,但这也是一次学习和成长的机会。

这也许是曾山爬过的最难的山峰了。在第一次尝试攀登中,这支精英小队没有登顶。半年后,曾山、三文鱼、马科斯、阿左再次向皇冠峰发起冲击。皇冠峰上的大部分技术难点都由马科斯完成。阿左见识到了世界级登山者的水准,大开眼界。四名队员在山上露宿一晚。第二天下午两点,他们登顶了皇冠峰。四个人站在顶峰处,静悄悄的,每个人都在享受登顶的这一刻。

这是人类第一次站在这处山尖上,也是阿左完成的第一座未登峰,尽管他全程都在后面跟攀。

下山后,曾山、马科斯与阿左来到附近的骆驼峰,又开辟了骆驼峰北壁的新路线。"到了骆驼峰的时候,他们让我开始先锋,我觉得好像没有想象中那么难,我自己还可以hold住。我就觉得好像是挺有成就感的一个事情。"阿左说。在一个月内,阿左收获了一座未登峰与一条新路线。皇冠峰首登获得了当年金犀牛最佳攀登成就奖。与其他三名登山者相比,这对于阿左来说意味着更多:这是他人生中的第一个奖。

2014年底,阿左和曾山从骆驼峰下山,回到成都休整几天,准备再进双桥沟开启这一年的攀冰培训。这时,他们听说幺妹峰上出事了。

4

"你说严冬冬、周鹏是怎么出名的？"柳志雄自顾自地问身旁的向导扎西（余强），还没等扎西反应过来，他已经给出了自己的答案，"他们爬了一次幺妹峰啊，我也想走这条路。"

对于这名27岁的青年来说，挑战幺妹峰似乎是一件顺其自然的事情。他已经在四姑娘山地区完成了几次精彩的攀登，开辟了几条新路线。若想寻找一处检验自己实力的试验场，只有面前这座寄托着自由攀登者之梦的殿堂级山峰。事实上，在2014年11月的这一天，对于柳志雄来说，攀登幺妹峰，并且站在顶峰上，绝非一件自然而然的事情，而是一件迫切要完成的事情。

柳志雄小时候的愿望不是攀登。小学四年级的时候，小柳在湖南省长沙市宁乡市的田径比赛上拿到了冠军，并作为体育生被当地的一所私立中学录取，在学校里寄宿。这名敏感的卷发少年学会在日记中倾诉内心的情感。他人生中的第一个愿望原本是做流行音乐，看完一本自助游的书后，去西藏又成了他第二个愿望。上高二时，小柳给歌手金莎写了封信，并在信中附了一首原创歌词。他在信中诉说着自己的高考志愿：西藏大学戏曲专业。这样他就可以同时实现这两个愿望了。

金莎没有给这名文艺少年回信，小柳也没有如愿去西藏上学。他考上了成都理工大学体育学院的社会体育专业，成为这个专业的第一届学生。入学后，他玩乐队，读哲学，在室友看来还有些沉闷、孤僻。

2008年5月,亲历了汶川大地震后,他在日记中写道:"第一次感觉生命是如此的脆弱,地震的瞬间鲜活的生命就那样被夺去,然而在之前毫无zhen zhao(征兆)。""活着真好。"他的人生也经历了一场大地震。他加入了雷风防灾减灾应急志愿者总队,在北川县为当地老百姓修房子。之后他又加入了成都市委应急支援总队防震减灾分队,成为队里的技术队长。在此期间,他接触到了户外运动,在川西地区徒步穿越。玩户外的人大多都有个外号。他也给自己起了个外号,路人柳。后来有朋友问他为什么叫这个名字。小柳说,路人嘛,无关紧要的人。

有一天,小柳和同学去了成都生存者岩馆。这是小柳的第一次攀岩体验。馆长吴晓江注意到了他,觉得这个小伙子有点潜质。等到小柳第二次来岩馆时,吴晓江问他,要不就来好好爬吧。就这样,小柳与后来的国内攀岩名将马自达一起,同在生存者岩馆系统地学习攀岩。沉迷攀岩的小柳把日记变成了训练笔记。笔记里密密麻麻地记载着他对攀岩的思考与体悟。吴晓江的夫人黄慧做攀岩培训已有十余年,她觉得"目前为止(2022年),在攀岩这个事情上,我见过的最努力、思考最勤奋的,就两个,马自达和柳志雄。两个都不是天赋型选手"。

在课余时间,他在生存者攀岩馆打工,还频繁参加攀岩比赛。每次赛后,他都要在笔记里总结分析自己的不足,并找出解决方案。两年后,小柳拿下了成都岩友会的数个冠军,后来又在四川省攀岩锦标赛男子难度赛中夺冠,成为川内小有名气的攀岩者。

在吴晓江的介绍下,小柳还结识了酷爱攀冰的西门吹水

第四部　梦幻高山

（陈立基）。小柳和西门吹水一同训练、摸索、成长。不久之后，他跟着西门吹水完成了双桥沟里的冰壁"龙之涎"。这条冰壁的难度几乎是中国攀冰爱好者心目中的顶级水平。西门吹水后来在攀冰之路上不断精进，最终成为中国一流的攀冰高手。小柳却在这时转而尝试高海拔攀登。

没有任何攀登经验的小柳，却偏偏选择独攀有些技术含量的玄武峰，自然毫无悬念地没有登顶。他后来回望这段经历，觉得那个时候的自己就是个"愣头青"。又经历了几次有惊无险的失败攀登之后，他意识到仅凭自己的摸索还远远不够。他要跟着经验丰富的登山高手系统地学习。

在这期间，小柳越来越痴迷攀登，特别是阿式攀登风格。他的毕业论文课题就是阿式攀登。在毕业答辩会上，小柳与老师吵了起来。面对质疑，他愤愤地对答辩老师喊道："你不懂！"那样子就好像是在为自己的信仰做辩护。

当小柳在生存者岩馆里盯上李宗利时，李宗利已经是登顶幺妹峰的成名自由攀登者了。小柳抓住一切机会向他请教。李宗利也注意到，每次去岩馆攀岩的时候，总有个卷发小伙跑来问他关于登山的各种事情。几次之后，他终于注意到了这名求知欲很强的青年。恰好李宗利刚从川登协离职，准备成立一家登山公司。他邀请小柳，有没有兴趣，跟我一起来。小柳欣然应允。从此，他成了李宗利的员工、学生和搭档。

就在小柳成为李宗利的学生之时，他也成了叶晓雨的老师。叶晓雨当时是个八岁的小女孩儿。有一次，妈妈带她去生存者攀岩馆玩，无意间认识了正在馆里打工的柳教练。叶晓雨每次来岩馆，小柳都会悉心指导，还专门帮她制订训练计划，督促她训练。叶晓雨觉得这名大她15岁的教练很凶。她总被骂哭。每次训练结束后，小柳在《叶晓雨攀岩训练信息记录表》里，认真记录下学生的训练情况，还有哭的情况，比如训练时哭了几次，每次哭了多久。叶晓雨则要在辅助信息记录表里，写下每次训练的感受。记录表里有几项固定格式：是否有哭；造成哭的主要原因；对教练的评价。晓雨对小柳的评价就是"凶"的不同表达方式：好凶哦，烦死了；凶巴巴的；太凶了今天。

小柳对晓雨的培训完全是义务的。他想把叶晓雨培养成中国的阿诗玛（白石阿岛）——一名八岁时就称霸攀岩界的日裔美籍小女孩。叶晓雨参加全国青少年攀岩锦标赛前夕，小柳从拮据的生活费里抽出一部分钱，给学生买了一双攀岩鞋。这是晓雨人生中的第一双攀岩鞋。她穿着这双鞋子打进了决赛。后来她还从小柳教练那里收到了第一条安全带、第一个粉袋。小柳带着晓雨去上海、苏州、杭州、南京比赛，还带她去青岛和阳朔野攀。2013年，十岁的叶晓雨再度参加全国青少年攀岩锦标赛，拿到了抱石项目的全国冠军。

与此同时，柳志雄的登山水平也一步一个台阶地提高。他先是和李宗利、迪力夏提开辟了双桥沟日月宝镜峰的新路线"训练日"。在这次攀登中，小柳只是作为学生在后面跟攀。他总结道："于我而言，这次攀登给我带来的最大冲击莫过于心理层面……并非我的身体到不了那个高度，而是我的思想还未能抵达，这次攀登，给我带来的提高不是在技术层面，而是思想。"

第四部　　梦幻高山

小柳跟着李宗利频繁带队攀登。他的攀岩训练笔记变成了登山笔记，就这样又练了一年。2014年1月，小柳和西门吹水跟着法国职业高山向导岩·德勒沃（Yann Delevaux），完成了双桥沟猎人峰的首登。在这次攀登中，小柳观察到自己与职业登山者之间的差距。他将这条路线命名为"学习日"。经历了"训练日"和"学习日"的洗礼，小柳意识到，跟攀在别人后面永远不会真正成长。他决定从领攀者的阴影中走出，选择了个略显极端的攀登风格，独攀。

小柳独攀登顶了曾经失败过的玄武峰。几个月后，他和西门吹水登顶了半脊峰。这一年9月，小柳独攀登顶了阿妣峰。在下撤过程中，小柳发现绳子带得不够，进退两难。危急之中，他灵光一闪，巧用了前人留在山上的锚点与辅绳，侥幸撤到山脚下。

小柳在阿妣峰上开辟了一条新路线"结业考核"。当被朋友问到独攀的感受时，小柳说，当他专注在攀登过程中的时候，忘记了暴露感与恐惧感，反而是攀登中带来的自由感让他更为向往。

小柳的"结业考核"获得了亚洲攀登界的最高奖项亚洲金冰镐奖的提名。此前，国内只有周鹏和严冬冬的自由之魂组合获得过2012年度的亚洲金冰镐奖。事实上，正是亚洲金冰镐奖组委会主动找到了周鹏、并向他咨询这一年中国的阿式攀登成就时，周鹏这才提起了柳志雄的阿妣峰独攀。

小柳受邀去了韩国首尔的亚洲金冰镐奖总部，参加最终的选拔。他在现场阐述这次的攀登过程与自己的攀登理念，并接受评委的随机提问,"类似大学的毕业答辩"。与他本科毕业时的答辩相比,这似乎才是真正的结业考核。这届亚洲金冰镐奖共有三个提名。除了小柳的阿妣峰新路线,还有日本登山者的阿拉斯加远征——在38天内开辟了四条新路线,以及韩国登山者的巴基斯坦远征——一座7000米巨峰的首登。显然,小柳与日韩登山者差距悬殊,但亚洲金冰镐奖的提名足以给他信心,也"清楚地了解了自身的能力以及与亚洲顶尖攀登者之间的差距"。

从训练日、学习日,再到结业考核,小柳的进步速度很快。短短三年内,他就成了业内小有名气的自由攀登者。然而,日记中的小柳,却愈加挣扎。虽然在登山公司打工十分磨炼青年攀登者的体能、技术与心性,但这份职业的收入往往都不高。小柳的父母一直希望儿子回到湖南老家。他拿着大学文凭,至少能在当地体育行业体面地混碗饭吃。可这并不是他想要的生活。小柳多次与父母争吵,同时也在日记中不断苛责自己:"还是混混(浑浑)噩噩地过着。一定不能这样了。柳志雄,你已经26了。还有多少能耗。你已经耗不起了。"在一次与父亲的冷战后,他头一次有了厌世的情绪。

这名攀登者太渴望混出点名堂,证明给父母看了。更重要的是,证明给自己看。他无比渴望成名。小柳曾多次写信给国内外大大小小的户外品牌,希望成为它们的签约运动员。然而,这些充满期待与渴望的信多半石沉大海。小柳等不下去了。在一封写给某个品牌的邮件末尾,他写道:无论怎样,请您给我一个确切的结果。

第四部　　梦幻高山

小柳觉得自己混得很失败。在2014年7月10日的日记中——他的最后一篇日记——小柳悲观地写道："我的理想呢？去哪了？我完全不知道。我就这么混混（浑浑）噩噩地混着日子，自己都不明白自己究竟在干嘛。操。""你以为自己还耗得起吗？已经27岁了，还耗得起吗？放屁，30岁前混不好就回家了。"

随着路人柳的名字越来越响亮，他着实获得过几家户外品牌的小规模赞助，但这还远远不够。他不断摸索着身为自由攀登者的生存之路。他曾考虑去日本学习摄像与剪辑，托朋友联系过东京的多媒体学校。可是一旦去日本生活，语言学习与经济来源更成问题。几年前他在双桥沟攀冰时，认识了朋友陈星宇。后来陈星宇旅居新西兰，偶尔给当地的向导公司打工。在他的建议下，小柳决定，来年也去新西兰报个高山向导课程，考个向导证，"可能的话，就在那边了"。小柳还和陈星宇约定好，等去新西兰的时候一起爬库克山。在出国之前，小柳还要了却最后一桩心愿：登顶幺妹峰，证明自己。

2014年11月，小柳刚从韩国领奖回来，就赶到了四姑娘山。适应海拔之余，他再次来到了双桥沟徐老幺家里。在双桥沟登山这几年，小柳已经跟老幺一家混得很熟了。小柳对幺嫂说，这可能是他最后一次来双桥沟玩了。"他说把幺妹峰登了，就进双桥沟来，陪我耍两天。耍了他就要到哪里去读书了。他说就几年都不得见了。"幺嫂说。

一周后，四姑娘山当地向导扎西安排了两名背夫，与小柳和他的搭档一同来到了幺妹峰南壁的大本营。小柳的搭档是坑子（胡家平）。坑子比小柳大五岁，是上海一家攀岩馆的馆长，也是一名攀岩高手。他的运动攀能力达到了5.13，几乎是业余攀岩者的最高水平。他们在一次公益培训课上相识。一年前，二人搭档尝试攀登了贡嘎山域的田海子峰，到达海拔5800米的高度。这是小柳唯一一次6000米山峰的攀登经验，也是坑子为数不多的高海拔技术攀登经历。这对搭档在幺妹峰大本营适应了几天后，正式开始攀登。

11月28日下午4点多，扎西接到小柳打来的电话。"扎西，我登顶了，"小柳在电话里说，"后天安排人来接应。风大，手很冷，我就挂了。"

5

下午接到小柳的电话之后，扎西立即把他们登顶的好消息传达出去。到了傍晚，路人柳与坑子登顶幺妹峰的喜讯已经传遍了登山界。8264户外论坛上的一则帖子写道："前方最新消息，柳志雄、坑子今天下午成功登顶幺妹峰，预计30号回到四姑娘山镇扎西家，后续消息，敬请关注。恭喜小柳，期待你平安下撤的好消息。"在这篇帖子下面，网友们遥相祝贺。继刃脊探险、自由之魂、孙斌和李宗利等团队之后，中国登山者再次站在了幺妹峰的顶峰上。

在之后的两天里，山上再无消息。按照约定的时间，扎西派了两名背夫从四姑娘山镇上出发，去幺妹峰大本营迎接登山者凯旋。背夫来到山脚下。大本营空无一人。他们等到了太阳落山，也没等到人，只好先回到了镇上。第二天，扎西又安排另外两名背夫去接人，还是没接到。小柳和坑子速度再慢，也早就应该撤回到镇上庆功了。扎西派了两名协作到四姑娘山三峰上观察，依旧没望到幺妹峰上有二人的身影。这是小柳和坑子失联的第三天。

这天下午，吴晓江隐隐觉得可能要出事，他把小柳二人失踪的消息告诉了徐老幺。徐老幺吩咐自己的协作团队立即上山。徐老幺心想，万一他们还活着，只要有口气，再危险也把他们弄下来。徐老幺率领三名队员，立即赶到长坪沟。到了沟口，已是傍晚，景区的游客都出来了。景区工作人员问他们，这么晚做啥子。徐老幺说，进去救人。

救援队摸黑赶到了幺妹峰脚下，深夜扎营，只睡了几个小时。天还没亮，他们又扛上背包，继续往上爬。下午1点，徐老幺等人爬到了海拔4800米的幺妹峰大本营，见这里空无一人，继续结组往上爬。半个多小时后，他们又往上爬了300米。徐老幺拿出望远镜，望到冰川上有些黑色的物体，又看不太清楚。他边爬边看，直到他望到上方有一团蓝色的物体。又过了两个多小时，救援队爬到了海拔5200米的位置。他们发现了小柳和坑子的帐篷。帐篷的外帐已经不在，内帐也被风吹开。帐篷里有一个背包、一对登山杖和一只睡袋。

这里的落石很严重。救援队冒险继续前进了一小段路。徐老幺再次掏出望远镜观望。他看到上方有一处恐怖的裂缝。裂缝边，两个人被绳子缠绕在一起，面朝着三峰的方向。他们正躺在40度左右的冰坡上。两人都没有头盔。穿着红色衣服的登山者仰面朝天，压在卧倒在地的蓝衣登山者上面。周围落石频繁。

"半个小时就飞了几百个石头下来。就不敢去冒险，这个很危险。我就望了半天，人不动了，"徐老幺说，"在那就拍了一些照片。我就说，那就放弃。反正他既然喜欢山，就不要挪动了。搞了我还有这么多协作风险谁来承担，我也不敢去承担那个风险。"

徐老幺等人决定下撤。回去的路上，他们把营地里的帐篷放倒，以防被大风吹走。其他物品都留在原地，没有移动。他们在傍晚撤回到大本营。到了夜里，徐老幺的队伍和从贡嘎山域赶来的李宗利救援队会合。徐老幺跟他们描述了上方的情况。正如后来中登协公布的事故报告中写道，救援队分析，柳志雄和胡家平可能在下降时滑坠导致遇难，"根据情况分析认为：1. 落石严重，救援队员的安全得不到保障；2. 冰川裂缝区也对救援人员的安全构成威胁；3. 根本没法靠近遗体。综合考虑，救援前锋队一致决定下撤，到镇上与下方后援救援人员综合商定后再作决定"。听完徐老幺的讲述，李宗利哭了。

12月3日下午，全体救援人员决定，搜救停止。

这是幺妹峰历史上的第一起山难。由于没有人近距离接近过遗体与遗物，人们也无法得知事故的具体细节。一个月后，还有人怀疑，除了扎西接到的那一通电话，并无其他证据显示柳志雄和胡家平真的登顶了幺妹峰。

马科斯得知小柳遇难的消息后，决定自己上山寻找遗体，并找出山难的真相。早在小柳攀登猎人峰的时候，巴西攀登高手马科斯也在另一组队伍攀登这座山峰。两组人几乎同时登顶。马科斯也因此认识了小柳。马科斯带完一期领攀的攀冰培训班，告别曾山、刘兴与阿左，和朋友恩佐（Enzo Oddo）两人前往幺妹峰。临行前，曾山还特别嘱咐他找到遗体后要如何操作。几天后，马科斯找到了小柳和坑子，还走近事故现场，拍照取证。他们把小柳、坑子的遗体放进旁边的冰裂缝中。这样他们就不会曝尸荒野，被落石打扰了。

马科斯下山后，和曾山仔细研究了事故现场的照片。现场有一根已经变色的辅绳。这根辅绳不是小柳他们使用的绳子。根据曾山的判断，这根辅绳的颜色，正是经过长时间紫外线照射老化后形成的。"我们基本上90%能确定（事故原因），"曾山说，"我们怀疑他们用了一个别人留下来的老绳套。我们怀疑，它老化了，然后他们下降的过程中断了。"

小柳在以往的攀登中曾养成了一个习惯，喜好利用前人留在山上的绳套，就像在阿妣峰下撤时那样。或许每次小柳利用旧绳套全身而退时，他都产生了一种虚假的安全感。曾山说，紫外线把整个绳套晒得特别脆，脆到无法承受一个人的体重，突然就断了。在那一瞬间，小柳和坑子可能也随着这脆弱的绳子一起坠落了。

马科斯在现场还找到了坑子的运动相机。运动相机里保存下了他们攀登幺妹峰的视频。他们选择从幺妹峰南壁中央直上。这条路线与"自由之魂"比较接近。他们登顶那天的天气格外晴朗。他们在顶峰上依次展开了赞助商的旗子。在那一刻，小柳终于证明了自己。

小柳曾计划过，假如他们登顶了幺妹峰，就将这条新路线命名为"勒满"。在四姑娘山当地的方言中，勒满是快乐的意思。也许在最后那一刻，他们真的很快乐。正如小柳的那句座右铭：如果什么意外发生让我丢了性命，那不是个悲剧，因为我在做我热爱的事，睡觉前想到，明天还会做自己爱的事，那是一种恩赐。

柳志雄和胡家平的父母听说儿子出事了，马上飞到成都。他们刚落地成都时，没有人敢告诉他们，他们的儿子已经遇难了。曾山说，不知为何，大家都让他来宣布这个噩耗。或许是因为大家都不敢开口，只有曾山跟几位老人不太熟。曾山对四位老人说得很直接,他们掉下来了,他们死了。小柳的父亲不停地哭问道,怎么可能?他们还活着吗?看到曾山摇了摇头,他几乎瘫倒在地。

"从小柳的事情上面我就可以清楚地知道,其实我们本身对生活也好、对我们所做的选择也好,所有的这些行为都是无怨无悔,愿意去承担后果和接受的,"李宗利说,"但是这种后果和严重事故的背后,最受伤的还是我们的亲人,这些最爱你的人。"

这是自由攀登者永远无法与自己和解的原罪:他们选择远离这个安逸的美丽世界,走上一条遍布悬崖与荆棘的道路。路上的死亡悬崖属于自己,而路边的荆棘刺伤了离他们最近的人。在他们看似坚定地寻找自由和自我的路途中,也会有这般彷徨、怯懦、犹疑的时刻。大多数成熟的自由攀登者不会回避、漠视这原罪的存在,而是清醒、痛苦地背负着它一起攀登。

在那一周的周六傍晚,成都生存者岩馆与上海恒毅岩馆同步举行了二人的追思会。成都理工大学成立了柳志雄户外奖学金。在校园一处隐蔽的角落里,还立了一块柳志雄纪念碑。许多学生都曾路过校园里的这块碑,只有其中极少数学生在碑前驻足,好奇地打探着小柳学长的故事。

就在小柳和坑子登顶幺妹峰的同一天,李宗利和老搭档迪力夏提登顶了贡嘎山域的白海子峰(海拔5924米)。为了纪念故去的学生,李宗利将这条白海子峰的新路线命名为"幺妹之路"。小柳离开后,他始终无法面对这个现实。"对于我李宗利来说,我失去了一个朋友,一个真挚而坦诚的朋友,我失去了一个工作伙伴，失去了一个好学生，也失去了我事业的另一个支撑点，失去了一个知己。"李宗利写道，"之前所有的朋友的离开，都没有让我觉得死亡原来离自己这么近，也没这么深刻地感受到死亡带给我们这么大的痛苦"。

纪念这名自由攀登者的最好形式，就是继续攀登。李宗利带着这份失落与痛楚，酝酿起中国登山史上最疯狂、最大胆的计划。

6

要完成这个疯狂的攀登计划，李宗利还需要两个熟悉且有实力的搭档。迪力夏提算一个。从2006年在CMDI初相识，再到成立"自由之巅"，新疆自由攀登者迪力夏提一直是他的左膀。李宗利还需要一个像小柳一样的右臂。李宗利从朋友烈火（李永生）那里听说，青海有个小伙子还不错。

小海接到李宗利打来的电话时，正在青海玉珠峰上做背夫。在这通冒然打来的电话里，这名陌生人口若悬河地介绍起他的公司、畅谈他的阿式攀登理念、讲述他经历的故事，逻辑有些混乱，但小海（童海军）还是抓住了他想表达的重点：他是一名专磕未登峰与开辟新路线的阿式攀登者。这通电话还没挂断，小海已经在心里做好了决定。他并没有马上答应李宗利的邀请。他要先搜一下这个人到底是谁。他刚撂下电话，正在一旁的青海登协教练说，不要去李宗利那里，去年（2014年）小柳刚死。

小海不了解李宗利，但他知道阿式攀登。阿式攀登就是这名20岁的年轻人一直以来想做的事情。小海是土族人，从小在青海的草原上长大。他家里有100头牦牛，3000亩牧场，占地面积相当于4800个篮球场大小。站在牧场最高的山头上，他能眺望到离家最近的雪山岗什卡（海拔5254米）。岗什卡是祁连山东段最高峰。小时候家里人常说，附近有个大雪山，只有上了岁数的老人才去过。山上的一切都是白色的，连岩羊的血都是白色。这是小海儿时对雪山的第一印象。

"我很小的时候就不喜欢很多人玩的东西,"小海说,"如果很多人都去喜欢的话,我就会反其道而行。我就想个性一点、想酷一点。"在他上初二时,姐夫送了他一件奥索卡抓绒衣。姐夫龙舟是西藏登山学校第二届的学员,后来在青海登山协会做教练。这件抓绒衣点燃了小海对登山的热情。初中时,小海如饥似渴地了解关于登山的一切。草原上网购不方便,他就让在武汉上大学的姐姐帮忙买了《极限登山》《登山手册》《完全攀登指南》三本书,再辗转寄到青海。小海说,他看得最多的是《登山手册》。在书中,他第一次见识到了各种稀奇古怪的登山名词,尽管他不知道这些术语代表着什么。他还注意到这三本书都是同一个译者,严冬冬。小海觉得,这么多书都是他参与翻译的,而且国内几乎只有他会翻译这些书,看来这哥们的登山水平应该还可以。

中考之后,高中录取通知书下来了。邻居把通知书带到了小海家的夏季牧场。小海考上了西宁市里的一所重点高中,然而他真正的"毕业志愿"却是西藏登山学校。他把录取通知书藏到帐篷的角落里。他对父亲说,这次哪都没考上,连个技校都没考上,这次我必须去登山了,怎么着都要去登山了。在小海眼中,父亲是当地很有威望的人,非常看重教育。但那天父亲没有说什么。

小海的年纪正符合西藏登山学校的招生标准。他又对登山充满热情,这在同龄人中很罕见。然而西藏登山学校招生的硬性条件之一是,学员必须是藏族人。小海是土族,和藏族人的信仰沾点边。他让姐夫跟西藏登山学校那边试着沟通沟通。最终小海心目中神圣的登山学校还是拒绝了他。这名16岁的少年跟着姐夫去了青海登协打杂，跟在一批批商业登山队伍后面，给客人牵马、洗碗、背东西。这样的日子很艰苦，但对于一心想要登山的少年来说，能跟着队伍去不同的地方，一切都是新鲜有趣的。他最大的愿望就是走出青海的雪山，去新疆爬一座7000多米的山峰，之后再越爬越高。

他抱着成为一名真正登山者的愿景来到青登协，却失望地发现这里和书中描述的登山不太一样。他跟同事们聊攀登技术，可当地教练和协作连基本的术语名词都没听过。小海说，他当时一下子就蒙了，这怎么跟他想的不一样。至于"阿式攀登"，青海登协的教练们倒也听过，却从来不了解、也不想去尝试。小海一度以为，阿式攀登"只有国外有，我们国内没有的"。

在青海登协期间，小海从后勤做到了领队。他还登上了家乡的岗什卡雪山。果然上面一切都是白色的，只是没有白色血液的岩羊。岗什卡雪山上只有一条传统的攀登路线。"我们只会走那一条，但是我看到旁边有一条更短、但是更陡的。我在想为什么不走那条更短、更陡的？"小海说。

在中国的商业登山市场中，绝大多数热门的山峰，像岗什卡雪山、四姑娘山二峰、半脊峰、哈巴雪山、青海玉珠峰等山峰，其传统路线的技术难度往往并不高，而提供向导服务的商业登山队也大多以安全登顶为目的，选择最传统的路线、最保守的风格带客户冲顶。在青登协的头几年里，小海从没攀登过技术型山峰与技术型路线，自然也没有领略过激情澎湃的阿式攀登风格。他甚至连最基本的打保护技术都不会。直到有一天，自由攀登者郑朝辉带领一支队伍，专磕岗什卡雪山上那条短而陡的技术路线。小海有些惊讶，也许国内还是有人玩这个的。

几年下来，小海彻底融入了青海登协的环境中。这里的向导、教练与背夫大多恪守着自己的职业准则：太苦太累的事情能不做就尽量不做。登山对于他们而言是一份工作，但也只是一份工作。"他们是很油的那种老油条。"小海说，他也跟这些"前辈们"学会了一套偷奸耍滑的伎俩，"让夏尔巴走前面，我在后面就溜着"。在青海登协的这五年里，小海晒得黝黑，也变得油滑。

他如愿走出了青海的雪山，去爬了新疆的7000米山峰。在一次带队攀登慕士塔格峰期间，小海和另一名协作烈火住在同一顶帐篷里。烈火以高寒环境中火力旺盛为名。他还是个做事认真、从不偷懒的人。烈火望着才20岁的小海已变得如此油腻，便语重心长地对他说，你要在任何时候，在任何人面前，把你最好的一面表现出来。小海猛然间愣住了，片刻之后，又有种醍醐灌顶的感觉——"原来还是会有这种人，说这种话。"从那之后，小海真的开始认真对待一切，万事冲在前头。

当李宗利需要一个得力干将帮助他完成那个疯狂的计划时，烈火跟他推荐了小海。李宗利没听说过小海或是童海军的名字。他通过当年CMDI的老同学、如今已是青海登协的领导李卫东，辗转联系到了小海。听到李宗利在电话里夸夸其谈，小海心想，从前向往的登山理念，都在他这里印证了。这就是他曾经理想中的攀登生活。小海挂了电话，无视同事们的劝阻，在网上搜了搜李宗利到底是谁。他搜到了前摔跤运动员李宗利，搜到了

CMDI学员李宗利，搜到了登顶幺妹峰的李宗利，搜到了2013年在博格达三峰历经生死的李宗利，搜到了一年前刚刚失去好友、同事和学生的李宗利。他们说得没错。李宗利那里真会死人的。小海答应了李宗利。

小海告别了青海草原，背着行李来到四川。这是小海人生中第一次离开家乡，独自在外地生活。"自由之巅"登山公司是他真正的大学。小海初次见到李宗利，和自己心目中德高望重的老师形象大相径庭。"感觉他还很年轻，很有小伙子的气质，"小海说，"他当时留一个寸头。比我现在还短。看着像刚从监狱里出来的。人挺狠的，挺横的。"两个人刚碰面没多久，在吃饭的时候，李宗利把衣服一脱，裸着上半身，更显得社会气息十足。

自由之巅还没有固定员工，也没有固定办公室。小海暂住在李宗利的家里。才住了一两天，小海就被李宗利拉到贡嘎山域的田海子山上。李宗利口头上说的是"我们正好国庆有个田海子的活动，你过来可以看一看"，实则是想测试下小海在高海拔的表现。他没有让李宗利失望。从小就在高原长大、并在高海拔磨炼了五年的小海，虽然技术基本为零，但海拔适应、体能、耐力都远超汉族登山者。至于技术层面，反而是最容易学会的。李宗利很喜欢这个小伙子，觉得小海有点天赋。之后李宗利直接把小海带到贡嘎山脚下，让小海加入进他的计划。

李宗利的疯狂计划是：阿式攀登贡嘎山域的主峰，木雅贡嘎。

1957年，中华全国总工会登山队付出巨大的代价登上贡嘎山。此后再无中国人登顶这座野蛮的巨峰。改革开放后，包括珠峰、贡嘎山、四姑娘山在内的九座山峰对外开放，贡嘎山成为各国登山者争相竞逐的热门山峰，先后有瑞士（1982年）、美国（1982年）、德国（1984年）、日本（1997年）、韩国（1998年）、法国（2002年）等国家的登山者登顶了贡嘎山主峰。在李宗利决定攀登贡嘎山主峰的时候，历史上仅有22人成功登顶，却有21人死在了山上。其中尤以日本登山者为最。单单是在日本登山队1981年5月的攀登中，同在一支绳队的12名队员中就有8人葬身于此。贡嘎山主峰一度成为全球死亡率最高的山峰之一。

如果仅从一堆抽象的数据与平面的图像来看，海拔7556米的贡嘎山在世界高峰排名的竞逐中并不出众。可如果从山脚下海拔1580米的磨西镇算起，贡嘎山的相对高差达6000米。这让许多相对高差只有两三千米、位列"14座"众神殿的8000米山峰也相形见绌。这意味着贡嘎山是中国境内最壮观的山体之一。难怪近一个世纪之前，贡嘎山一度被误当作海拔9100多米（30000英尺）的世界最高峰。许多走进过这片山域的徒步者都曾切身体会到：当直面贡嘎山时，在高海拔的稀薄空气作用下，视觉上带来的压迫感与冲击力会把人震撼得喘不过来气。

2015年11月，李宗利率领迪力夏提和小海来到贡嘎山考察时，也感受到了贡嘎山带来的压迫感。"我们用了8个小时行进到线路下方时，完全被贡嘎山的气势磅礴所震撼，"李宗利写道，"我们在它面前就像一个刚会走路的孩子，完全不知道自己能做什么。"

这次考察堪称狼狈。由于小海的技术能力有限，他被安排在营地驻守。李宗利和迪力夏提两个人上山侦察路线。在下撤途中，一块大石头把李宗利的脑袋砸出了一个鸡蛋大小的包，"也给我们的心里极大地造成了阴影"。小海虽然没上山，但也没比李宗利好多少。他刚听说贡嘎山的大名，就来到了贡嘎山的脚下。他在山下等待老师的时候，在营地附近发现了一只手套。他心想，谁他妈把手套扔在这里。他走上近前，似乎看到石头底下压着什么东西。他搬开石头，猛然间看到了一具尸体。尸体上还穿着日本的连体羽绒服、安全带和靴子。小海还能看到它的腿骨和头发。"把我吓坏了，"小海说，"你知道在贡嘎本来就很压抑的情况下，天气变化又快，一会阴一会阳，突然就看见尸体……"小海赶紧点上两根烟，躲得远远的，心里祈祷着老师顺利下山，不，是赶紧下山。

回到成都后，小海成了李宗利的学生。李宗利手把手亲自教学。自由之巅开发的商业山峰，比他在青登协爬的山峰更有技术难度。小海在理论与实践中不停地切换，进步迅速，就像当年的小柳一样。

李宗利认为小海和小柳完全不一样，"他们是完全独立的个体，有各自的思想"。然而，许多人常常在小海面前提起小柳的名字与小柳的往事。小海对小柳越发好奇。他翻出小柳写过的攀登报告，反复地阅读。小海心想，既然小柳是李宗利的第一个学生，我是老师现在的学生，也许未来也会变成小柳，拥有小柳的攀爬能力、经验与野心。小柳也许预示着自己的未来。老师与自己隔着一辈，严冬冬的年代也离自己很遥远，只有小柳仿佛离自己很近。他一度把小柳当作精神领袖般看待。"尤其是他对登山那种理解、那种思想,我觉得还是蛮震撼的,"小海说,"年轻人自然而然就会被这种人、这种思想所吸引。"

小海平时能接触到的同辈登山教练并不多。成都有大大小小的登山公司,其中要数领攀和自由之巅两家最有影响力。领攀还有比自己大几岁的阿左和刘兴。小海听说过他们的名字,但从来没有和他们打过交道。

2016年初的那个冬天,李宗利正带着小海在双桥沟里攀冰训练,突然接到消息,阿左在附近的山上遭遇雪崩,情况危急。第一批救援队已经进山。李宗利和小海时刻准备着,随时进山营救阿左。

7

阿左与曾山约定的两年期限很快就到了。当初在领攀学校的阳台上,阿左原本以为两年会格外漫长。现在他又觉得这两年过得很快。他又续签了一份合同。他的基本工资只有2000多块钱,不过是当时成都市平均工资的一半。但在这里,他遇到了一位老师,掌握了一门技艺,还收获到了尊严、朋友与快乐。他与曾山、刘兴在川西探索一座座未知的山峰。他一次次重返四姑娘山。

从成都出发前往四姑娘山,越野车要先驶出成都平原,陆续经过李冰修筑的都江堰、汶川地震的震中映秀、作家笔下的耿达、大熊猫的栖息地卧龙、乾隆平定金川的战场邓生沟,再沿着湍急的皮条河与桃关古道来到巴朗山脚下。从这里开始,驾车翻越巴朗山将是一场动用五感的奇幻冒险。连续12个近180度的绝命弯道不免让司机和你提心吊胆。每一次峰回路转时,海拔攀升近200米。车子义无反顾地钻进半山腰处的浓雾。窗外的视线变得混沌而模糊。在海拔剧烈变化之余,你的脑袋有些钝感,你无法思考;你的耳膜不断鼓胀,你无力辨听发动机的嘶吼;你还能嗅到一丝水汽的湿润感,嘴巴却异常干燥,你怀疑自己失去了嗅觉与味觉。你失去的越多,就越想争取,恨不得调动所有的感官。直到半个多小时后,越野车终于安全驶过了最后一个弯道,来到了海拔4400米的垭口处。此时车里往往异常安静。你们还在等待最后的那个讯号。车子终于穿过浓雾，来到了云海之上。刹那间，一切都豁然开朗。你听到司机松了口气，你嗅到了干燥而凛冽的风，你的舌头不再麻木，你的身体也舒展开了，你终于夺回了意志的控制权。翻越这处垭口，前方就是嘉绒藏地四姑娘山，纵横3000公里的青藏高原的门户——你的下一场冒险。在四姑娘山的景致再度震撼你的世界观之前，只要在巴朗山云海之上回望来路，绵延20公里的壮阔雪墙会率先令你置身于仙界。

曾山指着巴朗山对面的这一排天然屏障问阿左，你看对面，你知道这是哪个山吗？

阿左说，不知道。

曾山说，这是大雪塘，你看这一面就是大雪塘的北壁。

大雪塘群峰与四姑娘山共同构成了杜甫诗句中真正的"西岭"。成都市中心的天府广场海拔只有500米，而距市中心仅100公里的"成都第一峰"大雪塘陡然攀升至海拔5353米。阿左对大雪塘的最初印象还停留在当年马一桦写的《大雪塘主峰认证报告》。那一年，马一桦与刃脊探险的员工登顶了大雪塘主峰，毫不留情地推翻了川登协认证过的首登——之前那支登山队登顶的是大雪塘三峰。大雪塘还寄托着马一桦的雄心壮志：在大雪塘脚下的大川镇修建中国第一高山度假综合体。那次意外的事故，也让这理想随着马一桦出走加拿大而烟消云散了。

当曾山第二次、第三次提及大雪塘的时候，阿左也开始注意到这座山峰了。这几年夏天，他和刘兴在川西尝试过一些难度不大的攀登路线。也许，他可以尝试开辟一条真正的新路线，就像那次让他获得了最佳攀登成就奖的皇冠峰首登一样。阿左盯上了大雪塘三峰。

曾山对阿左说过,过去几支攀登大雪塘的队伍,大多从南壁攀登大雪塘三峰,而面朝巴朗山的北壁则更为艰难。这一年,阿左多次考察了大雪塘三峰北壁的路线与难点,始终找不到合适的攀登路线。到了冬天,朋友帮他拍摄了一张清晰的山峰照片。在这张照片里,阿左在复杂的山壁纹理中,破解了冬季攻克大雪塘三峰北壁的奥秘。学艺近三年来,这是他第一次尝试独立开辟一条真正的新路线。曾山觉得时机已经成熟,对阿左说,冬天好,你去吧。

阿左想找刘兴做他这次的攀登搭档,也曾把大雪塘三峰的照片展示给刘兴看过。"刘兴是一个比较慢热的人,他不是很开放外向的人。"阿左说,"如果你表现出:哇,这个山酷,走,爬。那就爬。如果你觉得,哦,这个山就是大雪塘。哦,大雪塘。没有然后了,那就算了"。见刘兴对大雪塘并不感兴趣,阿左只好另寻新的搭档。

2016年1月初,阿左刚带完一期双桥沟攀冰课程,准备出沟和约好的搭档尝试大雪塘三峰。不料,搭档临时放鸽子了。阿左只好推迟攀登计划,从沟里回到成都,闲着无聊去看电影。当时《星球大战7:原力觉醒》正在国内放映。阿左来到电影院,买好了票,在旁边的肯德基等待电影开场。在这家肯德基里,阿左碰见了同样在等待电影开场的李昊昕。他们一对时间,竟然还是同一场电影。

昊昕是西藏蔓峰户外探险旅行公司的领队。这是一家专做高海拔徒步的探险公司。最近几年,每到了元旦,昊昕都在双桥沟度过整个冰季，他是为了这部电影才出沟回到成都。吴昕也是一名热爱登山的年轻人。三年前，他参加了四川登协的登山培训，拿到了高山协作证。一年前，蔓峰公司全体员工还报了领攀的裂缝救援课程。阿左任助教。在那次培训之后，阿左和吴昕之间的联系不多。准确地说，在这次巧遇之前，他们并不算熟。

　　阿左问，你们还不进沟？

　　吴昕说，还要进沟。

　　阿左说，我也要进去，我要进去登山。

　　吴昕说，你要爬什么？

　　阿左给吴昕展示了山峰的照片，讲了一遍被搭档放鸽子的事情，说，我要爬大雪塘三峰。

　　吴昕看了照片说，我跟你一起去，但可能你要一直领攀。

　　阿左说，领攀我没问题，我来领攀。

　　吴昕说，我一直跟攀没问题，体能绝对跟得上。

　　阿左说，好，那就走。

　　阿左和吴昕在彼此不太了解的情况下，就这么阴差阳错地开始了第一次搭档。几年后，这对搭档念念不忘这次肯德基奇遇。"我和阿左在肯德基敲定了攀登大雪塘的计划，甚至是哪张桌子我都记得很清楚。"吴昕后来回忆道。要知道，许多自由攀登者为了寻找合适的搭档煞费苦心，甚至可能一辈子都遇不到契合的搭档。"现在想想也很不可思议。"阿左说。

　　几天后，阿左与吴昕看准好天气窗口，背上装备进山。这对搭档的性格迥然不同。阿左有一点内向和敏感，有时还敏感到对方若是没有及时回复信息,他都会在心里解读出很多想法。昊昕外表一副大咧咧的样子,总是充满了无限的激情。一路上,两个人很聊得来,互相开起了玩笑。他们一边聊着天,一边在寂静的松林雪地中寻找上山的路线,还无意间碰见了野生的小熊猫。阿左对昊昕说,这次看到小熊猫即使不登山也值了。这片山林像是个野生动物园,一路上他们又遇到麂子、獾等各种野生动物。两个人愉快地漫步在山间,就如同野外郊游。

阿左和昊昕本就是探险公司的领队出身,很能包容、接纳彼此。一路上,他们从不计较谁多背一点装备,或者谁去打水。就连在攀登过程中,也出奇地顺利。每当阿左准备领攀技术路段时,昊昕都会做个手势,说:"加油。没问题。""加油。稳稳地。"昊昕的鼓励让阿左领攀起来格外轻松。自由的攀登、壮美的景观、夜晚的宿营都令两个大男孩感到新奇。

等爬到了第三天,这两名倚在岩壁上熬过一夜的年轻人睁开双眼。不知从何时起,他们脚下的山谷中升腾出一片烟波浩渺的云海。那是一片平静无瑕的海,就连孤高的邛崃山主峰也藏在了深不可测的海面之下。在海的尽头,海天之间交汇出一道橙色的天际线。在他们化雪烧水的时候,久别重逢的太阳就像一颗破壳而出的蛋黄,慢吞吞地从海面升起。等这只蛋黄彻底滑出了蛋壳,并与水平的天际线形成了一个"旦"字的时候,万丈光芒在一刹那便照耀着世间万物与登山者的脸庞。温暖的曙光晒在身上,瞬间解冻了昨夜的寒冷。在这神圣而奇妙的一刻,二人决定继续向上攀登,爬向那金色的顶峰。

早上9点,阿左与昊昕在顶峰上击掌庆祝。这对自由攀登者开辟了人生中第一条真正意义上的新路线。在下撤的时候，阿左在昊昕下方几十米处倒攀。为了躲避昊昕踢下来的落石，阿左脱离了绳子，独自往下爬。雪很深。这是阿左走过的最深的雪坡。他一边下降，一边有些焦急地回望上方的搭档。他担心会触发雪崩，既想尽快通过这一路段，又侥幸地继续往下爬。眼看还有50米就通过了这片容易触发雪崩的区域，突然，只听见轰的一声闷响，一波雪浪袭来。是雪崩。阿左心想，这下死定了。

白色的死神扑面而来，裹挟着阿左的身体，不停地翻滚、撞击。阿左本能地想要抓住什么，可眼前的世界已经失控。每一次着地，阿左都祈祷着或许下一次撞击后就能停下来——或许下一秒就死了吧。阿左被雪崩冲落了200多米，最后终于停住了。

阿左趴在地上，眼泪不自觉地涌出来，身体不停地颤抖。他活动了下四肢，很疼，但应该没有断。他回头一望，雪崩后遍地都是灰色的脏雪。可是，昊昕呢？他带着前所未有的疼痛，一边呼喊着昊昕的名字，一边爬起来寻找搭档。山上没有任何回应。阿左担心，昊昕会不会已经死了。他从背包里掏出卫星电话，打给曾山，告诉老师他们遭遇了雪崩。曾山说马上派人来。阿左挂完电话，继续呼喊着昊昕。

在雪崩发生的一瞬间，昊昕感到雪面向下一沉，脚底腾空。他看到前方的雪面已经断开。昊昕嘴里刚冒出一句fuck，身体向后一仰，就像雪球似的滚下山。他试图把冰镐插入雪地制动，但整个人还是飞了出去。流雪灌进他的鼻孔和嘴里，几乎就要窒息。昊昕很绝望。他尽量舒展开自己的身体，不让积雪死死地埋住他，祈祷这一切尽快结束。突然，他的身体慢了下来，停在雪坡上。他吐出嘴里的雪，浑身颤抖。他努力深呼吸几下，让自己镇定下来。昊昕环顾四周，冰镐早就不见了。一同消失的还有阿左。昊昕开始呼喊阿左的名字。他听不到任何回应，"此时我觉得最坏的事情很可能发生了"。他拼命往下爬，一路呼喊，一路寻找。就在这时，昊昕听到了自己的名字。在那一瞬间，他差点以为是幻觉。他没有听错，是阿左在呼唤自己。昊昕的眼眶湿润了。

阿左差点以为昊昕挂了。当他听到了昊昕的回应，有种"彩虹出来、乌云消失的感觉"。阿左流下了眼泪，继续向上大喊着，昊昕，我还活着，我还活着。昊昕听到阿左的声音后，心想，无论怎样，至少阿左还活着。昊昕很快降到了搭档身边。与阿左相比，自己已经很幸运了，只被雪崩打落几十米。阿左从雪坡一直滚落到碎石坡，幸好背包和头盔保护住了他的脊椎和头部。经过了多次撞击后，阿左虽然浑身疼痛，但没有受重伤，而且意识还很清晰。阿左有些后怕，也感到些许侥幸。昊昕拿起背包，扶着搭档，继续往下撤。昊昕走了几步，浑身乏力，根本背不动背包。他只好一次次把背包扔下去，二人再慢慢挪到背包所在的地方，之后再继续往下扔背包。这段碎石坡是昊昕走过的最漫长的一段路。

快到傍晚了。空气里弥漫着雪雾，能见度逐渐变差。昊昕和阿左意识到，他们坚持不到大本营了。昊昕把阿左安顿在一块大石头处，帮他钻进睡袋。两个人濒临失温。如果能躲进大本营的帐篷里，这一晚会好过很多。昊昕决定独自下山寻找大本营。两个小时后,昊昕失望地回到搭档身边。阿左的衣服和睡袋上竟覆盖了一层雪。他知道阿左腰部无法发力,没办法翻身。昊昕看得很心酸。救援队要第二天才能进山,看来这一晚他们只能靠睡袋将就下了。

这一晚,阿左浑身疼痛,无法入睡。"我们互相回忆雪崩时的场景和感受,经历过生死的瞬间后,变得有一些唯心,庆幸我们这辈子没有做过什么伤天害理之事,所以大雪塘没有收了我们。"昊昕后来写道。这一晚,阿左和昊昕聊了很多。

昊昕聊起他的家庭。昊昕是青海西宁人。他比阿左要大三岁。小的时候,昊昕的父亲就离开了他和母亲。母亲后来患上了阿尔茨海默病。从小到大,一直是姨妈在照顾他和母亲。姨妈把他当儿子一样看。阿左也跟昊昕聊起了自己的家庭。原来两个人的家庭情况都差不多。阿左从小跟着爷爷奶奶过,跟母亲的关系若即若离。前一年父亲离世了。阿左聊起他高中毕业后的流浪,在各地打工,偶然加入了领攀,直到登山改变了他的生活。

雪崩过后的深夜长聊,让阿左和昊昕走入了彼此的内心。昊昕说,我想过要是这次雪崩中另外一个没活下来怎么办,要是喊了半天也没人答应怎么办,要是我挂了怎么办。"我家里还有一个妈,万一我挂了,要不你帮我照顾一下我妈。"昊昕对阿左说。

"没问题。我靠,这有什么难的。交给我好了。"阿左爽快地答应了。

8

与高考落榜的阿左相比，昊昕显然更适应中国的应试教育。他考上了西北工业大学机电学院的飞行器制造工程专业。他在西工大的王牌专业里只读了一年，就潇洒地退学了。他回到高中复读，改读文科，又考上了北师大的中文系。2005年9月的一天，昊昕独自拖着行李，来到北师大报到。他把行李放进宿舍，手忙脚乱地套不好被罩。最后在室友父母的帮助下，他才完成了这个艰难的任务。他把几件衣服挂在床沿上当作帘子，就钻进铺位上睡觉了。这便是昊昕留给室友们的第一印象。

"李昊昕身上有一种无所谓的气质，不管啥事只要差不多就行，挺懒散的。不是那种传统意义上的好学生。"昊昕的大学室友回忆道。在班上，昊昕很少参加集体活动，和其他同学一样赶作业，考试前临时抱佛脚。他喜欢喝酒，但并不喜欢喝醉。如果不是中学时期酒精刺激了皮肤，或许他的脸不会像现在这般满是青春的痘痕。昊昕很文艺，床边贴了一张唐朝乐队的海报。他喜欢摇滚，兴致好的时候，还能配着音响，来段电吉他。在宿舍里，昊昕与室友们一聊起姑娘就兴致勃勃。只要谈起他那丰富的情感经历，昊昕总会叼着烟说个没完，直到室友们都昏昏睡去也不停休。2009年，这名24岁的北师大毕业生结束了他青春时代的最后一段感情。

曾有个未经证实的传闻说，昊昕毕业后留校做了北师大中文系的讲师。有一天，他碰到班里有个男生正欺负女同学。昊昕出手替女生打抱不平，把男生的书包直接从楼上扔下去了。男生的家里有些背景，要求昊昕道歉，否则就别想在北师大做老师了。昊昕再次潇洒地离开了学校。

昊昕先是去太原工作，之后又回到北京，在二环边的西藏人民出版社做编辑。他依然热爱着音乐，把房间布置得像个录音棚，屋里堆着吉他、音响和打口碟。没过多久，昊昕就离开了出版社。他离职的理由不由得让人怀疑，他说，如果用文学谋生，我觉得玷污了它的美好。

昊昕的新工作让朋友们颇感意外。他去了三里屯的苹果店做工程师。iPhone4s刚发布没多久，苹果店里人山人海。昊昕给自己起了个英文名"Chuck"。"他跟我们显摆店里的小姑娘如何甜而哆地喊他Chuck哥。"昊昕的大学室友回忆道。很快，昊昕又离职了。他就像在用人生演绎一场行为艺术。他选择在乔布斯逝世一周年的那一天离开。离职的理由再次让人怀疑，他说，Today Steve Jobs lost his life, then I lost my job.（今天乔布斯失去了生命，而我失去了工作。）

昊昕这次没有再去找工作，而是和朋友们去了趟西藏。他时常念起拜伦的一句诗：无径之林，常有情趣；无人之岸，几多惊喜；岸畔崖间，鼓涛为乐；无人驻足，是为桃源；吾爱世人，自然甚之。《北京日报》采访了昊昕，在那篇名为《野孩子》的人物报道中，昊昕说："大自然给我的那种宁静，在城市中你无法找到。"这次，昊昕的这个理由倒很真诚。他留在了西藏。

昊昕加入了蔓峰户外探险旅行公司，定居在拉萨。王培嘉

（蹄子）就是在那时认识昊昕的。他第一次见到昊昕时，觉得这哥们儿特像韩国动画片里的那个倒霉熊。"感觉就是挺憨的一个人。没什么心眼。挺纯粹的一个人。"王培嘉说。西藏蔓峰户外探险旅行公司专做中国西藏与巴基斯坦喀喇昆仑山区的高海拔徒步活动。蔓峰公司还有个"千日寻峰"的探险计划：在三年内探索100座未知的山峰，并在探索过程中考察冰川消融的情况。昊昕和王培嘉都成了这个计划的领队。在做户外领队期间，昊昕的攀登技术没有太大长进，但是体能和海拔适应能力被操练得很强。他徒步至中国西部最瑰丽险远的地方：西藏的卓木拉日康峰、珠峰东坡嘎玛沟、希夏邦马大本营、库拉岗日大环线、克勒青河谷，还有巴基斯坦的乔戈里峰大本营。有时公司会提供一些预算，但更多时候，大家会贴点钱组团一起去。昊昕的存款就在这几年差不多都花光了。

昊昕和同事合伙，在拉萨的仙足岛开了家客栈。在这期间，他戒了烟，梳了个小辫。他有时睡在客栈里，打理一下生意，有时当个甩手掌柜，出去徒步探险。他的收入并不多，好在自给自足，也自由自在。朋友圈里的昊昕越玩越专业。在大学同学们看来，曾经那个吊儿郎当的少年，如今也开始严肃起来。昊昕甚至还上了《中国国家地理》杂志的封面，虽然那张封面只是他的一张小到几乎看不见的背影。

接触久了，王培嘉渐渐发现，看似潇洒开朗的昊昕，在内心深处也隐藏着一些忧虑。这些忧虑只有在极少数情况下才会隐现出来。有一次，公司团队在双桥沟攀冰。晚上，王培嘉和昊昕住在同一个房间里。房间里播放着许飞唱的《父亲的散文诗》。在这伤感的旋律中，昊昕突然说，我父亲就没有这么关心过我。

关于自己的家庭，昊昕提及最多的就是对姨妈的感激。他时常回家看望母亲。在朋友眼中，他很孝顺妈妈，但有时也很无奈。有一次，母亲的病情恶化，昊昕几乎要崩溃了。在医院里，戒烟许久的昊昕买了包烟，一根一根地抽起来。但过了一阵，他又出现在大家面前，就像平常一样，满脸兴奋地开着一些不正经的玩笑。

"我觉得有些东西他不想提，我也不会多问。有些他家庭的东西，很明显他是不想提，"阿左说，"有时候我还开开玩笑，我还说一说。他可能就不太想去说这方面之类的。"就连面对阿左这样的生死搭档，昊昕也不想把心底的忧虑都吐露出来。当然，大雪塘那一晚可能是个例外。

在死神的门槛上走了一道后，昊昕和阿左畅聊了一整个晚上。遭遇雪崩后的第二天中午，曾山、古古率领多名协作进山，刘兴、张宇等许多朋友也都来了。朋友们都吓坏了，有的人还流下眼泪。如果触发雪崩可以说是个人经验不足，那么在雪崩中苟活下来纯粹是靠运气。阿左头发散乱，眼神憔悴，膝盖还不能打弯。大家搀扶着他，颤颤巍巍地走下山去，再把他连夜送往成都医院。昊昕和阿左在山里待了五天，终于出山了。

在医院检查过后，阿左除了韧带拉伤，身体并没有太大的问题。这算是个不大不小的奇迹。总的来说，这次大雪塘的经历让阿左体验到了自由攀登的乐趣，昊昕也借此得以一窥阿式攀登的酣畅。他们想起了进山路上的野生动物们，将这条新路线命名为"野生动物园"。阿左有所收获,但也有所失去。他刚出山的时候,得知从小照顾自己的奶奶去世了。

阿左和昊昕回到成都后,开始复盘这次攀登。他们疯狂地反思自己的问题:到底是哪做错了?是攀登能力不足?攀登效率太低?还是没把控好风险?两个人成了固定的搭档。在这对搭档关系里,昊昕的攀爬能力相对较弱。他明白自己要变得更强。过完春节后,昊昕去了趟丽江老君山,专门练习传统攀。之后他又带领蔓峰的队伍,深入荒蛮的喀喇昆仑山区。他辗转到喜马拉雅,再从尼泊尔抵达印度。在这里,昊昕和女朋友度过了一段美好的时光。

阿左在感情上也有所突破。春天,当得知阿左要来上海治疗拉伤的韧带时,小树(王倜鑫)心里乐开了花。这可是个好机会。小树是在上海工作的白领,在一家营销咨询公司上班。几年前,在这名江南姑娘的生活中,唯一与探险的交集就是喜欢看户外电影。她已经连续三年参加山地户外电影节了。她被这些户外纪录片中的冒险气质深深吸引着。2014年底,小树赌气决定要让自己平淡的人生改变一点点。她报名参加了元旦的攀冰跨年活动。她来到四姑娘山双桥沟,第一次尝试在3000多米的高海拔攀冰,还认识了助教阿左和刘兴。

初见面时,她觉得阿左是个做事认真、可爱又腼腆的男孩。但也仅此而已。是后来的一张照片在小树的心里产生了化学反应。有一天,在领攀学校的微信群里,有人把阿左流浪时和在领攀工作时的前后对比照片发了出来。流浪时的阿左蓬头垢面、衣衫褴褛,稚气未脱的娃娃脸上,大眼睛亮亮的,闪着与少年人相伴的不安与彷徨；来领攀工作后，阿左穿着冲锋衣、拎着冰镐、戴着头盔站在山巅上，显得自信满满。大家在群里嬉笑调侃着阿左的蜕变。"那个时候我才知道，原来他之前经历很丰富，"小树说，"我觉得是那个部分让我对他产生了更多的兴趣。"

在之后的一年里，小树又报了两次领攀的登山课程。学员包括她在内只有两个人，教练也只有两个人。阿左成了小树的"私教"。在都日峰的雪山和勒多曼因的冰川上——当然还有私下里的微信聊天——两个人之间产生了一些朦朦胧胧的情感。小树很笃定他们之间的感觉不是凭空想象的，而阿左却很犹豫，迟迟不敢开口表白。他与其说是胆怯，不如说是恐惧。阿左总是会想，就我？人家凭什么会看上我？他害怕万一自己想多了，岂不是连朋友都做不成了。

也许那场死里逃生的雪崩让阿左更加珍惜这份情感，也许他依旧在被动地等待命运的安排，但当小树得知阿左要来上海治疗拉伤的膝盖韧带时，算是把他堵到家门口了。"我心想，好开心。"小树后来说。她找了各种理由——"你在上海肯定很无聊，我就给你送点书。"——时不时和阿左碰面。他们还相约去了上海自然博物馆，两个人逛了一整天。这是他们的第一次约会。

打一开始认识阿左时，小树就知道阿左身边最好的朋友是刘兴，阿左的固定搭档是昊昕。一直以来，昊昕的攀登目标——同时也是许多自由攀登者、阿式攀登者、技术攀登者的目标——就是幺妹峰。至于阿左，尽管他多次来到四姑娘山，

第四部　梦幻高山　　　　　　　　　　　　　　　477

眺望过宏伟的幺妹峰山体，却从没有被这座山峰所打动。"以前想都没敢想，以为它非常难，没有想。不想。就没有在那个考虑范围内。"阿左说。幺妹峰仅停留在阿左的视线与昊昕的憧憬中，直到古古用行动说服他们放手去实践。

这一年11月，自由攀登者古古和罗彪，在幺妹峰南壁上开辟了一条新路线"向导之路"。向导之路的名字源于旨在培养中国阿式攀登向导的CMDI。古古和罗彪都是CMDI的学员。罗彪曾以第一名的成绩毕业于首届CMDI，后来又与孙斌多次尝试攀登幺妹峰。第二届CMDI对公众开放后，古古报名参加了，而后作为培训班的教练，培养之后几届的学员。

早在1999年，古古就在四姑娘山见到了幺妹峰，"当时就在心里对自己说，总有一天要去攀登这座山峰。幺妹峰对我起了很大的转折作用，仿佛一下子找到了人生的方向"。这名重庆的小个子后来又完成了许多了不起的攀登成就，他也许是被金犀牛奖提名次数最多的攀登者：2007年，古古与彭晓龙搭档，完成了婆缪峰的"自由扶梯"路线，拿下了那一年的金犀牛最佳攀登成就奖；2012年，古古与搭档重复攀登了布达拉峰首登者的路线"达赖喇嘛"，成为首位登顶布达拉峰的中国登山者；2013年，古古与王二、邱江、张勇等人搭档，开辟了双桥沟鹰嘴岩的新路线；2014年，古古与搭档开辟了鲨鱼峰的新路线；2015年，古古与王二等人搭档完成了华山南峰的大岩壁攀登。于古古而言，2016年的幺妹峰攀登与其说是个严肃的挑战，不如说是一次水到渠成的过程。

古古从来没有固定搭档，就像个无踪无影的游侠。古古也没有固定的工作，只是偶尔帮领攀教课。这一年，完成了幺妹峰之后，古古就留在双桥沟，继续给领攀带攀冰课程。古古和阿左住在了同一个房间。那几天，古古不停地对阿左说，以他现在的能力，完全能胜任幺妹峰的攀登。阿左有些被说动了。两天后，昊昕也来进沟训练。古古又游说着这对年轻的自由攀登者，你们两个去爬一下幺妹峰，可以的，没问题。

古古的话就像个钩子，把隐藏在昊昕心底的攀登欲望勾了出来。昊昕和阿左商量着，或许他们真的可以试试幺妹峰。

9

伴随着一代代自由攀登者的传奇叙事，幺妹峰成为国内极少数一撮人心目中的殿堂级山峰。然而，成都平原的百姓们，大多只知四姑娘山，却很少听过幺妹峰的名字。早在2008年7月，幺妹峰就从海市蜃楼的都市传说中，短暂地出现在市民眼前。囿于成都市较为严重的空气污染，在成都遥望到雪山的概率很低。每一次遥望，就好像目睹了一次罕见的天文现象。

2013年5月的一天清晨，成都七中的教师李沐月正在教室里给学生们上课。当时学校所在的成都高新区还是一片大空地，五楼教室的视野非常开阔。李沐月不经意地一瞥，"发现远处雪山隐隐，一峰突起，峥嵘轩峻，甚为惊异"。一排排高楼之上，是一群气势磅礴的雪山。群山之上是一座宏伟的巨峰。在此之前，他以为"窗含西岭千秋雪"只是艺术的夸张，至此才知杜甫的诗句原来是写实。李沐月停下教课，带领学生们排队遥望雪山，颇有当年西南联大教授陈岱孙让学生们"停课赏雨"的风范。

在此之后的数年里，成都市民们遥望雪山的频率越来越密集。直到2016年的一天，幺妹峰以一种壮丽而奇异的方式，惊艳了成都约1800万市民。

连续10天的大雨过后，7月14日这天的天空中还残留着最后的雨水。午后，云雾渐薄，天空变得澄澈干净。200公里外的幺妹峰缓缓地出现在人们的视线之中。到了傍晚，灰蒙蒙的天空焕发出热烈的彩色。等到所有成都市民都意识到这前所未有的天象时,他们纷纷抬头仰望。

头顶上的云层染上了火焰般的颜色,燃烧了整片天空。远处孤零零的几栋高楼之外,是大雪塘的庞大山体。在这彤云的映衬下,华西雨屏、太子城、九顶山等几座大山依次显露出来,呈现出靛蓝色、浅灰色的远山淡影。在万山之上,便是那6000多米高、宛如金字塔般的轮廓,幺妹峰。一架飞机出现在人们远眺的视线中。在幺妹峰的庞大山体的衬托下,这架民航客机就像一片被吹向空中的落叶,显得微小而纤弱。飞机飞过,天空中的火烧云渐褪成了金色,世间万物都被镀上了一层金箔。多彩的霞光在宝蓝色天空中显得如梦如幻。霎时间,幺妹峰宛如一尊佛陀,山体背后的云隙间散射出道道金光,挥洒数百里。

这场雪山盛宴从7月14日中午,一直持续到第二天早上。一晚过后,清晨的天空变成了淡紫色。这紫色映在或近或远的幺妹峰东壁上,把它染成一面浅浅的粉白色山壁。幺妹峰静静地矗立在天边,仿佛在告诉人们,昨晚的奇观并不是幻觉。一夜之间,天与地,人与山,近与远,东南与西北,时间与空间交错在一起。这场成都市民专属的雪山盛宴来得有些突然,但在约1800万人口的见证下,在成都遥望雪山不再是传说,而幺妹峰也在媒体报道与众人的目睹中,成为广为人知的著名雪山。"7·14"成了标志性的一天,幺妹峰从小众的登山群体正式走入主流视野当中。

2016年,成都市政府大力防治城市由来已久的大气污染问题,这座雪山城市的真容变得清晰起来。自那之后,每一年雨季，在每一个澄澈的清晨，只要站在成都的高楼上，几乎都可以遥望到远处的大雪塘群峰与身后孤高的幺妹峰。

对于自由攀登者而言，幺妹峰或许是书写传奇的地方，对于自由攀登者的亲友而言，幺妹峰可能是噩梦的发生地。"我对于幺妹峰的印象是不好的，"小树说，"因为我2014年底去攀冰的时候，他们（柳志雄与胡家平）刚刚出事。所以我一听到山峰的名字，一开始建立在一个不好的印象里。"小树跟男友聊过几次之后，才稍微放心下来。阿左看待攀登的方式理性而又成熟。在这期间，小树对探险与攀登理解也产生了变化。她换了一份工作，从上海搬到广东，成为肯道尔国际山地电影节的一名员工。

阿左和昊昕确定了幺妹峰的攀登目标后，开始频繁出入岩馆训练。他们常在傍晚去成都大悦城的大松果攀岩馆。爬之前，先在楼下的汉堡王买个他们最爱吃的甜筒，就当作晚饭。两个人再泡在岩馆里训练一个晚上。阿左和昊昕分析了自由之魂、解放之路等路线，认真总结前人的经验与教训。他们还爬了一次四姑娘山三峰，站在山顶近距离拍摄幺妹峰南壁清晰的照片，回来后放大细节，分段研究。阿左认为，一直以来幺妹峰都被神化了，"给我感觉是它被吹得太高了"。

2017年夏天，阿左的爷爷去世了。阿左也做了个小手术，心情陷入低谷。雪上加霜的是，他还和领攀学校的管理层闹了矛盾，一气之下辞职了。辞职的时候，他的存款只有一万多块钱，"就一直很惶恐，我靠什么收入，干什么挣钱"。

昊昕的经济情况更为紧张。一年前，为了和女友的婚事，昊昕在成都贷款买了房子，每个月都要还贷款，偶尔还会向本就很拮据的搭档借钱周转。后来女友的父母不同意这门婚事，两个人断然分手了。昊昕总是念念不忘，每每喝醉时总会想起那个姑娘。他把情场的不甘化作了攀登的动力，时常念叨着"我他妈就要爬个幺妹"。然而在大醉酒醒之后，房贷还要继续还。昊昕决定离开蔓峰公司，留在成都找点事情赚钱。

这对攀登搭档凑在一起，一边感叹最近的遭遇，一边商量着，我们要不要一起做点什么。他们想来想去，或许可以成立一家影像工作室。除了攀登，影像是二人共同的兴趣。昊昕在做领队的时候，就掌握了一些拍摄的技能。阿左前一阵用年底的提成，一咬牙买了一台单反相机——这是他目前为止最大的一笔花销——并开始学着拍摄和剪辑。阿左和昊昕注册了个工作室，名叫"梦幻高山"。

"'梦幻'好像是我想出来的，这个感觉和我们挺相似的，和我们正在经历的这些事情，"阿左说，"而且高山本来就给人一种梦幻的感觉，不管是它的光影、云雾，不管是你有没有去过的地方，它总是不会给你一种一成不变的感觉。"

梦幻高山的名字定下来后，他们开始设计工作室的logo。阿左在网站上搜了很多素材，最终找到了一张很酷的照片：幽蓝的冰川浮在海中，四分之一浮在水面，四分之三深入水中。他想起了每次和昊昕去攀岩之前吃的甜筒，便把水面上的冰山变成了个冰激凌，把水面下的冰山设计成了甜筒。梦幻高山工作室的英文就叫"ICE CREAM STUDIO"。这对爱吃甜筒的大男孩满心希望，梦幻高山工作室的攀登与影像两手都要硬。

梦幻高山最先硬起来的是攀登。与前辈们相比，这两名年轻一代的自由攀登者有很多劣势：他们都没爬过6000米高的山峰，他们也没有开辟足够多的新路线。但他们的优势也很明显：阿左拥有两名登顶过幺妹峰的顶尖登山导师——曾山与古古；他们充分掌握了过去十五年来前人的成功与不足——"我们把以前所有人的攀登报告都看了"；他们综合前辈们通常选择的好天气窗口期——"我们选的天气是安全的"；他们还运用了前辈们无法想象的现代科技——无人机——提前侦察绝壁上的每一处地形；他们现在的攀爬能力也完全胜任每一段路线的难度——"对于我们现在单段的能力来说，应该是没有难点"；他们在探险公司的经历足够丰富，具备了在任何陌生地形下降的能力，得以全身而退——阿左在领攀磨炼了四年多，昊昕稍弱，但也在高海拔山区带队徒步了四年；他们还有足够充裕的攀登时间，放慢节奏，每天早上"太阳都晒屁股了"才出发；他们没有太多功利心，攀登不是为了名利，"不行就撤"。

2017年11月9日这一天，阿左最先站在了幺妹峰的顶峰。等昊昕到顶后，他和搭档一击掌，再开心地呈大字形躺在山顶的雪地上。他们在"解放之路"的旁边，开辟了一条幺妹峰南壁新路线。过去一年来，他们看过无数次幺妹峰的照片，如今终于站在了山顶上。阿左随身带了一张小树的照片，几天后就是女朋友的生日。阿左在顶峰给小树录了一段视频，在生日那一天发给了她。

小树正提心吊胆地在深圳上班。她密切关注着阿左和昊昕的攀登进度。她得知登顶的消息后，立即买了第二天一早的航班，飞到成都，落地后包辆车来到四姑娘山镇。等阿左和昊昕安全撤到山下，小树已经在山脚下等着他们了。小树见到男友后，二人亲密地拥抱在一起。昊昕在一旁看得有些酸。

阿左和昊昕的幺妹峰新路线"The View"产生了巨大的影响力，更甚于一年前的"向导之路"。这次攀登获得了当年的金犀牛最佳攀登成就奖。颁奖辞是这样说的："幺妹峰作为阿式攀登水平的标杆，阿左和昊昕完成幺妹峰南壁转西南山脊路线，展现出了全面综合的攀登技能与水平。不仅代表中国新生代攀登者的力量，同时也让人们看到中国攀登一直在努力进步，而且必会越来越强。"孙斌在领奖台上，把奖杯颁给了阿左与昊昕。这是阿左的第二个金犀牛奖。

这两名85后的年轻攀登者几乎一夜之间就成了登山界的明日之星。大量的媒体采访向他们涌来。有一天，阿左和昊昕又像往常一样在岩馆攀岩。一位父亲领着女儿过来了。父亲指着两个人对女儿说，看看这个就是阿左、昊昕。快，让他在你衣服上签个名。阿左心想，我靠，不至于吧，不签了吧。最后阿左架不住这位父亲的热情，有些尴尬地在小姑娘衣服上写下自己的名字。

"感觉好像大家都认识你，就一下子很多人认识你，"阿左说，"当然在这个基础上，因为很多人认识你了之后，我们随便一说在拍东西，肯定更多人知道你在拍东西，机会就多了起来。"梦幻高山的攀登硬起来之后，视频拍摄的项目不时会找上门来，刚开张的工作室也迎来了生机。

阿左并不觉得登顶幺妹峰对他的人生产生了什么深刻影响，

仅仅把它当作攀登进阶之路上的一个节点。小树却认为那是阿左人生的转折点。凭着对自身能力的评估、对环境的把控，他们出奇顺利地完成了一座国内寥寥数人登顶的山峰。阿左变得更加自信了。"他不是那种膨胀的自信，而是他对于自己的攀登水平和能力的非常有利的证据。"小树说。

与以往不同的是，这次阿左与昊昕没有写幺妹峰攀登报告，而是利用一路上拍摄的视频素材，剪辑成了一部15分钟的纪录短片 The View，发布在了视频网站上。这有可能是当时最清晰的攀登幺妹峰南壁的影像。观众跟着这两名年轻的攀登者领略了幺妹峰的风姿。其中点赞最高的一条评论是："有的人爬个珠峰都能上热搜，上新闻，结果爬幺妹峰的真大神居然没人关注，关注了关注了。"

在"大神"的呼声中，这对搭档自然很享受这种虚荣与关注。但阿左始终保持着警惕。他认为幺妹峰的难度在民间被捧得太高了，以至于他们登顶之后，很多人觉得他们是大神。每每此时，他都会倍感惶恐，让对方"不要这么说"。然而这种警惕只会被大家误解成另一种谦虚。阿左的谦逊、活力与腼腆，连同他与生俱来的形象气质，迅速让他成为新一代的登山偶像。

幺妹峰的顶峰曾是昊昕可望而不可即的地方。如今，他和阿左第一次尝试竟然就成功登顶了。他徒步过很多险远的路线，也领略过很多险峻的山峰。从前，他一直在山脚下抬头仰望。如今，他试着站在山顶俯瞰。曾经在喀喇昆仑山区瞻望过的一座座野蛮巨峰，似乎也从不可能变得充满了无限可能性。

10

2016年秋天,李宗利、迪力夏提和小海三人正式向贡嘎主峰发起冲击。攀登到第四天,他们爬到了海拔6700米的高度,距顶峰还有800米。这天晚上,三名攀登者在疲惫中睡去了。帐篷外狂风呼啸。

半夜12点,贡嘎山上的高空风把整个帐篷——连同帐篷里三个加起来有200多公斤重的大男人——硬生生吹飞了起来。帐篷被挪动了半米以后,三名攀登者瞬间清醒了。眼看帐篷就要滑入悬崖边,他们立即把帐篷杆折断,拼命挖着雪坑。帐篷还在往下滑。他们死死地抓着被折断的帐篷,不让身体被狂风吹飞。

这时,李宗利耳边传来了藏语的六字真言与穆斯林的祷告。他一边用身体拼命压住帐篷,一边凝听着小海与迪力夏提的祈祷,却不知自己该向哪位神灵求助。

这一晚狂风不止。天亮后,大家开始清点装备。帐篷被撕开个口子,重要的装备都还在,唯有小海的一只高山靴被吹飞。李宗利给小海的脚上包上四层厚袜子,三个人开始苟延残喘地撤下山去。这只是李宗利登山生涯中许多个惊险瞬间中的一幕而已。

在小海心目中,李宗利是他认识的唯一一位有所成就的自由攀登者。这名登山者所经历的那些惊心动魄的故事、身上压制不住的霸气与凌厉、常人少有的自律与执行力,全都令小海敬佩。小海刚来到自由之巅时,他的目标不是哪座具体的山峰,而是面前的老师。"我想成为李宗利。"小海说。

如今，小海已经在"成为李宗利"的路上走了两年了。登山公司的同事们来了又走，只有他和老师顶住了自由之巅的招牌。小海越来越熟悉李宗利的个性。这是一名能把员工骂哭的老板，一名骄傲到有些自负的攀登者。小海说，李宗利从不会等到完成一个成就之后，才认为自己比别人厉害，而是打心底知道他比别人要厉害，"锋芒毕露都不足以形容他了"。

李宗利偶尔也有柔软的时候。每当在学生面前提起小柳以及小柳的父母，这个男人的眼眶就有些湿润。他总觉得有些愧疚。小柳那两年进步太快了，作为老师，他没有及时发觉、并拉住小柳。"可能他总觉得这是导致那个事故的原因。"小海说。每年，李宗利都带着礼品去湖南看望小柳的父母。然而在不熟悉的人面前，李宗利总是把这份柔软紧紧地——用佯装愤怒与转移话题的方式——包裹在心底最深处。

也许李宗利把这种愧疚之情，加倍补偿到了小海身上。在每一座山峰、每一年冰季，李宗利都手把手悉心教学。小海本就带着年少时的热情而来，再加上身体条件出众，进步非常快。小海对这种生活原本很满意，却在2017年夏天突然离开了自由之巅。他回家的理由很朴素，也很现实：工资太低了，只有两千多。李宗利对他说，你先不要辞职，先回家休息几个月吧。这一年，李宗利攀登贡嘎山的计划暂时中断。

小海回家待了小半年。有一天，小海在家里看到一则新闻，捷克登山者登顶了贡嘎主峰，距上一次人类登顶这座巨峰已经过去十五年了。登山圈的各个微信群里热议着这次攀登。小海刚看这则新闻还不到半个小时，就接到了老师打来的电话。李宗利在电话里说，操，小海，你看见捷克登顶了吗？你要不回来训练？这个山我们也可以登顶的。小海瞬间就被点燃了。李宗利的贡嘎山之梦，也传递到了小海的心里。

年底，小海回归了自由之巅。公司已经搬到了成都温江区的大别墅里，还来了不少新人。自由之巅俨然蜕变成了一支全新的团队。李宗利正忙着贡嘎山的训练，根本教不过来，索性把这些新生全都抛给小海去教。在双桥沟里，小海每天开车拉着一帮新生，带他们学习基本的攀冰技术。他成了自由之巅的大师兄。他是公司里唯一敢跟李宗利顶嘴的人，在旁人看来两个人吵得耳红脖子粗的时候，那只是他们在聊天而已。

自由之巅就像个小型的袍哥组织。每次做完大型活动之后摆的一道"生死局"——一直喝到死为止——是自由之巅最有代表性的社交方式。小教练们都沾染着一些李宗利的江湖气息。李宗利从前剃个青皮短发，现在又留起了中长发，在脑后扎个辫子，露出饱满的额头。他身材精炼，眼神凌厉，如果不是脖子上挂着一长串念珠、脚下踩着布鞋，倒更像是个综合格斗运动员。开会的时候，他偶尔还敞着怀，坐在长长的木质办公桌前的头把交椅，招呼员工为"兄弟们"。兄弟们也给这位大哥和老师长脸，抽烟、喝酒、打架、爆粗口无一不精，再对比这些稚气未脱的脸，多少有些错乱感。在冬季的双桥沟，自由之巅的员工永远是最热烈、最社会、声势最浩大的一帮人。

在刃脊探险解散之后，成都涌现出了大大小小的登山探险公司。许多小型的"野鸡"公司，常年以低价为卖点，带领手头紧张的客户们体验简单的高海拔山峰。如果不幸发生事故，客户的生命连同公司主体都濒临危险。到了21世纪10年代后期，自由之巅和领攀在大浪淘沙中成为川内为数不多的正规军。如果说自由之巅凝聚了一帮江湖气息的年轻攀登者，那么领攀就好像是自由之巅的反面。领攀的年轻教练们不喜言语、沉静内敛，把所有的想法与情感都掩藏在内心之中。最让自由之巅的兄弟们受不了的是，领攀的小伙子们竟然不怎么喝酒。"他们很严谨，在我看来甚至有点古板。"小海说。每当遇到领攀的团队时，小海等人看着内向的阿左、刘兴、刘峻甫，甚至会怀疑，这帮人在山上会跟客户交流吗？

两家公司的领袖，曾山和李宗利同为凯乐石签约运动员。他们一开始关系处得不错，遇到大型活动人手不够的时候，甚至还互相借调兵马。小海就是这么认识刘兴的。在小海看来，刘兴是典型的领攀风格。有一次，李宗利组织了大型活动，再次急需用人，刘兴就被借调过来。小海和刘兴共事了几天，就觉得刘兴跟他竟然是同类人，选择这份职业不是为了单纯赚钱，而是选择了一种信仰。"你见到这种人就会有点惺惺相惜的感觉。"小海说。

2018年初，刘兴和阿左搬出了他们俩租的房子，和成都登山圈子里的几位好友合租。在这间三居室的房子里，阿左自己住一个房间，自由之巅的二师兄华枫和女友晶晶一个房间，刘兴和Ken（何锐强）住在一个房间里的上下铺。再加上时而来成都的小树，还有频繁来串门的昊昕，这间屋子里总是热闹而欢快。

在这间屋子里，Ken原本是最不可能加入这帮小圈子的人，他一直生活在另一个世界。Ken是地道的香港白领，说着不太标准的普通话。他在香港一家IT公司做网络工程师。每天清晨6点多，他就要告别父母和两个弟弟，拎上公文包，西装革履地从家里出发，匆匆赶往公司去上班。他每天24小时待命，没有真正意义上的下班时间。只要接到英国公司总部打来的电话，哪怕是在半夜，他也必须立即上线解决对方的技术问题。他每天只能睡几个小时。好在他的年薪有60万港币。这在香港白领当中比较普通，但对于后来一起合租的这帮朋友而言——Ken的年薪几乎是阿左等人的20倍——已经算得上富豪了。他已经为这家IT公司卖命工作了五六年。"他们愿意付钱买你时间。"Ken说。

每年年假是Ken唯一感到自由的时光。他背上背包，来到大陆，畅游祖国的大西北地区。2014年底，他在一篇公众号文章里偶然发现了领攀，这家登山学校即将举办一期元旦攀冰培训活动。Ken报名参加了。这是他第一次攀冰，他成为班上爬得最好的学员之一。他还认识了班上的两名助教，刘兴和阿左。Ken私下里跟刘兴交流很多，两个人聊着彼此的家庭、生活与工作。回到香港后，Ken还常常和刘兴保持联络。

这次双桥沟攀冰改变了Ken之后的生活。"感觉就好像是一个导火索，本来之前就已经有想法，现在这种工作是不是要继续或者我能走下去多久，已经开始有些疑问，"Ken说，"接触了攀登以后，这个想法会更强烈。"回到香港后，Ken开始练习攀岩。他在紧张的工作中争取抽出一点点时间，跟朋友去香港的岩场野攀。有一次，刘兴来找他玩，Ken还请假带他去了香港各大岩场攀岩。Ken越热爱攀登，就越厌倦工作。他在心里挣扎着。这种情绪积蓄了一年多，最终爆发了。

Ken决定给自己半年时间。在这半年里，他尽情做自己喜欢的事情，放开了去攀冰、攀岩、登山。父母知道后非常不理解，甚至是愤怒，但Ken还是执意来到了成都。到了成都后，Ken暂住在华枫和晶晶的家里。除去孝敬父母的部分工资，他卡里还有几十万存款，足够他放纵半年时间而不用担心钱的问题。大不了回去再赚。他报名了领攀学校里所有的课程，和阿左、昊昕等人去四川各处攀登。

Ken只比昊昕大了两个月，他惊奇地发现，昊昕竟然还和自己的弟弟同一天生日。他觉得昊昕激情满满，这名同龄人很容易带动起气氛。但大多数时候，Ken把阿左和昊昕的组合当作一个整体来看，有阿左的地方就有昊昕。这一年年底，阿左和昊昕完成了幺妹峰之后，Ken也非常兴奋。"就感觉他们牛，很牛，"Ken说，"一开始可能没有这么强的感觉，但是他们真的登顶了以后，就开始感觉，哇，他们真的好牛。"

在四川的这半年时间过得格外快，Ken彻底沉迷在攀登的世界中了。他看着卡里剩余的存款，对自己说，OK，再给自己半年时间。他又续了半年。之后又是半年，半年，半年。他的存款不多了。他与阿左、刘兴、华枫、晶晶等好友合租了三居室的房间。刘兴成了睡在他上铺的兄弟，两个人平摊700元房租。

Ken偶尔回香港看望父母，每次见面他们都要大吵一架。他有时会安慰自己，幸好家里还有两个弟弟，否则压力就更大了。

他的父母满心期望，儿子出去玩一阵很快就能回家，回到那个安稳的环境中来。到后来父母已经有些麻木，或是绝望。Ken在心里挣扎着：到底是要遵循父母的意愿，还是追逐自己理想的生活。他最畏惧的不是父母的愤怒，而是他们的哀叹。每次与家人争吵后，父母总会用失望的语气说，好吧，我管不了你，你好自为之。"他们对我、对我这个儿子的失望，其实对我来说才是最难受的。"Ken说。

Ken的存款就快花完了。他加入了阿左和昊昕的梦幻高山团队，学着拍摄和剪辑，并尝试以此谋生。阿左非常佩服Ken哥。这间三居室里的朋友们要么是四川人，要么是常年生活在四川的登山者。只有Ken跳出了自己的舒适圈，放弃了香港的高薪工作，定居在他乡，一心为了攀登。"我觉得这是一个很难的决定，很不容易，"阿左说，"到一个陌生城市，而且本来香港人在内地很多地方不顺利，我们一起经常出去，他经常很恼火。"Ken至今也无法适应川菜，在川西地区住宾馆时还常常遇到麻烦。还有一件事让Ken无比烦恼：他虽然上遍了领攀学校的课程——他的存款大多花在这里——但他的攀登水平提高得并不快。

尽管如此，Ken还是愿意留在这里。他和朋友们在这里过得很快乐。"当时那个房间，是我觉得最喜欢、最理想的，"Ken说，"在成都的朋友都会过来，到我们家，去聚一下。我们家的客厅就好像变成了一个Base Camp（大本营），大家会过来聚餐，或者吃完饭就到我们家聊天。"

只是，Ken发现，虽然刘兴和他拼了一间房，还睡在了自己的上铺，但他们俩反而没有之前那么无话不谈了。刘兴的生活重心总是围绕着领攀学校，跟着曾山前往一个又一个的山区做培训，带客户攀登一座又一座的商业山峰。这似乎给朋友们营造出一种错觉：这名沉默寡言的年轻人是个没有太多自由攀登欲望的人。大家似乎都忘了，当年刘兴加入领攀的初衷就是为了攀登。

当朋友们后来努力回忆起关于刘兴的点点滴滴，当曾山后悔为什么不多与这位学生谈谈心，大家才意识到，似乎没有一个人真正走进过刘兴的内心世界。

11

朋友们后来才知道刘兴和马科斯一起去攀登了日乌且峰（海拔6376米）。这座位于贡嘎山域深处的山峰曾吸引了米克·福勒、老布等世界级登山家。在2018年的某个时间点，它也吸引了刘兴。当曾山突然得知刘兴和马科斯搭档去爬日乌且峰时，他非常惊讶。他并非惊讶于刘兴选择了这座颇有难度的山峰，而是惊讶于刘兴竟然选择和马科斯搭档。"突然跟马科斯走，就好像他想证明他自己怎么样，"曾山说，"突然爬6000米的山，他真的没有什么6000米的经验。"

曾山第一次接到电话时，马科斯在电话里说，他们已经登顶了，但刘兴在顶上已经"有些垮了"。冬天，在贡嘎山域深处，6000米绝顶上的寒风能把人撕碎。曾山告诉马科斯，在山顶上挖个雪洞，让刘兴在雪洞里避风，再给他一点吃的东西，把他放在睡袋里。

曾山第二次接到电话时，马科斯在电话里说，刘兴好一点了，他能说话，还能站起来，他们要尽快撤下山。曾山体会过那种极端恶劣的环境，每一秒钟都像是在地狱。"当时晚上他们在顶峰，你知道什么样子，6000米，11月份。我天哪。"曾山说。也许马科斯担心他们俩都因失温而死掉，他和刘兴决定立即撤下山。

曾山第三次接到电话时，马科斯在电话里说，在下撤不久后，刘兴就不行了。刘兴死在了他的怀里。曾山流着眼泪听完马科斯的电话。

深夜,曾山把这个噩耗告诉阿左。阿左接到电话时,"大本营"一家人正其乐融融,唯独少了刘兴。阿左接完电话后,把Ken拉到了房间里,说,Ken,我要告诉你一个事情,刘兴他们去爬日乌且峰,但是他们出事了……阿左话还没说完,Ken已经思绪万千:出事了?出什么事?我们要不要去救援?阿左接着说,刘兴死了。

刘——兴——死——了。这几个字彻底把Ken震惊住了。"这句话简直是让我惊呆了,就完全是空白了好几秒时间,才反应过来。"Ken后来说。在这几秒钟里,他想过无数种可能,其中一种几乎不可能的可能是,阿左在开玩笑。可眼下这气氛完全不像。更何况阿左,以及任何一名攀登者,绝不会拿这种事开玩笑。愣了几秒钟后,Ken流下了眼泪。

阿左给远在深圳的小树也打了电话。阿左在电话里说,刘兴出事了。认识阿左以来,小树从来没有见过他如此惊惶。"我当时也很天真,或者说我其实不愿意往那个方面去想,我以为的出事就像他当年大雪塘那种的出事,"小树说,"他也没有在电话里直接跟我说刘兴走了,但是听得出来,他电话里面的声音是在颤抖的。"她明白,一定是出大事了。阿左还告诉她,他和曾山、古古、Ken、刘峻甫等领攀教练,计划分批赶往日乌且峰。小树依然以为,他们是去营救刘兴。其实,这是一次搜寻行动。

阿左与Ken几个人一晚上都没有睡着。他们搭上第二天凌晨的飞机,飞往200多公里外的康定,下了飞机后直奔贡嘎山区,又辗转来到了日乌且峰脚下。大家已经非常疲惫了。但在曾山的指挥下，几名攀登者甚至都没有适应海拔，直接冲上山顶，"都是solo上去，直接solo快到顶了"。他们找到了刘兴的遗体，把他带到山下的冰川，安放在冰裂缝之中。刘兴最终留在了日乌且峰。

几天下来，曾山不知不觉老了许多，就像个60多岁的白胡子老人。领攀教练刘峻甫观察到，平时曾山经常刮胡子，而且刮得很干净，很显年轻。这次在山上久了，曾山下巴上的胡须都长了出来，似乎一夜之间苍老了许多。

阿左也注意到，到了最后几天，曾山的声音变得异常沙哑。阿左还注意到，等大家撤回山脚下的大本营，曾山本想去弄点吃的，却累得几乎瘫倒在地，看起来孤独而悲伤。

在近三十年的攀登生涯中，曾山从未在攀登过程中出过严重的事故，无论是他本人还是搭档。眼下，他的学生刘兴却在攀登中遇难了。这对于这名致力于做登山培训与技术传承的中年人来说格外难受。曾山还非常愧疚。他一点也不了解刘兴。反而是在刘兴走了以后，曾山通过他的父母和朋友才深入了解这名学生。

一行人从日乌且峰大本营回到了成都的大本营。Ken走进他和刘兴的房间。在推开房门的一刹那，他以为刘兴还躺在上铺，正玩着手机。Ken晃了晃神。原来上铺是空的。"完全接受不了，"Ken说，"我还没习惯过来，每次进房间或者每次睡觉的时候，还是觉得刘兴在上铺。"

小树得知刘兴遇难的确切消息的时候正在上班。她坐在办公室里，眼泪不住地往下流。"第一次经历人生当中有比较密切的交集，就是跟你生活在一起（的人离开），"小树说，"你心里面有很多疑问，然后又很遗憾。可能没有人给你答案。事情就是这样。"

日乌且峰山难没有事故报告。刘兴的遇难留下了许多疑问：他为什么执意要爬日乌且峰？为什么几乎所有的朋友都不知道他的攀登计划？最重要的是，导致他死亡的原因到底是什么？曾山从马科斯那里了解到攀登过程，推测出刘兴是因体力耗竭，进而造成失温，最终失去了生命。曾山说："从后面我听马科斯说的，他们不应该到顶。他们应该提前下撤。我觉得刘兴push themselves too far（把自己逼得太过了）。我不知道为什么会这样。因为我觉得他应该是很保守的人。"

曾山认为，马科斯是一名非常强悍的攀登者，事实上，在这对搭档关系中，马科斯过于强悍了。也许刘兴一直在拼命跟上马科斯的节奏——或是要证明自己能跟得上。最终，他被这种"证明自己"的心态吞噬了。也许他太渴望能像阿左和昊昕一样，自主开辟一条新路线，完成一次精彩的攀登。在愈加疲惫的攀登过程中，刘兴的身体状态呈恶性循环，而马科斯却忽视了这点，直到刘兴的身体逐渐濒临那个临界点。"最后刘兴完全不行的时候，他垮在那儿了，马科斯like, oh, my god, what do I do？"曾山说，"然后马科斯没有能力去照顾他。他也不知道怎么办。"

朋友们若是把心中的遗憾、不解和愤怒宣泄到某个人身上，比如幸存者马科斯，或许心里就好受多了。然而他们不能。从刘兴和马科斯决定搭档的那一刻起,二人都默认了一个前提。这个前提也是所有自由攀登者们的共识。严冬冬曾在《免责宣言》中将此清晰地表述出来:他们理解登山本质上是一项危险的运动;他们清楚在极限环境中搭档"无法保证总能做出恰当的反应和举动";他们认为搭档不应为此承担任何责任。曾山说,如果决定去这样的山峰攀登,那么就不能有"我要依靠你,你要带我"的想法,攀登者之间完全是平等的,百分百为他们自己负责。

虽然登山者要为自己的选择负责,但选择的恶果却再次由登山者的家属承担。关于登山者自私性的话题争论不休。在中式家庭里,这个矛盾又被无限放大。过去几年,一些学生的父母找到曾山,希望他不要再教自己的孩子登山了。曾山往往先用他的中式经验安慰这些忧心忡忡的父母,他可以培养他们用最安全的方式去攀登。同时,曾山也用他的西式理念恪守着自己的底线,坚定地告诉他们:他是一名登山者,登山与培训登山是他喜欢的事情,他不可能放弃。

"如果你放弃很喜欢的事情,我觉得这一个人身体里的某个部分就死掉了。你变成了不完整的一个人。我相信登山也是一样的,"曾山说,"如果一个人喜欢去登山,就让他去登山。如果父母不让他去登山,我觉得不让子女追逐他们热爱的事情,是非常自私的行为。"

曾山热爱中国的山峰、汉语、川菜与教育方式,他唯独不认同父母以自私为名干涉子女的热爱。曾山的母亲贝西也像中国的父母一般担惊受怕,从来没有支持过曾山的攀登生涯,但她亦没有阻止过甚至都没有把这种焦虑表达出来。"她知道不应该阻止我做这件事情,因为正是热爱才让人变得更加完整,"曾山说,"如果我阻止了我的女儿去做她热爱的事情,我觉得这才是真正的自私。"

由于刘兴的遗体无法被带下山,派出所无法开具死亡证明,保险公司也没有顺利理赔这起案件。这在后期引起了巨大的法律争议。过了很久以后,刘兴的家属才拿到保险赔偿。"当时我们没有把刘兴运下来,我们现在挺后悔的。"阿左多年以后说道。

阿左和昊昕见到刘兴遇难后纷扰繁杂的官司,不禁想起身为一名自由攀登者,说不定未来有一天自己也会葬身于大山。他们俩都觉得,"葬哪不是一样,这个无所谓"。同时,这对搭档还与彼此约定好:"如果我死在山上,要是保险需要我下来,你就帮我从山上搬下来。如果保险不需要我下来,你就不用管我。"

刘兴走后,朋友们把他的一张照片放在大本营的客厅里。在之后的几年里,这张照片一直陪伴着他们。刘兴的攀登生涯就像他的名字——流星——一样短暂。他甚至还没来得及实现埋藏在心底的攀登理想。从攀登的角度考量,他生前的最后一次攀登,日乌且峰新路线,也是他一生中唯一的攀登成就。虽然这次攀登并不完整:刘兴没有活着回来。

在刘兴离开后的一周,昊昕发了条朋友圈。他引用美国登山家海登·肯尼迪(Hayden Kennedy)曾经说过的一段话来纪念刘兴:

"过去的几年间,每当有朋友志存高山,却一去无返,我心里的痛苦便淤积更盛。努力追逐极限的自由探险与朋友消逝山巅的短暂生命,让我在矛盾的痛苦中无法解脱。"

海登·肯尼迪是世界一流的青年登山家。22岁时,海登与凯尔·登普斯特(老布曾经的固定搭档)在巴基斯坦的食人魔峰开辟了一条新路线,并斩获了人生中的第一个金冰镐奖。海登在25岁时再度获得第二个金冰镐奖。第二年,他的老搭档凯尔·登普斯特在食人魔II峰遇难。2017年10月,海登在一家网站上撰写了一篇悲伤的文章,讲述了他的搭档们近年来陆续在山上遇难的故事。其中就包含昊昕引用的那段话。写完这篇文章的一周后,海登与女友珀金斯在高山滑雪时遭遇雪崩。海登苟活下来,而珀金斯却当场被雪崩掩埋。海登在雪崩现场不停地挖掘。他一定知道被埋在雪崩中的黄金救援时间只有15分钟,超过30分钟的生存概率微乎其微。海登搜寻了三个小时,最终还是放弃了。他走到山下,开车回到他们的公寓。或许他心中充满了痛苦与愧疚。他没有给任何人打电话,而是在公寓里写了15页便条,写明他已经搜索过的地点,并标好记号。之后,他服用了致命剂量的止痛药和酒精,离开了这个世界。海登离世后的第二天,人们在雪中挖到了珀金斯的遗体。

正如海登所言,攀登这件事对于刘兴来说,既是美好的礼物,也是可怕的诅咒。朋友们希望刘兴离世前体会到的是"美好"的那一部分。在山脚下的时候,马科斯提出,希望能在日乌且峰立一块刘兴的纪念碑。第二年,朋友们在山脚下找了一块巨石,在巨石中镶嵌了一块黑色的牌子,做成刘兴的纪念碑。

曾山一直没有机会来到碑前看一看。疫情第一年的时候，曾山回到了美国。疫情第二年，曾山带领北大山鹰社的学生们攀登贡嘎山域的勒多曼因峰。下山后，曾山离开了大部队，独自来到这块碑前。刘兴已经逝去三年了，纪念碑保存得很完好。由于地处贡嘎山域深处，这块碑无人打扰。碑上放了一支冰镐。冰镐下是刘兴的照片。这是刘兴最阳光明媚的样子：戴着头盔和墨镜，背着背包，笑着望向前方。

碑上还刻着一些文字，这是朋友们对这名35岁自由攀登者的寄语：

在广袤的空间和无限的时间中，能与你共享同一颗行星和同一段时光是我的荣幸。纪念我们的朋友刘兴，在攀登日乌且峰时遇难，愿天堂也有你热爱的高山岩壁。

曾山望着他，心想，你怎么这么笨，就这么出事了……想着想着，他在碑前一个人默默地哭了。

12

在刘兴离开的那一年，另一名年轻的攀登者走进了梦幻高山团队的世界。国内登山者从未听说过他的名字。"我自己认识的，在香港会自己去阿式攀登的，可能十个都没有，"Ken说，"Stanley（吴茄樑）已经是全香港在阿式攀登方面（数一数二），确实是一哥。"

Ken与这名"香港阿式攀登一哥"的相遇看似是一次偶然的巧合，却是命运中的必然。2018年初，Ken来到双桥沟攀冰，这已经是他的第四个冰季了。这一天，Ken和阿左、昊昕等人来到一条叫作"翅膀"的冰瀑下训练。他们看到"翅膀"上竟然有人在攀爬。一名身手矫健的攀登者正在上面领攀。Ken兴奋地发现，这帮攀冰者竟然都是香港人。从香港地区来四姑娘山攀冰的人极少，而在同一天、同一条冰壁下巧遇老乡更是罕见。最让Ken惊讶的是——"啊，你们竟然认识。"——阿左和其中一位攀登者竟然还认识。

早在半年前，阿左和昊昕正在岩馆为幺妹峰备战的时候，他们就认识了来自香港的Halu（吕思濬）。当时Halu和朋友慕名来四川攀登四姑娘山的玄武峰。下山后，他们来到成都，在网上找到了一家岩馆练习攀岩，就这样遇见了正在训练的阿左和昊昕。Halu对阿左说，今年冬天我们还来找你们攀冰。半年后，等Halu和朋友再来到四姑娘山攀冰时，阿左和昊昕已经登顶了"蜀山之后"，并在中国登山界名声大噪。"我心里戚戚焉，竟然能够认识到那么厉害的高手。"Halu后来回忆道。

一番交谈后,Ken终于把这前因后果串了起来。他这才知道,刚刚那名身手矫健的攀登者叫Stanley。与Halu相比,这名长着娃娃脸的年轻人话不多,比较沉默,可一旦聊起自己的攀登经历时,他又变得热情洋溢。听Stanley讲起在霞穆尼的攀登生活,大家羡慕极了。Stanley比阿左还要小三岁,却已是一名有着丰富攀登经验的登山者——从阿尔卑斯山到喜马拉雅山,从海拔2000米的技术路线到海拔6000米的大山。这似乎是一名水平不亚于阿左的高手。"当然内地也有很多很牛的人。当时我看到一个这么厉害的香港同乡,我就有一点崇拜的感觉。"Ken说。

Stanley是一名充满热情而纯粹的攀山者,正如他在脸书上的签名,"I am a climber, nothing more and nothing less."(我是一名攀山者,仅此而已。)Stanley的攀登生涯和任何一名自由攀登者都不太一样。17岁那年,家里人把他送到英国上学。这名香港少年拎着半满的行李箱,尝试融入英国社会。他住在英格兰南海岸的寄宿家庭,说着支离破碎的英语,过着孤单的生活,性格也变得沉静。一年后,他考上了华威大学的系统工程专业。在课余时间,他背上背包畅游欧洲各地。"旅途上往往只有大自然带给我最大的感动与共鸣,而人所给予我的是无限的疑惑。"Stanley写道。与复杂的国外社会相比,反倒是与自然之间的对话,滋养了这名少年孤独的心。

Stanley刚上大学就接触到了野外攀岩,很快就成为一名崇尚技术的攀山者(港、台地区把登山称为攀山)。他的攀山启蒙之地是苏格兰。苏格兰山区的海拔只有2000多米,但到了冬天,多变的海洋性气候造就了群山中复杂的技术地形,山里还时常出现暴风雪与白茫天气。恶劣的环境与高难度的技术地形淬炼出了许多像老布、米克·福勒这样的世界级登山家,而这名初次接触攀登技术的中国少年却在苏格兰山区苦苦挣扎。他和搭档又飞去法国的霞穆尼小镇精进技术。他懵懵懂懂地来到世界登山胜地。

"第一次来的时候,真的看那些山,那些冰川,那些很恐怖,你没有信心,但是不知道为什么那种恐惧感反过来变成我的动力。"Stanley说。

在之后的几年里,他频繁来到苏格兰、北威尔士和阿尔卑斯山攀登。他在山中感受到前所未有的自由。他在登山小镇的生活也极其简单。只要有面包、浓缩咖啡和一点啤酒,就可以度过数个月。旅行、攀登、冒险成了他生活的重心。他对山野与浪漫主义充满了向往,同时山野与浪漫主义又塑造着他的生活。他几乎没有为生活发过愁。他的父母在香港开一家宠物用品店,大哥在法国读书,全家人过着较为富裕的生活。

在兄弟俩小的时候,他们最爱听父母讲述年轻时背包旅行的故事:在荒野中徒步去看天葬,在恒河边目睹人们在上游烧尸、下游洗澡,在喜马拉雅山上得了高山症,又在深山中听见老虎的长啸。这个故事里的完满结局是,爸爸妈妈在旅途中相识,又靠着穷游的方式经历了一段又一段惊险的旅程,最后走到了一起。他们回到香港后,靠着自己的努力闯出一片天地。父母的故事从小就根植在Stanley的心中。他时常骄傲地对朋友说，他的父母也是背包客。直到有一天，他眼中的母亲变了。

在他18岁那年，母亲找来一名算命师，改掉了父亲、哥哥和他的名字。从此，"吴家傑"成为"吴茄樑"，而父亲的新名字复杂到他始终无法准确地记住。他心目中的母亲，从未这般迷信过。新名字刚用了三年，算命师又有了新的预测。那一天，算命师坐在他对面，警告他不要从事任何高危登山运动，不然会有性命危险。他觉得这很荒谬。无奈母亲也在一旁，他只好先口头敷衍着与算命师的对话，满脑子里尽是他"未完的攀山计划"。

Stanley喜欢那种在山上的感觉。在极度寒冷的攀登过程中，他四肢僵硬、浑身颤抖，头脑却必须保持冷静，因为攀登愈逼近自己的极限，就越没有犯错的余地。即便是到达了顶峰，路程不过是刚刚过半。登顶带来的短暂兴奋过后，他必须忍受着极度的疲倦，沉静心神，竭力坚持到下山。待回到镇上的青年旅舍，他往往会拖着酸痛的身躯，气若游丝地走进公共浴室，打开淋浴，再合上双眼，感叹过去36个小时是如此漫长。这就是他的攀登生活。痛苦、疲倦、危险的攀登生活。"无奈，这是我最为热爱的事情。"Stanley写道。

Stanley总是无法向母亲解释清楚，他到底有什么理由必须冒险攀山——他当然解释不清楚，两百多年来没有人能清晰地说出人类为什么热爱登山。他最爱的攀山就像个钉子，死死地锲在了原本坚如磐石的母子情感中，锲出了一道无法弥合的裂隙。母子每争吵一次，这钉子便加深一分，裂隙里也多了几道蛛丝密布的缝。每每此时，他的契妈就成为填补这裂隙的介质。

吴茄樑刚出生时,有人告诉他的母亲,这个宝宝注定命运多舛,最好上契,找个"契妈"(干妈),用她的八字改变孩子的命数。母亲起初非常抗拒这个说法,但转念一想,宁可信其有,为了儿子一生的平安,只好硬着头皮去求自己的老同学。从此,吴茄樑便有了个契妈。也许,这就是母亲迷信的源头。

找契妈、改名字、算命理、阻止他攀山,随着母亲越发执迷,Stanley也越来越失望:这还是那个独立、自由、充满勇气的母亲吗?他不明白,为什么母亲一定要听算命师的话。她也不理解,儿子为什么为了攀山,竟执拗到不惜伤害自己。攀山再重要,能有母亲重要吗?

"父亲、母亲与高山、汪洋同样是我生命里不可或缺的元素,前者赋予我生命,后者给予我存在的意义,"Stanley后来解释道,"倘若要我跟随她(算命师)写下的剧本,不再去挑战这崇山峻岭,不再去置身于那浪涛之中,要我放弃与之的交流,拒绝去感受它脉搏的跳动,我将会失去那份让我活着的平静。"

到了后来,他与母亲之间除了争吵,便是一些在他看来可有可无的对话:"——吃了吗? ——嗯, ——工作还好吗? ——嗯, ——没有生病吧? ——没, ——不缺钱用吧? ——嗯。"后来他与母亲最有效的深入交流不是面对面,而是通过文字。母子之间开始用几千字的长邮件往来,这是他们唯一能心平气和的沟通方式。

本科毕业后,Stanley又在华威大学读了一年硕士。等到毕业的时候,他已经无可救药地爱上了攀山,甚至为此没有参加毕业典礼。母亲的反对与算命师的预言,似乎给了他许多个义无反顾地去攀山的理由：逃避不可理喻的家庭；沉浸在单纯的大山；证明唯有自己才能掌控自己的命运。他学会了逃避。旅行是一种逃避，冒险是一种逃避，攀山也是一种逃避。2015年秋天之后，Stanley又多了一处可以逃避的地方，台湾。

Stanley在台湾旅行时，认识了台北姑娘Mandy（沈季桦）。从那时起，除了一年四季的攀山计划之外，Stanley的生活轨迹几乎就是往返香港和台湾两地。在Stanley的熏陶下，Mandy也开始尝试攀岩。他们还在台湾垦丁认识了一帮可爱的朋友。垦丁没有高山，却有让Stanley忘记烦恼的大海。他喜欢那里的阳光、沙滩与海浪。他说那里是他的第二个家。

他在香港的家是个一室一厅的屋子，位于九龙半岛最繁华的太子地区。他习惯把这间屋子称之为"studio"（工作室）。工作室里有间一两平米的储藏室，里面堆满了他的各种攀山装备。几乎与储藏间同样大小的卧室里放着许多书籍和一张床铺。台湾和香港的朋友时常在客厅里喝酒、聊天。玩累了，他们就在客厅里睡到天亮。这间工作室离父母的家有半小时车程。半小时足以避开他与母亲的争执。

2015年底，一家四口人在哥哥结婚之际，来了一趟难得的日本家庭之旅。这逼得他必须时刻面对母亲的耳提面命。他好不容易熬到了这趟旅行的末尾，没想到母亲竟然先爆发了。母子在机场争吵起来。后来Stanley在一封写给母亲的家书中回忆道："当日本的旅程结束时，连最后沟通的平台也瓦解了。你在机场情绪失控，说你究竟做错了什么，让我对你的态度如此恶劣，我无言以对，面对这样的你我已经揪不起任何情绪，冷言呼敷数句就不想多作理会。"他一度以为，只要消极对抗母亲的态度，只要自己对攀山保持恒久的热爱，似乎就可以逃避一切，直到算命师再次做出了新的预测。

2016年1月的一天，母亲把这个预测，告诉了刚满24岁的儿子，就好像下达了最后的通牒。也许这是Stanley人生中最灰暗的时刻。如果说在此之前他和母亲还维系着一丝微弱的情感纽带，这纽带在这一刻便啪的一声崩断了。Mandy说，那一天Stanley眼神空洞地回来，告诉她发生了什么事情。到了晚上，他哭了，哭得很惨。

原来，母亲坚决不让他再攀山了。这次母亲有了个绝不退步的理由。算命师预测道，如果Stanley继续攀山，他将在27岁时——2018年12月3日至2019年12月3日期间——死掉。

13

　　Stanley从未如此伤心过。"他最在乎她为什么要相信她（算命师），然后让这个人来左右他的未来，"Mandy说，"他不明白。"或许最让Stanley崩溃的是，他的妈妈，曾经那个自由、独立、务实的妈妈，竟然如此轻易地决定抹杀他一生中最热爱的事情。

　　几天后，当他和女友回到位于太子的工作室时，房间大门上贴着一张逐客告示。他愣住了。一周后，Stanley离开了香港，来到了欧洲。这又是一场逃离。他很想念这个家，但是他不能再回去了。一个月后，他给父母写了一封4000字的长信。他在信中写道：

　　我不想再毫无结果地争论下去，倘若你们笃信她写下的命运，选择继续被恐惧啃噬下去，我无言以对，但请不要再予我哀愁的理由，就任凭我无声无息地消失殆尽吧……纵使剩下的只有那孤独无言的影子，在街灯的倒影下，我的轮廓还是能依稀可见的，然而夜阑人散，在漆黑的街道上，当你们蓦然回首，我却早已消融而吞并在夜色之中。

　　你们可曾想过我是跟随着你们的步伐吗？相信命运是靠自己双手打拼出来，而恐惧是可以克服的。当她写下我的命运，我的内心也曾低回在谷底中不能自拔，但我深知一切只是没有理性的恐惧,我选择去面对这个心魔。当她说我不能撞水的时候,我背着氧气桶潜到了海洋的深处;当她说我不能爬山的时候,我跟拍档一起登上了一生最艰难的高峰;当她说我不能驾车的时候,我骑着机车在山岭间愉悦地驰骋……然而这一趟回港,我却再一次堕进了那恐惧的回廊内。

……

自从她预测了我的死亡,在山上、海洋里、城市中,每分每秒我也被她的话笼罩着。一直害怕、担忧、迷失,但是我拒绝再让她左右我的决定,我断不能再被牵着鼻子走。这样单纯态度上的改变让我走到了人生新的高处,亦予我一个不一样的角度去厘清事情。

这封家书的落款是他原本的名字,吴家傑。他更喜欢这个旧名字。这个名字里承载着他最纯真的记忆。

算命师的无稽预测让他忌惮,却没有让他恐惧,更不会因此改变自己的生活轨迹。如果他在27岁时真的会在攀山过程中莫名其妙地死,那就死吧。对于Stanley来说,不去才会死。他最常阅读的一本书是《不去会死!》,一名日本旅行者辞去高薪工作,骑车环游世界的故事。他时常拿在手边的另一本书是《阿拉斯加之死》(台版书名,中文版为《荒野生存》),一名美国青年从名牌大学毕业后,抛弃一切,孤身前往阿拉斯加,在山野中寻找自我而死的故事。如果三年后真的会死,Stanley宁可死在路上。他写完这封家书后,又在脸书上建个公共主页,戏谑地把它命名为"Don't Freak Out, Mom!"（别吓坏了，老妈）！他在笔记本电脑里写下游历冒险时的见闻与思索，再筛选其中若干篇文章发布在公共主页上。

Stanley总是在每次旅程之后写下一篇文字。他的笔记本电脑里面保存了所有文字的草稿。其中每一篇，包括他在脸书上发布的那封4000字家书，都经过反复锤炼、字斟句酌。他喜欢华丽而繁缛的文风，还喜欢造词，或许是受到他读过的张爱玲早期文字的影响。他的英文表达早已纯熟，但中文书写常常出现错别字，因此女朋友时常会帮他校对。他希望能把自己写过的文字结集成书，等到时机成熟再出版。可是，他经历的故事越多，文章也越攒越多，时机似乎永远都不成熟。

在城市里，Stanley的日常除了去攀岩馆抱石，就是带着笔记本电脑，找一家咖啡馆看书，撰写、整理未来某一天或许会出版的文集。在女朋友眼中，他似乎是个"很有距离感的人"。除了攀山的圈子，陌生人很难走进他的世界。在与中学同学聚会时，听着他们聊些日常生活中的琐事，"他听不下去、也聊不下去。他就安静地坐在旁边"。

他的浪漫主义气质从他的生活渗透进心灵，进而成为他的思考原点。他的理想简简单单，甚至可以说是没有理想：和熟悉的朋友们待在山上，攀登、旅行、喝酒、聊天，爬上一座又一座山峰。即便是当女朋友问到他们两个人的未来规划时，Stanley的回答也如出一辙。"想要带我看他走过的全部世界。他说哪里多棒啊。我们就去白朗峰（勃朗峰）。你可以做什么工作，我可以做什么工作。我们不用赚很多钱。我们可以在一起。

总之他就是像我讲的这种很浪漫的人,"Mandy说,"但是对我来说,怎么可能说走就走?真的赚得到钱吗?我们怎么活下去?"

并不是所有人都能拥有Stanley这样衣食无忧、没有顾虑的生活。每次与男友度过了一段美好而浪漫的旅程之后,Mandy就要回归台北朝九晚五的繁忙工作中,"你会觉得跟这个人在一起,常常听起来很棒,心里会有憧憬,但是久了之后会争吵"。

Stanley从香港逃离后,一度过着他理想中的生活。在之后的半年里,他和女朋友、家人几乎没怎么联系。就连为数不多的联络也大多都是争吵。他在一封信中总结道,这半年里"舍弃了身边的所有,头也不回地跑到法国的阿尔卑斯山脉。在那高山峻岭中追逐梦想,颠簸了半年,把自身的界线推到一个意想不到的高度,将梦想化成现实,但我却不知何去何从"。

有一天,Stanley浪游到土耳其,坐在海边,望着篝火,冒出个荒诞而大胆的计划:从伦敦一路骑自行车到香港,再到台湾。这段路程长达16000公里,接近地球赤道周长的一半。或许是《不去会死》的故事启发了他,或许这又是一段拓宽视野、认知世界的旅程,或许是他想用这种大胆的方式感动女朋友,挽回这段岌岌可危的感情。无论如何,他真的去做了,并且像往常一样,说到做到。

他从英国朴次茅斯港口出发,坐轮渡到法国,之后平均每天骑行三四百公里。他骑过法国的港口与村庄,骑过暴风雨与风和日丽,骑过夜晚和黎明。坚持不住的时候,他就自言自语地念叨着,多骑一会便好了,再多翻越一个山丘,再扛一会……他又继续往前骑,经过土耳其的清真寺、哈萨克斯坦的热情人家与无垠草原、俄罗斯零下25℃的冻土、狂风与极寒。他终于骑到了中国境内,进入了新疆,来到了乌鲁木齐。他在半年里,跨过了11个时区,双脚踏过了小半个地球。由于家人的强行召唤,他被迫中止了这段历经风雨的旅程。他和女友的感情依旧时好时坏。所谓的感动女友,最终不过是感动了自己。

他回到了熟悉的香港。他觉得这钢筋水泥格外陌生,摩肩接踵的行人比他去过的荒漠更显冷漠。"我喘不过气,感到窒息。"他说。他回到阔别已久的工作室,把行李丢在地上,在沙发上疲惫地昏睡过去了。

在回港后的10天里,Stanley依旧沉浸在在路上的生活,过了很久,才逐渐从旅途过后的情绪中平复下来。他开始反思过去几年的生活。他认为自己只不过是一个渴望自由却不懂何为自由的小屁孩,抱着满脑子的浪漫主意,误以为背起背包就可以获得真理。然而当一段段逃避性质的旅行结束,他只感到了虚无。唯有攀山,攀山让他发自内心地感到充实而快乐。

"我回到香港,我看看城市里边,什么都没有,只有大楼。身边没有一群人跟我分享我喜欢的东西,阿式攀登。"Stanley后来说,"我尝试写,在网络上建立了一个平台,分享我的故事,解释一下这边是什么样的世界"。

他又在脸书上建了个新的公共主页"多走半步",写写在路上遇到的人,写写他的冒险,写写他的攀山与生活。自从他沉浸在攀山的世界以来,他已经在欧洲的群山中历练了上百次。他的攀山生活就是在阿尔卑斯的山峰与霞穆尼小镇中游荡,重复前人的经典路线,没有固定的攀山搭档,也没有明确的攀山目标。直到他在他的攀山偶像、世界顶级登山家乌里（Ueli Steck）的纪录片中，发现了一座山峰。乌里说，喜马拉雅山脉中的乔拉杰峰（海拔6440米）的北壁，就像是喜马拉雅版的艾格峰北壁。Stanley的心被这句话——或者说这座山峰——击中了。

艾格峰北壁是阿尔卑斯黄金时代最艰险的三大北壁之一，而喜马拉雅山脉则云集着这个星球上最宏伟的山峰。乔拉杰峰北壁似乎结合了阿尔卑斯山的险峻与喜马拉雅山的雄壮。他翻阅了所有能找到的关于这面北壁的资料，比对了多张照片之后，认定自己能开辟出一条新的路线。他立即约好搭档，整理好装备，一周后就来到了尼泊尔，徒步走进喜马拉雅山。

在适应这稀薄空气的同时，Stanley和搭档计划先爬两座难度不大的6000米级山峰。这两座成熟的商业山峰，岛峰和罗布切峰，被当地人称为徒步山峰（Trekking Peak）。顾名思义，这些山峰技术性不强，有的甚至徒步就能走上去。对于Stanley来说，这倒是个不错的开胃小菜。纵然他攀登了上百条阿尔卑斯山的路线，却几乎没有上过真正意义上的高海拔。为数不多的一次是在五年前。他在印度列城，爬了一座6000米入门级山峰，浅尝了高海拔攀登的体验。这天傍晚，Stanley和搭档正窝在岛峰营地的帐篷里，只听见帐篷外又来了一支队伍在这里扎营。起初，他并不以为意。等到夹杂着粤语的话音透过帐篷传到耳边时，他才努力爬出睡袋，拉开帐篷的拉链，探出脑袋张望。

Halu是一名田径出身的竞技运动员，曾在国际大赛上拿到过不错的名次。前不久，他刚结束了长达八年的竞技生涯，尝试转型成为一名登山者。他和朋友来喜马拉雅山放松心情，刚走到岛峰下的这处营地，一顶帐篷早已孤零零地在这里扎营了。只见那顶帐篷的拉链突然拉开，一个小脑袋探出来，还是个黑头发、黄皮肤的亚洲人。更让Halu等人惊讶的是，这名攀山者竟然和他们一样操着一口流利的粤语。Stanley和Halu就这样偶遇了。两个人简单聊了一会儿。待天边的火烧云烧得正旺，黑夜将至，阵阵寒风从珠峰的方向袭来，两个人又躲回各自的帐篷里，回归到各自的生活轨迹中。

Stanley和搭档刚来喜马拉雅的时候还是深秋，等他们在山中不停地爬上爬下了两个月，山里已然是寒冬了。他们完成了两座简单的6000米级山峰，在正式尝试终极目标乔拉杰峰的前夜，搭档突然食物中毒，这次精心准备的攀登计划提前结束了。Stanley不甘心，独自攀上乔拉杰峰北壁，可他只爬了不到300米就退下来了。他们没有再往上爬，取而代之的是，在附近一座6000米山峰（Kang Chun，海拔6063米）的东山脊上开辟了一条新路线。

这条新路线所带来的成就感远不如乔拉杰峰，但却是华人登山者在尼泊尔喜马拉雅山区开辟的仅有的几条新路线之一。乔拉杰峰的攀登计划则埋藏在Stanley的心底，成为他未来几年的攀登目标。每当他想起那名有些腼腆的瑞士攀山家念叨着乔拉杰峰的攀登过程，"当下我手心冒汗，心跳加速。这不单是我的梦，亦是他的梦，在瞬间仿似和他的灵魂系上了羁绊"。

Stanley回港后和Halu保持联络。Halu曾在成都的岩馆邂逅了阿左与昊昕，约定好了冬天去四川四姑娘山攀冰。Stanley慕名四姑娘山许久，也加入了这支前往四川攀冰的香港小分队，并成为这几名香港登山爱好者的攀冰教练。当他对身边的朋友们提起要去四川攀山时，朋友们还有些莫名其妙：为什么要去四川攀山？为什么不去西藏呢？四川有山吗？对于这些问题，他也只是一知半解。

2018年春节，Stanley收拾好装备，来到香港机场。这还是他头一次不带护照就去攀登。他有些恍惚，我真的是要远行吗？对在国土拾起冰斧的概念依然感到一点奇妙。

从香港到成都的航程只有两个多小时。Stanley等人走出成都双流机场，面对着来来往往的黄皮肤、勉强可以理解的四川普通话，他们觉得这片土地熟悉又陌生。从机场到青年旅舍的路上，他望着车窗外繁华的成都街道市井，却思索起200公里外的四姑娘山区。那里的山峰以及山峰上的攀山者更吸引他——

"在思绪中，再次纠结在中国登山界的定位问题上。他们对'山'的取态和视野距离国际到底有多遥远，还是另一场犹如国王的新衣般的闹剧，陶醉于媒体褒彰出来的伪装，仅尝他的温柔，却无视他之残酷，止步于探索之前。他们对高度的追求过去没有？在难度方面的追逐他们又达到了什么程度？这片土地的发展潜力会有多大？以上这一切之上，最大的碍力是什么？"Stanley写道，"我欲要寻求一个答案，一个我想看到的答案。"

在Stanley的观察中，港台地区的主流社会普遍认为一座山的高度决定其难度，珠穆朗玛峰等8000公尺山峰的攀登活动才是大众宠儿。唯有"阿式攀登"反其道而行之，真正带领着整个运动前进。他所谓的"答案",与其说是探究阿式攀登文化在大陆地区的发展程度,不如说他隐隐渴望此行能遇到几名像他一样对阿式攀登充满无限热情的青年攀山者。

"我需要更多,不是训练,不是技术,反过来是身边的一个搭档,那个是最重要的部分。"Stanley说。

14

阿左和昊昕在"翅膀"下认识了Stanley，对这名香港攀山者的故事非常好奇，特别是故事中关于霞穆尼的部分。阿左与昊昕早就打算找机会去阿尔卑斯爬一爬。身为一名阿式攀登者，总要去攀登的起源地看看的。那里是一切的开始。在爬完幺妹峰之后，阿左和昊昕更加渴望走出川西的群山，来到世界级的攀登舞台。

当天晚上，阿左和昊昕来到Stanley的住处，在酒店大堂里跟他聊了一会儿。他们表达了对阿尔卑斯的渴望。Stanley说，我在那边很熟悉，以后可以一起去看看。

Stanley很幸运。他刚到四姑娘山就找到了"答案"。面前的这几名年轻人正是一直以来他渴求的、像他一样对阿式攀登充满无限热情的搭档。正如他后来如此回忆起这次双桥沟相遇："18年的冬末，在海拔2900公尺的双桥沟认识了中国的新一代阿式攀山家阿左、中国的前瞻攀山家李昊昕，以及中国香港少数的阿式攀登追随者Kenneth。"事实上，无论加什么前缀，阿左与昊昕都远算不上"攀山家"，却是大陆地区屈指可数的几名新生代自由攀登者。

Stanley回到香港后，很快就联系好了阿尔卑斯之行的赞助商。户外品牌始祖鸟香港分公司刚好在推广阿式攀登文化，他们愿意支付阿左、昊昕、Ken、Stanley、Halu五个人去霞穆尼的所有费用。而阿左等人唯一要做的只是制作一支视频短片。梦幻高山团队刚刚拍摄了勒多曼因的登山滑雪活动，并制作了一部获奖视频短片 *Catch The Air*。对于梦幻高山的团队来说，香港始祖鸟开出的条件不过又是一次展示他们制作能力的绝好机会。他们没有理由拒绝。几个人兴致勃勃地计划起了这一年夏天的阿尔卑斯之旅。

阿尔卑斯山是每一代自由攀登者——严冬冬、周鹏、孙斌、何川、古古、伍鹏、李红学、柳志雄等人——的心驰神往之地。那里有纯正的阿式攀登精神的火种。他们当中有些人去过了，有些人还没来得及去。"整个阿尔卑斯地区，说成千上万条线路应该毫不夸张，"周鹏如此评价道，"且线路风格各异，有馒头山（比如勃朗峰），有薄如刀片的山脊线路，有如镜子般的Slab线路，有纯岩石，有纯冰雪，也有冰岩混合，有一两百米的线路，也有一两千米的线路……喜欢什么口味，随便挑。而且，路线成熟，信息丰富。在同一条路线上，和前人、和同时期的人对比一下，看看自己到底有几斤几两。"

早在2012年，周鹏、严冬冬和李爽第一次来阿尔卑斯攀登时，赶上了雨季，三个人没怎么爬就回去了。几年后，周鹏再次回到阿尔卑斯，和古古搭档完成了三大北壁中的马特洪峰北壁。他们成为首位完成这一成就的中国大陆登山者，并拿下了当年的金犀牛奖。第二年夏天，周鹏和李爽又回到阿尔卑斯，有惊无险地完成了三大北壁中的大乔拉斯峰北壁"Walker Spur"路线。周鹏评价道，这是他登山以来爬过最难的一条线路。

阿左等人临行前，听说周鹏刚爬完大乔拉斯峰北壁，正准备回国。他便联系上了周鹏，跟前辈请教了阿尔卑斯山的线路与气候，并借了本攀登路书，还订了周鹏等人在霞穆尼租住的同一间小屋。然而，阿左等人走进阿尔卑斯的方式与前辈不太一样。他们不想自顾自地爬，而是想跟随世界顶级登山家领略阿式攀登的艺术。

他们联系到了法国著名登山者克里斯蒂安（Christian Trommsdorff）。克里斯蒂安是金冰镐评委、国际高山向导联盟（IFMGA）的主席。八年前，他还在上海亲自为严冬冬和周鹏授予了金冰镐象征奖。这一次，在克里斯蒂安的引荐下，阿左等人邀请了两名金冰镐级别的世界顶尖攀登高手做他们的高山向导。阿左和昊昕在网上搜了一下他们的过往攀登经历，顿时激动万分。Stanley也非常兴奋，他在喜马拉雅攀登时，就听说过两名登山家在那些狂野的山峰上开辟新路线的传奇故事。

2018年的夏末，五名年轻人在霞穆尼小镇再次碰面。Stanley已经两年没来阿尔卑斯了，但对这里的一切依旧很熟悉。"他说该坐什么缆车，去哪儿，应该几点出发，去哪儿可以吃东西，哪儿可以越野跑，哪儿有干攀线，哪儿可以攀岩，哪可以攀冰，他都很清楚。"阿左说。在阿左等人看来，Stanley就像是个生活在霞穆尼的当地人一样，让他们羡慕极了。

Stanley还记得他初到霞穆尼时，望着天边角峰林立的群山，也曾感到恐惧与自卑。后来他多次重返这里，"第二次来的时候待了9天，14天，21天，1个月，2个月，最久那一次在这边待了8个月"。世界登山者向往的圣地逐渐成为他的训练场。

等后来大家混熟了一点，他还告诉阿左，以前在霞穆尼的时候，他偶尔还会"悄悄地"带人爬山，赚点零花钱的同时，还能积累些经验。阿左自然明白他的意思,这份零工其实是灰色收入。Stanley家境宽裕,本无须这点可有可无的零花钱。也许他渴望尽早经济独立,也许他渴望着冒险所带来的快感。然而在法国、奥地利、瑞士等国的阿尔卑斯山区,要想作为高山向导带领客户攀上高山,必须具备国际高山向导联盟的资格认证,否则会被追究法律责任。Stanley还没有机会成为一名真正的国际高山向导(IFMGA Guide)。事实上,目前还没有中国登山者通过IFMGA的课程,就连获得这一课程资格的华人都没有。

在之后的一个月里,五名青年攀登者在海拔1000米至4000米之间上上下下,历经缆车站火灾、山壁倒塌、冲坠、受伤、雪崩、航拍机坠毁等小小的危机,也感受到了真正"轻装快速"的阿式风格。"就是要速度特别快。而且很多是没有保护的,真的要是一个人掉了,另一个人绝对会被拉下去。"阿左说。五个人同吃同住,两两一伙系在一起结组攀登。偶尔Halu跟不上他们的攀登节奏,会独自找条路线越野跑。

大家一起生活了近一个月,彼此之间也变得熟络起来。阿左和昊昕发现Stanley不总像他们俩一样爱开玩笑,便总是找机会拿他开涮。这名大男孩笑起来总是露出两排牙齿,显得阳光而又有些羞赧。

有一天,阿左等人在小屋里做了个简易的四川火锅,烤了一盘鸡翅,邀请了克里斯蒂安等人来做客。在谈笑间,话题自然过渡到了IFMGA上。他们都希望获得通过IFMGA的考核,成为一名真正的国际高山向导。这是对其职业生涯的最高肯定。

Stanley想起在大学期间,每逢夏天,他都会来到霞穆尼,"在绿油油的草坪上搭起一簇帐篷,拥抱攀登、酒精与睡觉的三一律"。遇到阴雨天气时,他手里会拎着一瓶两欧元的廉价红酒,和那些混迹于阿尔卑斯的攀登者们聊着天,提及未来,大家总是会说,也许我会成为一位国际高山向导吧。

Stanley一度觉得成为国际高山向导这个职业愿望很遥远。一名优秀的高山向导一定也是一名优秀的攀登者,然而优秀的攀登者未必会成为一名优秀的高山向导。首先,接受培训的门槛很高。要想具备申请国际高山向导的培训资格,必须积累足够多的高难度攀岩路线、攀冰路线、冰岩混合路线、高山滑雪经验。"话虽如此,但倘若攀山经验仅刚好符合基本要求,申请一般也不会被接受。因为作为一名高山向导,要求有强健的体能、专业的技术等级和良好的心理素质,并拥有在高海拔山峰高水准的技术攀登能力,而这些需求皆要花长时间的训练来累积。"Stanley说。一名国际高山向导曾总结道,要想符合申请培训的资格,至少要历经五年,有时甚至十年、十五年之久。

待十年来的严苛训练终于通过了检验,并获得IFMGA认可之后,人到中年的成熟登山者方能进入累计94天的培训阶段:32天的冰岩混合地形培训,32天的高山滑雪培训,20天的综合攀岩技能培训,7天的理论培训,3天的针对性培训。当这名身经百战的高山向导——如果他还想当高山向导的话——终于过五关、斩六将,完成了所有的培训、熬到了考核环节,还要在54天内通过6次考试与20天的实习期。一名合格的国际高山向导不仅攀登技术要过硬,还要对雪崩有合理的判断、对风险有成熟的认知、熟悉医疗急救操作，同时在导航、气象、山地救援、绳索操作、路线设计等方面也要颇有造诣。通过考核后，他才能得到国际高山向导的身份标志：一枚5克重的金属徽章。

从公共的角度讲，只有当一个国家的顶尖登山者先成为国际高山向导，这些先行者才有可能影响、带领更多人成为其中的一分子。当一个国家通过认证的国际高山向导超过20人，该国方能成为IFMGA的联盟国。IFMGA认证过的高山向导们可以在这些联盟国中自由就业。目前全世界共有22个IFMGA联盟国，而亚洲地区只有日本和尼泊尔加入其中。

"中国需要加入IFMGA，开始做真正的guide。中国现在不是IFMGA联盟国，我觉得这是一下步，"曾山说，"我觉得中国登协不了解真正的guide是干什么的。他们觉得没有必要。"

曾山、周鹏、孙斌等较为国际化的攀登者还相信，只有当越来越多的国际高山向导参与进来，才能进一步形成更合理的行业规范与良好的登山生态。放眼全中国，还没有一名华人国际高山向导，再对比中国极其丰富的山峰资源——海量的冰川、角峰、未登峰与高海拔山峰——这显得格外悲凉。因此，对于许多以职业高山向导为使命、渴望在行业中谋一份体面工作的中国攀登者而言，成为一名IFMGA认证的国际高山向导，不仅仅是一份关乎自身职业发展的荣耀，也关乎中国向国际登山界迈进一大步的共同使命。它关乎现在，也关乎未来。正坐在屋里吃火锅的阿左和Stanley等人还没想得那么远，他们更关心现在。

这几名小伙子向克里斯蒂安请教，高山向导的课程应该怎么参加、在哪参加、需要多长时间，以及多少钱。阿左和昊昕半蒙半懂地听了法国人的解答后，反倒觉得IFMGA暂时不适合他们。以他们现在的英文水平，只能应付简单的日常交流。Stanley却和他们不同。论时间、财力、攀登经验、攀爬能力、交流沟通，Stanley各方面都非常契合。最重要的是，他还对攀登充满了极度的热情，这股热情足够支撑他完成长达五年，甚至更久的IFMGA课程。Stanley后来单独跟克里斯蒂安请教了更多细节，最后竟获得了他的推荐。"有幸被推荐到吉尔吉斯斯坦参加由IFMGA所举办的国际攀山向导课程，课程长达三年半的时间，所以接下来将在那里受训考试。"Stanley写道。这或许是Stanley此行最大的收获了。他成为首位获得IFMGA课程资格的中国人。

阿尔卑斯之旅结束后，Stanley奔赴吉尔吉斯斯坦山区，接受IFMGA的培训。顺利的话，第二年春天，他就会通过第一阶段的考核。

阿左和昊昕回到成都后，一直忙着消化阿尔卑斯之旅的视频素材。其间，阿左还参加了领攀在格聂山域的登山活动：曾山召集了古古、阿左、Ken、刘兴、刘峻甫、杨小华、野人等与领攀关系密切的自由攀登者们，每个人与搭档自愿结组，自由攀登格聂山域中有趣的山峰或路线。阿左与刘峻甫、野人一组，完成了公布章素（Hutsa）——一座形似婆缪峰的未登峰——的国人首登。这次攀登获得了当年金犀牛奖的提名。

从格聂山域回到成都后，阿左和昊昕继续赶着剪辑视频。再过几周，阿左、昊昕、Ken、Stanley、Halu五个人又要相聚。

这次，梦幻高山团队要在香港始祖鸟做场分享，其间还要播放这次阿尔卑斯之旅的片子。时间紧迫，阿左和昊昕各自分工剪辑。一个人睡觉，另一个人剪，就像车轮战一样。他们对最后的成片并不满意，但好歹赶在香港的分享会之前做出来了。

11月的一天，这部名为《寻找阿式攀登》（*In Search of Alpine Climbing*）的短片终于在香港中环的始祖鸟分享会上播放了，但阿左与Stanley才是这场分享会真正的主角。其间的重头戏是阿左介绍四川的登山资源。他操着一口四川普通话，向香港攀山者们娓娓讲述他在四姑娘山山域、贡嘎山域、格聂山域的探索。在场的香港攀山者这才知道，四川省竟拥有如此丰富的登山资源。而Stanley则用流利的粤语阐述着他的攀山生活与理念。这也许是他第一次公开在华人攀登圈子抛头露面。独自攀登九年来，Stanley的名字终于被圈内人所知晓。

从阿尔卑斯山回来后，Stanley为接下来的生活制订了许多个短期或长远的目标——设计制作岩点、通过IFMGA考核、把文章结集成书，成为一名如他在文章中介绍的那些伟大的攀山家——这些目标让他变得忙忙碌碌起来。他还在台湾一家门户网站开设了专栏，有时写写他在亚欧大陆骑行路上的奇遇，有时写写登山历史上的传奇故事。他的生活充满了接连不断的计划，一个project接着另一个project。

突然间，Stanley曾经散漫而浪游的生活变得井然而有节奏。Mandy观察到，自从他遇到了这一群好朋友，聊到那些计划、那些理想的时候，变得非常有精神、有目标、有冲劲。即便那个时候她与Stanley已经分手了，但还是由衷地替他感到开心。他们偶尔也会出来吃个饭，聊聊最近的生活与改变。在她看来，Stanley变得有些不一样，但那些可爱而笨拙的特质又没有变，"他做的事情都是一样的事情。复刻。一模一样。在攀岩之外，他是一个生活上比较浪漫跟死板的人"。

Stanley依旧在写他那本时机永远都不太成熟的书。他的笔记本里积攒了更多的文字。他的现任女朋友Yui继续帮他校对那些错字连篇的文章。她偶尔也会客串一下"野人旅志 ALLEZ LA"的小编。"野人旅志 ALLEZ LA"是Stanley在脸书上新建立的公共主页。他在上面系统地撰写一系列关于攀山人物、攀山历史、著名山峰、介绍IFMGA与阿式攀登风格等攀山主题的文章。他一度偏好在字里行间堆砌孔雀般华美却脆弱的辞藻，如今他的文字风格变得朴实而充满逻辑，就像一头迅捷捕食的豹子，直奔猎物。他没有继续在文字里呻吟自己的敏感——至少在公开的文字中没有出现，而是迫不及待地传递更多的信息量，让他的数万名关注者了解他热爱的阿式攀登。

或许经过一番思考后，Stanley认为自己有义务肩负起传播阿式攀登文化的重担。如今这些重担又让他的生活变得更有分量。他越专注于此，他的生命里就越发容不下与攀山无关的杂质。他终于走上了所有纯粹的阿式攀登者都曾跋涉过的那条小路。在算命师的预言中，那条小路短暂得一眼就能望到尽头，但他还是义无反顾地往前迈步。他终于迎来了让他抗拒的27岁。

第四部　梦幻高山

15

梦幻高山团队以成都为中心，聚拢了众多新生代的自由攀登者。在同一时期，距成都市区20公里外的温江，自由之巅团队也在为李宗利那个疯狂的计划而齐心协力。

自由之巅的90后小教练们从李宗利那里学到了一切，唯有一样他们还没有学到——自律。仅凭这点，李宗利确实有些骄傲的资本。即便他早已告别竞技运动员生涯十多年了，但还是保持着对自己严苛的要求：每天晚上9点准时关掉手机睡觉；起床、吃饭、训练时间精确控制；即便是他最爱喝的酒，喝到一定量之后，说停就停。

李宗利决定在2018年秋天和小海重返贡嘎山，他又把平时那股子狠劲儿全都加倍地用在了训练上。他为自己和小海制订了三个阶段的计划。第一阶段，力量训练。在头两个月里，他坚持负重深蹲、卧推等器械力量训练。过度训练导致严重的乳酸堆积，他时常因肌肉酸痛而下不来床。李宗利的母亲不懂训练，但还是能明显地感受到儿子对自己的狠。儿子在外面吃饭越来越吃不饱，她就给儿子包鲜肉饺子。"这么大个儿，一早上就要吃20个！纯肉的！"李宗利用手比画着一只碗。

第二阶段是耐力训练。他每天都坚持要跑个10公里，风雨无阻。在小海看来，老师有时还会给自己增加训练量。李宗利希望自己的身体能像瑞士手表一样，每一秒都精确无比，每一分都全力以赴。在攀登前两个月，李宗利发了一条让大多数国内攀登者都摸不着头脑的朋友圈："现在基本进入一个平衡的状态中，提高和突破可能需要更多时间的训练。而体重的消耗在65（公斤）的时候处于有结余的状态，64的时候身体需要供给才能继续。而极限攀登时需要增重3公斤左右，达到67时应对24个小时以上的攀登应该可以胜任。"若是把身体当作极限登山中最强大的装备，那么他已经把这件装备的重量调试到了以斤为单位。在高山上，每多一斤都是累赘，每少一斤都会更快。而更快，就意味着更安全。

第三阶段是海拔适应训练。他利用带商业登山活动的机会，在最后两个月里攀登了四川日果冷觉峰、青海阿尼玛卿峰、新疆博格达峰，并以此适应海拔高度。博格达峰是他阿式攀登精神的起源地。他还在这里死过一回。2013年，他在博格达三峰攀登时坠落了400多米。当他被救援队找到时，整个人奄奄一息：右肺部受挫，右膝盖韧带拉伤，双脚麻木，左臂严重擦伤。多年以后，他又在这座历经死亡的山峰上涅槃重生。李宗利在新疆博格达峰上扎营了15天后，又和小海来到四川雀儿山。他们在顶峰下的平台上宿营了三天，只为了适应海拔6000米的高度。在这白雪茫茫的冰原地带，没有手机信号，没有人烟，师徒俩只能靠闲聊打发时间。"我们俩把能聊的全都聊完了，有的甚至聊第二遍了。没啥可聊的了，"小海说，"什么都聊，男人、女人、钱、车子，什么乱七八糟的话题都聊了。"

李宗利和小海从雀儿山下来的时候，已经准备好了再次面对贡嘎山的压迫感。李宗利认为自己的体能达到了空前的状态，"我的力量达到身体重量的150%的强度"。一周后，自由之巅的兄弟们已经遍布在贡嘎山的北壁：二师兄华枫等人在海拔4050米的大本营驻守；小师弟阿楚等人在海拔5050米的一号营地接应；大师兄小海和老师李宗利向贡嘎主峰发起冲击。他们选择了贡嘎山北壁转东北山脊的路线。无论是这座山峰的海拔高度，还是攀登路线的体量——足足2500米长的技术路线，相当于爬完一座幺妹峰之后，还要再爬一遍，此时距顶峰还有几百米——均为自由攀登者有史以来挑战过的最宏大的路线。

真正的攀登从一号营地开始。从一号营地到二号营地的路线相对"轻松"。从二号营地到三号营地是60度至75度的雪坡。这个坡度在非登山爱好者看来近乎垂直。这段路全程由小海领攀。这一晚，他们又来到了海拔6700米的三号营地。李宗利回想起了两年前险些把他们吹落千米悬崖的飓风，"我们只能挖，挖到足够深，也足够平……我们不可以有一点疏漏，一定要确保万全"。大本营、一号营地、二号营地、三号营地，每天上升900多米，李宗利和小海几乎没有贪恋多余的时间。10月18日凌晨5点左右，他们从三号营地出发，冲向顶峰。

他们在黑夜中出发，从凌晨一直熬到了天亮。阳光照射在宏伟的山体上，连绵数百公里的山川都被贡嘎山的庞大山影所笼罩着。贡嘎倒影所在之地，皆为蜀山之王的国土。有那么一段时间，李宗利甚至认为蜀山之王是"平和的，让人接近的"。很快，暴君就露出它的真正面目。

下午，风势渐大，漫天雪雾，能见度不足50米。这狂风中还夹杂着雪粒，钻进登山者身上的每一处缝隙。李宗利和小海越逼近顶峰，体能消耗就越大。到后来他们都有些退意。趁着停下来喝水的间隙,他们讨论着还要不要继续爬。一番商讨后,师徒二人反而变得更加坚定,"虽然时间有一点晚,但是我们绝不动摇,我们来这里的目的和这几年以来的准备都是为这个"。

他们顺着山脊继续往上爬,爬到了贡嘎山的肩膀上。脚下的路越来越窄。所剩无多的体能还在消耗着,他们的速度越来越慢。他们爬到了贡嘎山的脑袋上,看到左侧出现了巨大的雪檐。他们知道顶峰近在咫尺。此时的能见度不足20米。他们看不清前方的路,只能在白茫茫的天气中坚定地往前走。走着走着,前面的路反而变得平坦起来。他们走到了这条路的尽头。下午4点45分左右,他们发现四周已经没有更高的地方了。

李宗利一屁股坐在顶峰上,疲累得完全说不出话来。喘了一会儿后,他和小海轮番拿出赞助商的旗子拍照合影。风太大了。小海刚拿出一面旗子,就被风吹跑了。李宗利站在了顶峰上,反而有些焦虑。这里的能见度太低了,他们很难通过照片证明自己登顶了贡嘎山主峰。他尝试用手机软件测量海拔,"但是我尝试了很久失败了,气温太低了我的手机很快关机了"。李宗利对小海说,你需要把我们四周的情况录下来,否则没有人能看清我们登顶没有。

拍摄完毕后,李宗利和小海立即下撤。再过两个小时,天就要黑了。在狂风四起、空气稀薄、体能消耗殆尽的寒夜里,贡嘎山上危机四伏。这是他们冒险冲顶的代价。他们太疲倦了。李宗利双腿发软,极度虚弱,每走三五步就要停下来喘口气,再休息个10分钟。山上的高空风就像刽子手手中的刀片一样把他们活剐。雪粒就像鞭炮一样在他们的脸上爆开。他们摸黑往下攀爬，不知道下降了多久，始终找不到海拔6700米处的三号营地帐篷。最后他们不得不承认，他们回不去了。就在这时，李宗利的视线中只有一片模糊的白色。他失明了。

李宗利努力让自己镇定下来。他担心情绪波动会带来恐惧，而恐惧则会带来更致命的危险。他想起来刚刚路过的两块大石头，或许可以躲在那块大石头下挨过一晚。小海并不认同老师的看法。他执意撤回营地。这里处处都是危险。在李宗利的坚持下，小海还是爬上去找到了一块大石头。就是这里了。这已经是他们的极限了。李宗利和小海靠在这块冰冷的石头上。李宗利不停地颤抖，意识渐渐模糊。他依稀听到有人对他说，他的安全带把衣服弄得皱皱巴巴，这样容易失温。他正躺在锋利的冰爪上，冰爪硌得他极不舒服。他的胸腔还感受到了挤压。但李宗利管不了这么多。他只想躺下来休息。他的双腿已经不听使唤。手套不知道掉在哪里，而另一双备用的羽绒手套早已打湿。他把双手伸进背包里避风。李宗利和小海哆哆嗦嗦、半睡半醒地熬到了天亮。

李宗利感觉到了光线映入眼中。他的眼睛还是看不见。他呼唤起小海。小海就在他的身后。李宗利没有力气转身。他问小海，能不能看见我们的营地。他感觉到小海起身离开了他。整个世界只剩下了他自己。他没有了视觉，没有了搭档，或许在一瞬间他也没有了信念。他感受到了一丝孤独。他努力不让这孤独和恐惧吞噬自己。他明白感到恐惧比恐惧本身更可怕。就在这时，小海回来了。小海找到了回营地的路。营地只有100多米远。

小海带着老师往营地走，只用了20分钟左右就回到了三号营地。他们还在半路上找到了掉落的手套。李宗利钻进帐篷里，努力喝了点水，吃了点东西。阳光照进来，把整个身子晒得暖洋洋的。李宗利和小海在帐篷里睡了一整天。醒来后，他们慢慢撤到二号营地，李宗利的视力恢复了一点。他们再用一整天撤到了一号营地。李宗利的视力又恢复了一点，见到了前来接应的阿楚等人。几天后，李宗利终于回到了熟悉的城市。他的视力完全恢复了。他始终不明白山上的短暂性失明是如何引起的。"我相信在晚上12点以后失明一定不是因为雪盲，哪怕是晚上我们也需要戴着眼镜攀登，主要是为了防止大风对我们的眼睛造成直接伤害。"李宗利后来在攀登报告中写道。

李宗利和小海登顶贡嘎山的消息早就传开了。距上一次国人登顶贡嘎山已经过去了61年之久。从小众的户外媒体到主流的官媒，从"10万+"爆款文章到微博热搜，"时隔61年中国人再次登顶贡嘎"成为各大新闻平台的头条。李宗利和童海军成了媒体报道中的民族登山英雄，而新闻照片中李宗利那冻得发黑的鼻翼和脸颊就好像英雄负伤归来的勋章。

即便抛开民族情怀，只看这次攀登的水准——无论是用阿式攀登的风格挑战贡嘎山，还是在7500米级巨峰上开辟了新路线——这都是一次里程碑式的攀登成就，甚至比登顶本身更有意义。身在瑞士却依旧关注国内登山界的老布评价道，这是迄今为止最让他印象深刻的中国攀登成就。这次攀登也毫无悬念地获得了当年的金犀牛奖，并且入围了金冰镐奖的长名单。

也有一些登山者提出过质疑，李宗利和小海是否真的站在了贡嘎山的顶峰上。毕竟他们手机测得的海拔数据（海拔7495.9米）与贡嘎山的传统海拔数据（海拔7556米）并不相符，而他们拍摄的照片和环拍视频也并不清晰。几天后，"相关部门经过了严格的把控和考证，才最终确定了我们的登顶认可并颁发了登顶证书"。李宗利写道。这确实打消了其中一部分人的疑虑。也许环拍视频并不清晰，但对于官方来说已足够鉴定登顶与否。

李宗利把这条新路线命名为"无畏"。"无畏"是李宗利攀登生涯的得意之作。"我可以骄傲地说一句，贡嘎这次攀登，明显我就拉出国内其他登山者一大截了，"李宗利说，"自由攀登者里面，有谁能够在（平均每天）10个小时、7000米的海拔，一天上升900米，往返。"说这话的时候，李宗利还沉浸在登顶的激动与晒伤的恢复过程中。接下来便是短暂的休养与疯狂的庆祝。自由之巅又摆了一道生死局，李宗利和兄弟们喝得天昏地暗。

等过了这段兴奋期之后，李宗利学会把这种狂傲隐藏在心底。在之后的几年里，他努力表现出内敛与谦逊。只有偶尔与好友把酒言欢的时候，狂傲的真实性情才会再次展露出来。

与李宗利相比，登顶贡嘎山之后，小海显得格外平静。或许有点过于平静了。

"你一直想做一个这样的事情、想成为这样的一个人，你不知道上去会是什么。你登完之后，你发现什么都没有。什么都没有。很普通。"多年以后小海总结道，"你只是登顶那一刻很嗨而已，下来之后你就觉得很失落那种感觉。我不知道为啥。

有点像空虚那种的感觉……就像你一直期盼彼岸，到彼岸之后，操，跟那边也没啥区别的那种感觉"。

这种失落感在小海的心里回荡了一阵，起起伏伏。一个月后，刘兴遇难。小海平静的心再起波澜。他读到了《户外探险》杂志上一篇纪念刘兴的文章，文中写道："据说人的细胞平均七年会完成一次整体的新陈代谢，第七年可能会因生活的平淡规律而感到乏味，进入倦怠期便要经历一次危机考验。而刘兴的登山梦，从开始到结束，也正好七年。"

小海看到这段话后陷入了沉思，一边思考着自己的未来，一边坐在自由之巅的客厅里喝着闷酒。阿楚看到师兄正独自饮酒，问他怎么了。小海对阿楚说，他也正好到了七年，感觉到了瓶颈，刘兴选择了突破，结果出事了，那么他自己该怎么选择？小海更像是在扪心自问。其实他已经有了答案。只不过，这个答案出乎所有人的意料。他在23岁的年纪登顶了贡嘎山，却在24岁选择回到家乡，在青海的草原上做一名普普通通的牧民。

16

《极限登山》中有一段话:"年轻人凭着一腔热血,经常能表现出毫无基础的勇敢,所谓无知者无畏。不过在阿尔卑斯和喜马拉雅山区,有许许多多的路线就是凭这种无知无畏开辟出来的。如果一位年轻的攀登者能从这样的心态中幸存下来,他/她最终会积累足够多的经验,将无知带来的狂妄转化成理性的自信,从而增加攀登成功的概率,减少死亡的风险。"

现实社会中,人们对于无知与无畏的判断往往取决于最后的成败。如果一名攀登者不幸遇难了,无论他在攀登过程中展现了多少勇气,这次攀登往往被归类为"无知"。如果他九死一生地活下来了,无论他在这次攀登中犯了多少错误,这次经历往往被当作"无畏"。有时候,那些看似无畏的壮举也暗藏着许多危险。

"第一次成功,第二次成功,第三次成功。然后你就会好像觉得说你是 invincible,你是无敌的,你可以做所有的事情,"Stanley 说,"但是对一个爬山的人来说,这个很危险。你要抓住那个平衡,不然的话,总有一天你会出意外。"

2019年初,Stanley刚满27岁便无知无畏地探索这宿命般的一年。他在吉尔吉斯斯坦顺利通过了IFMGA第一个阶段——攀岩、攀冰和越野滑雪——三个项目的考核,朝着"首位华人国际高山向导"的头衔又迈进一步。他还和台湾地区登山者完成了凯兰特昆山北峰(海拔3705米)东南山脊路线的首登,在台湾登山界崭露头角。他在野人旅志上发布的内容远多于个人社交媒体。传播阿式攀山文化俨然成了他人生中最重要的事业。

春天，Stanley再次回到四姑娘山，实践他刚刚在吉尔吉斯斯坦学到的越野滑雪技术。他和Ken在四姑娘山附近的巴朗山与大哇梁子一带寻找野雪。登山者和游人们大多路过这片区域而直奔四姑娘山，几乎还没有人在这一带尝试登山滑雪（Alpine Touring）。Stanley和Ken攀上不知名的山头，一路望天高呼，一路在春雪上流畅地滑到山底，一抒心中的快意，痛快极了。他们俩滑到公路边，忍不住感叹，这条路线绝对会成为这个地区的经典路线之一。

几天接触下来，这对香港攀山者对彼此都更加熟悉。Stanley的攀登热情让Ken都自叹不如。"他在任何有可能性的地方，都会立马想到这里有可能开一条线路出来，或者可以去长期攀登，"Ken说，"他这个欲望可能比我更强。"而对于Stanley来说，要在这些年轻朋友当中挑选一名相对合适的搭档并不难。阿左和昊昕已经是相互有默契的固定搭档，Halu体能不错但技术稍逊。唯有Ken哥，这名兼具经验与技术的香港阿式攀山者，才最适合做他的搭档。

Stanley和Ken回到酒店，两个人商量着或许可以找一座山峰试试。他们俩在地图上寻找感兴趣的山峰。由于Stanley的国际视野，他寻找的山峰并没有像其他自由攀登者一样，局限在川西或中国大陆的版图上，而是望向了世界上最狂野、最荒蛮的山域，喀喇昆仑山。

喜马拉雅山是地球上最壮观的山脉，这里几乎吸引了商业登山客、徒步旅游者与探险网红的全部焦点。相对来说，位于喜马拉雅山西端的喀喇昆仑山则多了些未知与狂野。那里有除极地之外地球上最气势恢宏的冰川，冰川两侧是世界第二高峰乔戈里峰、第11高峰迦舒布鲁姆I峰、第12高峰布洛阿特峰、第13高峰迦舒布鲁姆II峰、大川口塔峰、K1玛夏布鲁姆峰、食人魔峰……登山界最传奇的山峰都位于这片山脉。近十年来，这里诞生了众多金冰镐奖。只要在这里的7000米、8000米山峰上，用阿式、独攀、无氧等风格开辟任何一条新路线的登山者，就会毫无悬念地拿到金冰镐奖的提名，并成为人们心目中真正的登山家。目前还没有中国登山者在这一带完成未登峰或开辟新路线，也没有自由攀登者发起过一次真正意义上的远征。

Stanley在谷歌地球上锁定了这片山域里一座特别的山峰。这座山峰的海拔高度与他心心念念的乔拉杰峰相差无几，但山体形状看起来就像是从地狱深处倒生出的獠牙，在群山中显得格格不入。这种山形最容易点燃Stanley的激情。他把这座山峰的照片给Ken看了一眼，问，你觉得这个山怎么样。"我一看就感觉，哇，"Ken说，"因为它是非常尖的，感觉比婆缪角度大，更尖一点。感觉山很有气势。我第一次看到就觉得这个山很酷。"

等他们回到了成都大本营，晚上，阿左、昊昕、Ken、Stanley等人凑在一起，在电脑上一番搜索、研究。他们兴奋地发现，关于这座山峰的历史，乃至这条冰川的探索竟然还是个空白，"搜索全网也就一张航拍图能窥见其真身"。这就意味着，它是一座未登峰。

Stanley和Ken决定尝试挑战这座山峰。远征喀喇昆仑山需要充裕的时间与预算。Ken很快就写好了赞助计划书，还联系好了一名香港的户外摄影师随行拍摄记录。在他们看来，这次攀登有三个亮点：他们将会是首批远征喀喇昆仑山脉的中国阿式攀山者；他们将挑战喀喇昆仑山里的一座未登峰；这次攀登将代表着香港地区阿式攀山者的崛起。

几天后，昊昕突然找到Ken，提出要加入这支队伍。"最开始昊昕并没说要去爬，突然他就说要去，感觉很突然。"阿左说。这次阿左并没有像往常一样与搭档产生共鸣、一眼就被这座山峰吸引住，而且那期间他恰好要出国。也许昊昕想趁着搭档不在国内的这段闲暇时期完成一次精彩的攀登，也许他极度渴望攻克喀喇昆仑山脉狂野的未登峰，也许是这两个理由的共同作用。然而无人知晓昊昕从得知这座山峰、再到提出加入这支队伍的这几天里，内心中到底经历了何种犹疑与决断。

Stanley和Ken自然不会拒绝昊昕的加入。这固然打破了纯香港队伍的亮点，但昊昕的实力与经验介于两名香港攀山者之间，或许还能提高登顶的可能性。此外，昊昕拥有多次带队徒步喀喇昆仑山的经验，熟悉这里的地貌与向导资源，也更懂得在极限环境中拍摄。

三名登山者分工明确：昊昕负责对接巴基斯坦当地的联络官；Stanley负责联系马帮等后勤团队；昊昕与Ken共同负责对接赞助商。几个月前，阿左和昊昕成为北面签约运动员。在当年的自由之魂组合之后，梦幻高山成为北面签下的国内新一代自由攀登者组合。昊昕跟北面提出了巴基斯坦的攀登计划，赞助商果然也很感兴趣，双方约定好赞助方式。Ken说，他们自己先把所有钱垫出来，回来后再跟品牌方报销费用。他们预估这趟行程平均每人开销三万元。对于还在还房贷的昊昕与存款早就花光了的Ken来说，三万元不是个小数目了。

眼瞅着6月即将到来，签证、禁区许可证、赞助商、装备、行程、马帮、攀登计划全部都已准备好。Stanley还给这次旅程起了个名字：Odyssey into the Karakoram: Journey of three Alpinists（喀喇昆仑历险记：三名阿式攀登者的旅程）。

在出发前的最后一个月里，Stanley在香港与台湾两地做了两场分享会。在这两场活动中，他是绝对的主角。他还亲自撰写了活动文案，即他对自己过去十年的总结：

"对冒险的定义纠结了十余年，想走没有人踏过的路线，看没有人看过的风景，就这样穿过了撒哈拉荒漠，走进了印度的贫民区，骑着单车跨越了半个地球，但最终还是回到'山'的怀抱。冬攀圣地——苏格兰是最初攀登生涯的起点，之后转战阿尔卑斯山脉，从一个星期，到一个月、两个月，甚至长达半年生活在山里，日子就是在海拔4810米与1000米间徘徊。在成长的过程中，当你累积的经验愈多、能力愈广，你就能看到更多的可能性，你会发现能限制你的，只有自己的想象。但每当回到城市，都市人称我'疯子'，而'山'也好像变得遥远了？借着这个分享会，想透过我的故事，诉说这因'山'而燃起的梦，这没有终点的追逐。"

他在这两场分享会上阐述阿式攀登的理念，近年来在欧洲和亚洲等地的攀登故事，还有令他颇为得意的新头衔：首位获得参加国际攀山向导（IFMGA）课程资格的华人。两场分享会过后，Stanley又增添了些人气，再加上两个月前在台湾凯兰特昆山上完成的新路线，他俨然成为港台登山界的新秀。即便一个月后他们没有成功登顶那座状如獠牙的山峰，年仅27岁就已探索过阿尔卑斯山、喜马拉雅山、喀喇昆仑山、邛崃山，这个履历放在整个中国登山界也足够华丽了。

只不过，他的前女友Mandy并不是很关心这些。每当Stanley跟她夸耀他的这些成就时，Mandy只能说，好棒，加油。她不知这些险远的山峰在何方，也不明白这些了不起的攀登成就有何意义。她只希望他平平安安的就好了。在台北的这场分享会后，Mandy劝说道，这次要不别去了。他们认识的一名台湾攀岩教练最近刚发生意外，况且最近一个月印巴局势也不太稳定。"我从来不会叫他不要去什么地方，但那一次我就觉得不知道为什么。"她说。Stanley的回复则显得有些一本正经。他已经把攀山当作一生的事业，甚至是一种信仰。他说，清楚事件的发生，从中改进、学习，然后传播给大众，就是作为攀山者的责任。

在他临行前的最后一个月里，昊昕在四川、云南等地忙忙碌碌地完成许多高海拔赛事的拍摄工作，还参加了一场他刚开始爱上的越野跑比赛。与Stanley的果决无畏不同，昊昕出发去巴基斯坦的时候，内心中充满了自责与愧疚。在出发前，他只好再次把妈妈托付给姨妈照顾，就像往常每一次出远门一样。从小到大，一直都是姨妈在照顾他们娘俩。他打心里感激她。晃荡了这么多年，如今他必须要在自己的攀登理想和照顾妈妈之间做个取舍了。昊昕对朋友说，妈妈的情况一直在恶化，回来之后可能就找一份按部就班的工作。这可能是他最后一次去很远的地方攀登了。

这是中国自由攀登者第一次海外远征一座未登峰。喀喇昆仑山不同于川西，这片山脉更加荒蛮，这里的山峰更加狂野。在人造卫星探遍全球每一处角落的时代，这里还保留着人类文明的荒芜与手机信号所不及之处。出发前几天，阿左跟昊昕、Ken约定好，等进山后手机没信号的时候，每天都必须要用卫星电话跟国内报个平安。

在成都大本营的厨房里，阿左半开玩笑地对Ken说，你们一定不要在那边出事了。出事的话，我们这帮兄弟人生地不熟地过来，很难办事的。

17

2019年5月底，昊昕、Ken与Stanley在巴基斯坦会合。Stanley临时从尼泊尔加德满都飞来。为了提前适应喀喇昆仑山的高海拔，过去10天来，他在喜马拉雅山的EBC（珠峰大本营）路线，负重徒步了180公里，爬升14000米。他已经做好了挑战喀喇昆仑山的体能准备。

三个人在伊斯兰堡碰头后，没有任何休整，第二天就坐车进山了。车里塞进了七个100升的大驮袋、三个大背包、三名新生代攀登者和一名巴基斯坦联络官，朝着徒步进山的起点驶去。巴基斯坦北部山区的路况十分恶劣。汽车行驶在与车同宽的小路上，路边就是百米深的悬崖，悬崖下流淌着浑浊的希加尔河（Shigar River）。轮胎时而陷进泥泞的土路里，三个人还要下车来到车屁股后面，一起合力把车推出泥沼。他们顺着希加尔河峡谷，一路颠簸到阿斯科利（Askoli），喀喇昆仑山前的最后一个村落。车子没法再往前开了，再往前就是那片荒蛮之地：沿着磅礴的巴尔托洛冰川（Baltoro Glacier）深入喀喇昆仑腹地，就能来到乔戈里峰、迦舒布鲁姆I峰与II峰、布洛阿特峰等8000米山峰，还有大川口塔峰、玛夏布鲁姆峰、迦舒布鲁姆IV峰等锻造了无数金冰镐传奇的众神之地。

三个年轻人浑身疲惫地在阿斯科利下了车。一大群人迅速围拢过来。二三十名巴基斯坦当地背夫组成的后勤团队，带着大量的帐篷、食物、炊具等物资，早已在此等候。突然之间，三名攀登者竟然有种错乱感：这些真的是我们安排的吗？这就马上要进山攀登了吗？

在之后通往大本营的四日徒步之旅中，他们就好像是走进了世界上最壮丽的大型雪山实景博物馆。昊昕说，有时候一瞬间的光影，就会惊得他目瞪口呆。Ken说，路的两边都是非常有压迫感的山峰，就好像到了一个他们梦寐以求的地方。就连阅山无数的Stanley也激动无比，一路上他拍下了几乎每一座山峰，还不停地拍摄自己与山峰的合影。从伊斯兰堡到斯卡都，到阿斯科利，再到大本营，三个人一路上几乎没有休息，每一天都在往前赶路。

三个人沿着庞大的巴尔托洛冰川徒步，拐到支流冰川，逐渐逼近了那座6410米的山峰。"看地图看了三个月，今天终于看到这条冰河了！"Stanley几乎是喊了出来。

在这条支流冰川的尽头，包括6410峰在内，矗立着数座山峰。三个人还没有机会给这座未登峰起个名字，每每提起，姑且用"那个山"来含糊地指代它。当地人则以这条冰川的名字——Liligo（莉莉歌），一个好听的名字——统称这几座无名的未登峰为Liligo I峰、Liligo II峰、Liligo III峰，等等。没有人攀登过这条冰川峡谷里的山峰。Ken说，他们可能是第一批进到这条冰川最里面的人。这里是真正的荒蛮之地，登山家闪耀的舞台。在他们左手边，距"那个山"仅仅6公里远，就是著名的K1玛夏布鲁姆峰（海拔7821米）。这座山峰只属于世界一流登山家，三名年轻的新生代攀登者暂且不具备挑战它的资格。

后勤团队在冰川砾石间扎好了营地。这三名登山者原本预留了几天在大本营的休息时间,可一查天气预报,后面几天都是好天气。建营第二天,他们又继续向前,来到了海拔5000米的前进营地。那个山的北壁终于完整地出现了。曾经在谷歌地球上看到的虚拟山峰,如今终于矗立在眼前,三个人更觉兴奋。"真正看到那个山以后跟看到照片完全是另一个感觉,压迫感更大,更漂亮。"Ken说。在山脊上的一众角峰中,那个山显得格外挺拔尖锐。在波谲云诡的山区气候里,它的雪檐、冰川、沟槽,以及偶发的雪崩,都令人心生恐惧。

凌晨4点,三个人带着有限的补给与装备轻装出发了。这里的积雪很软,每迈上一步,都要滑下来两步。这里的冰壁很薄,无法打进冰锥做保护点。他们花费的时间比预想得还要久。

三个人当中,要数Stanley的技术与经验最成熟,但昊昕的攀登欲望却最强烈。他们爬到了一处充满暴露感的薄冰路段,Stanley先锋过几次之后便退却了,想再尝试其他路线。昊昕却说,没关系,我来先锋吧。从这里开始,三个人的结组方式反而变成了昊昕一路先锋,Stanley与Ken跟在后面跟攀。

路线越来越陡峭,后来几近垂直,即便Ken跟在后面攀爬,小腿肚子都有些颤颤巍巍。三个人原计划一口气爬到海拔5900多米的垭口处扎营,休息一晚过后,再伺机冲顶。由于攀登效率比预想的低得多,他们只能临时决定挂在岩壁上,坐着露宿一晚。傍晚,天上飘起雪花,很快就下起了大雪。三个人用半个屁股挨坐在悬崖边,在饥寒中熬过了这一晚。

三个人醒来以后继续攀登。这天上午,昊昕依旧很兴奋,Stanley和Ken跟在后面往上爬。他们的攀登效率还是太低了,远

第四部 梦幻高山

远落后于原定计划,看来还要在山上再熬一晚。到了中午,Ken提出,以这个速度恐怕到后面吃的不够,不如安全为主,还是先撤下去吧,过几天找个好天气窗口期再爬。昊昕和Stanley同意了。

下撤过程中,三个人拉开一段距离。Stanley走在最前面,昊昕和Ken跟在后面。其间Stanley的冰镐没有连接在安全带上,意外被流雪卷走。幸好人没事。回去的路上,他们没有过多交流,大家心里都知道这意味着什么。在技术地形上,阿式攀登者没有冰镐,就相当于攀岩者失去了双手,无法再攀爬高难度的技术路段。偏偏掉落冰镐的又是技术最强的Stanley。这支队伍登顶的可能性变得渺茫起来。他们在傍晚时撤回了前进营地。

三个人回到帐篷里吃点东西,又下到大本营休整几天。进山10天来,他们格外想念城市生活。昊昕给国内打了一通卫星电话,半开玩笑地说,我这边需要几个烤串,还需要一个披萨。Stanley在一旁补充道,再加一个火锅。昊昕说,对,再来一个火锅吧,火锅要来点毛肚、黄喉。

在营地休整期间,Stanley还给女朋友发了卫星短信,报了平安。女朋友没有告诉他,前一晚她做了很不好的噩梦。

休整几天之后,他们准备再次出发。此刻,他们再无法回避那个严肃的问题了:现在有三名攀登者,却只有两对冰镐。准确地说,是两对半,Ken还带了一支冰镐备份,但他绝没有想到他们一口气掉落了两支冰镐,而在这种高难度地形,剩下的半支冰镐绝无用武之地。那么,在第二次攀登的时候,谁要留在大本营等待,谁将有机会完成这座山峰的首登?

这次喀喇昆仑之旅的时间成本与经济支出十分高昂，每个人都不想在山脚下放弃这次机会。不过，按理也只能由Stanley自己来承担失误的代价。他当即提出留守在大本营，并祝昊昕和Ken成功登顶。出乎Stanley和昊昕意料的是，Ken考虑了几秒钟后，对Stanley说，我把我的冰镐给你，你和昊昕去爬。

"其实我自己也不想放弃，"Ken后来说，"但我是考虑过的。"Ken的无私决定背后，也经过了一番深思熟虑与内心挣扎。首先，这座山峰是Stanley发现并提出来要挑战的，如果就此放弃的话，Stanley很不甘心。其次，Stanley与昊昕的搭档组合，要比Ken与昊昕的搭档组合更有可能登顶这座山峰。如果这支小队完成了这座未登峰的首登，对于品牌来说将会是更好的宣传点，对于攀登者来说也更容易拿到赞助金。听完Ken的分析后，Stanley没有再推辞，感谢了Ken的好意。

三名攀登者再次爬到了前进营地。6月14日半夜2点，昊昕和Stanley在黑夜中与Ken作别，带着两台对讲机，背着大背包离开前进营地。Ken留在营地拿着相机拍摄。天亮以后，他们越爬越远，最后在长焦镜头中化作了两个小黑点。

昊昕与Stanley的组合果然高效。他们爬到了比第一次还高的位置，在山壁上露宿了一晚之后，又在6月15日早上继续爬向海拔5900多米的垭口。中午的时候，他们在对讲机里对Ken说，现在速度还挺理想，差不多就要爬到垭口了。下午2点多，Ken通过长焦镜头望去，昊昕和Stanley真的按计划爬到了垭口。又过了两个小时，他在镜头里没有看到他们。他们应该已经翻上去了吧，Ken心想。只有在他们爬上垭口后，从营地望去的视线才会被垭口阻挡。

这天下午,他再没有收到昊昕和Stanley的消息。到了晚上,Ken手里的对讲机提示电量低。他心想,会不会是昊昕他们的对讲机也没电了,所以才一直没有联系他。

6月16日,这是昊昕和Stanley出发后的第三天了,整整一上午都没有两个人的消息。Ken在前进营地多次呼叫,都没有收到回应。他心里生出一丝疑虑,但很快又打消了这个消极的念头——也许是对讲机相隔太远,信号被地形阻挡。在高海拔山区中,对讲机信号不好的情况很常见。按照计划,这一天昊昕和Stanley应该开始冲顶,然而Ken用长焦镜头望去,顶峰上空空如也——也许他们冲顶的路线本来就望不到。况且,比原计划推迟一天也符合常理,他们携带的食物足以多撑一天。Ken生出了许多个猜测,但每个猜测背后都对应着一点合理的解释。

到了下午,Ken越来越担心,索性拿出相机,对准自己,录下了此刻的焦虑。镜头里的他胡子拉碴,脸颊晒得通红。

"今天是我第三天在这里了,也是他们原定计划冲顶下来的第一天。昨天还能看到他们的位置,但现在已经看不到了。只能一直在这里等。心里面还是有点紧张。有点担心。因为今天天气很热,昨天又下了10公分的雪。也是一个非常容易触发雪崩的机会,"Ken对着镜头说,"看不到他们的位置,还是感觉心里面有点不舒服,有点不安。但是我还是相信他们的攀爬经验还有能力。我就在这里默默地、耐心地等待一下吧。我希望他们能安全登顶下来。就这样吧。"

也许等昊昕和Stanley成功登顶、安全下撤后,这段素材未来还可以剪进《喀喇昆仑历险记》的短片，当作片子里一个有惊无险的插曲。也许吧。

Ken的等待没有得到任何回应。到了傍晚，山上还是没有任何消息。Ken愈加肯定上面出了一些状况。他已经做好了最坏的打算。也许其中一名队员受伤了，被困在上面某个地方。Stanley随身携带了一台可以发送卫星短信的通信设备，也许他们早已把消息发给了成都的朋友们。

Ken撤回到大本营，拿出卫星电话打给阿左。从喀喇昆仑山深处发出的信号传到了地面基站、传到了卫星，几乎在一瞬间，就传到了四川。

18

距上一次通话已经过去几天了。昊昕、Ken与Stanley刚进山那几天，还遵守与阿左每天通话的约定。再后来，他们要隔好几天才打来一次电话。昨天，小树在攀岩时还问过阿左，昊昕他们有什么消息吗？阿左说，不用管他们，想也没用。小树听阿左这么一说，反而更印证了心里的担忧。凭她对男友的了解，阿左口头上表现得若无其事，这恰恰是他心里正在抗拒面对任何负面可能性的典型表现。

这天晚上，阿左正坐在成都大本营的客厅里。这时，手机突然响了。他拿起手机，走到阳台接听，只听Ken在电话里说，昊昕和Stanley已经在山上失联两天了，可能要呼叫救援。阿左一下子就火了，他对着电话骂道，我靠，他妈的你们去爬山，出发你们都不给我们打一下电话的吗？阿左让Ken立即呼叫直升机救援，同时叮嘱他留在前进营地等待。毕竟，在以往的攀登中，攀登者失联后迟一两天下山也是可能的。

Ken挂完电话，马上联系巴基斯坦的联络官，跟当地军方沟通出动直升机救援。直升机搜救是喀喇昆仑与喜马拉雅山区最常见、最高效的救援方式之一，它可以越过山区地形的障碍，飞到高处一览整片区域的全貌。这种救援方式也伴随着三个弊端：一是每出动一次直升机，都要花费不菲的金额；二是斡旋当地政府或军方出动直升机需要经过诸多烦琐的程序；三是即便再人命关天，直升机也要等到云开雾散的时候才能起飞，而在小气候多变的喀喇昆仑山区中,天气时刻充满了变数。搜救昊昕和Stanley的直升机并没有马上赶到,更让Ken焦灼的是,在这个重要时刻,他的卫星电话话费不够了。他无法再与外界联络。

Ken连夜从大本营下到莉莉歌冰川与巴尔托洛冰川的交汇点,克博兹营地(Khoburtse Camp)。这处营地位于巴尔托洛冰川的常规徒步路线上。如果能在晚上碰到恰好路过的徒步团队,可以再借一部卫星电话,打电话叫人先把话费交上——这还只是幸运的话。"说不好。所以我下去也只能是赌。"Ken说。他很幸运,在营地里碰到了其他团队,周折了一番才充好了话费。

6月17日早上,Ken又爬回到海拔5000米的前进营地。如果昊昕和Stanley真的因冲顶而推迟了一天行程,如果昊昕和Stanley受伤后正在慢慢下撤,如果昊昕和Stanley还有那么一线生机,那么今天就是最后的机会。Ken驻守在与他们作别的地方,等了一整天,始终没有等到他的搭档。"时间每过一秒,我就多一秒没有他们的消息,我心里面就越慌,越慌我就越觉得危险。"Ken说。

6月18日,巴方的直升机终于来了。这是一架松鼠B3直升机。松鼠B3是喀喇昆仑与喜马拉雅山区最常见的救援机型,长10米,重1吨,就如同一辆会飞的公交车。虽然这架飞机巡航极限高度可至4600米,但一名尼泊尔指挥官曾在2005年驾驶松鼠B3飞上珠峰,并降落在8844米的顶峰上,停留了3分50秒,打破了世界飞行史上的最高着陆纪录。在实际救援案例中,松鼠B3也曾在喀喇昆仑7000多米的高山上开展过救援,因此这架飞机也被称为"神奇直升机"(Mystery Chopper)。然而,神奇直升机今天却没有那么神奇了。

直升机在大本营接上了Ken,带着他迅速爬升到半空中,朝着那个山飞去。阿左早就交代好Ken,让他带上所有的相机设备,仔细观察山上的一切细节,并拍摄大量的视频与照片。这天大雾弥漫,能见度很低。Ken望向窗外,什么都看不到,只有一片白雾。飞机越爬越高,直到机身开始剧烈地颤抖着。巴方飞行员告诉Ken,他们已经达到了最高的巡航高度,如果飞进云雾中,机桨将会结冰。Ken原以为直升机翻过垭口后,他就可以俯瞰从山脊到山顶的这片区域。然而直升机连海拔6000米的垭口都没飞到。Ken很失望。他只好让飞机在垭口下方盘旋,并极力望向上方寻找,结果没有任何发现。

Ken下了飞机后,立即开始协调第二次搜救。他一只手拿着手机,另一只手里拿着个大充电宝。他不停地打电话,一个接一个地打。Ken说,他这辈子打的最多的电话基本上就是在这两天里。他要与中国驻巴基斯坦大使馆、巴基斯坦当地地接的探险公司沟通,同时还要和阿左商量接下来的对策、告知Stanley的家人,并且想办法弄到第二次直升机救援的费用。

巴方每出动一次直升机,就要花费近14万元人民币,而且一定要等钱款到账后才能出动救援。军方还要根据当天的天气预报来决定是否起飞。第一次直升机救援的费用暂由当地的探险公司垫付了,但第二次搜救还要再付个14万。对于Ken、阿左等人来说,14万够他们在成都生活几年了。即便他们想办法筹集到了高昂的直升机救援费用,之后还要经过一系列复杂的中间方转账手续，不免会浪费许多时间。时间，他们现在最需要的就是时间。Ken每次与巴基斯坦军方的沟通斡旋，都要通过当地探险公司来回传话，催促他们赶快派直升机过来。几天下来，他基本没合上过眼睛，已然心力交瘁，但他还要尽力说服军方再出动一次直升机。时间还在不停地流逝。眼看就要过了黄金72小时救援时间，Ken的压力也越来越大。

"那几天我心里在想，他们两个的命都有可能控制在我手上，同时他们两个家庭所有的希望都在我身上。"Ken说。

大家终于凑好了钱。巴方的天气预报却说，次日的天气依然不理想。军方担心恶劣天气容易出事故，还在等待好天气窗口。在这种天气里，即便直升机强行起飞，搜寻的结果很可能和第一天一样飞不过垭口，只能在大雾中穿梭。"你每叫它（直升机）一次，每出动一次，都要收钱，"Ken说，"我跟阿左决定了，再来一次。可能跟昨天一样没有情况，但还是不要让自己后悔。说不定真的有发现。"

6月19日，直升机终于再次出动了。这天的天气比上一次稍好，但依旧是大雾，直升机还是飞不过垭口。Ken努力往垭口方向望去。他多希望看到昊昕和Stanley两个人正在某个角落里等着他，正朝着直升机的方向招手挥舞。他多希望他的搭档只是受伤了、困在原地而已，如今终于等到了他们的支援。

"像那种爬、爬、爬受伤了，像《触及巅峰》（在山难中奇迹般地死里逃生）那种概率太小了，一千年才能够出一两次，或是一百年才有一次，那就很OK了。"阿左说。阿左先后接到Ken的几次电话汇报后，越来越不乐观。他一边应品牌的要求来到海南出席订货会，一边时刻和Ken紧密联络。他让Ken这次一定要仔细观察。

Ken往窗外望去，还是白茫茫一片。只是，离前进营地不远处，在山脚下的雪坡上露出一些"小东西"。这些"小东西"已被这两天的新雪覆盖掉大半部分，Ken还是依稀能辨认出，那是他们的睡袋和背包。虽然他依旧没有观察到昊昕与Stanley二人的踪迹，但在他们失联数日后又望到这些物品，他大概明白这意味着什么。这趟直升机直接飞回到了斯卡都。他再次给阿左打了电话，把这次的发现告诉他。

阿左接到电话，从订货会的饭桌前离席，听了Ken的最新汇报。身为一名攀登者，翻阅过许多篇事故报告的攀登者，他们无法再欺骗自己了。是时候要直面它了。Ken和阿左在电话里商定好各自的分工，分别联系双方的家人。

阿左打给了昊昕的姨妈。昊昕的姨妈一直焦急地等待搜救结果。阿左告诉她，这次是个坏消息……昊昕的姨妈一下子就哭了。昊昕的姨父接过去，之后又把电话挂断了。

阿左走回订货会的饭桌旁。在大家的注视下，他装作若无其事地继续扒拉了两口吃的，正要往嘴里塞下一口饭，突然一下子痛哭了出来。阿左对品牌方说，他要立即赶回成都，今晚就要走。

Ken还站在斯卡都的酒店外面，拿着电话，犹豫着。

"他（Stanley）妈妈一直在等我电话。因为我们每天都有跟他们汇报进度。他妈妈就一直非常期待着，怎么说，她就感觉一直希望我们找到她的儿子，"Ken说，"她把他们整个家人所有的希望都寄托在我身上。希望我能跟当地人配合好，找到她的儿子。希望我能给他们一个好消息。"

然而对于Stanley的父母来说，这将是一通死亡电话，是宣布一个年轻生命的结束和一场漫长噩梦的开始。他不知道该如何开口。他足足犹豫了15分钟。他终于鼓起勇气拨打了号码。他按下的每一个数字按键都是那么的沉重。

电话响了两下，立马就接通了。是Stanley妈妈接的电话。她对儿子的爱曾令她变得迷信。正是因为这迷信，母子之间爆发了无数次争吵，产生了深深的隔阂。也正是因为这迷信，Stanley才决定奋力书写自己的命运，攀向一座座极致的高山。面对Stanley的妈妈，Ken还是开不了口。最后，他只能努力地、慢慢地、一字一句地把直升机搜寻的结果告诉她。

"那一刻，我打电话那一刻，可以说是我这辈子最难受的一刻，"Ken说，"我跟他妈妈说的每一句话，每一句话，都好像是一把刀捅在她身上，插在她身上。"

Stanley的妈妈听了Ken的讲述，几乎就要晕倒了。Stanley的爸爸接过电话，哭着对他说，现在是什么安排，可不可以再继续找一下，他们有没有可能正躲在哪个地方，咱们找到他们啊。Ken说，山里的天气十分复杂，但他已经安排人手，明天或后天继续上山搜寻。Stanley的父母几乎要崩溃了。Ken后来一直通过Stanley的哥哥来联系他们。也许他们不愿再从电话里直接听到更多的坏消息。

阿左从海南赶回了成都。此时成都的大本营里除了华枫、晶晶、小树，还聚集了一大批前来支援的朋友，领攀的前同事刘峻甫与小白，昊昕的好友王培嘉与花花。就连远在北京的周鹏也接到求援的消息，立即办好签证，收拾好装备，随时准备出发。等阿左走进家门的时候，这群年轻的攀登者已经在商量对策。大家在会上一致决定：由高海拔攀登经验最丰富的阿左与华枫、英语最好的小树三人组成第一批搜救队，先飞到当地了解情况。此行的目的是首先保住Ken哥，并找到昊昕和Stanley，带他们回家。

这几天下来，Ken经历了身体与心灵的双重折磨，可他还要再一次带上人手和装备进山。他们来到前进营地，爬到目标区域。距上次直升机搜寻已经过去三天了。这三天的天气一直乌糟糟的，山上又下了新雪，发生了二次雪崩。雪坡上残留着一道雪崩过后的伤痕。上次他从直升机上发现的睡袋等物品，如今都已被大雪掩埋。这一次，他又在现场找到了昊昕和Stanley的头盔。这两顶头盔的外壳已经破碎，内层泡沫缓冲垫已经消失不见，织带也被外力拉出。Ken把这个坏消息告诉了阿左等人。

阿左、小树与华枫紧急办好了签证，坐上从成都飞往伊斯兰堡的飞机。在小树看来，阿左这一路都在假装坚强。这几年，阿左身边的亲人与好友相继离世，他忍耐痛苦与消化悲伤的能力也相应提高。身为这帮朋友当中的领袖，他没有多余的精力倾诉内心的悲痛情绪。"他（阿左）心里面想的更多的是我下一步应该怎么做，而不是我为这个事情感到多难过。"小树说。一行人在阿布扎比转机的时候，接到了Ken打来的电话。这次进山搜救的结果并不理想，也进一步证实了昊昕和Stanley已经遇难。

小树在飞机上哭了。阿左反倒安慰她,不要哭啊,你看这是我们俩第一次一起出国呢。

阿左、小树与华枫终于抵达了伊斯兰堡。由于近日来喀喇昆仑山区的天气持续恶劣,从伊斯兰堡飞往斯卡都的航班取消了。这趟航班每天只有一趟。他们等不及了。第二天一早,他们包了一辆车,昼夜不停地开往斯卡都。汽车连续开了三十多个小时后——凌晨4点,他们实在困得不行,停在路边眯了两个小时——终于在第三天晚上赶到了斯卡都。阿左等人终于见到了Ken。

Ken整个人黑乎乎的,神情憔悴。这一个星期以来,他独自一人在前线孤军奋战,承担着所有人的期待与失望。他不断被四面八方的祈求拉扯着,就快要被扯裂了。他靠着"他们过来,他们快点过来"的信念撑到现在。现在,他们终于过来了。Ken很感动。阿左等人很心疼。他们拥抱了一下。

四个人回到酒店后,重新梳理几次搜救时拍摄的照片与视频,并进一步缩小了搜寻的范围:位于海拔5300米的雪崩痕迹处。大家决定,阿左、Ken和华枫带队再次进山搜寻,小树留在斯卡都负责协调各方。双方每天都要通过卫星电话向彼此汇报,再由小树统一口径、对外传播消息。

从斯卡都徒步到前进营地要四天,而直升机只要一个小时。直升机显然是最优的选择。又一个迫切而实际的问题出现了:他们没钱出动直升机了。前几次直升机搜救已经花了近6万美元(约41万元人民币)。未来几天,更多频次的直升机、更多的人力物力与遗体运输费用加在一起,会是一个相当恐怖的数字。

他们需要外界的援助。

6月26日早上，梦幻高山公众号发布了一篇文章《"带昊昕回家"募捐公告》。这几天，巴基斯坦山难事件早就传遍了中国的登山社区，也上了国内的新闻热搜。认识昊昕的朋友纷纷来到他最后一条朋友圈下留言。成都与港台媒体闻风而动，各种未经证实的传言纷纷扰扰。所有人都在等待一个明确的结果。在这篇文章中，传闻得到了证实：

"此刻，我们极不情愿地替我们的好朋友李昊昕，国内年轻的极限摄影师和阿式攀登爱好者，向他的亲人，他的朋友和他曾短暂来过的世界，说声告别……我们有个心愿，就是帮助昊昕和遇难同伴的亲人，把他们带回祖国，带回家乡。我们也希望尽我们的薄力，尽量减轻他们的亲人面对高昂费用的压力，因此我们发起本次'带昊昕回家'的募捐。"

发布公告的这天下午，阿左感到很无力。他还没来得及思考，未来的人生中将面临何种巨大的缺憾与落差。他想起了在大雪塘遭遇雪崩的那天晚上，昊昕与他半开玩笑似的约定——"我家里还有一个妈，万一我挂了，要不你帮我照顾一下我妈。""没问题。我靠，这有什么难的。交给我好了。"如今，这些玩笑话都成了一种承诺。阿左暗下承诺：一定要请你的家人、你的朋友，那些爱你的人放心，我们现在有一帮朋友在一起会努力做好剩下的事情。

在文章发布前的那一刻，阿左以为能募捐到20万，补贴一部分费用，大家再努力凑一凑就行了。他没有想到，这篇文章在中国登山界凝聚成一股巨大的力量。从文章发布后的那一刻起,各处汇款纷纷而至。每一分钟、每30秒,甚至每一秒,都有人在打款。一天之内,他们就募集到了80多万,远超出目标金额。他们马上停止捐款活动。源源不断的捐款仍在打来,局面甚至一度有些失控。他们宣布停止收款后,又陆续收到了30多万。这股力量也惊动了官方媒体。新华社发布了较为准确的报道《两名中国登山者在巴基斯坦遭雪崩遇难 遗体仍在搜寻中》。更多社会力量开始关注这起发生在境外的山难事件。

救援资金到位后,山里的情况却有了变化。他们得到消息,搜救目标区域上方频发落石,垭口与山脊处的巨大雪檐摇摇欲坠。阿左等人犹豫着是否要立即进山:"如果搜救队员近期进入,必然会再次暴露在这些风险之中。就像家属都告诉我们的,他们已经失去了至亲的家人,无法再承受搜寻队伍中任何人员发生任何意外。而且下一次搜索是否能保证找到他们,即使能够保证,让搜寻队再次承担风险,是否值得?"

喀喇昆仑山的环境特点超出了他们的认知,在川西多年攀登积攒下来的丰富经验不再适用了。他们只好咨询巴基斯坦当地的探险公司、地质学家、高山向导、救援机构与常年在此攀登的登山者们。大家一致得出结论:在7月底到8月上旬期间搜寻应该是最高效的,且降雪和积雪的减少也会降低搜寻队伍的风险。

阿左等人决定在8月重返喀喇昆仑搜寻。在离开斯卡都之前,他们把部分装备物资留在当地,还发出"悬赏",放出消息:如果哪位当地的领队或背夫在这条路线上带队徒步时碰巧发现线索,并拍到照片,就可以拿到4000美元的奖金。这相当于当地人干个两三年的收入。

Ken终于回到了阔别一个多月的四川,回到了成都的大本营。如今这个异乡城市让他感到亲切。几天后,他又回到了家乡香港。巴基斯坦山难在香港地区也传得沸沸扬扬。Ken还在山里的时候,弟弟就跟他通过电话。回家后,他的爸爸妈妈却一点也没提起这件事。他在香港逗留了一个多礼拜,其间Stanley的家人也想见见他。

当Ken被Stanley的亲友包围住,独自面对着他的父亲、母亲、哥哥、女友、好友等人,他倍感压力。不过经历了那几天的事情之后,这些压力都算不上什么了。他觉得这是他应该做的。他再次详细地讲述了整个攀登过程和事故经过。他承诺,等到积雪融化的时候,一定会把Stanley带回家。

19

7月,喀喇昆仑山区气温升高,积雪融化。巴基斯坦当地的向导们再次爬到了前进营地附近。这里到处都是雪崩过后的乱雪痕迹,依旧不见昊昕和Stanley的踪影。阿左看到他们发来的照片后,只好继续等待。一个礼拜后,阿左再也等不下去了。他决定召集人手,再次前往喀喇昆仑山搜寻。他带上了Ken、小树、晶晶,在高海拔上体能强悍的刘峻甫,还有对喀喇昆仑山区较为熟悉的王培嘉。

王培嘉这辈子最好的朋友就是昊昕,他一直想做点什么,可是始终帮不上忙。几乎就在昊昕和Stanley出事的前一天晚上,王培嘉做了一个梦。他梦到在他面前有个人,跳进了冰湖中的冰窟窿里。王培嘉醒来后,有那么一瞬间,想这个人会不会是昊昕。他转念又一想,怎么可能是昊昕。昊昕过去时常跟他开玩笑说,他不想老了躺在病床上,活到五六十岁就差不多了。"但是他妈的他也没到呢啊。"王培嘉说。

第二天,王培嘉跟朋友吃饭喝酒的时候,还说起这个梦,嘀咕着,是不是有人在跟他求助呢。后来他才震惊地得知昊昕失联了。随着失联的时间越久,他越发意识到真的出事了,他的内心就越压抑。他抽着烟,绕着小区一圈又一圈地走,等待着阿左打来的求援电话。

王培嘉曾跟阿左说过,实在忙不过来就告诉他。阿左总是说,没关系,暂时还不需要。"阿左那会儿把所有的事都扛过去了，就他在弄。然后各方面都想去帮他，但是可能有的帮不到——帮的那种方式根本就是扯淡。"王培嘉说。事故发生后，很多像王培嘉这样的朋友都渴望做点什么。对于这些失去朋友的登山者来说，寻找友人的过程，也是缅怀与抒发情绪的方式之一。当他得知阿左正准备二次搜寻时，他坚定地跑来到成都，"反正我就觉得这个事我必须干，要不然我会遗憾一辈子"。

7月底，搜寻队再次来到了斯卡都。阿左成为这帮朋友当中的领袖：他安排小树和晶晶两名女生留在斯卡都负责对外联络，他亲自率领Ken、王培嘉和刘峻甫进山搜寻，双方每天定时打电话汇报。阿左等人沿着昊昕和Stanley曾走过的路，一周后来到了前进营地。

在这趟充满未知的搜寻行动中，对于找到遗体这件事，每名队员都有各自的期望。其实王培嘉没有抱太大的希望，他觉得能不能找到纯粹是碰运气。Ken则向Stanley父母做出了承诺，一定要找到他。刘峻甫也是抱着决心而来。上一次，由于少数民族的签证问题，小刘没有及时办下来手续。这一次，他早早就办好了签证，决心要把昊昕带回家。最近这几天，阿左仔细对比了现场照片，锁定了几片较为精确的区域。他们还带上了金属探测仪和雪崩探杆等专业的搜寻设备。这一趟，阿左已有七八成的把握。

四名年轻人与两名巴基斯坦当地向导来到了前进营地，这里到处都是乱雪与落石。周围的山体时而爆发出惊天动地的冰崩与岩崩。他们等到第二天凌晨5点，一天当中较为寒冷、山体较为稳定的时候，便开始用金属探测仪搜寻。他们本以为这些设备会发挥大作用。可金属探测仪每报警一次，他们就要停下来，在发出警报的位置深挖出雪洞，最后往往只取出一小片金属。积雪下埋藏了昊昕和Stanley散落的无数个金属配件，冰爪、锁、水壶的碎片。眼看就要到了中午，落石频繁砸落下来。阿左的压力很大，他担心在搜寻过程中再次遭遇雪崩。他说，这样找太浪费时间了。他决定明天早上要换个策略。

8月4日早上8点，六个人一字排开，用两三米长的探杆一下下插入积雪中，开始地毯式搜索。现场的气氛并不算沉重。事实上，当阿左笑骂起昊昕和Stanley时——"我觉得好像这两个人害兄弟们在这儿忙了半天，不早点出来"——大家也都跟着开起了玩笑，就像他们平时相处的那样插科打诨、轻松戏谑。

"我靠，赶紧给老子滚出来。"

"他妈的，浪费大家时间。"

"你还让不让兄弟们好好生活了。"

大家一边骂骂咧咧，一边努力搜寻着。这时，其中一名巴基斯坦向导好像挖到了什么，他的探杆怎么也插不进雪地。他招呼大家过来看一下，可能找到了。大家开始用雪铲往下挖。"很浅，一下就挖到了。"阿左说。

在看到他们的那一刻，所有奇迹般的微弱可能性都没有了。那些承诺、寄托、回忆、理想与年轻的生命力都在这一刻画上了句点。气氛瞬间凝重下来。阿左、Ken、王培嘉、小刘都流下了眼泪。喀喇昆仑山是世界顶尖攀登者的向往之地，而此刻，他们是如此憎恨这里。

阿左一边揩着眼泪，一边说，我他妈一点儿都不喜欢这儿，操。

Ken说，这个冰川和这个山，我感觉我不会想再来。

王培嘉坐在石头上，怅然地说，再见了，兄弟，再见了。

由于事故现场位于雪崩区，大家都相信是雪崩带走了他们。在众多山难事故中，登山者在熟睡时被雪崩悄无声息地带走，相对来说是最不痛苦的遇难方式。"估计是雪崩吧，因为我们已经这么写了，"阿左说，"究竟（什么原因）没有人知道。"不过，他根据现场情况推测，又觉得不太像是雪崩，有可能他们是从上面掉落下来的——当然，这也只是一种可能性。

大家收敛好昊昕和Stanley的遗体，用帐篷和睡袋把他们包裹住，再用直升机运送到斯卡都的军方医院冷库，之后在伊斯兰堡火化。阿左负责把昊昕的骨灰带给他的姨妈，Ken把Stanley的骨灰带回香港。他们履行了当初许下的承诺。

由于一年前刘兴遇难后缺少相关证明文件，保险公司与家属扯皮了很久。有了上次的经验，这次在离开巴基斯坦之前，阿左等人还做好了万全的准备。"像使馆、巴基斯坦政府、当地区级政府、村镇、吉尔吉特，所有的批准文件与认证，我们全部搞到手了。使馆方的文件我们也拿到手了，他们的火化证明全部搞到手了，你再给我挑刺，没有刺可以挑。"阿左说。

亡者已逝，生者还要好好地活下去。料理好保险所需的手续，并顺利拿到意外死亡的赔偿，往往是对遇难者与遇难者家属最实际的交代。

阿左回国后，昊昕的亲友们要操办一场追悼会。阿左的想法是不要办了。这也算是昊昕的意思。半年前，阿左和昊昕在一家酒店大堂参加了刘兴追悼会。当时两个人一致认为，如果他们当中谁以后不在了，就没必要再搞这种仪式了。他们都喜欢简单而朴素的告别方式。姨妈也尊重他们的想法。

昊昕的其他亲友却对阿左说，你们太自私了吧，你们去做事情不让我们参与，回来以后还不允许我们搞一个仪式。对于那些没有参与到搜寻行动的昊昕亲友来说，追悼会可能是他们缅怀故人的唯一方式。没有追悼会，这个人就好像没有真正地离开。阿左后来反思了一下，觉得他们说的也没错。

"很多人想提供帮助，我们都拒绝了，我觉得不需要，我们能搞定。但是反过来，其实你接受别人的帮助，是对这个人的一个认可，对他和昊昕这份感情的一个认可，"阿左说，"但这是当时我们所忽视的。我们当时只是觉得这个事情我们要赶紧把它搞定。"他刚从巴基斯坦回来不过才几天，还没有精力想得那么深远。最后昊昕的姨妈做了个平衡，在成都殡仪馆找了一间几十平米的小厅举办追悼会。

昊昕的追悼会最终定在8月24日。追悼会现场播放着平克·弗洛伊德的歌，还播放着阿左和昊昕登顶幺妹峰的视频 *The View*。昊昕的许多朋友和亲戚都来了。阿左在屋里站了一会儿，就出去透透气了。

在2000公里外的北京，昊昕追悼会这一天也是北师大毕业生周年返校纪念日。毕业10年、20年、30年、40年的校友们重聚在这里。昊昕的老同学们都回到了校园，聊聊这10年来大家的改变与成长，唯独少了李昊昕。"时间就是这么巧合，而且残忍。"昊昕的大学室友写道。

追悼会结束后,昊昕被安放在了成都的墓园中。墓碑上放了那张他站在幺妹顶峰的照片。照片里的他神采飞扬。碑上还挂着他的一支冰镐。每到了6月的那一天,朋友们就会来这里看望他,缅怀他心中的梦幻高山。

昊昕母亲的阿尔茨海默病越来越严重。没有人知晓这名患了阿尔茨海默病的病人知不知道儿子已经不在人世了。"但是我猜她知道。只是她说不出来了。"阿左说。

在成都的大本营里,大家把一张昊昕与Stanley在阿尔卑斯山拍的合影,放在了刘兴的照片旁边。他们平时在屋里聊天时,从不避讳谈及昊昕、Stanley和刘兴的名字,就好像他们随时都会推开门走进来。

Stanley的追思会一切从简。女朋友Yui曾问过他,要是有天离开了,希望我们用什么样的方式道别?Stanley说,他讨厌复杂琐碎的仪式,如果一定要有个什么,那就把他的朋友们找来,大家开开心心喝点酒。在一个风和日丽的午后,Stanley的朋友们来到香港中环的club 71酒吧。这里曾是Stanley最喜欢的一家酒吧。朋友们聚在这里开开心心地喝着酒,聊着关于Stanley的往事。Stanley想出书的愿望最终也没能实现,Yui便把他写过的文字排版、装订成纪念册,帮助他完成遗愿。

Stanley的前女友Mandy也来到了追思会现场。她希望这个仪式或许代表着Stanley真的离开了。一直以来,他们这帮老朋友们都不太相信这件事真的发生了,而是觉得他还活在这个世界上,只是大家没有办法再见到他。就在他去巴基斯坦前两周,他们还见过面。得知Stanley失联后,她做了个梦,梦到他支离破碎的身体，梦到他告诉她，要好好地生活。她醒来以后吓坏了。

以前Stanley常常去世界各地爬山，偶尔也会短暂地失联。这次就像是他又去哪里爬山了而已。在遗体被找到之前，她还会给他发信息留言，where have you been？（你去哪儿了？）只不过这次，他没有再回信息。他曾经活跃的脸书账号与野人旅志没有再更新，就像是一次漫长的失联。他社交媒体上的状态停留在了他27岁的一天。"他很坏。他让自己停留在27岁，那么帅的样子，年轻的样子。好像只有我一直在变老。"Mandy说。

Stanley的追思会结束之后，朋友们对他的思念却没有真正结束。台湾的朋友们无法像昊昕的亲友们一样，定期来到某个地点缅怀Stanley，就好像他曾经的存在是个梦幻泡影。"讲白一点是没看过他的粉，没看过他的一个碑，什么都没有。连他到底是怎么离开的，我真的什么都不知道。"Mandy说。Stanley出事前几个月，他曾和台湾地区的登山者完成了一条新路线的首登。为了纪念Stanley，这条路线后来被重新命名为"史丹利脊"（Stanley Ridge）。这可能是朋友们缅怀Stanley的唯一地点。他永远被台湾登山者用山峰铭记。Mandy说，假如Stanley还在的话，他不可能停留在某个地方。他一定在爬山。

等最近几个月一连串的忙碌告一段落，阿左终于可以喘口气了。忽然闲下来之后，他被一股莫名的失落感笼罩着。他和昊昕的生活、工作与未来计划完全捆绑在一起。"他突然离开之后，我感觉有点迷失了。"阿左说。如今，梦幻高山团队只剩下了阿左与Ken。Ken一度决定再也不爬6000米高的山峰了，而阿左却更加坚定地走在攀登的道路上。从喀喇昆仑山回到四川才两个月,阿左便和刘峻甫再次出发,去川西攀登新的山峰。

"我知道很多非常热爱攀登的人,他们的搭档出事,第二天就不再攀登,卖掉他们所有的装备,"曾山说,"我还知道有一些人,如果一个好的搭档离开,还依然决定做这个事情,发自内心决定做这个事情,而且攀登越来越积极。攀登所给予他们的东西,完全超越了被攀登所夺走的东西。"显然,阿左属于后者。

20

2019年秋天,阿左和小刘来到贡嘎山西侧的达多曼因峰脚下。达多曼因的主峰和东峰分别被新西兰、日本登山队首登,而西峰(海拔6297米)的攀登历史还保留着空白。一年前的春天,当阿左看到这座山峰的照片时,立即被它深深地吸引住了,"达多曼因卫峰平整的西壁沉浸在酒红色的晚霞中格外引人注目"。那种美的感受又来了。达多曼因卫峰不仅是一座美的山峰,它的西壁上还可能有一条美的线路。

可是,自进山以来,阿左便紧锁着眉头,心事重重。他说,他心里想的不是接下来的攀登目标,而是刚刚离开他的朋友。曾几何时,他们也像现在这样出发,赶赴一座山峰,却没有再回来。他不由得反问自己,"我们这次能回来吗?"

与阿左不同的是,他身旁的小刘只要进了山,上了高海拔,就露出少年般纯真的笑容。小刘也和阿左一起经历过搜救刘兴、搜救昊昕与Stanley的全部过程。他和刘兴的深入交流不多,但也朝夕相处了数年时间。自从当年阿左离开领攀学校后,他和刘兴便成了学校里屈指可数的几位年轻教练。他们最后一别的画面——刘兴背着包,背对着他,缓缓地走下山坡——至今保留在他的记忆深处。与刘兴相比,昊昕则显得开朗而热情,完全不像大他十岁的哥哥,而是像个同龄人一样。小刘常常和昊昕开一些没心没肺的玩笑。他刚毕业那段时间租不起房,昊昕就让他在家里住了一个多月。小刘对昊昕满怀感激、怀念与遗憾。

随着身边这些朋友在山上一个接一个地离去，小刘在攀登的道路上却走得愈加坚定。他看起来总是没有什么烦恼与焦虑。特别是每次进山以后，他只想攀登。这一点让阿左等人格外羡慕。

小刘从小在阿坝州茂县的羌族寨子里长大，说着羌语，生活在海拔2000多米的山谷中。他的父母在羌寨里务农，家里还有个妹妹。他在高中时练体育，在800米项目中成绩普普通通，文化课也并不好。他考上了四川旅游学院的户外专业。大三那一年，学校老师把他推荐到了领攀登山培训学校。小刘成了领攀的实习生。

初入领攀时，这名21岁的羌族少年做着每一名新员工都要完成的必修课：收拾仓库。此时，同样从收拾仓库成长起来的阿左，刚刚在大雪塘三峰上开辟了一条新路线，正享受着开辟新路线带来的乐趣，也承受着自由攀登的代价。小刘第一次去登山，便以协作身份参与领攀在国庆期间组织的都日峰商业登山活动。其间山上大雾，他爬上这座入门级山峰的雪坡，往山下望了望，有些害怕。

在登山公司工作，绝不缺少实践的机会。小刘在课上旁听着曾山与古古等前辈的传授，通过给更新的新手讲课来强化他对攀登的理解。他从实习生、助理教练一路成长为真正的教练。一年后，小刘收获了人生中的第一个攀登成就：跟着老师曾山完成了雀儿山的国人首登。

早在2003年，曾山和马一桦就把雀儿山开发成了刃脊探险的招牌商业山峰。当年，马一桦和曾山站在了雀儿山所谓的顶峰上，顺着刀刃般的山脊，向东遥望400多米外的另一个顶峰时，两个人面面相觑，那边看起来好像更高一点儿。不过，管他呢。此后每年夏天，雀儿山平坦的大本营上都扎满了帐篷，几十家大大小小的登山探险公司，带领四五百名甚至上千名登山客户，穿越冰原和冰川，攀上冰壁，攀登这座被誉为中国最峻美的6000米商业山峰。至于雀儿山的另一个顶峰，除了美国传奇登山家查利·福勒当年独攀登顶了之外，再没有人质疑过雀儿山的真假顶问题。既然马一桦和曾山都说这就是雀儿山的顶峰，那它就是雀儿山的顶峰。

2017年夏天，曾山决定推翻十四年前的那次攀登。他带着小刘等人，沿着一条无人走过的路线——半路上还看见了雪豹的脚印——爬上脆弱而危险的冰壁，再沿着刃脊迈向了雀儿山真正的顶峰。他们在顶峰上测得了海拔数据。东顶确实要比西顶高了15米到20米。这次充满了勇气与反叛精神的攀登，入围了当年更具国际影响力的金冰镐奖长名单。然而，这一年国内的金犀牛奖颁却给了阿左与昊昕的幺妹峰攀登。这多少让小刘有点羡慕，羡慕阿左已经成为一名成熟的自由攀登者了。而在攀登雀儿山东顶途中，他一路都在跟着老师攀登。"老实说我也特别害怕，也很担心。那时候对自己没有信心，爬起来害怕出状况。"小刘说。在他看来，登顶幺妹峰后的阿左更加自信了。他需要那种自信。

小刘没有在登山领域获得这种自信，反而在自由攀登者们从未涉足过的越野跑耐力赛上大出风头。这一年秋天，小刘初次尝试越野跑比赛，就在艰难的环四姑娘山超级越野跑赛100

第四部　梦幻高山

公里组别拿到了第四名。前三名均是世界级的职业越野跑运动员。之后他连续参加了三年，在这项赛事中拿到了两个冠军和一个亚军。

小刘还参加了四届半脊峰速攀大会，连续夺得四届冠军，垄断了这项赛事的历届赛会纪录。当年马一桦和曾山开发半脊峰时，用了三天才登顶；严冬冬和周鹏在这座山峰上首次尝试搭档，往返仅用了13小时39分钟，大呼畅快；而小刘从同样的起点出发，一路跑到顶峰，只用了3小时09分13秒，这还包括组委会强制规定的45分钟休息时间。

小刘成了雪山上最快的男人。在高海拔山峰上，特别是在技术性没那么强的路段，他几乎碾压了任何一名已知的自由攀登者，而且距离越长、时间越久，他的优势就越大。单单从高海拔耐力、体能持续输出的功率来讲——这也是他的前辈们常常忽视、从未刻意训练过的部分——刘峻甫可能是中国有史以来体能最强悍的民间登山者。如果想朝着登山高手的行列再迈进一步，他只需要向成熟的攀登者学习更多的策略、经验与技术，就比如此刻他身边的搭档阿左。

在达多曼因，阿左过去几年积累起来的自信坍塌了。他面前的高山越是清晰，攀登的意义就越显梦幻与虚无。进山前，阿左和小刘在镇子上吃饭的时候，两个人还开玩笑说，我们这顿一定要吃好点，有可能这就是我们最后一顿饭了。他们在山脚下适应海拔的时候，一路讨论着刘兴和昊昕对他们的影响。阿左的情绪多少影响了向来乐观的小刘，"对攀登会有一些恐惧，变得没有那么有信心"。

这天晚上，他们在雪中建好营地，钻进睡袋，越想越害怕。在阿左的攀登生涯中，他还从未这样矛盾过，各种想法在脑袋里博弈。"没办法像以前一样，尽管路线有很多未知，都敢去干。但这一次真的，你越把它看得清楚，你越害怕。"阿左后来说。这对搭档在帐篷里辨听着营地周围山体上崩塌的雪檐，与帐篷外纷飞的大雪，最后还是决定，算了，怂了，回去吧，听到这个声音就怕了。这对搭档在决定下撤的那一刻，心里竟有种如释重负的感觉。

阿左和小刘回到成都后，很快就到了冬天。这标志着2019年终于要过去了。阿左恨透了这一年。在这一年的最后几天，他在朋友圈里写道，"赶紧滚吧，2019"。这一年冬天，阿左又来到双桥沟攀冰训练。一天晚上，他喝了点酒，没有绷住，搂着小刘号啕大哭。场面十分壮观。

曾山认为，对于时常要面对死亡处境的自由攀登者来说，哭一哭挺好的。"实际上大脑里有很多垃圾在里面，哭是一种把垃圾清理出去的方式，"曾山说，"完了以后，你会把事情看得更清楚。"

阿左果然看得更清楚了。他不想再自怨自艾地沉浸在悲痛之中，而是想结合自己的攀登经验与拍摄技能，做一些对登山社区有公共价值的事情。比如，他想做一系列视频节目，"让一些经验更丰富的攀登者，从个人的攀登历史出发，去解读一些有代表性的攀登报告和事故报告……尽可能地引发更多的攀登者去思考，去思考别人的攀登，去思考自己的攀登"。他想肩负起一种责任。这责任就像是Stanley曾经说过的：清楚事件的发生，从中改进、学习，然后传播给大众，就是作为攀登者的责任。小刘帮他想好了这档视频栏目的名字《垂直报告》，虽然这个名字用阿左的四川普通话说出来就像是"锤子报告"。

阿左还计划和Ken在川西一带，寻找更适合年轻的自由攀登者进阶提高的山峰。他不断反思这次巴基斯坦的山难，结合他阅读过的历年来的事故报告，再对比阿尔卑斯登山者的成功经验，最终总结出他的理念。他把阿式攀登比作开车，把技术型山峰比作驾校。他认为，新手都是在驾校里训练，就算暴露出问题，也不会有很大的后果，驾校的练车场提供了相对安全的训练环境，可供他们反复训练，直到解决所有问题。无论是最早期的王茁、刘喜男、伍鹏，还是李红学、严冬冬、柳志雄、昊昕，一代又一代的年轻自由攀登者"缺少这样可供反复训练的理想山峰。大家不得不走向那些信息缺少的狂野山峰，一次尝试成功了，完成路线并安全返回了，但成功完成了路线并不意味着攀登中不存在问题"。

由于2020年初新冠病毒疫情在全国各地暴发，他们的寻山计划只好暂时推迟。阿左利用这几个月居家的时间，翻出来在巴基斯坦拍摄的素材。他想把这段故事剪成一个片子。他觉得数字化的影像作品或许比他的生命更长久。这样以后大家在怀念这些朋友的时候，"偶尔翻一翻，有个地方可以看"。昊昕曾经与阿左讨论过，梦幻高山一直在给品牌或赛事拍片子、剪片子，迟早有一天也要拍一拍他们自己的故事。如今，这个想法竟然以这种方式实现了。

阿左找出来昊昕和Ken在巴基斯坦拍的素材、几次搜救时拍的素材，还翻出来2018年阿尔卑斯攀登、2017年幺妹峰攀登、2016年大雪塘三峰攀登的素材……他沿着这条时间线，溯源到了他们最开始认识的那家肯德基。他尽量挑出其中昊昕和Stanley快乐而欢笑的场景。他想让大家知道，其实他们在山里面是非常开心的。然而阿左搜遍了硬盘里的素材，才意识到一直以来都是他和昊昕在拍别人，真正有昊昕的镜头素材反而少得可怜。他一遍一遍地回顾这些记忆碎片，沉浸在过去的回忆里，常常看着看着就哭了，一度忘了挑素材的目的。

在这段时间里，小树也明显感觉到阿左的压抑情绪：很少主动说话，也不愿意跟她搭话。最近小树的公司恰好从广东搬到了成都，阿左便从大本营里搬出来，和女友租了一间房子。白天，小树出门上班，阿左独自留在家里剪片子。到了晚上，这些视频素材里的画面还会偷偷溜进阿左的梦里。

在那些梦里，昊昕和Stanley又回来了，那些美好的回忆一一重现。大家在一起自由攀登、开怀大笑，直到梦醒之际，他们再次离开。

21

阿左在剪片子之余，难得放松下心神的片刻，大概就是去阿楚那里练习干攀了。最近阿楚在自由之巅公司楼下打造了一面干攀墙，阿左几乎隔天去一次，爬到筋疲力尽才回家。每次去干攀，筋疲力尽的他就像是挨了一顿打，但肉体的摧残总好过精神的折磨。在爬的时候，他把全部的注意力都转移到那面墙上，暂时忘掉了一切烦恼。一同加入干攀训练的还有小刘、Ken和杨小华。新冠病毒疫情让这些年轻的自由攀登者暂时失去了自由，干攀墙却把他们汇聚到一起。阿左说，他们一开始爬的难度不大，大家一起进步，之后爬得越来越难，"以前几乎不可能的路线、我们自己定的线，现在背着沙袋都能爬"。这帮年轻人的攀爬能力也飞速增长。

大家爬累了，就坐在干攀墙下闲聊。一开始，他们聊的话题还以攀登技术居多，探讨着如何才能爬得更好。聊着聊着，阿楚（陈楚俊）就撺掇大家一起做一些很酷、很厉害的事情。阿楚是阿左的老乡，也是乐山人。他大学考上了四川旅游学院的户外专业，比小刘大了一级。他是班上的团支书，同学们都叫他"书记"。大学时期，阿楚未来的理想不是成为一名潇洒的自由攀登者，而是想挣大钱、做大官。他在学校的学生会体系里混得游刃有余，"他们就觉得我以后肯定是去混官场的那种"。

上大二时，阿楚被朋友叫去登山公司帮忙做活动的后勤。学校里的专业课从不教大家去高海拔登山，只教最基础的攀岩技术。他满怀期待地来到雪山下的大本营,在高海拔营地刷碗。到了晚上睡觉的时候,他觉得自己不会呼吸了,"像死了一样"。

毕业前夕,阿楚已经决定好回乐山创业,开一家户外拓展公司,但他需要先完成一段实习期。在朋友的介绍下,他和同班同学一起来到了川内最有名气的登山公司之一,自由之巅。

阿楚刚来公司没多久,小海就被李宗利召唤回来。当时李宗利正在为贡嘎山而全力训练,无心教徒,索性把教授入门技术的任务交给了小海。阿楚说,当时小海的定位类似于师兄,帮李老师把该教的技术都教了,同时也担任一个哥哥的角色。如果说小海、华枫是自由之巅的大师兄、二师兄,那么阿楚作为团队中年龄最小的员工,则是攀登基础最薄弱的小师弟。2017年底,在师兄们的指导下,这名小师弟第一次挥起冰镐、攀向冰壁。

很快,阿楚就领略到了李宗利亲自下场的授徒风格。李宗利经常对着兄弟们训斥道,是骡子是马,拉出去遛一遛才知道,不行就给老子滚。有一次,阿楚在连冰锥都不知道怎么用的情况下,就被扔在一处冰壁上。阿楚问师兄,这面冰壁怎么上去。师兄说,爬就行了。阿楚年轻气盛,自然不服气,心想,不管怎么样我都要顶起来,而且顶在最前面。阿楚凭自己的直觉摸索着打好冰锥。等李宗利爬到这处保护站之后,怒骂道,这他妈谁打的冰锥,冰锥都咬不进去。

"那根冰锥就是我打的。完全不懂,一点都不会,"阿楚后来说,"我当时爬了下来我就想,这他妈太难了。当时心里就一个感觉,太难了。"阿楚从山上下来以后,准备提出辞职,但犹豫了一下，最终还是忍住了。他一直坚持到实习期结束，坚持到成为自由之巅的全职教练。他对登山依旧没有特别的热爱，倒是自由之巅兄弟们之间的真挚感情打动了他。他舍不得离开这帮兄弟。

"兄弟"是阿楚口中最频繁蹦出的词。他在自由之巅历经日复一日的锤炼，也难免熏染出一身的江湖气息。与此同时，阿楚也锻造了一副强悍的体格。他渐渐理解了李老师对自己、对员工的狠劲，特别是在李宗利正式攀登贡嘎山前夕，小海、华枫、阿楚等六名年轻教练的组合，凝聚成自由之巅有史以来最强大的团队精神。"没有事情不能给李老板解决，你说什么事，我们都能给您解决掉。真的超级强。"阿楚说。李宗利和小海成功登顶贡嘎山之后，自由之巅的团队就像是一群朝气蓬勃的夏尔巴，在川西群山上攻无不克。2019年，小海、华枫和阿楚开辟了阿妣峰的新路线，还获得了当年金犀牛奖的提名。自由之巅的小教练们为李宗利打下了铁桶江山，看起来牢不可破。直到有一天，这铁桶上的螺丝开始脱落。

最先离开的兄弟说要回家生孩子。之后离开的是与阿楚一起加入公司的同班同学。再之后是大师兄小海和二师兄华枫。短短一年之内，牢不可破的六人组就剩下了阿楚和另外一个兄弟。兄弟们离开的理由各不相同，但又心照不宣：如果你想立志成为一名像李老师一样的自由攀登者，登山公司当然是个不错的选择；如果你想谈个女朋友甚至成家立业，登山公司或许并不适合你。归根结底，还是工资太低了。像自由之巅与领攀等成都登山探险公司的工资结构，大多是底薪加活动提成。小海作为这帮兄弟们的大师兄，他的底薪力拔头筹，每月2500元。这可能比当年阿左在领攀时的工资还要多100元。至于活动提成，"可能一个月有个一单，有的时候一个月一单都没有，全靠底薪"。再赶上2020年之后的疫情，阿楚的兄弟们几乎都走了，有的甚至都已经离开了登山行业。

那一阵，阿楚与阿左等人在自由之巅楼下的干攀墙苦练。墙外疫情肆虐，他们几个却挥汗如雨。"我们就像疯了一样，每天在那儿训练，"阿楚说，"每天练，每天练。每天下午就在这儿挥霍时光，晚上天黑了就回家。"爬累了的时候，阿楚就和阿左闲聊。这两名在成都生活的乐山青年之前并不熟，是疫情与干攀把他们凑到了一起。阿楚有意无意地对阿左说，他有点想离职，他还挺喜欢拍东西的。见阿左无动于衷，阿楚后来说得更直接，半开玩笑地说，我们两个都是乐山人，乐山人必须干一下。让阿楚失望的是，阿左并没有接话。他明显感觉到，阿左还陷在低落的情绪中。

这几个月来，那些碎片化的视频素材与时有时无的梦困扰着阿左。他平常总把"无所谓"挂在嘴边。在小树看来，他有时并不是真的无所谓，而是"长期以来形成的心理防御状态"。这一次，他没法再被动地防御这些负面情绪了。为了昊昕和Stanley，也是为了他自己，他必须主动走入这些哀伤的回忆中，用自己心中最敏感的部分去狠狠地迎接它。历经大半年的剪辑，当片子制作完成后，阿左终于松了口气，即便这意味着他再也不会梦到他们了。

阿左把剪好的片子发到群里，问Ken、王培嘉和小刘等人，这部片子取个什么名字比较好。小伙子们给出的答案让阿左哭笑不得。最后还是小树一锤定音。她从范仲淹《岳阳楼记》的"微斯人，吾谁与归？"中取材，把这部片子命名为《吾谁与归》。"这个标题好像一语双关，"阿左说，"我觉得既在说他们，也在说我们自己。"

《吾谁与归》为阿左赢得了许多山地电影节的奖项。许多登山爱好者都含泪看完了这部时长将近半个小时的获奖影片。阿左在片子里的表达很克制，但《吾谁与归》依旧是他剪过的最长的一部片子。周鹏看完这部片子后评价道："高海拔探险是一场绝对真实的生命游戏，大多数时候被这场游戏本身的魅力所吸引，有时也怀疑自己以及这些志同道合的人，为何要用生命去参与如此真实的游戏？"也许再没有其他自由攀登者比周鹏更能理解阿左此刻的心境了。失去黄金攀登搭档，无异于失去了生活的重心，甚至是失去了生命的一部分。对于阿左来说，打开自己的心扉，对快乐的回忆说声再见，这比攀登本身需要更多的勇气。

2020年11月，阿左与Ken、杨小华搭档，再次尝试攀登达多曼因卫峰。杨小华也是生活在成都的攀登者，她还是国内为数不多的女性自由攀登者。十年前，她师从法国高山向导高宁（Serge Koenig），系统学习攀登技术。如今，她的攀爬能力不亚于Ken。这名身材细挑的姑娘，性格活泼开朗，插科打诨的能力与昊昕不相上下。她就是通过昊昕认识的阿左。半年前的干攀集训又把她带入了这个充满活力的成都登山小圈子。Ken终于也走出了过去一年来的阴霾，打破了"再也不爬6000米山峰"的冲动誓言。Ken、杨小华决定与阿左重返达多曼因卫峰。阿左在山上一路领攀，Ken与杨小华跟攀在后。一个又一个的难点让这座梦幻的高山变得真切而清晰。他们在达多曼因卫峰的西壁上，勾勒出一条简洁而优美的线条，完成了这座未登峰的首登。阿左把这条路线命名为"再见快乐"。

"说再见有时候真的很难，甚至都没有这个机会，对自己来说，我永远没法知道在站上山顶的那一刻，自己会被什么样的情绪牵动。"2021年元旦，阿左在攀登报告中写道，"往前这五年中的每一年，都会送走一位生命中至亲的人，爸爸、奶奶、爷爷、刘兴、昊昕，要是我知道有那么一句话是此生的最后一句，在那一刻我一定不会那么简单地讲出，还有好多话都还没说呢，过去的这两三年也和Ken一起经历了很多，对大家来说都不容易，尽管2020年那么不易，但对自己来说也算是平静了一些，好像打破了一个魔咒，那在这一刻，让我们对自己的亲人和兄弟，好好说一声再见快乐吧。明年说不定就是我了呢？"

阿左一边流下眼泪，一边在电脑前敲下这最后一句"明年说不定就是我了呢"。他心想，哇靠，我的人生怎么就这么难。他离开电脑桌前，走进浴室去冲了个澡。他想冷静冷静。他还犹豫着要不要把最后这句话删掉。毕竟，对于一名攀登者而言，这个预言也太不吉利了。他洗完澡，从浴室出来后，还是决定，"发吧，删个锤子"。

阿左当时并不认为这次成功的首登会给自己的人生带来任何变化。下山以后，他依旧在那种不确定的生活与不自信的状态中摇摆不定。然而在小树的观察中，达多曼因的完攀"还是挺有意义的。其实就是有个交代，对于昊昕前面几年的事故有个完结。他自己也跨过了一道坎。因为他如果想要继续攀登的话，他这个坎是必须跨越过去的。而且这个山也是之前他跟昊昕想要去爬的山，也相当于完成了一部分约定，或者说共同的目标"。或许阿左自己都还没意识到，他已经完成了一次痛苦的蜕变。剪辑制作《吾谁与归》、流畅地完成首登的同时，他也摆脱了沉重的心灵枷锁，与过去的自己最后说声再见。

达多曼因卫峰首登，为阿左赢来了攀登生涯的第三个最佳攀登成就奖。第一次获奖时，阿左还是个初入登山界的新人。第二次获奖时，阿左找到了合拍的搭档与攀登的自由。第三次获奖时，阿左失去了曾经的搭档，却重拾了攀登的勇气。三次获奖，一次提名，历史上从没有自由攀登者获得过如此殊荣。属于梦幻高山的时代终于来临了。

22

2020年度的金犀牛最佳攀登成就奖是历年来最有争议的一次。在结果公布的时候，民间登山界一时议论纷纷，阿左等人都没有料到自己能获奖。毕竟在过去七年里，何川与孙斌五次尝试方才成功的布达拉峰北壁攀登，堪称史诗级。

也有人认为何川与孙斌在七年里一共尝试了六次。2012年8月，何川与孙斌准备首次尝试布达拉峰。万事俱备，何川却在婆缪峰下撤的时候受伤了，紧随其后的布达拉峰攀登也因此出师未捷。

2013年8月，何川与孙斌第一次挑战这座高海拔大岩壁。这也是他们第一次搭档攀登。经过了激烈的磨合后，他们在距顶峰300米的地方遇到了难点，几次尝试后，还是决定下撤。这次攀登虽然失败了，但奠定了二人长达数年的搭档关系与稳定的攀登节奏。

2014年8月，何川与孙斌第二次挑战布达拉峰北壁。他们刚爬了一天，攀登了200米。夜里10点，他们突然接到伍鹏在附近婆缪峰出事的消息。何川与孙斌第一时间赶到事发地，肃穆地把伍鹏带下山。从那时起，孙斌越发敬佩何川。只要有何川在，孙斌心里就很踏实。他相信如果以后自己在登山时出事了，"你会觉得心里有底的，有人会把你给弄下来"。

2015年8月，何川与孙斌第三次挑战布达拉峰北壁。他们赶上了雨季，在大本营里等了十天，最后遗憾地放弃了这次攀登。

第四部　梦幻高山

继幺妹峰之后，布达拉峰成为拦在孙斌面前的另一道坎。这一年，何川历时八天八夜，独攀华山南峰大岩壁，开创了中国第一个大岩壁独攀的纪录。

2016年8月，何川和刘洋——另一名成熟而低调的自由攀登者——搭档，计划连续挑战四姑娘山三座高难度的岩石型山峰，女王峰、野人峰与布达拉峰。这三座山峰的山脊相连。他们计划沿着长达4公里的岩石山脊纵走，爬升近4000米。这是一条颇有想象力的攀登路线。当然，它也过于超前。在计划中的第一座山峰，凶险的女王峰上，他们吃到了苦头，就连想全身而退都要使出浑身解数。"女王峰整个攀登过程，就像是在鬼门关口徘徊，"何川后来写道，"基于女王峰攀登带来的强烈心理冲击，我决定放弃随后的布达拉攀登。"这一年冬天，何川又与刘洋完成了获奖影片《寻找圣诞树》的拍摄。何川的名字连同这部影片、圣诞树冰瀑一同声名远扬。

2017年8月，修炼一年的何川与孙斌第四次挑战布达拉峰北壁，经验丰富的攀岩者、户外摄影师Rocker一路跟攀拍摄。这一次，再没有任何客观理由。这对搭档势在必得。这也是历年来他们最接近顶峰的一次。在距离顶峰200米的地方，何川突发冲坠，"但不只是往常顺滑的坠落后制动的感觉，似乎中间有顿那么一下"。他当时还以为，左脚不过是稍微扭了一下，歇一会儿还能继续爬。哪知在下撤到吊帐的路上，他的左脚越来越痛。等钻进帐篷里的时候，左脚已经肿胀到无法脱下靴子了。在孙斌的帮助下，何川把靴子割开，固定好小腿，又吃了一点消炎药，接着就要严肃解决从高海拔大岩壁下撤的难题了。

孙斌还没等到何川把自己从山上"给弄下来"的那一天，他要先把搭档给弄下来。何川的攀爬能力虽强于孙斌，但要论近二十年的绳索操作与山地救援经验，孙斌的经验绝不逊色，甚至更加熟练。特别是在五年前，孙斌在白马雪山攀登时坠落了30多米，胸口被一块大石头击中，几乎丧失了行动能力。他连吃6粒止痛片，一度以为"这一次我可能要挂掉了"。后来在搭档的护送下，他们一段段下降，终于熬过来了。此刻，何川正在经历同样的情况，或许还更加危急。

孙斌在前方开路、架设绳索，Rocker背负所有装备，二人护送着何川，一段段慢慢下降。大岩壁救援行动的节奏很缓慢，何川不时要痛苦地手脚并用才能发力。偶尔遭遇山上掉下的落石，何川根本没有能力躲避，"那一刻真的体会到认命的感觉，根本无从挣扎，躺在那里听从发落吧"。有惊无险地下撤到岩壁根部后，前来接应的村民把何川裹在担架上。六名当地的藏族壮汉喊了一声"走起"，便飞也似的冲下山。村民负重飞奔的速度之快，让在场的后勤人员拼了命也追不上。

何川很快被运出双桥沟，运到了四姑娘山镇，之后又被送往成都的医院。所幸其中每个环节都很顺利，否则后果不堪设想。医生诊断何川为胫腓骨粉碎性骨折与腓骨骨折，急需手术。医生还说，他以后不能再攀岩了，也不能运动了，甚至可能无法正常走路。对于这名浑身是伤的攀登老炮而言，这还好。在事故之后三个月，何川写道："经过术后漫长的康复治疗和训练，重回布达拉指日可待。"这次颇为惊险的大岩壁事故，就这么被他轻描淡写地翻篇了。

2018年8月，恢复了一年后，何川与孙斌本应该第五次挑战布达拉峰北壁。这一次，何川准备好了，孙斌却从高处"跌落"下来，深陷于人生的谷底。

在2018年之前，单从公司营业额来看，孙斌的巅峰探游也许是中国最成功的民间登山公司。这家公司不像自由之巅专做阿式攀登风格的登山活动，不像领攀致力于登山技术培训，也不像刃脊探险集中开发未登峰和新路线。他们的核心业务均为客单价极高的商业登山活动，诸如七大洲最高峰攀登与南北极徒步探险。其中相对"便宜"的欧洲最高峰厄尔布鲁士峰登山活动，报名费近6万元。爬一次北美最高峰麦金利峰也不算"贵"，报名费需15万元。费用最高昂的要数南极最高峰文森峰的登山活动，每人要缴纳70万元。

孙斌曾简单计算过，按照平均客单价15万元，每年招来200名客户，年营业额就有3000万，再拿出一半利润分给公司的教练。"这是孙斌希望巅峰探游达到的完美状态，甚至在五十年、一百年后，公司依然存在。"一家商业体育媒体曾在2016年写道。

孙斌的规划没错，公司的营业额连年攀升，与日俱增的还有他络绎不绝的应酬和体重。2018年，公司全体成员在京郊开年会，十几名教练共同瓜分巨额奖金池。其中一名中层教练，只一人就能拿到40万元的奖金。即便阿左在领攀耗费全部的青春时光，也远不如在巅峰打工一年赚得多。就连巅峰团队里收入最低的25岁小教练，一年也能赚个二三十万。"我觉得我们当时团队兵强马壮，我们是中国收入最高的一拨登山向导。"

孙斌说。可是他设计好了公司的未来发展,却没法规划人与人之间的关系。

孙斌曾经的合伙人,那名曾在白马雪山把他九死一生地救下山的搭档,因利益分配问题与孙斌断然决裂了,还一纸诉状把他告上法庭。孙斌一审胜诉,却输掉了名誉。昔日的好友在网络上公开发帖,怒骂孙斌的作为。对方还专门组建了350人的微信群,全天候在群里招呼他。孙斌过去十年来在商业上所建立的信誉、二十年来在登山界积累的口碑,以及他在心中建立的全部自信,几乎毁于一旦。

商战与官司的败果也渗透进了孙斌的家庭生活。正当他准备带着孩子从浙江老家回京时,才发现买不了飞机票和高铁票了。由于二审败诉、拒不履行,孙斌上了失信人名单。他和孩子转而乘坐24小时的绿皮火车回京。他只买到了硬座车票。当他一手拉着孩子、一手拎着行李追赶火车,只为了抢着给孩子补一张卧铺车票时,当他在夜晚听着铁轨声,望着终于躺在卧铺上的儿子,思考着捉摸不定的未来时,他的妻子先崩溃了。二十多年前,孙斌就乘坐这趟绿皮火车,从浙江的小山村一路来到北京上学的。如今,这名刚过不惑之年的男人在北京奋斗了半生后,又从人生的巅峰坠入低谷,原路回到二十年前的起点。他觉得这似乎是命运跟他开了个巨大的玩笑。"那天真是非常可怕的一天。"孙斌说。

两周后,孙斌回到了公司。他先还了欠款,解除了强制执行法令,又把公司全体成员召集到一起。他解散了一手建立起的团队,缩小了公司的规模,只维持少数几个项目的运营。又过了两周，孙斌发了一条看似开悟了的朋友圈——"人生只有三大矛盾：与环境的矛盾，与人的矛盾，与自己的矛盾。从现在开始，尝试面对第三个矛盾。"然而，与自己的矛盾，似乎并不是他要面对的唯一矛盾，他还没有走出人生的谷底。孙斌的父亲到了癌症的最后阶段。等他后来从南极带队回来时，母亲也检查出来癌症晚期。他把父母安顿在同一间病房。几个月后，他在大年初二送走了父亲。他没有时间悲伤，他还要每天煎10个小时的药，在病床边守候一连昏迷37个小时的母亲。

经历了事业与人生的双重打击后，孙斌放缓了脚步，反而想明白了一些事情。他失去了事业、名誉、金钱、亲人，如今已经没有什么可以再失去的了。他无力回击全世界向他涌来的非议。他只想在意他真正想在意的人。想明白这一点后，他身上的压力小了很多。他还记得，他是一名自由攀登者。

2020年8月，他准备与何川第五次来到布达拉峰脚下。没有了工作上的压力，这次孙斌的步伐更加轻盈。他已经在北京训练了三个礼拜，又与何川在双桥沟适应好了海拔。他终于准备好面对"与自己的矛盾"，接受布达拉峰的洗礼。然而在正式攀登前四天，母亲病危。他马上从四姑娘山赶回浙江老家，用三天时间送别母亲，再用一天时间赶回双桥沟。第五天，孙斌与何川开始第五次尝试攀登布达拉峰北壁。

何川恢复了三年，如今他比伤前更加强悍，在布达拉峰北壁上一路领攀，攻克了所有的难点。孙斌一路跟攀，辅助何川完成所有的后勤保障与物资拖拽。Rocker全程跟攀拍摄，记录这一里程碑式的高海拔大岩壁攀登。整面北壁上，不时爆发出孙斌爽朗而轻松的笑声。在风雨中攀登了四天后,三名自由攀登者化作大岩壁上的三个小点,缓缓地朝着布达拉峰的穹顶攀去。他们冲顶的画面被转播到赞助商的直播间。全中国的登山爱好者们以70多万次播放量的盛况,关注着何川与孙斌的冲顶时刻。他们的速度并不算快——7个小时才向上挪动了90米——但足够坚定而稳健。他们的攀登与他们的人生捆绑在一起。当他们用身体划过这条路线的轨迹,也践行了当年山野井泰史开辟这条路线时所起的那个朴素的名字:加油。

"七年来从摸索尝试到历经种种艰难困苦,我们努力前行不放弃,抓住了这次天时地利人和的机会,终偿所愿。"何川下山后写道。"艰辛恐惧不安从起步持续到登顶,佩服山野井泰史十五年前的开创之举,惊叹他的能力、毅力与勇气,无法想象他一个人是怎么做到的。"作为中国大岩壁攀登的先锋,何川窥见到了自己与山野井、中国与世界级攀登者之间的差距,这差距似乎在逐渐缩短。一年后,山野井泰史获得了亚洲第一位、史上第13位金冰镐终身成就奖,这差距似乎又被拉大了。

"布达拉峰对我来说意义重大,是一次救赎,"孙斌说,"当我们能把这个事情干成的时候,我内心非常激动。通过这件事情,能够让自己重新站了起来……好在有了这么一个大的事件,让我重新看到了自己还是可以去做成一些事情。"

何川与孙斌历时七年攀登布达拉峰的故事,即民间登山者攻克技术性山峰的事件,竟罕见地获得了不少主流媒体的广泛关注。此前,只有国家级珠峰登山活动与惨重的民间登山事故才能获得如此厚待。或许人们也渐渐意识到,有时难度比高度更重要,有时获取结果的方式比结果本身更有意义。

当孙斌与何川得知他们的"加油"布达拉峰,最终没有获得2020年度的金犀牛奖,他们自然也非常惊讶。转念又一想,他们已经收获了远比登顶更重要的东西,也许是心灵的救赎,也许是永不放弃的勇气。攀登所给予他们的东西,完全超越了他们被攀登所夺走的东西。

23

阿左成了新生代自由攀登者中的领袖。究其缘由，就连他本人也说不清楚，也许是他近年来在自由攀登领域极度活跃，也许是他与生俱来的那种真诚与坦率，也许二者在一起发挥了作用。除了全国各地慕名而来的年轻攀登者，最常来阿左家里做客的几个朋友便是小刘、Ken、杨小华与阿楚。成都的登山圈子不大，却成为白河攀岩社区之后，国内登山氛围最热烈、技术最精湛的一群人。

2021年初，阿左买了一台划船机放在家里，小圈子的阵地也从郊区的干攀墙转移到了他和小树的住所。大家时常过来攀比划船机的成绩，虽然这不过是过来玩的借口。大家有时会聚在一起吃饭喝酒，聊聊近期的攀登计划，或是长远的人生规划。所谓长远的人生规划并不长远，最多规划到半年之后。对于巴适闲散的四川人来说，"半年"已是穷极一生了。

阿楚未来半年的规划就是先从自由之巅辞职，再加入阿左与Ken的梦幻高山团队。这一天，阿楚又跑到阿左的家里来了。他希望能从阿左那里获得一些希望，回去再鼓起勇气跟李老师提辞职。没想到，他被泼了一盆冷水。以梦幻高山团队当下的艰难处境，阿左实在没信心让阿楚加入，还不如先在自由之巅维持一份安稳的工作。"其实我那个时候真的属于一种很游离的状态。就很难给一些正向的反馈，"阿左说，"他说我他妈来找你谈，你就跟我说了一堆负面的东西。"阿楚失望地回到了自由之巅。

第四部　梦幻高山

当年自由之巅的兄弟们还剩下阿楚与另外一名兄弟。恰好赶上疫情防控期间的不景气，那名兄弟也犹豫过要不要回县城开拖拉机，虽然没意思，总比在登山公司赚钱多。阿楚正要开口跟李老师提出离职，偏逢疫情防控政策被堵在公司里。他和新来的小师弟逍童（童章浩）只好在楼下的干攀墙上消磨时光。

1998年生的逍童比阿楚还小三岁，是现在自由之巅最年轻的教练。在成都理工大学上学期间，有一天，他无意间在校园的角落里发现了柳志雄的纪念碑。他很好奇这个人是谁，校园里为什么会有他的纪念碑。他问遍了同学和学长，可没有人能告诉他答案。这名大一新生四处打探纪念碑背后的故事。他后来在攀岩课上偶然听老师讲起柳志雄的往事，才得知这名学长当年竟是新生代自由攀登者中的佼佼者，他还是李宗利老师的第一个学生。逍童受到了小柳的影响，从此也走上了一名自由攀登者的成长之路。

当李宗利急需一拨年轻的登山向导时，逍童作为实习生被招进了自由之巅。他成为小柳名副其实的师弟。"我心中总想着，应该去做一些事情，让更多的人知道和记住小柳，算是向这个素未谋面的师兄表示敬意吧。"逍童写道。

逍童刚来自由之巅的时候，他的头盔上面写了三个字：李——宗——利。那是在一次大学生公益攀冰培训上，李宗利在他的头盔上留下的签名。自从2018年贡嘎山的新路线"无畏"撼动了登山界之后，逍童就成了李宗利的众多仰慕者中的一员。如果只看头衔的话——三度入围金冰镐奖长名单、登顶过贡嘎山和幺妹峰、CMDI首届毕业学员——李宗利也许是当今中国最有影响力的自由攀登者了。逍童带着这顶头盔与对李宗利的崇拜,来到了成都温江的自由之巅。阿楚还记得,每次公司在开会时,逍童就坐在角落里盯着李宗利笑。有一次李宗利被看毛了,骂道,你他妈看着我傻笑什么。

在自由之巅浓厚的江湖气息中,逍童显得有些另类。他内向而文艺,这更像是领攀教练的性格。当阿楚从小师弟成为师兄,孤独地爬上干攀墙的时候,孤独的逍童也跟着加入了师兄的训练计划中。"其他人都比较懒散。大家下午训练的时候,很多时候墙上就只有我一个人。然后逍童来了之后他会陪着我,"阿楚说,"他可能爬得没有我好,他可能很多也不会,但他就会问我。我也很乐意给他分享。我们俩一起爬。"

有一天,自由之巅的同事们都出去带活动了,公司里只剩下了逍童自己。曾经那个"向小柳致敬"的想法再次萌生。他悄悄地去了贡嘎山域的小贡嘎。在当时小贡嘎的国内攀登历史中,只有严冬冬与周鹏的自由之魂组合、孙斌的巅峰团队等屈指可数的几支队伍登顶过。逍童却选择了一个有些极端的攀登方式,独攀。对于许多登山高手而言,独攀是一种表达自我的风格。对于部分国内年轻的自由攀登者来说,独攀只是找不到合适的搭档、铤而走险的解决方案。正如逍童后来写道:"原本我对solo是有些抗拒的,我自视是一个贪生怕死的人。solo也不是我的本意,而是迫于无奈。"他用了不到一天一夜独攀登顶小贡嘎,在寒风中迅速下撤,安全回到营地。

这是一次相当大胆的尝试,或许在他的老师看来还有些过于冒进,但他还是成功了。他把这条路线命名为"毕业之路",

致敬小柳师兄的独攀成名作"结业考核"。

在阿楚跟李宗利提出辞职之前，师弟逍童还与师兄约定好，计划一起搭档攀登四姑娘山的羊满台峰。当年小海在离开公司前，跟阿楚提起过，羊满台是他最想爬的山峰之一。这座难度不小的山峰位于骆驼峰隔壁，目前还没有国内的自由攀登者登顶过。自查利·福勒完成首登之后，国内外高手在这座山上纷纷败北。有些国内登山者曾挑战过它，甚至还没登顶就获得了金犀牛奖的提名。但随着小海、阿楚陆续离开，师兄弟的羊满台之约也就不了了之了。

阿楚果然按照自己的规划，离开了自由之巅，加入了梦幻高山。王培嘉在同一时间也加入了阿左的团队。阿左觉得，既然大家要干，就要好好地干。他召集了阿楚、Ken、王培嘉等人，大家围坐下来，一起开了个会。阿左让大家各自思考清楚，他们到底具备哪些核心竞争力，又有多大决心。这四个人都具备一些拍摄与剪辑的技能，都拥有丰富的高海拔经验。或许他们真能在小众的极限户外摄影领域，闯出一方立足之地。阿左说，不如大家一起拼一把，置之死地而后生。

开完会第二天，阿左在家附近租了一套两居室的办公室，置办好办公用品，再把家里的电脑与设备搬进去。大家开始正儿八经地打卡上班。无论是在职业上、攀登上抑或是人生上，阿左很少有长远的目标，得过且过就好。"但是我总会觉得和有热情的人生活在一起，那么他的这一天绝对没有浪费的。可能没有做成任何事情，但是这帮人待在一起，感觉这一天是很值得的。"阿左说。

小树看到阿左等人充满了干劲，也感到十分欣慰，特别是团队中还有了朝气蓬勃的阿楚。也许阿楚从李宗利身上染了些江湖气，但同时他也从李宗利身上继承了实干精神与激昂的生活态度。

阿左从一名自由攀登者变成了一支团队的负责人。这几年下来，朋友们发现即便他的脸上多了几道细小的皱纹，却仍有股扑面而来的少年气息。他说起话来依旧是笑吟吟的。这笑容能瞬间打破他与陌生人之间的隔阂。如今，这笑容中又多了不少焦虑。"他以前笑得可能更天真一些，现在可能就是社会、现实摧残的。笑起来就有点苦笑了吧。"王培嘉说。从前阿左只要考虑自己的生存就可以了，现在他要同时为五个人负责：阿楚、Ken、王培嘉、他自己，还有小树。

和小树耍朋友已经有五年了，最近他们俩终于回了趟小树的江苏老家。去之前，阿左有些忐忑。他已经做好了心理准备，也预备好了小树家人问到他的工作收入情况时该怎么回答。他打算实话实说：月收入忽高忽低，有时候甚至没有收入。结果，小树家人完全没有问及他的工作状况，这让他颇感意外。小树的父母见到阿左很开心，外婆还特别喜欢他。阿左猜测，小树一定是帮他提前跟父母铺垫好了，避免到时候让他下不来台。

见父母这关算是暂时过去了。从江苏回到四川后，阿左终于又躲回了他的舒适寓所。然而，关于他和小树未来的计划，他迟早都要面对。他看出来小树对两个人的未来充满了憧憬，很希望跟他在成都有一个家、一所房子，同时她又不想给他太大压力。他当然也想有个家，一个稳定而温暖的家，一个他从小到大梦寐以求的、普通的家。然而一想到成家,他又变得恐惧起来,"这个节奏好像拉得很快"。他的那些自卑而消极的心态——我连自己的人生都像气球一样漂泊不定,我有能力照顾好人家吗?我值得过上幸福的生活吗?——又迅速翻涌出来,打消了接下来的念头。

"有时候讲到一些比较重要的事情的时候,比如说家人,他的这种态度就会让我觉得很不爽。他会回避,然后找一个话题跟你聊,"小树说,"他基本上就是用无所谓打掉。我觉得没什么无所谓的。""他不喜欢表露出脆弱的一面,或者说自己没办法的一面,所以无所谓是他的挡箭牌。"为此,这一年来,小树和阿左没少吵架。

7月下旬的一天,阿左、小树、阿楚、Ken、王培嘉、杨小华、小刘又找了个理由聚在了一起。他们在新办公室喝酒庆祝。他们当中有人回忆说,这个局是为了庆祝小华姐刚刚签约了北面;他们当中有人说,这个局是为了把Ken放倒,因为他看起来总是活在自己的世界里,有些放不开;他们当中还有人说,这个局是为了庆祝梦幻高山工作室重新开张。在大家的记忆中,攒局的理由各不相同。也难怪,毕竟喝着喝着,最后这个局就演变成了生死局。

这顿饭从下午开始,一直持续半夜2点,从和风细雨的"领攀风格",演变成了轰轰烈烈的"自由之巅风格"。喝到最后,屋里哀鸿遍野,所有人都哭了。

"大家可能平时一直憋着,谁会没事去聊这些东西。我自己都觉得我像是个神经病一样,"王培嘉说,"就喝完酒嘛,加上平时憋着也难受，再加上平时大家本来也都是各种乱七八糟的这种事情，对吧，就发泄一下。"

在这极度混乱而澎湃的氛围中，阿楚带着醉意对小刘说道，小刘，今年要不干一把。小刘说，可以考虑下。在大家的见证下，阿楚和小刘现场结为了堪比"夫妻"般的登山搭档。阿楚从来没和小刘一起爬过山。直觉、酒精与对搭档的渴望让他做出了这个决定。事实上，在阿楚看来，登山搭档是一种无比神圣的关系。"我更希望是一个长久的关系。就像是耍朋友一样，而不是耍一下就算了，我不喜欢这样。"阿楚说。阿楚和小刘在混乱的状态下组成搭档后，还定下了年底一起爬幺妹峰的目标。

阿左见状，不免担忧起来。他格外担心好朋友在攀登中再出事，特别还是这种高难度的山峰。自从昊昕出事以来，在阿左内心深处一直有个情结在作祟：他把昊昕遇难的一部分原因归结为"捧杀"。当年他和昊昕登顶幺妹峰后，从寂寂无闻的登山爱好者，一夜之间成为大家口中的大神，被媒体报道和身边的吹捧裹挟着。"有时候可能别人觉得你很厉害，你就真的觉得自己很厉害。我发现好多事故都是这样子。"阿左说。没有人确切知道，昊昕的心境变化在何种程度上影响他加入那支喀喇昆仑山队伍，又在攀登过程中如何影响他的判断。至少阿左还保持着清醒。他知道登顶幺妹峰算不了什么。在真正的一流登山者面前，所谓登顶幺妹峰的"大神"只不过是刚刚入门而已。因此，阿左非常讨厌被称为"大神"，甚至有点谈大神色变的敏感。这种观念在开会时被他反复强调，进而融入团队文化的一部分。就连一向与人和气的小刘也曾放出过狠话,谁他妈的要叫老子大神,老子一脚给他踹过去。

如今在酒桌上,阿左的两位好友再度提出挑战幺妹峰,就好像四年前的他和昊昕。也许在那一刻,在酒精的作用下,四年来的往事在阿左的脑海中历历在目。阿左当即说,小刘,我不确定你的水平到底在哪儿,你们出去一定要注意安全,你们不能再出事,你们当中要是有任何一个人出事,我也不活了……不巧,这句话触碰到了小树最近的情绪点。她听到阿左又说出这种悲观的话,醉意之下,她怒砸了两只杯子,对着阿左骂道,你现在就去死!

小树的两只杯子落地后,大家就好像接到了摔杯为号的指令,场面变得更加癫狂。大家摔杯子,砸桌子,喝了又吐,吐完接着喝,捶胸顿足,哭喊着掏心掏肺。"那天大家都哭出了声音。成年人哭出声音……每个人都挺厉害的。"杨小华感叹道。直到楼下的大妈找上门来,这场生死局才将将偃旗息鼓。大家清理、盘点了一下战场,其中要数阿左醉得最厉害。小树和小刘一左一右地把阿左架回家,再把他扔在了床上。几个小时后,小刘又若无其事地进山带队攀登了。

小刘在山里的时候,宿醉的脑袋里还在回味着阿楚在酒桌前的邀约,"今年要不干一把"。这并不是阿楚第一次向他发出邀约了。他一直都在犹豫。他没有和阿楚一起爬过山,而搭档关系于他而言,也不是一件随便的事情。更何况,阿楚所谓年底攀登幺妹峰的计划,他不确定以现在的水平能否应付得了。"但不可能一直都等。我觉得应该去试一下。"小刘说。

带队出山后，小刘决定先和阿楚试着搭档一次。为了磨合适应彼此的攀登风格，他们当时选定了两座山做试验，一座是阿楚一直想攀登的羊满台，另一座是小刘想尝试的小贡嘎，"最后羊满台的天气好一些，我们就去羊满台"。

在一起搭档攀登之前，阿楚早就听说过类似的传闻：刘峻甫的体能之猛，堪称"川西小周鹏"。作为被李宗利操练出来的学生，阿楚觉得自己也丝毫不逊色，他很少碰见比他更猛的登山者。"我当时引以为傲的是我的体能，我觉得我的体能很强。"阿楚说。等到了山上，小刘在高海拔路段爆发出的强悍体能让阿楚叹为观止，"这哥们儿比我猛，真的不得不服"。

这还是小刘第一次与同辈登山者如此酣畅淋漓地搭档攀登。最让小刘兴奋的是，他的搭档太有激情了。阿楚的每句话都是热气腾腾的祈使句。每当两个人爬累了的时候，阿楚就吼道，就是他妈干！给我往死里干！这对搭档来自四川最有影响力的两家登山公司，带过上百次队伍，见过形形色色的客户，即便在高海拔这种容易暴露心性的地方，他们也能包容彼此。小刘和阿楚轮流领攀，一个人累了，就换另一个人。两个人旗鼓相当，各有千秋。攻克羊满台技术路段的过程，既像是合作，又像是竞赛。他们俩从来没爬得这么爽过。

阿楚和小刘轻松地破解了羊满台的难题。过去二十年来，包括小海在内的十几名国内攀登者都没有完攀它。如今，这两名1995年生的新一代自由攀登者不仅完成了羊满台的国人首登，还开辟了一条短小精悍的新路线，"川西硬汉"。

几周过后，这对搭档带着还未冷却的激情，迫不及待地尝试那座传说中的山峰,以及山上那条传奇的路线。这一次,他们不再是山上唯一一支队伍。在2009年三支队伍围战幺妹峰之后,这座山上已有十多年的光景没这么热闹过了。

24

就在四姑娘山成为中国最热门的登山目的地之时，当地也随之涌现了一批登山向导，带领初次登山的客户们体验高海拔的魅力。"有些当地的登山向导已经开始学习成为优秀的登山高手，但其余的向导几乎连绳索操作都不会。"严冬冬曾在2010年左右观察到。十年后，四姑娘山地区的原住民向导依旧两极分化严重。

在四姑娘山管理局注册在案的200多名当地向导当中，年近半百的徐老幺依旧是其中资历最深厚的高手。十几年来，他不仅亲自参与了2009年婆缪峰山难、2014年幺妹峰山难、2018年玄武峰山难等数十次颇有影响力的高山救援行动，还率领原住民团队在川西等地开发未登峰资源。他把双桥沟当地的嘉绒青年培养成像他一样的技术型向导，再把这支四姑娘山当地人组成的协作团队发展成不小的规模。王永鹏就是这样加入进来的。

王永鹏是家里最小的男娃，村里人都叫他王四娃。和舅舅徐老幺一样，王永鹏从小在这条狭窄而幽深的双桥沟里长大，终日放牛、喂猪、种地、挖虫草、修房子，对这里的山峰充满了好奇。与徐老幺不同的是，自打王四娃有记忆以来，登山不再是个完全陌生的概念。13岁那年，他就跟着村里的长辈上山做背夫，帮外国登山者扛着硕大的驮袋爬向布达拉峰的大本营。对于双桥沟的村民而言，做登山背夫不过是一种常见的谋生手段。

高中毕业后，王四娃考上了德阳的警校。他在学校里学会了喝酒、抽烟、打群架。这名在熟人面前嘻嘻哈哈、在陌生人面前羞涩的大男孩咧嘴一笑，一排牙齿间醒目地露出个豁口。那颗断齿是在一场群架中留下来的，就像是警校颁发的"毕业证书"。毕业后，他跟朋友在县城里开了家装修公司，赚了一点小钱，又被他挥霍一空。他回到双桥沟，回归沟里世代放牛劈柴的生活，就像中国大多数乡镇青年一样过着朴实而平淡的日子。

有一年夏天，徐老幺急需人手，他要在雀儿山组织更大规模、更多批次的登山活动。他找来了正赋闲在家的外甥王四娃。这名二十多岁的小伙子做过背夫，也曾在海拔4000多米的草甸上放过牛——王四娃家的牧场就在五色山的下面——但要问他如何穿冰爪走雪坡、挥镐攀上冰壁，他愣是没有任何概念。王四娃带着对外面世界的好奇，跟着舅舅来到了甘孜县的雀儿山。他从小就生活在雪山脚下，但这还是他第一次攀上雪山。他背着有自己一半沉的背包，穿过冰原，跃过裂缝，爬上冰壁，像放牛一样牵着客户漫步到顶峰上。只有当身边的队员好奇地问他，你怎么没有高原反应的时候，他才恍然，是呀，我怎么没有高原反应。

此后，一到春天，他就跟着舅舅来到雀儿山的脚下，驻守在营地里。等第一批客人来到大本营，他就要不停地爬上爬下，带领队员冲向山顶。下山之后，第二批客人早就在等着他。他翻来覆去地爬。只有当山脚下的新路海开始结冰，最后一拨国庆客流高峰过去，他才能回家过冬。他年复一年地重返雀儿山，逐渐成为徐老幺手下的头号大将。等他第150次登顶雀儿山的时候,30岁的王四娃发现,自己的青春已然溜走。

在这几年里,王四娃把舅舅浑身的攀登技术都学到了手。他还培养出了一种说不清道不明、令其他登山者啧啧称奇又羡慕不已的山感。"看到一座未登峰,我可以第一时间描绘出我想爬的线路。"他说。王四娃还得了个绰号,小牦牛。他就像一头牦牛,从不受海拔的困扰,也从不知疲倦。

小牦牛的自由攀登觉醒时刻来得很突然。有一年,徐老幺带上外甥去开发一座未登峰,离雀儿山不远的卡瓦洛日神山(5992米)。快到顶峰时,小牦牛提出,这一次让他来领攀。这是小牦牛第一次自己来主导一条攀登线路。这种自己掌握攀登节奏的过程很自由。与最后站在顶峰上相比,他反而更喜欢攻克技术难点的攀爬过程,"当你攀过去一个难点,你就会很开心"。

小牦牛后来才知道现代登山运动中的喜马拉雅式与阿尔卑斯式风格。他对这两个概念的朴素理解并不准确——"区别就在于可能喜马拉雅式完全是服务于别人,帮别人完成这件事情,而阿尔卑斯式是自己去玩这件事情"——但足以让他对阿式攀登风格产生浓厚的兴趣。在他看来,徐老幺等四姑娘山当地的第一代高山向导,大多是为了开发登山资源而攀登,而不是真的渴望去爬一座山。小牦牛有些不一样。他之所以选择了登山,纯粹觉得这是一件好玩的事情,而非必要的谋生手段。他跟徐老幺提出了辞职,告别了春天、夏天、秋天驻守在雀儿山的日子,成为一名自由攀登者。

等觉醒后的小牦牛再回到家乡，他发现整个山谷都不一样了。他带着技术攀登的眼光，重新审视着从小玩到大的四姑娘山双桥沟：曾经放牛、挖虫草的山坡上方矗立着巨大的五色山体，那山壁中的沟槽和裂缝，就是攀登的可能性所在；那些坚硬的岩石与山壁，可以作为干攀训练的场地；那两三米高的巨石可以玩抱石；就连自家后山上的瀑布，到了冬天也是可以爬上去的。

每年到了冰季，在全国各地的攀冰者涌入双桥沟之前，他率先拎上一对冰镐，独自走进空无一人的山谷，爬上刚冻结的冰瀑与冰壁。在接触攀冰技术的第二年，他就报名了双桥沟的攀冰比赛，几乎全靠蛮力，以三秒之差败给了中国攀冰名将西门吹水。他越来越痴迷于攀登技术。他在冰壁下悄悄地观察着李宗利、曾山、周鹏的培训课程与攀爬动作，再把各家的技术与自己的经验融会贯通。

小牦牛不仅向国内的高手偷师，还多次向国际登山高手们"请教"。他请教的方式别出心裁。他托朋友找来了纪录片《攀登梅鲁峰》(Meru)，就像剪辑师拉片一样反复观看数遍，一帧一帧地分析。他不会欣赏金国威如何运镜与剪辑，而是分析片中的登山者是如何挥镐踢冰、操作绳索系统的，再把从视频中学到的经验运用到实践当中。他的手机里已经攒了几十部这样的"教学视频"。

小牦牛还在电脑上记录下他探索过的山峰资源。一篇关于小牦牛的人物特写曾如此记录道："小牦牛把每一座山的照片都分门别类地归类到不同的文件夹，至今已经有63个相册，两万多照片。其中有两个需要密码的文件夹，一个是'学习'，里面有每一次登山培训的ppt、讲义、笔记和绳结练习，从2016年1月开始，每次记录一二十张，现在已经有162张了。另一个需要密码的文件夹是存了129张照片的'未登峰'。"小牦牛的攀登世界里不只有雀儿山。他未来要探索更多的山峰，开辟更多的路线。

小牦牛与阿左等人不太一样，他无须为明天而烦恼。他在沟里有几亩田地，即便没有任何收入，也能有吃有住，想爬山的时候，出门就可以爬山。小牦牛与任何一名四姑娘山当地的向导也不太一样。他对攀登的热爱几乎没有任何杂念，上山单纯是为了享受纵情于山野的乐趣。曾山也对小牦牛说过，你是真的喜欢爬山，不是单单为了挣钱。

学得一身技艺之后，小牦牛反倒有些苦恼起来。他找不到一名合拍的搭档。他平时和自由之巅的兄弟们走得很近，不仅融入了烟与酒的社交生活，还学着用"兄弟"来指代所有一起喝过酒、吃过肉的朋友。他曾短暂地与这些兄弟们搭档过几次，但随着这些兄弟各奔东西，那些搭档关系也解散了。

2019年，一名年轻的自由攀登者小向（向书翔）邀请小牦牛，一起搭档攀登双桥沟内的阿妣峰。小向成了小牦牛第一个较为固定的搭档——如果舅舅徐老幺不算在内的话。小向与小牦牛精妙地把握住了阿妣峰的好天气窗口期。可惜，在离顶峰20米的地方，小向的冰爪意外脱落，掉入了深渊。饶是小牦牛仍有余力，却也只能决定下撤。如果成功登顶的话，这将是阿妣峰上一条全新的路线。他们将这条未完的路线命名为"突破"。

第二年，小牦牛再次与小向搭档，带上另一名年轻的登山爱好者付鼎，共同攀登婆缪峰。许多攀登者都渴望攀上这座尖锐的岩石型山峰。小牦牛沿着当年刘喜男、邱江开辟的"自由扶梯"路线，全程领攀。三个人仅用了两天一夜就登顶了，总计60个小时。这创下了婆缪峰有史以来的最快攀登纪录。可小牦牛还是觉得很轻松。

从婆缪峰下来后，小牦牛马不停蹄地赶往北京。不久前，他得知他和小向的阿妣峰新路线竟然被金犀牛奖提名了。他们将与阿楚、小海、华枫的阿妣峰新路线，李宗利、康华、迪力夏提的博格达三峰新路线，共同角逐最终的最佳攀登成就奖。他有些惊喜，更感到害怕。这将是他人生中第二次坐飞机，这玩意比爬山可怕多了。小牦牛的姐姐更是担心，主办方竟然包机包住，弟弟莫不是被坏人骗了。

让小牦牛失望的是，他第一次来北京匆匆忙忙，没来得及看到小时候大人们说起的天安门。让小牦牛惊喜的是，获得2019年度金犀牛奖的不是李宗利和康华，也不是阿楚和小海，而是他和小向。他带着震惊与惶恐来到领奖台，蒙蒙地接过何川与孙斌递来的金犀牛奖杯与证书。那证书上，真真切切地写着他王永鹏的名字。组委会显然更想鼓励那些年轻一代的攀登者。正如颁奖辞所言，"作为从双桥沟本地崛起的新一代攀登者，王永鹏、向书翔也象征着中国年轻攀登者的未来"。然而，小牦牛暂时还不想承担金犀牛组委会交给他的重任，出面代表"中国年轻攀登者的未来"。他还没想得那么深远。远在青海的小海得知小牦牛获得了金犀牛奖之后，不免调侃道，兄弟这把怕是要改名了，还叫啥子小牦牛哦，必须金牦牛。小牦牛连说，使不得，使不得。

单从攀登质量来讲，这一年，李宗利等人的博格达三峰新路线，着实要比小牦牛未完的阿妣峰新路线更高一筹。这一度让李宗利愤愤不平。六年前，他在博格达三峰历经生死。六年后，他在这里涅槃重生——这条博格达三峰新线路叫作"涅槃2019"。即便不考虑这个绝地重生的故事背景，李宗利、康华、迪力夏提三名老炮的攀登生涯加起来足有半个多世纪，他们在这条高难度路线上爬得可谓流畅纯熟。这条线路也成为他们攀登生涯的代表作之一。博格达三峰新路线虽然没有获得金犀牛奖，却成为这一年度唯一被金冰镐奖提名的中国登山者的攀登成就。

事实上，无论是中国的金犀牛奖还是国际上的金冰镐奖，都不应该成为驱动登山者追逐更高攀登成就，抑或是追求快乐的一个动机。如果一名志存高远的登山者最终实现了自己的登山理想，这就是他所获得的最高荣誉与最好回报了。这种回报要超过甚至远超过这一成就所带来的名与利。

"你本来就是应该去享受登山本身带给你的东西，而不是登山之后带给你的东西。这个才是真正享受的过程，"周鹏说，"如果享受的是后面这个过程的话，就像《极限登山》里面写的，要么搞不成，要么很快就挂掉。"

中国仍有许多低调的自由攀登者，从没有出现在金犀牛奖的提名名单里，比如北京的陈晖，四川的刘洋与何浪。刘洋是国内最顶尖的登山者之一，然而大部分登山爱好者却从没有听说过他的名字。刘洋仅有的一次"出名",也只是作为配角出现在《寻找圣诞树》等经典的户外短片里。2007年1月,刘洋报名参加了彭晓龙的双桥沟攀冰培训班。第二年,刘洋就从彭晓龙的学员变成了他的搭档。两个人搭档完成了许多川西的未登峰。每一年冰季,刘洋都泡在双桥沟里,一练就是一个月。刘洋对技术的领悟超乎寻常,他的进步速度飞快,很快就超越了彭晓龙。2013年夏天,刘洋完成了他的代表作,独攀幺妹峰北壁附近的5700峰(长沟峰)。这也许是中国第一个有分量的高海拔独攀纪录。

幺妹峰共有三面山壁,分别代表着不同层次的攀登舞台。面朝成都一侧的幺妹峰东壁,几乎没有攀登者胆敢尝试过,那注定是登山运动的未来所在。幺妹峰南壁是国内技术型山峰的殿堂、自由攀登者的试验场。幺妹峰北壁则是国际登山家们的舞台。这里曾上演过若干次金冰镐级别的攀登。古古当年从南壁登顶幺妹峰后,往北壁的方向望了一眼,不免感叹道,刀削斧切般的峭壁,从上面一眼就能看到长坪沟底部,没有任何遮挡,暴露感非常强。

时至今日,幺妹峰南壁的国内登顶者有近20人次,而幺妹峰北壁的国内登顶纪录还是个空白。2014年,刘洋就与彭晓龙尝试过北壁,最终遗憾下撤。也正是那一年,叱咤风云的蜀山探险掌门人彭晓龙,突然卖掉了所有登山装备,神秘地离开了登山界。没有人确切知道其中的缘由。即便当被后辈问起这段往事时,彭晓龙也缄默不言。

在幺妹峰北壁的不远处,还有一座海拔5700米的山峰。2013

年，刘洋完成了这座5700峰后，由于他过于低调，大部分人都以为这座山峰是个未登峰。2014年，刘洋在北欧攀冰时，认识了正在挪威工作的自由攀登者何浪。自从严冬冬遇难后，旅居欧洲的何浪没有停止攀登，只是在等待合适的搭档。何浪发现，他与刘洋的年龄、性格相仿，工作、家庭环境相似，攀登理念高度契合。这两名与极限保持一定距离，却又无比低调的自由攀登者结为搭档，尝试攻克幺妹峰北壁。如果成功，这将是幺妹峰北壁的第一个国人登顶纪录，它的先锋意义不亚于当年幺妹峰的国人首登。

2019年，刘洋与何浪的幺妹峰北壁第一次尝试没有成功。就如同孙斌与何川连续多年挑战布达拉峰，刘洋与何浪又继续尝试了第二次、第三次……他们从没有出现在金犀牛奖的提名名单里，却是国内唯一一支在连续死磕幺妹峰北壁的队伍。

刘洋的徒弟宋远成也是新生代自由攀登者中的佼佼者。他有着与阿左极为相似的成长经历。接触攀登仅仅一年后，这名孤独的青年又用独攀的风格完成了彩虹峰等多座未登峰的首登。就在何川与孙斌的布达拉峰北壁、阿左等人的达多曼因卫峰被金犀牛提名的同一年，宋远成的独攀四姑娘山5700峰，同样也入围了金犀牛奖，不过他并不在意所谓的提名与获奖。他和师父刘洋性情相投。他们之所以喜欢攀登，只是因为攀登本身的单纯与自由。

小牦牛的攀登世界里同样也充溢着单纯与自由。四姑娘山就是他的游乐场，他只想玩得开心一点。完成了四姑娘山里的几座技术型山峰后，小牦牛和搭档小向还想玩得更野一些，他们望向了整座"游乐场"里最高的地方,幺妹峰。"山就在自己家门前,可以去爬一下,"小牦牛说,"而且看上去这么帅。这种中央直上的线路,很酷。"

2021年12月,小牦牛与小向、阿楚与小刘两组队伍不约而同地来到幺妹峰脚下。他们瞄准了同一条攀登路线,自由之魂。他们都想成为这一年第一支登顶幺妹峰的队伍。

25

成都市民越发意识到，原来他们世代生活在雪山的脚下。高山与高楼相互遥望，自然与文明交相辉映。雪山成了这座千万级人口大都市的一部分。幺妹峰的宏伟山体就像城市远方的守护神，几乎在每一个雨后的清晨时隐时现。雪山上流淌出的冰川河水奔腾着汇入岷江支流，像血液一样灌注进这座城市的心脏。"雪山下的公园城市"成为成都市新的名片。每年上千万游客来到川西的门户，再走进西部高原的深处。雪山经济再次焕发出这座城市、整片成都平原，乃至川西高原的生命力。

四姑娘山管理局也发现了幺妹峰所蕴含的宝藏。从2021年开始，管理局争创主打"山地户外文化"的5A级景区，建设徒步栈道，修建户外博物馆，传播登山与攀冰文化。在四姑娘山管理局的官方网站上，推出了一系列推广四姑娘山登山文化的文章，如《40年仅41人成功登顶，四姑娘山幺妹峰为何难爬？》。四姑娘山幺妹峰为何难爬？对于阿楚、小刘而言，幺妹峰的第一个难点不在山上，而是在山下。为防止登山者闹出山难事故而影响争创5A的进度，景区管理局的工作人员开始暗中阻拦所有攀登幺妹峰的队伍。阿楚和小刘只好跟景区打游击，趁着成都疫情解封的间隙，悄悄地来到四姑娘山镇。

2021年12月初，在去四姑娘山的路上，阿楚在群里发了个消息说，后面几天好天气，我们准备干了。在这个专门为攀登幺妹峰而建立的微信群里,阿楚、小刘、小牦牛、小向等人在群里共享攀登资料,还一同签署免责协议。所谓的"免责协议"并不是什么正式法律文件,而是严冬冬在遇难前三个月发布的《免责宣言》。这份《免责宣言》不具备任何法律效力,却被年青一代的自由攀登者奉为圭臬。在这份宣言下签署自己的名字更像是一种仪式,证明自己理解登山的本质:"我理解登山是一项本质上具有危险性的活动,可能导致严重受伤或死亡。"

两支小队还在群里商量好,一定要错开攀登时间。阿楚说,我们把所有的东西共享,一定要共享时间,千万不要撞到一起去爬了,或者我们爬不同的路线,不然很影响。如果两支队伍在同一时间、爬同一条路线,位于下方的队伍很可能遭遇上方踢落的碎石与碎冰,非常危险。不巧,小牦牛的队伍和阿楚的队伍都计划爬自由之魂:位于幺妹峰南壁中央的一条传奇路线。好在他们商量好了要错开时间——至少阿楚在群里发这条消息的时候,心里是这么想的。

阿楚刚在群里发完消息,只见小向也在群里发了张照片。他点开一看,小向和小牦牛正在四姑娘山脚下。这俩哥们率先出发了。阿楚气得立即给小牦牛打了电话,质问道,你是不是不把兄弟当兄弟,为什么你要爬了不说一声?这个群建了干吗?

小牦牛只好一阵敷衍,同时和小向加快进山的脚步。他们俩来到了冰川脚下,第二天立即冲向一号营地。小牦牛一马当先。这一年,小牦牛做好了充分的准备。他难得地为一座山而做针对性训练。他对登顶幺妹峰信心满满。或许是冲得太猛了，他后来才发现搭档小向有点跟不上他的节奏。小向有点恼火。小牦牛对搭档说，今天这种节奏还要持续个两三天，你感受一下身体状态能不能扛下来。小向又尝试了一下，确实不太行，硬撑的话反而更有风险。最后这对搭档几乎没怎么爬就撤下来了。

小牦牛从未如此不甘心过。他给阿楚打了电话，想加入他们的队伍。阿楚一听，头就大了。"因为我和小牦牛关系很好，但是刘总（刘峻甫）和小牦牛的关系肯定没有我和他的关系好。"阿楚后来说。在幺妹峰这种山峰上，与不熟悉的人搭档，成功率大大下降，风险也陡然增加。阿楚对小牦牛说，这个事情我得问刘总，我做不了主。他把这个人情方面的难题抛给小刘。小刘一口回绝。

阿楚和小刘刚到幺妹峰大本营，小牦牛等人也从山上撤下来了。等到第二天阿楚和小刘开始正式攀登的时候，小牦牛还想再跟阿楚争取一次。阿楚顿时有些火大，他对小牦牛说，我想不通你到底在想什么？你爬了这么多年了，你自己知道自己什么实力，你每次都找一个体能跟不上你的，你怎么爬？小牦牛只好作罢，悻悻地撤回家了。

阿楚虽然把小牦牛骂了一顿，可他和小刘也有点难熬。为了抢时间——好天气窗口的时间，成都解封窗口的时间，与景区猫捉老鼠的时间，也许还有之前与小牦牛竞速的时间——阿楚和小刘从海拔500米的成都，迅速赶到海拔4000多米的幺妹峰营地，中间几乎没有必要的适应。现在，他们又要继续爬上5000多米的海拔，冲向6000多米的幺妹峰顶。由于他们的速度过快，短时间内海拔爬升太过剧烈，鲜有高反症状的小刘都有些头痛。

这一路几乎畅通无阻，就好像是开上了垂直的高速公路。他们沿着当年严冬冬、周鹏开辟的自由之魂路线向上攀登。他们依旧延续攀登羊满台时的节奏，一段接一段，不知疲倦。再加上阿楚时不时激昂地说，"爬！爬不死就往死里爬！"，他们的速度飞快。第一天，他们就爬到了海拔5800米的位置，距离顶峰只有450米。

第二天，他们继续向上攀登。两个人越爬越疲倦。这疲倦中还夹杂着兴奋。下午4点，他们爬到了海拔6150米处，距顶峰只有100米。这时，一处巨大的雪檐出现在他们面前。5米长的冰雪屋檐堵在正上方，也挡住了他们通往顶峰的路。"雪檐太夸张了，翻不过去的，"阿楚后来说，"我不知道周鹏周老师他们那会儿是怎么翻过去的，但我们一看，我靠，我们翻不过去。"小刘和阿楚在这处雪檐下方又过了一晚。

第三天清晨，天刚蒙蒙亮。他们望到远处四姑娘山大峰、二峰顶上金光闪闪。那些是正在排队冲顶的登山客户。阿楚和小刘打开了头灯。此刻，幺妹峰脚下的人们也在望着他们：在淡紫色的晨曦中，他们的头灯点亮了顶峰处，把幺妹峰变成一座宏伟的灯塔。

待收拾妥当后，阿楚和小刘继续攻克幺妹峰留给他们的最后难题。小刘试着硬爬了一下，但很快又放弃了。他们决定先往下倒攀，曲线绕过这处雪檐。小刘冲在最前面，先爬下去，再爬上来，再有20米就到顶峰了。

很快，阿楚就听到了搭档在上面嘶吼。他知道小刘已经登顶了。顶峰就在眼前。在爬向顶峰的这几步路上，阿楚竟有种不真实的感受，"我觉得很奇怪，真的要登顶了吗？"他翻上了顶峰后，一股猛烈的风扑面而来。强风吹散了心中的迟疑。阿楚走向山顶，来到了比山更高的地方。

12月6日上午11点30分，陈楚俊和刘峻甫登顶了幺妹峰。他们在风里嘶吼着、咆哮着、欢呼着，尽情享受着登顶的宝贵瞬间。他们分别成为史上第16、17位站在幺妹峰顶的中国登山者，同时也是史上最年轻的幺妹峰登顶者。

这对搭档在狂风中拍了段视频后，就迅速下撤了。下撤的路往往要更加凶险。他们在路上遭遇了冰崩与卡绳，惊险地逃过一劫。直到天黑了，他们还在下降。他们在黑夜中再次打开了头灯。

这天晚上7点多，许多登山爱好者惊奇地发现，在"直播中国"网站——中央电视台利用5G信号与4K技术，在中国各大地标性的景观处架设机位，24小时全天候直播——常年在长坪沟架设机位的黑白直播画面里，幺妹峰南壁的正中央，竟闪耀着一簇光芒。这光芒正缓缓下降着。等到黑夜彻底笼罩大地的时候，阿楚和小刘的头灯竟是黑漆漆的夜空中唯一一束光亮。在大山的映衬下，这明明灭灭的光如烛火般微弱，却从未熄灭过。

快到营地的时候，阿楚迫不及待地给小海打了个视频电话。阿楚在电话里兴奋地跟小海说，兄弟我登顶幺妹儿了。

小海也兴奋极了，兄弟恭喜你，我操，我都干不了的事儿，

第四部　梦幻高山

你干了！牛逼。

小海离开自由之巅后，一直在青海的牧场放牛，同时在密切关注着兄弟们的一举一动。他曾经最想攀登的羊满台被阿楚攻克了，如今阿楚又登顶了幺妹峰。他很惊讶。当年的小师弟成长得太快了。小海在电话里还告诉阿楚一个好消息。等阿楚回到成都的时候，他给阿楚寄的牛肉也差不多到了。小海家的祁连山牦牛肉，是阿楚吃过的最好吃的肉。阿楚心里正想着回成都吃牦牛肉，突然就看到了下方营地里的小牦牛。在小牦牛身边，还有一个更熟悉的兄弟。

原来，小牦牛下山后，眼看马上就过了好天气窗口期，开始疯狂地寻找搭档跟他一起爬幺妹峰。可是，要同时具备攀登幺妹峰的技术，不需要过多时间适应海拔，还得立即赶到山脚下的攀登者上哪儿找去。小牦牛找到了华枫。华枫没有答应。小牦牛又找到了逍童。逍童一口答应了。两个人会合后，兴冲冲地赶到幺妹峰大本营。

小牦牛后来才知道，他身边的搭档这一路来心中波澜起伏。白天的时候，逍童与老师吵了一架。他在来的路上跟李宗利汇报了要去爬幺妹峰，遭到老师的极力反对。李宗利在电话里听出来逍童的坚决后，有些慌乱：先独攀一座技术型山峰，自觉小有所成，之后再执意要去爬幺妹峰，这跟小柳太像了，甚至一模一样。当初他没有拉住小柳，如今他要不惜一切代价劝住逍童。李宗利在电话里试了各种办法都不灵，最后竟罕见地向学生服软，许诺逍童只要别去爬幺妹峰，以后在公司一定会有更好的发展和待遇。这名曾如此崇拜自己的学生，这次并没有听他的话。

等到逍童爬到了幺妹峰的一号营地，李宗利还是表示反对。小牦牛发现搭档有些不对劲，细问之下，才知道他这趟是违背师命出来的。小牦牛有些生气。他对搭档说，你要是这样连自己都不明确，我们就别爬了，你自己做一个决定，到底上还是不上？在这里下撤也没什么。

逍童独自坐了一会儿，挣扎了好几分钟。两年前，几乎就在他刚接触登山的同时，也一并知道了小柳和幺妹峰的名字。他真的渴望爬上幺妹峰，但他不想也不敢违背老师的命令。在逍童思考的这几分钟里，小牦牛也很矛盾。如果逍童决定不爬了，那他就再也没有搭档的人选了，只能来年再爬。可是，来年他又能跟谁一起搭档呢？

几分钟后，逍童想好了，上。

小牦牛说，好，要是上的话，就不要把那些情绪带到山里来，你这样闷闷不乐的，到时候会影响我们攀登的状态。

小牦牛和逍童正在营地说话的时候，也看到阿楚和小刘登顶下来了。小牦牛和阿楚等人开着玩笑，并恭喜他们成功登顶。阿楚看到小牦牛并不意外，但看到逍童的时候，就十分惊讶了：就在几天前，逍童不是还远在理县帮朋友杀猪吗，怎么这就来到了幺妹峰上？他还没有积累足够多的经验，就来爬幺妹峰了吗？他和小牦牛从来没有搭档过，他们俩可以吗？

四个人在幺妹峰营地休息了一晚后，小牦牛和逍童就继续往上爬了。逍童已经调整好了心理状态，小牦牛也感受到了搭档的坚定。"真正在那种线路上的时候，感觉就特别好、很舒服，爬得很享受这种过程。"小牦牛说。就在阿楚和小刘登顶幺妹峰之后不到72小时，小牦牛和逍童又来到了同一处地方。两组队伍的登顶间隔时间非常之短，短到后来者在顶峰附近还看到了脚印。在幺妹峰顶峰从没有发生过这样的情况。

小牦牛沿着这排脚印率先登顶。山顶的风依旧猛烈。他坐在顶峰处哼着歌，等待着搭档爬上来。逍童终于翻上了顶峰，小牦牛对他喊道，趴着爬过来，不然风要把你吹下去！逍童蜷着身子，来到小牦牛面前，激动得甚至有些想哭。小牦牛与逍童一碰拳，兄弟，我们登顶了。

12月9日上午10点40分，王永鹏成为第一个登顶幺妹峰的四姑娘山当地人，而23岁的童章浩则成为有史以来最年轻的幺妹峰登顶者。阿楚后来半开玩笑地说，登顶的那一刻，我应该是国内登顶幺妹最年轻的小伙，想想还有点小骄傲，可惜这个纪录没保持两天，就被逍童给破了。

这也许是史上最"不受欢迎"的登山纪录了。两组年轻的自由攀登者先后爬下顶峰。山下没有热烈欢呼的人群，没有红底黄字的横幅，更没有守候多时的记者忙着追问他们站在幺妹峰顶的感受。待他们的双脚踏在平坦的地面上时，已是四姑娘山的寒夜。蓝色的龙胆花被初冬的冰霜染白。艳丽的高山血雉躲藏在岩缝与灌木丛中。寂静萧瑟的山谷里唯有疲惫的脚步声与浓重的呼吸声。

回去的路上，逍童累得筋疲力尽，小牦牛一直在前面等着他。凌晨4点，两名年轻的登山者终于回到了四姑娘山镇，找了一家客栈投宿。他们早上还在幺妹峰顶挥舞着国旗，晚上就已经躺在了床上。小牦牛似乎并不算疲惫。他哼着歌，洗了个澡，还玩了会儿手机，过了很久才慢慢睡去。

阿楚和小刘下山后，连夜赶回了成都。他们被"直播中国"捕捉到的实时画面，激励了全国各地的自由攀登者，也激怒了四姑娘山景区管理局。也许管理局需要花一段时间才能理解幺妹峰的真正价值。

过去二十年来，幺妹峰与登山者彼此成就：一代代自由攀登者因幺妹峰而一战成名，从此改变了自己的命运，自由攀登者的故事也融入进四姑娘山历史的一部分，进而塑造着这座山峰的文化形态。

一名伟大的登山家曾经说过，高山是人类用来检视自我的标尺，若非如此，高山只不过是一堆石头而已。在中国登山界，幺妹峰曾被誉为高高在上的技术殿堂。它既是自由攀登者成长过程中的必经之路，同时也限制了年轻攀登者的想象力与进步空间。但随着2021年底，两对平均年龄不过26岁的年轻登山者在72小时之内接连登顶，它的神话破灭了。也许在之后的二十年里，幺妹峰依旧是一座自由攀登者用来检视自我的山峰，但它的顶峰不再是那个高不可攀、遥不可及的地方了。

"登顶之前，我认为攀登幺妹在国内就像是'投名状'，它代表了你对攀登的热情，表露你攀登的决心，爬上去了，你才真正算是入了攀登的门，就像《水浒传》里说的，要想当梁山好汉，先带上你的投名状，"阿楚后来在攀登报告中写道，"但是攀登真的需要投名状吗？"

攀向高处不需要理由。数百年来人们不停地思索、追问攀登高山的意义，直到攀登这一行为被赋予了战胜逆境般的人生隐喻，而顶峰也被塑造成了一处具象化的奋斗目标。然而在真实的世界中，山的顶峰不过是地质学上的偶发事件：在某个时间点，一堆石头或一条冰川恰好被抬升到了最高处，成为一组凸起的坐标。到达一处地球上比比皆是的坐标点的行为，本质上是无意义的。在许多人看来，为此承受人生的不稳定性与巨大的恐惧感更显荒谬而疯狂。为了一个没有世俗价值的目标，孤独地走向空无一人的大山，甘受生之痛苦、直面死之风险，这便是自由攀登者的崇高，也是人之为人的美妙与独特之处。

2003年，曾山加入刃脊探险公司，为中国民间登山带来了先进的技术与理念。图为曾山（左一）在做技术培训，王平（左二）等学员在一旁学习。

2005年，马一桦（左）与曾山联手创立的"刃脊登山队"攻克了数座未登峰、开辟了十余条新路线，开创了中国自由攀登的黄金时代。

2006年5月,马一桦正在攀登四川阿坝州大黄峰。曾山认为这是他在刃脊探险时期最艰难的一次攀登。大黄峰的首登也是中国民间登山早期最有分量的一次阿式攀登成就。

摄影:曾山

"在目前我自己攀登过的山峰中,大黄峰和雅拉排在最难的位置,幺妹峰次之。"马一桦评价道。在那个极限运动相机与民用无人机尚未普及的年代,马一桦在攀登报告中手绘出大黄峰冲顶路上最艰难的一段地形与细节。

绘图:马一桦

图为正在野外抱石的刘喜男。在2000年初的中国攀岩者眼中,那一头摇滚长发与刚劲的上肢肌肉是刘喜男典型的身份标识。

2003年，鲍勃·莫斯利在昆明西山拍下了这张照片。王大（左）、王二（中）与刘喜男（右）顶着大蓬头站在一条攀岩路线下，叼着香烟，一脸玩世不恭与无所谓的态度。

摄影：鲍勃·莫斯利

2005年11月,刚学习绘画的刘喜男把"三蓬"的照片变成了另一种艺术表达形式。画中流露出的朝气与活力,赋予了那段已然逝去的青春时光以不朽的生命力。

绘图:刘喜男

在白河峡谷，每一片葱郁的植被背后，都隐藏着一条充满年代感的攀岩路线，而每一条路线背后也对应着一段不为人知的故事。图为攀岩者在攀爬白河完美心情岩壁的"歪瓜裂枣"路线。

摄影：宇辰

春天和夏天的白河清凉舒爽，秋天的白河绚烂多彩，到了冬天，冰天雪地的白河峡谷就成了攀冰胜地。2022年1月，北京地区的攀冰者在峡谷深处发现了望川瀑。这条气势恢宏的大冰瀑被人们誉为"北京第一冰瀑"。

摄影：Alan阿蓝

在那个民间登山的萌芽时期,时常手持冰镐、拎着绳索的王茁,在北京户外爱好者们看来显得专业范儿十足。这位绿野论坛山版版主"Kristian"被人们尊称为"老K"。

2004年10月，王茁（左）、伍鹏（右）、王大、赵四等人第一次尝试攀登婆缪峰失败。在回程经过巴朗山垭口的时候，王茁和伍鹏拍了张合影，并计划好来年再次挑战婆缪峰。

摄影：伍鹏

从2004年到2014年,从王茁到伍鹏,那是白河最辉煌、最自由的十年。图为"自由的风"伍鹏在攀登扎金甲博塔峰途中。

2020年8月，孙斌、何川与摄影师王振（Rocker）完成了布达拉峰北壁"加油"路线。从首次挑战到最终完攀历时七年，七年中他们的人生与攀登一样起伏跌宕。图为孙斌在布达拉峰攀登过程中。

摄影：Rocker

2023年夏天，何川与孙斌来到喀喇昆仑山的川口塔峰地区，沿着"永恒的火焰"路线，登顶了其中的无名塔峰。在攀登过程中，何川随身带着那张王茁与伍鹏的合影。二十年前的一个夏天，何川正是在王茁的带领下第一次尝试传统攀，并在伍鹏创立的"盗版岩与酒"论坛迷上了川口塔峰。

摄影：Rocker

80多座海拔5000米以上的雪山隐匿在云雾间。群山之中，唯有这座6000多米的四姑娘山主峰破云而出。如果不是登山者在这片山脉里留下的传奇故事，它只是一座缄默无言的山体。

摄影：温钧浩

四姑娘山幺妹峰南壁。一代代自由攀登者因这面山壁而一战成名,从此改变了自己的命运。自由攀登者的故事也融为四姑娘山历史的一部分,塑造着这座山峰的文化形态。

摄影:温钧浩

2008年12月，李红学率领终极探险登山队，首度提出挑战幺妹峰中央南壁路线的计划。这条充满想象力与勇气的路线成就了未来的"自由之魂"。图为李红学在幺妹峰南壁。

2010年初，陈家慧在四姑娘山双桥沟。"她是那种你只要稍微一接触就能感觉到很有灵魂力量的人，或者说精神非常强大，很温润、平缓，"严冬冬说，"要跟她保持联结的方法也很简单，就是记住，remember，就这样简单。不需要做任何形式的东西，或者至少不需要刻意去做。但是你心里记住这个人，她的影响就不会那么容易散掉。"

摄影：安德鲁·伯尔（Andrew Burr）

严冬冬。自由登山，自由之魂，自由之舞。

摄影：饼干

2012年5月，严冬冬和周鹏前往四川贡嘎山域探索未登峰"三连峰"。图为严冬冬正坐在客栈的屋檐下撰写当天的日记。

摄影：周鹏

2012年7月9日，严冬冬（右）与周鹏（左）登顶了这座位于西天山深处的5861峰。这是自由之魂组合登顶的最后一座雪山。周鹏将它非官方地命名为"严冬冬峰"。

摄影：李爽

在中国自由攀登历史的前二十年里，周鹏是后辈公认的最全能的登山者。如今，他把探索未登峰、开辟新路线的激情埋藏起来，等待着新搭档的出现。也许很快会有，也许不会再有。

摄影：李爽

2013年，李宗利（中）创立了自由之巅，柳志雄（左）与迪力夏提（右）成了他的左膀右臂。在之后的十年里，李宗利带领团队完成了许多划时代的攀登成就，并培养了许多像他当年一样的年轻自由攀登者。

摄影：张睿

2018年10月18日下午4点45分,李宗利(右)与童海军(左)登顶了贡嘎山,衣领处已结满冰霜。

摄影:童海军

2017年11月9日，阿左（右）与昊昕（左）登顶了幺妹峰。下山后，他们的脸上还有些许晒伤的痕迹，却难掩兴奋而满足的表情。小树恰到好处地抓拍了这张合影。

摄影：王侗鑫

在一个炎热的夏天，Stanley与三五好友结伴在郁郁葱葱的山谷中溯溪徒步。"言语间只沉浸在面前的世界，"他写道，"精神投放在这个空间里，让潺潺的河水带动欢笑的余韵，痛快地活在当下。"在许多朋友眼中，Stanley就是这样一位阳光、洒脱而充满浪漫情怀的大男孩。

2018年夏天，阿左、昊昕、Ken、Stanley等人来到阿尔卑斯山攀登。他们见到了金冰镐级别的登山家，也领略了真正的阿式攀登风格。图为昊昕（左）与Stanley（右）在山上开怀大笑的瞬间。

摄影：阿左

2019年夏天，阿左与刘峻甫（左一）、Ken（左四）、王培嘉（右一）再度来到喀喇昆仑山寻找他们的朋友。他们找到了。喀喇昆仑山是世界顶尖攀登者的向往之地，而此刻，他们是如此憎恨这里。

2021年12月9日，小牦牛（左）成为第一个登顶幺妹峰的四姑娘山当地人，逍童（右）成为目前为止最年轻的幺妹峰登顶者。

摄影：王永鹏

梦幻高山团队正尝试攻克"蜀山之王"。在气势磅礴的贡嘎山,自由攀登者的身影化作微小的黑点。若非仔细辨认,他们看起来就像是山脊上的沙砾,却以血肉之躯挑战这冰雪国度里最高不可攀的王冠。

摄影:丁丁

2021年底，阿楚（左）与小刘（右）在羊满台峰，第一次尝试搭档攀登。这对"川西硬汉"不仅融合了两家王牌登山公司的精神气质，也成了新生代自由攀登者的领军人物。他们正望向更高、更远的地方。

摄影：阿左

特别说明：本书中未标注来源的图片，因多方尝试仍无法联系到摄影者或版权所有者，如有知情者，望通过邮件与我们或本书作者联系，谢谢！

邮箱地址：anonymous@owspace.com

尾声

过去两个多世纪以来，世界各地的阿式攀登者们在狂野的山峰上开辟了许多精彩的路线。阿式攀登成为人类彰显个体生命力的最强表达方式之一。在许多人的心目中，阿式攀登者在高山、岩石、峭壁与冰雪地形上展现出的精湛技艺，早已超越了体育运动的内涵，堪称一门艺术。

2019年底，联合国教科文组织认定阿尔卑斯式攀登为人类非物质文化遗产。从此，阿式攀登正式成为一门与音乐、绘画、文学并列的艺术：一门依靠体能、技术和智慧去攀登高峰和面对挑战的艺术；一门在面对自然而非人为的障碍时，挑战自身能力和专业知识的艺术；一门评估与承担未知风险的艺术；一门学习自我管理、自我负责和团结协作的艺术；一门尊重他人和自然景观的艺术。

在中国，作为这门艺术的集大成者，周鹏很少再去高山上实践阿式攀登的艺术了。他常年在白河深居简出。他和李爽最后分开了。他组建了新的家庭。周鹏开办的"享攀"培训班成了北方自由攀登者的大学。周鹏培养出了许多像他当年一样对自由充满渴望的新生代攀登者,以及更多的普通爱好者。在中国自由攀登历史的前二十年里,周鹏是后辈们公认的最全能的登山者。

在严冬冬遇难的十周年之际,已近不惑之年的周鹏想在白河开辟一条新路线,来纪念他和搭档的这段往事。他打算把这条路线命名为"自由之魂"。他决定独自一人完成开线任务。在这个私密的创作过程中,他"可以安静地去想我们的过去"。

周鹏花了一周的时间沉浸在岩壁上,最终开辟了白河的"自由之魂"。他本来想开辟一条难度不太大的路线,一条严冬冬也能爬的路线,但"自由之魂"一不小心却成了北京地区最难的攀岩路线之一,就连周鹏自己也很难用自由攀登的风格完攀它。第一段的难度就有5.13a,让绝大多数资深攀岩者望而却步,也远超出严冬冬的攀爬能力。好在路线的中段难度适宜。"他应该会很喜欢。"周鹏写道。

在之后的一年里,周鹏多次尝试,直到第二年秋天,才终于完成了这条路线。周鹏记录下这一年开线与攀登的全过程,等到严冬冬生日的这一天把这条新路线公布出来。此时,他的女儿也已经五个月大了。他希望更多攀岩者能感受到这条路线的魅力,同时在攀登中感受纪念一个人的过程。他说,用一条线路去纪念一个人也许并不够分量,但这是记住的一种方式。

他依旧在白河峡谷等待着一名合拍的搭档。也许很快就有,也许不会再有。

何川同样在白河峡谷过着半隐居的生活。他依旧在白河夏练攀岩、冬练攀冰。何川说，他离不开攀登。每当有人问他为什么一直攀登，他觉得理由很简单，只是因为他无法过上没有攀登的生活。

自打何川一开始接触攀登的时候，就听说了川口塔峰群中最挺拔的"无名塔峰"。这是一座充满传奇色彩的高难度山峰。他曾和孙斌、伍鹏计划过一次远征，却因当年发生在南迦帕尔巴特峰的悲剧而出师未捷。从此，"Trango Tower"成了何川的微博名，也成了他的网络头像。在社交媒体上，他就是Trango Tower，Trango Tower就是他。说是魂牵梦绕也不为过。整整十年之后，2023年夏天，何川与孙斌终于来到这座山峰的脚下。他们沿着著名的"永恒的火焰"路线，攀向这座塔峰的山顶。眼看就要登顶，在距顶峰5米的地方，何川突然停下了脚步。

"二十年前看到这个山就想登顶、就想来爬，今天终于实现了，"何川对着镜头感慨道，并拿出一张照片，"我还带了王茁和伍鹏的照片。我想带他们一起来登顶。"

这是一张有近二十年历史的老照片。2004年，伍鹏、王茁、王大、赵四等人第一次尝试攀登婆缪峰失败。在回成都的路上，经过巴朗山垭口的时候，王茁和伍鹏以婆缪峰等群山为背景拍了张合影，并计划好第二年再次挑战婆缪峰。这个计划最终没有实现，如今，照片中的两位好友也已经不在了。

"是王茁和伍鹏让我知道有这么一座山，让我有机会接触攀登，让我有可能来这里攀登，"何川哽咽地说，"我终于做到了。"

尾声

他收起照片，手持双镐，缓缓地攀向最后的顶峰。

何浪、刘洋以及刘洋的徒弟宋远成，是另一组践行阿式攀登艺术的自由攀登者。2022年夏天，刘洋和徒弟宋远成在贡嘎山域的小五色山系，历经五天四夜，一口气完成了两座未登峰与一条新路线，还实现了3.5公里长的山脊纵走。第二年，何浪与刘洋等人一起攻克了这片神秘山域里最后两座未登峰。他们依旧保持着低调，以至于大多数人都不知道他们登顶的山峰叫什么名字。攀登于他们而言，是铭记，是享受，是一件关乎自我的事情。

作为中国最早的"艺术家"培训学校校长，曾山在2023年2月迎来了领攀十周年纪念活动。二十年前，他和马一桦开创的刃脊探险，堪称中国自由攀登的黄金时代。如今，领攀学校教授出来的阿左、刘峻甫、Ken等新生代自由攀登者，又在引领着下一个时代。

刘峻甫和陈楚俊重复攀登的幺妹峰"自由之魂"路线与羊满台的"川西硬汉"新路线，同时入围了2021年度金犀牛奖的提名。最终，"川西硬汉"荣获了当年的最佳攀登成就奖。他们刚从幺妹峰下山不久，就成了北面签约运动员。川西硬汉是继自由之魂、梦幻高山之后，北面签下的第三队登山组合。

2022年8月，刘峻甫更新了婆缪峰的最快攀登时间。他把小牦牛创造的60小时纪录缩短到了14个小时。婆缪峰不再是那个萦绕着迷雾的山峰了。它成了经典的高海拔训练场。每到了夏天，都有十来对自由攀登者在婆缪峰的高山岩石路线上，实践着阿式攀登的艺术。

许多人认为，刘峻甫将会是周鹏之后新生代自由攀登者中的领军人物。然而小刘觉得自己离周鹏差得远。他们从幺妹峰下来后，小刘还忍不住感叹，当年周鹏真的太猛了。

阿楚说，我觉得你跟他差不多猛了。

小刘说，周鹏比我猛太多了，他在高海拔可能不会累。

阿楚说，其实我觉得你挺像周鹏的，对登山的认知、判断、纯粹程度，我觉得你挺像的。

小刘想了一下，说，还是周鹏更厉害。

事实上，小刘并不在意攀爬能力的排名。他只想自由、快乐地攀登下去。他后来离开了领攀登山培训学校，加入了梦幻高山团队。从学校出来后，小刘势如猛虎下山。他决定和阿楚挑战贡嘎山域的嘉子峰。中国登山者上一次攀登嘉子峰的记录要追溯到十一年前。2011年，严冬冬和周鹏的"自由之魂"组合来到贡嘎山域深处，在勒多曼因、嘉子峰、小贡嘎上接连开辟了三条新路线。其中嘉子峰西壁的"自由之舞"路线，一时成为民间登山界的最高成就。

"嘉子峰一直都在我们的计划当中，如果你亲眼见过这座山，那它一定会激发你攀登的欲望，它是一座让你无法抵抗的大墙，"阿楚写道，"同时周鹏老师和严冬冬老师的贡嘎三连登也一直是我心目中向往的最佳攀登之一，我们也很想拿出一个月的时间来攀登，而不仅仅是爬一座山就回家了，过不了瘾。"

2022年10月底，川西硬汉在贡嘎山域深处建立了营地，搭了一顶球形大帐篷，就像当年自由之魂一样。他们在之后的一个星期内，在小贡嘎上开辟了"Russian Style"路线，又在鹊巴

尾声

峰上开辟了新路线"蒜泥白肉"。一周后,他们终于来到了嘉子峰山脚下。

这是他们经历过的最凶险的一次攀登。他们在狂风中向上攀爬。其间阿楚被一块拳头大小的落石砸中鼻梁,疼得流出了眼泪,缓了好几分钟。他擦干了眼泪继续爬,一直爬到距顶峰200多米的地方,才停下来休息。在狂风与暴雪中,他们坐在1米宽的悬崖边露宿,艰难地熬过这一夜。一轮橙红色的月亮升在空中。月光暧昧地照耀着雪山大地与寒冷疲惫的登山者。

等阿楚和小刘醒来后,风雪依旧。他们的衣服上已落满了一根手指深的雪层。他们抖落了积雪,收拾好装备,决定一鼓作气完成嘉子峰最后的200米。在穿戴冰爪的时候,小刘左脚用力一踢,那冰爪竟然脱落了。二人眼看着冰爪顺着陡峭的山壁滚落悬崖,渐渐消失在他们的视野中。在技术地形上,阿式攀登者没有冰爪,就相当于攀岩者没有了脚,很难再攀爬高难度的冰岩混合路段。偏偏掉落冰爪的又是体能最强的小刘。这一幕与三年前的喀喇昆仑山极其相似。昊昕、Ken与Stanley曾遇到的情况再次出现了。

这一次,阿楚和小刘决定两个人共用三只冰爪,轮流在前方攻克着难点。只是,他们的攀登效率大大降低了:使用单只冰爪的攀登者,只能先用冰镐砍出一道台阶,迈上一步,等踩踏实了,才能挥出下一镐。这种操作方式的风险与效率不言而喻。风雪越来越大,染白了他们的眉毛。紧紧连接着两个人的绳子被狂风吹到半空中。他们被吹得几乎睁不开眼睛。小刘在前方艰难地领攀着。由于阿楚给搭档打保护的时间过久,他的手指也渐渐失去了知觉。他摘下手套。手指有些发紫。这是冻伤的前兆。阿楚揉搓着手指，伸进衣服里，努力恢复手指末梢的知觉。他们已经失去了"一只脚"，不能再失去一只手了。就在这般极限的条件下，他们慢慢地逼近了嘉子峰的顶峰。

下午4点26分，阿楚和小刘在漫天风雪中，爬到了一处海拔6541米的顶点。根据海拔数据，真正的顶峰还有8米高，但仅凭三只冰爪，他们实在无法再往前了。这一次，他们决定停止继续向前探索，换来安全。"我们决定以这个顶为最终目标，拍照留念下撤。"阿楚写道。又经过了十多个小时的艰难下撤，他们终于在凌晨返回了营地。

川西硬汉们在嘉子峰西壁开辟了一条新路线，并入围了这一年度的金冰镐奖提名。他们将这条几近完成的路线命名为"审判"。他们通过了嘉子峰的审判：对技术的审判，对意志的审判，以及对风险的审判。"审判"是川西硬汉们的最高成就，至少到目前为止是这样的。未来几年，阿楚和小刘还将寻找川西之外更多的未登峰。正如小刘在攀登报告中写道，年轻一代的攀登者应该把目光投向更高、更远的地方了。

小牦牛和逍童登顶幺妹峰后，也成了较为固定的搭档。他们都成了凯乐石签约运动员。逍童始终不敢面对老师李宗利。一年之后，逍童离开了自由之巅。就在阿楚和小刘在嘉子峰开辟了"审判"的几天之后，小牦牛和逍童也来到了嘉子峰脚下，尝试开辟一条难度更高的路线。他们尝试过后，失败下撤了。第二年，他们完成了这条新路线，将它命名为"重生"。

李宗利在这一年又完成了新的未登峰。他每年都在开辟新的线路、教授新的学生。贡嘎山只是他攀登生涯中的一座大山，但不是唯一一座。他始终在践行阿式攀登的技艺，并用他那强大的意志力与执行力把它发挥到极致。

童海军在青海的草原上做了三年牧民，最终决定出山，回到自由攀登的世界中。阿楚见师兄终于回来了，打趣地称小海为"祁连下山虎"。小海也加入了梦幻高山团队。他对幺妹峰不怎么感兴趣。"它只是我进步过程中的一个点，它肯定是要被过掉。它不是我的一个目标。"小海说。他的目标是大黄峰。自从2006年马一桦和曾山登顶了这座神秘的山峰之后，再没有登山者尝试攀登过这座高峰。小海曾经渴望成为李宗利，如今他只想成为他自己。

由阿左、阿楚、小刘、Ken、小海组成的梦幻高山工作室，吸引了四川乃至全国各地年青一代的自由攀登者。梦幻高山不仅融合了领攀学校与自由之巅两家王牌登山公司的精神气质，还成为有史以来含"金"量最高的梦幻团队。这里成了新生代自由攀登者的大本营。许多二三十岁的年轻人跨越成都市区，甚至跨越大半个中国，慕名来到位于成都西三环龙爪堰一带的梦幻高山办公室里。他们常常赖在屋里不走，一边直勾勾地盯着Ken剪辑视频，一边自说自话地畅谈自己未来的攀登计划。

在朋友们看来，Ken哥始终活在自己的世界里。正如大多数在理想与现实之间徘徊的年轻人，他依旧对未来感到困惑而迷茫。"暂时来说我还是不想回到以前的生活，但我难保未来有一天我会回去，"Ken说，"我只能说我不知道。"

阿左这两年放慢了攀登的节奏。养活整个团队成了他生活的重心。2023年2月,阿左终于迈出了那一步。他与小树结婚了。在他人生那么多无所谓的事情中,从此又多了一件重要的事情。

攀登改变了这些年轻人的命运,或是在他们年轻的时候被改变。有人浪荡一生,有人淡泊避世。有人在攀登的世界里发现了谋生手段,有人在攀登的世界里寻找最后的救赎。有人把攀登当作一种消遣,有人把攀登当作一门艺术,有人把攀登仅仅当作攀登。有人走进了攀登的世界,也有人黯然离开了攀登的舞台。有人在攀登中寻找到自由,也有人在攀登中寻找到了自我,并把它当作人生中最奋勇的一次尝试,这种尝试却不幸成了最后一次:他们成了大山的一部分。

大山有时展现出它仁慈的一面,有时又展现出它仁慈之后的残酷。温柔与残酷、生存与死亡、勇敢与怯懦、光明与黑暗,这些二进制般的简单形态又幻化出大山瞬息万变的复杂面貌。从一条山脉的千万年生命尺度来看,攀登者站在比山更高的地方雀跃、惊惶、俯瞰、呼吸,就和一片雪花悄无声息地落在山顶没什么区别。对于攀登者来说,一条山脉却贯穿着他们短暂的一生。无论是雄伟的喜马拉雅山,还是野蛮的喀喇昆仑山,无论是孕育出现代登山文化的阿尔卑斯山,还是保留着上百座未登峰的横断山、邛崃山,它们既是现实中的悲情与荣耀之山,也是攀登者心中的欲望与梦想之山。

这些高山上流淌出冰川,冰川发源出河水,河水滋养着生命,生命孕育出文化。攀登者攀向高山的文化,也是人类追溯生命源头的文化、人类寻找生命意义的文化。在这条通往山顶的路线上,攀登者探索着人类文明的荒芜之地,人与山的命运交织在一起,书写了一部壮丽而深邃的史诗。

注释

这是一部非虚构作品。本书作者承诺文中内容全无虚构，包括但不限于人物的真名、对话、内心活动、动作与场景的描写。书中主要人物确认文中所述内容符合事实。尽管如此，我还是在此注释了全部的信源。它们既是本书的原始素材，也是历史的痕迹。无论你是否相信，真实有时比虚构更加荒诞，尽管绝对的真实我们永远无法触及。

全书人物没有化名。这意味着每一名受访者都对自己所陈述的事实负责。只有刘喜男的女友刀刀是个例外。我保留了她当时的这个称呼，没有标注出她的真名。

书中的对话均来自当事人的回忆与一手资料。使用对话处，均为精准的对话内容。使用间接引语处，本书作者认为当事人所回忆对话内容或过于含糊（因年代久远而不够精准），或存在语法、语病等问题（如方言等原因），故略作简化处理，绝无增添或断章，且保证对话内容完全符合原意。

书中的心理描写均为当事人的回忆。由于不可靠叙述与无法验证核查等特点，许多非虚构作家不屑于描写人物的心理活动。我认同意识流动的随机性与发散性无法被精准捕捉，但我也相信有些特殊时刻的记忆，在人的心中久久不能磨灭。

前言

1. "一类始于2000年初,在企业家与精英阶层间兴起的攀登珠峰热潮。"准确地说,中国民间的珠峰登山热潮始于2003年,参见本书第二部第7章。
2. "各界名流一次性花费普通职工十多年的收入,报名参加珠峰商业登山队伍。"2000年初,从中国西藏一侧攀登珠峰北坡的商业登山活动标准报价为20万元,当时一名中国普通城市职工的年薪约为1.4万元。参见《关于2003年全国城镇单位在岗职工平均工资的公告》,国家统计局网站,2004年4月6日,http://www.stats.gov.cn/xw/tjxw/tzgg/202302/t20230227_1918852.html。
3. "遇难者平均年龄仅有31岁。"该数据取自书中所提及的逝者的平均年龄31岁。也许这个数字不够精准,因为实际情况可能不到31岁。
4. "中国第一家高校登山社团,北大山鹰社",参见本书第二部第3章。
5. "2000年初,曹峻、徐晓明、杨春风、陈骏池攀登新疆天山的博格达峰",参见本书第三部第6章。
6. "马一桦开创的刃脊探险",参见本书第二部。
7. "CMDI,那可是自由攀登者的黄埔军校",参见本书第二部第22章。

第一部

1

1. "奥运永恒不息的奥运火焰将穿越喜马拉雅山脉,到达世界最高峰——珠穆朗玛峰。"《山野》杂志,2008年7月刊,第33页。
2. "为此,国家体育总局登山运动管理中心……参与到此次珠峰火炬传递中。"《山野》杂志,2008年7月刊,第34页。
3. "2008年3月底……被护送到了海拔5100米的珠峰大本营。"《山野》杂志,2008年7月刊,第119页。
4. "我们自己搞几座山……不用向导。"书中严冬冬视角的对话与心理活动,若无特别说明,均源于2011年1月,北师大珠海分校心理学院院长林绚晖教授与严冬冬在四姑娘山双桥沟的访谈录音。本书作者已征得林绚晖授权使用。
5. "周鹏心想,自由之魂是什么玩意,登山组合还弄个'魂'字在里面。"书中周鹏视角的在场叙述、对话及心理活动,若无特别说明,均源于本书作者于2019年、2021年、2022年与2023年的采访。
6. "2001年,就在中国申奥成功的那个夏天,严冬冬以678分的高考成绩,被清华大学生物科学与技术系录取。"清华校友总会网站,2012年,https://www.tsinghua.org.cn/info/1014/10764.html。
7. "在他们眼中,这名从小学到高中一直就读实验班、尖子班的男孩,向来都是想考哪所学校就考哪所学校。"minirat:《说英雄谁是英雄》,2012年7月14日,http://vstarloss.org/article/320。
8. "严冬冬小时候的玩伴们还记得,爸爸妈妈以前时常念叨着,老严家那孩子真是块材料。"灰太狼:《未谋面的严冬冬》,2012年7月13日,http://vstarloss.org/article/312。
9. "他是一个冬天穿着单薄的衣服……占了学校英文报一整版的英文学霸。"minirat:《说英雄谁是英雄》。
10. "鞍山一中的老师们还记得,他在填报高考志愿的时候,只填写了清华大学生物系,其他都空着。"据鞍山一中2008级学生朱姗姗回忆,严冬冬当年的事迹被高中老师不断讲述、流传了许多几届。本书作者采访朱姗姗,2023年。
11. "在高考第一天……赚足了考场铁门外众位焦急等待的家长们的目光。"minirat:《说英雄谁是英雄》。
12. "严冬冬成了那一年辽宁省鞍山市的理科状元。"《昔日雏鹰 展翅翱翔——记01级校友严冬冬回访母校》，鞍山一中网站，2008年5月28日，http://www.asyzonline.com/index.php/cms/item-view-id-3144.shtml。

13. "班里有个口号，爱你一生一世。这是'生一四'的谐音。"王凯：《自由的异类——悼念我的同班同学严冬冬》，2012年7月12日，http://vstarloss.org/article/328。
14. "入学半年后，严冬冬听说……错过了社团招新的时间。"严冬冬（Vstarloss）：《从加入协会到现在》2002年5月25日，http://vstarloss.org/article/8。
15. "到了大一下学期……加入了这个社团。"同上。
16. "第一次参加训练时……严冬冬觉得自己'几乎死掉'。"同上。
17. "被户外环境中队友彼此之间的亲切感打动了。"同上。
18. "严冬冬用高中时玩的一款电脑游戏里的角色……注册了个账户ID，'Vstarloss'。"本书作者采访马伟伟，2021年。也有一种说法是Vstarloss之名源自严冬冬中学时期的英文报纸名。由于该信源无法进一步考证且并非一手来源，故本文作者没有采用。
19. "人生有此经历，老当无憾哉——当然，若能选去爬雪山，就更好了。"严冬冬（Vstarloss）：《从加入协会到现在》。
20. "他又做了一晚上的噩梦。梦里飞雪连天……顿时鲜血喷涌。"同上。
21. "6月的一天，严冬冬来到了……月底出发去西藏打前站。"严冬冬：《2002西藏宁金抗沙峰登山日记》，2002年，http://vstarloss.org/article/296。
22. "她只是在儿子的言谈间……'我幸福多了呀！'"严冬冬（Vstarloss）：《Re:好开心啊:)》，2002年6月2日，http://vstarloss.org/article/14。
23. "在队友眼中，严冬冬总是冲在前面，永远对登顶充满了渴望"，叶鹤荣：《一步之遥》，北京：中国青年出版社，2003年，第58页。
24. "它（社团的凝聚力）很虔诚……非常非常喜欢它。"林绚晖采访严冬冬，2011年。
25. "他和朱振欢在社团招新的摊位前……招新的文案"，严冬冬（Vstarloss）：《招新真爽，哈哈》，2002年9月18日，http://vstarloss.org/article/20。
26. "儿时的好友有一次问他……我登山可以是第一。"齐贺：《我的同学严冬冬》，2012年7月13日，http://vstarloss.org/article/318。
27. "他的专业成绩并不算很好，甚至可以说非常一般。"本书作者采访马伟伟，2021年。
28. "严冬冬总是穿着……给人的感觉却也还是邋里邋遢的。"参考严冬冬不同时期的照片，以及与王凯、杨子、杨昱嵩等人的回忆文章，2012年，http://vstarloss.org/articles/catalog/100。
29. "严冬冬的床板上只有一条睡袋，还是一条从来都不洗、散发着味道的睡袋。"同上；本书作者采访马伟伟，2021年。
30. "他的臭袜子更是在清华都出了名。"本书作者采访何浪，2021年。
31. "每当有其他寝室的同学进来串门，都能闻到一股浓烈而刺鼻的鸡粪味。"王凯：《自由的异类——悼念我的同班同学严冬冬》。
32. "在高中的时候……英文小说与文学作品。"本书作者采访朱姗姗，2023年。
33. "他考进了专门为英语特长生开设的英文辅修班"，lefantome：《The Road less Traveled——VstarLoss同学二三事》，2012年7月12日，http://vstarloss.org/article/323。
34. "在宿舍里，几乎每天晚上……英文奇幻小说的世界中。"王凯、马伟伟回忆文章，2012年，http://vstarloss.org/articles/catalog/100；本书作者采访马伟伟，2021年。
35. "他先是接了翻译电脑系统说明书的小活儿，熬了一个礼拜，赚了8000块钱。"严冬冬：《自2004年以来翻译的书籍》，2009年3月4日，http://vstarloss.org/article/151。
36. "不是一大堆人像虫子一样地爬，而是可以两三个人搭档去搞一些看起来很不靠谱的东西。"林绚晖采访严冬冬，2011年。

2

37. "2004年11月的一天清晨……他那套标志性的红色冲锋衣。"何浪：《我的冬冬》，2012年7月12日，http://vstarloss.org/article/305；本书作者采访何浪，2021年。
38. "在之后几年中……头戴红色的头巾。"源于不同时期的严冬冬照片与视频影像。

注释　　　　　　　　　　　　　　　　　　　　　　　　　　633

39. "严冬冬还被队友们形容为'眉似初春柳叶,脸如三月桃花'。"叶鹤荣:《一步之遥》,第29页。
40. "第一感觉就是他那种说话风格……他一直都这样。"书中何浪视角的在场叙述、对话及心理活动,若无特别说明,均来自本文作者采访,2021年。
41. "从大二开始,他养成了不吃猪肉的习惯。"何浪:《我的冬冬》。
42. "他在不同的时间点会给出不同的答案。"本书作者采访何浪、周鹏、陈春石、马伟伟、赵兴政等人。
43. "回民餐馆吃过几次之后,就开始不习惯吃猪肉了。"严冬冬:《2003西藏科考日记》,2003年,http://vstarloss.org/article/297。
44. "他的体能平平……苦练数年,迟迟未见进步。"本书作者采访何浪、周鹏、赵兴政,2021年。
45. "冬冬与登山八字不合",本书作者采访严冬冬的朋友陈春石,2021年。
46. "由于此前严冬冬学业落下太多……按时参加毕业答辩。"本书作者采访马伟伟,2021年。
47. "在父亲严树平看来……简直是不务正业。"本书作者采访马伟伟、周鹏,2021年。本书作者没有采访到严树平,而是通过当事人回忆、转述严冬冬父亲的大致看法。
48. "等到了毕业前夕……我就断绝父子关系!"同上。
49. "我们放弃,这个决定完全由我负责。"何浪:《我的冬冬》。
50. "如果只是我自己……不能够承受这样的风险。"严冬冬:《2005念青登山日记》,2005年,http://vstarloss.org/article/298。
51. "这是严冬冬经历的第四座雪山……他开始敬重严冬冬。"何浪:《我的冬冬》。
52. "严冬冬拿到了清华大学的毕业证,却失去了本科学位证。"本书作者采访马伟伟、周鹏,2021年。
53. "独身主义计划",严冬冬回复网友,2011年,8264论坛,https://bbs.8264.com/forum-viewthread-tid-890468-extra--authorid-33756506-page-9.html;本书作者采访何浪,2021;潘文颖:《以自由之名》,2012年7月12日,http://vstarloss.org/article/314。
54. "在高中时期,严冬冬也曾情窦初开过,还给女生写过情书。"齐贺:《我的同学严冬冬》。
55. "严冬冬也曾对山野协会里的女孩暗生情愫。"本书作者采访何浪,2021年。
56. "他搬到了清华大学14号楼的东楼楼顶",本书作者采访何浪、马伟伟、赵兴政、周鹏,2021年。
57. "严冬冬又和队友在清华西门外,合租了一间小平房。"同上。
58. "好在严冬冬的食堂饭卡还能用……控制在1块钱以内。"同上。
59. "唯有在买装备的时候……连价签都不看。"本书作者采访周鹏,2021年。
60. "那天下来以后……以往的都不算。"本书作者采访何浪,2021年。
61. "清华大学登山队历史上还从未有过这样的例子。"本书作者采访何浪,2021年。
62. "等到了海拔5100米的冰川地带……他怂了。"林绚晖采访严冬冬,2011年。
63. "他拜会了当时声名显赫的刃脊探险公司。"本书作者采访马一桦,2021年。
64. "一个月后,何浪率领……心疼他是怎么熬过来的。"何浪:《我的冬冬》。
65. "这种激动一直持续到他站在顶峰的那一刻。……但我觉得有什么。"林绚晖采访严冬冬,2011年;清华大学雀儿山登山队纪录片,2006年。
66. "负责招募的罗申教练从多所高校中选拔预备队员。"《山野》杂志,2008年7月刊,第34页。
67. "与其说他多渴望攀登珠峰……自己的生计问题了。"本书作者采访周鹏,2021年。
68. "这18名学生中,有17名汉族队员,1名土家族队员。"《山野》杂志,2008年7月刊,第34页。

3

69. "这名队员回来后大为震撼……拿着汉堡咣咣咣就吃了。"本书作者采访周鹏,2021年。
70. "在怀柔,队员们每天训练……大家也在一起吃年夜饭。"《山野》杂志,2008年7月刊,第39页、第47—51页。
71. "队员们吃了一惊……体重暴增了11斤。"《山野》杂志,2008年7月刊,第39页。
72. "这次测试活动有三层目的……选拔2008年登顶珠峰的正式队员。"《山野》杂志,2008年7月刊,第40—45页。
73. "火箭科学家参与设计了火种灯,要保证奥运火炬在极寒、缺氧、大风中也能点燃。"孙自法、刘兴洲:《刘兴洲院士:五大技术创新促奥运火炬成功燃亮世界屋脊》,清华校友总会网站,2008年6月2日,https://www.tsinghua.org.cn/info/1014/8979.htm。
74. "孙斌把一本在登协时经常翻看的英文登山书籍,也带到了珠峰大本营,又把这本书介绍给严冬冬。"本书作者采访孙斌,2021年。

4

75. "2007年5月9日……站在了世界最高峰的顶峰。"《山野》杂志,2008年7月刊,第40—45页。
76. "孙斌的工作结束了,但他没有随队离开。"书中孙斌视角的在场叙述、对话及心理活动,若无特别说明,均来自本文作者采访,2021年。
77. "中国珠峰业余登山队",《2007中国珠峰业余登山队凯旋 7名队员全部登顶》,"央视网",2007年6月3日,http://news.cctv.com/sports/wrestle/20070603/100343.shtml。
78. "还在人民大会堂被授予了国家颁发的'体育运动荣誉奖章'",《搜狐登山队成员获得中国体育荣誉奖章》,"搜狐体育频道",2003年6月3日,https://sports.sohu.com/96/20/news209742096.shtml。
79. "在2000年代的中国……社会意义上的资本与尊严。"本书作者采访孙斌、马一桦,2021年;本书作者采访资深户外媒体人马德民,2023年。
80. "照片中裂缝密布……也许有我苦苦追寻的东西。"孙斌:《登山十年》,8264论坛,2012年4月19日,https://bbs.8264.com/thread-1220185-1-1.html。
81. "自20世纪80年代起……成了马欣祥的得力干将。"本书作者采访马欣祥,2021年。
82. "大年三十上午完成一次培训后……准备下一年的培训了。"本书作者采访孙斌,2021年。
83. "马欣祥与孙斌、次落也深谈了一次……我希望你们跟着王队长回北京市区。"书中马欣祥视角的在场叙述、对话及心理活动,若无特别说明,均来自本文作者采访,2019年与2021年。
84. "怀着无法面对的自责和痛苦……接下来的一年于我是黑色的。"孙斌:《登山十年》。
85. "队员们都开始感受到了紧张的气氛",苏子霞:《珠峰,我深爱的那些日子》,《山野》杂志,2008年7月刊,第80—81页。
86. "极度体验户外探险运动有限公司",本书作者与中登协前员工访谈,2021年。

5

87. "测试活动结束后……他们根本没打算再回来。"本书作者采访周鹏,2021年。
88. "这11名学生心情复杂……又深感无力的事情。"参考包括周鹏在内的多名学生火炬手自述,《山野》杂志,2008年7月刊。
89. "他几乎把附近的一家嘉和一品……稿酬发得也不及时。"本书作者采访马伟伟,2021年。
90. "火炬队刚开始集训的时候……等健康类书籍。"详见本书作者整理的豆列《自由翻译者严冬冬》,豆瓣读书,2023年,https://www.douban.com/doulist/154976649/。
91. "有一天,他在嘉和一品连续工作24小时……亢奋投入的翻译状态。"本书作者采访马伟伟,2021年。
92. "让学生们颇感意外的是……发放1500元的补助。"本书作者采访周鹏,2021年。
93. "31人的队伍被分成三组……同一间标间宿舍。"《山野》杂志,2008年7月刊,第47—51页;本书作者采访周鹏,2021年。
94. "超体能训练",《山野》杂志,2008年7月刊,第47—51页。
95. "他把自己翻译的《黄金罗盘》译本视为付出心血最多也最得意的一部译作。"严冬冬:《自2004年以来翻译的书籍》。
96. "其中要数严冬冬的表现最为亮眼……熬了一整夜。"《山野》杂志,2008年7月刊,第90—93页。
97. "集训只有单调的体能训练……不是这些东西。"严冬冬:《我的自由之路》,《户外探险》杂

注释

635

志，2011年9月刊。
98. "他们不让你爬……就真的特别想爬。"林绚晖采访严冬冬，2011年。
99. "有谁不渴望自由呢……任何方式都可以攀岩……"严冬冬:《登山的自由》，2011年8月8日，http://vstarloss.org/article/273。
100. "5月4日一早，奥运火炬被秘密……奥运火炬早已被运上珠峰。"《山野》杂志，2008年7月刊，第124页。
101. "仿佛千斤重担一般，比背包上的包更压得我喘不过气来。"《山野》杂志，2008年7月刊，第90—93页。
102. "整个清华大学都轰动了……以为他终于要熬出头了。"王凯、杨子、杨昱嵩、杨林等人的回忆文章，2012年，http://vstarloss.org/articles/catalog/100。
103. "严冬冬没有吃东西……眼前的金属梯子。"《山野》杂志2008年7月刊，第90—93页。
104. "中国梯"，在2008年奥运火炬登珠峰活动之后，这架服役了三十三年的中国梯完成了使命。
105. "通过冲顶路上的最大难点之后……哦，终于到了。"《山野》杂志2008年7月刊，第90—93页。

6

106. "从早上6点起……冲顶的画面。"《5月登上世界屋顶》，《长江商报》，2008年3月23日，https://news.sina.com.cn/c/2008-03-23/093813619402s.shtml。
107. "全国有1.2亿观众坐在电视机前观看奥运火炬登顶珠峰。"《央视收视率创新高 1.2亿观众亲历圣火登珠峰》，《北京晚报》，2008年5月12日，http://2008.sina.com.cn/torch2008/hd/other/2008-05-12/135183650.shtml。
108. "全世界共有133个国家、297家电视机构在同步转播。"《中央电视台成功直播奥运火炬登顶珠峰》，"央视网"，2008年5月9日，http://cctvenchiridion.cctv.com/20080509/101722.shtml。
109. "早上9点10分……高呼着'扎西德勒'。"中央电视台全程直播节目《圣火耀珠峰》，2008年。
110. "我的心里是那种想放声欢呼……把脸颊冻成冰坨。"《山野》杂志2008年7月刊，第90—93页。
111. "严冬冬的体力有些透支……早上冲顶的经历恍如隔世。"同上。
112. 清华听涛园食堂门口……签下自己的名字。"参见当时清华校园里的照片，2008年。
113. "鞍山当地的《千山晚报》采访遍了……还有父亲严树平。"杨峰:《珠峰火炬手严冬冬非偶然被选 春节回家登烈士山》，《千山晚报》，2008年5月11日，http://2008.sohu.com/20080511/n256782067.shtml。
114. "春节回家时……说起儿子的翻译事业。"杨峰:《鞍山小伙今与祥云登珠峰 严冬冬详解登山魅力处》，《千山晚报》，2008年5月11日，http://2008.sohu.com/20080511/n256782033.shtml。
115. "他开始找了一份……全都花在登山上。"同上。
116. "他一度被老师和同学们奉为神"，灰太狼:《未谋面的严冬冬》。
117. "私下里却被当作神经病。"本书作者采访朱姗姗，2023年。
118. "他在鞍山一中做演讲，手捧一束又一束的鲜花，登上报纸头条。"《昔日雏鹰 展翅翱翔——记01级校友严冬冬回访母校》，鞍山一中网站，2008年5月28日，http://www.asyzonline.com/index.php/cms/item-view-id-3144.shtml。
119. "他的童年趣事演变成传奇"，杨峰:《珠峰火炬手严冬冬非偶然被选 春节回家登烈士山》。其中一则是"一岁半，严冬冬几乎就掌握了所有日常汉字，能自己动手写字、看书了"。
120. "24×7÷6工作理论"，本书作者采访马伟伟、周鹏，2021年。
121. "那段时间，严冬冬每天傍晚6点……中午再起床开始新的一天。"本书作者采访马伟伟，2021年。
122. "那一年，他一共翻译了七本书，将近100万字。"严冬冬:《2008年终总结》，2009年1月5日，http://vstarloss.org/article/63。
123. "他还额外拿到了登顶珠峰的三万元奖励。"本书作者采访周鹏，2021年。
124. "我追求的是什么?……就是很真切的生命力的那种感觉。"林绚晖采访严冬冬，2011年。
125. "有幸参观过这间阁楼的朋友……解决了严冬冬的全套起居。"本书作者采访马伟伟、周鹏、赵兴政，2021年。
126. "12月7日那天"，李红学：《终极探险登山队攀登纪实》，《山野》杂志，2009年2月刊，第34页。
127. "中山户外店老板唐超何二人……这名登山者也推门走了进来。"本书作者采访周鹏，2021年；Yan Dongdong, "The Little Sister Dream: Qionglai Range, China", *Alpinist*, 11th Jul, 2012, http://www.alpinist.com/doc/ALP39/39-on-belay-dongdong。

7

128. "2008年7月22日清晨……雪山与小白宫的合影。"杨浩林：《在成都，遥望海拔6000米之上的千秋雪》，"网易"，2020年9月26日，https://www.163.com/dy/article/FNEUQQAS0534MZG7.html。
129. "成都市民议论纷纷，有人说这座孤傲的雪山是蜀山之王贡嘎山（海拔7556米）。"《记者镜头记录：成都望见贡嘎雪山？》，《四川日报》，2008年7月23日，http://travel.sina.com.cn/sight/2008-07-24/10336212.shtml。
130. "天边的雪山很有可能是海市蜃楼。"中国气象局刊网站登《成都出现"海市蜃楼"》一文，1998年6月15日，https://www.cma.gov.cn/kppd/kppdqxwq/kppdqwys/202111/t20211103_4160518.html。原载于《中国气象报》，1998年6月15日。
131. "赵华仔细研究了……正是四姑娘山的主峰幺妹峰。"，赵华：《由两幅照片看杜甫"窗含西岭千秋雪"的指向——成都的自然人文之旅》，2008年，https://blog.sina.cn/dpool/blog/u/2288907193。赵华在这篇文章中提出了许多有趣的观点，如幺妹峰可能影响了金沙遗址的文明与古成都的城建格局。
132. "在千万年的造山运动中……陡峭的绝壁。"刘团玺、林婵：《幺妹峰：壁立千仞，登山家的极限秀场》，《中国国家地理》杂志，2019年3月刊，第96页、第110—112页。
133. "80多座海拔5000米以上的高峰"，四姑娘山景区官网，https://www.sgns.cn/understand/。
134. "孕育了35条现代冰川。"刘淑珍：《四川省汶川县四姑娘山地区冰川作用初步考察》，《冰川冻土》，1986年第8卷第1期。
135. "浊烈而奔腾的河水流过小金县日隆镇……紫坪铺水库。"四川省阿坝州水文水资源勘测局编《阿坝州水文志》，四川：四川科学技术出版社，2007年；本书作者采访民间山峰地理学者、《阿坝州高海拔山峰图录》作者魏伟（三晋与嘉绒），2021年。
136. "阻隔着藏地与羌汉两地的文明。"王惠敏：《从清代档案看金川地形地貌特点及其对清军的影响》，《藏学刊》，2016年第2期；王明珂：《羌在汉藏之间：川西羌族的历史人类学研究》，上海：上海人民出版社，2022年；任乃强：《四川上古史新探》，四川：四川人民出版社，2019年。
137. "清朝乾隆年间……从未将这座大小金川第一高峰记录在册。"（清）来保等撰《平定金川方略·第一卷·金川图说》，1752年；清代中期四川军队戍防地增兵布防图，1782年；（清）李心衡：《金川琐记》，上海：商务印书馆，1941年。
138. "降伏十八土司"，参见雀丹：《嘉绒藏族史志》，北京：民族出版社，1995年。
139. "英国的博物学家威尔逊自巴朗山古道过日隆，却不知抬头一望。"Ernest Henry Wilson, *A Naturalist in Western China, With Vasculum, Camera, and Gun*, London: Methuen & Co. Ltd., 1913。
140. "民国时期的藏学家任乃强与摄影师庄学本……只字未提它的存在。"任乃强：《西康诡异录》，四川：四川日报出版社，1931；任乃强：《西康图经》，南京：新亚细亚学会出版，1933年；庄学本《羌戎考察记：摄影大师庄学本20世纪30年代的西部人文探访》，四川：四川民族出版社，2007年。
141. "红军过草地、爬雪山……极寒的冰雪和脚底的冻疮。"中国革命博物馆编《红军长征日记》，北京：档案出版社，1986年；政协小金县委员会提案文史委《红军长征在小金》，小金县党史研究和地方志编纂中心，2021年；另据成都民间历史学者朱丹实地考据红军进四姑娘山、夹金山路线，本书作者采访朱丹，2021年。
142. "300公里外的蜀山之王贡嘎山足以消磨约瑟夫·洛克半生的时光。"Joseph F. Rock, "The

Glories of Minya Konka", *National Geographic Magazine*, Volume 58, no.4, Oct.1930.

143. "大熊猫苏琳……一个世纪的熊猫政治。"Ruth Elizabeth Harkness, *The Lady and the Panda: an Adventure*, New York: Carrick & Evans, 1938;（美）乔治·夏勒:《最后的熊猫》,张定绮译,上海：上海译文出版社,2015年,第56页。

144. "任山脚下发生过……革命再到解放",沈尧生：《懋功解放纪实》,四川：小金县委党史研究室,2011年；四川省阿坝藏族羌族自治州小金县地方志编纂委员会《小金县志》,四川：四川辞书出版社,1995年。

145. "任山脚下的村落从冉骧……红旗公社和日隆",通租国,据成都民间历史学者朱丹考据,四姑娘山所在的地方为唐朝"西山八国"中的通租国；关于"穹州、炎州"参考郭声波：《岷江西山九州"考——唐贞观十三年政区考辨（五）》,《中国历史地理论丛》,1998年第2辑；红旗公社,四川省阿坝藏族羌族自治州小金县地方志编纂委员会：《小金县志》。

146. "中华主流文化与西方世界始终对这座雪山视而不见。"这段四姑娘山千年文化的流变史详见本书作者的文章《四姑娘山历史溯源考：从斯古拉到幺妹峰的千年秘史》,2023年6月24日,https://mp.weixin.qq.com/s/xcuEZqUnyuhzB3HuMHjK7A。

147. "其历史最早可追溯至公元2世纪"。本书作者采访国内著名苯教、藏学学者才让太教授,2023年。

148. "在当地嘉绒土语",同上。

149. "著名藏学家毛尔盖·桑木旦曾解读道……人的生命与地方的土地。"云登译本,毛尔盖·桑木旦：《多麦历史述略》,载《民族研究文集》,四川：巴蜀书社,2004年,第311页。

150. "位于小金县日隆镇的这座斯古拉山……斯古拉山神的神殿。"根据嘉绒地区学者呷西四达列实地考证。参见才太让教授译本,呷西四达列《嘉绒简史》（藏文）,四川民族出版社,2016年,第12页。

151. "在20世纪六七十年代……'斯古拉'山成了'四姑娘'山。"关于"四姑娘山名字误读"的说法由来已久。此处精确到六七十年代,为本书作者根据大量清、民国时期地图与四川近代测绘史、地质史、地名演变史上下推测而知；另据1980年6月首次进入四姑娘山地区考察的中登协教练张江援,他们当时进山考察时手持的1∶5万比例尺军用地图上,就已经标明了"四姑娘山"的名字。参见本书第二部第8章。本书作者采访张江援,2023年。

152. "在当地著名藏学学者赞拉·阿旺措成的记忆中……而是三座。"赞拉·阿旺措成、李学琴：《斯古拉神山溯源》,载《四川藏学研究》（四）,四川：四川民族出版社,1997年,第324—332页。

153. "现在该山不仅称作四姑娘山……总共只有三座山峰。"同上。

154. "当地人意识到了这片山脉的巨大意义……开发这片山脉的旅游资源。"杨先华：《四姑娘山风景资源调查追忆》,载小金县委员会文史资料工作组《小金文史资料选辑 第六辑》,2006年,第170—180页。

155. "对古人而言,一座山的美……这样的山就越受推崇。"单之蔷：《古人不爱极高山》,《中国国家地理》杂志,2003年9月刊。

156. "因此,在古代诗人流传的名篇中,四川似乎只有峨眉与青城两座名山。"事实上,历代歌咏四川山峰的诗句中,叫得上名字的山峰不只有峨眉山与青城山,但在古代的主流文化中,真正堪称四川名山的只有这两座。阿坝州文库编委会：《阿坝州文库·历代诗词选》,四川：四川民族出版社,2013年。

157. "就连浪漫主义诗人李白……视而不见。"雪宝顶是我国最东部的冰川雪山,山顶常年白雪覆盖。李白的出生地江油,距雪宝顶仅有百公里。然而这名浪漫主义大诗人鲜有歌咏雪山的诗句,唯有在《上安州裴长史书》中草草提及一句"……岷山之阳"。

158. "景区开发者们便穷极想象,把东部山水的传统文学性,强行附加到四姑娘山景区。"杨先华：《四姑娘山风景资源调查追忆》。

159. "其中双桥沟、海子沟、长坪沟与单放沟,共同组成了四姑娘山的'四沟'。"单放沟的名字失传已久,据本书作者考证,单放沟即丹黄沟,如今位于四姑娘山镇中石油-熊猫大道-海子沟口处。

160. "四姑娘山脚下的日隆镇也从嘉绒语的'四沟'音译得来。"小金县地名领导小组编《小金县地名录》，1983年，第48—49页。

161. "白石崇拜是嘉绒藏族的标志符号之一。"参见雀丹：《嘉绒藏族史志》。还有一种说法（据赵华考证推测），嘉绒藏族崇拜的"白石"，源自嘉绒地区最高峰、终年白雪皑皑的四姑娘山主峰。

162. "自打儿时起，徐老幺就听大人们提到过佑护这片山谷的斯古拉神山。"书中徐老幺视角的在场叙述、对话及心理活动，若无特别说明，均来自本文作者采访，2021年。
163. "这名1米83的帅气小伙子还主动跑到猪圈里喂猪，帮忙劈柴，偶尔还会逗弄逗弄老幺10岁的儿子小幺。"本书作者采访幺嫂，2021年。
164. "2008年5月12日下午……近7万人遇难，18000人失踪。"胡锦涛：《在全国抗震救灾总结表彰大会上的讲话》，新华社2008年10月8日电。
165. "时任苹果慈善基金会任秘书长……赶往他们深爱的四姑娘山救援。"周行康：《汶川地震七周年：遭遇瓶颈的民间救援》，2015年5月13日，https://weibo.com/p/1001603842126025752745。
166. "只见幺妹峰的北壁轰隆一声……游客们勉强躲过一劫。"有网友记录下这一刻的照片与经历，8264论坛，2008年6月10日，https://bbs.8264.com/forum-viewthread-tid-122977-page-1-authorid-16752722.html。
167. "当地还流传着一则传说……万年悬冰川被震落。"这则消息源为袁永强的讲述，本书作者也听当地多位村民讲述过此事，但由于袁永强离世，本书作者无法核实这则信息，故称"传说"。
168. "彭晓龙之前在投资行业……成立了登山公司'沙木尼探险'。"8264《勇者先行》栏目的彭晓龙自述，2013年1月22日，https://bbs.8264.com/thread-1597942-1-1.html。
169. "选择的新路线有点难了……哪怕只是上到西南山脊。"马一桦：《对三支队伍的技术分析》，《山野》杂志，2009年2月刊，第37—39页。
170. "李红学透过眼镜……为什么不和我们一起去呢？"Yan Dongdong, "The Little Sister Dream: Qionglai Range, China"。

171. "见面是两个书生气很浓的小伙子……却一下子点燃了他们的热情。"李红学：《终极探险登山队攀登纪实》，《山野》杂志，2009年2月刊，第37—39页。
172. "早在2001年冬天……开发了四姑娘山双桥沟的攀冰资源。"Craig Luebben, "Asia, China, Qionglai Mountains, Siguniang Region, Various Activity", AAC, 2001, http://publications.americanalpineclub.org/articles/12200140800/Asia-China-Qionglai-Mountains-Siguniang-Region-Various-Activity。
173. "我们俩这个组合就很奇怪……他和我完全是两个极端。"林绚晖采访严冬冬，2011年。
174. "或许自由之魂注定……不是我目前所能预料的了。"严冬冬：《2008年终总结》。
175. "在许多人眼中，李红学是一名疯狂的登山者……并且对山峰充满了永无止境的渴望"，本书作者采访张伟、陈力、徐老幺等李红学众多好友、同事，2021年。
176. "永无止境地探索大自然……达不到终点的极限点。"终极探险当年的纸质宣传单，2008年。

177. "李红学的女友……保佑李红学平安归来。"本书作者采访张伟、徐老幺、吴晓江、李红学父母等当事人，2021年。
178. "李红学的追思会……一阵唏嘘感慨。"《李红学追思会实录》，8264论坛，2009年7月12日，https://bbs.8264.com/thread-239535-1-1.html；本文作者采访李红学的父亲孙龙华、母亲李玉，2021年。

注释 639

179. "追思会一结束……十余年的追思才刚刚开始。"书中孙龙华、李玉二人的在场叙述、对话及心理活动，若无特别说明，均源于本书作者2021年采访。
180. "爸妈来婆缪峰找你……我们千方百计救你。"郑朝辉：《2009.6.27婆缪山难第四次搜救报告》，2009年9月3日，https://bbs.8264.com/thread-260770-1-1.html。
181. "三嫂客栈的墙壁上，也写满了寻找李红学下落的字迹。"李红学搜救帖子下的留言与照片，2010年7月29日，https://bbs.8264.com/thread-448918-1-1.html。
182. "他们（村民）讲话，好奇怪……过一个冬天没死。"本书作者采访李玉，2021年。
183. "达维有一个男孩子……想起我们一忙起来就算了。"同上。
184. "这时老幺感觉很快就要找到人了……只要能藏住人的基本都要看一遍。"郑朝辉：《2009.6.27婆缪山难第四次搜救报告》。
185. "徐老幺看到了李红学的攀岩鞋，心里渗出一丝恐惧。"本书作者采访徐老幺，2021年。

11

186. "去年幺峰的事情……现在……"严冬冬：《李红学……？！》，2009年6月28日，http://vstarloss.org/article/155。
187. "四川当地派出了……而迈卡却永远地留在了爱德嘉峰。"宋明蔚：《十年生死爱德嘉》，《户外探险》杂志，2019年5月刊。
188. "严冬冬思考起登山与死亡的关系……必须清楚认识到这一点。"严冬冬：《李红学……？！》。
189. "我只知道攀登不息……但是不可能消灭它。"严冬冬：《骆驼峰john bachar 以及…》，2009年7月31日，http://vstarloss.org/article/147。
190. "他意识到自己在出版界……为什么不把它干脆认作我的职业呢？"严冬冬：《我的自由之路》。
191. "截至2010年，全球完成14座并且活下来的登山者，只有不到20人。"Eberhard Jurgalski, 14 8K Historic Recognition Table to 2017, *8000ers*, 2017, https://www.8000ers.com/cms/download.html?func=startdown&id=155.有必要说明的一点是，这项统计数据是按照传统14座8000米顶峰的方式计算的，而非始于2022年全新的14座顶峰考量方式。
192. "葬身于14座的登山者已多达400人。"准确数字是391人，统计样本从大本营攀登开始计算。Richard Salisbury, Elizabeth Hawley, *The Himalaya by the Numbers: A Statistical Analysis of Mountaineering in the Nepal Himalaya*, Kathmandu: Vajra Publications, 2011, p.129.
193. "严冬冬作为火炬手登顶珠峰后，也想成为14座俱乐部中的一员。"严冬冬：《2008年终总结》。
194. "李兰在北大山鹰社的时光却是复杂伤感的。"李嘉（导演），《巅峰记忆》（纪录片），2010年。
195. "既然8012的'中央峰'……那么这样的结果肯定不能算是真正的'登顶'。"严冬冬：《登顶希夏邦马中央峰》，2009年10月4日，http://vstarloss.org/article/130。在圣山探险公司近年来的希夏邦马登山活动中，向导带领客户攀登的均非真顶。更直白地说，他们没有登顶——这一点几乎是业内、国际公认的。2018年，民间登山者罗静跟着圣山公司攀登希夏邦马峰时，再次停在了同一处地方。详情参见陶瓷虾（夏仲明）的辨析文章《再说希夏邦马》，2018年10月5日，https://mp.weixin.qq.com/s/Sj-RuF9MrY3Tac0d5D-7YA。直到2023年4月，圣山探险公司才带领登山客户董红娟（静雪）登顶了希夏邦马峰真顶，通过认可这次攀登的真顶，间接承认了之前的错误。
196. "至于之前所想的靠传统路线……空虚时聊以寄托的口号而已。"严冬冬：《2009年度总结》，2010年1月8日，http://vstarloss.org/article/283。

12

197. "有着极其傲人的履历"，书中布鲁斯·诺曼德视角的在场叙述、对话及心理活动，若无特别说明，均源于本书作者于2021年采访。
198. "北美的阿拉斯加山域……地球各大版块里都有他攀登过的高山。""BRUCE NORMAND"，2007，https://www.bestard.com/community/team/bruce-normand/.

199. "孟春还记得……而且比预算多了10块钱。"书中孟春视角的在场叙述、对话及心理活动，若无特别说明，均源于本书作者于2021年采访。
200. "就算我们刚刚抢了一家银行，也不太可能撤得比这还快了。"Bruce Normand, "The Great White Jade Heist", *The Alpine Journal*, 2010, pp.62-71.
201. "在金冰镐颁奖台的中央……镀金镐头的复古冰镐。"2010年度金冰镐奖颁奖现场，2010年12月4日，https://www.planetmountain.com/en/news/events/piolet-dor-the-winners-and-alpinism-of-the-future.html.
202. "完成一次'金冰镐'式的伟大攀登成了严冬冬新的登山目标。"严冬冬:《2009年度总结》。
203. "攀登了5座未登峰。"Bruce Normand, "LANGBU QU (VALLEY), FIVE ASCENTS", *AAC*, 2011, http://publications.americanalpineclub.org/articles/12201135400.
204. "'Bruce在攀登方面的认识……或者说模仿的榜样。'"严冬冬:《2009年度总结》。

13

205. "冬冬在思想上……山里我比他强……"《我们是80后，新生代登山者：专访幺妹峰中央南壁"自由之魂"路线开辟者严冬冬、周鹏》，《户外探险》杂志，2010年1月刊，第132页。
206. "马欣祥想让严冬冬在登协浩大的资料库里整理史料。"本书作者采访马欣祥、周鹏，2019年，2021年。
207. "我刚毕业的时候……是我当时所不具备的。"林绚晖采访严冬冬，2011年。
208. "下半年如果条件成熟……要登顶不是难事。"各拉丹东:《严冬冬：登山80后》，《山野》杂志，2009年6月刊，第98页。
209. "有网友恶毒地说……'切记开辟一条新路哦……'"《严冬冬——登山80后》，8264论坛，2009年8月21日，https://bbs.8264.com/thread-255942-1-1.html.
210. "严冬冬和周鹏讨论过……二人才会选择结组。"本书作者采访周鹏，2021年。
211. "如果某种做法需要……就需要你的判断和权衡了。"严冬冬:《安全与速度》，2010年3月3日，http://vstarloss.org/article/181。
212. "1994年，美国登山家查利·福勒……独攀登顶幺妹峰", Charlie Fowler, "Asia, China, Tien Shan, Sigunian Shan, Sichuan", *AAC*, 1996, http://publications.americanalpineclub.org/articles/12199631002.
213. "严冬冬和周鹏望到远处的孙斌等人，他们也在下方的营地里观察着严冬冬和周鹏。"严冬冬、周鹏:《自由之魂精神》专题，《户外探险》杂志，2010年1月刊。
214. "GPS显示这处顶峰的海拔高度是6247米。"值得一提的是，一直以来人们普遍认为幺妹峰的海拔高度为6250米，以至于2009年当严冬冬和周鹏站在幺妹峰顶测得的海拔数据为6247米时，他们还以为是误差。直到14年后，2023年10月，自然资源部公布了四姑娘山主峰幺妹峰的最新海拔数据为6247.8米。
215. "周遭的景色令人目不暇接……命名它为'自由之魂'（The Free Spirits）。"幺妹峰攀登过程与细节，整理自严冬冬、周鹏《自由之魂精神》专题，《户外探险》杂志，2010年1月刊；严冬冬:《The Free Spirits首登幺妹峰中央南壁"自由之魂"路线》，旗云探险网站，2009，http://gviewchina.com/showtxt.asp?id1=2&id=161；Yan Dongdong, "The Little Sister Dream: Qionglai Range, China"；本书作者采访周鹏，2021年。

14

216. "'恭喜冬冬'……'是同一个顶。'"马一桦:《恭喜冬冬，另给你5万的图》，8264论坛，2009年11月30日，https://bbs.8264.com/forum-viewthread-tid-295542-page-1-authorid-7484.html。
217. "我们非常难过。我们无法亲自感谢李红学", Yan Dongdong, "The Little Sister Dream: Qionglai Range, China"。
218. "我先来定义下本文中……没有其他国家的登山界有必要做此阐明。"Yan Dongdong, "Free Mountaineering: An Inside Look at Modern Chinese Alpinism", *AAC*, 2010，http://publications.

americanalpineclub.org/articles/12201007800/Free-Mountaineering；宋明蔚译《自由登山：中国阿式攀登的起源》，2022年9月19日，https://mp.weixin.qq.com/s/MLE8syEHsVjqGcgJR_uEPg。

219. "美国岩棍"，Dave O'Leske（Directors），（2017）. *Dirtbag: The Legend of Fred Beckey*；（美）马克·辛诺特：《就要付出一切：攀登者的世界》，李赞译，上海：文汇出版社，2023年，第332页。
220. "岩石大师"，Peter Mortimer, Nick Rosen, Josh Lowell（Directors）（2014）. *Valley Uprising*；Steve Roper, *Camp 4：Recollections of a Yosemite Rockclimber*, Washington: Mountaineers Books, 1998.
221. "'雪豹'登山者"，Martin Walsh, "Newcomers' Guide: The Snow Leopard Challenge", August 23, 2021, https://explorersweb.com/newcomers-guide-the-snow-leopard-challenge/.
222. "冰峰战士"，Bernadette McDonald, Freedom Climbers, *Canada: Rocky Mountain Books*, 2012.
223. "到了90年代，日本登山者也开始了海外山峰的远征。"Kinichi Yamamori, "Japanese Mountaineering in the Himalaya", *The Himalayan Journal*, Vol.73, 2018, pp.152—165.
224. "请不要尝试向西方国家……中文语法上的偏正结构。"相信我，我尝试过许多次（2019—2023年）。
225. "'幺妹—贡嘎—梅里'步步进阶的攀登计划"，严冬冬：《2009年度总结》。
226. "一年后的秋天……颁给了严冬冬和周鹏。"本书作者采访布鲁斯·诺曼德，2021年。
227. "我认为自己已经可以淡然接受……因为这是自由代价的一部分。"严冬冬：《2009年度总结》。

15

228. "一个春日的午后，赵兴政……又坚定得不容置疑。"书中赵兴政视角的在场叙述、对话及心理活动，若无特别说明，均源于本书作者于2019年与2021年的采访。
229. "在协会里，何浪还给赵兴政起了个外号'赵哥'。"本书作者采访何浪、赵兴政，2021年。
230. "她出生在美国亚特兰大……陈家慧来到北大交流，学习中文。"Eric Messinger, "Chris Chan M.S. '08 dies at Yosemite", *The Stanford Daily*, 15th Jul, 2010, https://stanforddaily.com/2010/07/15/chris-chan-m-s-08-dies-at-yosemite/；本书作者采访孟春、周鹏，2021年。
231. "她完成了许多著名的大岩壁与经典的路线"，Tom Evans, "In Memory of Chris Chan"，*Elcap Reports*, 9th Jul, 2010, http://elcapreport.com/content/memory-chris-chan-9-july-2010.
232. "'她在Yosemite到处是朋友……也看得出来她热爱这个地方。'"孙斌在帖子中的留言《In Memory of Chris Chan》，盗版岩与酒论坛，2010年7月12日，http://bbs.rockbeer.org/forum.php?mod=viewthread&tid=1241669058&highlight=chris。
233. "有一次，陈家慧与男友……坐在电脑前工作时猝死。"Torsten：《In Memory of Chris Chan》，盗版岩与酒论坛，2010年7月16日，http://bbs.rockbeer.org/forum.php?mod=viewthread&tid=1241669058&extra=page%3D1&page=2。
234. "她曾说过，如果自己突然有了100万……让他们的生活更幸福。"孟春在帖子中的留言《In Memory of Chris Chan》，盗版岩与酒论坛，2010年7月16日，http://bbs.rockbeer.org/forum.php?mod=viewthread&tid=1241669058&extra=page%3D1&page=2。
235. "'冬冬是个直男癌，不但不会谈恋爱……那种两眼放光的兴奋感。'"本书作者采访陈春石，2021年。
236. "就连老布这名严肃而冷酷的登山家……他可能是在教你登山。"本书作者采访孟春，2021年。
237. "三个人在攀登过程中遇到了强降雪……几近失温。"严冬冬：《与Chris在勒多曼因》，2010年9月8日，http://vstarloss.org/article/203；本书作者采访布鲁斯·诺曼德、孟春、周鹏，2021年。
238. "他一打开电脑，就收到了老布发来的邮件。严冬冬这才知道陈家慧已经死了。"严冬冬：《纪念Christina Chan》，2010年7月28日，http://vstarloss.org/article/175。

239. "我看着她掉下去了,震惊又无助……我根本望不到。"Eric Messinger, "Chris Chan M. S.' 08 dies at Yosemite".
240. "她的男友小托在白河……以及她的生辰1979—2010。"Torsten:《In Memory of Chris Chan》,盗版岩与酒谈坛。
241. "她一定早就考虑清楚了……甚至是初级的原因而挂掉。"严冬冬:《纪念Christina Chan》。
242. "我承认它,承认我可能会死掉……能做到的事情来阻止它发生。"林绚晖采访严冬冬,2011年。
243. "我要记住她,拼命攥住这份记忆……这一次我要记住她。"严冬冬:《纪念Christina Chan》。
244. "赵哥,你来不来成都啊?"关于这组对话与攀登过程,参见水木社区B版帖子,2010年8月24日,https://www.mysmth.net/nForum/#!article/BraveHeart/309770。
245. "北面运动员严冬冬和孙斌……一同把遗体搬下山去。"严冬冬:《2010年10月1日哈巴雪山山难》,2010年10月3日,http://vstarloss.org/article/200;本书作者采访孙斌,2021年。
246. "后来一位朋友问严冬冬……看到那个人就是我。"这组对话源于彭晖(@白云飞走)在严冬冬微博@自由登山(微博账户后被官方更名为@严冬冬微博)的留言,2012年,https://weibo.com/1694139703/yne5r719D。
247. "主峰目前只有两次无法确认的登顶纪录。"一次是1964年地质大学的队伍首登,参见《北京地质学院科学考察登山队 登上云南西北部玉龙山主峰》,《人民日报》,1964年5月25日,第1版。另一次为1988年美国登山队,参见Eric S. Perlman, "ASIA, SOUTHEAST CHINA, YULONG SHAN", *AAJ*, 1988. 另据民间登山史学者朱镕博考证,1964年地大登山队登顶的山峰可能都不是玉龙雪山的主峰扇子陡。
248. "回到丽江后还带着这种shaken……怎么说呢,给关掉了。"林绚晖采访严冬冬,2011年。
249. "老布在中国最有成就感的一次攀登经历",本书作者采访布鲁斯·诺曼德,2021年。
250. "这一年基本是跟李兰搭档……想飞多久就飞多久。"严冬冬:《2010年度总结》,2011年1月1日,http://vstarloss.org/article/286。
251. "严冬冬和李兰的关系开始变得复杂起来,甚至微妙得没有任何朋友能说得清。"本书作者采访周鹏、马伟伟、赵兴政、孟春,2021年;李兰没有接受本书作者采访。
252. "2011年初,周鹏终于下定决心……并在邮件的结尾处写道:批准了。"本书作者采访周鹏、马欣祥,2019年。

253. "他们还能用更少的房租 —— 1000元,租到更大的房子 —— 188平米的复式五居室。"严冬冬:《正式在密云落窝》,2011年6月16日,http://vstarloss.org/article/271。
254. "在中国境内,天山山脉的宏伟山峰……还从来有人类探索过。"本书作者采访布鲁斯·诺曼德,2021年。
255. "请了解具体攀登目标的朋友们……会是一场激动人心之旅。"严冬冬:《整装待发》,2011年6月29日,http://vstarloss.org/article/252。
256. "他们站在绝顶四处环望……巍峨的托木尔峰。"严冬冬:《西天山长征》,旗云探险网站,2011年,http://gviewchina.com/showtxt.asp?id1=2&id=222。
257. "出发的第一天,李兰对赵兴政说……只好先行出山。"本书作者采访赵兴政,2021年。
258. "我们的确有好几次足以……攀登无与伦比的魅力所在。"严冬冬:《西天山长征》。
259. "同辈的自由攀登者,大多还局限在川西群山里,渴望开辟一条未知的新路线。纵观2011年前后几年的自由攀登成就 —— 比如2008年到2013年金犀牛最佳攀登奖的10余项提名 —— 80%以上都集中在川西地区。"
260. "西天山长征,第一次自己主导……不再跟李兰搭档攀登。"严冬冬:《2011年度总结》,2011年12月29日,http://vstarloss.org/article/287。

注释

261. "10月7日，他们迎来了好天气窗口……命名为'纪念陈家慧'（Remember Chris）。"严冬冬：《自由之魂组合2011年10月贡嘎山域攀登简报》，http://vstarloss.org/article/256，2011年10月24日。
262. "这名温和的大男孩当着所有人的面……李兰哭了。"本书作者与多位在场当事人核实过这一场景。遗憾的是，本书作者没有采访到当事人李兰。
263. "几天后，自由之魂上演了……严冬冬又大喊了一遍，'自由之舞！'"《自由之舞——四川贡嘎山攀登》纪录片，搜狐视频，2011年，https://tv.sohu.com/v/dXMvNTU3Njg4NjQvMTQ4MjkwOTMuMc2h0bWw=.html。
264. "此前，从没有中国登山者攀登过……也没有中国登山者再次尝试攀登它。"朱镕博：《贡嘎主山域登山史·嘉子峰》，《户外探险》杂志，2022年9月刊，第72—73页。
265. "单论难度连续性的话……他们安全下撤回了营地。"严冬冬：《小贡嘎南壁的攀登》，2011年11月6日，http://vstarloss.org/article/255。
266. "历年来评审出来的结果时而引起争议"，历年来争议最大的几届包括但不限于2007届、2013届、2020届、2021届。本书作者衡量"争议程度"的指标为评委评审时的讨论激烈度、当事人的反对程度与结果公布后民间的舆论。本书作者曾担任多届金犀牛奖评委。
267. "孙斌和搭档李宗利在狂风和极寒中……李宗利的胡子上已结满了冰霜。"孙斌：《解放之路：四姑娘山幺妹峰攀登报告》，8264论坛，2011年11月21日，https://bbs.8264.com/thread-1051603-1-1.html。
268. "北面运动员队伍的队长……这些世界级攀登者并不认识他们。"康拉德·安克是美国传奇登山家。亚历克斯·汉诺尔德当时刚刚小有名气，后来才以徒手攀岩闻名于世，参见（美）亚历克斯·汉诺尔德，大卫·罗伯茨：《孤身绝壁：唯一出路，是不断向上》，乔菁，李赞译，北京：中信出版社，2017年。金国威当时在圈内以拍摄极限登山影片而闻名，若干年后，他拍摄了一部以亚历克斯·汉诺尔德徒手攀登优胜美地酋长岩为背景的奥斯卡获奖纪录片《徒手攀岩》（Free Solo，2018）。
269. "2012年2月下旬……自由之魂组合走上台领奖。"《户外探险》杂志，2012年3月刊。
270. "尽管收入不多……完成那些我想要的攀登。"严冬冬：《我的自由之路》。

271. "在一个空旷的、不适合生命生存的环境里……一种自己的存在感。"林绚晖采访严冬冬，2011年。
272. "我还是会继续攀登……可能会造成的后果。"严冬冬：《元旦冲坠事故的大致总结》，2012年1月15日，http://vstarloss.org/article/276。
273. "严冬冬、周鹏和李爽时常讨论……遗产如何交代。"本书作者采访周鹏，2021年。
274. "很简单，只是希望如果有一天……为这一决定负责的只有我自己。"严冬冬微博，2012年4月28日。
275. "我，严冬冬，现在清醒地宣布……不应当为此承担任何责任（包括但不限于解释和赔偿的责任）。"严冬冬：《免责宣言》，2012年4月28日，http://vstarloss.org/article/275。
276. "那些原先以为神乎其神的经典路线其实也就这么回事儿，远没'他们'说的那么夸张。"严冬冬微博，2012年5月29日。
277. "早在两年前，严冬冬就开通了新浪微博。"严冬冬微博@自由登山（后被更名为@严冬冬微博），https://weibo.com/thefreespirits。
278. "很难相信居然只过了四年……估计会高兴得跳起来。"严冬冬微博，2012年5月8日。
279. "Mugs Stump奖金"，由美国山岳俱乐部（AAC）发起的年度赞助奖励计划。该奖项于1992年创立，以纪念美国已故的著名登山家马格斯·斯达普（Mugs Stump）。
280. "未来，他们还有好多登山计划……珠峰南壁的中央沟槽路线"，本书作者采访周鹏、马德民、陈春石，2021年。

281. "想想我十年前第一次登山就是坐这T151……",严冬冬微博,2012年6月10日。
282. "白天他坐在车窗边发呆,晚上就睡在车座下面",严冬冬:《2002西藏宁金抗沙峰登山日记》,2002年,http://vstarloss.org/article/296。

20

283. "刚接到山上消息……情绪极其低落。"马欣祥微博@马欣祥_Mage,2012年7月11日。
284. "严冬冬的老队友们看到这条微博后,纷纷打电话联络,彼此确认消息的真实性。"本书作者采访何浪、赵兴政、马伟伟,2021年。
285. "晚上,小队员们在营地大哭成一片。"这条信息源于本书作者2012年7月11当天晚上在人人网的观察。由于无法寻找当年人人网的痕迹,故无法贴出原文链接;部分细节散落在水木社区B版、清华大学登山队2012年透明梦珂攀登报告与日记中。
286. "老马上打开电脑,调出西天山的地形图,分析严冬冬和周鹏的攀登路线与遇难地点。"本书作者采访孟春,2021年。
287. "鞍山当地的《千山晚报》最先……严树平等三人来到了北京。"洪恩猛:《严冬冬遇难牵动众人心 父亲悲痛万分》,《千山晚报》,2012年7月12日。
288. "这时,远处走来一位小伙子……扭头就走了。"本书作者采访孟春,2021年。
289. "孟哥我看见你从飞机上下来,往我们这边走的时候,我就觉得家里来人了。"同上。

21

290. 本章内容参考周鹏:《严冬冬搭档周鹏撰文忆述严冬冬遇难经过》,8264论坛,2012年7月13日,https://www.8264.com/viewnews-77681-page-1.html;Bruce Normand,"South Chulebos Massif, Peak Ca 5,861m, Ascent And Tragedy",*AAC*, 2013, http://publications.americanalpineclub.org/articles/13201212258/South-Chulebos-Massif-Peak-ca-5861m-ascent-and-tragedy;本书作者采访周鹏,2021年。

22

291. "当天晚上吃饭的时候……严冬冬与天山共存吧。"本书作者采访赵兴政,2021年。
292. "他站在山顶,俯瞰着山脚下的河谷,觉得很有成就感。"李爽(导演),《追思严冬冬》(纪录片),2012年。
293. "祭品是一把香,两支红烛,三束鲜花,四样水果。众人默哀一分钟,再深深地鞠躬。"洪恩猛:《与巨石为碑 与雪山相伴》,《千山晚报》,2012年7月16日。
294. "这是一曲献给一个年轻的生命与一群意外离世的人们的歌",1999年6月5日,台湾三百货发生枪击案。同年9月,台湾南投发生了7.6级大地震,造成2400人死亡,伍佰为纪念枪击案的受害者庄嘉慧及其夭折的婴儿,与大地震受灾的百姓,创作了这首歌曲。
295. "周鹏等人认为……最真实动人的一篇。"许晓:《最自由的人逝于高山》,《人物》,2012年8月刊。
296. "《三联生活周刊》发布了《自由登山者严冬冬》",吴丽玮:《自由登山者严冬冬》,《三联生活周刊》,2012年第32期。
297. "《中国青年报》刊发了《严冬冬:为理想而逝的职业登山家》",慈鑫:《严冬冬:为理想而逝的职业登山家》,《中国青年报》,2012年7月16日。
298. "中央网络电视台发布新闻《自由登山者严冬冬不幸遇难》",《自由登山者严冬冬不幸遇难》,"央视网",2012年7月12日,https://sports.cctv.com/2012/07/12/VIDEbsKm7shi5S82o7XEixL1120712.shtml。
299. "新华社讨论这种现象'严冬冬登山遇难留争议,生命换梦想值不值'。"何军,"严冬冬登山遇难留争议,生命换梦想值不值?",新华社,2012年7月15日,http://sports.sina.com.cn/additional/2012-07-15/20106135886.shtml。

注释

300. "曾山在 *Alpinist* 杂志发布了这则噩耗", John Otto, "Yan Dongdong", *Alpinist*, 25th Jul, 2012, http://www.alpinist.com/doc/web12x/newswire-obit-dongdong.
301. "冬冬最大的登山成就包括攀登四姑娘山……严冬冬对山峰的热爱，激励了许多人。"Bruce Normand, "YAN DONGDONG, 1984-2012", *AAC*, 2012, http://publications.americanalpineclub.org/articles/13201212381/Yan-Dongdong-1984-2012.
302. "那一晚，他做了个梦……李爽后来跟周鹏说，她做了一模一样的梦。"本书作者采访周鹏，2021年。
303. "在孟春的办公室，周鹏召集了……其他人都没有异议。"本书作者采访周鹏、康华、何川、孙斌、孟春，2021年。
304. "严冬冬一生共翻译了35本书。其中有25本都在他生前出版了。"详见本书作者整理的豆列《自由翻译者严冬冬》。
305. "庄红权把严冬冬译本做成两版不同的封面。……免费赠出了1000套。"严冬冬纪念网站，2012年，http://www.vstarloss.org/activity/goldencampass。
306. "何浪一边流着眼泪，一边写下他和严冬冬的故事……将你铭记，唯有继续攀登。"何浪：《我的冬冬》。

23

307. "赵兴政和李赞将他们开辟的……并获得了那一年的金犀牛奖。"《户外探险》杂志，2013年2月刊。
308. "2014年，网上有人打着搜寻严冬冬遗体的名义……还多次骚扰严冬冬的亲友。"本书作者采访周鹏、赵兴政，2021年。
309. "几乎每一年，她都会独自来到……对着那块大石头诉说心事。"李兰的朋友圈。

第二部

1

1. "人们在文艺作品里崇尚高山，却从未攀上过真正的山巅。"英国皇家地理学会、英国阿尔卑斯登山俱乐部编著《DK人类登山史：关于勇气与征服的伟大故事》，李汝成译，上海：上海文化出版社，2020年。
2. "1760年，瑞士科学家德·索修尔……由此拉开了现代登山运动的序幕。"同上。
3. "阿尔卑斯的登山者开始……史称阿尔卑斯的'黄金时代'。"同上。
4. "随着冰爪等技术装备的发展……进入到阿尔卑斯的'白银时代'。"同上。
5. "最终，在1938年……现代登山运动的'铁器时代'也落幕了。"同上。
6. "1950年6月3日，……现代登山运动迎来了'喜马拉雅的黄金时代'。"同上。
7. "目前14个高度在8000米以上的高峰中……并以此作为中华人民共和国十周年纪念的献礼。"信函完整版参见翁庆章：《一次未公开的珠峰探险》，中国文史出版社，2017年，第6—7页。我国在1956—1958年期间曾使用"爬山"一词指代"登山运动"，直到1958年登山运动处成立后，才正式更换为现在广泛使用的"登山"一词。
8. "早在1955年4月……这是中国登山者的首个登顶纪录。"周正：《探险珠峰》，厦门：鹭江出版社，2006年。
9. "综合考虑高度、交通……三名队员滑坠遇难。"中国登山协会主编《中国登山运动史》，武汉：武汉出版社，1993年。
10. "这是新中国成立以来的第一起山难。"中国登山协会《2007中国登山户外运动事故报告》，2007年。
11. "著名登山家维塔利·阿巴拉科夫", Cédric Gras, *Alpinistes de Staline*, Paris: Stock, 2020。
12. "海拔8882米的世界之巅"，1960年，珠峰的海拔高度仍沿用20世纪50年代末期，科考工作者用水银测压法测得的数据8882米。屈银华等人的登顶奖状上也写道：攀登高度8882米顶峰。

646

13. "下山后，王富洲的体重掉了60斤……屈银华切除了十根脚趾与两个脚后跟。"周正：《探险珠峰》。
14. "当王富洲被记者反反复复地问及……让我重来一遍我还会这样。"张星云：《为国登顶60年》，《三联生活周刊》，2020年第20期，第53页。
15. 《我国登山队登上世界最高峰》与……《人民日报》的头版头条。"《人民日报》，1960年5月28日。
16. "一个月后，七万人聚集在……亲自为登山队员颁发奖杯。"影像资料：《北京工人体育场举行盛大集会庆祝登山队登顶珠峰》，2018年7月23日，https://tv.cctv.com/2018/07/23/VIDE2y5dbPSJpI999PEAESlY180723.shtml；纪录片《巅峰梦想：迎难而上六十载》第六集，2020年。
17. "这一年9月，国务院宣布，将于1980年……贡嘎山、阿尼玛卿峰、博格达峰。"中国登山协会主编《中国登山运动史》。
18. "1981年，中国又开放了第九座鲜为人知的山峰，四川的四姑娘山。"《人民日报》，1980年12月27日。
19. "1989年，在北京怀柔的国家登山培训基地里……建成了中国第二个人工岩壁。"中国登山协会主编《中国登山运动史》。
20. "这家场馆原来归中国木偶剧团所有……还有两名专家定期来攀岩馆里指导教学。"本书作者采访康华、马一桦、赵鲁、王滨等人，2021年，2022年。
21. "国家队教练王振华"，中国登山协会主编《中国登山运动史》；本书作者采访马一桦，2021年；本书作者采访罗申，2023年。
22. "朱发荣"，本书作者采访马一桦，2021年；董范讲述《攀登者"黄埔军校"，撑起中国登山界半壁江山》，新华社每日电讯，2020年6月19日。

2

23. "然而在1982年，马一桦……并来到北京定居。"书中马一桦视角的在场叙述、对话及心理活动，若无特别说明，均源于本书作者于2021年采访。
24. "当时人民大会堂刚开放不久，每天都有上千名游客排队参观。"《人民大会堂对外商业化开放历史探寻》，"凤凰网"，2008年11月13日，https://news.ifeng.com/c/7fYWbVkpeBx。
25. "不提倡、不宣传、不反对"，钱春弦：《改革开放40年，旅游业的这些变化你经历多少？》，"凤凰网旅游"，2018年12月20日，https://travel.ifeng.com/c/7imX2x0ZLH6。
26. "中国第一个出境游旅游团要在几个月后出行"，《改革开放40年 赴港第一团见证国门愈开愈宽》，"大公中原网"，2018年6月5日，http://www.dgbzy.com/161632.html。
27. "中国第一条高速公路将在一年半后开建"，《大陆最早建成通车高速：沪嘉（上海—嘉定）高速公路》，"中国经济网"，2009年8月14日，http://www.ce.cn/cysc/ztpd/09/jtys/jtzz/200908/14/t20090814_19583934.shtml。
28. "中国第一部旅游业法规"，《旅游70年 从"外事管理"到战略性支柱产业》，《新京报》，2019年9月4日。
29. "中国第一代身份证"，王婧：《1985年身份证诞生：一证走中国》，《中国新闻周刊》，2009年437期。
30. "人在他乡，住旅社要出示介绍信"，郑平等编著《青年旅游手册》，中国青年出版社，1983年，第8页。
31. "在藏区的旅途中，他的同伴是在中央戏剧学院上学、同样肆意走在路上的张杨。"本书作者采访马一桦，2021年。
32. "这段旅途启发了张杨导演的创作灵感，20年后拍摄了电影《冈仁波齐》。"张杨：《通往冈仁波齐的路》，北京：中信出版集团，2017年。
33. 《山野》杂志在两年前创刊，隶属于中国登山协会。"《山野》杂志创刊号，1991年。
34. "而一对冰镐至少1400元、一副冰爪1000多元、一根冰锥250元的天价"，本书作者通过大量搜索当年新浪山野论坛、绿野论坛帖子得知。

注释　647

35. "在《旅游》杂志的人物专访……'另类夫妻的追求'。"李海涛:《另类夫妻的追求》,《旅游》杂志,2000年12月刊,第42—43页。
36. "他从北京自驾到内蒙古……'20世纪最后一次国人驾国车穿越雪域大漠'。"马一桦:《20世纪最后一次国人驾国车穿越雪域大漠》,《旅游》杂志,2000年3月刊,第17—19页。
37. "几天后,他再次尝试攀登……马一桦独自冲向顶峰。"马一桦:《钟爱慕士塔格》,《中国旅游》杂志,2000年3月刊,第105—108页。
38. "他的意志渐渐瓦解,内心在冲顶和下撤之间摇摆着。"同上。

3

39. "90年代统治中国攀岩界的四大金刚……称霸全国前三名。"丁祥华:《中国攀岩 三十而立》,《山野》杂志,2017年11月刊。
40. "王滨和大多数人不太一样,他最先接触了攀登中最残酷的死亡。"书中王滨视角的在场叙述、对话及心理活动,若无特别说明,均源于本书作者于2021年、2023年采访。
41. "这支阿尼玛卿登山队成功登顶后……孙平共在山上度过了八天八夜。"孙平:《阿尼玛卿八昼夜》,《山野》杂志,1995年春季号。
42. "后来许多登山者都曾表达过,他们之所以走进大山,多少受到了这个故事的影响。"例如,严冬冬2012年4月发的一条微博:"重读@孙平ZEN 的《阿尼玛卿八昼夜》。至少对我来说,登山的终极目标之一就是追求像这样的深刻体验,尽管我当然宁愿避免经历像这样的情节。"
43. "1989年3月的一天……决定在北大成立一家登山社团。"北京大学山鹰社:《八千米生命高度:北大登山队30年》,南京:江苏凤凰文艺出版社,2020年,第14页。
44. "这家登山社团的历史最早要追溯到30年前,当时为配合国家登山活动而成立的北大登山队。"崔之久:《直面雪崩》,《大自然探索》杂志,2002年11月刊,第43页。
45. "随后,北京地区的几所一流高校……成立了自己的登山户外社团。"探险栏目,《山野》杂志,1994年秋季号;本书作者根据各高校登山社历史整理。

4

46. "好家伙,人贴在岩壁上",董俊、宋明蔚:《白河攀岩》,《户外探险》杂志,2019年8月刊。
47. "几年前……在密云县城和白河两地往返拉客。"同上。
48. "他当时在建行做软件工程师。"书中康华视角的在场叙述、对话及心理活动,若无特别说明,均源于本书作者于2021年采访。
49. "2000年5月,全国首届攀岩节在白河举办。"白河攀岩基金编《北京攀岩指南》,2015年。
50. "当时阳朔只有……国内氛围最浓厚的攀岩胜地。"Andrew Hedesh, Yangshuo Rock-A China Climbing Guide, AnZhu Publishing, 2017.
51. "这其中有从云南来的……三兄弟只管在上冲。"本书作者采访王滨,2021年。
52. "昆明青年王志明……从此开始了攀登生涯。"书中王志明视角的在场叙述、对话及心理活动,若无特别说明,均源于本书作者于2021年采访。
53. "王志明与好友小虫……石林'芝云洞'攀岩开线。"王志明、杨维岗:《昆明攀岩向导手册》,昆明:云南教育出版社,2021年。

5

54. "刘喜男于1971年出生在长春……却也常常因翻墙而被老师批评。"刘喜男:《峭壁舞台:我的职业之路》,《山野》杂志,2002年6月刊,第59页。
55. "一下子被深深吸引,也就此成了我一个不敢想的梦。"同上。
56. "过着平淡没有奢求的生活",同上。
57. "他想起了小学六年级时在电视里看到的攀岩者,不免心生向往。"同上。

648

58. "虽不是梦想中的天然岩壁……释放压抑已久的心情了。"同上。
59. "刘喜男没有骄傲自满,依旧刻苦训练。"同上。
60. "直到湖南凌鹰俱乐部的张凌教练……这才重新恢复攀岩的斗志。"本书作者采访张凌,2021年。
61. "开始了我并不知道前程的攀岩生涯",刘喜男:《峭壁舞台:我的职业之路》。
62. "比赛场地在哈尔滨冰雪大世界附近……20米高的垂直冰壁。"赵凯:《2001年全国攀冰比赛》,旗云探险网站,2001年,http://www.gviewchina.com/showtxt.asp?id1=3&id=124。
63. "刘喜男最后上场……爬到了最高的高度18米。"本书作者采访马一桦,2021年。
64. "1999年,充分掌握登山资源的中国登山协会……人均会费8400元。"王勇峰:《我国商业登山的发展》,2019年4月4日,https://mp.weixin.qq.com/s/aw0TVyOEUXyTMPBiT59x3g。
65. "第二年春天,中登协又组织了位于珠峰北坡的章子峰商业攀登活动。"同上。
66. "队员刘福勇后来在《哭泣的玉珠》一文中记录下惨烈的救援过程。"刘福勇:《哭泣的玉珠:2000年玉珠峰山难搜索救援亲历记》,8264论坛,2004年5月16日,https://www.8264.com/viewnews-7008-page-1.html。
67. "《实用登山技术手册》",本书作者采访马一桦,2021年。严冬冬在"从《登山圣经》到Alpine Climbing"一文中也提到这本小册子,只不过他发现书中的插图有几处错误。
68. "依山而建,就地取石而搭,背山面水,林木环绕",《风雨雪户外运动俱乐部》,《山野》杂志,2002年4月刊,广告页。
69. "在当年,来自全国各地的登山爱好者……民间独一份的攀冰课程。"比如后来著名的自由攀登者彭晓龙就参加了这几期课程。

70. "1996年6月,瑞士人汉斯……几十次官方组织的攀岩、攀冰、登山等大型活动。"《OZARk GEAR(奥索卡)品牌年度发展大事记》,8264论坛,2009年6月30日,https://www.8264.com/viewnews-41848-page-1.html。
71. "奥索卡赞助支持了'登山双子星'李致新和王勇峰的攀登活动",奥索卡品牌代言广告散见于21世纪初《山野》杂志广告与央视纪录片。
72. "1999年,奥索卡与中登协合作,成立了西藏登山学校。"《奥索卡携手西藏登山学校庆典10年庆典》,8264论坛,2009年7月11日,https://www.8264.com/topic/1259.html。
73. "黑水县是深度贫困县",《党的十八大以来黑水县经济社会发展综述》,阿坝藏族羌族人民自治州人民政府网站,2022年10月1日,https://www.abazhou.gov.cn/abazhou/c101960/202210/ce1fe3f9cdaa4b3395ec55fcd9310626.shtml。
74. "从地球上空拍摄的卫星图看……乃至整个青藏高原都是一片广阔无垠的黑暗。"NASA夜空观测图,参见https://earthobservatory.nasa.gov/images/79765/night-lights-2012-map。
75. "这三座山峰原本叫作……更名为'三奥雪山',奥太基、奥太美、奥太娜。"本书作者采访马一桦、泽郎头,2021年;邢林:《雪域东部神秘的喇嘛教》,海口:南海出版公司,1998年,第182页。
76. "奥索卡还给马一桦配了……专门负责帮他背行李。"本书作者采访罗日格西,2021年。
77. "进去什么都不懂……其实一点都不喜欢。"本书作者采访泽郎头,2021年。
78. "数百座人类尚未探索过的山峰",(日)中村保:《喜马拉雅以东——西藏的阿尔卑斯及其远方:山岳地图册》,东京:中西屋出版公司,2016年。

79. "白天,刘喜男成为刘教练……他每个月的收入有三四百块。"本书作者采访张凌,2021年。
80. "他被阳朔的岩壁和攀岩氛围吸引住了。"同上。
81. "自从20世纪八九十年代……塑造了阳朔的气质。"Andrew Hedesh, *Yangshuo Rock-A China Climbing Guide*.

82. "1998年，西街'红星特快'酒吧……广西地区最先接触攀岩的第一人。"同上。
83. "在2000年初的阳朔，几乎无人不爱'雷鬼之父'鲍勃·马利。"本书作者采访王滨、邱江，2021年，2022年。
84. "刘喜男还在阳朔迷上了花棍。"本书作者采访王滨、王志明，2021年。
85. "为什么攀岩……这些事就他妈的毫无意义。"王二：《快乐至死》，旗云网站，2003年1月，http://www.gviewchina.com/showtxt.asp?id1=3&id=58。
86. "刘喜南，那不就是留西南嘛。"王二：《喜男在云南富民》，盗版岩与酒论坛，2007年4月23日，http://bbs.rockbeer.org/forum.php?mod=viewthread&tid=1177342954&extra=page%3D2。
87. "三名蓬头垢面的年轻人坐着驴车……一边在岩壁上打膨胀螺栓。"三蓬在富民开线的素材主要来自王滨拍摄的影像资料，2003年。
88. "在昆明西山，鲍勃夫妇……一脸不屑地对着镜头"，本书作者采访鲍勃·莫斯利与鲍勃太太勒妮·马伦，2023年。
89. "即便是在车水马龙的昆明市区……练习花棍的平衡艺术。"王滨提供的影像资料，2003年；本书作者采访王滨，2021年。
90. "他们自己改编许巍的歌曲《夏日的风》"，王滨：《喜男在白马》，盗版岩与酒论坛，2007年4月23日，http://bbs.rockbeer.org/forum.php?mod=viewthread&tid=1177340858&extra=page%3D2。

8

91. "连续一周见不到人，还让其他人打电话说谎。"马一桦发在绿野论坛上的帖子回复《巴塘事件：雪山上的"执法权"》，绿野论坛，2006年9月8日。
92. "当时只有刃脊和国字头两家做冬训。"马一桦：《七年——刃脊探险》，《山野》杂志，2010年3月刊，第30页。
93. "30多年后，曾山发觉……预示了自己的一生。"书中曾山视角的在场叙述、对话及心理活动，若无特别说明，均源于本书作者分别于2021年6月、2021年12月、2022年12月、2023年2月等若干次的采访。
94. "有一天，曾山路过北大校园里……曾山当时心想，这太牛逼了。"北京大学山鹰社：《高处有世界：北大山鹰30年》，南京：江苏凤凰文艺出版社，2018年，第24—30页。
95. "他的母亲贝齐（Betsy Damon）"，Richard Whittaker, "An Interview with Betsy Damon: Living Water", Dec 25, 2009, https://www.conversations.org/story.php?sid=222。
96. "二人正吃着晚饭……她答应了。"张雪华：《无巅之爱》，《户外探险》杂志，2005年8月刊，第97页。
97. "这是一次出于政治、经济与社会文化等多重因素而筹划的官方活动。"从政治角度考量，登顶珠峰的活动提振了疫情后期的国民情绪与归属感。经济上，珠峰上的移动通讯信号证明了基站的稳定性，并为之后几年的手机电信业务做好铺垫。2003年的珠峰商业登山模式也开创了民间珠峰商业登山的模式，影响了之后二十年的中国商业登山市场。社会文化层面，无论是对于央视、地方媒体，还是刚刚兴起的门户网站，这都是一系列颇受欢迎的专题故事，也进一步加深了"珠峰"在中国民间固有的刻板印象。
98. "首次获得从北坡攀登珠峰的民间团队许可"，据本次活动总指挥助理周行康（十一郎），这并不是民间登山者第一次获得珠峰攀登的许可，此前已有民间登山者阎庚华、王天汉攀登珠峰的个案。但2003年这次珠峰登山活动却是"民间首次组队攀登珠峰"，并且成为社会影响力的公共事件。
99. "每名队员最后只需象征性地缴纳5万元'超低价'报名费。"《搜狐登山队攀登珠峰商业盘点：期待共赢模式》，《新闻晨报》，2003年5月29日，https://sports.sohu.com/27/15/news209611527.shtml。
100. "中央电视台的5个频道，连续11天直播珠峰攀登过程。"薛蓝：《CCTV全程直播攀登珠峰：电视转播的新创举》，"央视网"，2003年6月3日，https://www.cctv.com/geography/theme/

summit/news/7028.shtml。

101. "5月21日下午……陈骏池率先站在了世界之巅",《2003中国搜狐珠峰登山队胜利凯旋》,"搜狐网",2003年5月29日,http://news.sohu.com/54/25/news209622554.shtml。
102. "陈骏池,我们爱你!"张丽婷、丁材兴:《一个移动人和他的珠峰》,《中国青年报》,2007年5月17日,http://zqb.cyol.com/content/2007-05/17/content_1762156.htm。
103. "登顶队员被媒体报道狂热地……'虽未登顶亦是英雄'。"参见"中国搜狐登山队"系列报道,"搜狐网",2003年,https://sports.sohu.com/95/30/subject207003095.shtml。
104. "陈骏池还被工作所在地的海南市政府,授予了'登顶功勋运动员'的称号。"《海南授予陈骏池"登顶功勋运动员"称号》,"搜狐网",2003年6月11日,https://sports.sohu.com/77/60/news209996077.shtml。
105. "这种偏见可以追溯至……世界上海拔最高的名利场。"(美)乔恩·克拉考尔:《进入空气稀薄地带:登山者的圣经》,张洪楣译,杭州:浙江人民出版社,2013年,第14—16页。
106. "真正的阿尔卑斯式登山在中国几乎没有……是否有迷人的冰川、暴露的刀状刃脊。"曾山:《雀儿山:一次阿尔卑斯式登山的成功尝试》,《山野》杂志,2003年第五期,第72—75页。

9

107. "20多个国家的登山机构纷纷致函",中国登山协会主编《中国登山运动史》。
108. "几乎在同一时间,常驻在成都凤凰山机场……撰写了一份登山资源考察报告,递交给北京。"本书作者采访张江援,2023年。
109. "1980年12月27日,《人民日报》上……也一同出现在这条简讯中。"《人民日报》,1980年12月27日。
110. "1980年春天,日本著名登山者……第一支来华攀登珠峰的国际登山队。"日本山岳会百年史编纂委员会编《日本山岳会百年史》(本编),2007年,第50页。
111. "自80年代起,日本各大登山协会……世界各地的未登峰发起远征。"Kinichi Yamamori, "Japanese Mountaineering in the Himalaya", *The Himalayan Journal*, Vol.73, 2018, pp.152-165.
112. "同志社大学山岳会是日本另一支实力最强劲的登山机构,拥有华丽的海外登山纪录。"Katsutoshi Hirabayashi, "The Course Pursued by Doshisha University ALpine Club (D. A. C)", 2007.
113. "1980年秋天,日中友好协会的理事长访华后……八座山峰的32座下峰。"同志社大学四姑娘山登山队:《四姑娘山:1981》,日本:同志社大学体育会山岳部,1982年,第15页。日本登山者得到的这一消息并不严谨。所谓32座下峰,其实是在8座山峰周围林立的海拔较低的山峰,未必是地理学意义上的"卫峰"概念。
114. "海拔7200米的未登峰嘉子峰",嘉子峰的实际海拔数据既不是日本登山者之前误以为的7200米,也不是当时以为"澄清"了的6618米,而是6549米。嘉子峰的错误数据延续至同年在日本发行、当时唯一一本介绍中国高山的出版物,上越山岳协会编《中国登山ハンドブック-未知、秘境、未踏の山総ガイド》,东京:ベースボール·マガジン社,1981年,第66—67页。
115. "第二天,三个人又与中登协……'我们被迫做出了决定'。"同志社大学四姑娘山登山队:《四姑娘山:1981》,第18—19页。
116. "41岁的玉村和彦任总队长……描摹出了'姑娘'的俏皮面孔。"同上。
117. "四姑娘山脚下的日隆镇,临时为登山队建起了日隆旅社。"四川省阿坝藏族羌族自治州小金县地方志编纂委员会《小金县志》。
118. "同志社大学的四姑娘山攀登……登山队员们回到了日本关西。"同志社大学四姑娘山登山队:《四姑娘山:1981》。
119. "他与总队长玉村和彦等人……分批次登顶了四姑娘山主峰。"同上。
120. "1991年,震惊世界的中日联合攀登梅里雪山……放缓了日本登山者远征的步伐。"京都大学学士山岳会:《梅里雪山事故调查报告书》,1992年;本书作者采访多名中日梅里雪山联合登山队队员,2018年。

注释   651

121. "1981年10月，日本人刚离开三个月……四姑娘山北壁。"Jim Aikman, Graham Zimmerman（Directors, 2017）, *Alpinists at Large: 1981 Attempt on Mt. Siguniang in China*.
122. "两年后，特德（Ted Vaill）率美国登山队……'天空之山'婆缪峰。"宋明蔚：《婆缪峰首登与激荡的1980年代》, 2022年6月6日, https://mp.weixin.qq.com/s/0OOON2z7d4Qoqf9Kt80Nmw。
123. "这也一次又一次地敲打……建立四姑娘山景区。"中国人民政治协商会议小金县委员会文史资料工作组编辑部《小金文史资料选辑：第六辑》, 2006年，第172页。
124. "对于登山者来说……而且从成都出发很容易到达。"查利·福勒个人网站, Siguniang Shan, 2005, http://www.charliefowler.com/siguniang-tripreport.html。
125. "在当地原住民的多次努力下", 中国人民政治协商会议小金县委员会文史资料工作组编辑部《小金文史资料选辑：第六辑》, 第170—180页。
126. "第三批国家级风景名胜区",《国务院关于发布第三批国家重点风景名胜区名单的通知》,《中华人民共和国国务院公报》1994年01期，第27—28页。
127. "2002年4月，英国著名登山家米克·福勒……几天之内掉了19公斤。"（英）米克·福勒：《如履薄冰：米克·福勒的12次绝壁探险》, 黄际泓译, 北京：人民邮电出版社, 2015年。
128. "当地的村民们绝不相信早已有人登顶了这座斯古拉神山。"在2004年马一桦等人登幺妹峰、大规模宣传之前，绝大多数当地人并不知道早已有外国登山队登顶了幺妹峰。参见Tim Bolter（Director）, *High Ambition*, 2004。

10

129. "收集本专题的过程是艰辛的……我们希望它为山友们打开的是一扇窗户。"马德民：《梦幻四姑娘》,《山野》杂志, 2003年4月刊, 第52—71页。
130. "那一次，马一桦带着王平等……马一桦的脸上打了绷带。"本书作者采访马一桦、陈力, 2021年。
131. "由于是刚刚组织的队伍……还要担心刚刚培训出来的协作。"王平：《想说的心里话》, 8264论坛, 2006年6月4日, https://bbs.8264.com/thread-29544-1-1.html。
132. "民间登山者阿尔曼（饶瑾）还记得……显得有些可笑又无奈。"本书作者采访阿尔曼, 2021年。
133. "配备持有相应资格证书的登山教练员……最多带领四名队员",《国内登山管理办法》, 国家体育总局, 2004年9月3日, https://www.sport.gov.cn/n315/n331/n402/c573909/content.html。
134. "这一规定标志着曾具备自由登山性质的大学登山队名存实亡。"Yan Dongdong, "Free Mountaineering: An Inside Look at Modern Chinese Alpinism".
135. "2003年10月，中登协在四川贡嘎山域的雅家梗地区，开办了中国第一期高山向导培训班。"蒋玲：《高山向导：中国制造》,《山野》杂志, 2004年1月刊, 第36—51页。
136. "据马一桦回忆……或是跟他登过山的客户。"事实上，报名人数有25人，只有12人通过初期考核进入培训班，最后仅有2人（赵俊、宾宇丹）获得了向导资质，另有7人在第二年获得了向导资质。参考王云龙：《打磨十四载：高山向导培训崭新亮剑》,《山野》杂志, 2017年9月刊, 第25页。然而马一桦对中登协的这组数据有异议，认为这期培训班无人通过考核。
137. "他还从老一辈登山人那里继承了'极能抗造'的坚韧意志", 在马一桦1999年攀登慕士塔格峰与2004年的幺妹峰的冲顶时刻均有所体现。

11

138. "由于云南人嗑食麻籽的习惯……数量高达三四百株。"吕明合：《"大麻"的诱惑》,《南方周末》, 2014年3月20日, http://www.infzm.com/contents/99107?source=124&source_1=75506。
139. "在美国的优胜美地……最迷幻的一部分。"Peter Mortimer, Nick Rosen, Josh Lowell（Directors）（2014）, *Valley Uprising*; Steve Roper, *Camp 4: Recollections of a Yosemite Rockclimber*.
140. "同时，他也被现实拉扯住……他一直在攒钱。"本书作者采访王滨, 2021年。
141. "大岩壁攀登涵盖了……终极攀登形式之一。"王志明：《大墙六问》,《户外探险》杂志,

2014年4月刊。

142. "第二天晚上8点多……赶到山脚下。"胡建芳、许亮:《3攀岩者西山上演"垂直极限"》,《云南日报》,2003年5月30日;本书作者采访王滨、王志明,2021年。
143. "大刘刚组建好俱乐部后……并邀请他来俱乐部的攀岩馆工作。"本书作者采访刘福勇,2022年。
144. "白天要上班打卡,出去攀岩要请假,出差还要写假条",同上。

12

145. "有时候你会觉得他脾气不太好……还有点刻薄。"书中陈力视角的在场叙述、对话及心理活动,若无特别说明,均源于本书作者于2021年的采访。
146. "最终,他们顺利完成了这座未登峰的首登。"本书作者采访马一桦,2021年。
147. "曾山兴奋地说,只要随便指点,我们就有了10个攀登目标。"曾山:《半脊峰:发现探索之美》,《户外探险》杂志,2005年8月刊,第121页。
148. "起名半脊的另一个私心是与刃脊有关,希望人们在攀登它的时候,同时想到刃脊。"马一桦:《七年——刃脊探险》,第33页。
149. "陈骏池说,我可以拉到赞助……全程拉路线绳。"本书作者采访马一桦,2021年。

13

150. "队员们已经开始相互联系了,我们突然退出,这些朋友以后也不好做了。"马一桦:《七年——刃脊探险》,第33页。
151. "我们要想扩大公司声誉……完成我们更多的攀登山峰的梦想。"同上。
152. "曾山偶尔搞个怪、开玩笑",参见此次登山期间的多张照片与影像素材,2004年。
153. 2004年幺妹峰攀登过程,除了参考马一桦、曾山、唐华等当事人的叙述之外,也参考了许多当时的文字资料、视频影像与访谈分享会,包括且不限于:Tim Bolter(Director),*High Ambition*,2004;马一桦:《七年——刃脊探险》,第34—35页;马一桦:《关门时限——冲击幺妹的最后两天》,旗云探险网站,2005年,http://www.gviewchina.com/showtxt.asp?id1=2&id=86;《对话幺妹峰 畅想阿尔卑斯式攀登》"访谈回顾","搜狐网",2005年11月14日。
154. "他克制住内心的激动",本书作者采访马一桦,2021年。

14

155. "他在北京的谋生似乎并不顺利。"本书作者采访王滨,2023年。
156. "早在1999年时,邱江就辞职来到阳朔……然而无保护攀登的想法却不断地诱惑着他。"书中邱江视角的在场叙述、对话及心理活动,若无特别说明,均源于本书作者于2022年的采访。
157. "2003年6月的一天下午……从来没有那么轻松过。"本书作者采访邱江,2022年;罗雁:《广西人邱江阳朔破攀岩纪录》,"新华网",2003年6月26日,https://sports.sohu.com/20040824/n221712396.shtml。
158. "徒手攀岩纯属我的个人爱好,我不想成为别人的'榜样'",同上。
159. "没想到,才不到一年……罕见地在景区办公室大吵一架。"本书作者采访王滨,2023年。
160. "到了夏天,刘喜男和邱江从阳朔来到成都……王平还帮他们联系了山里的马匹驮运行李。"刘喜男:《Kailas婆缪攀登队国内首攀婆缪峰》,盗版岩与酒论坛,2005年9月15日,http://bbs.rockbeer.org/forum.php?mod=viewthread&tid=1126789023&highlight=%E5%A9%86%E7%BC%AA。
161. "刘喜男吃了一惊……这一次他就去了婆缪峰?"刘喜男:《神山的选择》,该文章由马德民提供。
162. "邱江问搭档,如果他们在我们的线路上,我们爬还是不爬。"同上。
163. "刘喜男想了一下,说……尽量不受到他们的影响。"同上。

注释

164. "苏拉他们太强了……差点冻死在上面。"刘喜男:《Kailas婆缪攀登队国内首攀婆缪峰》。
165. "大家都心照不宣……争夺国人首攀权的一次攀登。"同上。
166. "左侧山脊方向的远处有一个山尖隐隐浮现在云雾中",同上。
167. "刘喜男联想起前后两次攀登婆缪峰的过程,心中……'并不是我们登顶了神山,而是神山选择了我们。'"同上。
168. "苏拉王平等人下山后……消息一时间传遍了登山界。"纪录片《疯狂婆缪:攀登四川婆缪峰》,陕西卫视《勇者先行》栏目,2005年。
169. "利用刘打的挂片等物攀登……不要污辱登山精神好不好。"马一桦在《苏拉一等登顶婆缪峰》帖子下的留言,盗版岩与酒论坛,2005年9月6日,http://bbs.rockbeer.org/forum.php?mod=viewthread&tid=1125381562&highlight=%E5%A9%86%E7%BC%AA。
170. "名利谁不在乎呢……再发登顶的帖子不迟。"刘喜男:《Kailas婆缪攀登队国内首攀婆缪峰》。
171. "同行的还有一名叫'刀刀'……邱江当然少不了一顿取笑二人。"本书作者采访邱江,2022年。
172. "在刘喜男的朋友眼中,刀刀是一名小鸟依人的姑娘。她比男友小了10多岁。"本书作者采访王滨、王志明、谢卫成、邱江,2021年,2022年。本书作者没有采访刀刀本人。
173. "他又在一个月内……抱着一瓶黑方威士忌的样子。"刘喜男作画的时间点参见每幅画中的落款时间。

15

174. "没想到幺峰比珠峰还难登。"Tim Boelter (Director), *High Ambition*, 2004.
175. "《山野》杂志为此次攀登事件做了系列专题。"《共享幺妹峰的震撼》,《山野》杂志,2005年1月刊。
176. "在此之前中国登山者只关注更高的海拔,从此以后中国登山者开始关注技术型山峰。"Tim Boelter (Director), *High Ambition*, 2004.
177. "通常是能够考验攀登者的攀登……根本没有自由攀登者去尝试新山峰。"马一桦:《七年——刃脊探险》,第35页。马一桦的这句话有些武断。这一年,也有许多自由攀登者尝试攀登了婆缪峰、骆驼峰、羊满台、阿妣山等技术型山峰的新路线。但马一桦想传达的意思——当时没有自由攀登者挑战未登峰的普遍现象——是属实的。
178. "2005年5月,时隔三十年……测绘队登顶了珠峰。"《新闻办就珠穆朗玛峰高程数据等举行新闻发布会》,中央政府门户网站,2005年10月10日,https://www.gov.cn/xwfb/2005-10/10/content_75436.htm。
179. "这又是一次充满着意外、惊险和运气的攀登。"纪录片《05年大雪塘》,陕西卫视《勇者先行》栏目,2005年,https://www.bilibili.com/video/BV1tg411T7in/?spm_id_from=333.337.search-card.all.click。
180. "马一桦随后在《山野》杂志上发表了《大雪塘主峰认证报告》。"马一桦:《大雪塘主峰认证报告》,《山野》杂志,2005年5月刊。
181. "他又在杂志上发表了《大雪塘攀登报告》",马一桦:《大雪塘攀登报告》,《山野》杂志,2005年8月刊。
182. "马一桦、曾山和摄影师陈晨三人继续尝试攀登著名的雅拉雪山。"马一桦:《雅拉极度6天》,《山野》杂志,2005年12月刊。
183. "有人说,戈尔的赞助……不再是自由的攀登者。"这种争议的核心源于对"自由攀登者"的不同理解,参见小毛驴:《自由攀登者的"自由"杂谈》,《山野》杂志,2007年6月刊。
184. "即便过了许多年以后……还是会抑制不住地啜泣。"在2021年9月的远洋电话采访中,马一桦提及当时得知恩师朱发荣过世的情景,先是顿了一下,之后电话里有近半分钟的沉默。我以为国际长途信号不稳定,"喂"了几声之后,就听马一桦在电话那头啜泣,之大哭。待他好不容易控制好情绪,刚说了两句,又哭了起来。如此往复数个回合。日后,当我逐渐了解这名中年男人其实不太善于外露自己的真实情感之后,更是感慨不已。
185. "先后攀登了弯月顶、玉兔二峰、双子峰、龙脊峰、雅姆峰等未登峰。"这几次攀登报告散见

654

于《山野》杂志2006年4月刊、6月刊、11月刊，2007年1月刊。
186. "坊间有好事者，还盘点了……便是独霸一方的峨眉派。"冷兵器：《闲侃乱说国内的雪山堂口》，"搜狐网户外频道"，2004年8月12日，https://sports.sohu.com/20040812/n221500999.shtml。
187. "马一桦在办公室里兴高采烈地宣布……比刘喜男还要厉害，叫阿成。"本书作者采访陈力，2021年。

16

188. "到我们这边来吧，我们共同打造中国疯狂山峰式的登山公司。"马一桦：《写在刘喜男之后》，2007年11月27日。疯狂山峰（Mountain Madness）是上世纪90年代美国著名的登山公司。公司创始人斯科特·费希尔（Scott Fischer）死于著名的1996年珠峰山难。第二年，该公司被费希尔的朋友克里斯蒂娜·博斯科夫收购后，2005年成为世界第一的商业探险公司。
189. "阿成曾是广东阳江的健身教练……阿成此前就听说过刘喜男的大名。"书中谢卫成视角的在场叙述、对话及心理活动，若无特别说明，均源于本书作者于2021年的采访。
190. "马一桦和刘喜男谈妥刃脊探险的工作……外出活动还有每天300元的补贴。"本书作者采访马一桦，2021年；马一桦：《七年——刃脊探险》，第37页。
191. "对比当年成都市民平均千元左右的月薪"，2006年成都市市区居民人均年可支配收入为12789.44元。
192. "刘喜男成为刃脊的一份股东……可以不工作去登山或做其他什么事。"马一桦：《写在刘喜男之后》。
193. "虽然没有当年三蓬的那种换帖兄弟关系，但是在保持相互尊重的前提下也开始无话不谈。"同上。
194. "刘喜男的加入改变了……把阳朔轻松而戏谑的风格也带了过来。"本书作者采访陈力，2021年。
195. "刘喜男以终点处的地名……把这条320米高的大岩壁路线命名为'鲤鱼跃龙门'。"谢卫成：《绝顶雄峰：Kailas昆明西山大岩壁攀登报道》，《山野》杂志，2006年3月刊，第30—35页。
196. "成都市有史以来最大的烂尾楼之一。"严向关：《"天坑"熊猫山：拖垮第二富豪，让富力法院跑不停》，时代财经网站，2017年2月23日，http://www.tfcaijing.com/article/page/e548fdc05a6486b6015a65a92b5e05f2。
197. "在大黄峰攀登期间……极其煎熬地登顶了这座神秘的山峰。"本书作者采访马一桦、曾山，2021年；8264专题页，2006年6月21日，https://www.8264.com/topic/526.html。
198. "一向不苟言笑的马哥，竟然会笑了。"本书作者采访陈力，2021年。
199. "由于熊猫城攀岩馆的希望越来越渺小……我会有一段时间带他的冰雪技术和经验。"马一桦：《写在刘喜男之后》。

17

200. "自母亲过世后，刘喜男与家里的关系并不好。"本书作者采访王滨、马一桦，2021年。
201. "1月27日，第五届全国攀冰锦标赛在北京桃源仙谷举办。"《"利群杯"第5届全国攀冰锦标赛》专题，"腾讯体育网"，2007年1月，https://sports.qq.com/zt/2007/07ice/index.htm。
202. "刘喜男在冬训中……训练更是非常刻苦。"本书作者采访马一桦、陈力，2021年。
203. "2007年年初，刃脊探险……12座全新的商业山峰"，《07年度攀登活动计划，共推出十二座成熟山峰》，2007年3月29日。具体山峰及收费情况如下：四姑娘山幺妹峰，起步收费12万元；雀儿山，两人成团，起步收费3万元；大黄峰3万元；党结真拉峰，起步收费25000元；夏塞峰，起步收费25000元；龙脊峰，起步收费18000元；大雪塘峰，起步收费18000元；婆缪峰起步收费15000元；弯月顶，起步收费12000元；双子峰，起步收费12000元；雅姆峰，起步收费18000元；骆驼西峰，起步收费15000元。
204. "说实话，在攀岩技术方面我丝毫不担心……如果没有问题才能够让他正式加入戈尔刃脊登山队。"马一桦：《写在刘喜男之后》。

注释 655

205. "3月20日，马一桦率领刘喜男……多次要求在前面开路。"马一桦：《党结真拉事故过程报告》，8264论坛，2007年4月15日，https://bbs.8264.com/thread-54175-1-1.html；本书作者采访马一桦，2021年。
206. "在下降过程中，刘喜男一度还忘记确保自己连接在保护点上。"马一桦：《写在刘喜男之后》。
207. "沿着冰槽看到一个竖向并不深的坑……血迹在坑的下方约两三米处。"马一桦：《党结真拉事故过程报告》；本书作者采访马一桦，2021年。
208. "马哥你回来吧。"同上。
209. "他在心中权衡着……张俭最终也困死在二号营地。"同上。
210. "你们再找一找啊，再找一找啊。"同上。

18

211. "他极力在员工面前表现出坚强，却不觉脸颊处已满是泪痕。"马一桦：《写在刘喜男之后》。
212. "喜男死了，在四川，和马一桦去爬山的时候，消息已经确认。"王二：《刘喜男募捐细节，请置顶》，盗版岩与酒论坛，2007年4月17日，http://bbs.rockbeer.org/forum.php?mod=viewthread&tid=1176739343。
213. "王二心想，这是不是愚人节骗我呢。"同上。
214. "刘喜男双手没有戴手套……也只是受伤而不会因坠落失去生命。"马一桦：《党结真拉过程报告》。
215. "王二心里琢磨着，事情基本上就这样了。"王二：《刘喜男募捐细节，请置顶》。
216. "王二终于把心中的疑虑讲出，追问道……唉，这种事就是赶上了。"同上。
217. "看来今天可以直接（把遗体）拖到冰川末梢了。"同上。
218. "雪崩规模并不大"，本书作者采访马一桦，2021年。
219. "苏拉王平的两名队员……把队员挖出来。"苏拉王平的博文，原文已失效，盗版岩与酒论坛留存，2007年5月28日，http://bbs.rockbeer.org/forum.php?mod=viewthread&tid=1180364203&extra=page%3D2。
220. "怎么样啊，王二？"王二：《刘喜男募捐细节，请置顶》。
221. "为了迎接刘喜男下山……刀刀也哭成个泪人。"本书作者采访王滨，2021年。
222. "下山的途中……几只乌鸦嘎吱嘎吱地飞来飞去。"王二：《刘喜男募捐细节，请置顶》。
223. "这几天我一直在想……我的噩梦才刚刚开始。"马一桦：《党结真拉事故过程报告》。
224. "刘喜男的家属和马一桦就赔偿问题，展开为期两周的拉锯战。"这场官司随着马一桦后文的出走而不了了之。随后，刘喜男父亲在网络手书公开信，原文如下，盗版岩与酒论坛，2007年9月26日，http://bbs.rockbeer.org/forum.php?mod=viewthread&tid=1190792467&extra=page%3D14。
225. "有人说，马一桦为了……境外势力参与的阴谋论。"马一桦：《写在刘喜男之后》。最后一种"阴谋论"诞生于十五年后的短视频平台与媒体营销号，属无稽之谈。
226. "王二从技术与组织层面……但又缺乏冰雪经验，高山上适应能力较差。"王二：《刘喜男募捐细节，请置顶》。
227. "人们以各种形式缅怀着这位竞技场上的冠军、曾经的嬉皮士、中国大岩壁攀登的先驱者。"裂缝：《山友的纪念文字》，盗版岩与酒论坛，2007年5月28日，http://bbs.rockbeer.org/forum.php?mod=viewthread&tid=1177052164&extra=page%3D3。文中整理了近30名山友缅怀刘喜男的文章。不过由于年代久远，多数链接均已失效。
228. "'量力而行'成了主流报道中最普遍的论调。"散见于当年（2007年）各大地方系报纸，如《刘喜男遇不幸极限运动敲安全警钟 不能冲撞生命极限》，《石家庄日报》；《攀岩运动切忌"单打独斗"》，《浙江日报》；《极限运动警钟再鸣：山难接二连三，全国冠军也意外坠亡》，《钱江晚报》。
229. "这几年自己过着清贫的日子……去加拿大海关要求的一年基本生活费。"马一桦：《七年——刃脊探险》，第37—38页。

230. "刃脊探险的一名股东飞燃……股东们可以先借给他。"同上。
231. "此外，加拿大的一家赞助商……但周期至少是两年。"同上。
232. "马一桦盘算着……公司现在的阵痛未尝一定是坏事。"同上。

19

233. "他第一天开始恢复的时候……风雨无阻地坚持跑步。"皮带断了:《谢卫成:有志者事竟成》,《户外探险》杂志,2017年6月刊,第26—27页。
234. "他在全国各地总共开辟了1000多条攀岩路线,占当时中国攀岩路线总量的五分之一。"邱江的开线数量与全国攀岩路线总数的数据来自阳朔攀岩学校校长张勇在一次采访中的估算。然而,据周鹏估算,中国的攀岩线路至少有10000条。即便如此,邱江开线的数量依旧是惊人的。
235. "在人生最低谷的时候依然……那种执着攀岩的岩者精神。"张勇在攀岩路书中一条路线信息下方写给刘喜男的话。Andrew Hedesh, *Yangshuo Rock-A China Climbing Guide*,第160页。
236. "王二首先打破沉默……但王二就要上飞机了。"王二:《刘喜男募捐细节,请置顶》。
237. "她在广西的一个小城里……过上了平淡的日子。"本书作者通过社交媒体与当地朋友侧面调查,2021年。

20

238. "党结真拉事故一个月后,苏拉王平的队伍……'川藏高山向导队'。"王平:《苏拉王平成立川藏高山向导协作队声明》,8264论坛,2007年5月10日,https://bbs.8264.com/thread-56900-1-1.html。
239. "'心中有数才出发'这句话成了川藏队最知名的广告语。"孔小平:《川藏队队长苏拉王平:心中有数才出发,梦想也一样》,《扬子晚报》,2022年3月18日。
240. "李红学曾在2008年初短暂地加入过川藏队。"本书作者采访孙龙华、李玉,2021年。
241. "他先在绵阳的探路者户外装备店……合伙开了家'终极户外店'。"本书作者采访张伟,2021年。
242. "在打保护过程中,李红学的一次失误,险些让马一桦掉下悬崖。"本书作者采访陈力,2021年。
243. "马欣祥说,他也曾邀请过……最终还是选择了自由攀登的生活。"本书作者采访马欣祥,2021年。
244. "网络上至今仍流传着马一桦当年亲自撰写的户外经历",比如,最经典的一版,马一桦自述《我是马一桦》,《8264勇者先行》栏目第三期,2012年12月16日,https://bbs.8264.com/thread-1551629-1-1.html。
245. "在之后的半年里……彻夜未眠。"本书作者采访曾山、陈力、张伟,2021年;Johanna Garton, *Edge of the Map: The Mountain Life of Christine Boskoff*, Washington: Mountaineers Books, 2020。
246. "包括徐老幺、卢三嫂在内的四姑娘山当地人,都受过他的照顾与恩惠。"李红学常常帮衬徐老幺的生意,他还长年照顾卢三嫂在绵阳上学的孩子。本书作者采访张伟、李红学父母、徐老幺夫妇,2021年。

21

247. "虽然没有在技术上的进步……也许这更重要。"陈力:《在刃脊的日子》,《山野》杂志,2010年3月刊,第40—41页。
248. "曾山心想,难道是地震了?"本书作者采访曾山,2021年。
249. "这座原本6层的教学楼……投入到了救援中。"林天宏:《回家》,《中国青年报》,2008年5月28日。

注释

657

250. "5月16日凌晨5点……他们拯救了约500名师生和村民。"刘英丽:《一次奇异的救援》,《新世纪周刊》,2008年16期,第36—39页。本书作者采访陈力,2021年。这支救援队队员分别是高敏、蒋峻、陈凯、陈力、张军、喻希。
251. "2008年不仅是中国民间公益的元年,也是中国民间救援队的元年。"中国民间公益基金的元年,参见周文生:《中国的民间公益时代来了》,《南方周末》,2013年5月15日;中国民间救援队的元年,参见徐方清:《尼泊尔地震牵动四方 中国海外救援力量初长成》,《中国新闻周刊》,2015年第16期。
252. "甘孜州的活动也全部停下来……整个2008年是非常惨淡的一年。"陈力:《在刃脊的日子》。

22

253. "他一度想把自己过去十年的登山经历写成一本书,后来想想也还是作罢了。"马一桦:《写在刘喜男之后》。
254. "从你的照片看与我们当年攀登的是同一个顶。"马一桦:《恭喜冬冬,另给你5万的图》。
255. "早在2006年,奥索卡的老板汉斯……一个人能力超强的自由攀登者。"本书作者采访孙斌、马欣祥、康华、李宗利等多名CMDI的教练与学员,2018年—2021年。
256. "现在我回国从刃脊直接转型的路已被堵死……在国内我将无所适从。"马一桦:《七年——刃脊探险》,第37—38页。
257. "那天下午Jon告诉我他准备关闭刃脊……我们过去所做的一切付诸东流了。"陈力:《在刃脊的日子》。
258. "依照曾山的要求,员工们……无法回到刃脊探险的办公室了。"本书作者采访陈力,2021年。
259. "最后他带走了生锈的冰锥……巡回宣讲时的传单。"本书作者在领攀登山培训学校再次见到了这些旧物,2021年。

第三部

1

1. "许多人都描述过那种突然失去亲人的感受……轻易地击溃他们的心理防线。"源自本书多位采访对象的描述。
2. "这一年7月,王二与英国攀岩高手……他们使用了刘喜男五年前曾打下的两颗岩钉。"本书作者采访王志明,2021年;王滨(bince):《华山,finally》,盗版岩与酒论坛,2009年7月11日,http://bbs.rockbeer.org/forum.php?mod=viewthread&tid=1241668509。
3. "华山是喜男的梦想……而我得到的是心灵的解脱。"同上。
4. "王苗是北京广电总局的工程师……转向刚开业的西直门首都体育攀岩馆。"本书作者采访赵鲁、何川、王滨,2021年,2022年。
5. "穿着大文化衫、大短裤、趿拉着布鞋的伍鹏。"李悦:《自由的像风一样》,《山野》杂志,2008年8月刊,第38页。
6. "当时就觉得攀岩跟喝酒是一件事儿……因为我们三个走得特别快。"书中赵鲁视角的在场叙述、对话及心理活动,若无特别说明,均源于本书作者于2022年的采访。
7. "他经常以一句'你先把题干看清楚'为开头……针锋相对地反驳。"本书作者采访赵鲁,2022年;王苗(Kristian)在绿野论坛上的多篇帖子,2000年—2004年。
8. "王苗托人从国外一枚一枚地带过来,再攒成一整套。"本书作者采访王滨,2021年。
9. "就连在单位的办公室里……反复把玩",本书作者采访赵鲁,2022年。
10. "如果哪天这大佬东西掉了,我们捡到,那就太美了。"刘俊:《老K的意外死亡》,《时代人物周报》,2005年第4期。
11. "黄蜂之鸣""Beginner""老怪",白河攀岩基金编《北京攀岩指南》,2015年。
12. "两年就穿坏了四双攀岩鞋。"不必在帖子下的回复《老K担任荣誉斑竹的事值得商榷》,绿野论坛,2005年1月7日。

13. "论坛时代兴起的'驴友'称呼，与线下活动时直呼网络ID的习惯也流传至今。"苑城：《寻找8264:户外论坛时代的辉煌与衰落》，《户外探险》杂志，2020年7月刊。
14. "以那时北京攀岩圈里的朋友交流为主……而且大多数岩友爱喝几杯。"魏宇（树叉儿）：《关于盗版岩与酒的前身》，盗版岩与酒论坛，2016年3月1日，http://bbs.rockbeer.org/forum.php?mod=viewthread&tid=1241670915。
15. "岩，我所欲；酒，亦我所欲。"本书作者采访康华、王滨、何川等人，2021年。
16. "某天乐趣园关门了，就SB了。"伍鹏（freewind）：《准备慢慢把老"岩与酒"的好帖子保存过来》，2003年10月29日，http://bbs.rockbeer.org/forum.php?mod=viewthread&tid=1067396563&extra=page%3D6。
17. "在中国科技大学就读期间，伍鹏就开始在全国各地徒步穿越。"本书作者采访魏宇，2021年。
18. "第一次爬得很烂，但从此爱上了这项运动，并成了我一生的运动。"《伍鹏：攀登是我们一生的至爱》，色影无忌，2011年6月17日，https://travel.xitek.com/headline/201107/17-252817.html。
19. "他喜欢爬到高处……所有努力与付出都是值得的。"同上。
20. "伍鹏留着寸头……主流的事物不屑一顾。"本书作者采访魏宇、王滨、何川、赵鲁等人，2021年。
21. "在许多混迹于户外论坛的网友看来……讲究精湛的攀登技术和精良的攀登装备。"黄际沄（豌豆）：《完美生活》，盗版岩与酒论坛，2014年8月30日，http://bbs.rockbeer.org/forum.php?mod=viewthread&tid=1241670621&extra=page%3D2。
22. "我希望只为那些最纯粹的climbers构建一个交流的平台，我不需要人气，我需要质量。"伍鹏（freewind）：《climbers，想听听你们的意见：网站如何处去？》，盗版岩与酒论坛，2003年12月26日，http://bbs.rockbeer.org/forum.php?mod=viewthread&tid=1072411210。

2

23. "这名重庆小伙子大学考人了……却没有走上前去，参与其中。"书中何川视角的在场叙述、对话及心理活动，若无特别说明，均源于本书作者于2021年、2022年的采访。
24. "从我第一次知道Trad & Aid……这必将成为我的攀岩方式。"何川（小河）：《昆明攀岩选记》，绿野论坛，2003年11月24日。
25. "三百多米高的岩壁……其间还有无数传闻。"同上。
26. "在网络上，不必……敢怒敢言的职业女性。"本书作者没有采访不必（鲜文敏）。她在论坛上的风格源自本书作者观察。不必在生活中的性格，源自本书作者采访何川、王滨，2021年。
27. "我记得王茁说的，他这辈子……还是挂在岩壁上的时候更爽一些。"古松：《雪崩无情·四姑娘峰骆驼峰12.29山难采访手记》，《行游数码》，2005年2月刊，第8页。
28. "2004年开春，王茁和不必……我们结婚了。"涂筠：《婚礼变葬礼，四姑娘山的爱情绝唱》，《婚姻与家庭：性情读本》（下），2005年005期，第60页。
29. "得知好友在雪山上出事后，王茁回到家抱着妻子大哭。"不必在帖子下的回复《老K担任荣誉斑竹的事值得商榷》。
30. "我不知道别人怎么看登山……可以使我的头脑保持敏锐。"原帖《不同意其中的某些说法版权所有》2000年6月发布于山野论坛，后经伍鹏转帖于盗版岩与酒论坛，《Kristian 言论：登山》，2005年5月30日，http://bbs.rockbeer.org/forum.php?mod=viewthread&tid=1117452429&extra=page%3D1。
31. "伍鹏回忆道……它在群山之中显得如此突兀和卓尔不群，"伍鹏：《初探婆缪峰》，《户外探险》杂志，2005年11月刊。
32. "王茁和王滨两个家伙眼中……我们都梦想着攀登中高海拔的大岩壁。"伍鹏：《初探婆缪峰》；本书作者采访王滨，2021年。
33. "伍鹏从北京跑去深圳上班后……四姑娘山一带山峰的报告。"伍鹏：《初探婆缪峰》。
34. "伍鹏还是想去试试，哪怕只爬个一两百米也行。"伍鹏（自由的风）：《春节四姑娘登山》，盗版岩与酒论坛，2003年11月19日，http://bbs.rockbeer.org/forum.php?mod=viewthread&t

注释 659

35. "他甚至都写好了遗嘱。"本书作者采访赵鲁,2022年。
36. "在9月的最后一天……两个人计划好第二年再次挑战婆缪峰。"伍鹏:《初探婆缪峰》。
37. "12月底,王茁和不必……王茁还没有见过不必的父母。"古松:《雪崩无情-四姑娘山骆驼峰12.29山难采访手记》,第7页。

3

38. "发现了一只手从雪地中伸出,而其身体则被埋在雪中看不见。"晨峰、jjyfoot:《骆驼峰登山事故报告》,绿野论坛,2005年4月6日。
39. "卢三哥(卢忠荣)是2000年前后四姑娘山当地最著名的向导。"本书作者采访吴晓江、阿尔曼(饶瑾)等2000年初在四姑娘山一带较为活跃的登山者,2021年。
40. "在新年第一天的零点时分……怎么没有按照约定的时间回来。"旺堆:《四姑娘山骆驼峰第一次搜寻过程》,原帖发布于新浪山野论坛,因链接失效,转帖于盗版岩与酒论坛,2005年1月3日,http://bbs.rockbeer.org/forum.php?mod=viewthread&tid=1104682261&extra=page%3D74。
41. "王茁和卢三哥的颅骨均遭到重创……搜救队没有找到不必。"晨峰、jjyfoot:《骆驼峰登山事故报告》。
42. "镇上的司机、酒店老板、导游都在揣测各种事故原因。"古松:《雪崩无情–四姑娘山骆驼峰12.29山难采访手记》,第5页。
43. "到了晚上,黄茂海突然接到消息……商量着对策。"本书作者采访何川,2021年。
44. "搜狐董事局主席张朝阳……王勇峰、次落等人赶赴现场。"涂筠:《婚礼变葬礼,四姑娘山的爱情绝唱》。
45. "1月2日晚上,山里又传出来……只是右手手指略有轻伤。"古松:《雪崩无情-四姑娘山骆驼峰12.29山难采访手记》。
46. "12月23日,王茁和不必来到四姑娘山日隆镇……她知道,终于得救了。"山难过程参考古松:《雪崩无情-四姑娘山骆驼峰12.29山难采访手记》;涂筠:《婚礼变葬礼,四姑娘山的爱情绝唱》;晨峰、jjyfoot:《骆驼峰登山事故报告》,以及不必发在绿野论坛上的文字。
47. "日隆镇上几乎所有的村民都来为三哥送行。这是日隆镇从来没有过的场面。"本书作者采访吴晓江、徐老幺,2021年。
48. "不必出院后……她们见到了王茁最后一面,送走了他。"刘建:《四姑娘山山难追踪 山友今日成都痛别"老K"》,《华西都市报》,2005年1月5日。
49. "山难两周后的一天晚上……在现场追忆着关于'老K'的往事。"刘俊:《老K的意外死亡》。
50. "这件事可以随便骂我,我不会还口。"不必在帖子下的回复《老K担任荣誉斑竹的事值得商榷》。
51. "一切恍如昨日",伍鹏(memory):《你在天堂还好吗?》,盗版岩与酒论坛,2005年6月1日,http://bbs.rockbeer.org/forum.php?mod=viewthread&tid=1117618812&extra=page%3D1。
52. "当时,我们刚刚从婆缪下来……永别了,我的兄弟。"同上。
53. "自王茁出事后……心里想来想去都是儿子。"不必在帖子下的回复《老K担任荣誉斑竹的事值得商榷》。

4

54. "上至中登协、国家景区的官方建设……伍鹏可谓是六亲不认。"伍鹏(自由的风):《中国自然岩壁人工凿点、装人工支点线路记录》,盗版岩与酒论坛,2012年—2014年,http://bbs.rockbeer.org/forum.php?mod=viewthread&tid=1241670048&extra=page%3D1。
55. "传统路线绝对不允许打岩钉……钉,绝对拆除!"白河攀岩基金编《北京攀岩指南》,第122页。
56. "Climber的故事应该被记录下来。"这句话是白河攀岩者张忻在90年代末说的,后来被王滨

660

转述给伍鹏，最后被伍鹏发扬光大，广为流传。

57. "这话说到了我的心坎里。"伍鹏（自由的风）：《中国自然岩壁人工凿点、装人工支点线路记录》。
58. "本次攀登的缘起是因为一个逝去的先行者……王二有了攀登扎金甲博的意向。"伍鹏：《轻装快速攀登扎金甲博塔峰》，旗云探险网站，2010年，http://gviewchina.com/showtxt.asp?id1=2&id=181。
59. "中高海拔大岩壁不再遥不可及。"何川：《鲨鱼峰初探》，旗云探险网站，2010年，http://gviewchina.com/showtxt.asp?id1=2&id=195。
60. "他并没有感到意外，甚至还有些蠢蠢欲动。"本书作者采访魏宇，2021年。

5

61. "2004年的一天，她参加了……有一帮攀岩老炮常年混迹于野外。"书中魏宇视角的在场叙述、对话及心理活动，若无特别说明，均源于本书作者于2021年的采访。
62. "他受伤的消息惊动了大半个北京攀岩社区，许多攀登者纷纷前来探望。"李悦：《自由的像风一样》。
63. "那一天夜里……从8米高的地方坠落。"本书作者采访魏宇、王滨，2021年。
64. "看着她憔悴的小脸我觉得好可怜好心疼。"参见伍鹏（@自由的风）微博，2013年6月18日。
65. "让我顿时觉得生活美好。"参见伍鹏（@自由的风）微博，2014年6月27日。
66. "智慧树、竹兜、蓝考拉。"白河攀岩基金编《北京攀岩指南》，2015年，第50页。
67. "我其实对我现在的生活特别满意……这就是我能想到的最美的生活。"黄际沄（豌豆）：《完美生活》。

6

68. "中国西藏攀登世界14座海拔8000米以上高峰探险队"，《西藏登山队 我们是这样登顶高峰的》，《西藏体育》，2007年3月刊。
69. "这支队伍凯旋归国后……上报纸，出画册，接受央视的采访。"《西藏14座高峰探险队凯旋》，新华社，2007年8月23日，http://discovery.cctv.com/20070823/100522.shtml；中国登山协会、西藏自治区体育局联合编制：《艰难的历程 光辉的顶点》，人民体育出版社，2007年。
70. "国旗和脚印止步于了海拔8030米。在距离洛阿特峰真顶1小时的路程上，没有再看到国旗或脚印。"原文：We have learned from very reliable sources that most of the expeditions that summited on Broad Peak early this season including Chinese, Pakistani, and Estonian and many others might not have reached the true summit which is 8047 meters. Our source tell us that on the Rocky summit, which is 8030 meters, they saw flags and foot prints of many expeditions. But on the true summit, which is one hour further up and they did not see any flags or foot prints there. K2news, 8/9/2001.
71. "实则是个假顶。"藏队对外公布的"登顶照"中的背景，也印证了国际登山界的质疑。夏仲明在《十四座8000米，到底怎样算完成？》《8000米顶峰在哪里》等文中予以详细辨析、解读。由于藏队对此并没有正面回应过质疑，这一争议在国际上保留至今。
72. "1998年，杨春风参加了……有一种不达目的誓不罢休的精神。"王铁男：《杨春风，你的生命本应属于雪山》，2016年6月23日，https://mp.weixin.qq.com/s/lmrT5qdi-w5_597XCgIfsg。
73. "2002年冬天，杨春风以协作身份参与了……特别是全新的登山理念。"同上。
74. "老去的父母代养着幼子……不知未来会飘去何方。"湘君：《奇记，奇迹》，北京：北京出版社，2019年。
75. "十多年后，中国成为……每五名珠峰登山客中，就有一名来自中国。"以疫情前后两年春季珠峰登山季为例。2019年数据参见梁璇：《8000米之上的拥堵？珠峰困россия何止于此》，《中国青年报》，2019年6月18日；2023年数据参见刘美玉：《名列前茅 将近100名中国登山者来尼泊尔登珠峰》，南亚网络电视网，2023年4月24日，https://www.sicomedia.

注释

com/2023/0424/19967.shtml。

76. "杨春风与队员成功登顶道拉吉里峰后……一直昏迷到第二天。"小毛驴:《道拉吉里山难录》,《户外探险》杂志,2010年7月刊。
77. "他的组队方式和登山管理受到了各种质疑和批评……像孩子一样号啕大哭。"王铁男:《杨春风,你的生命本应属于雪山》。
78. "第一个报名的……'别人不跟你,我跟。'"湘君:《奇记,奇迹》。
79. "每年都拿出1万元抚恤……让中国的民间登山走出国门走向世界。"王铁男:《杨春风,你的生命本应属于雪山》。
80. "他们叫嚣着'Taliban! Al Quaeda! Surrender!'"David Roberts, "Inside the Nanga Parbat Murders", *Outside*, Jul 30, 2013, https://www.outsideonline.com/outdoor-adventure/climbing/inside-nanga-parbat-murders/.
81. "登山者被分成两排,跪倒在营地前的空地上。"李翊:《张京川:亲历巴基斯坦恐怖袭击事件》,《三联生活周刊》,2013年第27期,第94—98页。
82. "杨春风安慰他,这些人只是劫财。"张京川自述《枪口下死里逃生 张京川讲述雪山下的惊魂一夜》,《谢谢了,我的家》节目,"央视网",2018年3月3日,https://tv.cctv.com/2018/03/03/VIDETgWrJqs0dymt0P8boXnD180303.shtml。
83. "事后声称对此事件负责的巴基斯坦塔利班逊尼派分支", David Roberts, "Inside the Nanga Parbat Murders"。
84. "他们的目标不只是钱财,而是这群登山者当中唯一的美国人:美籍身份的登山者陈宏路。"吴艳洁:《巴基斯坦十名登山者遭屠杀事件,美籍华人为主要目标》,"澎湃新闻",2014年7月1日,https://www.thepaper.cn/newsDetail_forward_1253659。
85. "该组织的第二把手被美国无人机袭击致死而复仇", David Roberts, "Inside the Nanga Parbat Murders"。
86. "陈宏路没有顺从武装分子的摆布。惊慌失措的武装分子开枪击毙了他。"吴艳洁:《巴基斯坦十名登山者遭屠杀事件,美籍华人为主要目标》。
87. "一名登山者恳求道,我不是美国人,我不是美国人。" Peter Miller, "Climbers Recount Murder on Famous Pakistan Peak", *National Geographic*, June 29, 2013, https://www.nationalgeographic.com/adventure/article/130628-nanga-parbat-pakistan-mountaineering-climbers-world-murder-poland-nepal-china-lithuania.
88. "突突突突、突突突突、突突突突。枪声响了三次。"同上。
89. "在枪声响起的那一刻……他的鲜血溅到了张京川的脸上。"张京川自述《枪口下死里逃生 张京川讲述雪山下的惊魂》。
90. "张京川是武警出身……藏在悬崖下。"同上。
91. "我躲在冰裂缝中……可能脱险了。"李翊:《张京川:亲历巴基斯坦恐怖袭击事件》。
92. "张京川身上还穿着单衣单裤,不知过了多久,渐渐觉得有些冷了。"张京川自述《枪口下死里逃生 张京川讲述雪山下的惊魂》。
93. "他悄悄地匍匐回到营地……打给国内寻求救援。"李翊:《张京川:亲历巴基斯坦恐怖袭击事件》。
94. "全副武装的巴基斯坦军人下了飞机,迅速把张京川包围起来,确认他的身份。"张京川自述《枪口下死里逃生 张京川讲述雪山下的惊魂》。
95. "三名乌克兰登山者、两名斯洛伐克登山者、一名立陶宛登山者、一名尼泊尔夏尔巴、一名巴基斯坦厨师", David Roberts, "Inside the Nanga Parbat Murders"。
96. "心里的痛苦无以言表,'感觉自己的魂魄已经丢在那里了'。"张京川自述《枪口下死里逃生 张京川讲述雪山下的惊魂》。

7

97. "在长达两个多世纪的登山历史中……是完全没有先例的。" David Roberts, "Inside the Nanga Parbat Murders"。

98. "这次事件对巴基斯坦北部山区的旅游业造成重创。许多登山者都取消了原定的攀登计划。" Ed Douglas, "Facing down the Taliban on the Himalayas' killer mountain", *The Guardian*, 5th Jan 2014.
99. "山野井泰史是日本首屈一指的登山高手……他去了趟四川西部旅行。"（日）泽木耕太郎：《冻：挑战人生极限的生命纪录》，马可孛罗文化事业股份有限公司，2010年。
100. "在川内著名探险向导张少宏的带领下……来到布达拉峰的脚下。"本书作者采访张少宏的兄弟张继跃，2021年。
101. "他没有被伟大的幺妹峰吸引住……并开辟了一条全新的高海拔大岩壁路线，'加油'。"（日）泽木耕太郎：《冻：挑战人生极限的生命纪录》。
102. "在山野井泰史之后，刘喜男、阿成、李红学、邱江……" 刘喜男与阿成在2006年5月、9月先后两次尝试失败。之后，李红学和拖鞋搭档，邱江和阿东搭档，邱江和古古搭档，几次尝试均以失败告终。
103. "2012年，自由攀登者古古与搭档……登顶了布达拉峰北壁。"古古：《虔诚的朝圣 2012布达拉峰攀登报告》，旗云探险网站，2012年，http://www.gviewchina.com/showtxt.asp?id1=2&id=252。
104. "早在几年前，何川就在《龙之涎》纪录片的拍摄过程中认识了孙斌。"李嘉（导演），《龙之涎》（纪录片），2008年。
105. "孙斌拉到了每年近百万的赞助"，本书作者采访孙斌，2021年。
106. "孙斌的'巅峰探游'公司年销售额达800多万"，吴晨飘：《从北大山鹰到巅峰探游，登山家孙斌想要的只是一家小公司 | 创业熊》。
107. "孙斌常年带着窦骁、老狼等明星爬遍七大洲最高峰，在综艺节目中频频曝光。"欧大明：《步履不停：〈奇遇人生〉第三集查亚峰导演手记》，豆瓣评论，2018年10月10日，https://movie.douban.com/review/9697462/。
108. "何川依旧面不改色地对孙斌说……我觉得是时候离开了。"何川与孙斌的争吵对话参考裂缝拍摄的纪录片《"加油"——布达拉峰的攀登》，2013年。
109. "2013年，四姑娘山脚下的日隆镇，正式更名为'四姑娘山镇'。"贾宜超：《四川小金县"日隆镇"更名"四姑娘山镇"提高知名度》，"央广网"，2013年10月29日，http://news.cnr.cn/native/city/201310/t20131029_513966456.shtml。
110. "这一年，李宗利团队在双桥沟日月宝镜山开辟了新路线'训练日'。"柳志雄（路人柳）:《柳志雄 李宗利 迪力日月宝镜新路线攀登报告》，8264论坛，2013年4月9日，https://www.8264.com/viewnews-84823-page-1.html。
111. "王二与邱江的团队在双桥沟鹰嘴岩上开辟了新线路'353年的梦想'。"王志明：《鹰嘴岩攀登报告——353年的梦想》，旗云探险网站，2013年9月，http://gviewchina.com/showtxt.asp?id1=2&id=261。

8

112. "在群里商议着，十周年了，要不要再去一次。"王滨（bince）:《2014年8月婆缪峰攀登报告》，盗版岩与酒论坛，2014年9月25日，http://bbs.rockbeer.org/forum.php?mod=viewthread&tid=1241670653&extra=page%3D1。
113. "他跟公司提出了辞职"，本书作者采访魏宇，2021年。
114. "也许是他们不懂……在办公室里是等不来的。"李悦：《自由的像风一样》。
115. "就连他最好的朋友王磊……伍鹏都没有同意。"本书作者采访魏宇，2021年。
116. "伍鹏为几位老友准备了一份特别的惊喜……那顶帽子伴随着他每次平安归来。"同上。
117. "伍鹏提前两个半小时出门……一边重新买票。"同上。
118. "伍鹏说，他有一次撒龙达，山上的风把它们全部带走，一片都没有落在原地。"赵忠军（四处走走）：《2014年8月婆缪峰攀登报告》，盗版岩与酒论坛，2014年9月25日，http://bbs.rockbeer.org/forum.php?mod=viewthread&tid=1241670630&extra=page%3D1。
119. "估计我可能还需要1~2天的适应，才能把身体调节到最好的状态。"伍鹏（@自由的风）微

注释 663

博,2014年8月11日。
120. "下次我们搞一个不插电的复古攀登如何?连手表都得是机械的。"王滨(bince):《2014年8月婆缪峰攀登报告》。
121. "一觉醒来,伍鹏感觉好多了,只是还有点头疼。"同上。
122. "他的心还是被击中了。"本书作者采访王滨,2021年。
123. "王大、伍鹏和赵四流下眼泪……赵四说,2034。"这段场景来自王滨、伍鹏、赵忠军当时拍摄的视频素材,2014年。
124. "伍鹏看着这些充满回忆的装备……三个人哭了哭,又笑了笑。"王滨(bince):《2014年8月婆缪峰攀登报告》。
125. "下午6点,他们爬到了……你没事可以搞一下创作。"正式攀登过程参见王滨、赵忠军、罗柳生三人的攀登报告,2014年;四名攀登者沿路拍摄的视频素材,2014年;本书作者采访王滨,2021年。
126. "最有艺术才华的攀岩者",小毛驴:《自由攀登者的自由杂谈》,《山野》杂志,2007年6月刊,第36页。
127. "王大心想,他们没爬多远,速度还是太慢,后面的路线越来越难。"王滨(bince):《2014年8月婆缪峰攀登报告》。
128. "王大有些孤独。"本书作者采访王滨,2021年。
129. "半夜12点,米老鼠里传来了……'他俩还能自己走吗?'"这组对话参见王滨与罗柳生的攀登报告,2014年。
130. "王大暗下决定,等到下午2点还没有回应,他必须想办法下山求救。"王滨(bince):《2014年8月婆缪峰攀登报告》。
131. "嘿嘿,度假又变成玩命了,这次玩大了吧。"同上。
132. "这次玩得有点大。"赵忠军(四处走走):《2014年8月婆缪峰攀登报告》。
133. "这天晚上,伍鹏翻了两次身,他说他尿在了裤子里。"同上。
134. "早上6点多,云开见天……雄伟的山体在山谷间显露真容。"这处环境描写参见赵忠军、罗柳生拍摄的照片,2014年。
135. "他问伍鹏:'还记得你的搭档吗?'……伍鹏突然转过头,惊讶地望向赵四",这组对话内容与伍鹏的面部表情描写,来自赵忠军拍摄的视频素材,2014年。
136. "伍鹏颤颤巍巍地用手把身体撑起来……直到消失在婆缪峰的浓雾之中。"伍鹏坠崖的整组动作参见赵忠军、罗柳生的攀登报告,2014年;环境描写来自赵忠军、罗柳生拍摄的视频与照片,2014年。
137. "这个地方像极了墓地,而我们就是幸存者。"赵忠军(四处走走):《2014年8月婆缪峰攀登报告》。
138. "王大脑袋嗡的一下……没有继续发问。"本书作者采访王滨,2021年。
139. "赵四蜷缩在王大旁边,身子不停地打战,捧着水杯的手不住地狂抖。"王滨拍摄的视频素材,2014年。
140. "让王大吃惊的是",本书作者采访王滨,2021年。
141. "王大在绳子上想了很久",同上。

9

142. "在色尔登普峰上经历了10天……一直喝到半夜10点多。"王二:《Chaprter 1 风的镇魂曲》,盗版岩与酒论坛,2014年9月25日,http://bbs.rockbeer.org/forum.php?mod=viewthread&tid=1241670653&extra=page%3D1。
143. "就在这时,王二收到了……出大事了。"同上;本书作者采访王志明、马德民,2021年。
144. "伍鹏,自由的风……你居然敢掉下去!!!"王二:《Chaprter 1 风的镇魂曲》。
145. "他们刚钻进吊帐准备休息……立即赶回镇上和众人会合。"何川(小河):《2014婆缪峰山难搜救报告》,盗版岩与酒论坛,2014年9月25日,http://bbs.rockbeer.org/forum.php?mod=viewthread&tid=1241670638&extra=page%3D1。

664

146. "我不想这样的……箩筐在一旁沉默着。"王二：《Chaprter 1 风的镇魂曲》。
147. "听完的一刻，以我有限的经验……甚至我曾经以为不会再刺痛了。"同上。
148. "她心想，川歌也两岁……怎么我们的川歌就遇上这种事？"本书作者采访魏宇，2021年。
149. "魏宇倒还有些奇怪"，同上。
150. "魏宇还是抱着幻想，希望还有奇迹。"同上。
151. "晚上七点半，正在四姑娘山一带的自由攀登者们……都来到了三嫂客栈。"人物名单整理自当时拍摄的视频与照片素材，2014年。
152. "王大、赵四和箩筐分别讲述了……三名幸存者一一作答。"会议内容源自当时的音频录音，2014年。
153. "王二因家人极力反对他再上山，就留在了镇上。"王二：《Chaprter 1 风的镇魂曲》。
154. "何川脑海中时而浮现出各种可能性……要是我们找不到伍鹏怎么办？"何川（小河）：《2014 婆缪峰山难搜救报告》；本书作者采访何川，2021年。
155. "从遗体的伤痕判断……似乎没有遭受太多痛苦。"遗体情况参考现场照片，2014年；本书作者采访何川，2021年。
156. "放心吧，我会照顾好爷爷奶奶。"本书作者采访何川、魏宇，2021年。
157. "她心里的一些东西轰然倒塌掉。"本书作者采访魏宇，2021年。
158. "孙斌在半山腰找到了……山上又下起了小雪。"坟冢环境参考现场照片，2014年；本书作者采访孙斌、何川，2021年。

10

159. "有一天晚上，魏宇在梦里……魏宇从梦中惊醒。"本书作者采访魏宇，2021年。
160. "很多个像这样的傍晚，我们在操场上玩……乖乖今天乖不乖？"参见魏宇微博（@魏宇gogo），2014年9月1日。
161. "在许多攀登者的印象里，伍鹏就是这样一个无私地开线、维护岩壁，并把自己的热情奉献给白河社区的人。"王琢：《纪念自由的风》，《户外探险》杂志，2014年10月刊；黄际沄（豌豆）：《完美生活》；本书作者采访王滨、何川，2021年。
162. "这是中国有史以来视角最全面的登山事故报告。"魏宇整理的事故报告涵盖了所有幸存者的视角，以及搜救者、第三方观察分析的视角。在本书作者的观察中，其全面程度在中国登山历史中是空前的，目前来看也是唯一的。
163. "完整的事故报告，对于我……这就像你记录自然岩壁安装人工点、裂缝边打挂片。"魏宇记录在手机中的日记，2014年9月18日。
164. "王二对这次事故做了深刻的总结……以及Bivy（露宿）点没有建立保护站。"王二事故总结分析，盗版岩与酒论坛，2014年9月25日，http://bbs.rockbeer.org/forum.php?mod=viewthread&tid=1241670653&extra=page%3D1。
165. "许多攀登者还在事故报告中观察到，执意冲顶时的伍鹏，已经完全不是平日里那名严谨而理性的攀登者了。"比如其中一例为夏仲明（陶瓷虾）的观察："冲顶部分所看到的风总，和我们印象中的风总判若两人了。"此外，王大、王二、何川等人看到攀登报告中的伍鹏冲顶状态，也认为这并不是平常严谨而理性的伍鹏。
166. "在2014年8月之后，2015年、2016年、2017年"，参见历年魏宇去四姑娘山祭奠时发的帖子，盗版岩与酒论坛，2015—2017年。
167. "从伍鹏离开那一年起，一到周末，通往白河峡谷的公路上就开始堵车。"董俊、宋明蔚：《白河攀岩》。
168. "半个世纪前，美国那帮'垮掉的一代'找到了优胜美地"，Peter Mortimer, Nick Rosen, Josh Lowell (Directors) (2014). *Valley Uprising*; Steve Roper, *Camp 4: Recollections of a Yosemite Rockclimber*.
169. "仅出现过一次攀岩者意外身亡的案例。"张剑：《年轻男子野山攀岩坠亡》，《京华时报》，2011年10月7日。由于《京华时报》已休刊，该新闻可参见于腾讯体育网站，2011年10月7日，https://sports.qq.com/a/20111007/000038.htm。

注释

170. "严禁赌博,严禁贩毒,严禁卖淫、嫖娼和攀岩。"董俊、宋明蔚:《白河攀岩》;本书作者采访目击者、白河攀岩者陈晖,2020年。
171. "优胜美地的嬉皮士们行事高调……许多行事乖张的攀岩者被捕。"Peter Mortimer, Nick Rosen, Josh Lowell (Directors) (2014). *Valley Uprising*.
172. "在白河地区的287条攀岩路线中,就有115条无法继续使用。"周鹏:《北京到底有多少条攀岩线路?》,微信公众号"享攀",2020年5月7日,https://mp.weixin.qq.com/s/pHNTPPAYtAshkxhWZB-PHg。
173. "白河黑龙潭景区找到当地爬剌子的居民……他们毁掉了二十年来白河攀岩者开辟的数十条线路。"董俊、宋明蔚:《白河攀岩》。
174. "为加强水源保护……两岸攀岩、烧烤等违法行为。"这条投诉与官方回复在@蓝鱼作坊_vuu的微博上,2019年3月8日。
175. "保护水源和防火规定攀岩者是认可并赞同的,同时攀岩活动和上述规定并不矛盾是每个攀岩者的切身认知。"董俊、宋明蔚:《白河攀岩》。
176. "2015年,何川历经八天八夜,成功独攀华山南峰大岩壁",张星云:《何川:自由地攀岩》,《三联生活周刊》,第853期。
177. "这些年失去了太多重要的伙伴……使这个世界变得越来越寂寞。"参见王滨微博(@PapaBince),2014年9月15日。
178. "在那十年里,在论坛上发布了近6万篇帖子。"数据源于本书作者的统计,准确数字是57918篇帖子(不包括回复帖),盗版岩与酒论坛,2003—2014年。

第四部

1

1. "高考成绩出来了……再传到下一条流水线。"书中黄思源(阿左)视角的在场叙述、对话及心理活动,若无特别说明,均源于本书作者于2021年6月、2022年12月、2023年2月采访。
2. "再学着《荒野生存》书中主人公自封'超级背包客'的样子",(美)乔恩·克拉考尔:《荒野生存》,北京:中国人民大学出版社,2008年。
3. "他为此付出了从此一吃海鲜就反胃的代价。"本书作者采访王偑鑫,2022年。
4. "位于川西腹地的央莫龙峰可能是其中技术难度最高的未登峰。"Gwen Cameron, "Tamotsu Nakamura, Sichuan's Most Outstanding Unclimbed Peaks", *Alpinist*, 9th June, 2010, http://www.alpinist.com/doc/web10s/wfeature-nakamura-sichuan-unclimbed-peaks.
5. "曾山和阿苏站在央莫龙峰的山顶……纪念故去的友人。"三次攀登过程参见博天拍摄的纪录片 *To Be First : the Quest for Yangmolong*,2014年。
6. "2011年度的金犀牛最佳攀登成就奖",第六届中国户外金犀牛奖,《户外探险》杂志,2012年2月刊。
7. "曾山带着印好的名片来到现场……谦卑地伸出双手献上名片。"本书作者在现场观察,2012年10月。
8. "只见曾山领着一个人走进来……这些以前都是刃脊的。"本书作者采访曾山、黄思源、马一桦,2021年,2022年。

2

9. "从飞机刚落地的那一天起……他后来多次来到温哥华周边的山区考察攀登路线。"马一桦:《加拿大的登山户外环境》,《山野》杂志,2009年8月刊,第37—45页。
10. "我想在一些俱乐部找到搭档……看能不能有人希望去登大一些的雪山。"同上。
11. "与四川的雀儿山冰川相比一点不过分。"同上。
12. "格聂神山是四川著名的神山之一……但还没有中国登山者爬上这座神秘的山峰。"孙有彬:《格聂:遗世独立的"第十三女神"》,《中国国家地理》杂志,2009年第9期。

13. "美国著名登山探险公司疯狂山峰的掌门人",承接本书第二部第19章。疯狂山峰掌门人斯科特(Scott Fischer)于著名的1996年珠穆朗玛峰山难去世后,该公司几近破产。第二年,斯科特的友人克里斯蒂娜·博斯科夫收购了疯狂山峰公司。2005年,该公司净收入已达50万美元,成为世界第一的商业探险公司。参见乔恩·克拉考尔:《进入空气稀薄地带》。
14. "12月4日,他们没有登上回国的飞机,这引起了……希望能协助搜救。"Johanna Garton, *Edge of the Map: The Mountain Life of Christine Boskoff*.
15. "半年后,曾山再度率领……曾山直到多年以后也不住地感到惋惜。"本书作者采访曾山、陈力、张伟,2021年。
16. "2011年秋天,马一桦回到四川……马一桦将格聂神山的这条新路线命名为'传承之路'。"马一桦:《传承之路》,《户外探险》杂志,2013年2月刊;马一桦:《传承之路:格聂峰国人首登记》,《户外》杂志,2012年12月刊;纪录片《传承之路:2012年国人首登格聂主峰》,bilibili网站,2022年7月13日,https://www.bilibili.com/video/BV1ar4y1j761/?vd_source=e13d8058fc31e7883b0af4ee6f687405。
17. "那个为登山而生、技术强悍、做事严谨的独行马又回来了。"马一桦自述贴《我是马一桦》中的网友留言,《8264勇者先行》栏目第三期,8264论坛,2012年12月16日,https://bbs.8264.com/thread-1551629-1-1.html。
18. "赞助商在北京……和这位传奇人物合影、索要签名。"参见@BIGPACK派格微博,2012年12月、2013年1月。
19. "8264论坛专门为马一桦……在帖子下面与网友互动。"马一桦自述《我是马一桦》,《8264勇者先行》栏目第三期。
20. "马一桦甚至还开通了微博",参见马一桦(@马一桦)微博,2012年。
21. "马一桦仔细研究了贡嘎山的不同山壁,也尝试申请了登山许可证。"本书作者采访马一桦,2021年。
22. "登山许可证似乎是一座比贡嘎山更庞大、复杂的大山。"要想申请攀登海拔7556米的贡嘎山主峰的攀登许可证,不仅要走通地方与省级的审批手续,还要通过林业局、体育局等方面共同运作。马一桦已经移民加拿大,且脱离国内登山"圈子"已有五年之久,这些都令许可证办理难上加难。
23. "那些绳索操作、技术装备、山峰资源、户外品牌与登山者的名字都掩埋于了他的记忆深处最后彻底消散掉。"本书作者在2021年采访马一桦时多次观察到,由于马一桦已有近十年没有接触国内登山界,他的生活与探险几乎没有交集,那些原本是本能反应的知识(比如户外品牌凯乐石的名字、尼泊尔的首都加德满都,以及众多知名登山者的姓名)如今已埋藏在记忆深处甚至彻底遗忘了。

3

24. "在横切的时候……阿左跌在一处平台上,并无大碍。"本书作者采访黄思源,2022年。
25. "阿左曾问过老师……然后你找到了一条漂亮的路线。"黄思源:《冰雪加冕》,《户外探险》杂志,2015年1月刊。
26. "参加过2014年与2015年年底……一个是不怎么爱说话的刘兴。"参考学员们的回忆文字,其中一篇如2014年学员写的文章,墨笙姑娘:《冰壁上的华尔兹——四姑娘山双桥沟攀冰记》,8264论坛,2016年5月30日,https://bbs.8264.com/thread-5297689-1-1.html。
27. "四个人站在顶峰处,静悄悄的,每个人都在享受登顶的这一刻。"黄思源:《冰雪加冕》。
28. "皇冠峰首登获得了当年金犀牛最佳攀登成就奖。"同上。

4

29. "你说严冬冬、周鹏是怎么出名的?"李佳霖、宋明蔚:《Outdoor人物|柳志雄:比山更高》,2018年11月30日,https://mp.weixin.qq.com/s/WPUKn8VId7Zr_5y68H2RIQ。
30. "这名敏感的卷发少年学会在日记中倾诉内心的情感……西藏大学戏曲专业。"柳志雄的日记从2005年11月5号开始，时断时续记录到2014年年中。本书作者在采写过程中通过同事李佳霖得以看到日记全本。

31. "他加入了雷风防灾减灾应急志愿者总队，成为队里的技术队长。"据柳志雄曾经的队友樊晓凡，2018年。
32. "路人嘛，无关紧要的人。"phyllis415：《老辣岩友人物第一期 —— 一种独特的"路人辣"》，8264论坛，2014年10月10日，https://bbs.8264.com/thread-2241599-1-1.html。
33. "馆长吴晓江注意到了他……同在生存者岩馆系统地学习攀岩。"本书作者采访吴晓江，2021年。
34. "目前为止（2022年），在攀岩这个事情上……两个都不是天赋型选手。"黄慧在大松果攀岩馆微信群里的聊天记录，2022年。
35. "在毕业答辩会上……'你不懂！'"李佳霖、宋明蔚：《Outdoor人物｜柳志雄：比山更高》。
36. "李宗利也注意到……小柳欣然应允。"本书作者采访李宗利，2018年。
37. "叶晓雨每次来岩馆……拿到了抱石项目的全国冠军。"李佳霖、宋明蔚：《Outdoor人物｜柳志雄：比山更高》。
38. "于我而言，这次攀登……给我带来的提高不是在技术层面，而是思想。"柳志雄日记，2013年。
39. "在下撤过程中，小柳发现……侥幸撤到山脚下。"柳志雄（路人柳）：《Graduation exam —— 阿妣峰攀登报告》，8264论坛，2014年10月12日，https://bbs.8264.com/thread-2243117-1-1.html。
40. "事实上，正是亚洲金冰镐奖组委会……周鹏这才提起了柳志雄的阿妣峰独攀。"本书作者采访周鹏，2023年。
41. "他在现场阐述这次的攀登过程……与亚洲顶尖攀登者之间的差距。"柳志雄（路人柳）：《8264"临时记者"的2014第九届亚洲金冰镐奖随行杂记》，8264论坛，2014年11月13日，https://bbs.8264.com/thread-2272114-1-1.html。
42. "这份职业的收入往往都不高"，本书作者观察国内大大小小的登山公司，全职教练的月薪往往不过两三千元。当然也有极特殊的例外，比如孙斌的巅峰探游公司，参见下文。
43. "还是混混（浑浑）噩噩地过着……你已经耗不起了。"柳志雄日记，2013年。
44. "他曾考虑去日本学习摄像与剪辑，托朋友联系过东京的多媒体学校。"行摄山岳在《和柳老师的约定 ——登新西兰最高峰Mt.Cook》帖子下的留言，8264论坛，2016年9月25日，https://bbs.8264.com/thread-5342912-1-1.html。
45. "在他的建议下，小柳决定……等去新西兰的时候一起爬库克山。"陈星宇（XiaoPang-Chen）：《和柳老师的约定 ——登新西兰最高峰Mt.Cook》。
46. "在双桥沟登山这几年……他说就几年都不得见了。"本书作者采访徐老幺夫妇，2021年。
47. "坑子比小柳大5岁"，柳志雄生于1988年9月，胡家平生于1983年10月。参见二人纪念碑。
48. "是上海一家攀岩馆的馆长……也是坑子为数不多的高海拔技术攀登经历。"李佳霖、宋明蔚：《Outdoor人物｜柳志雄：比山更高》。
49. "扎西，我登顶了……手很冷，我就挂了。"同上。

50. "前方最新消息……期待你平安下撤的好消息。"刘路鹏（大鹏）：《2014年11月28日下午4时许 柳志雄（路人柳）胡家平（DEEP坑）登顶幺妹峰 谨此纪念》，2014年11月28日，8264论坛，https://bbs.8264.com/thread-2283137-1-1.html。
51. "按照约定的时间……依旧没望到幺妹峰上有二人的身影。"李佳霖、宋明蔚：《Outdoor人物｜柳志雄：比山更高》。
52. "徐老幺心想……徐老幺跟他们描述了上方的情况。"本书作者采访徐老幺，2021年。
53. "中登协公布的事故报告"，高敏：《2014年11月30日-四川省阿坝州幺妹峰-滑坠身亡》，中国登山户外运动事故信息平台，2015年1月19日，https://cmasports.sport.org.cn/zt/xxpt/sgkx/2015/0119/238811.html。
54. "临行前，曾山还特别嘱咐他找到遗体后要如何操作。"本书作者采访曾山，2021年。

55. "他们登顶那天的天气格外晴朗。他们在顶峰上依次展开了赞助商的旗子。"本书作者亦看过这段视频素材，2018年。
56. "小柳曾计划过，假如他们登顶了幺妹峰，就将这条新路线命名为'勒满'。"李佳霖、宋明蔚：《Outdoor人物｜柳志雄：比山更高》。
57. "如果什么意外发生让我丢了性命……那是一种恩赐。"原文："If something ever were to occur and I wasn't-I were to lose my life, it wouldn't be a tragedy. Because I am doing what I love to do, what I burn to do. I go to sleep at night knowing that tomorrow I can again be free to do the thing I would love to do. It's a gift."据说这段话出自加拿大自然摄影师格雷戈里·科尔伯特（Gregory Colbert）。
58. "成都理工大学成立了柳志雄户外奖学金。"《校友柳志雄户外运动奖学金颁发仪式》，成都理工大学体育学院网站，2015年12月11日，https://tyxy.cdut.edu.cn/info/1062/1711.htm。
59. "许多学生都曾路过校园里的这块碑……好奇地打探着小柳学长的故事。"参见后文第23章，童章浩：《2021年 单人solo小贡嘎报告》。
60. "对于我李宗利来说……也没这么深刻地感受到死亡带给我们这么大的痛苦。"李宗利：《致留在山里的小柳》，8264论坛，2014年12月14日，https://bbs.8264.com/forum-viewthread-tid-2293828-extra--authorid-33818318-page-1.html。

6

61. "小海接到李宗利打来的电话时，正在青海玉珠峰上做背夫。"书中童海军（小海）视角的在场叙述、对话及心理活动，若无特别说明，均源于本书作者于2018年、2022年的采访。
62. "其传统路线的技术难度往往不高"，截至2023年，虽然中国商业山峰的平均技术门槛越拔越高，如今已出现婆缪峰、小贡嘎等技术型山峰的商业登山活动，但总体而言，绝大多数商业山峰难度往往不高。
63. "小海心想，从前向往的登山理念，都在他这里印证了。"本书作者采访童海军，2022年。
64. "先后有瑞士（1982年）……等国家的登山队登顶了贡嘎山主峰。"朱镕博：《贡嘎山域登山史（1932—2021）》，《户外探险》杂志，2022年9月刊。
65. "单单是在日本登山队1981年5月的攀登中，同在一支绳队的12名队员中就有8人葬身于此。"（日）阿部 幹雄：《生と死のミニャ・コンガ》，东京：山と溪谷社，2000年。
66. "贡嘎山主峰一度成为全球死亡率最高的山峰之一。"其死亡率堪比著名的杀人峰安娜普尔纳、K2与南迦帕尔巴特。Kris Annapurna, "Great Tales in Mountaineering History: Minya Konka, 1982", *Explorersweb*, 6th March, 2022, https://explorersweb.com/great-tales-in-mountaineering-history-minya-konka-1982/.
67. "可如果从山脚下海拔1580米的磨西镇算起，贡嘎山的相对高差达6000米。"单之蔷：《贡嘎山 敢与珠峰比美》，《中国国家地理》杂志，2003年9月刊，第54页。
68. "这让许多相对高差只有两三千米、位列'14座'众神殿的8000米山峰也相形见绌。"王·扎西尼玛：《贡嘎山：公路旁的极高山》，《中国国家地理》杂志，2006年10月刊，第278页。
69. "难怪近一个世纪之前，贡嘎山一度被误当作海拔9100多米（30000英尺）的世界最高峰。"Theodore Roosevelt, Kermit Roosevelt, Trailing The Giant Panda, *New York: Charles Scribner's Sons*, 1929.
70. "我们用了8个小时行进到线路下方时……完全不知道自己能做什么。"李宗利：《逐梦贡嘎｜2016年贡嘎主峰攀登报告》，8264论坛，2016年12月1日，https://bbs.8264.com/thread-5362841-1-1.html。
71. "他心想，谁他妈把手套扔在这里。"本书作者采访童海军，2022年。
72. "小海心想，既然小柳是李宗利的第一个学生……他一度把小柳当作精神领袖般看待。"同上。

7

73. "曾山指着巴朗山对面的这一排天然屏障……你看这一面就是大雪塘的北壁。"本书作者采访曾山、黄思源，2021年。
74. "曾山对阿左说过……破解了冬季攻克大雪塘三峰北壁的奥秘。"阿左、昊昕：《大雪塘三峰北面攀登报告》，微信公众号"成都领攀登山培训"，2016年2月23日，https://mp.weixin.qq.com/s/_n1NPMkHt4oNqkZroB6tgg。
75. "昊昕都在双桥沟度过整个冰季，他是为了这部电影才出沟回到成都。"李昊昕：《昊昕的2016年》，微信公众号"昊昕的自留地"（该账号已冻结），2017年2月6日，https://mp.weixin.qq.com/s/h4cdJfFH7OeL7fGZmBCYrA。
76. "你们还不进沟？……好，那就走。"本书作者采访黄思源，2021年。
77. "我和阿左在肯德基敲定了……我都记得很清楚。"李昊昕：《昊昕的2016年》。
78. "一路上，两个人很聊得来……一路上他们又遇到麂子、獾等各种野生动物。"阿左、昊昕：《大雪塘三峰北面攀登报告》；昊昕：《野生动物园——大雪塘三峰北面新线路攀记》，8264论坛，2016年4月4日，https://www.8264.com/youji/5241854.html。
79. "等爬到了第三天……爬向那金色的顶峰。"同上。
80. "阿左心想，这下死定了。"阿左、昊昕《大雪塘三峰雪崩分析报告》，微信公众号"成都领攀登山培训"，2016年2月24日，https://mp.weixin.qq.com/s/cptpElhnc8KhZHlgsaMp3A；本书作者采访黄思源，2021年。
81. "在雪崩发生的一瞬间，昊昕感到雪面向下一沉……昊昕的眼眶湿润了。"同上。
82. "两个小时后，昊昕失望地……昊昕看得很心酸。"昊昕：《野生动物园——大雪塘三峰北面新线路攀记》。
83. "小的时候，昊昕的父亲……姨妈把他当儿子一样看。"本书作者采访黄思源、王培嘉（蹄子），2021年。
84. "我家里还有一个妈……交给我好了。"本书作者采访黄思源，2021年。

8

85. "他考上了西北工业大学机电学院的飞行器制造工程专业。"本书作者采访黄思源、王培嘉，2021年。
86. "西工大的王牌专业"，西北工业大学飞行器制造工程专业长期在国内同类专业中排名第一，西工大机电学院网站，2022年11月1日，https://jidian.nwpu.edu.cn/info/1109/4920.htm。
87. "2005年9月的一天，昊昕独自……这便是昊昕留给室友们的第一印象。"昊昕室友9528：《登山，则情满于山》，微信公众号"多睡善饭"，2019年8月23日，https://mp.weixin.qq.com/s/Rf-E9gTXn99LVFFkrYxRzw。
88. "李昊昕身上有一种无所谓的气质……不是那种传统意义上的好学生。"同上。
89. "曾有个未经证实的传闻说……昊昕再次潇洒地离开了学校。"本书作者采访王培嘉，2021年。由于该信息并非一手信源，故在文中写为"未经证实的传闻"。
90. "如果用文学谋生，我觉得玷污了它的美好。"李亚楠：《野孩子》，《北京日报》，2013年11月25日。
91. "他跟我们显摆店里的小姑娘如何甜而嗲地喊他Chuck哥。"9528：《登山，则情满于山》。
92. "他选择在乔布斯逝世一周年的那一天离开。"同上。
93. "他时常念起拜伦的一句诗"，李亚楠：《野孩子》。
94. "王培嘉（蹄子）就是在那时认识昊昕的。"书中王培嘉视角的在场叙述、对话及心理活动，若无特别说明，均源于本书作者在2021年采访。
95. "昊昕的存款就在这几年差不多都花光了。"本书作者采访王培嘉，2021年。
96. "昊昕和同事合伙，在拉萨的仙足岛开了家客栈。"同上。
97. "昊昕甚至还上了《中国国家地理》杂志的封面"，《中国国家地理》杂志封面，2016年07期。
98. "有一次，母亲的病情恶化……满脸兴奋地开着一些不正经的玩笑。"本书作者采访王培嘉，2021年。
99. "他明白自己要变得更强……昊昕和女朋友度过了一段美好的时光。"李昊昕：《昊昕的2016年》。

100. "小树是在上海工作的白领,在一家营销咨询公司上班。"书中王佩鑫视角的在场叙述、对话及心理活动,若无特别说明,均源于本书作者于2022年采访。
101. "阿左总是会想……岂不是连朋友都做不成了。"这段心理活动来自小树后来问阿左当时的想法。本书作者采访王佩鑫,2022年。
102. "当时就在心里对自己说……仿佛一下子找到了人生的方向。"古古自述:《登山丨幺妹峰攀登是个怎样的历程》,2017年4月8日,https://mp.weixin.qq.com/s/7nkyPDEWhdkJqnnseST69A。
103. "那几天,古古不停地对阿左说……可以的,没问题。"本书作者采访黄思源、古奇志,2021年。

104. "2013年5月的一天清晨……李沐其停下教课,带领学生们排队遥望雪山",参见微博@在成都遥望雪山,2018年5月31日。
105. "连续10天的大雨过后……'7·14'成了标志性的一天",本书作者采访山峰学者魏伟,2021年。另参考微博@丘寒,2016年7月;邹滔:《被雪山夕照刷屏? 来篇技术帖教你认真看山》,微信公众号"博物生活",2016年7月15日,https://mp.weixin.qq.com/s/LYECrMXmAQME1Tv9PxPEmg。
106. "2016年,成都市政府大力防治城市由来已久的大气污染问题",《成都被要求2016空气PM10浓度下降6%》,四川省人民政府网站,2016年1月16日,https://www.sc.gov.cn/10462/12771/2016/1/16/10365416.shtml。
107. "自那之后,每一年雨季……身后孤高的幺妹峰。"2017—2021年在成都遥望雪山群观山记录参见《2021年在成都遥望雪山群观山数据发布》,微信公众号"在成都遥望雪山",2022年1月3日,https://mp.weixin.qq.com/s/XtMc7-GzYLXhFZKQi-qoSA。
108. "2017年11月9日这一天……再开心地呈大字形躺在山顶的雪地上。"参见《The View-幺妹峰攀登》,bilibili网站,2019年,https://www.bilibili.com/video/BV1zE411Y7GB/?share_source=copy_web&vd_source=7894189cdb1698c5bfa0ee4a054f6c8a。
109. "阿左随身带了一张小树的照片……在生日那一天发给了她。"本书作者采访王佩鑫,2022年。
110. "昊昕在一旁看得有些酸。"本书作者采访黄思源,2021年。
111. "幺妹峰作为阿式攀登水平的标杆……而且必会越来越强。"《户外盛典 · 金犀牛奖丨第12届中国户外最高荣誉揭晓!》,"凤凰网体育",2018年1月26日,http://sports.ifeng.com/a/20180126/55494642_0.shtml。
112. "有的人爬个珠峰都能上热搜……关注了关注了。"参见《The View-幺妹峰攀登》。

113. "攀登到第四天……三个人开始苟延残喘地撤下山去。"李宗利:《逐梦贡嘎丨2016年贡嘎主峰攀登报告》。
114. "我想成为李宗利。"本书作者采访童海军,2018年。
115. "然而在不熟悉的人面前,李宗利总是……包裹在心底最深处。"本书作者多次采访观察,2018年—2022年期间。
116. "小海在家里看到一则新闻,捷克登山者登顶了贡嘎主峰",古袅袅:《时隔十五年,捷克人登顶7556米的贡嘎主峰》,微信公众号"自由之舞icerock",2017年10月9日,https://mp.weixin.qq.com/s/Vqq_eajWjEdDSEfKUct38Q。
117. "Ken是地道的香港白领,说着不太标准的普通话。"书中Ken(何锐强)视角的在场叙述、对话及心理活动,若无特别说明,均源于本书作者于2021年采访。
118. "他成为班上爬得最好的学员之一。"参见同期学员的文章,墨笙姑娘《冰壁上的华尔兹——四姑娘山双桥沟攀冰记》。
119. "刘兴的生活重心总是围绕着领攀学校……没有太多自由攀登欲望的人。"本书作者采访黄思源、Ken、刘峻甫,2021年,2022年。

注释

120. "Ken已经思绪万千：出事了？出什么事？我们要不要去救援？"本书作者采访Ken，2021年。
121. "如果我死在山上……你就不用管我。"本书作者采访黄思源，2021年，2022年。
122. "过去的几年间，每当有朋友志存高山……让我在矛盾的痛苦中无法解脱。"Hayden Kennedy, "The Day We Sent Logical Progression", 26th Sep, 2017, https://eveningsends.com/the-day-we-sent-logical-progression/. 昊昕朋友圈里的这段话并没有直译原文，而是加入了自己的理解。
123. "凯尔·登普斯特"，美国杰出的青年阿式攀登者。他曾与老布搭档，在中国山峰上完成了一系列迄今为止最精彩的攀登，如天山雪莲西峰"白玉之路"、贡嘎山域爱德嘉峰"无人之境的玫瑰"、梅里雪山山域卡瓦格博II峰首登。
124. "海登与女友珀金斯在高山滑雪时遭遇雪崩……人们在雪中挖到了珀金斯的遗体。"Doug Schnitzspahn, "The Life and Death of Mountain Climber Hayden Kennedy", *Men's Journal*, May 24, 2018, https://www.mensjournal.com/adventure/the-life-and-death-of-mountain-climber-hayden-kennedy.
125. "马科斯提出，希望能在日乌且峰立一块刘兴的纪念碑。"本书作者采访黄思源，2022年。
126. "曾山望着他，心想……他在碑前一个人默默地哭了。"本书作者采访曾山，2022年。

12

127. "Halu和朋友慕名来四川攀登四姑娘山的玄武峰。"本书作者采访黄思源、Ken，2021年。
128. "我心里戚戚然，竟然能够认识到那么厉害的高手。"参见Halu脸书公共主页（@人生就是不停的训练），2019年3月2日。
129. "这名香港少年拎着半满的行李箱，尝试融入英国社会。"参见Stanley脸书（@Stanley Ng Ka Kit），2016年8月22日。
130. "他住在英格兰南海岸的寄宿家庭……他背上背包畅游欧洲各地。"Stanley:《旅行》，Stanley博客REALISATION，2013年11月6日，https://stanleynkk.wordpress.com/2013/11/06/。
131. "旅途上往往只有大自然带给我最大的感动与共鸣，而人所给予我的是无限的疑惑。"同上。
132. "他的攀山启蒙之地是苏格兰。"Stanley:《阿尔卑斯的冬天——传承·第一章》，Stanley脸书公共主页野人旅志 ALLEZ LA，2019年1月14日。
133. "第一次来的时候……反过来变成我的动力。"黄思源、李昊昕在霞慕尼采访Stanley，2018年。
134. "只要有面包、浓缩咖啡和一点啤酒，就可以度过数个月。"同上。
135. "他的父母在香港开一家宠物用品店，大哥在法国读书，全家人过着较为富裕的生活。"本书作者采访Mandy，2022年。
136. "在兄弟俩小的时候……他的父母也是背包客。"Stanley:《旅行》。
137. "在他18岁那年，母亲找来一名算命师……他始终无法准确地记住。"Stanley:《山脉——第一章》，Stanley博客REALISATION，2013年11月8日，https://stanleynkk.wordpress.com/2013/11/08/；本书作者采访Mandy，2022年。
138. "那一天，算命师坐在他对面……感叹过去36个小时是如此漫长。"同上。
139. "Stanley总是无法向母亲解释清楚，他到底有什么理由必须冒险攀山。"同上。
140. "每每此时，他的契ewski就成为填补这裂隙的介质。"本书作者采访Mandy，2022年。
141. "吴家傑刚出生时……只好硬着头皮去求自己的老同学。"母亲写给Stanley的信。
142. "Stanley也越来越失望……为什么母亲一定要听算命师的话。"Stanley:《家书》，Stanley脸书@Stanley Ng Ka Kit，2016年2月25日。
143. "她也不理解……能有母亲重要吗？"母亲写给Stanley的信。
144. "父亲、母亲与高山……我将会失去那份让我活着的平静。"Stanley:《家书》。
145. "——吃了吗——嗯……不缺钱用吧？——嗯。"同上。
146. "母子之间开始用几千字的长邮件往来，这是他们唯一能心平气和的沟通方式。"本书作者采访Mandy，2022年。
147. "甚至为此没有参加毕业典礼。"同上。
148. "在Stanley的熏陶下，Mandy也开始……他说那里是他的第二个家。"同上。
149. "他在香港的家是一个一室一厅的屋子……这间工作室离父母的家有半小时车程。"同上。
150. "如果Stanley继续攀山，他将在27岁时 —— 2018年12月3日至2019年12月3日期间 —— 死掉。"本书作者采访Mandy，2022年；Stanley：《家书》。

13

151. "我不想再毫无结果地争论下去……亦予我一个不一样的角度去厘清事情。"Stanley：《家书》。
152. "他更喜欢这个旧名字。"本书作者采访Mandy，2022年。
153. "他最常阅读的一本书是《不去会死！》，一名日本旅行者辞去高薪工作，骑车环游世界的故事。"（日）石田裕辅：《不去会死！》，刘惠卿译，西游记文化，2006年。
154. "他时常拿在手边的另一本书是……在山野中寻找自我而死的故事。"（美）强·克拉库尔：《阿拉斯加之死》，庄安祺译，台北：天下文化，1998年。
155. "还喜欢造词"，本书作者采访Mandy，2022年。
156. "他的英文表达早已纯熟，但中文书写常常出现错别字。"同上。
157. "他希望能把自己写过的文字结集成书"，同上。
158. "舍弃了身边的所有，头也不回地……但我却不知何去何从。"Stanley：《相隔十年的巧合Ⅲ》，Stanley脸书公共主页野人旅志 ALLEZ LA，2018年8月3日。
159. "他从英国朴次茅斯港口出发……最终不过是感动了自己。"Stanley：《巧合或缘份Ⅲ 山田君—终章_回家的黑暗》，Stanley脸书公共主页野人旅志 ALLEZ LA，2018年8月25日。
160. "多骑一会便好了，再多翻越一个山丘，再扛一会……"参见Stanley脸书@Stanley Ng Ka Kit，2016年8月31日。
161. "我喘不过气，感到窒息。"Stanley：《巧合或缘份Ⅲ 山田君—终章_回家的黑暗》。
162. "他回到阔别已久的工作室……才逐渐从旅途过后的情绪中平复下来。"同上。
163. "我回到香港……解释一下这边是什么样的世界。"黄思源、李昊昕在霞穆尼采访Stanley，2018年。
164. "Stanley的心被这句话 —— 或者说这座山峰 —— 击中了。"Stanley：《阿尔卑斯式攀登Ⅲ Alpine Climbing Chasing the Phantom》，Stanley脸书公共主页野人旅志 ALLEZ LA，2018年8月11日。
165. "他在印度列城，爬了一座6000米入门级山峰。"Stanley：《6000米初体验 Ⅲ Taste Of The Thin Air with Beer》，Stanley脸书公共主页野人旅志 ALLEZ LA，2018年7月1日。
166. "这天傍晚，Stanley和搭档……探出脑袋张望。"Stanley脸书@Stanley Ng Ka Kit，2018年2月27日。
167. "他和朋友来喜马拉雅山放松心情……回归到各自的生活轨迹中。"Halu脸书公共主页@人生就是不停的训练，2018年8月6日。
168. "华人登山者在尼泊尔喜马拉雅山区开辟的仅有的几条新路线之一。"中国登山者在尼泊尔一侧喜马拉雅山的探险活动主要以商业登山为主，如珠峰、洛子峰的8000米商业登山活动，或岛峰、罗伯切峰的徒步型山峰的商业登山活动。中国登山者在这片喜马拉雅山脉，真正以完成未登峰或开辟新路线为目标的登山活动屈指可数。除了Stanley的这次攀登之外，有据可载的记录中只有2013年10月，自由攀登者刘勇在喜马拉雅Bamongo峰上开辟的新路线"切·格瓦拉之路"，并成为"首位在喜马拉雅山脉南坡完成未登峰的中国人"。
169. "当下我手心冒汗，心跳加速。这不单是我的梦，亦是他的梦，在瞬间仿似和他的灵魂系上了羁绊。"Stanley：《阿尔卑斯式攀登 Ⅲ Alpine Climbing_Chasing the Phantom》。
170. "他有些恍惚，我真的是要远行吗？对在国土扌起冰斧的概念依然感到一点奇妙。"参见Stanley脸书@Stanley Ng Ka Kit，2018年3月9日。
171. "在思绪中，再次纠结在中国登山界的定位问题上……一个我想看到的答案。"同上。
172. "我需要更多，不是训练，不是技术，反过来是身边的一个搭档，那个是最重要的部分。"黄

注释 673

思源、李昊昕在霞穆尼采访Stanley，2018年。

173. "18年的冬末……以及中国香港少数的阿式攀登追随者Kenneth。"Stanley：《国际登山向导IFMGA·第一章》，Stanley脸书公共主页野人旅志 ALLEZ LA，2019年3月13日。
174. "获奖视频短片 Catch The Air"，梦幻高山制作的这部影片曾获得2018年南山国际山地电影节最佳探索精神奖。
175. "整个阿尔卑斯地区……看看自己到底有几斤几两。"周鹏：《写在阿尔卑斯攀登之后》，微信公众号"享攀"，2017年12月21日，https://mp.weixin.qq.com/s/G_wGVtz0CDLUU40WSPGpCA。
176. "首位完成这一成就的中国大陆登山者"，早在2002年8月，台湾登山者曾庆宗与赖明佑完成过马特洪峰北壁的攀登。
177. "周鹏评价道，这是他登山以来爬过最难的一条线路。"周鹏：《阿尔卑斯三大北壁之大乔拉斯攀登报告》，微信公众号"享攀"，2018年12月24日，https://mp.weixin.qq.com/s/pCt5kWYKYVcRUimXAko_mg。
178. "法国著名登山者克里斯蒂安（Christian Trommsdorff）"，项冲：《Christian Trommsdorff 生活在高山上》，《户外探险》杂志，2014年10月刊。
179. "Stanley想起在大学期间……也许我会成为一位国际高山向导。"Stanley：《国际登山向导IFMGA Guide·申请条件》，Stanley脸书公共主页野人旅志 ALLEZ LA，2019年3月19日。
180. "首先，接受培训的门槛很高……冰岩混合路线、高山滑雪经验。" "Training and Assessment of Mountain Guides"，ifmga官方网站，2018年3月28日，https://ifmga.info/professional-mountain-guide/training-and-assessment。
181. "一名国际高山向导曾总结道……有时甚至10年、15年之久。"Dave Searle, "What is an IFMGA High Mountain Guide", Youtube, 2021年11月29日，https://youtu.be/fGBtRDFz2PQ。
182. "累计94天的培训阶段……还要在54天内通过6次考试与20天的实习期。" "Training and Assessment of Mountain Guides"，ifmga官方网站。
183. "一名合格的国际高山向导……也要颇有造诣。"同上。
184. "当一个国家中通过认证的国际高山向导……而亚洲地区只有日本和尼泊尔加入其中。" "Application by an Association to Join the IFMGA"，ifmga官方网站。
185. "Stanley后来单独跟克里斯蒂安请教了更多细节"，本书作者采访黄思源，2022年。
186. "他成为首位获得IFMGA课程资格的中国人。"Stanley：《国际登山向导IFMGA Guide·申请条件》。
187. "其间，阿左还参加了领攀在格聂山域的登山活动。"梦幻高山，《你好香巴拉——格聂山域攀登纪录片》，bilibili网站，2020年6月6日，https://www.bilibili.com/video/BV1ht4y1y7pd/?share_source=copy_web&vd_source=7894189cdb1698c5bfa0ee4a054f6c8a。
188. "他还在台湾一家门户网站开设了专栏，有时写写他在亚欧大陆骑行路上的奇遇，有时写写登山历史上的传奇故事。""野人训练营"专栏，换日线网站，2018年。
189. "他在上面系统地撰写一系列……等攀山主题的文章。"参见《野人旅志精选懒人包，各咨询文章传送门》，2019年，https://www.facebook.com/StanleyNGKK/posts/pfbid024q3fPnFVenGGQMNFf4gy7EGemZPi2uqWQQR7i2r8yZWi9si7VdmacZig4fXpY6Ugl。

190. "每天晚上9点准时关掉手机睡觉……喝到一定量之后，说停就停。"本书作者采访李宗利、童海军，2018年。
191. "李宗利的母亲不懂训练……李宗利用手比画着一只碗。"本书作者采访李宗利，2018年。
192. "2013年，他在博格达三峰攀登时……左臂严重擦伤。"李宗利：《2013年博格达（三峰）事故报告》，自由之巅论坛，2022年3月22日，https://bbs.mountainfree.cn/thread-25-1-1.html。
193. "我的力量达到身体重量的150%的强度。"李宗利：《我和小海在6800的石头上坐了一

674

194. "一周后,自由之巅的兄弟们……李宗利和小海向贡嘎主峰发起冲击。"同上。
195. "真正的攀登从一号营地开始……整个世界只剩下了他自己。"攀登过程参见李宗利:《我和小海在6800的石头上坐了一晚(2018年贡嘎报告)》;本书作者采访李宗利、童海军,2018年。
196. "我相信在晚上12点以后失明……对我们的眼睛造成直接伤害。"同上。
197. "毕竟他们手机测得的海拔数据……照片和环拍视频也并不清晰。"蒋麟、张肇婷:《61年后国人再登"蜀山之巅"四川人首次站在贡嘎之巅》,红星新闻,2018年10月24日。值得一提的是,2023年10月自然资源部最新公布的贡嘎山高程数据为7508.9米。
198. "相关部门经过了严格的把控和考证,才最终确定了我们的登顶认可并颁发了登顶证书。"李宗利:《我和小海在6800的石头上坐了一晚(2018年贡嘎报告)》;本书作者见到了这两张四川省登山户外运动协会颁发的登顶证书,2018年10月25日。
199. "我可以骄傲地说一句……一天上升900米,往返。"本书作者采访李宗利,2018年。
200. "只有偶尔与好友把酒言欢的时候,狂傲的真实性情才会再次展露出来。"本书作者多次在场观察,2019年、2021年。
201. "你一直想做一个这样的事情……跟那边也没啥区别的那种感觉。"本书作者采访童海军,2022年。
202. "据说人的细胞平均七年会完成一次整体的新陈代谢……也正好七年。"李佳霖:《2018年那些离我们而去的攀登者》,《户外探险》,2019年第3月刊。
203. "小海看到这段话后陷入了沉思……那么他自己该怎么选择?"陈楚俊(阿楚的视界):《登顶贡嘎的大神竟然选择回牧区放牦牛,究竟是为什么?一定要看到最后丨一位攀登者的独白》,bilibili网站,2022年9月14日,https://www.bilibili.com/video/BV1rG4y1q7rL/?share_source=copy_web&vd_source=7894189cdb1698c5bfa0ee4a054f6c8a。

16

204. "年轻人凭着一腔热血……减少死亡的风险。"(美)Mark F. Twight, James Martin:《极限登山》,严冬冬、孙斌译,北京:科学出版社,2009年,第8页。
205. "第一次成功……总有一天你会出意外。"黄思源、李昊昕在霞慕尼采访Stanley,2018年。
206. "他还和台湾山者完成了……在台湾登山界崭露头角。"萧添益:《纽兰特昆山北峰东南壁首登记录》,萧添益个人脸书,2019年4月12日。
207. "一抒心中的快意,痛快极了。"Stanley:《探索·中国野雪秘境·大哇梁子·首章》,Stanley脸书公共主页野人旅志 ALLEZ LA,2019年4月16日。
208. "近十年来,这里诞生了众多金冰镐奖……拿到金冰镐奖的提名",《户外探险》杂志编《金冰镐十年典藏》,2015年;American Alpine Club, The American Alpine Journal, *AAC Press*, 2010—2020。
209. "目前还没有中国登山者……发起过一次真正意义上的远征。"官方与商业登山探险活动并不在此之列。
210. "这种山形最容易点燃Stanley的激情。"阿左:《吾谁与归》,微信公众号"梦幻高山",2020年10月12日,https://mp.weixin.qq.com/s/vQ2ZqmIW7ob63E3CLC_nWg。
211. "关于这座山峰的历史……一张航拍图能窥见其真身。"同上。
212. "在他们看来,这次攀登有三个亮点……香港地区阿式攀山者的崛起。"本书作者采访Ken,2021年。
213. "Odyssey into the Karakoram: Journey of three Alpinists",参见Stanley的Instagram @stanleyngkk,2019年5月30日。
214. "对冒险的定义纠结了十余年……这没有终点的追逐。"参见分享会报名页面,2019年,https://www.accupass.com/event/1904071640481114047417?fbclid=IwAR3HzvIP0eud11HflzdBq_yHfQHOYPQGC-Qg5jq0cH9KIFSXrxAsbGYVmtE。
215. "首位获得参加国际攀山向导(IFMGA)课程资格的华人",同上。

注释

216. "在昊昕临行前的最后一个月里……还参加了一场他刚开始爱上的越野跑比赛。"来自李昊昕的朋友圈。
217. "在出发前，他只好再次把妈妈托付给姨妈照顾……这可能是他最后一次去很远的地方攀登了。"本书作者采访王培嘉，2021年。

17

218. "过去10天来，他在喜马拉雅山的EBC（珠峰大本营）路线，负重徒步了180公里，爬升14000米。"Stanley：《高海拔训练笔记·Solukhumbu篇·首章》，Stanley脸书公共主页野人旅志ALLEZ LA，2019年5月30日。
219. "一大群人迅速围拢过来……早已在此等候。"本书作者采访Ken，2021年。
220. "三名攀登者竟然有种错乱感：这些真的是我们安排的吗？这就马上要进山攀登了吗？"同上。
221. "昊昕说，有时候一瞬间的光影，就会惊得他目瞪口呆。"纪录片《吾谁与归》。
222. "就连阅山无数的Stanley也激动无比，一路上他拍下了几乎每一座山峰，还不停地拍摄自己与山峰的合影。"本书作者采访Ken，2021年。
223. "看地图看了三个月，今天终于看到这条冰河了！"纪录片《吾谁与归》。
224. "K1玛夏布鲁姆峰（海拔7821米）"，1856年，英国少尉蒙哥马利（TG Montgomerie）考察喀喇昆仑山脉时，用K字头（Karakoram）命名自西向东的一排山峰。首当其冲的是K1玛夏布鲁姆峰，其次是K2乔戈里峰，K3布洛阿特峰……与热门的世界第二高峰K2、世界第12高峰K3相比，K1多少显得有些黯淡无光。它却是世界上最艰难的几座山峰之一，最近一次成功登顶要追溯至半个世纪前。杰出的青年登山家David Lama认为，玛夏布鲁姆峰"从7000米开始是冰岩混合路线，这一定是世界上最高、最难的峭壁之一"。
225. "昊昕却说，没关系，我来先锋吧。"本书作者采访Ken，2021年。
226. "昊昕给国内打了一通卫星电话……火锅要来点毛肚、黄喉。"纪录片《吾谁与归》。
227. "Stanley还给女朋友发了卫星短信……前一晚她做了很不好的噩梦。"参见Stanley女友Yui的Instagram，2019年6月8日。
228. "他心想，会不会是昊昕他们的对讲机也没电了，所以才一直没有联系他。"本书作者采访Ken，2021年。
229. "他心里生出一丝疑虑……他们携带的食物足以多撑一天。"同上。
230. "今天是我第三天在这里了……我希望他们能安全登顶下来。就这样吧。"纪录片《吾谁与归》。
231. "他已经做好了最坏的打算……也许他们早已把消息发给了成都的朋友们。"本书作者采访Ken，2021年。

18

232. "松鼠B3直升机"，Alan Arnette, "Will There be Regular Helicopter Rescues on Everest?", *Outside*, May 12, 2010, https://www.outsideonline.com/outdoor-adventure/climbing/will-there-be-regular-helicopter-rescues-everest/#_pay-wall。
233. "巴方每出动一次直升机，就要花费近14万元人民币"，本书作者采访黄思源、Ken、王偑鑫，2021年。
234. "6月19日，直升机终于再次出动了。"直升机搜救行动详情参见梦幻高山：《巴基斯坦前方工作汇报》《搜救完成日志》等文章，2019年。
235. "他多希望看到昊昕和Stanley……如今终于等到了他们的支援。"本书作者采访Ken，2021年。
236. "他不知该如何开口……一字一句地把直升机搜寻的结果告诉她。"同上。
237. "Stanley的妈妈听了Ken的讲述……Stanley的父母几乎要崩溃了。"同上。
238. "就连远在北京的周鹏也接到求援的消息，立即办好签证，收拾好装备，随时准备出发。"本书作者采访周鹏，2023年。

239. "他靠着'他们过来,他们快点过来'……他们拥抱了一下。"本书作者采访Ken,2021年。
240. "前几次直升机搜救已经花了近6万美元(约41万元人民币)。"梦幻高山:《"带昊昕回家"募捐公告》。
241. "成都与港台媒体闻风而动",《港攀山者魂断巴基斯坦险峰》,《大公报》,2019年6月22日,http://www.takungpao.com.hk/news/232109/2019/0622/307895.html;《成都商报》等成都几家媒体多次联系采访黄思源等人,2019年。
242. "阿左感到很无力。"黄思源朋友圈,2019年6月26日。
243. "他想起了遭遇大雪塘雪崩的那天晚上……我们现在有一帮朋友在一起会努力做好剩下的事情。"同上。
244. "他没有想到,这篇文章在中国登山界凝聚成一股庞大的力量。"本书作者采访黄思源,2023年。
245. "每一分钟、每30秒……又陆续收到了30多万。"梦幻高山:《"带昊昕回家"款项接收截止公告》,微信公众号"梦幻高山",2019年6月27日,https://mp.weixin.qq.com/s/_gRt7ZkHLRx1QzPwalYKDw。
246. "如果搜救队员近期进入……是否值得?"梦幻高山:《巴基斯坦前方工作汇报》,微信公众号"梦幻高山",2019年6月29日,https://mp.weixin.qq.com/s/1lvngWZr5r7Upf62dbq2bA。
247. "他们只好咨询巴基斯坦当地的……就可以拿到4000美元的悬赏。"本书作者采访黄思源,2021年。

248. "巴基斯坦当地的向导们……依旧不见昊昕和Stanley的踪影。"本书作者采访黄思源,2021年。
249. "上一次,由于少数民族的签证问题,小刘没有及时办下来手续。"本书作者采访刘峻甫,2021年。
250. "他们等到第二天凌晨5点……这样找太浪费时间了。"本书作者采访黄思源、Ken、刘峻甫、王培嘉,2021年。
251. "大家也都跟着开起了玩笑……大家开始用雪铲往下挖。"同上。
252. "阿左一边揩着眼泪……我他妈一点儿都不喜欢这儿。操。"纪录片《吾谁与归》。
253. "Ken说,这个冰川和这个山,我感觉我不会想再来。"同上。
254. "王培嘉坐在石头上,怅然地说,再见了,兄弟。再见了。"同上。
255. "由于事故现场位于雪崩区,大家都相信是雪崩带走了他们。"阿左:《搜救完成日志》,微信公众号"梦幻高山",2019年8月20日,https://mp.weixin.qq.com/s/JuUIU0aAOrQliFoASodKlg。
256. "在众多山难事故中……相对来说是最不痛苦的遇难方式。"参考1991年梅里雪山山难(京都大学学士山岳会:《梅里雪山事故调查报告书》,1992年)与之后三十年来的几十起山难细节。
257. "不过,他根据现场情况推测,又觉得不太像是雪崩,有可能他们是从上面掉落下来的",本书作者采访黄思源,2023年。
258. "姨妈也尊重他们的想法。"本书作者采访黄思源,2021年。
259. "最后昊昕的姨妈做了个平衡",同上。
260. "昊昕追悼会这一天也是北师大毕业生周年返校纪念日。"9528:《登山,则情满于山》。
261. "时间就是这么巧合,而且残忍。"同上。
262. "每到了6月的那一天,朋友们就会来这里看望他,缅怀他心中的梦幻高山。"本书作者采访黄思源、Ken、刘峻甫,2021—2023年。
263. "女朋友Yui曾问过他……大家开开心心喝点酒。"Yui:《野人追思会·香港》,Stanley脸书公共主页野人旅志 ALLEZ LA,2019年9月14日。
264. "在一个风和日丽的午后……帮助他完成遗愿。"同上。
265. "得知Stanley失联后,她做了个梦……她醒来以后吓坏了。"本书作者采访Mandy,2022年。
266. "这条路线后来被重新命名为'史丹利脊'(Stanley Ridge)。"萧添益:《凯兰特昆山北峰东南壁首登记录》,萧添益个人脸书,2020年11月9日。
267. "Ken一度决定再也不爬6000米高的山峰了",本书作者采访黄思源,2021年。

注释

268. "达多曼因的主峰和东峰分别被新西兰、日本登山队首登",朱镭博:《贡嘎山域登山史:达多漫因峰篇》,《户外探险》杂志,2022年9月刊。
269. "达多曼因卫峰平整的西壁沉浸在酒红色的晚霞中格外引人注目。"阿左:《达多曼因卫峰6297峰攀登报告》,微信公众号"梦幻高山",2021年1月7日,https://mp.weixin.qq.com/s/-hZMwpfDKMeNzMVul_TLKw。
270. "他心里想的不是接下来的攀登目标……我们这次能回来吗?"同上。
271. "他们最后一别的画面……至今保留在他的记忆深处。"本书作者采访刘峻甫,2021年。
272. "小刘从小在阿坝州茂县的羌族寨子里长大……往山下望了望,有些害怕。"书中刘峻甫视角的在场叙述、对话及心理活动,若无特别说明,均源于本书作者于2021—2023年的采访。
273. "当年,马一桦和曾山站在了雀儿山所谓的顶峰上……那边看起来好像更高一点儿。"本书作者采访马一桦、曾山,2021年。
274. "他带着小刘等人……再沿着刃脊迈向了雀儿山真正的顶峰。"领攀:《雀儿山东顶国人首登丨领攀新路线》,微信公众号"成都领攀登山培训",2017年8月16日,https://mp.weixin.qq.com/s/M1MdSWbPGLr_Ay59DnQ0sg。
275. "前三名均是世界级的职业越野跑运动员。"这届比赛百公里组别的冠军是美国硬石100的冠军、世界著名越野跑者杰森·施拉布(Jason Schlarb),亚军是UTWT系列赛世界排名第一的立陶宛越野跑名将格季米纳斯·格里纽斯(Gediminas Grinius,简称G2),季军是曾斩获国内多个越野跑比赛冠军、四川稻城的藏族跑者四郎多吉。这三名都是职业越野跑运动员。
276. "在这项赛事中拿到了两个冠军和一个亚军。"刘峻甫在2018年环四姑娘山超级越野跑赛的60公里组斩获冠军,2020年的75公里组别获得亚军,2022年的35公里组别斩获冠军。
277. "而小刘从同样的起点出发……这还包括组委会强制规定的45分钟休息时间。"冯勇:《喜报丨我校学子打破第三届523半脊峰冰雪登山大会个人男子组、团队登山组冠军记录!》,四川旅游学院运动与休闲学院,2021年5月28日,http://www.sctu.edu.cn/sl/info/1109/2644.htm。
278. "阿左和小刘在镇子上吃饭的时候,两个人还开玩笑说,我们这顿一定要吃好点,有可能这就是我们最后一顿饭了。"本书作者采访刘峻甫,2023年。
279. "没办法像以前一样……你越害怕。"阿左:《达多曼因卫峰6297峰攀登报告》。
280. "算了,忍了,回去吧,听到这个声音就怕了。"达多曼因卫峰首登微纪录片《攀登6297,向上》第二集 Never Say Goodbye, bilibili 网站,2021年,https://www.bilibili.com/video/BV1Mm4y197VT/?share_source=copy_web&vd_source=7894189cdb1698c5bfa0ee4a054f6c8a。
281. "心里竟有种如释重负的感觉。"阿左:《达多曼因卫峰6297峰攀登报告》。
282. "一天晚上,他喝了点酒,没有绷住,搂着小刘号啕大哭。场面十分壮观。"本书作者采访刘峻甫、王佴鑫,2022年。
283. "让一些经验更丰富的攀登者……去思考自己的攀登。"阿左:《攀登经验从哪里来?——〈垂直报告〉001期》,微信公众号"梦幻高山",2020年3月19日,https://mp.weixin.qq.com/s/Xk_kdtGYukc77ZtvvDZSiA。
284. "他把阿式攀登比作开车……直到解决所有问题。"阿左:《我们去山里寻找什么,写在考察攀登报告之前》,微信公众号"梦幻高山",2020年12月17日,https://mp.weixin.qq.com/s/OKSSt-7itvHvROQJPvNcEA。
285. "在那些梦里……他们再次离开。"本书作者采访黄思源,2021年。

286. "阿楚是阿左的老乡……'像死了一样'。"书中陈楚俊(阿楚)视角的在场叙述、对话及心理活动,若无特别说明,均源于本书作者于2021年的采访。
287. 《吾谁与归》为阿左赢得了许多山地电影节的奖项。如第十一届中国国际新媒体短片节-南山山地影像单元最佳山地人文影片,首届搜狐青年影像创作者大赛最佳纪录片,金犀牛最佳

288. "高海拔探险是一场绝对真实的生命游戏……为何要用生命去参与如此真实的游戏？"来自周鹏的朋友圈。
289. "十年前，她师从法国高山向导高宁……她就是通过昊昕认识的阿左。"本书作者采访杨小华，2021年。
290. "说再见有时候真的很难……明年说不定就是我了呢？"阿左：《达多曼因卫峰6297峰攀登报告》。
291. "他心想，哇靠……'发吧，删个锤子'。"本书作者采访黄思源，2021年。
292. "三次获奖，一次提名"，准确地说，阿左获得过三次金犀牛奖与三次提名——如果把2018年度 Catch the air 与2020年度《吾谁与归》的最佳户外影片提名也算在内的话。

22

293. "女王峰整个攀登过程……我决定放弃随后的布达拉攀登。"何川：《女王峰报告》，盗版岩与酒论坛，2016年8月22日，http://bbs.rockbeer.org/forum.php?mod=viewthread&tid=1241670956。
294. "何川又与刘洋完成了获奖影片《寻找圣诞树》的拍摄。"裂缝：《寻找圣诞树》，bilibili网站，2018年7月4日，https://www.bilibili.com/video/av26087616/?vd_source=e13d8058fc31e7883b0af4ee6f687405。
295. "但不只是往常顺滑的坠落后制动的感觉，似乎中间有顿那么一下。"何川：《一言难尽布达拉》，盗版岩与酒论坛，2017年12月9日，http://bbs.rockbeer.org/forum.php?mod=viewthread&tid=1241671520&extra=page%3D1。
296. "特别是在五年前，孙斌……终于熬过来了。"本书作者采访孙斌，2021年。
297. "经过术后漫长的康复治疗和训练，重回布达拉指日可待。"何川：《一言难尽布达拉》。
298. "其中相对'便宜'的欧洲最高峰厄尔布鲁士峰登山活动……再拿出一半利润分给公司的教练。"吴晨飘：《从北大山鹰到巅峰探游，登山家孙斌想要的只是一家小公司｜创业熊》。
299. "这是孙斌希望巅峰探游达到的完美状态，甚至五十年、一百年后，公司依然存在。"同上。
300. "2018年，公司全体成员在京郊开年会……一年也能赚个二三十万。"本书作者采访孙斌，2021年。
301. "对方还专门组建了350人的微信群……几乎毁于一旦。"同上。
302. "全中国的登山爱好者们以70多万次播放量的盛况……但足够坚定而稳健。"本书作者实时观察，2020年。
303. "七年来从摸索尝试到历经种种艰难困苦……无法想象他一个人是怎么做到的。"来自何川的朋友圈。
304. "一年后，山野井泰史获得了亚洲第一位、史上第13位金冰镐终身成就奖"，Manu Rivaud, "Yasushi Yamanoi, 13th Piolets D'Or Career Award", *Alpine Magazine*, 27th Oct, 2021, https://alpinemag.com/yasushi-yamanoi-piolets-d-or-career-award-2021/。
305. "竟罕见地获得了不少主流媒体的广泛关注。"参见《三联生活周刊》《中国青年报》《中国国家地理》等媒体报道。

23

306. "有一天，他无意间在校园的角落……是李宗利老师的第一个学生。"童章浩：《2021年单人solo小贡嘎报告》，自由之巅登山论坛，2021年12月21日，https://bbs.mountainfree.cn/thread-8-1-2.html。
307. "我心中总想着……算是向这个素未谋面的师兄表示敬意吧。"同上。
308. "逍童刚来自由之巅的时候……李宗利在他的头盔上留下的签名。"本书作者采访陈楚俊，2021年。
309. "他用了不到一天一夜独攀登顶小贡嘎……致敬小柳师兄的独攀成名作'结业考核'。"童章

注释 679

310. "有些国内登山者曾挑战过它，甚至还没登顶就能获得了金犀牛奖的提名。"第三届中国户外金犀牛最佳攀登成就奖提名之一，2007年赵俊、刘鹰、冯毅龙和杨志崇尝试攀登羊满台。
311. "他当然也想有个家，一个稳定而温暖的家，一个他从小到大梦寐以求的、普通的家。"本书作者采访黄思源，2021年。
312. "他的那些自卑而消极的心态……打消了接下来的念头与行动。"本书作者采访王偑鑫，2022年。
313. "这个局是为了庆祝小华姐刚刚签约了北面"，本书作者采访王培嘉，2021年。
314. "这个局是为了把Ken放倒"，本书作者采访黄思源，2022年。
315. "这个局是为了庆祝梦幻高山工作室重新开张。"本书作者采访刘峻甫，2021年。
316. "自从昊昕出事以来，在阿左内心深处……进而融入团队文化的一部分。"本书作者采访黄思源、刘峻甫、王培嘉、陈楚俊，2021年、2022年。
317. "就连一向与人和气的小刘也曾放出过狠话，谁他妈的要叫老子大神，老子一脚给他踹过去。"本书作者采访王培嘉，2021年。
318. "小刘和阿楚轮流领攀……他们俩从来没爬得这么爽过。"本书作者采访陈楚俊、刘峻甫，2021年。

24

319. "有些当地的登山向导已经开始学习成为优秀的登山高手，但其余的向导几乎连绳索操作都不会。"Yan Dongdong，"Free Mountaineering: An Inside Look at Modern Chinese Alpinism"。
320. "四姑娘山管理局注册在案的200多名当地向导"，四姑娘山风景名胜区管理局：《自然资源赋能 户外运动喜迎春风》，国家体育总局网站，2022年11月16日，https://www.sport.gov.cn/n20001280/n20067608/n20067635/c24922410/content.html。
321. "王永鹏是家里最小的男娃……就像中国大多数乡镇青年一样过着朴实而平淡的日子。"书中王永鹏视角的在场叙述、对话及心理活动，若无特别说明，均源于本书作者于2021年的采访。
322. "等他第150次登顶雀儿山的时候，30岁的王四娃发现，自己的青春已然溜走。"本书作者采访王永鹏，2021年。以他平均一年（大多是每年的7月至10月）至少攀登15次雀儿山的频率计算，十年下来，王永鹏所说的150次并不夸张。
323. "小牦牛把每一座山的照片……另一个需要密码的文件夹是存了129张照片的'未登峰'。"陈柯芯：《Climber 王永鹏｜我不想做个只会牵马的藏族人，所以登顶了幺妹》，2022年4月25日，https://mp.weixin.qq.com/s/0iBdPqFHDjhB4mmFKBvB8w。
324. "曾山也对小牦牛说过，你是真的喜欢爬山，不是单单为了挣钱。"本书作者采访王永鹏，2021年；本书作者采访曾山，2022年。
325. "他带着震惊与惶恐来到领奖台，蒙蒙地接过何川与孙斌递来的金犀牛奖杯与证书。"本书作者在现场观察，2020年。
326. "他们在这条高难度路线上爬得可谓流畅纯熟。"李宗利：《涅槃2019——博格达3峰攀登报告》，自由之巅论坛，2022年3月23日，http://bbs.mountainfree.cn/thread-97-1-1.html。
327. "2007年1月，刘洋报名参加了……很快就超越了彭晓龙。"本书作者采访刘洋，2022年。
328. "自由攀登者的试验场"，《四姑娘山幺妹峰——海拔6250米的中国阿式攀登"试验场"》，微信公众号"成都领攀登山培训"，2017年11月27日，https://mp.weixin.qq.com/s/KyCiTPH7_mJwyC5-DVCBnA。
329. "古古当年从南壁登顶幺妹峰后……暴露感非常强。"刘团玺、林婵：《幺妹峰：壁立千仞，登山家的极限秀场》。
330. "幺妹峰南壁的国内登顶者有近20人次……"截至文中此处的时间点，国内登顶者有马一桦、陈骏池、康华、陈泽纲、严冬冬、周鹏、孙斌、李宗利、柳志雄、胡家平、古奇志、罗彪、黄思源、李昊昕。
331. "大部分人都以为这座山峰是个未登峰。"即便到了2020年，刘洋的徒弟宋远成再次登顶5700

峰后，许多登山者也都以为这是一次首登。事实上，这座山峰的首登早在2007年就被美国登山者迪伦·约翰逊（Dylan Johnson）和查德·凯洛格（Chad Kellogg）完成。

332. "这两名与极限保持一定距离，却又无比低调的自由攀登者结为搭档，尝试攻克幺妹峰北壁。"本书作者采访何浪、刘洋，2021年、2022年。
333. "他有着与阿左极为相似的成长经历……只是因为攀登本身的单纯与自由。"本书作者采访宋远成，2021年。刘洋与宋远成的故事详见宋明蔚：《Climber 宋远成｜攀登是我人生的救命稻草》，2022年3月28日，https://mp.weixin.qq.com/s/3rvozWyC-nnOMNfImt8Jow。

25

334. "'雪山下的公园城市'成为成都市新的名片。"李彦琴：《"雪山下的公园城市"成都新名片》，《成都商报》第02版要闻，2021年2月5日。
335. "从2021年开始，管理局争创主打……传播登山与攀冰文化。"参见四姑娘山景区官网景区资讯，2021—2023年，https://www.sgns.cn/info/5a。
336. "景区管理局的工作人员开始暗中阻拦所有攀登幺妹峰的队伍。"本书作者采访刘峻甫、陈楚俊、小牦牛、何浪、陈晖，以及多位四姑娘山当地原住民，2021年。
337. "在这个专门为攀登幺妹峰而建立的微信群里……还一同签署免责协议。"本书作者采访刘峻甫、陈楚俊、王永鹏，2021年。
338. "这一路几乎畅通无阻……阿楚和小刘打开了头灯。"本书作者采访刘峻甫、陈楚俊，2021年。
339. "此刻，幺妹峰脚下的人们也在望着他们……把幺妹峰变成一座宏伟的灯塔。"许多人在山脚下拍下了这组激动人心的照片。
340. "阿楚竟有种不真实的感受"，本书作者采访陈楚俊，2021年。
341. "他很惊讶。当年的小师弟成长得太快了。"本书作者采访童海军，2022年。
342. "李宗利在电话里听出来逍童的坚决后……以后在公司一定会有更好的发展和待遇。"本书作者当时在李宗利旁边观察，2021年。
343. "他真的渴望爬上幺妹峰，但他不想也不敢违背老师的命令。"本书作者采访王永鹏，2021年。
344. "就在几天前，逍童不是还在……他俩可以吗？"本书作者采访陈楚俊，2021年。
345. "在幺妹峰顶峰从没有发生过这样的情况。"事实上，1981年，首登幺妹峰的日本同志社大学登山队员分两批、两天登顶了幺妹峰。虽然文中这两支小队也是在前后两日中依次登顶，但书中此处是指两支独立的阿式攀登小队，在没有铺设路绳的情况下，根据各自的攀登节奏短时间内先后登顶的情况。
346. "激动得甚至有些想哭"，童章浩（逍童）：《2021幺妹峰攀登报告 小牦牛&逍童》，2023年2月28日，https://mp.weixin.qq.com/s/3pPOHY23-36UCjiWd9EnNA。
347. "阿楚后来半开玩笑地说……就被逍童给破了。"阿楚：《迟到了半年的攀登报告》，微信公众号"梦幻高山"，2022年5月11日，https://mp.weixin.qq.com/s/U4Do_JREFLSF_EECAWt8RA。
348. "蓝色的龙胆花被初冬的冰霜染白。艳丽的高山血雉猿藏在岩缝与灌木丛中。"在同一时期，本书作者也在这片山谷中。
349. "激怒了四姑娘山景区管理局"，本书作者采访陈楚俊，2021年。
350. "一名伟大的登山家曾经说过，高山是人类用来检视自我的标尺，若非如此，高山只不过是一堆石头而已。"Walter Bonatti, *The Mountains of My Life*, London：Penguin Books, 2010.
351. "登顶之前……但是攀登真的需要投名状吗？"阿楚：《迟到了半年的攀登报告》。

尾声

1. "2019年底，联合国教科文组织认定阿尔卑斯式攀登为人类非物质文化遗产。"《教科文组织〈非物质文化遗产代表作名录〉再添五成员》，联合国教科文组织网站，2019年12月12日，https://www.unesco.org/zh/articles/jiaokewenzuzhifeiwuzhiwenhuayichandaibiaozuominguzaitianwuchengyuan。有必要说明的是，2019年底入选非物质文化遗产的"登山"并非广

注释

义上的登山运动（Mountaineering），而是特指源起于法国、意大利、瑞士等国阿尔卑斯山区的阿尔卑斯式攀登（Alpinism）。

2. "可以安静地去想我们的过去。"周鹏：《自由之魂》，微信公众号"享攀"，2023年11月16日，https://mp.weixin.qq.com/s/L8Nxnp-0vrN9dnjH_zB0Yw。

3. "他应该会很喜欢。"同上。

4. "用一条线路去纪念一个人也许并不够分量，但这是记住的一种方式。"同上。

5. "20年前看到这个山就想登顶……我想带他们一起来登顶。"纪录片《心中的火焰》，2023年。

6. "是王茁和伍鹏让我知道有这么一座山……我终于做到了。"同上。

7. "2022年夏天，刘洋和徒弟宋远成……还实现了3.5公里长的山脊纵走。"刘洋：《白海子三连胜》，2022年9月10日，https://mp.weixin.qq.com/s/2_blo--JBQtjca6mcI1esg。

8. "第二年，何浪与刘洋等人一起攻克了这片神秘山域里最后两座未登峰。"刘洋：《五色海子山域笔架山、笔架山北峰首登简报》，2023年10月7日，https://mp.weixin.qq.com/s/7Pvx5m0QdsEvQNVyZXkhqA。

9. "嘉子峰一直都在我们的计划当中……而不仅仅是爬一座山就回家了，过不了瘾。"阿楚：《嘉子、小贡嘎和鹊巴的攀登报告，微信公众号"梦幻高山"，2023年5月11日，https://mp.weixin.qq.com/s/bPZaEzeM0oUxSHtefZ-gpQ。

10. "他们在狂风中向上攀爬……他们终于在凌晨返回了营地。"同上。

11. "他摘下手套。手指有些发紫。"同上。

12. "李宗利在这一年又完成了新的未登峰。"李宗利：《kailas未登峰计划｜穿山洞攀登报告》，微信公众号"自由之巅MountainFree"，2022年12月16日，https://mp.weixin.qq.com/s/edBJa-zF4Wk3B1F3xr9wyw。

13. "如今他只想成为他自己。"本书作者采访童海军，2022年。

14. "许多二三十岁的年轻人跨越成都市区……一边自说自话地畅谈自己未来的攀登计划。"本书作者与陈春石等人的在场观察，2022年。